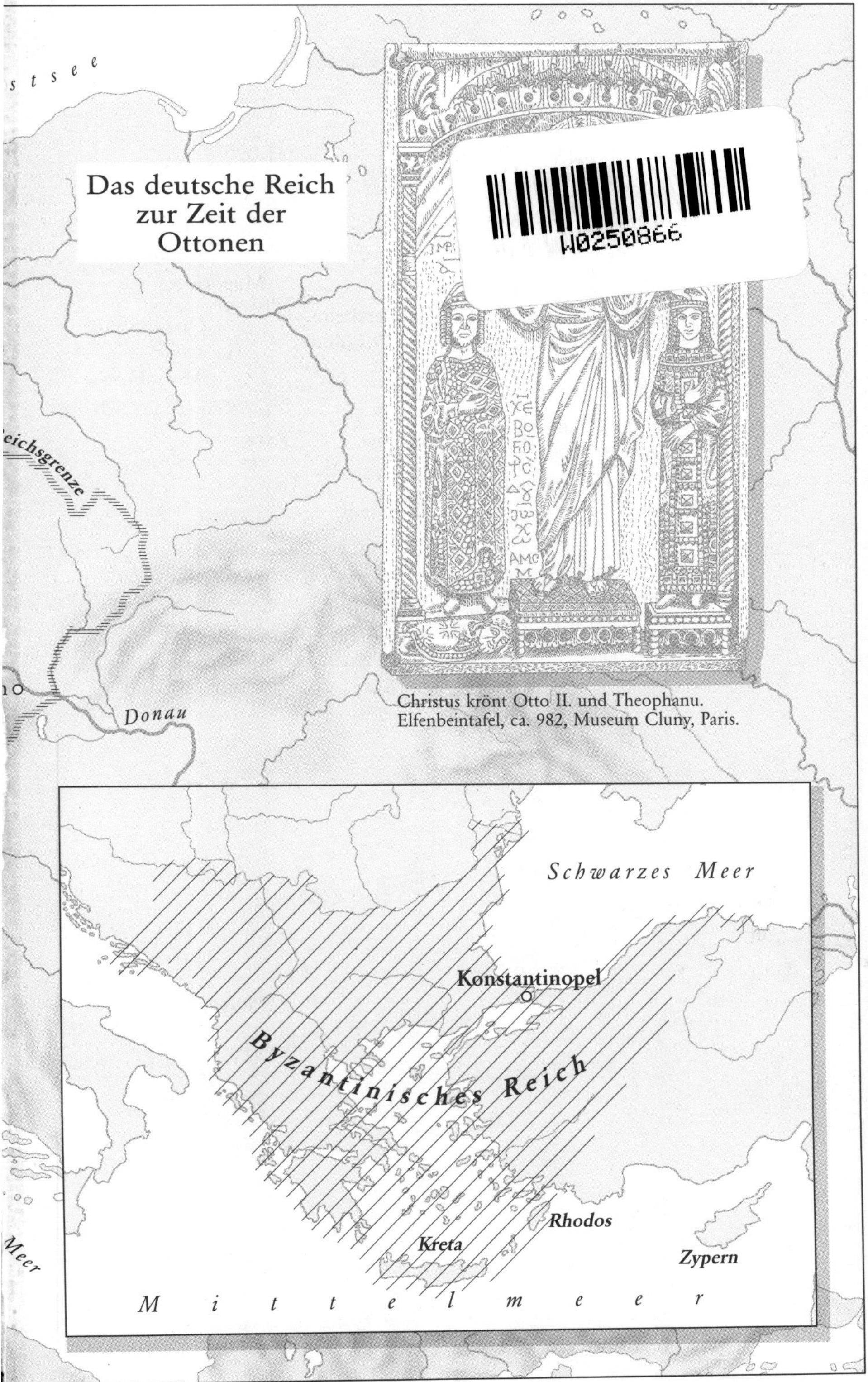

Christus krönt Otto II. und Theophanu.
Elfenbeintafel, ca. 982, Museum Cluny, Paris.

K

Petra Welzel

Theophanu
von Gottes Gnaden Kaiserin

Roman

Krüger Verlag

Originalausgabe
erschienen im Krüger Verlag,
einem Unternehmen der S. Fischer Verlag GmbH, Frankfurt am Main

Satz: Pinkuin Satz und Datentechnik, Berlin
Druck und Einband: GGP Media GmbH, Pößneck
Vorsatzkarte: Kartengrafik Thomas Vogelmann, Edingen
Printed in Germany 2006
ISBN-13: 978-3-8105-2349-5
ISBN-10: 3-8105-2349-6

Für Nikos und Linos

ERSTES BUCH

Prolog

Das kleine Mädchen sah ärgerlich an der undurchdringlichen Wand aus Leibern empor, die sich vor ihr aufbaute. Dabei hatte sie sich so auf diesen Tag gefreut. Bis zum Schluss hatte sie gebangt, ob der Vater der Reise zustimmen würde. Denn er war gar nicht gut zu sprechen auf diesen Mann, der heute am siebten Tage im August 936 zum König gekrönt werden sollte. Dessen Sippe hatte ihn gedemütigt, indem sie ihm die Heilige Lanze abnahm. Adelheid gefiel die goldbesetzte Waffe, in deren Mitte ein Nagel vom Kreuz Christi eingelassen war, sehr, aber sie fand, dass es an der Zeit war, den Streit zu begraben. Sie selber schmollte schließlich auch nicht wochenlang, wenn sie sich von ihrem älteren Bruder ungerecht behandelt fühlte. Obwohl sie einräumen musste, dass das eigentlich nie der Fall war, da Konrad der liebste und sanfteste Junge war, den sie kannte.

Aber heute hätte er sie ruhig in die vorderste Reihe mitnehmen können, wo er zusammen mit der Mutter die Krönung beobachtete. Adelheid hingegen konnte nur den hinteren Teil des Aachener Doms betrachten. Sie ließ ihren Blick über die vielen römischen Säulen schweifen, als sie plötzlich eine Bärin zwischen ihnen stehen sah. Die bronzene Statue sah so echt aus, dass Adelheid für einen Moment erschrak.

Doch dann wandte sie den Blick schnell wieder nach vorn, denn sie hörte die Leute »Der König kommt!« rufen. Das Gedränge wurde noch größer. Auch Adelheid versuchte, sich durchzukämpfen, aber ohne Erfolg. Man nahm noch nicht einmal Notiz von ihren Stößen und Tritten, so sehr war jeder damit beschäftigt, einen Blick auf den König zu erhaschen.

Das Mädchen hatte keine Wahl. Es schob den ihm nächsten Rock nach oben, worunter sich ein Paar blasser, dicklicher Frauenbeine verbarg. Adelheid öffnete den Mund, um dann blitzschnell mit ihren kleinen spitzen Zähnen zuzubeißen.

»Eine Ratte! Mich hat eine Ratte gebissen!«, schrie die so Traktierte mit spitzer Stimme.

Die Frau wich zur Seite und Adelheid nutzte den freigewordenen Platz, um weiter vorne die nächste vornehme Dame auf genauso unfeine Weise zur Seite zu drängen.

Plötzlich spürte sie eine harte Hand im Nacken, die sie zu sich zog.

»Adelheid!«

Sie blickte ihrer verärgerten Mutter ins Gesicht. Schnell riss Adelheid sich los, taumelte und fiel rücklings auf den Teppich der schmalen Gasse, die die Menschen umsäumten. Aber niemand zerrte sie fort, die Leute blieben scheu am Rand. Und dann sah Adelheid auch, warum. Sie war geradewegs vor die Füße eines großen, kräftigen Mannes mit dunklem Haar gestolpert, der auf den Altar zuschritt. Seine Kleidung war so kostbar, dass er sich deutlich von der Menge abhob. Doch als Adelheid hastig aufstand, sah sie, dass seine Gestalt selbst in Lumpen noch Kraft und Würde ausgestrahlt hätte. Er wandte das stolz erhobene Haupt nun ihr zu. Sie erstarrte, als ihr klar wurde, dass es nur der König sein konnte, dem sie hier den Weg versperrte. Adelheid rappelte sich auf, um schnell wegzulaufen, als sie plötzlich hochgehoben wurde und sich auf dem Arm des hohen Herrn wiederfand.

»Hoppla! Wohin des Weges, kleine Dame?«

»Ich … ich wollte Euch nur einmal sehen, nur ganz kurz.«

Er strich ihr eine der dunklen Locken aus der Stirn. »Aber, aber, so ein hübsches Fräulein kann mir ruhig einen zweiten Blick gönnen.«

Die Umstehenden lachten erleichtert, als sie merkten, dass der Recke nicht ärgerlich auf die Störung reagierte.

»Woher kommst du?«

Adelheid konnte direkt in seine warmen, braunen Augen blicken. »Ich bin Adelheid von Burgund, die Tochter König Rudolfs.«

»Eine kleine Prinzessin, aus der eine große Königin werden wird!«

Lächelnd setzte er sie wieder auf dem Teppich ab, um dann würdevoll weiter zu schreiten. Adelheid wollte ihm nachblicken, doch ihre Mutter erwischte sie an ihrem Seidenkragen und zog sie zurück in die Menge.

Wieder sah Adelheid nur noch Beine und Röcke. Doch das machte ihr nichts aus. Als der Erzbischof rief: »Sehet, ich führe euch Otto zu, den der Herrgott zu Eurem König gewählt!«, da hatte Adelheid das Bild des großen Mannes schon ganz tief in ihr Innerstes aufgenommen.

Kapitel 1

Adelheid konnte nicht still stehen. Immer wieder wiegte sie sich leicht in den Hüften, sodass der schwere, golddurchwirkte Stoff ihres Überkleides raschelte. Auch der Umhang war aus diesem Stoff, den ihre Mutter Brokat genannt hatte. Schade nur, dass der Überwurf fast vollkommen ihre abnehmbaren Schmuckärmel bedeckte. Adelheid zog sachte an dem Brokat, bis er ein wenig verrutschte und etwas mehr Spitze freigab. Zufrieden hob sie den Kopf und blickte geradewegs in die hellen, blauen Augen Hugos, des Mannes, der gerade ihre Mutter geheiratet hatte. Er war sehr rasch nach dem Tod ihres Vaters in Adelheids Heimat mit den schroffen Felswänden, den verborgenen Grotten und den stillen Seen aufgetaucht.

Während alle an diesem Tage im Dezember 937 dem Verlesen des Ehevertrages in der Burg von St. Maurice lauschten, hatte er nichts Besseres zu tun, als sie zu betrachten. Seine wulstigen Lippen waren zu einem amüsierten Lächeln verzogen. Adelheid runzelte die Stirn. Machte er sich etwa über sie lustig? Sicher, sie zählte erst sechs Jahre, aber in ihren neuen Kleidern fühlte sie sich schon fast erwachsen. Hugo sollte sich bloß nicht einbilden, er könnte so etwas wie ein neuer Vater für sie werden.

Zum Glück wandte er seine grobe, ungeschlachte Gestalt jetzt wieder ihrer Mutter zu, die den Ausführungen des Notars lauschte, der gerade eine nicht enden wollende Anzahl von Abteien aufzählte, die sie zum Geschenk erhielt. Berta war aber auch zu schön! Ihr rosig schimmerndes, fein gezeichnetes Gesicht wurde nur noch von dem kostbaren Schmuck, den sie um

Hals und Handgelenke trug, überstrahlt. Adelheid bemühte sich, das feine Lächeln und die Haltung ihres leicht gebeugten Nackens nachzuahmen, was ihr jedoch nur erneut Hugos Blicke bescherte. Sie war froh, als er sich an den Notar wandte: »Halt! Ich habe die Kinder vergessen! Auch sie sollen ihren Teil bekommen. Jeweils ein Drittel geht an Adelheid und an Konrad, die ich gelobe, von nun an wie mein eigen Fleisch und Blut zu behandeln.«

Adelheid machte sich so klein wie möglich, als sie sah, dass Hugo seine Arme zur Umarmung ausbreitete. Doch anstatt auf sie, ging er mit seinem strahlendsten Lächeln auf ihren Bruder zu, was Konrad ihm damit dankte, dass er ihm den Rücken zuwandte und aus dem Saal stürmte.

Adelheid erkannte ihren zurückhaltenden und höflichen Bruder gar nicht wieder. Die Leute tuschelten. Hugo war sichtlich beleidigt und sprach leise mit dem Notar. Dann bat er um Ruhe. »Im Ehevertrag wird Folgendes festgehalten: Ein Drittel geht an meine sehr geschätzte Frau, die Königin von Burgund. Die anderen zwei Drittel soll ihre Tochter Adelheid erhalten.«

Adelheid glaubte, sich verhört zu haben, aber alle Köpfe drehten sich zu ihr. Anscheinend stimmte es. Sie sollte am meisten bekommen, während Konrad leer ausging. Ihr war nicht wohl dabei, von Hugo bevorzugt zu werden. Der schwere Brokat ihres Umhangs begann auf ihre Schultern zu drücken.

Fackeln erleuchteten den Festsaal der Burg, in dem sich die Vornehmen und Großen drängten, um die Hochzeit der Königin von Burgund mit dem König von Italien zu feiern. Gaukler, eigens in Hugos Tross aus Pavia mitgereist, zogen mit Musikbegleitung ein. Es gab Flötisten mit einer Einhandflöte, sodass sie zusätzlich noch ihre kleine Trommel schlagen konnten. Ein anderer Musikant trug ein Instrument, das durch Tasten und Blasebalg eine wunderschöne Melodie erzeugte. Adelheid hatte bereits davon gehört. Es musste ein Portativ sein, das aus dem Morgenland hierher gebracht worden war.

Das Mädchen wiegte sich zu der Musik der Einziehenden,

als sie einen kleinen Affen erblickte, den ein bunt gewandeter Zwerg mit sich führte. Begeistert klatschte sie in die Hände. Das possierliche Tierchen blieb vor Adelheid stehen, richtete sich auf und klatschte ebenfalls, bevor es sich wieder auf alle viere fallen ließ und weiterlief. Das musste sie Konrad erzählen!

Sie reckte den Hals nach ihrem Bruder. Konrad hatte schon beim Festmahl gefehlt und sich das zarte, gefüllte Ferkel und die honigsüßen Quitten entgehen lassen. Hoffentlich war er nicht ärgerlich, weil sie von Hugo so reich beschenkt worden war.

Da tauchte das Äffchen erneut vor ihr auf und hielt ihr die bunte Kappe seines Herrn hin, auf dass sie ein Goldstück hineinwerfen möge. Doch Adelheid strich ihm über das Fell und nahm das Tier dann an die Hand, um es, ungeachtet der wenig begeisterten Blicke des Zwerges, fortzuführen.

So schnell es ging, bahnte sie sich mit ihrem neuen Freund einen Weg durch die Menge, bis sie Konrad endlich erblickte. »Schau mal, Konrad. Ist er nicht lustig?«

Konrad sah sie erstaunt an. »Woher hast du ihn?«

»Von einem der Gaukler. Du hättest sehen sollen, was er für drollige Sachen machen kann.«

Sie hielt das Äffchen an Konrads Wange. »Gib Küsschen!«

Doch das Tier zog Konrad an den Haaren. Adelheid nahm es schnell weg und setzte es auf den Boden. »Er meint es nicht so!«

»Der Affe gehört dir nicht. Gib ihn zurück.«

Adelheid schüttelte trotzig den Kopf. »Ich werde ihn kaufen.«

»Du hast doch gar kein Geld.«

»Habe ich doch. Hugo hat mich reich beschenkt.«

Konrad runzelte die Stirn. »Aber nur, um uns unsere Heimat zu nehmen. Hugo will den Thron von Burgund.«

»Aber der gehört doch dir.«

Adelheid wusste, dass Konrad, sobald er mündig wurde, König werden würde. Oft genug hatte sie sich gelangweilt, weil ihr Bruder in den Angelegenheiten des Regierens unterrichtet wurde.

»Genau deshalb spielt Hugo sich als mein Vormund auf.«

»Warum hat Mutter ihn überhaupt geheiratet?«

»Weil er Burgund sonst mit Gewalt genommen hätte. Unser Land bringt ihn der Kaiserkrone ein Stück näher.«

»Der und Kaiser!«

Adelheid schnaubte verächtlich. Es gab nur einen Kaiser, den Herrscher der Oströmer, der seinen Thron in Konstantinopel himmelwärts fahren lassen konnte und goldene Löwen um sich scharte. Und sie vermochte sich nur einen vorzustellen, der es ihm gleichtun konnte. Die Erinnerung an den starken Mann, der sie hochgehoben und mit seinen warmen, braunen Augen angesehen hatte, überwältigte sie.

»Versprich mir, dich von Hugo fernzuhalten. Du darfst ihm nicht vertrauen und wenn er dir ganz Italien schenkt. Ich muss jetzt gehen.«

Konrad drückte Adelheid noch einen Kuss auf die Wange, bevor er den Saal verließ. Adelheid sah ihm überrascht nach. Er wollte doch nicht etwa jetzt schon zu Bett?

Adelheid machte sich auf die Suche nach dem Äffchen. Gerade im letzten Moment sah sie, wie das Tier hinter Konrad herlief.

In den spärlich erleuchteten Gängen war es schwierig, das Tier zu finden. Außer Atem hielt Adelheid kurz an, um sich zu orientieren, als sie plötzlich eine Männerstimme vom Hof her hörte.

»Hast du den Jungen?«

Die Worte waren in einem fremden Dialekt gesprochen, der aber dem fränkischen ähnelte, den Adelheid zusammen mit Alemannisch und Romanisch von klein auf gelernt hatte. Ein anderer Mann antwortete. »Nein, noch nicht. Wir müssen nochmal in die Burg.«

»Beeil dich. Wenn wir ohne diesen Konrad zurückkommen, geht es uns schlecht.«

Adelheid schlich auf Zehenspitzen zum Tor, das in den Hof führte. Vorsichtig lugte sie um die Ecke. Sie sah zwei furchterregend große Gestalten geradewegs auf sich zukommen. Schnell drückte sie sich hinter einen Mauervorsprung und erschrak, als etwas Weiches, Warmes sie berührte. Doch es war nur das Äffchen. Die Männer eilten in die Burg, ohne sie zu bemerken.

Adelheids Gedanken wirbelten durcheinander. Man wollte ihren geliebten Bruder entführen! Sie musste ihn warnen und Hilfe holen. Adelheid hetzte nun ebenfalls zurück in die Burg. Ihr Herz pochte bei dem Gedanken, dass sie den beiden Riesen in die Arme laufen könnte. Aber sie nahm all ihren Mut zusammen und eilte, das Äffchen fest an sich gedrückt, die Treppen hinauf.

Hugo betrachtete Berta in ihrem dünnen Unterkleid, unter dem sich ihr Körper deutlich abzeichnete. Endlich hatte sie eingewilligt, mit ihm das Schlafgemach aufzusuchen. Im Kamin knisterte ein Feuer, das den Raum in ein warmes Licht tauchte. Es war Hugos vierte Hochzeitsnacht und es schien die vielversprechendste zu werden.

Seine erste Frau war viel älter als er gewesen. Aber dafür hätte er durch sie fast die Kontrolle über Burgund bekommen, jenes Land, das ihm noch fehlte, um ein Großreich von der Provence bis Italien zu gründen. Doch leider verstarb sie rasch, bevor er so richtig in Burgund Fuß fassen konnte. Seine zweite Frau Alda verschied ebenfalls schnell. An sie konnte er sich kaum mehr erinnern. Sie hatte ihm keine nennenswerten Vorteile eingebracht. Marozia, seine dritte Frau, war hingegen in jeder Beziehung vollkommen. Er begehrte die Herrscherin von Rom aufrichtig, genauso wie die Kaiserkrone, die diese Heirat ihm beinahe beschert hätte. Leider wurde Marozia von ihrem eigenen Sohn eingekerkert. Jetzt setzte Hugo all seine Hoffnungen in seine vierte Ehe. Und was er da unter Bertas Gewand ahnen konnte, stimmte ihn fröhlich.

Er trat näher an Berta heran. »Du bist schön.«

Hugo entblößte ihre Schulter. Es herrschte Stille. Der Lärm der Feiernden schallte nicht bis zu ihnen hinauf. Dafür konnte Hugo deutlich hören, wie schnell Bertas Atem ging. Er deutete es als Zeichen der Lust, doch als er ihren Hals küssen wollte, drehte sie sich plötzlich von ihm weg.

»Wartet, lasst mir ein wenig Zeit.«

»Zeit, wozu? Dein Mann ist fast ein halbes Jahr unter der Erde.«

Er lachte, um sich ihr dann erneut zu nähern. Doch wieder gebot sie ihm Einhalt: »Es war eine schwere Zeit für mich. Sein Tod, Eure Ankunft, die Hochzeit …«

»Dann brauchst du dringend etwas Ablenkung …«

Schon wollte Hugo sich endgültig über Berta beugen, als ihn ein Geräusch davon abhielt. »Da sind Stimmen.«

Er setzte sich auf. »Da redet jemand.«

»Es sind bestimmt ein paar von unseren Gästen.«

»Aber die feiern doch alle im großen Saal.«

»Vielleicht sucht ein Pärchen Ruhe und Abgeschiedenheit, genau wie wir …«

Jetzt war es Berta, die ihren Arm um seinen Nacken legte und seinen Kopf nahe zu sich heranzog. Doch Hugo war nicht überzeugt. »Das hörte sich nicht an wie Liebesgeflüster …«

»Dann scheint der gute Mann wohl nicht zu wissen, wie man mit einer Frau umgeht.«

Berta näherte sich Hugos Gesicht. Ihre Lippen berührten seine, erst zart, dann immer fordernder. Hugo erwiderte ihre Leidenschaft, bis er erneut innehielt und horchte.

»Da! Nochmal! Ich muss nach dem Rechten sehen!«

»Später! Ich kann es kaum mehr erwarten …«

Berta zog sich das Gewand von den Schultern, sodass es den Blick auf ihre Brüste freigab. Hugo streichelte sie, und als er begann, sie mit seiner Zunge zu liebkosen, entrangen sich Bertas Kehle heisere Schreie.

Hugo konnte nicht ahnen, dass sie weniger der Lust als dem Verlangen, andere Geräusche zu überdecken, entsprangen. Denn auch Berta hatte die Stimmen der Männer vernommen und im Gegensatz zu Hugo wusste sie, wem sie gehörten.

Adelheid starrte erschrocken in Konrads leere Kammer. Die Tür stand weit offen. Die großen Männer mussten ihn schon geholt haben. Sie überlegte fieberhaft, was zu tun sei, als das Mädchen Geräusche aus Bertas Kemenate hörte. Die Mutter, natürlich!

Sie war die Rettung. Adelheid eilte zu der schweren Tür und stieß sie mit all ihrer Kraft auf. Was sie sah, ließ sie erstarren. Hugo, dieser große fremde Mann, lag mit all seinem Gewicht auf Berta und stöhnte. Ihre Mutter stöhnte ebenfalls. Sicher tat er ihr weh. Schnell rannte sie zum Bett und packte Hugo am Arm. »Lass sie in Ruhe! Geh weg!«

Hugo sah sie mit einem Ausdruck von Unverständnis an. Doch er ließ von Berta ab, was für Adelheid die Hauptsache war.

»Wie kannst du es wagen …«

Hugos Stimme dröhnte durch den Raum, doch Adelheid redete schon auf die Mutter ein. »Schnell, du musst helfen! Sie haben Konrad entführt!«

»Was sprichst du da, Kind?«

Berta schüttelte missbilligend den Kopf, wandte sich dann an Hugo. »Du musst entschuldigen, sie hat sicher schlecht geträumt. Hör gar nicht hin.«

Doch Hugo war aufmerksam geworden. »Konrad ist entführt? Von wem?«

Hastig schlüpfte er in seine Beinkleider. Doch das Kind achtete nicht weiter auf ihn, sondern zerrte an der Mutter. »Komm schnell, gleich werden sie mit ihm wegreiten!«

Hugo hatte genug gehört. Er rannte, sein Hemd überziehend, aus dem Gemach. Berta strich rasch ihr Untergewand glatt. »Du rührst dich nicht von der Stelle!«, herrschte sie Adelheid an, bevor sie ebenfalls in den Gang hinaus lief.

Noch nie hatte die Mutter so mit ihr gesprochen. Das Mädchen wusste, dass es sich der Mutter nicht widersetzen durfte, und doch ließ Adelheid der Gedanke an Konrad keine Ruhe. Sie musste einfach nach draußen, sie musste ihn suchen. Kurzentschlossen packte sie das Äffchen und rannte mit dem Tier auf den Gang.

Draußen angelangt, überquerte Adelheid den Hof und eilte durch das große Tor nach draußen, das Äffchen an ihr pochendes Herz gedrückt. Sie hörte sich entfernendes Hufgetrappel. Hugo lief aufgeregt hin und her, während er dem noch verschlafenen

Stallburschen Befehle erteilte. »Schnell, mach mein Pferd fertig. Den Braunen, nein, doch lieber den Schimmel.«

Adelheid begann zu weinen. »Sie sind fort!«

Berta, die auf sie aufmerksam wurde, schubste sie unsanft zurück, aber Hugo gebot ihr Einhalt und nahm Adelheid bei den Schultern. »Wie sahen sie aus?«

»Sehr groß, größer als du. Und sie sprachen eine andere Sprache.«

»Otto, ich wusste es! Das kann nur er sein!«

Hugos Stimme überschlug sich fast, so wütend war er. »Seine Leute haben sich Konrad geholt.«

Adelheid verstand nicht. Otto, dieser Mann mit dem herzhaften Lachen und den warmen Augen, sollte Konrad entführt haben? Das konnte nicht sein. Er würde nie einem Schwächeren ein Leid antun. Verwirrt sah sie, dass Hugo auch auf ihre Mutter böse war.

»Du hast es gewusst, stimmt's? Deshalb also deine plötzliche Lust! Es war alles nur Ablenkung! Du niederträchtiges Weibsstück!«

Hugo erhob drohend seine Hand, doch Berta wich keinen Zentimeter. »Natürlich, oder meintest du im Ernst, dass ich dich begehre? Einen Mann, der meinem Sohn die Herrschaft streitig machen will?«

»Ich bin sein Vormund.«

»Ein Vormund muss das Beste für sein Mündel im Auge haben. Doch du denkst nur an deine Macht.«

»Und woran denkt Otto?«

»Er wahrt Konrads Rechte, so lange, bis er selbstständig Burgund regieren kann.«

»Das ist doch lächerlich.«

Hugo sprang auf den Schimmel, den der Stallbursche ihm brachte, und preschte los. Berta sah ihm ruhig nach. »Er kann sie nicht mehr einholen«, sagte sie mehr zu sich selbst als zu ihrer Tochter.

Adelheid zupfte die Mutter am Ärmel. »König Otto hat Konrad holen lassen? An seinen Hof?«

Berta nickte mit einem zufriedenen Lächeln, aber dann wurde ihre Miene streng. »Und du hast beinahe alles verdorben.«

»Aber ich dachte, sie wollen ihn entführen.«

Die Mutter packte Adelheid am Arm. »Misch dich nie wieder in Sachen ein, die dich nichts angehen.«

Der kleine Affe grub seine Zähne blitzschnell in Bertas Hand, sodass sie laut aufschrie. »Au!«

Böse starrte sie auf das Tier. »Bring ihn weg, sofort!«

»Aber ich habe nur noch ihn. Jetzt, wo Konrad weg ist …«

»Keine Widerrede. Bring ihn dahin, wo du ihn hergeholt hast.«

»Aber Mutter, bitte …«

Adelheid konnte ihre Tränen nicht mehr zurückhalten. Berta nahm sie bei den Schultern. »Kind, du musst jetzt gehorsam sein. Es kommen schwere Zeiten auf uns zu. Mach mir nicht noch mehr Kummer.«

Adelheid wusste, dass sie keine Wahl hatte. Sie ließ das Äffchen auf den Boden, wo es schnurstracks in die Burg zu seinem Besitzer zurücklief. Adelheid blickte in die Richtung, in die ihr Bruder mit den großen Männern entschwunden war. Warum hatte Otto nicht auch sie geholt? Sie sehnte sich plötzlich nach seinen starken Armen, die sie auf sein Pferd ziehen würden. Sie wandte sich an Berta. »Kann ich nicht auch zu König Otto? Ich meine, nur bis Konrad wieder zurückkommt.«

Berta lachte. »Merkwürdige Ideen hast du. Ich bin froh, wenn Otto sich Konrads annimmt. Warum um Himmels willen sollte er sich auch noch um ein kleines Mädchen kümmern?«

Sie war kein kleines Mädchen für ihn. Sein Blick war eindringlich und voller Wärme gewesen. Adelheid hörte Pferdegetrappel. Hoffnungsvoll blickte sie in die Dunkelheit, bis sie erkannte, wer da zurückkehrte.

Es war Hugo und nicht Otto, der in den nächsten Jahren ihr Leben bestimmen würde.

Kapitel 2

Adelheid las von dem Pergament, das vor ihr im Gras lag, ab. »Consors …«

Die junge Frau hob fragend den Blick zum Pater, der im Gegensatz zu ihr den Schatten unter einer Zypresse gesucht hatte. Adelheid lebte nun bereits zehn Jahre im Süden und immer noch genoss sie den Frühling, der hier in Pavia viel eher einsetzte als in ihrer Heimat Burgund. Zum Glück war ihr Lehrer nachgiebig, sodass es ein Leichtes war, ihn dazu zu überreden, die kalten Mauern des Palastes mit dem Garten zu tauschen. Bei der Übersetzung gedachte er ihr allerdings nicht zu helfen, sondern sah sie nur abwartend an. Adelheid tat so, als ob sie nachdächte, doch die nach dem Winter plötzlich wiederkehrende Farbenpracht der Blumen und die bereits in Blüte stehenden Bäume zogen ihre ganze Aufmerksamkeit auf sich. Der Palast wirkte plötzlich gar nicht mehr so groß und behäbig, sondern schien in dem hellen Licht ganz leicht. Theoderich, der große Gotenkönig, hatte ihn auf den Ruinen eines noch älteren Palastes erbaut. Hugo maulte oft genug, dass die Räume nicht hell, nicht geräumig genug waren. In Wahrheit wurmte es ihn wohl nur, dass das große Bodenmosaik im Thronsaal Theoderich anstatt Hugo zeigte.

Pater Martin räusperte sich. »Was ist, Adelheid, soll ich helfen? Wenn Ihr ein Wort nicht kennt, versucht immer, es abzuleiten. ›Consors‹ beginnt mit ›con‹, also ›mit‹.«

Martin sah sie erwartungsvoll an. Adelheid lenkte ihre Gedanken wieder auf den Text. ›Con‹ bedeutete ›mit‹, das wusste sie auch. Aber der Rest? Sie verstand selber nicht, warum sie sich so schwer tat. Wenn sie in Pavias Gassen unterwegs war, flogen ihr die Wörter der Kaufleute und Pilger in den unterschiedlichsten Sprachen geradewegs zu. So ungern Adelheid damals aus dem Norden weggegangen war, so sehr schätzte sie mittlerweile Pavia, die Stadt, mit der selbst das große Rom kaum an Glanz und Betriebsamkeit mithalten konnte. Wie gern hätte sie sich jetzt in den Trubel gestürzt, doch dafür hatte der Pater bestimmt kein Verständnis.

»Pater Martin! Adelheid!«

Adelheid drehte sich, froh über die Ablenkung, zu ihrer Cousine Willa um. Die blonde Frau war nicht besonders hübsch, auch wenn ihr spitzes Gesicht durch die bereits weit fortgeschrittene Schwangerschaft etwas Fülle bekommen hatte. Adelheid lief der sich schwerfällig bewegenden Frau entgegen und begrüßte sie mit einem Kuss. Sie mochte die zehn Jahre Ältere sehr gern, fühlte sich fast schwesterlich mit ihr verbunden.

»Es tut mir Leid, dass wir zu spät kommen. Aber Adalbert hatte ein kleines Missgeschick beim Reiten. Der Hengst hat ihn abgeworfen.«

Sie deutete auf ihren Sohn, der, eine Hand an seinem schmerzenden Hinterteil, angehumpelt kam.

›Kein Wunder!‹, dachte Adelheid, während sie ihrem dicklichen Neffen einen nicht allzu freundlichen Blick zuwarf. Das von hängenden Wangen gezeichnete Gesicht verriet eine Lethargie, die für einen Zwölfjährigen doch eher ungewöhnlich war.

»Macht Euch keine Sorgen, Markgräfin.«

Pater Martin warf Adelheid einen strengen Blick zu. »Wir sind noch nicht allzu weit mit dem Unterricht gekommen.«

Adelheid senkte beschämt den Kopf. Sie war wirklich unaufmerksam gewesen.

»Setz dich«, befahl Willa ihrem Sohn. »Ich hole dich nachher wieder ab.«

Dann ging sie auf den Pater zu und lächelte ihn an. »Ich bin froh, dass Ihr so viel Verständnis habt.«

Der Pater machte schüchtern einen Schritt zurück. »Nicht der Rede wert.«

»Stellt Euer Licht nicht unter den Scheffel.« Willa stand jetzt direkt vor ihm. »Ihr braucht Euch in keiner Hinsicht zu verstecken.«

Sie musterte den zwar nicht allzu groß gewachsenen, aber mit einem gut gebauten Körper gesegneten Pater lächelnd. Damit ging Willa, Adelheid zuzwinkernd, schnell auf den Palast zu. Adelheid musste ein Lachen unterdrücken. Zusammen mit Willa hatte sie sich schon oft über die Schüchternheit des Paters lustig gemacht. Aber sie hätte es nie gewagt, ihn so herauszufordern.

»Wir waren bei dem Wort ›consors‹ stehengeblieben«, unterbrach Pater Martin ihre Gedanken.

»Vielleicht kann Adalbert uns bei der Übersetzung helfen«, schlug Adelheid vor.

Martin blickte auf Adalbert, der sich unter dem großen Wunderbaum niedergelassen hatte. Er lehnte sich an dessen Stamm, der von Efeu bewachsen war, und zupfte von den Ranken ein paar der schwarzen, kugeligen Früchte ab, die den Winter überdauert hatten. Bevor der Pater sich versah, hatte Adalbert sie sich in den Mund gesteckt und begann genüsslich zu kauen.

»Adalbert!«

Mit zwei großen Schritten war Martin bei seinem Schüler. »Adalbert! Spuck sofort die Früchte aus! Sie sind giftig!«

Adalbert hielt erschrocken im Kauen inne. Der Pater sank vor ihm auf die Knie. »Schnell, raus damit! Oh Herr im Himmel, hilf dieser unwissenden Seele!«

Adelheid sah, dass Martins Gebete nichts nützen würden. Adalbert war vor Furcht wie gelähmt. Geistesgegenwärtig stürzte die junge Frau auf ihn zu und bohrte ihm ihre Finger fest in die Wangen. Sie hatte gesehen, wie einer der Knechte Hugos bestem Jagdhund mit diesem Griff einen spitzen Knochen entwand, und bemühte sich jetzt, es ganz genauso zu machen. Und sie hatte Erfolg. Adalbert öffnete endlich den Mund und spuckte die halb zerkauten Beeren aus. Adelheid wandte sich angewidert ab, während Willas Sohn seine schmerzenden Wangen hielt, auf denen noch deutlich die Abdrücke ihrer Finger zu sehen waren. Pater Martin ermahnte ihn: »Du darfst nicht einfach alles in den Mund stecken.«

»Aber die Beeren sahen so gut aus und ich hatte Hunger.«

»Du hast immer Hunger«, konnte Adelheid sich nicht verkneifen anzufügen.

Adalbert warf ihr einen bösen Blick zu, doch bevor er etwas erwidern konnte, griff der Pater ein. »Genug jetzt. Adelheid hat dich vor schlimmem Unheil bewahrt. Bedanke dich bei ihr.«

»Nicht, wenn sie sich über mich lustig macht.«

»Das würde ich doch nie tun«, erwiderte Adelheid.

»Da seht Ihr's! Sie ist wie alle Frauen: falsch und verschlagen.«

Adelheid wollte auf Adalbert losgehen, aber Martin stellte sich zwischen die beiden Streitenden. »Ich werde euch jetzt etwas über Frauen erzählen.«

Adelheid lächelte in sich hinein, denn sie konnte sich vorstellen, was Willa in diesem Augenblick gesagt hätte. Sie selbst dachte nur, dass ein Priester wohl der Letzte sei, der Ahnung von Frauen hatte.

»›Consors‹, um da weiterzumachen, wo wir vorhin stehengeblieben sind, ist die Gefährtin. Gemeint ist hier eine Mitregierende.«

»Nur ein schwacher König lässt sich von einer Frau ins Handwerk pfuschen«, tönte Adalbert.

Adelheid schnappte noch nach Luft, als Martin schon antwortete: »Ganz im Gegenteil. Nehmen wir einmal Otto, König der Franken und Sachsen.«

Adelheid horchte auf. »Otto? Wie kommt Ihr auf Otto?«

Vor ihrem inneren Auge stieg das Bild eines großen, breitschultrigen Mannes auf. Sie spürte noch die starken Hände, die sie hochhoben, als wäre es gestern gewesen. Und allein die Vorstellung seiner braunen Augen reichte aus, um eine große Sehnsucht in ihr zu wecken. Sie hatte ihn nie vergessen.

Der Pater fuhr ruhig fort. »Otto, der es geschafft hat, nach seines Vaters Tod gestärkt aus den rivalisierenden Kämpfen hervorzugehen und sein Reich zu festigen, tut das nicht zuletzt mit Hilfe seiner Gattin Editha.«

Die Worte des Geistlichen trafen Adelheid bis ins Mark. »Seiner Gattin?«

»Editha ist eine fromme Frau, die an Stelle ihres Mannes, der in die weltlichen Ränkespiele um die Macht verstrickt ist, sühnt und gute Werke verrichtet.«

Editha, der Name hallte in Adelheids Kopf wider. Wie hatte sie so dumm sein können, anzunehmen, dass solch ein Mann, König obendrein, noch nicht verheiratet war? Und doch spürte sie fast schon Hass auf diese Frau, die anscheinend auch noch ein Ausbund an Tugend war.

»Liebt er sie?«, rutschte es Adelheid heraus.

Pater Martin sah sie irritiert an. »Wenn wir uns noch einmal den Terminus ›Consors regni‹ anschauen, dann wird zumindest klar, dass Otto seine Frau achtet.«

»Solange sie ihm nützt.«

Hugos dröhnende Stimme ließ Adelheid herumfahren. Der König hatte sich unbemerkt genähert. »Durch sie hat er beste Verbindungen zum angelsächsischen Herrscherhaus. Aber auch damit wird es ihm nicht gelingen, Kaiser zu werden. Er ist im Grunde seines Herzens ein Barbar.«

»Was wisst Ihr über Ottos Herz?«, rief Adelheid.

Der Pater legte ihr die Hand auf den Arm, um sie zur Mäßigung aufzufordern.

Doch Adelheid schüttelte sie ab. »Lasst mich! Ich habe ihm in die Augen gesehen und ich weiß genau, dass Otto der edelste und vollkommenste Mensch ist, der auf Erden wandelt.«

Hugo lachte schallend. »Was für eine abenteuerliche Idee!«

Dann wandte er sich mit finster werdender Miene an Martin. »Setzt Ihr ihr etwa solche Flausen in den Kopf?«

Er ging drohend einen Schritt auf den Lehrer zu. »Otto ist nicht der Größte.«

Der Pater wurde ganz rot vor Aufregung, versuchte aber ruhig zu bleiben. »Es liegt mir fern, Otto über Gebühr zu preisen. Ich habe lediglich die guten Werke seiner Frau angesprochen, die vielen Stiftungen für die Kirche.«

»Wollt Ihr Euch etwa beklagen, dass Ihr zu wenig bekommt? Ihr elender Pfaffe!«

Hugos Stimme donnerte über die Köpfe der Anwesenden. Adalbert lief bereits verschreckt davon.

»Schmeiße ich Euch seit Jahren Geld in den Rachen, damit Ihr verbreitet, Otto sei mir überlegen? Das hat jetzt ein Ende.«

Der Pater sah Hugo erschrocken an. »Ich bedaure, wenn ich Euch verärgert habe. Aber lasst mich die Prinzessin weiterhin unterrichten. Sie ist klug und hat die besten Anlagen.«

»Habt Ihr nicht noch etwas vergessen?«

Martin schwieg, weshalb Hugo für ihn antwortete. »Sie ist schön. Ich kann mir gut vorstellen, dass es Euch gefällt, zu sehen, wie sich ihre Rundungen entwickeln, die Lippen voll werden und sie sich beim Gehen in den Hüften wiegt.«

Hugos Blick streifte die junge Frau. »Aber das ist mein Privileg. Verschwindet!«

Der Pater sah Hugo erschrocken an.

»Habt Ihr nicht verstanden?«

Hugo machte ein paar Schritte auf den Geistlichen zu. Martin blieb nichts anderes übrig, als den Rückzug anzutreten.

Der König wandte sich lächelnd Adelheid zu. »Endlich allein!«

Er schickte sich an, sie zu umarmen. Adelheid wich zurück, aber hinter ihr versperrte der dicke Stamm des Wunderbaumes den Weg. Die junge Frau riss sich zusammen und sah Hugo geradewegs in die Augen. »Pater Martin hat sich mir gegenüber immer vorbildlich verhalten.«

Hugo lächelte. »Wahrscheinlich. Dumm genug ist er, sich eine Frau wie dich entgehen zu lassen. Komm zu mir, meine Tochter …«

Er streckte begehrlich den Arm nach ihr aus.

»Nennt mich nicht so. Ihr seid nicht mein Vater.«

»Dem Herrn sei Dank.«

Hugo packte Adelheid am Arm und zog sie näher. Seine Lippen berührten ihren Hals. Adelheid nahm all ihre Kraft zusammen und stieß Hugo von sich. Schnell duckte sie sich unter ihm durch und blieb außer Atem in einigem Abstand von ihm stehen. »Das sind Dinge, die nur zwischen Eheleuten geschehen sollen.«

»Jetzt sag nicht, dieser fromme Mann hat über so etwas mit dir gesprochen.«

Adelheid sah Hugo trotzig an. »Das weiß ich von meiner Mutter.«

Hugos Miene wurde abschätzig. »Ach ja? Und warum hält sie sich nicht daran?«

»Was soll das heißen? Wollt Ihr meine Mutter eines losen Lebenswandels beschuldigen? Ihr seid es doch, der eine Geliebte nach der anderen hat.«

»Dann frag doch deine schöne Mutter mal, warum. Sie hat sich nie an ihre ehelichen Pflichten gehalten. Nur einmal ließ sie mich in ihr Bett, damals, in der Hochzeitsnacht. Und selbst bei diesem einen Mal wurden wir gestört.«

Adelheid wurde rot. Sie erinnerte sich genau an diese Nacht. Hugo fuhr fort: »Ich hätte es schon damals wissen müssen. Sie wollte die Krone Italiens, aber ohne Gegenleistung. Noch nicht einmal der Vormund ihres Sohnes durfte ich werden. Lieber versteckt sie ihn bei Otto, bis er alt genug ist, um Burgund zu regieren.«

Adelheid nahm allen Mut zusammen. »So wie es ihm zusteht.«

Hugo sah sie wütend an. »Es steht mir zu, mir und keinem anderen. Und sobald alle Länder von der Provence bis Italien mein sind, werde ich Kaiser.«

»Das wird Otto niemals zulassen.«

Adelheid sah, dass Hugo sich vor Wut kaum noch beherrschen konnte. Er holte schon zum Schlag aus, hielt dann aber inne. »Was rede ich überhaupt mit dir über solche Dinge? Wir beide haben etwas Besseres vor.«

Hugo zog die junge Frau erneut an sich, doch Adelheid

stemmte sich mit den Armen gegen seine Brust. »Ich sage es meiner Mutter!«

Hugo zuckte mit den Schultern und wollte sie schon küssen, als er sie einen Moment lang nachdenklich ansah. »Das solltest du wirklich tun. Rede mit Berta.«

Adelheid betrachtete Hugo misstrauisch, während er fortfuhr. »Sag ihr, dass Konrad zurück an den Hof soll. Dann lasse ich dich in Ruhe.«

Die junge Frau runzelte die Stirn. »Das wird sie nie zulassen.«

»Dann musst du dir eben was einfallen lassen. Wozu ermögliche ich dir denn so eine gute Bildung?«

Er lachte schallend, bevor er sich endlich umdrehte und ging. Adelheids Beine gaben nach und sie ließ sich auf den Boden sinken.

So fand sie Willa, die ihren Sohn abholen wollte. »Adelheid! Was ist mit dir? Hat Adalbert dich geärgert?«

Adelheid schüttelte den Kopf. »Nein, er hat nichts damit zu tun«, presste sie mühsam heraus, doch dann hatte ihre Beherrschung ein Ende. »Es war Hugo«, brach es aus ihr heraus. »Er hat mich auf den Hals geküsst. Es war so entwürdigend.«

Willa ließ sich trotz ihres Bauchumfanges behende zu Adelheid hinunter. »Ich habe mir schon gedacht, dass er die Finger nicht von dir lassen kann.«

Adelheid schüttelte den Kopf. »Eigentlich will er gar nicht mich. Ich soll nur dafür sorgen, dass Konrad zurückkommt.«

»Damit er ihn in seiner Gewalt hat«, nickte Willa. »Dafür ist ihm jedes Mittel recht.«

»Ich werde ihm jedenfalls nicht helfen.«

Willa sah sie an. »Das ist gut, denn es würde dir ohnehin nichts nutzen. Hugo wird dich nicht in Ruhe lassen, ich kenne ihn. Er hat meine Mutter geschändet.«

Adelheid sah Willa überrascht an, als sie auch schon fortfuhr. »Und mein Vater wurde von Hugo, seinem eigenen Bruder, eingekerkert.«

Adelheid vergaß für einen Moment ihre aussichtslose Situation und strich Willa über das Haar. »Lass nur, Willa, reg dich nicht auf, nicht in deinem Zustand.«

Aber Willa wollte nicht schweigen. »Er darf nicht so weitermachen. Wir müssen ihm endlich Einhalt gebieten.«

»So viele haben es schon versucht. Wenn selbst dein Vater es nicht konnte, wer soll es dann tun?«

Willa sah sie einen Moment nachdenklich an. »Es muss jemand sein, dem er es nicht zutraut.«

Adelheid zuckte mit den Schultern. »Er misstraut allen. Schließlich hat er sich schon viele Feinde gemacht.«

Willa schüttelte den Kopf. »Ich meine keinen Fürsten.«

Sie sah Adelheid fest an. Die wurde unruhig. »Du meinst doch nicht, dass ich …« Sie schüttelte den Kopf. »Ich hasse ihn, aber das kann ich nicht. Er ist viel stärker.«

»Du musst es nicht allein tun. Aber wenn du den Anfang machst, werden die anderen dir helfen. Die Zeit ist reif.«

Willa strich sich über den Bauch. Natürlich befand sie sich in ihrem Zustand nicht am Hof, um ihren Sohn unterrichten zu lassen. Adalbert war ohnehin nicht der Hellste, darin machte sie sich nichts vor. Aber es war ein guter Vorwand gewesen, um den richtigen Zeitpunkt für einen Aufstand auszukundschaften, während ihr Mann die Fürsten um sich sammelte, die ebenfalls von Hugos Tyrannei genug hatten. Und nun spielte ihr Hugo Adelheid in die Hände. Auf so viel Glück hatte sie gar nicht zu hoffen gewagt.

Hugo lenkte den pechschwarzen Hengst den engen Pfad hinan. Er drehte sich um und betrachtete Adelheid, die ihm auf einem Schimmel folgte. »Sollen wir eine Pause einlegen?«

Adelheid schüttelte den Kopf. »Nein, lasst uns weiterreiten.«

Obwohl sie bereits kurz vor Morgengrauen aufgebrochen waren und nun schon seit drei Stunden ritten, war Adelheid viel zu aufgeregt, um auch nur einen Anflug von Müdigkeit zu spüren.

Hugo, auf dessen linkem Arm ein großer weißer Gerfalke saß, wartete, bis Adelheid auf einer Höhe mit ihm war. »Tapfer, tapfer, mein Kind. Trotzdem glaube ich nicht, dass du mitgekommen bist, um etwas über die Jagd zu lernen.«

Adelheid hielt vor Schreck den Atem an.

»Ich habe eher das Gefühl, dass du meine Gesellschaft suchst.«

Adelheid atmete aus und erwiderte: »Ich hoffe, dass Ihr Euch mit der Jagd besser auskennt als mit Frauen.«

Damit ritt Adelheid voran. Hugo folgte ihr, den Falken, der eine lederne Haube trug, auf seinem Arm. Die beiden Hunde, die die Jagd anführten, sprangen bereits auf das nur mit niedrigem Gestrüpp bedeckte Plateau, auf das der Pfad mündete. Hugo holte Adelheid mit einem kurzen Galopp wieder ein. »Nun, habe ich zuviel versprochen? So ein weites, übersichtliches Gelände findet man nicht oft.«

Adelheid nickte. »Es ist wie geschaffen für den Hohen Flug.«

Adelheids Augen suchten die Gegend ab, bis ihr Blick an einer dichten Baumgruppe hängen blieb. Da war das Versteck! Genauso, wie Willa es beschrieben hatte. Schnell wandte sie sich Hugo zu, um sich nicht schon durch ihren Blick zu verraten. »Wollt Ihr dem Tier nicht seine Haube abnehmen?«

Hugo schüttelte den Kopf. »Falken können viel besser und schärfer sehen als wir. Er würde nur unruhig werden und zu früh zum Jagdflug ansetzen wollen. Das wäre eine unnötige Quälerei.«

»Bei den Menschen nehmt Ihr weniger Rücksicht«, stellte Adelheid fest.

»Du bist undankbar. Ich habe dir die beste Ausbildung zukommen lassen.«

»Um mich jetzt zu Eurer Dirne zu machen?«, entfuhr es ihr.

Hugo schüttelte ungeduldig den Kopf. »Ich dachte, du hast eingesehen, dass Konrad zurückkehren muss. Warum sonst reitest du an meiner Seite?«

Adelheid sah schnell zu Boden, um seinem forschenden Blick auszuweichen. Es war wirklich dumm, ihn zu verärgern. Sie sah hinüber zu dem Wäldchen, wo man erwartete, dass sie ihre Sache gut machte. »Ich freue mich darüber, dass Ihr mich mitgenommen habt, wirklich.«

Sie rang sich zu einem Lächeln durch.

»Dann lass uns keine Zeit mehr verschwenden.«

Hugo preschte voran, hinein in die Weite der Ebene. Adelheid folgte. Sie näherten sich dem Wäldchen. Doch während Adelheid es angespannt nach Zeichen der Verbündeten absuchte, hatte Hugo schon einen Kranich gesichtet, der den Aufwind vor den Bäumen nutzte und sich mit weit ausgebreiteten, aschgrauen Schwingen auf der Suche nach Nahrung dahingleiten ließ. »Jetzt können wir unserem Freund die Haube abnehmen.«

Vorsichtig zog Hugo dem Jagdvogel die Bedeckung vom Kopf. Sofort lugte das Tier mit seinen schwarzen Augen flink umher und schon hatte auch der Falke den Kranich gesichtet. Hugo ritt noch ein Stück weiter und hielt dabei das Tier, das sein Opfer ausspähte, so ruhig wie möglich. Dann, als er nicht mehr weit vom Wäldchen entfernt war, hielt er an, um die Drahle zu lösen, die die beiden Lederriemen an den Klauen des Falken zusammenhielt. »Jetzt pass gut auf! Gleich wirst du wissen, warum die Falken Herrscher des Himmels genannt werden.«

Mit aller Kraft riss Hugo den Arm hoch, auf dem der Falke saß, und warf das Tier auf die Beute. Der weiße Vogel stieg mit elegantem Flügelschlag hoch in die Luft, bis er den Kranich noch an Höhe übertroffen hatte. Und bevor der die Richtung seines Fluges ändern konnte, war der Gerfalke schon direkt über ihm und stieß in atemberaubender Geschwindigkeit auf ihn herab.

Sogar Adelheid vergaß für einen Moment den Gedanken an das, was gleich im Wäldchen passieren sollte, und sah gebannt dem Vogel bei seiner Jagd zu. Der Falke war jetzt direkt über dem Kranich, versenkte seine Klauen in dessen Rücken und brachte ihn so zu Boden. Die beiden großen Tiere stürzten herab und waren für einen Moment im hohen Gestrüpp verborgen.

Hugo stieg rasch vom Pferd und folgte den Hunden, die die Stelle aufspürten und Laut gaben. Adelheid ließ sich ebenfalls aus dem Sattel gleiten und eilte hinterher. Sie sah noch, wie Hugo den Falken vorsichtig von seiner Beute herunterzog und nochmals hochwarf, um sich dann dem Kranich zuzuwenden.

Adelheid betrachtete den großen Vogel ehrfürchtig. Sein Kopf, der von einer roten Scheitelplatte gekrönt war, zuckte unruhig. Adelheid schauerte bei dem Gedanken, was ihm bevorstand. Sie sah, wie Hugo in seine umgehängte Falknertasche griff. Doch anstatt des Messers, um dem Tier den schlanken Hals durchzuschneiden, zog er etwas Goldenes heraus, mit dem er sich an dessen Bein zu schaffen machte. »Was tut Ihr da?«, fragte Adelheid im Näherkommen.

Hugo sah kurz auf, um sich dann gleich wieder auf den Vogel zu konzentrieren. »Ich binde ihm eine Plakette um. Als Zeichen des Sieges.«

»Was? Ihr tötet ihn nicht?«

»Töten?«

Noch einmal sah Hugo auf. »Warum sollte ich dieses vollkommene Tier töten? Nein, es reicht mir, ihn zu kennzeichnen. Wer weiß, vielleicht habe ich so das Vergnügen, ihn eines Tages erneut zu jagen.«

Adelheid konnte es nicht glauben. Hugo ließ den Kranich leben. Der grausame Mann, der ihr das Schlimmste antun wollte, das sie sich vorstellen konnte, zeigte Respekt vor der Kreatur. Sie sah, wie Hugo die Lederriemen, mit denen er die Plakette anbrachte, festzog, dann aufstand und zurücktrat. Der Kranich kam auf die Beine, um sich eiligst in die Luft zu erheben. Adelheid sah ihn mit ausgebreiteten Schwingen immer höher steigen, bis er schließlich am Horizont verschwand.

Die junge Frau riss sich von diesem Anblick los. Sie musste nun alle ihre Gedanken beisammen haben. Die Beize war vorbei, die eigentliche Jagd konnte beginnen.

Ein Blick zu Hugo zeigte ihr, dass er damit beschäftigt war, das Federspiel mit seinen an einem langen Seil befestigten Schwingen durch die Luft zu wirbeln, um seinen Falken zurückzulocken. Adelheid ging mit wenigen Schritten zu ihrem Pferd, schwang sich auf dessen Rücken und trieb es mit festen Tritten in die Flanken an. Es preschte los und fiel in Galopp. Adelheid wandte sich zu Hugo um und schrie laut um Hilfe. Er konnte nicht sehen, dass sie ihr Pferd vollkommen unter Kontrolle hatte, sondern musste denken, dass es mit ihr durchgegangen sei. Geschickt lenkte sie jetzt direkt auf das Wäldchen zu und spähte aufgeregt nach vorn. Da sah sie den großen Felsblock, neben dem sich eine Lücke in dem Gestrüpp auftat. Dort sollte sie ihn hineinlocken. Alles andere war dann Sache von Berengar. Willas Mann würde Hugos Tyrannei ein Ende bereiten.

Adelheid drehte sich um und sah zufrieden, dass Hugo nun ebenfalls auf seinem Pferd saß und ihr folgte. Er schrie ihr etwas zu, aber sie konnte es nicht verstehen. Sie wandte den Blick wieder nach vorn, auf das Wäldchen zu. Doch plötzlich tauchte das Bild Hugos in ihr auf, wie er eine Plakette anstatt eines Messers aus der Tasche zog. Ein Mann, der seine Beute lieber freiließ, als sie zu töten. Sie wandte sich um. Hugo hatte aufgeholt. Jetzt konnte sie sein Rufen verstehen. »Bleib ruhig, Adelheid.«

Das Wäldchen war nun direkt vor ihr. »Keine Angst, ich helfe dir«, hörte sie Hugo hinter sich.

Und dann tat sie es. Anstatt ihn in die Falle zu locken, riss sie ihr Pferd herum. Es scheute, stieg hoch in die Luft. Adelheid spürte, wie sie abgeworfen wurde und hart mit der Seite auf dem Boden aufschlug.

Nur kurz darauf war Hugo über ihr. Er hob vorsichtig ihren Kopf an und sah ihr besorgt ins Gesicht. »Hast du dir weh getan?«

Hugo drehte dem Wäldchen den Rücken zu, und so sah nur Adelheid den nahenden Kämpfer, der sich fast lautlos heranpirschte, die Lanze hoch erhoben. Die scharf geschliffene Spitze, die sich gleich in seinen Rücken bohren würde, war schon deutlich zu erkennen. Sie konnte nichts anders als laut zu rufen: »Vorsicht, Hugo, hinter Euch!«

Hugo fuhr blitzschnell herum und wehrte die Lanze mit einem Schlag seines Armes ab. Adelheid sah als Letztes Hugos von Wut verzerrtes Gesicht, bevor sie in eine tiefe Ohnmacht fiel.

Als sie die Augen wieder öffnete, sah sie erneut Hugos Gesicht. Er lebte! Eigenartigerweise spürte sie Erleichterung. Sie stützte sich auf die weichen Kissen, auf die man sie fürsorglich gelegt hatte und bemerkte, dass es nicht ihr Bett war. Sie befand sich in Hugos Gemach. Schnell ließ sie sich wieder auf die Decken zurückfallen. Hugo strich ihr über den Kopf. »Schön vorsichtig, meine Kleine. Dir muss doch alles weh tun von dem Sturz.«

Adelheid rückte so unauffällig wie möglich ein wenig zur Seite. »Was ist passiert?«

»Man wollte mich töten. Doch Berengar schafft es einfach nicht. Er ist ein Schwächling.«

Hugo lachte lauthals, und so entging ihm, dass Adelheid blass wurde. Nicht Berengar war schwach, sondern sie. Sie hatte im letzten Moment wie ein dummes Kind gegen die Absprache gehandelt und den Mann gerettet, den sie am meisten hasste.

Hugos Miene verfinsterte sich. »Der feige Kerl konnte fliehen.«

Adelheid atmete auf.

»Samt seinen Helfershelfern. Und seiner Frau«, fuhr Hugo fort. »Sie hat es geschafft, hochschwanger und mit all ihren Bälgern zu verschwinden.«

Wenigstens hatte ihr Versagen den anderen nicht den Tod gebracht. Adelheid fand die Kraft, sich trotz ihrer Schmerzen aufzusetzen. Hugo ging aufgeregt hin und her, während er laut nachdachte. »Berengar kann uns nicht gefolgt sein. Wir hätten ihn gesehen. Er muss bereits auf mich gewartet haben.«

Hugo blieb stehen. »Aber woher wusste er, dass ich ausgerechnet dorthin komme?«

Adelheid versuchte ganz ruhig zu bleiben, als Hugo näher kam und weitersprach. »Ich habe hin- und herüberlegt, bin alles nochmal durchgegangen. Und da ist etwas, was ich nicht verstehe.«

Adelheid spürte ein leises Zittern am ganzen Körper.

»Nachdem der Kranich wieder in Freiheit war, bist du zurück zu deinem Pferd gegangen. Warum?«

Adelheid wusste nichts darauf zu sagen.

»Du bist aufgestiegen und wolltest losreiten. Wohin?«

Hugo stand jetzt genau vor dem Bett und ging in die Knie,

um ihr direkt ins Gesicht sehen zu können. »Und wieso ging plötzlich das Pferd mit dir durch?«

Er packte Adelheid an beiden Schultern. »Sprich! Erklär es mir!«

Hugos Stimme hatte schon fast etwas Verzweifeltes, was ihn allerdings nicht daran hinderte, sie feste zu schütteln. Adelheids Seite schmerzte unerträglich, und doch brachte sie noch nicht einmal ein Stöhnen heraus.

»Warst am Ende du diejenige, die mich verraten hat?«

Doch plötzlich ertönte eine Stimme an der Tür. »Lass sie los. Sie hat nichts damit zu tun.«

Es war Berta, die in der Tür stand und Hugo mit festem Blick ansah. Sie war immer noch eine schöne Frau, auch wenn sich ein leicht bitterer Zug um ihre Mundwinkel eingegraben hatte.

Hugo ließ von Adelheid ab und ging auf sie zu. »Ach, woher willst du das denn wissen?«

»Du hast selbst gesagt, dass sie es war, die dich gewarnt hat.«

»Als es fast zu spät war.«

Hugo dachte einen Moment nach. »Aber wenn sie mich nicht verraten hat, wer dann? Es muss jemand sein, der mich sehr hasst.«

»Du hast dir genügend Gegner gemacht«, erwiderte Berta.

»Das hört sich nicht an, als ob du große Angst um mich ausgestanden hättest.«

Hugo stand jetzt zwischen den beiden Frauen. »Ich traue es dir ohne weiteres zu, mich in die Falle laufen zu lassen. Allerdings …«

Er blickte von Berta zu Adelheid. »… ist es doch auffällig, dass du mich unbedingt zur Beize begleiten wolltest.«

Hugo brach ab und fixierte die junge Frau mit einem gewissen Bedauern. »Ich werde dich strafen müssen, schlimm strafen müssen …«

Plötzlich drängte sich Berta vor, sodass sie zwischen Hugo und ihrer Tochter stand. »Ich war es.«

Adelheids Augen weiteten sich und auch Hugo sah Berta überrascht an. »Auf einmal?«

»Ja, und ich bereue es nicht. Ich würde es immer wieder tun.«

Hugo fasste Berta an den Schultern. »Ich habe dich zur Königin von Italien gemacht und was tust du?«

Er schüttelte sie heftig. »Du verrätst mich!«

Dann schleuderte er Berta mit aller Kraft von sich. Sie sah ihn mit schreckgeweiteten Augen an, bevor sie mit einem dumpfen Laut gegen den Kamin prallte. Sie sank an dem Gemäuer entlang zu Boden. Blut tropfte von einer klaffenden Wunde am Kopf auf ihre Schultern und suchte sich den Weg über ihre Gewänder bis zum Boden. Alle waren für einen Moment wie gelähmt. »Mutter!«, ertönte dann Adelheids ängstliche Stimme.

Sie erhob sich so schnell sie konnte vom Bett und humpelte trotz der Schmerzen zu Berta. Die Tochter nahm vorsichtig deren Kopf in die Hände. »Was habt Ihr getan?«, schrie sie Hugo an.

»Nichts anderes, als was deine teure Mutter mit mir vorhatte. Nur, dass sie zu feige war, es selbst zu tun.«

Damit verschwand Hugo aus dem Gemach.

Adelheid riss sich einen leinenen Fetzen von ihrem Kleid und machte sich daran, ihn zu falten. »Wir müssen deine Wunde verbinden, bis es aufhört zu bluten.«

Aber Berta schüttelte nur matt den Kopf. »Du kannst nicht helfen.«

Adelheid ließ den Stoff sinken. »Ich lasse einen Medicus kommen, warte, ich schicke einen Boten.«

Aber Berta fasste die Hand ihrer Tochter. »Lass mich nicht allein.«

»Mutter, woher weißt du, dass ich …«

Adelheid zögerte, bevor sie fortfuhr. »… dass ich ihn verraten habe?«

»Weil ich weiß, dass du nicht einfach aufgibst. Du kämpfst bis zum Schluss.«

Sie streichelte ihrer Tochter über das Gesicht. »Es gibt nicht viele Frauen, die so sind. Du bist etwas ganz Besonderes. Mein Kind.«

Berta lächelte Adelheid an und schloss dann die Augen. Adelheid nahm ihr Gesicht in beide Hände. »Mutter! Mutter! Bitte, sieh mich an!«

Aber Berta blieb regungslos liegen. Adelheid begann zu weinen. »O nein, Mutter! Du darfst nicht sterben! Nicht jetzt, nicht meinetwegen!«

Adelheid warf sich über die Mutter. Doch die spürte weder deren Umarmungen noch die heißen Tränen. Berta war tot.

Kapitel 3

Die Einwohner Pavias standen dicht gedrängt im Kirchenschiff der Basilika San Michele. Hier, wo einst Karl der Große zum König der Langobarden gekrönt worden war, fand heute, am 27. Juni im Jahre 947, wieder eine Krönung statt.

Adelheid erblickte den Goldreif. Die blauen, weißen und roten Steine funkelten im Dämmerlicht der Kirche. Kleine Kettchen, an denen filigran gearbeitete Kreuze befestigt waren, hingen vom unteren Rand herab und sie spürte, wie diese ihr Haar kitzelten, bevor sie das Gewicht der Krone auf ihrem Kopf fühlte.

»Empfange die Krone des Königreiches ...«, hörte sie die Worte des Erzbischofs von Pavia, »... und erkenne sie als Zeichen der heiligen Glorie und der Ehre.«

Adelheid kniete in der Mitte auf einem dunklen Stein, der von vier kleineren umgeben war. Jetzt war es eigentlich Zeit, sich wieder zu erheben, langsamen und gemessenen Schrittes an den Fürsten vorbei aus dem Dunkel der Kirche hinaus ins Helle zu schreiten, auf dass die Einwohner Pavias ihre neue Königin bejubeln konnten. Doch Adelheid brachte es nicht über sich, ihre Beine zu bewegen. Starr harrte sie auf dem dunklen Marmor aus, der an einigen Stellen Einsprengsel aus warmen Brauntönen zeigte.

Das Farbenspiel erinnerte sie an den Blick aus sanften, braunen Augen, der ihr in nur einem Moment so viel offenbart hatte. Aber das Gewicht von Hugos Hand auf ihrer Schulter riss sie aus ihren Gedanken.

»Adelheid! Komm endlich! Man will uns sehen.«

›Uns‹! Wie konnte er nur dieses Wort aussprechen! Sie hatte sich damit abgefunden, dass sie ihn heiraten musste. Das Land brauchte schließlich eine neue Königin. Doch jetzt, so kurz vor der Hochzeitsnacht, wäre sie am liebsten einfach fortgelaufen, wenn sie nur gewusst hätte, wohin.

Adelheid stand auf. An Hugos Seite schritt sie durch den Mittelgang zum Kirchenportal nach draußen ins gleißende Sonnenlicht. Sie hielt einen Moment inne. Die Menschen drängten sich an der Vorderseite der Kirche mit ihrem spitz zulaufenden Giebel zusammen, um Platz zu finden. Ganz Pavia war auf den Beinen und viele andere, teils von weither angereist, wollten bei diesem Ereignis dabei sein. Naschwerkhändler machten gutes Geschäft, weil sie geschickt die Feiertagslaune der Menschen nutzten, um eingelegten grünen Ingwer und ausgebackene Melonenstücke in großen Mengen zu verkaufen.

Adelheid bemerkte, wie ein paar Bäuerinnen staunend auf das eingewebte Gold im Saum ihres Kleides deuteten und einen Blick auf die Stiefel aus weißem Leder erhaschen wollten. Doch sie wurden plötzlich von einem Bettler, schmutziger und verlauster noch als üblich, zur Seite gedrängt, der, um Almosen flehend, seine Hand in Richtung des Königspaares ausstreckte. Sofort schritten die Wachen ein, um ihn mit ihren Lanzen fortzujagen. Der Bettler bemühte sich auszuweichen, da er aber recht beleibt war, ging es nicht so schnell, wie er wollte. Er stolperte, um gleich darauf Adelheid direkt vor die Füße zu kullern. Unwillkürlich bückte sie sich, doch Hugo zog sie sofort wieder hoch und drängte sie weiterzugehen.

Adelheid ließ sich mitziehen, aber dann drehte sie sich doch noch einmal um. Dieses Gesicht – irgendwo hatte sie diesen Bettler schon einmal gesehen. Als die Wachen ihn in die Menge zurückdrängten, bewegte er sich so linkisch, dass er fast wieder das Gleichgewicht verloren hätte. Und plötzlich begriff Adelheid. Sie hatte Adalbert, den dicken, ungeschickten Sohn Willas gesehen! Die Maskerade war ihm nicht schlecht gelungen, nur seine Beleibtheit wollte nicht so recht zu einem Hungerleider passen. Adelheid versuchte, noch einen Blick auf ihn zu erhaschen, doch Adalbert war nicht mehr zu sehen. Aber Adelheid war sich ganz sicher, dass es ihr Neffe gewesen war. Wenn er sich in Pavia aufhielt, bedeutete das vielleicht, dass auch Willa und Berengar zurückgekehrt waren. Adelheid blickte sich um, konnte aber keinen von beiden entdecken. Sie mahnte sich zur Ruhe. Sie mussten nicht unbedingt hier in der Menge stehen. Viel wahrscheinlicher war es, dass sie Adalbert als Kundschafter geschickt hatten, um einen guten Moment für einen Angriff abzupassen. Adelheid hatte das Gefühl, als setze ihr Herz einen Augenblick lang aus. Willa und Berengar standen sicher schon vor den Stadttoren und es war nur noch eine Frage der Zeit, bis sie Hugo aus Pavia vertreiben würden. Adelheid bemühte sich, gelassen zu wirken. Noch einmal wollte sie nicht alles verderben. Doch sie konnte nicht verhindern, dass ihre Anspannung sich in einem erwartungsvollen Lächeln Bahn brach. Die Menge jubelte, als sie ihre strahlende Königin sah.

Hugo hatte die erlesensten Köstlichkeiten auftragen lassen. Flamingozungen und Hahnenkämme hatte es selbst an diesem Hof noch nicht gegeben, obwohl der König nie ein Mann der Askese gewesen war. Hugo betrachtete Adelheids Appetit mit sichtlichem Vergnügen und wunderte sich schon fast, als er sie mit den Fürstinnen scherzen und lachen sah. Er trat an ihre Seite und legte seinen Arm um sie. »Es gefällt dir wohl doch, meine kleine Frau zu sein.«

Adelheid ertrug seine Berührung mit einem Lächeln, wie sie sich auch zum Essen und zur Unterhaltung gezwungen hatte.

»Aber ein klein bisschen widerspenstig kannst du ruhig bleiben«, flüsterte er ihr ins Ohr und küsste sie schnell auf den Hals. Adelheid zuckte unwillkürlich zurück und Hugo grinste.

Doch die junge Frau hatte sich schnell wieder in der Hand. Bald, sehr bald würde sie frei sein und Hugo müsste für alles büßen, was er getan hatte.

Sogar auf dem Weg zum Schlafgemach spürte sie noch den Triumph. Erst als das Bett aufgeschlagen war, Holzscheite im Kamin prasselten und auch der letzte Knecht den Raum verlassen hatte, fühlte sie die Angst. Adelheid sagte sich wieder und wieder, dass bald alles vorbei war. Sie drehte sich zum Fenster und begann, ihren Schmuck abzulegen. Dabei ließ sie ihren Blick über die Ebene hinter der Stadtmauer schweifen. Sie konnte in der Dämmerung keine Spur der Befreier entdecken. Aber das war sicherlich nur ein Zeichen ihrer guten Tarnung. Sie würden Hugo vollkommen überrumpeln und ihm keine Zeit zur Gegenwehr lassen.

Sie spürte Hugos Hand auf der Schulter und fuhr erschrocken herum.

»Lass dass«, erklärte er, während er ihr die Kette, die sie abgenommen hatte, wieder um den Hals legte.

»Ich möchte die Steine auf deiner Haut funkeln sehen.«

Hugo entblößte ihre linke Schulter. Fasziniert blickte er auf die roten und grünen Steine, die tatsächlich auf ihrer weißen Haut noch stärker zu schimmern schienen als auf dem rötlichen Stoff. Adelheid legte die Hand über ihre Blöße, was ihn jedoch nicht davon abhielt, sie auf den Hals zu küssen. Langsam tasteten sich seine Lippen abwärts, ruhten einen Moment in der Kuhle zwischen Hals und Schlüsselbein, um dann den Ansatz ihrer Brüste zu liebkosen.

Adelheid fröstelte. Sie spähte noch einmal durch das Fenster. Hugo sah sie prüfend an. »Komm ins Bett, meine Liebste. Dir ist kalt.«

Er wollte Adelheid mit sich führen, doch die blieb starr stehen. »Nein, nein!«

Hugo war erstaunt, sodass Adelheid schnell anfügte: »Noch nicht. Wir haben so lange gewartet, lass uns jetzt nichts übereilen.«

Hugo sah sie amüsiert an. »Hast du Angst? Das brauchst du nicht.«

Wieder küsste er sie, diesmal auf den Mund. Sein Atem roch nach abgestandenem Bier. Adelheid machte sich frei, indem sie sich nach hinten bog. Sie holte tief Luft, während Hugo sie verärgert ansah. »Was willst du? Händchen halten? Du bist sechzehn Jahre alt. Ich hätte dich längst zur Frau machen sollen.«

Adelheid war verzweifelt, Tränen schossen ihr in die Augen. Willa wusste, wie sehr sie Hugo verabscheute. Es musste einen Sinn haben, dass sie so lange mit dem Eingreifen wartete. Hugo küsste sie erneut auf den Mund.

Vielleicht wollte Willa Adelheid ein wenig schmoren lassen. Schließlich hatten Willa und ihr Mann ihretwegen fliehen müssen, nur, weil sie sich nicht an die Absprache gehalten hatte. Sie spürte, wie Hugo auch ihre zweite Schulter entblößte. Seine Hände strichen über ihre Brüste, erst sanft, dann immer fordernder. Adelheid konnte nicht anders, als ihn zurückzustoßen. Hugo war verblüfft, dann verzerrte sich sein Gesicht vor Wut. »Jetzt ist aber Schluss. Ich kann auch anders.«

Hugo fasste Adelheid um die Taille und drängte sie in Richtung Bett. Sie hatte keine Möglichkeit mehr, sich aus seiner Umarmung zu lösen. Mit einem heftigen Stoß landete sie auf dem großen Bett. Und schon war Hugo über ihr, riss ihr den kostbaren Stoff vom Leib, ohne Rücksicht darauf zu nehmen, dass er ihn zerfetzte. Adelheid bekam nur noch schwer Luft.

Dann spürte sie, wie Hugo sich seine Beinkleider herunterzerrte. Sie wand sich nach Leibeskräften, was Hugo zu gefallen schien, deshalb lag sie bald wieder still. Doch so spürte sie noch deutlicher, wie er seinen nackten Körper an ihrem rieb.

Sie musste irgendetwas falsch gemacht haben. Adelheid spürte, wie Hugo versuchte, ihre Beine zu spreizen. Er drängte sein Knie zwischen ihre Schenkel und schaffte es schließlich, sie auseinander zu drücken.

Vielleicht erwartete Willa etwas von ihr. Irgendetwas, um ihnen das Eingreifen zu ermöglichen. Aber sie hatte keine Nachricht erhalten. Adelheid hörte Hugo dicht an ihrem Ohr keuchen.

Oder die Wachen hatten Adalbert als dreisten Bettler gefangen gesetzt und Willa musste ihn erst befreien. Adelheid kam zu keinem Schluss. Aber wenigstens lenkte sie es etwas ab, als Hugo endgültig in sie drang.

Danach drehte sie sich zur Seite und hörte auf zu weinen. Sie dachte nicht mehr an Willa. Auch nicht an ihre Befreiung. Jetzt war alles egal.

Adelheid öffnete mühsam ihre Augen. Der brennende Schmerz zwischen ihren Beinen erinnerte sie sofort an die Ereignisse der Nacht. Doch dann lenkten sie Geräusche ab. Es waren Schritte, die sie trotz Hugos Schnarchen an ihrer Seite immer deutlicher vernehmen konnte. Die Tür wurde aufgerissen, und da standen ihre Retter. Adelheid beobachtete, wie sie sich mit gezogenen Schwertern dem Bett näherten, sich auf Hugo stürzten und ihn aus dem Bett zerrten. Seine Gegenwehr und seine Wutschreie nutzten ihm nichts. Es war alles so, wie Adelheid es sich vorgestellt hatte, nur, dass sie zu spät kamen.

Als Willa das Gemach betrat, kaum, dass die Bewaffneten es mit ihrem Gefangenen verlassen hatten, konnte Adelheid sie nur mit einem kurzen Kopfnicken begrüßen anstatt mit Jubel, wie sie es noch vor wenigen Stunden getan hätte. Doch auch die Markgräfin richtete ihr Augenmerk zuerst auf das verwühlte Laken, das sie glatt zog. Dunkle Blutflecken kamen zum Vorschein. Willa nickte befriedigt. Adelheid sah die Ältere an. »Sie haben ihn verwundet.«

Willa schüttelte den Kopf. »Das ist dein Blut, du Dummerchen!«

Adelheid blickte auf die roten Flecken. Sie umklammerte Willas Hand. »Er hat mir wehgetan, sehr weh.«

Adelheid konnte nicht weitersprechen. Doch dann gab es kein Halten mehr und all ihre Wut und Trauer brachen sich Bahn. Adelheid weinte in Willas Armen. »Ich … ich wollte es nicht, doch er war stärker. Er war so schwer, ich spürte seinen Atem …«

Willa nahm sie bei den Schultern. »Du unvernünftiges Ding! Warum hast du beim ersten Mal alles verdorben? Wir hätten Hugo schon längst beseitigen können.«

»Bist du deshalb nicht eher gekommen?«

Willa sah sie fragend an.

»Um mich zu strafen«, erklärte Adelheid. »Dafür, dass ich dich und deinen Mann in Gefahr gebracht habe.«

Willa runzelte die Stirn. »Wie kommst du nur darauf? Wir mussten solange warten. Solange, bis die Ehe vollzogen war. Erst jetzt bist du wirklich Königin von Italien.«

Adelheid schüttelte ungläubig den Kopf. »Du bist absichtlich zu spät gekommen?«

Willa legte ihr tröstend die Hand auf die Schulter. »Keine Angst, du brauchst Hugo nie wieder zu sehen. Ein anderer Mann wird in dein Leben treten.«

In dem Moment kam Adalbert vollkommen außer Atem zur Tür herein. »Du hast nach mir gerufen, Mutter?«

Willa nickte. »Ich wollte Adelheid ihren zukünftigen Gatten vorstellen.«

Adelheid sah Willa verständnislos an. »Du meinst doch nicht …«

»Doch, hier steht er! Adalbert und du, ihr werdet heiraten.«

»Aber … aber er ist doch noch ein Kind!«

»Unfug! Er ist alt genug für die Ehe und vor allem, alt genug, um König zu werden.«

Stirnrunzelnd sah sie, dass Adalbert verspielt über die Klinge eines mächtigen Schwertes strich, das an der Wand hing. »Lass das, Adalbert!«

Der zuckte zusammen und schnitt sich prompt an der scharfen Waffe. »Au!«

Adalbert saugte an seinem Finger.

»Das kannst du nicht ernst meinen!«, wandte sich Adelheid immer noch fassungslos an Willa. »Aber selbst wenn ich wollte … Ich bin bereits verheiratet.«

Es erschien ihr fast wie ein Hohn, dass plötzlich ihre Ehe mit Hugo doch noch zu etwas gut sein sollte.

»Nicht mehr lange«, berichtigte Willa sie. »Ich nehme an, dass Berengar gerade dabei ist, dich zur Witwe zu machen.«

Willa lächelte sanft.

Hugo konnte sich dem festen Griff der Bewacher nicht entziehen, das war klar. Sie hatten ihn im Schlaf überrascht und er hatte seitdem keine Chance gehabt, ihnen zu entkommen.

Doch als sie ihn über die Flure zerrten, die Stufen hinunter stießen und jetzt schließlich über den Burgplatz schubsten, hatte er keine von seinen Wachen gesehen. Entweder hatte man sie auch alle überwältigt, oder, was ihm wahrscheinlicher erschien, man hatte sie bestochen. Diesem erbärmlichen Gesindel war es ohnehin egal, wem sie dienten, Hauptsache, ihre Mägen waren gefüllt und der Wein floss in Strömen. Am meisten ärgerte er sich jedoch über sich selbst. Wieso hatte er nicht gemerkt, dass Berengar zurück war?

Hugo fiel eine Gestalt auf, die im Schatten der Torbögen fast verborgen war und auf die seine Schergen mit ihm in der Mitte geradewegs zuliefen. Der große Wuchs des plumpen Körpers, der unruhig sich umschauende kleine Kopf – es war Berengar, der versteckt darauf wartete, dass Hugo näher kam. Er hatte noch nicht einmal den Mut, sich offen vor den wehrlosen König zu stellen, um ihn umzubringen. Sicher hätte er das am liebsten auch noch seiner Frau überlassen. Hugo wandte sich an seine Bewacher. »Haltet ein, bitte!«

Die beiden reagierten nicht. Doch Hugo gab nicht auf. »Ich kenne sehr wohl mein Schicksal. Lasst mich einen letzten Blick zurück auf meinen Palast werfen.«

Die Männer hielten jedoch erst an, als sie sich eines kaum merklichen Nickens ihres Herrn aus dem Schatten versichert hatten und drehten sich mit Hugo zu dem mächtigen Gemäuer. Hugo atmete tief durch, scheinbar beeindruckt durch die Schönheit des Anblicks, in Wahrheit aber seine Kräfte sammelnd. Er wusste, dass Berengar den Moment nutzen würde, um ihn von hinten zu meucheln. Und tatsächlich, schon hörte er Schritte. Aber Hugo war schneller. Er duckte sich und riss, all seine Kraft aufbietend, seine Bewacher mit nach unten, sodass Berengars Klinge ins Leere stieß und er über das Knäuel an Leibern fiel. Hugo nutzte den kurzen Moment der Verwirrung und riss sich von den Schergen los, um mit schnellen Schritten auf das Tor zuzulaufen. Schon spürte er die Verfolger hinter sich, als er Berengar rufen hörte: »Wo ist mein Schwert? Zur Hilfe, ich bin wehrlos! Bleibt hier! Ihr sollt mich schützen!«

Besser konnte es gar nicht kommen. Dank Berengars Feigheit gewann er einen großen Vorsprung und gelangte ungehindert zu den Ställen, wo er sich auf seinen Braunen schwang. Er galoppierte los und vergrößerte den Abstand zwischen sich und den Aufrührern schnell. Nur sein Lachen, das konnte man noch lange hören.

Adelheid bemerkte die Enge des kleinen, immer etwas feuchten und klammen Raumes kaum noch. Seit drei oder vier Jahren, sie wusste es nicht mehr genau zu sagen, hatte sie ihn nicht verlassen dürfen. Willa hatte sie hier direkt nach Hugos Flucht eingesperrt. Erst wenn er tot war, würde Willa ihre Haft beenden, allerdings nur, um sie mit ihrem Sohn Adalbert zu verheiraten. Da erschien Adelheid ihr Verlies fast verlockender.

Oft genug konnte sie von ihrem Fenster aus Willas Sohn betrachten. Aus dem dicklichen Jungen war ein stämmiger Mann geworden. Reiten konnte er immer noch nicht. Umso glanzvoller erschien ihr dagegen das Bild von Otto, das sie in ihrem Herzen trug. Bei jeder Gelegenheit bat sie Pater Martin, der sie als Seelsorger regelmäßig besuchen durfte, von ihm zu erzählen. »Otto war die überaus große Freigiebigkeit seiner Frau ein Dorn im Auge«, hob der Pater bei einer dieser Gelegenheiten an. »Er verbat ihr, auch nur noch eine Münze zu verschenken. Um zu prüfen, ob sie sich an seine Anweisung hielt, verkleidete er sich als Bettler. Es gelang ihm tatsächlich, den kostbaren Ärmel eines Gewandes von Editha zu erflehen.«

Adelheid lauschte atemlos. Sie wäre einem Mann wie Otto gegenüber nie so ungehorsam gewesen, das hatte er nicht verdient. Martin fuhr fort. »Editha weinte sehr, als er abends verlangte, das Kleid zu sehen. Schließlich musste sie es ihm bringen lassen. Doch als Otto es ausbreitete, war der Ärmel wieder dran. Nicht das kleinste Loch war zu sehen.«

Adelheid hielt den Atem an.

»Gott hatte Otto beschämt. Seitdem hat er Editha nie wieder etwas vorgeworfen«, erklärte der Kirchenmann.

Adelheid schlug die Hände vors Gesicht und weinte. Martin wollte sie trösten: »Aber, aber, es ist doch alles gut geworden. Otto hatte noch rechtzeitig erkannt, mit welch untadeliger Frau er gesegnet war.«

Aber gerade das war es, was Adelheid so traf. Wer solch eine Frau hatte, würde doch niemals eine andere wollen, schon gar nicht eine im Kerker langsam verblühende Gefangene. Ihre letzte Hoffnung war ihr genommen worden.

Pater Martin entging die Verschlechterung ihres Zustandes nicht. Mit Sorge nahm er Adelheids steten Verfall wahr. Sie aß und trank zwar, aber dennoch wurde sie immer magerer, und ihre Augen verloren jeden Glanz. Anfangs hatte sie noch aufmerksam gelauscht, wenn er ihr aus der Bibel erzählte und ihn immer wieder gebeten, die Geschichten der Frauen zu erzählen, die an ihrer Liebe litten wie Batseba oder die Ehebrecherin. Doch bald hatte er das Gefühl, dass seine Worte gar nicht mehr bis an ihr Ohr drangen. Er wusste, dass es höchste Zeit war, etwas zu unternehmen.

Die passende Gelegenheit ergab sich, als die Pestilenzia die Stadt bedrohte. Der schwarze Tod stand bereits vor den Toren Pavias und der Abt seines Klosters in Nonantula befürchtete, dass Beten allein nicht mehr half. Martin hatte ihm daraufhin vorgeschlagen, die kostbaren Reliquien des Klosters nach Pavia zu überführen, um die Stadt unter ihren Schutz zu stellen. Die Gebeine der beiden Heiligen Theopompos und Synesius sollten in einer Prozession in die Basilika gebracht werden und keine andere als Adelheid, die Königin, würde den feierlichen Zug anführen. Der Plan wurde angesichts der Angst vor der Seuche gutgeheißen – auch von Willa.

»Adelheid, es wird Zeit. Lasst uns nach draußen gehen.«

Pater Martin streckte der Königin die Hand hin, doch sie ergriff sie nur zögerlich. Es schien fast, als hätte sie Angst, ihr Verlies nach so langer Zeit zu verlassen. Mit langsamen Schritten stieg sie die Stufen hinab. Als sie nach draußen traten, beschirmte sie ihre Augen mit der Hand, zu ungewohnt war das grelle Sonnenlicht. Der Pater ließ ihr Zeit, bevor er sie zu der kleinen

Gruppe führte, in der der Bischof mit anderen Geistlichen wartete. Doch kaum hatte Adelheid sich hinter den silbernen Reliquienkästchen, die auf einer mit Samt ausgeschlagenen Sänfte ruhten, aufgestellt, drängte sie jemand weg. Es war Willa, die diesen herausgehobenen Platz für sich beanspruchte. Die früher eher unscheinbare Frau war in den letzten Jahren aufgeblüht. Ihr blondes Haar glänzte, ihre Wangen waren rosig und sie hielt ihren festen, drallen Körper sehr aufrecht. »Adelheid! Pater Martin!«, begrüßte Willa die beiden.

»Markgräfin, bitte, das Volk will seine Königin sehen. Es musste lange genug auf sie verzichten.«

Willa lächelte ungewöhnlich freundlich. »Das Volk wird Adelheid bald mehr als genug sehen. Spätestens bei den Hochzeitsfeierlichkeiten.«

Adelheid sah Willa erschrocken an. »Hochzeit? Wie meinst du das?«

Willa kniff Adelheid in die Wangen. »Meine Güte! Wie blass du bist! Du solltest wirklich ein bisschen mehr auf dich achten, jetzt, da du bald Adalberts Frau wirst.«

»Aber Hugo? Was ist mit Hugo? Immerhin ist er noch mein Mann.«

Willa lächelte. »Ach, habe ich das noch gar nicht erwähnt? Hugo ist tot.«

»Nein!«, entfuhr es Adelheid.

Doch Willa plauderte munter weiter. »Er ist einen unwürdigen Tod gestorben. Statt auf dem Schlachtfeld hat es ihn im Bett dahingerafft. Man sagt, er hatte eine blutjunge Geliebte bei sich. Der Mann neigte immer schon dazu, sich zu überschätzen.«

»Trotzdem heirate ich Adalbert nicht! Nie und nimmer«, entfuhr es Adelheid.

»Natürlich heiratest du ihn«, erwiderte Willa ungerührt, während sie etwas versöhnlicher fortfuhr: »Es ist bereits alles für die Hochzeit in die Wege geleitet.«

Willas Ton duldete keinen Widerspruch: »Ihr werdet euch schon aneinander gewöhnen.«

Sie blickte über den Hof. »Wo bleibt er nur? Ich habe ihm doch gesagt, er soll rechtzeitig fertig sein.«

»Da bin ich schon, Mutter«, ließ sich Adalbert undeutlich vernehmen, da er noch mit beiden Backen kaute, während er aus dem Küchenhaus kam. Willa wischte mit der Hand an einem großen Fettfleck herum, der Adalberts Wams zierte. »Musst du schon wieder essen?«

Willa schubste ihn ärgerlich auf seinen Platz hinter Adelheid. Martin konnte spüren, wie unangenehm es Adelheid war, den ungeschlachten Mann den ganzen Weg bis zur Basilika im Rücken zu haben.

Die Königin hielt den Kopf gesenkt, während sie langsam auf der Hauptstraße unweit des Stadttores in Richtung San Michele gingen. Sie sah aus den Augenwinkeln, dass viele Menschen den Weg säumten und in laute Begeisterungsrufe ausbrachen, wenn Adelheid vorüberging. »Hoch lebe unsere Königin! Die Königin erbarme sich unser!«

Die Leute winkten und alle versuchten einen Blick auf die junge Frau zu erhaschen, doch die verbarg sich so gut es ging unter dem Schleier, der ihren Kopf bedeckte. Sie schämte sich dafür, dass sie ihr Volk noch nicht einmal ansah, aber sie konnte nicht. Sie war nicht die, für die die Leute sie hielten. Sie hatte den Titel nicht verdient. Eine Königin ließ sich nicht wegsperren, eine Königin ließ sich nicht zu einer Heirat mit einem Mann wie Adalbert zwingen. Sie war nicht würdig, bejubelt zu werden, und sie war nicht würdig, die Reliquien zu überführen. Am liebsten wäre sie in ihr Verlies zurückgekehrt, in die Sicherheit und die Ruhe ihres Kerkers.

Vom nahen Stadttor her hörte man plötzlich lärmende Stimmen. Es schien einen Aufruhr zu geben. Reiter, die zu den Truppen des Palastes gehörten und den Weg säumten, stachen mit ihren Lanzen in eine Menschenmenge, die durch das Tor in die Stadt drängen wollte. »Zurück! Ihr müsst draußen bleiben!«, ertönten die Befehle der Bewaffneten.

Alle Blicke wandten sich zu der Gruppe, die sich durch die Waffen nicht aufhalten ließ, sondern unaufhörlich näher kam.

Adelheid spürte, dass die Angst um sich griff. Die Schaulustigen, die eben noch so erpicht darauf waren, Adelheid zu sehen, wichen plötzlich zurück, drängten nach hinten, ohne Rücksicht auf Ältere und Schwache, die einfach niedergetrampelt wurden. »Die Pest! Die Pestilenz kommt!«

Jetzt fuhr auch Adelheid die Furcht in alle Glieder. Mit schreckgeweiteten Augen blickte sie auf die am schwarzen Tod Erkrankten, denen es gelungen war, bis ans Stadttor vorzudringen. Auch sie erhofften sich Hilfe von den Reliquien und sie brauchten sie dringender als alle anderen.

»Wir kehren um, sofort!«, hörte Adelheid Willa hinter sich befehlen.

Da wusste sie, was zu tun war. Adelheid zog den Schleier vom Kopf, stand gerade und aufrecht, bevor sie schnellen, aber sicheren Schrittes voranging. Alle Furcht war von ihr abgefallen, als Adelheid sich unbeirrt dem Stadttor und damit der Gruppe der Verzweifelten näherte. Jetzt konnte sie bereits einzelne Menschen in der Menge ausmachen. Adelheid zögerte für einen Moment, als sie am Hals einer Frau eine dicke Beule erkannte. Der Mann neben ihr wies ebensolche Verformungen auf, die obendrein noch mit Eiter gefüllt waren. Und dann sah Adelheid die bereits schwarzen Fingerkuppen der Hände, die sich ihr entgegenstreckten. Doch sie überwand sich und schritt beherzt auf die sie Anflehenden zu. Fast hatte sie die von der Krankheit Gezeichneten erreicht, als sie jemand festhielt. Unwillig wollte sie sich losreißen, doch es gelang ihr nicht, im Gegenteil, ein Paar Hände ergriff sie nur noch fester und drehte sie herum. Es war Pater Martin, der sie eindringlich ansah. »Adelheid, Ihr geht nicht zu ihnen.«

Adelheid wand sich.

»Was fällt Euch ein, ich bin die Königin!«

»Genau deswegen will ich Euch schützen.«

»Schützen? Wovor? Seid Ihr es nicht, der immer vom Mitgefühl für die Armen und Kranken predigt? Lasst mich zu ihnen!«

Doch alle Anstrengung half nichts. Selbst als Adelheid begann, auf den Pater einzuschlagen, änderte das nichts an seinem festen Griff. Schließlich ließen Adelheids Kräfte nach und sie hörte auf sich zu wehren. Sie sah zu den Kranken hinüber. Die Wachen hatten sich nun doch gegen sie durchsetzen können und sie wieder hinter das Stadttor gedrängt, das nun eilig geschlossen wurde. Da wusste sie, dass es zu spät war. Sie hatte ihre Chance verpasst.

»Ich bin froh, dass Ihr es nicht getan habt. Froh, dass Ihr Euch nicht auf das Schlimmste versündigt habt.«

Der Pater sah sie durchdringend an. Adelheid hielt seinem Blick nicht stand. Natürlich wusste sie, dass es eine Todsünde war, sein Leben zu beenden. Aber was für ein Leben? Sie war nicht mehr als ein Werkzeug in Willas Händen, ihr auf Gedeih und Verderb ausgeliefert. Es war bestimmt nicht so schlimm, wenn man solch ein Dasein von der Erde tilgte. Sie wünschte, der schwarze Tod hätte auch vor ihr nicht haltgemacht.

Willa breitete den roten Samt auf dem Tisch aus und fuhr sachte mit der Hand darüber. »Es ist der schönste, den ich bekommen konnte. Schließlich wollen wir doch eine halbwegs ansehnliche Braut aus dir machen.«

Ihr Blick fiel auf ein Tablett mit appetitlich angerichteten Speisen, das unangerührt auf dem Tisch stand. »Du hast wieder nichts gegessen!«

»Ich hatte keinen Hunger«, erklärte Adelheid mit leiser Stimme.

»Unsinn! Das machst du doch mit Absicht!«, herrschte Willa sie an und griff ihr fest ins Haar.

»Guck doch, wie stumpf es ist!«

Willa zerrte Adelheid durch den halben Raum. »Deine Haut aschfahl, dein Körper abgemagert!«

Sie stieß Adelheid von sich. Übrig blieb ein Büschel Haare in ihrer Hand. Adelheid fasste sich an die schmerzende Stelle an ihrem Kopf, als Pater Martin den Raum betrat. Bestürzt sah er auf die beiden Frauen. »Markgräfin! Adelheid!«

»Seht zu, dass sie Vernunft annimmt, sonst seid Ihr die längste Zeit ihr Seelsorger gewesen«, herrschte Willa ihn an und stürmte nach draußen.

Martin ging auf Adelheid zu und nahm sie tröstend in den Arm. »So kann es nicht mehr weitergehen.«

»Ich wollte das Elend beenden. Ihr wart es, der es nicht zugelassen hat«, erwiderte Adelheid tonlos.

»So meine ich das nicht. Habt Ihr eigentlich schon einmal überlegt, Adalbert doch zu heiraten?«

Adelheid wich vor ihm zurück. »Was? Ihr redet schon wie sie!«

Der Pater schüttelte den Kopf. »Es ist eine Schande, wie Ihr hier dahinsiechen müsst. Ihr seid stark, stark genug, um einen Mann wie Adalbert zu lenken.«

»Er hört doch nur auf Willa.«

»Es gibt viele Beispiele, in denen Herrscherinnen es mit starken Schwiegermüttern zu tun haben. Editha, die Frau Ottos, hatte es geschafft, sich gegen seine Mutter Mathilde durchzusetzen.«

Adelheid durchzuckte ein jäher Schmerz, als sie Edithas Namen hörte. »Das könnt Ihr nicht vergleichen! Adalbert ist nur ein Muttersöhnchen, sie hat einen richtigen Mann an ihrer Seite.«

Adelheid zögerte, doch dann sprach sie leise seinen Namen aus. »Otto …«

»Es liegt nicht nur an ihm«, widersprach Pater Martin. »Editha hatte ihre Kraft aus dem Glauben gezogen. Otto hat sie auf ihren eigenen Wunsch im Moritzkloster in Magdeburg bestattet, plant aber, einen großen Dom zu bauen.«

Adelheid sah den Pater verwirrt an. »Was sagt Ihr da?«

»Er wird keine Mühen scheuen, ihr eine würdige letzte Ruhestätte zu schaffen.«

»Ottos Frau ist tot?«, flüsterte Adelheid ungläubig.

Martin nickte. »Seit vier Jahren.«

Adelheid sah dem jungen Pater ins Gesicht, dann fiel sie auf die Knie. Unter Tränen sprach sie zu ihm: »Ich danke Euch für das, was Ihr mir eben offenbart habt. Und ich danke Euch, dass Ihr mich von der Sünde abgehalten habt, mich selbst zu töten.«

Der Pater schüttelte den Kopf. »Es war nur meine Pflicht, Euch zu helfen.«

»Dann tut es noch ein letztes Mal. Einmal noch steht mir bei, dann will ich Euch nie mehr behelligen.«

Der Pater sah Adelheid erstaunt an. Ihre Augen hatten wieder den Glanz, den er so lange vermisst hatte.

Der Geistliche ging schnellen Schrittes den Gang entlang, als er fast mit Willa zusammenstieß, die gerade die Stufen des Turmes heraufgestiegen war. »Pater! Wohin so schnell? Habt Ihr Adelheid schon zur Vernunft gebracht?«

»Ich habe mit ihr gesprochen«, setzte er an.

»Gesprochen? Was meint Ihr, was ich gemacht habe? Stundenlang auf sie eingeredet! Aber sie ist einfach stur.«

»Ich glaube, sie hat jetzt wirklich ein bisschen Mut gefasst.«

»Mut? Wozu braucht sie Mut? Sie muss einfach nur die Krone auf dem Kopf tragen, das Regieren übernehme ich.«

Willa lächelte kurz bei der Aussicht, bevor sie wieder ernst wurde. »Sie wird mir nicht verhungern! Nicht vor der Hochzeit! Haben wir uns verstanden?«

Pater Martin nickte. Schweißperlen bildeten sich auf seiner Stirn. Er war sich zwar sicher, dass Adelheid von nun an wieder essen würde, doch der Grund dafür würde Willa ganz und gar nicht gefallen. Der Pater hoffte, dass sie ihn nun gehen lassen würde, doch stattdessen trat sie noch näher. Siedendheiß fiel ihm die Pergamentrolle ein, die er zwischen den Falten seines Gewandes verborgen hatte.

»Ich hoffe, Ihr haltet Wort.«

Jetzt berührte Willa fast den groben Stoff seines Habits. Martin versuchte, sich ein wenig von ihr wegzudrehen, sodass sie das Schriftstück nicht streifte. Doch er bewegte sich in seiner Aufregung so ungestüm, dass das Pergament raschelte. Erschrocken hielt er inne, doch Willa schien nichts gehört zu haben. Sie wandte sich zum Gehen. Erleichtert lehnte sich Martin an die

Wand, als er merkte, dass die Rolle herauszurutschen drohte. Ausgerechnet in diesem Moment drehte sich Willa noch einmal um. Martin versuchte sich nicht zu bewegen.

»Aber ich bin mir sicher, dass Ihr alles für die Hochzeit tut.« Willa lächelte. »Schon in Eurem eigenen Interesse.«

Dann wandte sie sich endgültig ab. Keinen Moment zu früh, denn jetzt rutschte das Pergament zu Boden. Es war ein Antrag von Adelheid, denn sie wollte nun tatsächlich heiraten. Allerdings nicht Adalbert, sondern Otto, den König der Franken und Sachsen. Martin sollte den Brief überbringen. Er steckte die unscheinbare Pergamentrolle, die ihn beinahe den Kopf gekostet hätte, mit zitternden Händen zurück in sein Gewand.

Adelheid drehte sich unruhig von einer auf die andere Seite, doch da fiel ihr Blick genau auf das rote Samtkleid, das über der Stuhllehne hing. Es war fast fertig. Heute war die letzte Anprobe gewesen. Jetzt wurden nur noch einige kleine Korrekturen vorgenommen. Adelheid erschien das Rot des Samtes unerträglich grell. Sie schloss die Augen und drehte sich wieder herum. Auch in dieser Nacht konnte sie keinen Schlaf finden. Ständig dachte sie daran, welche Antwort sie auf ihren Brief erhalten würde. Und ob er überhaupt erwidert werden würde. Immer wieder wog sie das Für und Wider ab. Otto musste sich gegen die Thronneider im eigenen Land erwehren. Er würde es sich reiflich überlegen, ob er sich auf einen Kampf mit Berengar einließ. Andererseits hatte sie auch etwas zu bieten, und zwar nichts Geringeres als die Krone Italiens.

Außerdem war da noch etwas anderes. Vielleicht erinnerte auch er sich an den Tag, als sie beide sich begegneten. Natürlich war sie noch ein Kind gewesen, aber sie hatte eine Art Seelenverwandtschaft gespürt, so stark, dass es ihm einfach genauso ergangen sein musste. Sie hatte es vom ersten Augenblick an gewusst. Otto und sie waren füreinander bestimmt. Willa würde nicht zimperlich sein, wenn sie von dem Heiratsantrag erfuhr. Aber das war es wert. Zwar war ihr Verlies noch genauso eng und klamm, doch innerlich fühlte Adelheid sich wie befreit, seitdem sie den Brief geschrieben hatte. Mit diesem Gedanken schlief sie endlich ein.

Schon nach kurzer Zeit schrak sie wieder auf. Sie hörte Geräusche, ein Klopfen und Scharren. Adelheid wollte sich gerade damit beruhigen, dass es wahrscheinlich nur die Ratten waren, als die Umrisse einer Gestalt in der Dämmerung auftauchten. Es musste ein großer Mensch sein, mit breiten Schultern und langem Haar. Die Gestalt kam näher. Angst stieg in Adelheid auf. Sie wollte schreien, doch da legte sich ihr eine Hand auf den Mund. »Pscht!«

Adelheid blickte in ein Paar warme, braune Augen und dachte für einen Moment, dass es nur ein Traum sein könne. Aber dafür spürte sie die Wärme der Finger zu deutlich auf den Lippen. Ihr Herz setzte fast aus. Es war Otto, der direkt vor ihr stand!

»Keine Angst, ich befreie Euch. Bleibt ganz ruhig.«

Vorsichtig nahm er die Hand von ihrem Mund und Adelheid tat, wie ihr geheißen. Kein Ton entrang sich ihr, stumm und immer noch ein wenig ungläubig blickte sie ihm ins Gesicht. Wie um sich letzte Gewissheit zu verschaffen, hob Adelheid die Hand und strich ihm über die Wange. Otto war tatsächlich gekommen, um sie zu holen. Tränen liefen ihr über das Gesicht und bevor sie sich versah, schmiegte sie sich in seine Arme. Sie lehnte ihren Kopf an seine Schulter, während er ihr über das Haar strich. Adelheid drängte sich noch enger an ihn und er hielt sie ganz fest. Doch dann löste er sanft die Umarmung. »Wir haben nicht viel Zeit. Bis jetzt hat uns keiner bemerkt.«

Er deutete auf ein Loch im Boden, das bisher von einer Abdeckung verborgen gewesen war. »Ein Geheimgang, von dem vermutlich noch nicht einmal Willa weiß. Aber wir haben gute Spione.«

Adelheid begann zu zittern, als er Willas Namen aussprach. Sie durfte sie nicht erwischen, nicht so kurz vor der Rettung. Wieder legte der stolze Mann den Arm um sie. »Fürchtet Euch nicht. Wenn Ihr erst in Sicherheit seid, werden wir die vertreiben, die Euch so viel Schmach angetan haben.«

Er lächelte sie an. »Aus dem kleinen Mädchen ist wirklich eine schöne Königin geworden.«

Auch er erinnerte sich! Ihr Gefühl hatte sie nicht getäuscht, sie waren füreinander bestimmt. Adelheid war glücklich wie nie in ihrem Leben. Nichts und niemand konnte ihr mehr etwas anhaben, am allerwenigsten Willa. Sie empfand fast schon Mitleid mit ihr und allen anderen, die niemals solches Glück erlebt hatten. Der Mann an ihrer Seite strich über ihre Wange und Adelheid hing an seinen Lippen, als er erneut das Wort erhob. »Hätte ich nur gewusst, wie schön Ihr seid, ich hätte mich geweigert, Euch meinem Bruder zu überbringen.«

Adelheid verstand seine Worte nicht. Sie rückte etwas von ihm ab, um sein Gesicht besser zu sehen. »Eurem Bruder?«

Er nickte. »Otto hat Eurem Antrag zugestimmt. Er bereitet schon alles für die Hochzeit vor.«

»Was redet Ihr? *Ihr* seid doch Otto, der König der Franken und Sachsen, der Mann, dem ich den Heiratsantrag übersandt habe.«

»Nein, ich bin Heinrich, sein Bruder.«

Adelheid saß wie erstarrt. »Aber ich habe Euch doch gesehen, bei Eurer Krönung, in Aachen!«

»Bei Ottos Krönung. Ich war im Gefolge meines Bruders.«

Adelheid schüttelte den Kopf. Sie konnte, sie wollte es nicht glauben. »Das ist nicht wahr. Sagt, dass es nicht wahr ist!«

Doch während sie ihn noch anflehte, wusste sie schon, dass es aussichtslos war.

»Verzeiht, wenn ich Euch enttäuscht habe«, fügte er an.

Enttäuscht? Sie wusste nicht, ob man es so nennen konnte, wenn plötzlich alles zusammenbrach. Hätte sie bloß nicht dieses unermessliche Glück empfunden, wäre es nicht so schlimm gewesen. Aber so konnte sie doch nicht weiterleben. Stunde um Stunde, Tag für Tag ohne jede Hoffnung, das Leben eine einzige unerfüllte Sehnsucht. Nein, das würde sie nicht ertragen. Und doch ahnte sie, dass sie es tun musste. Das war ihre Zukunft, das war ihr Schicksal. Wie hatte sie sich bloß einbilden können, es selbst in der Hand zu haben?

»Ich bitte Euch, kommt mit mir!«

Die Worte des Mannes, den sie bis eben noch für Otto gehalten hatte, drangen wie durch einen Schleier zu ihr.

»Ich bringe Euch in Sicherheit.«

Adelheid empfand plötzlich großen Zorn. Was bildete dieser Mann sich ein? Mit ein paar Worten hatte er ihr Leben zerstört, ohne es überhaupt zu bemerken. Er würde sie nirgendwohin bringen. Sie würde alleine gehen. Ohne seine ausgestreckte Hand zu beachten, erhob sie sich. Nie mehr würde sie sich auf einen Mann verlassen. Sie würde ihren eigenen Weg gehen. Und der führte sie als erstes zu Otto, dem mächtigsten Herrscher weit und breit. Mit seinem Bruder würde sie sich nicht aufhalten.

Während Adelheid sich anschickte, in den Geheimgang hinabzusteigen, vermied sie es, noch einmal in Heinrichs braune Augen zu blicken.

Kapitel 4

Adelheid saß hoch aufgerichtet auf dem stabilen Sattel, den Otto ihr eigens aus seiner Heimat mitgebracht hatte und der so gut gearbeitet war, dass das wochenlange Reisen um einiges bequemer wurde. Auch das vergoldete Zaumzeug und die silbernen Kettengehänge, die mit dem braunen Fell ihres Pferdes um die Wette glänzten, fesselten immer wieder Adelheids Blick. Vor allem aber lenkte es sie von der unfassbaren Dunkelheit ab. Eine Woche ritten sie nun schon den Hellweg entlang, der immer tiefer in den Osten führte. Er hatte seinen Namen erhalten, weil die Leute des Nordens diese speerlanzenbreite Schneise durch die Wildnis als licht und luftig empfanden. Hier, jenseits der Alpen, gab es keine sanften, mit Gras bedeckten Hänge, keine Pinien, die die Wärme der Sonne in ihren Zapfen speicherten, und keine Kamelienblüten, die in einem Farbrausch explodierten. Nur unscheinbare kleine Wildblumen schafften es manchmal, sich durch das Unterholz den Weg ans Licht zu bahnen.

Adelheid spürte, wie die Angst in ihr aufstieg. Sie bemühte sich, weder nach rechts noch links zu sehen, sondern ihren Blick geradeaus auf den Rücken des stämmigen Mannes zu richten, der vor ihr ritt. Ottos Anblick beruhigte sie etwas. Er war jetzt ihr Ehemann, nachdem sie noch in Pavia geheiratet hatten, wo er mit der Hochzeit auch die Krone Italiens erhielt.

Adelheid erinnerte sich daran, wie sie ihn zum ersten Mal gesehen hatte. Otto war, ihre Ankunft ungeduldig erwartend, leicht stampfend auf und ab geschritten. Der König war gedrungen, wenn auch durchaus muskulös. Den vollen Bart trug er sehr lang und seine Brust war stark behaart, während sein helles Haupthaar sich jetzt, da er im vierten Lebensjahrzehnt stand, bereits lichtete. Adelheid betrachtete seine rötlich schimmernde Gesichtshaut und versuchte, ihre Enttäuschung zu verbergen. Er hatte rein äußerlich so gar nichts von seinem Bruder Heinrich. Doch sein Lächeln war warm und offen und seine blauen Augen leuchteten mit einer Kraft, die den alternden Körper des Mannes Lügen strafte. Otto zog die meisten Menschen durch diese Ausstrahlung in seinen Bann. Und manchmal konnte sich sogar Adelheid dem nicht entziehen.

Aber jetzt, als sie ihn nur von hinten sah, war sie sich nicht sicher, ob er sie vor all den Bedrohungen, die sie umgaben, schützen konnte. Die dunkle Wildnis schien immer näher zu kriechen, sie einzukesseln und über ihrem Kopf zusammenzuschlagen. Plötzlich hatte sie das schreckliche Gefühl, dass sie direkt aus ihr selber, aus ihrer Mitte entsprang.

Doch genau in dem Moment sah sie endlich Licht. Etwas Helles schimmerte durch die Bäume. Es mussten Häuser sein, die der Wildnis getrotzt hatten. Hohe Steinbauten ragten aus dem Wald, Paläste und Türme, die sogar die aus großen Quadraten zusammengefügte Verteidigungsmauer überragten. Eine richtige Stadt! Hier wohnten Menschen. Nicht die furchtsamen und zerlumpten Bewohner der windschiefen Holzhütten, die sie immer wieder unterwegs antraf, nein, kunstfertige Handwerker und weitgereiste Kaufleute, die sogar Neues aus Pavia würden berichten können. Adelheid setzte sich im Sattel auf, um besser durch das Stadttor sehen zu können. Doch was war das? Auf den Straßen, oder dem, was von ihnen übrig war, ging kein Mensch. Die Türme über dem Palast waren halb verfallen. Seine Wände wurden von Efeuranken überwuchert, die sich tief in das Gestein krallten und die Quader gelockert hatten, sodass große Löcher Adelheid wie tote Augen anstarrten. Das Licht war plötzlich nur noch fahl. Die Steine verloren ihre Halt gebende Form und verwuchsen miteinander, bis sie wie unnatürlich große Knochen aussahen. Adelheid erschien es, als breite sich ein riesiges

Skelett vor ihr aus. Und dann geriet es in Bewegung. Langsam, aber sicher hob es seinen Arm, streckte seine langen Finger in Adelheids Richtung. Der süßliche Geruch der Verwesung wehte sie an, das Verderben kam immer näher. Lange würde es nicht mehr dauern, bis der Tod sie in seine Arme zog. Die junge Frau schreckte auf und fand sich in ihrem Bett wieder.

Während sie sich den Schweiß von der Stirn wischte, erkannte Adelheid, dass es nur ein Albtraum gewesen war. Doch der undurchdringliche Wald, der nur mühsam freigehaltene Weg und schließlich die Ruinen der einst prachtvollen Römerstädte, in deren Umfriedungen sich die Menschen mehr schlecht als recht in erbärmlichen Holzhütten niederließen, hatten sie tatsächlich Tag für Tag auf ihrer langen Reise in den Norden, kurz vor Ostern im Jahre 952, begleitet.

Als sie endlich am Ziel angekommen waren und Otto sie stolz durch Magdeburg führte, das noch eine einzige Baustelle war, hätte Adelheid weinen können. Aber sie nahm sich zusammen und versuchte Ottos Begeisterung für die Stadt, in der die meisten Häuser nur aus Holz errichtet wurden und die steinerne Königspfalz erst noch Gestalt annehmen musste, um als solche erkennbar zu sein, nicht zu trüben.

Scheu drehte sie sich zu ihm, um zu sehen, ob er ihren unruhigen Schlaf bemerkt hatte, aber der Platz an ihrer Seite war leer. Sie sah einen schwachen Lichtschein aus der Nische am Fenster, wo Otto vor einem wackeligen Tischchen saß, den Kopf schwer in die Hände gestützt.

Adelheid ging leise zu ihrem Mann und legte ihm sanft die Hand auf die Schulter. »Otto!«

Der König schrak zusammen und hob den Kopf. »Adelheid! Ich wollte dich nicht wecken, es tut mir Leid.«

Otto verbarg hastig einen Bogen Pergament mit seinen Armen.

»Otto, was ist mit dir? Hast du Sorgen?«

Adelheid kniete sich auf den Boden, um ihm besser ins Gesicht sehen zu können. Aber Otto schüttelte den Kopf. »Ich bin einfach nicht müde.«

Adelheid wusste, dass Otto nur schwer in den Schlaf fand. Und selbst wenn er schlief, wälzte er sich meist unruhig hin und her und murmelte vor sich hin, was viele für den Beweis hielten, dass der König keinen Schlaf brauchte und immer wach sei.

Sie nahm sanft seine Hände von dem Pergament und sah, dass er ungelenke und krakelige Buchstaben vor ihr verborgen hatte. »Du willst schreiben lernen?«

Adelheid wusste, dass Otto weder lesen noch schreiben konnte. Als er ein Junge war, legten seine Eltern mehr Wert darauf, dass er Reiten, Kämpfen und Jagen lernte, alles Dinge, die er auch hervorragend beherrschte.

»Ich fürchte, es ist zu spät. Meine Finger wollen nicht so, wie ich es will.«

Er nahm nachdenklich die Feder zur Hand.

»Aber du musst es nicht können. Jeder Herrscher diktiert seine Schreiben, sogar der Kaiser in Konstantinopel.«

»Aber er kann schreiben. Außerdem will ich meiner Frau nicht unterlegen sein«, erklärte Otto mit einem Lächeln.

Adelheid winkte ab. »Du sprichst all die verschiedenen Sprachen, die in deinem Reich gesprochen werden, und die ich erst noch mühevoll lernen muss.«

Otto sah sie an. »Dann weiß ich was. Ich helfe dir und du mir.«

Adelheid nickte. »Das ist eine gute Idee.«

Ihr Mann lachte. »Und vor allem habe ich es viel leichter. Du hast ein gutes Gehör für Sprachen, aber ich stelle mich an wie ein Esel.«

»Lass mal sehen«, forderte Adelheid ihn auf und nahm ihm das Pergament schnell ab, bevor er sie daran hindern konnte. Doch auch, wenn sie noch so lange auf die Minuskeln starrte, konnte sie das Wort nicht entziffern. Otto blieb das nicht verborgen. »Ich gebe dir einen kleinen Hinweis. Es ist ein Name, von einer Frau, die mir sehr viel bedeutet. Demütig, edel und fromm.«

Adelheid senkte den Blick. Er beschrieb Editha, von der schon Pater Martin nur Gutes berichtet hatte. Überall, wo sie hinkam, musste sie dem Vergleich mit ihr standhalten. Sie nahm das Pergament erneut zur Hand. »Dann musst du das ›E‹ deutlicher schreiben, so wirkt es fast wie ein …«

Adelheid überlegte, als Otto ihr zuvorkam. »… wie ein ›A‹ und das soll es auch sein.«

Seine Frau sah ihn scheu an. »Ein ›A‹ wie …«

»… Adelheid«, vollendete Otto. »Vielleicht hätte ich noch stolz, gelehrig und wunderschön anfügen sollen, damit du es erkennst. Verzeih mir.«

Otto sah ihr in die Augen. Er lächelte sie an, während er ihr seine Hand reichte und sie zum Bett führte. Sie legte sich hin und bereitete sich darauf vor, dass er nun sein Recht als ihr Gatte fordern würde. Es machte ihr gewöhnlich nicht viel aus, sie fand es sogar erträglich, weil es meist schnell vorbei war. Doch zu ihrer Verwunderung deckte Otto sie liebevoll zu, gab ihr einen Kuss auf die Wange und legte sich dann neben sie, um zu schlafen.

»Otto? Ich dachte, du willst …«

Otto verschloss ihr den Mund mit einem Kuss. »Pscht! Ich weiß, dass es dich jedes Mal Überwindung kostet.«

Damit drehte er sich zur Seite. Das hatte Adelheid nicht erwartet. Sie beugte sich über ihn, um ihm einen Kuss zu geben. Sie berührte seine Lippen und spürte eine angenehme Wärme in sich aufsteigen. Sie küsste ihn erneut, diesmal länger und fordernder. Sie nahm seinen Kopf in beide Hände, fuhr dann mit den Fingern über seine Brust und drängte schließlich ihren Körper an seinen. Sie spürte, wie sehr auch Otto die Berührung genoss. Als sie merkte, dass er sich trotzdem weiterhin zurückhielt und es vollkommen ihr überließ, was geschah, fand sie schließlich den Mut, sich ihm ganz hinzugeben.

Adelheid lag noch lange wach. Sie spürte Glück ausgerechnet an der Seite des Mannes, von dem sie das nie erwartet hatte. Aber vielleicht war genau das das Geheimnis. Adelheid nahm sich noch vor, es herauszufinden, als sie auch schon eingeschlafen war.

Adelheid schritt schnell aus, das Buch fest an die Brust gedrückt. Sie hatte so früh es ging das Mauritius-Kloster aufgesucht, um sich aus der Bibliothek die *Vita Karoli Magni*, aufgeschrieben von Einhard, auszuleihen. Ein Lächeln lag auf ihrem Gesicht, wenn sie sich vorstellte, wie sie Otto lehren würde, das kostbare Werk zu lesen. Es würde ihn anspornen, aus dem Leben des großen Kaisers zu hören.

Als sie sich dem Portal der Pfalz näherte, das in der Mitte der Hauptfassade in einer halbkreisförmigen Nische lag, stutzte sie. Sie sah, dass die Arbeiten an dem Standbild, das Otto hoch zu Ross zeigen sollte, nur langsam vorangingen. Einzig der Sockel war schon aufgestellt. Trotzdem hatte sich ein Künstler davor aufgebaut, der Pinsel und Farbe bereithielt, um ein junges Mädchen vor diesem Hintergrund zu malen. Der Maler rief ihm etwas in einer fremden Sprache zu und deutete auf den Sockel. Adelheid erkannte, dass es griechisch war, konnte aber kein Wort verstehen. Das Mädchen antwortete dem Künstler jedoch fließend, weigerte sich aber, dem Maler Folge zu leisten und sich in Positur zu stellen. Stattdessen verschränkte es trotzig die Arme vor der Brust.

Adelheid kam neugierig näher. Das Mädchen hatte blonde Locken, die sich ebenso widerspenstig wie Adelheids dunkle Haare aus den Kämmen und Spangen herauswanden. Es war zierlich, ohne jedoch zerbrechlich zu wirken, und sein energisches Kinn ließ einen festen Willen erkennen. Der hübsche Mund war zu einem dünnen Strich zusammengepresst. Adelheid blieb lächelnd vor ihm stehen. »Warum wehrt sich so eine hübsche junge Frau dagegen, seine Schönheit festzuhalten?«

»Weil ich es nicht will. Genauso wenig, wie ich nach Konstantinopel gehen werde, um diesen verwöhnten, kleinen Kaiser zu heiraten.«

Adelheid hatte davon gehört, dass schon seit einigen Jahren eine Hochzeit zwischen Ottos Reich und Ostrom angebahnt wurde. Sie wusste auch, wen man dazu ausersehen hatte. Es war Hadwig, Heinrichs Tochter, die Adelheid jetzt zum ersten Mal sah. Sie wusste schon länger, dass er verheiratet war. Seine

Gemahlin Judith, eine ruhige, sanfte Frau, war ihr offiziell vorgestellt worden. Adelheid konnte sich noch gut an das eigenartige Gefühl erinnern, der Frau gegenüber zu stehen, deren Mann sie so viele Jahre begehrt hatte.

»Er malt doch sowieso, was er will.« Hadwigs Schimpfen unterbrach ihre Gedanken. »Ich soll mich vor diesen Sockel stellen und er will so tun, als sei das Standbild schon fertig.«

»Aber das macht er nur, um für dich einen würdigen Hintergrund zu schaffen.«

»Er kann sich die Mühe sparen. Ich werde Romanus nicht heiraten.«

Hadwig hatte ganz offensichtlich nichts von Judiths Sanftheit geerbt.

»Aber Hadwig, was weißt du denn über das Oströmische Reich?«

»Alles«, erwiderte Hadwig trotzig.

Sie blickte wütend in Richtung des Mannes. »Johannes, oder Jannis, wie er sich nennt, ist nicht nur geschickt worden, um mich zu malen, nein, er quält mich auch schon seit zwei Jahren mit Unterricht in allem, was diese Griechen wichtig finden.«

»Es ist doch schön, dass dieser Mann dir die Sprache beibringt.«

»Wieso Mann? Sie haben mir einen Eunuchen geschickt!«

Adelheid blickte auf den jungen Mann mit dem durchaus anziehenden Äußeren.

»Mich würde es nicht wundern, wenn dieser Kaiser, den ich heiraten soll, auch kein richtiger Mann ist«, ereiferte sich Hadwig.

Adelheid schüttelte jetzt belustigt den Kopf. »Natürlich ist er das. Und er wird sich freuen, so eine gelehrige junge Frau als Gattin zu bekommen. Du wärst der beste Beweis dafür, dass es hier im Norden nicht nur Barbaren gibt. «

Hadwig sah sie nachdenklich an. In dem Moment hörte Adelheid Schritte. Sie drehte sich um und stand Heinrich und seiner Frau gegenüber. Judith lächelte sie freundlich an. »Seid gegrüßt, liebste Adelheid. Na, macht das Bildnis Fortschritte?«

Judith lugte neugierig auf die Leinwand. »Da ist ja noch kein Pinselstrich zu sehen!«

Sie blickte verwundert auf Johannes, den Eunuchen, der dabei war, seine Malutensilien einzupacken. Judith wandte sich an Hadwig. »Kannst du mir das erklären?«

Hadwig druckste ein wenig herum, ehe sie mit der Sprache herausrückte. »Ich … ich war mir nicht sicher, ob ich gemalt werden will.«

»Du warst dir nicht sicher? Wer hat dich denn gefragt?«, donnerte Heinrichs Stimme dazwischen.

Hadwigs Gesicht verzog sich trotzig. »Eben. Keiner, genauso wenig wie bei der Hochzeit.«

»Das wäre ja noch schöner!«, antwortete ihr Vater.

Judith legte Heinrich beruhigend die Hand auf seinen Arm, aber er schüttelte sie ab. Stattdessen ging er auf Hadwig zu, nahm sie bei den Schultern und schob sie neben den Sockel. »So, es kann losgehen.«

Erwartungsvoll blickte er den Maler an. Etwas widerwillig begann der, sein Bündel wieder aufzuschnüren.

Adelheid versuchte sich die Verwirrung, die Heinrichs Auftauchen bei ihr auslöste, nicht anmerken zu lassen. Sie hatte es die ganze Zeit vermieden, ihm zu begegnen, wo immer es ging. So nahe waren sie sich nie wieder gewesen, seitdem er sie aus ihrem Verlies befreit hatte.

Ein lauter und langer Fluch in Johannes' Muttersprache unterbrach ihre Gedanken. Sofort sah sie, was den Eunuchen so erzürnte. Hadwig hatte sich zwar mit lieblicher Geste an den Sockel gelehnt, schnitt aber eine gräuliche Fratze. Die Augen waren verdreht, Nase und Mund gekraust. Heinrich war empört. Er wollte gerade auf seine Tochter losgehen, als sie das Fratzenschneiden beendete und ihn voller Liebreiz anlächelte. Er drohte ihr mit dem erhobenen Zeigefinger. Doch kaum hatte er ihr wieder den Rücken gekehrt, verzog Hadwig erneut ihr Gesicht, diesmal mit einem noch viel hässlicheren Ergebnis als vorher. Der Maler schrie wütend auf und warf seinen Pinsel auf den Boden.

Heinrich machte sofort kehrt und packte Hadwig am Arm. »Du hältst mich nicht zum Narren!«

Er gab seiner Tochter eine Ohrfeige. Hadwig blieb stumm. Kein Schmerzensschrei, keine Klage. Aber ihr Blick sagte dafür umso mehr. Judith trat zu ihr. »Komm, Hadwig, wir gehen.«

Sie legte ihrer Tochter den Arm um die Schulter und zog sie schnell von Heinrich weg. Die beiden schritten in Richtung Pfalz, während der Maler seine Sachen endgültig schulterte und ging.

Adelheid sah sich plötzlich Heinrich allein gegenüber. »Hadwig ist ein aufgewecktes Mädchen, und hübsch obendrein. Ihr könnt stolz auf Eure Tochter sein.«

Aber Heinrichs Blick blieb finster. »Wie stehe ich jetzt vor Konstantinopel da? Noch einmal wird mir der Kaiser so eine Gelegenheit nicht bieten.«

Adelheid sah ihn ernst an. »Ich verstehe Euch. Aber ich weiß, was es heißt, gegen den eigenen Willen verheiratet zu werden.«

»Ihr seid genau wie Hadwig. Auch sie will immer das letzte Wort haben.«

»Wie könnt Ihr das behaupten? Ihr kennt mich doch gar nicht.«

»Eure Worte sind der beste Beweis dafür, dass ich Recht habe.«

Adelheid wollte empört widersprechen, als Heinrich ihr lächelnd seinen Finger auf die Lippen legte.

»Pscht! Ich mag es, wenn Frauen ihren eigenen Willen haben. Deshalb habe ich Hadwig so erzogen. Zu einer starken und mutigen Frau. Und die Ähnlichkeit mit Euch ist keineswegs Zufall.«

Adelheid sah ihn überrascht an. »Ich habe Hadwig heute das erste Mal gesehen. Wie kann es dann etwas anderes als Zufall sein?«

»Weil ich Hadwig nach Eurem Bild geformt habe.«

Er sah die Königin unverwandt an, während er weitersprach. »Ich habe den Moment nie vergessen, als ich Euch vor vielen Jahren das erste Mal sah. Ein vorlautes kleines Mädchen, das keiner aufhalten konnte ...«

Heinrich sah ihr direkt ins Gesicht. »… und das schon deutlich die leidenschaftliche Frau ahnen ließ, zu der es bald werden würde.«

Adelheid schaute zu Boden. Ihr Herz klopfte.

Heinrich fuhr fort: »Es gibt nicht viele Frauen wie Euch. Sicher, ich kann über Judith nicht klagen, aber meine Tochter, die sollte so werden wie ihr.«

Er sah sie an. »Wenn ich Euch schon nicht bekommen konnte.«

»Vielleicht hättet Ihr es eher versuchen sollen. Bevor jeder von uns einem anderen versprochen war.«

Sie erschrak über ihre freimütigen Worte, aber Heinrich schien nichts dabei zu finden.

»Wozu? Wenn ich König geworden wäre, dann, ja dann hätte alles anders ausgesehen. Aber so, was kann ich einer Frau wie Euch schon bieten?«

Heinrich sah sie an.

›Genug, mehr als genug‹, hätte sie am liebsten ausgerufen und wäre ihm in die Arme gefallen, aber stattdessen nickte sie nur. »Das Schicksal hat mich an Ottos Seite gestellt, um unsere Reiche zu vereinen.«

Heinrich machte zwei Schritte nach hinten. »Die Hochzeit war eine große Gnade, für die wir dem Herrn danken müssen.«

Mit einer Verbeugung zog er sich zurück. Kaum war er in der Burg verschwunden, sank Adelheid auf die Knie. Die Tränen liefen ihr jetzt ungehemmt über das Gesicht. Sie hatte das Gefühl, eine große Chance verpasst zu haben.

Bald nahmen sie die Vorbereitungen für das Osterfest, das der ganze Hof hier in Magdeburg feiern wollte, ganz in Anspruch. Die Zeit verging schneller, als es ihr lieb war, zumal sie sich in den letzten Tagen elend und schwach fühlte. Sie beschloss, ihre Schwiegertochter um Hilfe zu bitten, denn natürlich war auch Ottos Sohn aus erster Ehe, Liudolf, gekommen. Adelheid wusste, wo sie Ida finden würde. Sie hielt sich besonders gerne in dem einzigen beheizbaren Gemach auf. Die mollige Wärme des Zimmers wurde durch eine benachbarte Brennkammer über Auslassöffnungen erst dann hineingelassen, wenn die lästigen Rauchgase entwichen waren.

Und sie hatte sich nicht geirrt. Die junge Frau, ungefähr im gleichen Alter wie Adelheid, saß auf dem mit vielen Decken gepolsterten Bett und versuchte sich auf einem Instrument. Adelheid erkannte sofort, dass es ein Portativ war, wie es die Gaukler auf der Hochzeit ihrer Mutter gespielt hatten. Sie nahm es von Idas Schoß und hielt es ihr vor die Brust. »Du musst es dir umhängen.«

Sie wollte Ida den eigens dafür angebrachten Gurt über den Kopf um den Hals legen, aber Ida wehrte sie mit den Händen ab. »Nein, lass das, meine Frisur!«

Sie hielt schützend ihre Hände über die hochgesteckten Haare. »Spiel es doch selber, wenn du es ohnehin besser weißt!«

Adelheid biss sich auf die Lippen. Sie musste vorsichtiger sein mit dem, was sie sagte. Ida fiel es ohnehin nicht leicht, die neue Frau an Ottos Seite als Schwiegermutter zu akzeptieren. Adelheid lächelte sie an. »Woher hast du dieses wunderschöne Instrument?«

»Der Kaiser hat es aus Konstantinopel mitgeschickt, aber natürlich ohne jemanden, der uns darin unterweisen kann. Wahrscheinlich will er uns mit seinem Geschenk nur deutlich machen, wie unwissend und dumm wir hier im Norden sind.«

»Aber Ida, nimm doch nicht immer das Schlechteste an.«

»Wenn es doch so ist. Alle Leute aus dem Süden sind so.«

Es war nicht das erste Mal, dass Ida der Königin ihre Abneigung zeigte. Adelheid hoffte, dass das Angebot, das sie ihr unterbreiten wollte, daran etwas ändern würde. »Ich weiß, dass du in der Zeit nach dem Tod Edithas viele Aufgaben an ihrer statt übernommen hast. Du standest an Ottos Seite, wenn es darum ging, sich den Fürsten zu zeigen. Er ist dir sehr dankbar dafür.«

»So dankbar, dass er nichts Eiligeres zu tun hatte, als alle Aufgaben nun dir zu übertragen.«

Adelheid ging nicht auf den Seitenhieb ein. »Ich möchte dich bitten, das Wasserschöpfen bei den Osterfeierlichkeiten für mich zu übernehmen. Ich glaube nicht, dass ich am Sonntag dazu in der Lage sein werde.«

»Warum? Kann Euer Gnaden nicht so früh aus dem warmen Bette kriechen?«

Adelheid versuchte, ruhig zu bleiben. »Mir ist seit einigen Tagen jeden Morgen sehr übel. Ich kann das Erbrechen nur verhindern, wenn ich ruhig liegen bleibe.«

Das Wasserholen im nahe gelegenen Bach fand aber traditionell ganz früh morgens statt. Eine Gruppe junger Mädchen schöpfte das Wasser unter feierlichem Schweigen, um es dann zur Kirche zu bringen, wo es die Stirn der Ostertäuflinge benetzte.

Adelheid sah, dass Ida für einen Moment überlegte, aber dann schüttelte sie den Kopf. »Unmöglich. Ich habe nichts anzuziehen. Seitdem ich mich nicht mehr an des Königs Seite zeigen darf, habe ich auch keine neuen Kleider mehr bekommen.«

Adelheid gab noch nicht auf. »Aber Ida, dein Gewand wird allemal prächtiger als die Kleider der einfachen Mädchen sein.«

»Nein, du musst es selber tun. Gewöhne dich lieber direkt daran, dass du dir solche Empfindlichkeiten nicht leisten kannst.«

»Ich stelle mich nicht an. Es geht doch nur um den frühen Morgen. Später kehren meine Kräfte zurück.«

Ida sah sie aufmerksam an. »Dir ist immer nur morgens schlecht?«

Adelheid nickte.

»Dann bist du schwanger!«

Adelheid nickte erneut und konnte ein Lächeln nicht verbergen. Sie war froh, diese Neuigkeit endlich mit jemandem teilen zu können.

»Und da wagst du es, mich auch noch um deine Mithilfe zu bitten?!«

Idas Stimme wurde ganz schrill. Adelheids Lächeln verschwand. »Ich dachte, du freust dich für mich.«

»Freuen? Dass ein neuer Thronfolger geboren wird? Die Krone steht keinem anderen als Liudolf zu und es wird langsam Zeit, dass sein Vater sich daran erinnert.«

Adelheid wurde schlagartig bewusst, wie dumm sie war, die Neuigkeit gerade Ida auf die Nase zu binden. Sie versuchte, sie zu beruhigen.

»Otto weiß, dass Liudolf sein Nachfolger wird. Er schätzt seinen Sohn sehr.«

»Solange er nur diesen einen hat, bestimmt. Und solange er nichts anderes eingeflüstert bekommt.«

»Aber wer soll ihm etwas einflüstern? Otto hört nur auf sein Gewissen.«

»Und auf seine Ehefrau. So sind die Männer, nach außen stark, nach innen wankelmütig.«

Adelheid wurde ärgerlich. »Ich kann sagen, was ich will, du änderst deine Meinung sowieso nicht, oder?«

»Stimmt genau«, ließ sich plötzlich eine helle und klare Stimme von der Tür her vernehmen. »Sie ist stur wie ein Maulesel.«

Adelheid blickte in ein schönes Gesicht mit hohen Wangenknochen, dessen Mund sich zu einem spöttischen Lächeln verzogen hatte. Die schwarzhaarige Frau war ungefähr in ihrem Alter, nicht sehr groß, aber kräftig. Ida warf der Frau einen verächtlichen Blick zu und stolzierte dann an ihr vorbei aus dem Raum, sie demonstrativ nicht weiter beachtend.

Die Unbekannte sah ihr mit einem hellen Lachen nach. »Jetzt lebe ich schon seit zehn Jahren hier und sie tut immer noch so, als wäre ich Luft.«

»Woher kommst du?«

Adelheid hörte an den Worten der jungen Frau, dass das Sächsische nicht ihre Muttersprache war.

»Aus dem Land weit im Osten, dort wo die Heiden regieren und sich in tiefen Höhlen bei Fackelschein versammeln. Ich bin eine …«

Ihr Blick war jetzt sehr dunkel, während sie langsam auf Adelheid zukam, »… Slawin!«

Es kam fast wie ein Fauchen aus dem blutroten Mund, und Adelheid schrak zurück.

Wieder erklang das glockenreine Lachen. »Ihr denkt also auch, wir seien wilde Tiere oder Schlimmeres!«

Adelheid ärgerte sich, dass sie sich so hatte einschüchtern lassen. »Unsinn. Aber wie kommt Ihr an Ottos Hof?«

»Wie alle meines Volkes.« Branka machte eine kleine Pause, bevor sie fortfuhr. »Ich wurde geraubt.«

Adelheid blickte irritiert zu Boden.

»Mach dir nichts draus. Immerhin scheinst du nicht ganz so hochmütig wie diese Ida zu sein.«

Branka lächelte Adelheid breit an. Die erwiderte ihr Lächeln, als ihr etwas einfiel. »Du hast von meiner Schwangerschaft gehört. Bitte sag es keinem weiter. Noch wissen es nicht viele.«

»Irrtum. Du hast es Ida gesagt. Da hättest du es gleich einem Marktschreier anvertrauen können.«

Adelheid sah bekümmert drein. Branka strich ihr über die Wange. »Aber ich kann dir helfen, beim Wasserschöpfen.«

Adelheid sah sie zweifelnd an. »Meinst du, dass Otto es zulässt, wenn du an meiner Stelle gehst?«

Branka schüttelte den Kopf. »Ich glaube nicht an Wunder«, erwiderte sie, um dann mit einem gewitzten Seitenblick fortzufahren: »Nur an unsere Götter. Mokosch, die Göttin der Fruchtbarkeit, wird dir helfen.«

Adelheid zuckte zurück und bekreuzigte sich. »Aber Branka, du weißt, dass ich nur an den einen Gott glaube.«

»Du musst auch gar nichts tun. Ida wird es sein, die Mokosch opfert.«

»Ida? Wie willst du das denn anstellen?«

Branka lächelte. »Warte ab!«

Adelheid fröstelte. Es war noch sehr kalt, so früh am Morgen des Ostersonntags. Ihre Magd legte ihr gerade den mit feiner Spitze durchbrochenen Schleier über das Haar, als Otto mit festem Schritt in das Gemach trat und Adelheid anlächelte. Sein Blick wanderte an ihrem Körper hinunter.

Adelheid war sich bewusst, dass sie besser denn je aussah. Das hellblau leuchtende Samtkleid unterstrich den rosigen Schimmer, den ihre Wangen angenommen hatten, seitdem sie schwanger war.

»Wer hat dir erlaubt, dich so aufzudonnern?«, hallte Ottos Stimme so laut durch das Gemach, dass Adelheids Magd sich ängstlich duckte.

»Aber, ich dachte, es wäre dem Anlass angemessen«, erwiderte Adelheid hilflos.

»Du sollst stark aussehen, wie eine Frau, die allen Härten des Lebens die Stirn bietet. Meinst du, das geht mit einer Schleppe, so lang, dass du kaum laufen kannst?«

Verächtlich schob Otto die mit Gold durchwirkte Stoffbahn, die anmutig von Adelheids Schulter bis auf den Boden fiel, mit dem Fuß zur Seite. Die Magd stöhnte, als sie sah, dass er dabei einen Fußabdruck aus Staub auf dem feinen Gewebe hinterließ.

»Wir sind im östlichsten Teil des Reiches, und es ist nicht einfach, uns hier zu behaupten.«

Endlich verstand Adelheid. »Du willst, dass sie mich für eine von ihnen halten.«

Otto nickte. »Eine, die einen Brauch mit ihnen teilt, der sie an die Verehrung ihrer Götter erinnert.«

Adelheid wurde rot. Und sie hätte beinahe eine andere zum Wasserschöpfen geschickt. Jetzt war sie Ida regelrecht dankbar, dass sie sich geweigert hatte. »Ich will alles tun, um meine Sache gut zu machen.«

Adelheid atmete tief durch. In diesem Moment spürte sie die aufsteigende Übelkeit, wie jeden Morgen zur gleichen Zeit. Aber sie beschloss, dagegen anzukämpfen.

Adelheid stellte sich an die Spitze der kleinen Gruppe von Frauen. Genauer gesagt waren es junge Mädchen, die der Bischof aus seiner Gemeinde ausgesucht hatte. Etwas verlegen und scheu betrachteten sie die Königin. Adelheid war froh, dass sie nicht mehr ihr Festgewand trug. Da sie unter ihren Kleidern keins gefunden hatte, was ihr schlicht genug erschien, hatte sie sich eins von ihrer Magd geliehen. Und immer noch war der grob gewebte, starke Stoff in weit besserem Zustand als die Überwürfe der anderen.

Adelheid hob den irdenen Krug vom Boden auf, in dem sie das frische Quellwasser bis zur Kirche bringen würde, und ging in Richtung des Südtores, von dem aus sie einen kleinen Hügel hinaufsteigen mussten, um dann recht bald die Quelle unter zwei großen Kastanienbäumen zu erreichen. Hatte sich die Übelkeit bis jetzt in Grenzen gehalten, wurde sie nun bei jedem Schritt stärker. Adelheid schloss die Augen, was den Brechreiz aber nur verstärkte. Als sie die Augen wieder öffnete, sah sie Ida vor sich stehen.

»Du musst in die andere Richtung, liebe Adelheid«, sprach Ida sie an. »Ich habe Otto davon überzeugt, dass es besser ist, die Burg durch das Nordtor zu verlassen. So führt der Weg durch ganz Magdeburg und viel mehr Leute werden die Gelegenheit haben, dich zu sehen.«

Adelheid war fassungslos. Das Nordtor! Sie würden mindestens zwei Stunden unterwegs sein, wenn sie diesen Weg nahmen. Wieder stieg die Übelkeit wie eine Welle in ihr hoch. Alle Bewohner Magdeburgs hätten die Möglichkeit zu sehen, wie ihre Königin sich vom Brechreiz geplagt dahinschleppte. Gar nicht auszudenken, was passierte, wenn sie sich tatsächlich übergab! Verhöhnen und verspotten würde man sie, und, noch viel schlimmer, alles würde auf Otto, den König, zurückfallen. Adelheid sah starr auf den gezackten Rand ihres Kruges, bis sie die Übelkeit etwas unter Kontrolle hatte. Dann hob sie den Kopf und sah Ida direkt ins Gesicht. »Eine gute Idee.« Sie wandte sich an die Mädchen. »Wir gehen zum Nordtor.«

Doch bevor sie sich umwenden konnte, hielt Ida sie noch einmal auf. »Ich habe eine kleine Stärkung für dich mitgebracht, damit du den langen Weg gut überstehst.«

Ida nahm ein in Stoff eingepacktes Stück Fleisch aus einem Korb und wickelte es vor Adelheids Augen aus. Der Geruch der frisch gebratenen Rippe schlug Adelheid mit voller Wucht entgegen und sofort kam der Brechreiz wieder, noch stärker als zuvor. Sie hielt sich erschrocken die Hand vor den Mund, als plötzlich Branka wie aus heiterem Himmel angelaufen kam, einen Kelch Wasser in der Hand. Sie strauchelte und konnte sich scheinbar nur halten, indem sie sich ausgerechnet an Idas Arm festhielt. Der fiel prompt das Stück Fleisch aus der Hand.

Ida bedachte Branka mit einem ärgerlichen Blick und wollte sich gerade bücken, um die Rippe wieder aufzuheben, doch eine trächtige Hündin war schneller und schnappte sich den Leckerbissen.

»Was fällt Euch ein, mich anzurempeln? Aber wahrscheinlich muss man einer Wilden wie Euch noch die einfachsten Benimmregeln einprügeln«, herrschte Ida Branka an, weit mit der Hand ausholend. Der Schlag traf Branka ins Gesicht.

Branka hielt sich die Wange, zeigte aber keinerlei Ärger, sondern lächelte sogar, was Ida noch mehr in Rage brachte. Sie holte ein zweites Mal aus, als Otto ihren Arm festhielt. Er musterte die drei Frauen. »Was treibt ihr hier? Wir warten bereits.«

Da fiel sein Blick auf die Hündin, die sich auf den Boden gelegt hatte und an den Knochen kaute. »Wer hat ihr das gegeben? Meine beste Hündin! Sie darf keine Knochen fressen, das weiß doch jeder! Schon gar nicht in ihrem Zustand.«

Otto riss der Hündin den Knochen weg.

»Ida hat es bestimmt nicht so gemeint, als sie die Rippe mitbrachte«, warf Branka unschuldig ein.

Ida wollte ihr gerade ins Wort fallen, als Otto Ruhe gebietend die Hand hob. »Ich will nichts mehr hören. Hol den Stallmeister, schnell«, herrschte er einen gaffenden Knecht an, der eilig davonlief.

»Nicht auszudenken, wenn ihr Wurf gefährdet ist.«

Otto strich der Hündin vorsichtig über den gewölbten Leib. Er schüttelte den Kopf. »Ich will sie nicht lange alleine lassen.«

Er richtete sich auf und sah Adelheid an. »Wir nehmen den kurzen Weg, durch das Südtor. Geh voran!«

Branka reichte Adelheid noch schnell einen Schluck Wasser. »Auf Mokosch ist Verlass«, raunte sie Adelheid mit einem Blick auf die satt daliegende Hündin zu.

Adelheid glaubte nicht recht zu hören. »Du meinst, dieser Hund ist …«

Branka nickte. »Mokosch hat seine Gestalt angenommen.«

Sie kicherte. »Als ich Ida das Fleisch aus der Küche holen sah, habe ich die Hündin aus dem Stall gelassen, damit Ida ihr opfern konnte.«

Branka lächelte schelmisch, und auch Adelheid konnte ihre Erleichterung nicht länger zurückhalten. Ob mit oder ohne Mokosch, Branka hatte ihr geholfen. »Danke«, flüsterte Adelheid ihr zu, bevor sie zum Südtor aufbrach.

Adelheid setzte sich kurz von ihrer Bettstatt auf, damit Otto ihr das Kissen im Rücken aufschütteln konnte. Liebevoll stützte er sie ab, als sie sich wieder nach hinten sinken ließ, den Blick die ganze Zeit auf das kleine Menschlein in ihren Armen gerichtet.

Sie war heute Nacht niedergekommen. Gerade noch rechtzeitig hatten sie die Pfalz in Gernrode erreicht, wo Adelheid direkt in ein großes, gut ausgestattetes Gemach gebracht wurde. Adelheid war sehr aufgeregt. Aber als sie merkte, dass Otto noch viel ängstlicher wirkte und sein sonst eher rötliches Gesicht aschfahl war, riss sie sich zusammen. Sie musste jetzt stark sein. Gegen Morgen konnte man dann das Neugeborene schreien hören und Otto kam aus dem Nebenzimmer hereingestürzt. Seitdem war er nicht mehr von Adelheids Seite gewichen und versuchte, ihr jeden Wunsch von den Augen abzulesen. Adelheid streichelte ihm über die Wange. »Du musst dich jetzt ein wenig hinlegen, Otto. Geh nur, unserem Sohn geht es gut.«

Aber Otto schüttelte nur den Kopf. »Nicht, bevor ich nicht noch zwei Dinge mit dir besprochen habe.«

Adelheid wusste, wie stolz er darauf war, dass sie ihm einen Sohn geboren hatte.

»Als Erstes sollst du raten, welchen Namen ich für ihn ausgesucht habe«, fuhr Otto fort.

Adelheid sah ihren kleinen Sohn an. »Das ist nicht schwer. ›Otto‹ natürlich.«

Otto antwortete nicht, sondern nahm ein Stück Pergament vom Tisch und tauchte eine Feder in das Tintenhorn. Er schirmte den Bogen mit der Hand ab, sodass Adelheid nicht sehen konnte, was er schrieb. »Du wirst es gleich sehen.«

Adelheid lächelte. Seitdem sie ihm das Schreiben beigebracht hatte, nutzte er jede Gelegenheit, es zu üben und zu vervollkommnen. Otto hatte schon große Fortschritte gemacht, weshalb Adelheid sich wunderte, dass er jetzt so lange für die vier Lettern brauchte. Dann hielt er ihr das Pergament hin und sie las laut: »Heinrich.«

Adelheid fuhr der Schreck in alle Glieder. Sie fasste erschrocken ihren kleinen Sohn fester. ›Heinrich‹, dieses eine Wort genügte, um einen Aufruhr in ihrem Inneren auszulösen.

»›Heinrich‹ wie mein Vater«, erläuterte Otto, doch Adelheid hörte ihn gar nicht mehr. Sie hatte ihr Gesicht in dem kleinen Bündel in ihrem Arm verborgen und versuchte, die Fassung zurückzugewinnen. Eben noch war sie rundum glücklich gewesen und jetzt brachte sie nur die Erwähnung dieses Namens vollkommen aus dem Gleichgewicht. Sie hatte sich bemüht, Heinrich zu vergessen, doch jetzt merkte Adelheid, dass sie sich etwas vorgemacht hatte.

»Mein Vater hat mich zum König erzogen, ihm verdanke ich alles, letztendlich auch dich und dieses wunderbare Geschenk«, unterbrach Otto ihre Gedanken.

Er strich dem Säugling liebevoll über den Kopf, mit einer Sanftheit, die man nicht oft an ihm beobachten konnte. Adelheid meinte, vor Scham fast im Boden zu versinken.

»Ich muss noch etwas anderes mit dir besprechen«, fuhr Otto fort. »Es geht um meinen Statthalter im Norden Italiens. Ich möchte Liudolf nach Verona schicken.«

Adelheid atmete auf. »Liudolf? Er ist geschickt und umsichtig …«

»Außerdem bin ich ihm etwas schuldig. Ich möchte ihm zeigen, dass er einen Platz im Reich besitzt, auch wenn ich jetzt noch einen Sohn habe.«

Adelheid nickte. »Das ist klug. Ich weiß von Ida, wie sehr die beiden um ihre Stellung bei Hofe fürchten.«

»Und ich weiß, dass sie dich deshalb oft leiden lässt.« Otto sah Adelheid nachdenklich an. »Würdest du trotzdem mit ihnen gehen? Sie brauchen jemanden, der das Land kennt. Und wer könnte das sein, wenn nicht die Königin von Italien selbst?«

Sie musste zugeben, dass auch diese Überlegung klug war. Sie war stolz, dass er ihr so eine wichtige Aufgabe übertragen wollte, und sie würde Italien liebend gerne wiedersehen. Wenn es nur nicht gerade Ida und Liudolf wären, die sie begleiten sollte. »Ich weise deinen Stellvertreter gerne ein. Doch wie ich mein Volk kenne, ist ein anderer viel besser geeignet. Warum schickst du nicht deinen Bruder Heinrich nach Italien?«

Der Nachhall ihrer Worte dröhnte in ihren Ohren, als sie auf Ottos Reaktion wartete. Sie legte den Säugling, der mittlerweile eingeschlafen war, neben sich auf dem Bett ab. Es schien ihr nicht recht, ihren unschuldigen, kleinen Sohn in den Armen zu halten, während sie ihr Ränkespiel begann.

Otto war erstaunt. »Wie kommst du ausgerechnet auf Heinrich?«

»Weil er den Italienern ähnelt. Er ist lebhaft in der Art, schnell im Handeln und ...« Fast hätte sie leidenschaftlich gesagt, konnte sich aber noch rechtzeitig zügeln. »... kann die Leute begeistern.«

Otto dachte nach. »Du magst Recht haben. Aber ich muss auf Liudolf Rücksicht nehmen. Er ist mein Sohn.«

»Und Heinrich dein Bruder. Er fühlt sich dir gegenüber ohnehin benachteiligt.«

Adelheid sah, dass sie Otto verunsichert hatte. Er quälte sich mit der Entscheidung. Sie war nahe daran, ihn an sich zu ziehen und nicht weiter in ihn zu dringen, als er sie ansah. »Also gut. Du wirst Heinrich nach Italien begleiten.«

Er lächelte Adelheid an. Eigentlich hätte sie sich jetzt freuen sollen, aber stattdessen erschrak sie vor sich selbst. Sie hatte das Schicksal herausgefordert. Adelheid legte trostsuchend den Arm um ihr Neugeborenes, doch es begann zu schreien.

Kapitel 5

Adelheid genoss den Jubel der Einwohner von Pavia, der ihr jedesmal entgegen scholl, wenn sie von Wachen eskortiert durch die Straßen schritt. Berengar und Willa waren von Otto unterworfen und zum Friedensschluss gezwungen worden. Endlich fühlte sie sich wirklich als Königin von Italien.

Adelheid genoss die Sonne, die, obwohl es langsam Herbst wurde, immer noch mit ungebrochener Kraft strahlte. Ihr Wohlbefinden hatte allerdings auch viel mit dem Mann an ihrer Seite zu tun. Sie freute sich, Heinrich die Stadt zeigen zu können, die so viele Jahre ihre Heimat gewesen war. Gemeinsam stiegen sie die Stufen zum Eingang von San Pietro hinan. Als sie in die Kirche traten, umfing sie eine kühle Dunkelheit und die fröhlichen Rufe der Menschenmenge verklangen, als die Tür hinter ihnen zufiel. Sie waren allein.

Adelheid schritt zu dem prächtigen Grab, das mit kunstvoll aus Stein gehauenen Figuren geschmückt war. »Hier liegen die Gebeine unseres großen Kirchenvaters Augustinus«, erklärte sie.

Heinrich näherte sich ehrfürchtig. »Ein kluger Mann, der seine Leidenschaften überwunden hat.«

Adelheid blickte ihn fragend an. »Ist das auch Euer Ziel?«

Heinrich lachte. »Ich glaube, ich bin dazu nicht fähig.«

Adelheid zögerte. »In welcher Hinsicht könnt Ihr Euch nicht zügeln?«

»Nun, ich werde oft aus nichtigen Anlässen zornig, kann

dann auch schon mal ungerecht sein und mich auch von Neid nicht ganz freisprechen.«

Adelheid konnte sich nicht gegen die Enttäuschung wehren, die sie spürte. Kein Wort von Liebe, kein Wort von ihr! Adelheid wurde plötzlich klar, welche großen Hoffnungen sie in ihre gemeinsame Zeit in Italien gesetzt hatte. Aber diese Wünsche waren offensichtlich einseitig. Sie zwang sich zu einem Lächeln. »Kämpft nicht jeder mit solchen Verfehlungen?«

Heinrich nickte. »Aber ich habe noch mehr Laster.« Er sah sie an. »Ich spüre eine Leidenschaft, die nicht sein darf.«

Das kam so plötzlich, dass Adelheid Heinrich nicht in die Augen sehen konnte. Ihr Blick glitt zu den Deckenmalereien, die Augustinus in seiner fernen Heimat Afrika zeigten, wo die Sonne ebenso strahlend schien wie in Pavia. »Manchmal gibt es Dinge, gegen die man sich nicht wehren kann«, hörte sie sich sagen.

Adelheid spürte seinen Atem. Gleich würden Heinrichs Lippen die ihren berühren. Doch in dem Moment wurde das Kirchenportal aufgerissen. Die beiden fuhren auseinander. Adelheid musste in der plötzlichen Helligkeit blinzeln, bevor sie erkannte, wer da zu ihr trat. Es war Pater Martin, der vollkommen außer Atem war. »Verehrte Königin, ich muss mit Euch sprechen.«

Adelheid runzelte ärgerlich die Stirn. Sie hatte sich gefreut, den Pater hier in Pavia wiederzusehen, er war ihr Vertrauter. Doch jetzt nahm er sich zu viel heraus. Keiner durfte sich ihr ohne Anmeldung nähern. Am Ende wollte er sie gar heimlich kontrollieren. »Was gibt es so Eiliges, das nicht warten kann, bis ich zurück im Palast bin?«

Adelheid ärgerte sich sofort über ihren ungehaltenen Ton, denn erst jetzt schien Martin die Verlegenheit zu bemerken, die sein Kommen ausgelöst hatte.

»Ich habe Nachrichten aus dem Norden.«

Adelheid horchte auf. War etwas mit Otto? Doch schon schoss ihr ein noch schlimmerer Gedanke durch den Kopf. Ihr Kind! Was, wenn ihr kleiner Heinrich, den sie in der Obhut Brankas zurückgelassen hatte, krank war oder gar … Sie schloss die Augen.

»Es geht um Liudolf.«

Adelheid atmete auf. Dem Himmel sei gedankt, es war nichts mit ihrem Sohn. Und nichts mit Otto. Sie war erstaunt, wieviel sie für ihren Mann empfand, auch wenn dieses Gefühl nie richtige Liebe werden würde. Die empfand sie nur für Heinrich, daran würde sich nichts mehr ändern. Und nun hatten sie sich endlich zueinander bekannt.

»Liudolf hat einen Aufstand begonnen.«

Dieser ungeduldige junge Mann! Wen hatte er jetzt schon wieder angegriffen, nur um sich zu beweisen?

»Er bekämpft keinen anderen als seinen eigenen Vater«, fuhr Martin fort.

Otto! Liudolf wollte Otto stürzen! »Wisst Ihr das aus sicherer Quelle?«

Noch bevor Adelheid gefragt hatte, wusste sie die Antwort. Ein Aufstand des Sohnes gegen den eigenen Vater, so eine Ungeheuerlichkeit würde niemand ohne Grund in die Welt setzen.

»Es ist wahr. Liudolfs Truppen sind bereits weit vorgerückt.«

»Ihm war noch nie zu trauen«, erklärte Heinrich grimmig.

Adelheid schüttelte den Kopf. »Er ist zu lange vertröstet worden.«

Adelheid wurde mit bitterer Gewissheit klar, dass es letztendlich ihre Schuld war. Ihretwegen hatte Heinrich und nicht Liudolf Italien bekommen. Wenn sie nicht interveniert hätte, wäre Liudolf jetzt damit beschäftigt, sich mit Pavia vertraut zu machen. Und Ida hätte all ihre Energie darein gesetzt, die vornehmste Erscheinung in der ganzen Stadt zu werden, anstatt Liudolf gegen Otto aufzustacheln.

»Ich muss zurück.«

Adelheid brauchte nicht lange nachzudenken, ihr Entschluss stand fest. Heinrich sah sie ungläubig an. »Aber was kannst du tun? Es ändert nichts. Hier bist du in Sicherheit.«

Liebend gern wäre sie geblieben, hätte in Heinrichs Armen alle Schwierigkeiten und Gefahren vergessen. Aber sie hatte eine Aufgabe. »Ich bin die Königin. Ich muss zu meinem Kind. Und ich muss zu meinem Mann.«

Sie sah Heinrich noch einmal in die Augen, bevor sie sich zum Ausgang wandte. Pater Martin folgte ihr. Das durch das Portal fallende grelle Licht schien ihr plötzlich wie das Fegefeuer, dessen Qualen Augustinus als *aeternam*, unendlich, beschrieb. Sie sah die Hölle deutlich vor sich.

Aus den auf- und übereinanderliegenden Körpern ragten Speere und Pfeile nach allen Seiten heraus. Die Gesichter der Toten trugen fast friedliche Züge, so als wäre eben eine große Last von ihnen abgefallen. Und tatsächlich waren sie gegenüber den Lebenden fast zu beneiden.

Das stete Bemühen der am Boden Dahinkriechenden sich aufzurichten, scheiterte nicht selten an abgeschlagenen Gliedmaßen. Eine große Gnade war es, wenn sie sterben durften, bevor sie begriffen, dass sie unwiederbringlich verstümmelt waren.

Adelheid stolperte durch das verwüstete Dorf. Als sie vor einem Jahr aus Pavia abgereist war, hatte sie gehofft, den Streit zwischen Vater und Sohn rasch beilegen zu können. Doch es hatte lange gedauert, zu lange, bis sich der Sohn mit bloßen Füßen vor dem Vater niederwarf und um Vergebung bat. Die Magyaren hatten jetzt die verzweifelte Lage genutzt und waren ins Reich eingefallen.

Adelheid sah zum ersten Mal, was die Steppenreiter anrichten konnten und es war schlimmer, als alles, was sie sich hatte vorstellen können. Sie sank inmitten des ganzen Durcheinanders auf die Knie und begann zu beten.

Sie flehte zu Gott, dass es wenigstens nicht Liudolf selbst war, der den größten Feinden des Reiches Tür und Tor geöffnet hatte, um Otto zu schwächen. Sie spürte etwas Warmes, Feuchtes an ihren Knien. Die rote Flüssigkeit hatte bereits einen großen Flecken auf dem Stoff ihres Kleides hinterlassen, wobei sie sich zu einem erdigen Braun abschwächte. Das Blut floss aus dem mageren Körper eines Jungen, der halb unter einer Frauenleiche versteckt lag. Es war bestimmt seine Mutter, die ihn schützen wollte. Sie hatte ihr Leben umsonst gelassen. Ihr Junge hatte einen tiefen Einstich in der Bauchgegend. Als Adelheid hörte, wie sich ein feines Stöhnen aus dem Mund des kaum zehn Jahre Zählenden rang, löste sie ihre ineinander verschlungenen Finger hastig. Sie schob den Frauenkörper sanft zur Seite und bückte sich über das pausbäckige Gesicht. Der Junge hauchte etwas Unverständliches. Erst als sie sich noch näher bückte, verstand Adelheid, dass er Wasser wollte. Hilflos blickte sie sich an dem verwüsteten Ort um, der früher einmal der Marktplatz des kleinen Fleckens bei Regensburg gewesen war. Sie lief zu ihrem Pferd und band den Trinkschlauch los. Wieder bei dem Kind angekommen, beugte sie sich hinab, um ihm vorsichtig und langsam ein kleines Rinnsal in den Mund laufen zu lassen. Die großen, braunen Augen des Jungen blickten sie dankbar an und Adelheid spürte fast so etwas wie Glück an diesem Ort der tiefen Verzweiflung, als jemand sie unsanft am Arm packte, sodass der Schlauch auf den Boden fiel.

Adelheid erblickte Branka hinter sich, die sich ebenfalls von dem Tross, der mit dem König in das eilig aufgeschlagene Heerlager reiste, entfernt hatte. »Branka! Wieso lässt du mich dem Jungen nicht helfen?«, fragte Adelheid. Nur mühsam konnte sie ihre Empörung im Zaum halten.

»Weil es keinen Sinn hat.«

»Wie kannst du das behaupten?«

Adelheid nahm den Schlauch wieder vom Boden auf, um dem Jungen wenigstens die verbleibenden Tropfen zu geben. »Ich bin die Königin, und ich werde meinem Volk helfen.«

»Aber du kannst es nicht.«

Branka schob ihre Hand unter den Kopf des Jungen und hob ihn an. Sie deutete auf seinen Hals und nun konnte auch Adelheid es sehen. Ein großes Loch klaffte an der Seite, durch das das Wasser direkt wieder hinausrann. Adelheid presste sich die Hand vor den Mund, um nicht loszuschreien. Sie wich zurück, erst langsam, dann immer schneller, bis sie über am Boden liegende Leiber stolperte. Sie raffte sich wieder auf, bemüht, die Toten so wenig wie möglich zu berühren oder anzusehen. Adelheid wollte nur eins: So schnell wie möglich weg von diesem Ort. Aber wieder packte Branka sie. »Adelheid, warte!«

»Lass mich, ich will allein sein!«

Branka deutete in Richtung des Jungen. »Er hat seinen Frieden gefunden. Der Junge ist tot.«

Adelheid ließ mutlos den Kopf hängen. »Und ich konnte nichts tun.«

Sie sah Branka an. »Was sind das nur für Tiere, die unser Volk so dahinmetzeln?«

»Die Magyaren sind keine Tiere.«

Adelheid sah Branka verwundert an. »Du zeigst Verständnis für diese … diese Teufel?«

»Sie tun auch nichts anderes als dein Volk. In wie vielen Sommern sind Ottos Truppen schon in mein Land eingedrungen? Meinst du, danach sah es anders aus?«

Adelheid schüttelte den Kopf. »Nein, Branka. Das ist nicht dasselbe. Unser Volk kann sich auf Gottes Gnade stützen, unser König ist von Gott erwählt. Wir kämpfen gegen Heiden.«

Branka schüttelte den Kopf. »Das stimmt nicht. Bulcsu hat sich in Konstantinopel taufen lassen.«

Adelheid war wie vor den Kopf gestoßen. Der Harka Bulcsu, einer der Anführer der Ungarn, die landauf, landab nur noch die Geißel Gottes genannt wurden, ein Christ? Sie sah Branka an. »Du lügst.«

»Warum sollte ich das?«

»Weil du Recht haben willst. Otto hätte es mir längst gesagt.«

»Er weiß, dass es den Kampfeswillen stärkt, wenn man gegen die Heiden ins Feld zieht.«

»Du willst sagen, Otto verschweigt es absichtlich? Nein, das würde er nie tun. Otto ist ehrlich und geradeheraus.«

»Aber er ist auch schlau. Glaube mir, ich kenne ihn besser als du denkst.«

Adelheid wunderte sich einen Moment lang über den Blick, den Branka ihr dabei zuwarf.

Der Junge schaute sie mit großen, weit aufgerissenen Augen an. Für einen Moment glaubte Adelheid, den von den Magyaren niedergemetzelten Jungen vor sich zu haben. Doch diesmal waren die Augen nicht braun, sondern von einem strahlenden Blau. Auf dem Bett lag kein anderer als ihr eigener Sohn, mit seinen zwei Jahren von einem heftigen Fieber geplagt. Es war nicht das erste Mal, doch diesmal dauerte das Fieber schon lange an. Adelheid war froh, dass sie wenigstens für ein paar Tage in Regensburg gasteten. »Heinrich!«

Adelheid sprach seinen Namen gerne aus, selbst wenn sie die Erinnerung, die sie damit heraufbeschwor, auch immer ein wenig traurig stimmte. Als sie ihm zärtlich über das Gesicht strich, erschrak sie, wie kühl ihre Hand sich auf der Stirn ihres Sohnes anfühlte. Seine Temperatur musste noch weiter angestiegen sein. Adelheid sprach ihre Magd an, die damit beschäftigt war, Holz nachzulegen, sodass der Raum auch jetzt in der Nacht nicht auskühlte. »Hör auf! Du treibst sein Fieber nur noch mehr in die Höhe! Schicke lieber nach einem der Bader, oder noch besser, hole gleich einen Arzt!«

Die alte Frau drehte sich langsam zu der Königin. »Verzeiht, aber die Heiler sind in alle Winde ausgeschickt. Überall dort, wo unsere Truppen kämpfen, stehen sie bereit, um zu retten, was zu retten ist. Doch das ist nicht viel. Die Magyaren leisten ganze Arbeit.«

»Halt mir keine Vorträge, das weiß ich selbst!«, herrschte Adelheid die Alte an.

Sie überlegte einen Moment, um sich dann zur Tür zu wenden. Aber vorher wies sie die Magd an, bei ihrem Jungen zu wachen und ihm die Lippen zu benetzen, bis sie wieder da war.

Adelheid raffte ihr Nachtgewand zusammen und lief hinaus in den zugigen Gang. Sie wollte Otto aufsuchen. Er musste wenigstens einen der Ärzte zurückholen. Sie spürte nichts von der Kälte, so schnell hatte sie die Stufen zu Ottos Schlafgemach erklommen. Doch enttäuscht musste sie feststellen, dass sein Bett unberührt war. Sicher war er noch mit einigen Fürsten bei der Lagebesprechung. Sie hatte ihn in den letzten Tagen kaum zu Gesicht bekommen. Es stand ernst um das Land. Dass es ebenfalls ernst um seinen Sohn stand, hatte Otto darüber noch nicht einmal mitbekommen.

Adelheid zögerte. Sie schämte sich ein wenig, weiter im Nachtgewand durch die Burg zu laufen. Sie zweifelte auch daran, dass Otto es gutheißen würde, wenn sie seine Beratungen unterbrach. Wahrscheinlich würde er sie gar nicht zu Wort kommen lassen.

Sie zermarterte sich das Hirn. Es musste doch eine Lösung geben. Branka! Der Freundin, der das Leben bisher noch übler mitgespielt hatte als Adelheid, fiel immer ein Ausweg ein. Die Königin schlug den Weg zu Brankas Schlafgemach ein.

Schwungvoll und mit gutem Mut klopfte Adelheid an die schwere Holztür. Doch dann horchte sie auf. Ihr war, als hörte sie Branka mit jemandem sprechen. Seit wann musste sie sich ihr Gemach teilen? Das konnte man selbst einer Slawin nicht zumuten. Empört öffnete sie die Tür. Doch was sie sah, ließ sie für einen Moment erstarren.

Branka war tatsächlich nicht allein. Sie teilte ihr Bett mit keinem anderen als mit Otto. Adelheid sah aus den Augenwinkeln, wie er sich beeilte, seine Beinkleider überzustreifen. Sie jedoch konnte ihren Blick nicht von der Freundin losreißen, die vollkommen entblößt war und sich schnell eine Samtdecke umwickelte. »Branka? Du?«

Adelheid schüttelte den Kopf. Otto kam auf sie zu. »Adelheid, hör mich an. Du brauchst nicht gekränkt zu sein.«

Seine Worte ließen Adelheid langsam wieder zur Besinnung kommen. Empörung stieg in ihr auf. Jetzt sprach auch Branka. »Es hat nichts mit dir zu tun. Das hatte es die ganze Zeit nicht.«

»Die ganze Zeit? Das heißt, ihr treibt es schon länger miteinander?«

Branka sah sie bittend an. »Versuch doch zu verstehen. Es begann schon lange, bevor Otto dich das erste Mal sah. Aber ich bin keine Gefahr für dich. Ich bin eine Slawin. Du weißt genau, was das bedeutet.«

Adelheid wandte sich jetzt an Otto. »Du betrügst mich von Anfang an? Seit wir geheiratet haben?«

Otto war jetzt wieder vollständig angezogen und erhob sich vom Bett. Er kam auf Adelheid zu. »Was ist schon dabei? Sie hat doch gesagt, dass es nichts Ernstes ist. Sie ist meine Konkubine.«

Adelheid nahm das kaum merkliche Zucken wahr, das Branka bei Ottos Worten durchfuhr. Fast schon empfand sie Mitleid für die Freundin und streckte ihren Arm aus, um sie zu berühren. Doch noch in der Bewegung brach sich ihre Wut Bahn und statt sie zu streicheln, hieb Adelheid Branka mit der flachen Hand ins Gesicht. Brankas Miene spiegelte blankes Entsetzen. Sie ließ die Decke los, die sie um den Körper gewickelt hatte, um sich die Wange zu halten. Das Tuch glitt herab und gab den Blick auf Brankas nackten Körper preis.

Adelheid wusste im ersten Moment nicht, wieso sie das nicht schon längst gesehen hatte. Branka musste es gut verstanden haben, ihren Zustand durch ihre Kleidung zu verbergen. Wie dem auch sei, jetzt konnte keiner mehr ihre Schwangerschaft übersehen. Adelheid schätzte, dass die Freundin nur wenige Wochen vor der Niederkunft stand. Langsam wich sie zurück. Sie wandte sich zur Tür. Sie wollte nur noch fort, zurück in ihr Gemach, zurück zu ihrem Kind, das sie brauchte. Adelheid berührte schon den Türrahmen, als sie sich noch einmal umdrehte.

»Ich will, dass du sie wegschickst«, erklärte sie Otto.

Sie warf Branka nur einen kurzen Blick zu, um sich gleich wieder ihrem Ehemann zuzuwenden. »Sie muss fort. Für immer.«

Otto runzelte die Brauen. »Du übertreibst.«

»Denk daran, wem du die italienische Krone verdankst. Keiner anderen als mir«, herrschte Adelheid ihn an.

Otto zögerte, bevor er knapp antwortete: »Sie wird gehen.«

Adelheid dachte eigentlich, dass sie so etwas wie Erleichterung oder wenigstens einen Triumph spüren musste. Aber stattdessen fühlte sie sich nur unendlich traurig und verzweifelt. Sie schob Otto zur Seite und verließ mit schnellen Schritten den Raum. Sie rannte mehr als dass sie ging zurück zu ihrem Gemach. Es war ihr egal, dass Otto noch einmal mit Branka alleine blieb. Fast war es, als wollte sie den beiden Gelegenheit zum Abschied geben. Sie wusste genau, wie Branka zumute war. Jetzt war ihr zum zweiten Mal die Heimat geraubt worden.

Adelheid öffnete die Tür zu ihrer Kammer und erblickte die Magd schlafend an Heinrichs Bett. Sie wollte sie schon ärgerlich schütteln, als sie ein Blick auf ihr Kind in der Bewegung innehalten ließ. Ein großer Frieden ging von dem kleinen Gesicht aus, das jede Unruhe des Fiebers verloren hatte. Die Augen waren geschlossen, die Glieder entspannt unter der Decke ausgestreckt. Adelheid zauderte, bevor sie ihre Hand auf Heinrichs eiskalte Stirn legte. Noch schwerer war es für sie, sich über ihn zu beugen, um vergeblich auf einen Atemhauch zu warten. Adelheid brach über dem kleinen Körper zusammen. Ihr Kind war tot.

Otto hatte Wort gehalten und Branka weggeschickt. Adelheid war erneut schwanger geworden und hatte ein Kind zur Welt gebracht. Es war nicht der ersehnte Thronfolger, sondern ein Mädchen, Mathilde. Doch schon kurze Zeit später stellte Adelheid wieder die Anzeichen einer Schwangerschaft fest. Aber sie spürte weder Freude, noch Zuversicht. Das Einzige, was sie noch fühlte, war Groll.

Als sie merkte, dass er sich sogar gegen das Ungeborene richtete, beschloss sie, etwas zu unternehmen. Denn es war das tatenlose Abwarten, was ihr das Leben schwer machte.

Sie hatte keine Nachricht erhalten, schon gar keinen Brief. Heinrich hatte sich nicht mehr bei ihr gemeldet, obwohl er längst wieder im Norden war. Die Italiener hatten ihn nicht als Herrscher anerkannt. Sicher war er nun ärgerlich auf sie, weil sie ihn damals allein gelassen hatte. Aber es gab noch eine andere Erklärung für sein Schweigen: Heinrich hatte sie vergessen. Lange hatte sich Adelheid geweigert, das auch nur zu denken. Jetzt hielt sie das Grübeln nicht mehr aus. Sie brauchte Gewissheit.

Adelheid ritt mit ihrer Eskorte an der uralten Gerichtslinde vorbei und geradewegs auf das Kanonikerstift in Pöhlde zu. Der Ort schmiegte sich in das Urstromtal der Oder, unweit eines langgestreckten Höhenzuges.

Auf dem Hof des Stifts luden schattige Bäume zum Verweilen ein, aber obwohl sie sehr müde von der langen Reise nach Sachsen war, schritt Adelheid zielstrebig auf den Kreuzgang zu. Pater Martin kam ihr mit ausgestreckten Händen entgegen.

»Adelheid, wie schön, Euch wiederzusehen.«

»Kann ich ihn sehen?«, hörte Adelheid sich anstatt einer angemessenen Begrüßung sagen. Heinrich hatte sich nach Pöhlde zurückgezogen, um eine alte Verletzung zu kurieren, die ihm noch nach Jahren immer wieder zu schaffen machte.

»Natürlich. Ich habe der Küche Anweisungen gegeben, alles für ein Festmahl vorzubereiten.«

»Nein, eher. Ich muss gleich zu ihm.«

Martin blickte sie erstaunt an, aber Adelheid war zu ungeduldig, um sich lange zu erklären. Der Pater zeigte ihr den Weg. Erst vor Heinrichs Kammer verließ sie für einen Moment der Mut. Aber dann öffnete sie die Tür.

Heinrich lag auf dem schmalen Bett. Er hatte seine Augen geschlossen und seine Gesichtszüge waren entspannt. Ängstlich forschte Adelheid nach Zeichen seiner Erkrankung, aber seine Heilung schien wirklich schon weit fortgeschritten zu sein. Er hatte nur eine dünne Decke über seinen Körper gebreitet, seine kräftige, muskulöse Gestalt zeichnete sich deutlich darunter ab. Adelheid trat näher und strich ihm vorsichtig eine seiner schwarzen Locken aus der Stirn. In dem Moment schlug Heinrich die Augen auf, und Adelheid wich schnell einen Schritt zurück. Heinrich setzte sich überrascht auf. Die Decke glitt herunter, und er wurde sich bewusst, dass er nur in Unterkleidern vor Adelheid saß. Schnell griff er sein Hemd und streifte es sich über. »Adelheid? Du bist es wirklich?«

»Ja, hat man dir mein Kommen nicht angekündigt?«

»Diese Mönche behandeln mich wie ein kleines Kind. Ich

darf nichts als mich ausruhen. Wahrscheinlich sterbe ich bald an Langeweile«, lachte er.

»Und trotzdem fandest du keine Zeit, dich nach meinem Befinden zu erkundigen«, platzte sie heraus, um sich gleich darauf über sich selbst zu ärgern.

»Ich kann verstehen, dass du dich im Stich gelassen fühltest«, fuhr sie versöhnlicher fort. »Aber ich konnte dir in Italien nicht helfen.«

»Ich bin dir keineswegs böse, du musstest gehen.«

Seine Ruhe brachte sie erst recht aus der Fassung. »Du willst es nur nicht zugeben. Stolz und von dir selbst überzeugt – du bist genau wie die Italiener«, entfuhr es ihr.

Heinrich nickte. »Wahrscheinlich hast du Recht. Ich bin ihnen zu ähnlich. Vor allem, was die Verehrung der Königin angeht«, lächelte er. »Sie sehen mit Stolz und Verehrung zu dir auf, wo sie sonst niemanden über sich dulden. Und genauso geht es mir.«

»Stolz und Verehrung? Wofür? Dass ich Ottos Sohn zum Aufstand getrieben habe, dass die Ungarn einfallen konnten und das Reich bald untergeht?«, schrie Adelheid.

»Das ist nicht deine Schuld, nichts von alledem.«

»Aber Gott hat mich gestraft. Der Thronfolger ist gestorben.«

»Ich weiß. Der kleine Heinrich ist tot. Es tut mir sehr Leid.«

Adelheid sah ihn überrascht über die Sanftheit seiner Stimme an, als Heinrich fortfuhr. »Ich hatte immer gehofft, dass du manchmal an mich denkst, wenn du seinen Namen aussprichst.« Er sah sie an. »Ich weiß, das war anmaßend. Verzeihst du mir?«

Adelheid sah in seine braunen Augen. Sie versuchte ihre Tränen zu unterdrücken, doch es gelang ihr nicht. Sie weinte aus Erleichterung, dass Heinrich sie nicht vergessen hatte. Aber vor allem weinte sie endlich um ihr Kind, das alleine hatte sterben müssen.

Heinrichs Arme umfingen sie, und sie ließ ihren Kopf an seine Brust sinken. Adelheids Tränen durchnässten sein Hemd, doch er hielt sie nur noch fester.

Irgendwann wurde sie ruhiger. Es gab keinen Grund mehr,

noch länger in seinen Armen zu verharren. Sie wollte sich von ihm lösen, aber Heinrich verstärkte seinen Griff. »Adelheid.«

Damit zog er sie noch näher heran. Seine Lippen berührten die ihren. Sie küssten sich ganz sanft und zärtlich. Dann sahen sie sich an und lächelten. So lange hatte Adelheid sich danach gesehnt, und jetzt war es passiert. Glücklich küsste sie ihn erneut und immer wieder, bis ihre Küsse schließlich leidenschaftlicher wurden. Sie drängten sich aneinander, als ob sie nie mehr voneinander lassen wollten. Heinrich begann Adelheid ihr Gewand von den Schultern zu streifen, anfangs langsam und vorsichtig, doch als kein Widerstand von ihr kam, schnell und ungestüm. Er streichelte ihr Gesicht, liebkoste ihre Brüste und fuhr mit seinen Fingerspitzen über die Innenseiten ihrer Beine. Adelheid genoss jede seiner Berührungen, bevor sie sich ihm ganz hingab.

Danach lagen sie lange still beieinander. Adelheid hatte den Kopf auf seine Brust gelegt, und Heinrich spielte mit den Strähnen ihres dunklen Haares.

Erst das Klappern von Kesseln und Töpfen erinnerte sie daran, dass das Nachtmahl angerichtet wurde. Höchste Zeit sich anzuziehen, wollten sie nicht auffallen. Adelheid setzte sich und griff nach ihrem Kleid, das auf dem Boden lag. Heinrich nahm es ihr ab. »Lass mich das für dich tun.«

Er begann, es ihr überzustreifen, doch bedeckte er dabei jede Stelle ihrer Haut, der er habhaft werden konnte, mit Küssen. Adelheid schob ihn lachend von sich. »Heinrich! Du willst mich gar nicht anziehen.«

»Erraten.«

Heinrich ließ das Kleid fallen und küsste Adelheid immer leidenschaftlicher. Aber sie erhob Einspruch: »Heinrich! Was ist, wenn Pater Martin sieht, was wir hier treiben?«

»Er wird vor Neid erblassen.«

Heinrich fuhr mit seinen Liebkosungen unbeirrt fort. Adelheid versuchte seine Arme, die sie immer wieder umschlangen, festzuhalten. Die beiden begannen miteinander zu ringen, als er sie schließlich die Oberhand gewinnen ließ. Adelheid setzte sich triumphierend auf Heinrichs Brust und hielt seine Arme mit ihren Knien am Boden, als sie plötzlich erschrocken aufschrie. »Heinrich, warum hast du mir nichts gesagt?«

Eilig ließ sie von ihm ab und setzte sich neben ihn, vorsichtig über seine Herzgegend streichend. »Wie konnte ich das vergessen? Deine alte Wunde! Ich hoffe, ich habe dir nicht weh getan!«

Adelheid beugte sich über ihn und berührte die immer noch sichtbare Narbe an seiner linken Seite, die von einem Schwert herrührte, mit den Lippen. Heinrich sah sie erstaunt an. »Das ist doch längst verheilt.«

»Aber ich dachte, du musst dich noch schonen.«

Heinrich verstand. »Du hast es geglaubt! Du hast tatsächlich geglaubt, ich lege mich ins Bett wie ein Weib, weil ich krank bin?«

»Weil deine alte Wunde dir zu schaffen macht, natürlich.«

Heinrich sah sie ernst an. »Es ist eine andere Art von Verletzung.«

Sein Gesicht wurde finster. »Weil mich der eigene Bruder übergeht. Weil er König an meiner statt ist.«

Adelheid erschrak vor der Härte in seiner Stimme.

»Otto wurde gezeugt, als unser Vater noch Herzog war, ich hingegen, als er bereits die Krone trug. Ich war eigentlich als König ausersehen.«

»Aber Heinrich, weißt du nicht, in welcher Lage das Reich ist? Ihr müsst zusammenhalten, wenigstens bis die größte Gefahr vorbei ist.«

»Damit er mich hinterher wieder wegschieben kann? Nein, ich werde nicht für ihn kämpfen.«

Adelheid schüttelte den Kopf. Das konnte, das durfte nicht wahr sein! Heinrich hatte sich unter einem Vorwand in das Stift zurückgezogen, um Otto gegen die Ungarn nicht unterstützen zu müssen. Adelheid schauderte. Ihr fiel ein, was die Leute über Heinrich munkelten. Sein Vater hätte ihn in der Nacht auf Karfreitag gezeugt. Ihre Gedanken wirbelten durcheinander. »Heinrich, ich muss es wissen. Hast du geahnt, wie sehr es Liudolf treffen würde, wenn du anstatt seiner nach Pavia gehst?«

Heinrich zuckte mit den Schultern. »Er ist ehrgeizig. Es war abzusehen.«

»Und trotzdem hast du nicht abgelehnt«, flüsterte Adelheid mehr zu sich als zu Heinrich. Sie hatte nur daran gedacht, wie sie ihm nahe sein konnte, während er Hass und Zwietracht säen wollte! »Hast du wirklich mich begehrt …«

Sie stockte, bevor sie weitersprach. »… oder nur den Thron? Hast du gedacht, wenn du mich bekommst, liefere ich dir auch die Krone?«

Heinrich schüttelte den Kopf. »Nein, Adelheid, wie kannst du das denken? Wie kommst du darauf?«

»Du hast mir noch immer nicht gesagt, warum du dich nicht gemeldet hast. Zwei Jahre lang habe ich nichts von dir gehört.«

»Was sollte ich denn tun? Dir einen Brief schicken, den dann Otto liest? Einen Boten beauftragen, der es herumtratscht?«

Adelheid sah ihn kalt an. »Ich hätte einen Weg gefunden.«

»Ich wollte kein Risiko eingehen, um dich nicht zu gefährden. Außerdem, du hast selbst gesagt, wie schwierig die Lage im Reich ist. Ich wollte dich nicht ablenken.«

»Hast du dir noch mehr Ausreden ausgedacht?«, gab Adelheid zurück.

»Das ist die Wahrheit«, beteuerte Heinrich, während er einen Schritt auf sie zumachte.

»Die Wahrheit? Die werde ich dir jetzt sagen. Du hattest mich längst vergessen. Und erst heute hast du dich wieder erinnert und mich als williges Werkzeug benutzt«, schrie sie heraus.

»Adelheid, nein, so ist es nicht.«

Heinrich hob seine Hände, um sie an den Schultern zu fassen, doch Adelheid wollte ihn abwehren. Er war stärker und hielt ihre Arme fest. Zornig blickte sich Adelheid im Zimmer um, und ihr Blick blieb an einem metallenen Griffel hängen, der neben dem Bett auf einer kleinen Wachstafel lag. Sie gab für einen Moment ihren Widerstand auf, woraufhin Heinrich seinen Griff lockerte. Blitzschnell entwand sie ihre Arme aus seinen Händen, packte den Griffel und stieß ihn Heinrich in die Seite. Die

Spitze bohrte sich genau in die alte Wunde. Heinrichs Augen weiteten sich, doch er blieb ganz still. Kein Schrei entwand sich seiner Kehle, während das Blut aus der Einstichstelle sickerte. »Adelheid, wie kannst du das nur denken? Ich liebe dich, mehr als alles ...«

Adelheid war wie erstarrt.

»Wenn du nicht wärst, hätte ich mir längst genommen, was mir zusteht. Nur du bist der Grund, warum ich nicht mehr offen kämpfe.« Er stützte sich mühsam auf. »Alles, was ich jetzt noch will, bist du.«

Adelheid sah ihn verzweifelt an. »Heinrich, wie kann ich deinen Worten Glauben schenken? Sag, wie kann ich das tun?«

Heinrich deutete wortlos auf die kleine Wachstafel am Boden. Er setzte zum Sprechen an, was ihn mittlerweile einige Mühe kostete. »Tag für Tag habe ich ein Gedicht für dich geschrieben. Aber ich konnte es unmöglich abschicken.«

Adelheid nahm die Wachstafel auf und las laut: »So gern würde ich dir von meiner Liebe sagen, doch für die richtigen Worte habe ich keinen Sinn, denk nicht, dass an mir Zweifel nagen, nimm diesen schlichten Reim mit meiner Seele darin.«

Die Tafel glitt ihr aus den Fingern, wo sie auf dem Boden in mehrere Stücke zersprang. Sie hatte den einzigen Mann, der sie jemals um sie selbst willen liebte, verletzt. Adelheid beugte sich zu Heinrich und versuchte, den Blutstrom mit Stofffetzen, die sie von ihrem Kleid abriss, zu stillen. »Heinrich, liebster Heinrich! Ich wünschte, ich läge da an deiner Stelle.«

Heinrich versuchte zu sprechen, doch er vermochte es nicht. Sein Gesicht war vor Schmerz verzerrt. Adelheid konnte es kaum mit ansehen. »Was habe ich getan! Bitte verzeih mir. Verzeih mir, Heinrich!«

Heinrich bemühte sich, ein Wort herauszubringen. Er wollte sich aufrichten, doch Adelheid schüttelte den Kopf. Sie bettete seinen Kopf in ihrem Schoß. Tränen liefen ihre Wangen herab, bis zu dem Stück Stoff, das sie auf die Wunde drückte, und vermischten sich mit seinem Blut.

Adelheid saß im Dämmerlicht der Kirche. Sie hatte es vorgezogen, auf einer der harten Holzbänke statt auf den gepolsterten Stühlen Platz zu nehmen. Immer wieder murmelte sie die Worte, die Heinrich für sie geschrieben hatte: »… nimm diesen schlichten Reim mit meiner Seele darin.«

Adelheid schrak zusammen, als sie Schritte hörte. Es war Pater Martin, der ihr beruhigend die Hand auf die Schulter legte. Adelheid sah ihn bang an. »Wie geht es ihm?«

»Er wird durchkommen. Obwohl ich nicht sagen kann, ob die Wunde noch einmal ganz verheilen wird.«

»Ich wollte es nicht, ich …«

Doch Pater Martin unterbrach sie. »Der Herzog hat mir nicht gesagt, wie es passiert ist. Er meinte nur, es sei seine Strafe.«

»Seine Strafe? Wofür?«

»Weil er hier und nicht bei seinem Bruder war. Und er will, dass Ihr sofort abreist. Euer Platz sei an Ottos Seite, das habe er jetzt erkannt.«

Adelheid war fassungslos. »Das ist alles? Mehr hat er nicht gesagt?«

»Doch. Ich soll Euch das geben.«

Der Pater zog ein Tuch aus seinem Gürtel und reichte es Adelheid. Die schlug den Stoff, in dem sie ihren blutgetränkten Ärmel erkannte, beiseite. Es war eine der Scherben, in die die Wachstafel zersprungen war. Darauf war nur ein Wort zu lesen: ›Liebe‹.

Adelheid schlug die vor dem Eingang herabhängende Decke zur Seite und betrat das Zelt. Sie entdeckte Otto zusammengekauert in einer Ecke, den Kopf in die Hände gestützt. Leise rief sie ihn an. »Otto!«

Er hob überrascht seinen Kopf. »Adelheid! Was tust du hier?«

»Ich wollte dich sehen.«

»Aber doch nicht hier, im Lager. Warum bist du nicht im Kloster Pöhlde geblieben? Dort warst du sicher.«

»Weil ich zu dir musste.«

Ein Lächeln ließ plötzlich sein Gesicht erstrahlen. »Ist das wahr?«

Adelheid zögerte. Sie konnte jetzt einfach ›ja‹ sagen und es dabei bewenden lassen. Aber das wäre nicht die ganze Wahrheit. Und mit ihren Lügen hatte sie genug Unheil gestiftet. Adelheid rang mit den Worten, als Otto auch schon auf sie zukam und sie in die Arme nahm. »Es ist hoffnungslos. Die Magyaren belagern Augsburg. Sie sind uns zahlenmäßig weit überlegen, und ihre vierschneidigen Pfeile hindern uns daran, auch nur die kleinste Bresche zu schlagen. Wir kriegen sie einfach nicht zu packen, es ist unmöglich.«

Adelheid schüttelte den Kopf. »Otto, so kenne ich dich nicht. Wenn du zweifelst, was werden dann die anderen denken?«

»Zweifeln sie nicht ohnehin? Sicher, die Herzöge haben schließlich doch noch ihre Truppen gesandt, aus allen Teilen des Landes sind sie gekommen. Und Heinrich hat wenigstens seinen Befehlshaber geschickt. Sag, wie geht es ihm? Leidet er sehr an seiner Verletzung?«

Adelheid durchfuhr es heiß, bevor ihr einfiel, dass Otto die alte Wunde meinte. Sie zwang sich zu sprechen. »Nein, sie ist verheilt.«

Otto ließ sich auf die Knie sinken. »Wenigstens das wird gut. Liebste Adelheid, ich habe sehr viele Fehler gemacht. Ich bin kein guter Herrscher.«

Er schlang die Arme um ihre Hüften und lehnte seinen Kopf an sie. Adelheid streichelte seine Haare. »Auch ich habe etwas getan, was falsch war.«

Ottos Hände glitten von ihren Hüften zu ihrem Bauch. Er strich tastend darüber, während Adelheid nach Worten suchte. »Ich würde es am liebsten ungeschehen machen …«

Aber Otto unterbrach sie: »Adelheid, warum hast du mir nichts davon gesagt?«

Otto küsste vorsichtig ihren Bauch, und da bemerkte Adelheid, dass er etwas anderes entdeckt hatte. »Adelheid, du bist schwanger!«

Otto erhob sich und sah ihr in die Augen. Sein ganzes Gesicht strahlte vor Freude. »Das ist ein Zeichen. Ein Zeichen Gottes. Er hat uns nicht verlassen.«

In dem Moment wurde erneut die Decke vor dem Eingang zur Seite geschoben und ein Bote trat eilig ein, um vor dem König auf die Knie zu fallen. Für weitere Höflichkeitsbezeugungen war seine Nachricht zu dringlich. »Ehrwürdiger König, hört mich an: Die Ungarn sind abgezogen! Sie haben Augsburg aufgegeben.«

Die Legionen des Königs waren am Rande des Waldes angekommen. Die drei Gruppen der Bayern, zahlenmäßig die stärkste Abteilung, hatten zusammen mit den Franken gewartet, bis auch Otto mit seiner Legion, der die Schwaben und Böhmen folgten, herangerückt war. Otto überlegte nur kurz, als man ihn fragte, ob man den Umweg am Waldrand entlang, aber dafür in Deckung, nehmen sollte, oder den Feinden besser über die offene Ebene nachsetze. »Welchen Grund gäbe es, uns wie furchtsames Getier zu verstecken? Bulcsu ist vor uns geflohen.«

Es war ihm eine Genugtuung, den Anführer seiner Feinde schon so gut wie in den Fingern zu haben. Keiner fiel ungestraft in sein Land ein, jetzt nicht mehr. Mit Liudolf hatte er seinen Frieden gemacht. Das Reich war wieder geeint, bald würde es größer und stärker erstrahlen als jemals zuvor und dann konnte ihm keiner mehr die Kaiserkrone verweigern.

Otto ließ die Bayern vorbeiziehen, um sich dann mit seinen Leuten vor den Schwaben und Böhmen einzureihen. Plötzlich schreckten ihn gellende Schreie aus seinen Gedanken auf. Er drehte sich um. Doch seine Leute ritten wohlgeordnet nach ihm. Die Schreie mussten von weiter hinten kommen. Sein Befehlshaber sah fragend zu Otto herüber, doch der gab ihm nur ein kurzes Zeichen und ritt selber an der Flanke entlang zurück, um sich ein Bild zu verschaffen. Und dann sah er es. Es waren die Böhmen, deren Pferde scheuten, sich aufbäumten oder bereits tot am Boden lagen und die Leiber ihrer Reiter unter sich begruben. Tier und Mensch waren mit kurzen, gefiederten Pfeilen gespickt oder versuchten dem Hagel der tödlichen Waffen zu entkommen.

Von hinten und von der Seite drangen immer mehr der mit ihren kleinen, flinken Pferden verschmolzenen Reiter nach vorn. Die Schwerter von Ottos Truppen kamen kaum zum Einsatz, höchstens, um ihren Kumpanen oder den treuen Reittieren den Gnadenstoß zu versetzen. Bald reichte jedoch auch dazu der Mut nicht mehr aus. Alles, was sich noch irgendwie bewegen konnte, ritt, lief oder kroch davon, meist jedoch direkt dem tödlichen Pfeil entgegen, der jedem Entkommen ein Ende bereitete.

Nur Otto schien starr und unbeweglich in all dem Durcheinander um ihn herum. Er war in einen Hinterhalt geraten. Bulcsu und fliehen! Er hätte es besser wissen müssen. Und doch hatte er seine Männer aus der Deckung geführt, anstatt Späher auszusenden. Wie konnte er nur so dumm sein!

Er hatte Bulcsu schon einmal in sein dunkles Antlitz geschaut, von der Sonne gegerbt und voller Falten, damals, als noch sein Vater die Truppen gegen ihn anführte. Und auch der Ungar schien sich besser an ihn zu erinnern als ihm lieb war. Er kannte Ottos empfindlichste Stelle, seinen Stolz, der schnell in Hochmut umschlug und ihn unvorsichtig werden ließ. Erschüttert sah Otto, dass die böhmische Legion in Auflösung begriffen war und die Schwaben, die eigentlich zur Hilfe eilen sollten, jetzt die Zielscheibe boten. Und alles nur, weil er die falsche Entscheidung getroffen hatte. Wie gelähmt beobachtete er das Geschehen. Er merkte, dass seine Garde ihn abzudrängen versuchte, um ihn weiter hinten besser sichern zu können. Aber er wollte keinen Schutz, während seine Männer dahingemetzelt wurden.

Der König wandte sein Gesicht zum Himmel. »Ich rufe dich an, Herr!«

Otto bemerkte, wie der Pfarrer, der in seiner Truppe mitritt, näher kam. Er hatte seinen tragbaren Altar hinter sich auf das Pferd gebunden, um in jeder Situation Gottes Segen erflehen zu können. Doch Otto winkte ab. Er wollte nicht vor dem Altar knien. Er wollte auch nicht, dass der Pfarrer für ihn betete. Hoch reckte er seine Arme zum Himmel. »Du hast mir ein Zeichen gesandt, o Herr!«

Seine Worte klangen laut und fordernd über die weite Ebene.

Es war, als ob er das Kampfgetümmel damit für einen Moment zum Schweigen brachte. Nur noch vereinzelte Pfeile wurden abgeschossen. »Zeige auch den anderen, dass du uns nicht verlassen hast.«

Jetzt reckten alle die Arme nach oben, hoch hinauf zum Himmel. In dem Augenblick wich eine große Wolke zur Seite und ließ die Sonne hervorblitzen. Kein Laut war zu hören.

Dann kam wie auf Befehl, aber ohne, dass einer auch nur ein Wort gesagt hätte, Bewegung in Ottos Mannen. Schnell suchte ein jeder sein Gerät zusammen. Die Truppen, die schon vollkommen aufgelöst schienen, formierten sich neu. Zwar standen sie schon wieder unter dem Beschuss von Bulcsus Männern, aber diesmal erreichten nur wenige Pfeile ihr Ziel. Sie hatten, anstatt dem Gegner angstvoll den Rücken zuzudrehen, eine Mauer aus Schilden gebaut, hinter der sie nun langsam vorrückten. Dann, als Otto sich in die Mitte der langen Reihe von Kriegern eingereiht hatte, die Heilige Lanze mit ihrer weithin leuchtenden Spitze hoch erhoben, gab es kein Halten mehr. Der Sturm brach los. Schwerter hieben den Magyaren die Bögen aus der Hand, brachten ihnen schwere Verletzungen bei, trafen ins Herz. Und wenn einer von den eigenen Leuten den Tod fand, so war direkt ein anderer zur Stelle, um ihn zu rächen.

Otto suchte das Knäuel aus fliehenden Gegnern mit den Augen ab, während er die Angriffe mit der Heiligen Lanze eher beiläufig abwehrte. Endlich hatte er ihn erblickt. Bulcsu wirkte auf seinem pechschwarzen Pferd noch dunkler und kleiner, als er ihn in Erinnerung hatte. Blitzschnell stieß Otto zu ihm durch. Seine Leibgarde erreichte ihn erst, als er bereits in einen Zweikampf mit dem Magyarenführer verstrickt war. Der wehrte sich verzweifelt, doch es nutzte ihm nichts. Er wurde gefangen genommen.

Kurz darauf hörte Otto es zum ersten Mal. Einer rief laut: »Imperator!« Andere schlossen sich an. Und bald schallte es machtvoll über die Toten und Verwundeten: »Otto, Vater des Vaterlandes!« Und immer wieder: »Es lebe der Imperator! Gott schütze unseren Kaiser!«

Adelheid folgte Otto, der in einem großen Kreis um die weite Ebene schritt. Es war bereits sehr kalt an diesem Novembermorgen, und Adelheid war froh, als sie wieder am Ausgangspunkt angekommen waren. Otto wandte sich ihr zu. »Jetzt hast du es mit eigenen Augen gesehen und wirst unserem Sohn von der großen Schlacht, die hier stattgefunden hat, erzählen können.«

Er strich Adelheid behutsam über den gewölbten Bauch. »Das Lechfeld ist so vielen Magyaren zum Grab geworden, dass die Lebenden sich hüten werden, noch einmal in unser Reich einzufallen. Der Platz reichte kaum aus, sie alle dort unten zu verscharren.«

Sie sah ihn ungläubig an. »Sie sind hier begraben?«

Otto nickte zufrieden. »Da, wo du jetzt stehst, müsste der Harka Bulcsu liegen, hier, nahe bei dem großen Stein.«

Adelheid sah von dem Findling zum Boden. Ihre erste Reaktion war, wegzulaufen. Aber Otto nahm sie am Arm. »Es tut mir Leid, Adelheid. Ich musste es dir zeigen.«

»Ich weiß. Aber war es nötig, ihn zu töten? Er ist ihr König, genau wie du.«

»Adelheid, du hast ein weiches Herz.«

Otto lächelte, doch dann wurde er wieder ernst. »Deshalb scheue ich mich auch, es dir zu sagen.«

Sie sah ihn forschend an. »Was zu sagen?«

Er hob den Blick und sah über sie hinweg in den grau verhangenen Himmel. »Heute morgen kamen Boten zu mir.«

Adelheid sah erstaunt, dass Otto Tränen in den Augen zu haben schien.

»Heinrich ist gestorben.«

Adelheid hörte die Worte, doch sie konnte sie nicht begreifen. Otto fuhr fort. »Vor drei Tagen. Sie haben ihn im Stift beerdigt.«

Adelheid sah wieder auf den bereits gefrorenen Boden. Heinrich begraben, leblos, erstarrt, genau wie die Tausenden von Toten, die hier unter ihr ruhten? Als sie sah, dass Otto wirklich weinte, wusste sie, dass es kein Missverständnis, sondern die Wahrheit war. Der einzige Mann, den sie je geliebt hatte, war tot.

Adelheid brach zusammen. Sie sank, von Weinkrämpfen geschüttelt, auf den Boden. Sie spürte weder die Kälte noch Ottos verzweifelte Umarmung. Alles, was sie fühlte, war Trauer. Viel später erst hörte sie Ottos tröstende Worte und wunderte sich, dass sie trotz dieses unglaublichen Schmerzes weiter atmen konnte.

»Adelheid, ich weiß, dass es furchtbar für dich ist.«

Adelheid sah Otto ungeduldig ins Gesicht. »Du weißt gar nichts.«

»Ich weiß, dass du ihn sehr gemocht hast.«

Adelheid sah ihn verwundert an, als Otto schon fortfuhr. »Kein Wunder: Sein ganzes Auftreten, seine unbekümmerte Art. Ich habe so oft gewünscht, etwas von seiner Leichtigkeit zu haben.«

Otto nahm sie in seine Arme. »Wir müssen uns jetzt gegenseitig Trost spenden. Ich bin so froh, dass ich dich habe.«

Adelheid begann erneut zu weinen. Sie spürte, dass sie Otto jetzt nie mehr sagen konnte, dass Heinrich ihretwegen gestorben war. Diese Schuld würde sie ganz alleine tragen müssen.

Licht strömte durch die weit geöffneten Glasfenster in das große, von reich verzierten Säulen gestützte Gemach. Die vielen goldenen Gefäße und Vasen blinkten vor dem Hintergrund der purpurnen seidenen Wandbehänge. Leichtigkeit schien alles zu durchdringen und hatte auch die Bewohner von Konstantinopel, das sie auch stolz Nova Roma nannten, geprägt. Der lebhafte Klang ihrer Sprache und ihre fröhliche Musik drangen bis in das Gemach in der Palaststadt. Doch das kleine Mädchen konzentrierte sich ganz auf den Unterricht, den Jannis ihr erteilte. Ihre hellen Haare bildeten einen reizvollen und außergewöhnlichen Gegensatz zu der olivfarbenen Haut. Jannis betrachtete Theophanu fast wie eine eigene Tochter, obwohl – oder gerade weil – ihm Vaterschaft als Eunuch versagt war. Aber als ihr Lehrer durfte er das Mädchen, dessen Mutter gleich nach der Geburt gestorben war, von Anfang an begleiten.

»So, Schluss für heute«, kündigte er an, während er seine Bücher zusammenpackte.

»Och nein! Erzähl mir noch etwas! Am besten von diesem mutigen König aus dem Norden. Dem mit der klugen Königin.«

Jannis seufzte. Er verstand nicht, was Theophanu gerade an den Geschichten aus dem Land der Barbaren so interessierte, aber er gab wie immer nach, zumal es diesmal wirklich Neuigkeiten gab. »Also gut. Dieser König, den du so besonders mutig findest, ist zum Kaiser gekrönt worden.«

»Zum Kaiser!«

Das Mädchen staunte. Es überlegte. »Dann ist seine Frau jetzt Kaiserin!«, sprudelte es aus ihm heraus.

Jannis nickte. »Adelheid ist am selben Tag wie ihr Mann im Februar des Jahres 962 gekrönt worden.«

»Sie hat bestimmt wunderschön ausgesehen! Kannst du mir nicht auch eine Krone schenken?«

»Nein.«

Jannis schüttelte den Kopf, worauf das Mädchen etwas beleidigt seine Unterlippe vorschob.

»Eine Krone bekommt man nicht geschenkt, die muss man sich verdienen«, erklärte Jannis. Theophanu nickte. »Na gut. Was muss ich als Erstes tun?«

Jannis lächelte. »Schnell ins Bett gehen, damit du morgen ausgeschlafen bist.«

Theophanu war nicht begeistert, aber sie gehorchte. Sie schritt langsam und bedächtig aus dem Gemach, den Kopf so stolz erhoben, dass Jannis fast meinte, für einen Moment schon die Krone darauf blitzen zu sehen.

ZWEITES BUCH

Kapitel 6

Jannis fiel auf, dass Theophanu mit ihren zwölf Jahren fast schon eine junge Frau war. Der Seidenstoff ihres Kleides schimmerte sanft und unterstrich das Oliv ihrer makellosen Haut. Ihr helles Haar hatte sie zu einer kunstvollen Frisur hochgeschlungen, die ihren langen schlanken Hals zur Geltung brachte. »Theophanu, mein Liebes, seit wann machst du dich für den Unterricht so fein?«

Das Mädchen stemmte seine Hände in die Hüften. »Du weißt genau, was heute für ein Tag ist.«

»Ein Sommertag im Jahre 971, heiß, staubig und trocken.«

»An dem unser Kaiser mit dem größten Triumphzug in die Stadt einzieht, den die Welt je gesehen hat.«

»Es wird ein elendes Gedränge und Geschubse geben. Wir können froh sein, dass wir von hier oben aus alles in Ruhe mit ansehen können.«

»Das ist doch langweilig!«

»Aber eine Anordnung deines Vaters«, ergänzte Jannis.

»An die du dich gerne halten kannst. Ich für meinen Teil werde mir so ein Ereignis nicht entgehen lassen.«

Jannis seufzte. Er liebte die Nichte des Kaisers sehr. Wenn sie nur nicht immer so eigensinnig wäre! Aber wahrscheinlich war es seine Schuld, denn er hatte sie von klein auf verwöhnt.

Er selber stammte aus einfachen Verhältnissen und hatte Glück, eine Stellung im Palast als Lehrer zu bekleiden. Dafür hatte er sogar gerne seine Männlichkeit geopfert. Alle hohen Angestellten, sogar der Parakoimomenos Basileios, fast mächtiger als der

Kaiser selbst, waren Eunuchen. Jannis sah die Notwendigkeit ein, hatten doch schon oft genug Liebhaber der Kaiserinnen die Macht an sich gerissen. Auch Johannes Tzimiskes, der jetzige Kaiser, war über das Bett auf den Thron gelangt.

»Bitte, Jannis«, unterbrach Theophanu seine Gedanken. »Ich kann doch nicht den ganzen Tag nur hier im Palast herumsitzen.«

»Aber das machen doch alle aus der kaiserlichen Familie.«

»Hier, in Konstantinopel. Aber du hast mir selber erzählt, im Norden ist der Kaiser ständig auf Reisen, um jede Stadt seines Reiches zu besuchen.«

Jannis schüttelte den Kopf. Er hatte ihr diese Vorliebe für das wilde und raue Leben in all den Jahren nicht austreiben können.

»Und weißt du, was man dort mit ungehorsamen, jungen Frauen macht?«, fragte er.

»Man heiratet sie. Adelheid ließ sich sogar lieber einkerkern, als zu gehorchen. Und dann hat Otto sie befreit«, konterte das Mädchen.

Jannis schwor sich, ihr nie wieder etwas aus dem Norden zu erzählen. Doch Theophanu war schon an der Tür. »Also, kommst du jetzt mit?«

Theophanu sah ihn auffordernd an. Jannis blieb nichts anderes übrig, als ihr zu folgen. Er würde entschieden mehr Ärger bekommen, wenn er sie auch noch alleine ließ.

Die kleine Gruppe ging langsamen Schrittes durch die Straßen. Die Hitze setzte ihnen zu. Keiner von ihnen hatte jetzt, im Spätherbst, noch damit gerechnet, dass es hier in Konstantinopel so heiß sein würde. In ihrer Heimat war es bereits empfindlich kühl und dementsprechend sah ihre Kleidung aus. In viel zu warme wollene Stoffe gehüllt, wischten sie sich bei jedem Schritt den Schweiß von der Stirn. Selbst Pater Martin, der es hätte besser wissen müssen, lebte nun schon so viele Jahre in Ottos Reich, dass auch er vergessen hatte, wie heiß ein südlicher Herbst sein konnte. Ernstlich Sorgen machte er sich um Gero.

Der Erzbischof von Köln war ein alter, gebrechlicher Mann, den diese Reise an den Rand seiner Kräfte brachte. Verwirrt sah der Kleriker sich in dem Häusermeer um, das die Straße säumte. »So viele Kirchen! Mein Gott, so etwas habe ich noch nie gesehen!«

Martin schüttelte den Kopf. »Das sind keine Kirchen. Hier baut man auch Wohnhäuser hoch in den Himmel und setzt Glas vor die Fenster.«

Der Pater hatte schon vom Schiff aus gesehen, dass Konstantinopel selbst Pavia an Pracht und Luxus bei weitem übertraf. Gero deutete nach vorne. »Der Palast, endlich! Gleich sind wir angekommen.«

Jetzt sah sich Martin genötigt, den Bischof noch einmal zu korrigieren. »Das ist nur der Torbau, der Eingang mit seinen großen Bronzetüren. Erst dahinter liegt die Palaststadt.«

Misstrauisch schritt Gero voran, doch als er nahe genug gekommen war, um durch das Chalketor hindurchsehen zu können, blieb er wie angewurzelt stehen. Die ohnehin schon prächtigen Bauten, bei denen es sich, wie Martin erklärte, um das Hippodrom, die große Tribüne mit der Kaiserloge und den Daphne-Palast handelte und die nur einen kleinen Teil der Gesamtanlage darstellten, waren für das wichtige Ereignis geschmückt. Überall hingen purpurne Tücher und Bänder, die das Weiß der Säulen und Giebel nur noch mehr zum Strahlen brachten. Der Bischof sagte nichts, doch seine zusammengekniffenen Lippen verrieten jedem, was er von solch einem Zeugnis der Macht hielt.

Auch wenn die Fremden sich nicht auskannten, brauchten sie sich nur vom Strom der immer mehr anschwellenden Menge treiben zu lassen. Martin konnte nicht umhin zu staunen, wie viele der Einwohner in kostbare Seidenstoffe gehüllt waren, während Gero allesamt für eitel und putzsüchtig hielt. Bei den Männern hatte er obendrein zu beanstanden, dass sie sich Frauenkleider anzögen. Nein, das war ganz offensichtlich nicht die Welt des Gottesmannes aus dem Norden.

Martin machte sich Sorgen. Mit so einer Einstellung würde ihre Mission schwerlich erfolgreich sein. Sie waren es schließlich, die etwas vom Kaiser der Oströmer wollten, und zwar nichts Geringeres als eine Braut. Eine Braut für Otto den Zweiten, den mittlerweile siebzehn Jahre zählenden Sohn Adelheids und Ottos. »Euer Hochwürden, auch wenn hier so vieles anders scheint als in Eurer Heimat, so eint uns doch alle der Glaube. Ich werde Euch etwas zeigen, das beweist, wie gottesfürchtig die Menschen hier sind.«

Er wandte sich in Richtung des auffälligsten Bauwerkes, das über der Stadt thronte, und bedeutete Gero und den anderen Männern ihm zu folgen. Sie näherten sich der riesigen Kuppel, die mächtige Mauern überspannte. Und doch schien das Gebäude von einer unfassbaren Leichtigkeit, fast, als ob es sich vom Boden erhebe. Doch die Männer mussten erst ein von Säulenhallen umschlossenes weites Atrium, eine lange Vorhalle und den inneren Vorraum durchqueren, ehe sie, wie als Belohnung, einen Blick ins Innere werfen konnten. Und auch dann war es ihnen nicht möglich, alles gleichzeitig zu erfassen. Draperien hingen zwischen den Säulen der Galerien und Vorbauten schirmten den Altar ab. Mosaike mit viel Gold fingen das Licht der Lampen und Fackeln ein und glitzerten mit dem polierten Marmor um die Wette.

Das Auge des Betrachters konnte nichts Figürliches entdecken, weder Mensch noch Tier waren abgebildet. Das geheimnisvolle Bauwerk zwang dazu, seine verschlungenen Formen und Ornamente zu entdecken, ohne dass der Blick sich an etwas Bekanntem festhalten konnte.

Pater Martin konnte nicht aufhören zu staunen, doch Gero zog ihn am Ärmel. »Los, lasst uns gehen! Ich will nicht länger an einem Ort bleiben, wo die Menschen versuchen, Gott in seiner Herrlichkeit zu übertreffen!«, zischte er.

Martin seufzte. Ihm würde nichts anderes übrig bleiben, als dem Erzbischof zu folgen. Der warf einen letzten, schaudernden Blick zu der hohen, mit reichen Gemälden verzierten Decke, als er plötzlich aufschrie. »Es dreht sich! Alles dreht sich!«

Martin wollte ihn gerade beruhigen, als auch er es merkte. Der Boden schwankte. Doch dann war wieder alles wie vorher, sodass Martin glaubte sich getäuscht zu haben. In dem Moment nahm er das Zittern erneut wahr, stärker diesmal und länger. Auch wenn es Jahre her war, dass er so etwas erlebt hatte, wusste Martin direkt, was zu tun ist.

»Ein Erdbeben! Schnell, wir müssen ins Freie!«

Doch Gero, der es eben noch so eilig hatte, nach draußen zu kommen, stand nun wie angewurzelt da, unfähig sich zu rühren. Martin wollte ihn mit sich ziehen, aber Gero entwand sich ihm überraschend flink. »Lasst mich! Ich muss beten!«

Gero eilte zum Altar, während die schweren Leuchter über ihm bereits heftig im Kreis schwangen. Martin ging ihm nach. »Nein, Euer Hochwürden. Die Decke kann einstürzen. Nur draußen seid Ihr sicher.«

Doch Gero klammerte sich an eine der Säulen, sodass Martin seine Arme mit Gewalt lösen musste. Er winkte zwei seiner Männer heran, die halfen, den vor sich hin schimpfenden Bischof nach draußen zu tragen. Keinen Moment zu früh, da sich einer der Leuchter löste und das schwere, goldüberzogene Metall auf den Marmorboden donnerte, dort, wo Gero eben noch gestanden hatte.

Als sie endlich im Freien waren, hatte sich die Erde wieder beruhigt. Die anderen, ebenfalls nach draußen geflüchteten Bewohner der Stadt gingen schon wieder ihrer Wege. Sie schienen solche Erschütterungen gewohnt zu sein.

Martin und die beiden Männer stellten Gero vorsichtig auf die Beine. Der schubste sie ärgerlich beiseite und strich sein Gewand glatt. Martins Versuch, den Erzbischof für die Oströmer einzunehmen, war offensichtlich gründlich gescheitert.

Theophanu bahnte sich mühsam einen Weg durch die Menge. Jannis hielt sich hinter ihr, darauf bedacht, so wenig Stöße und Püffe wie möglich abzukriegen. Sie hatten bald das Kathisma, die große Tribüne bei der Rennbahn, erreicht und zu Theophanus Freude sah sie sogar noch einige freie Plätze weit unten. Von dort aus würde sie einen guten Blick auf den einziehenden Kaiser haben und trotzdem mitten im Geschehen sein. Sie drehte sich zu Jannis. »Komm, beeil dich. Bevor uns jemand zuvorkommt.«

Jannis war schon etwas außer Atem, als er plötzlich innehielt. »Da setze ich mich nicht hin.«

Und jetzt sah auch Theophanu, warum dort noch so viel Platz war. In der Mitte der Reihe hatten sich einige eigenartige Gestalten niedergelassen. Ihr Haar war lang und ungepflegt, ihre Kleidung dreckig und viel zu warm, außerdem weder farblich noch vom Schnitt her annähernd das, was man in Nova Roma unter Festtagskleidung verstand. Theophanu trat näher heran. Jannis hielt sie am Arm. »Bleibt hier! Der Gestank ist nicht auszuhalten! Wahrscheinlich haben sie auch noch Flöhe.«

Aber Theophanu konnte den Blick nicht von der Delegation wenden. Sie unterhielten sich in einer Sprache, die sie nicht beherrschte, aber die sie von den Fernhändlern aus dem Norden her kannte.

Die Frauen in der Nähe holten demonstrativ kleine Parfümfläschchen hervor, mit denen sie gutriechende Essenzen in der Luft verteilten. Keck bot mancher den Fremden ein Stück Seife an, während andere verschiedenste Spottnamen kreierten, von denen »Läusesammler« noch einer der harmloseren war.

Empört befreite sich Theophanu aus Jannis Griff und ging auf die Besucher zu. Doch je näher sie kam, desto unsicherer wurde sie. Sie hatte das Gefühl, als starrten sie alle missbilligend an. Theophanu hatte plötzlich Angst, dass ihr Vater sie sehen könnte. Sie duckte sich ein wenig, als ihr Blick erneut auf die Fremden fiel. Sie waren großgewachsen, ihre Haltung war, mit Ausnahme des greisen Bischofs, stolz und aufrecht. Theophanu hob ebenfalls den Kopf. Sie brauchte sich nicht zu schämen. Das sollten eigentlich die anderen tun, die sich als so unwürdige Gastgeber erwiesen. Immer sicherer werdend, ging sie zur Tribüne, verbeugte sich vor den beiden Kirchenmännern, die in der Mitte der Gruppe saßen, und sprach sie auf Lateinisch an. »Herzlich willkommen in unserer Stadt. Wir freuen uns, Euch an diesem ganz besonderen Tag hier begrüßen zu dürfen.«

Wie selbstverständlich nahm sie neben der Gruppe Platz. Für einen Moment war es still, dann setzte verwundertes Murmeln unter den Umstehenden ein. Doch nicht nur sie waren erstaunt. Auch die Männer aus dem Norden wunderten sich. Der jüngere Kleriker hatte sich als erster wieder gefasst. »Wir danken Euch sehr und freuen uns, jemanden gefunden zu haben, mit dem wir sprechen können.«

Der Ältere stieß den Jüngeren in die Seite. »Frag sie, was die anderen gesagt haben.«

Theophanu schickte ein Stoßgebet zum Himmel. Sie war froh, dass die Fremden des Griechischen nicht mächtig waren und somit auch die Spöttereien nicht verstanden hatten. »Sie freuen sich ebenfalls sehr, dass Ihr uns besucht.«

Theophanu warf einen Blick auf die leeren Sitze. »Deshalb haben sie extra Platz gemacht.«

Der alte Mann blickte etwas ungläubig drein, doch Theophanu ließ sich nicht beirren. »Und sie haben sich obendrein noch allerhand Schmeicheleien für Euch ausgedacht. Wir sind ein gastfreundliches Volk.«

Laute Paukenschläge unterbrachen Theophanus Worte, bevor die Kirchenmänner Zweifel anmelden konnten. Aller Augen waren jetzt auf die Krieger gerichtet, die schwere Instrumente vor sich hertrugen, um den Beginn des Triumphzuges anzukündigen.

Jetzt suchte ein jeder noch schnell einen Platz zu erhaschen und schnell füllten sich auch die Reihen neben der Delegation wieder auf. Mit offenen Mündern und Begeisterungsrufen wurden die Truppen bewundert, die nach drei Jahrhunderten die Grenze des Reiches im Norden endlich wieder bis zur Donau vorgeschoben hatten.

Ihre Rüstungen und ihre blank geputzten Waffen blitzten in der Sonne, ihre wie aus einer Kehle kommenden Schlachtrufe peitschten die Menge auf. Die Demen, die Sprecher des Volkes, marschierten danach ein, ihre Heilsrufe schwollen wie Wellen ab und an. Der Klerus und die Generäle des Kaisers schritten unmittelbar vor dem von vier Schimmeln gezogenen Siegeswagen, in dem juwelengeschmückte Zepter und Siegeskränze sowie die erbeutete Krone des bulgarischen Zaren lagen. Doch zum großen Erstaunen der Menge saß der Kaiser nicht auf dem goldenen Sitz, sondern hatte stattdessen eine Ikone der Gottesmutter mit Heiland daraufgestellt. Er selber folgte hintendrein, die Hände ehrfürchtig zum Gebet erhoben. Als die Menschen das sahen, fielen auch sie auf die Knie, beteten und weinten. Stolz und Dank einte sie alle, und Theophanu entdeckte sogar auf den Gesichtern der Fremden unverhohlene Bewunderung.

»Was meint er, wer er ist, dass er uns in diesem Loch empfängt?«, schimpfte Gero.

Den Saal, in dessen Mitte sie auf weich gepolsterten Stühlen mit goldbesetzten Lehnen Platz genommen hatten, zierte eine Säulengalerie, in der Statuen ihren Platz fanden. Hell schimmerten die marmornen Krieger, deren Proportionen bis in jede Einzelheit gestaltet waren, vor den seidenbehangenen Wänden. Dieser Raum war zwar prachtvoller ausgestattet als alle Kaiserpfalzen im Norden zusammen, aber dennoch war Geros Unmut nicht ganz von der Hand zu weisen.

Normalerweise hielt der Kaiser im großen Staatssaal, dem Chrysotriklinium, Hof. Auch Martin legte es als schlechtes Zeichen aus, nicht dort empfangen zu werden. Trotzdem versuchte er Gero zu beruhigen. »Wahrscheinlich sieht er Verbündete in uns, Vertraute, bei denen er ein offizielles Zeremoniell nicht für nötig hält.«

Martin glaubte allerdings selbst nicht daran. Er schämte sich für seine Mutlosigkeit. Adelheid hatte ihr Leben lang gekämpft, um ihr großes Ziel, das Kaisertum, zu erreichen und er gab schon auf, bevor der Kaiser Ostroms ihn überhaupt empfangen hatte.

»Papperlapapp. Demütigen will er uns, bevor er uns unter tausend Ausreden mit leeren Händen wegschickt. Denkt daran, wie Luitprand behandelt wurde«, ermahnte Gero ihn.

Martin wusste natürlich auch, dass der erste Versuch einer Brautwerbung vor einigen Jahren kläglich gescheitert war.

»Aber wenigstens hat Otto ihnen gezeigt, dass man so nicht mit einem Herrscher umgehen kann, dessen Reich genauso kultiviert und mächtig ist wie dieses aufgeblasene Konstantinopel«, schnaubte der Erzbischof.

»Indem er Apulien und Kalabrien überfiel und allen Gefangenen die Nasen abschnitt, wirklich ein Zeichen großer Kultur.«

Die Gesandten aus dem Norden schraken zusammen, als sie den Mann sahen, der unbemerkt durch den schmalen Seiteneingang gekommen war. Begleitet wurde er nur durch zwei Wachen und trotzdem war es kein anderer als der Kaiser.

»Ehrwürdiger Kaiser, Ihr müsst entschuldigen ...«, setzte Martin an, da Gero die Worte im Hals stecken geblieben waren. Doch Johannes Tzimiskes unterbrach ihn. »Ich muss gar nichts entschuldigen. Otto hat meinen Vorgänger brüskiert, nicht mich.«

»Brüskiert? Wer hat denn wen mit unannehmbaren Forderungen lächerlich gemacht? Otto sollte Rom und Ravenna und alles Land bis hierher abgeben, nur, um eine Braut aus Konstantinopel zu bekommen.«

Martin merkte entsetzt, dass Gero sich von seinem Schrecken erholt zu haben schien. Schon fuhr der Alte fort. »Und jetzt tut Ihr so, als wenn Ihr nichts damit zu tun habt. Warum empfangt Ihr uns dann nicht, wie es uns zusteht? Warum verhandeln wir nicht an dem Ort, wo es sich geziemt?«

»Ich will gar nicht mit Euch verhandeln.«

»Ich habe es doch gleich gesagt! Aber wenigstens gebt Ihr es zu, obwohl Ehrlichkeit normalerweise keine Zier der Griechen ist«, zischte Gero.

Martin wusste, dass es sich nicht gehörte, aber er fiel dem Alten einfach ins Wort, um zu retten, was zu retten war. »Verzeiht, wir sind müde. Die Reise war anstrengend, dieser Tag voll von Eindrücken.«

Zu seinem Erstaunen lächelte der Kaiser.

»Dann ruht Euch aus, denn Ihr habt viel vor Euch. Die Reise muss vorbereitet werden, wenn Ostern die Hochzeit stattfinden soll.«

Jetzt fehlten auch Gero die Worte. Martin hatte sich als Erster gefasst. »Soll das heißen, Ihr gebt uns die Braut?«

»Natürlich. Wer könnte solch einer außergewöhnlichen Werbung schon widerstehen?«, spottete Johannes.

Martin stieg die Röte ins Gesicht, wenn er an Geros ungebührliche Worte dachte. Aber einerlei, Hauptsache war, dass er nicht mit leeren Händen vor Adelheid treten musste. Er würde die Braut für ihren Sohn mitbringen.

»Dein Gesicht ist düster wie der helle Morgen«, zitierte Jannis, während er Theophanu auffordernd anblickte.

»Das ist ein Gegenausdruck, der die eigentliche Aussage umso mehr hervorhebt«, erklärte seine Schülerin.

»Kennst du weitere Beispiele?«

Theophanu seufzte. Es fiel ihr heute besonders schwer, sich zu konzentrieren, da sie so ein flaues Gefühl im Magen hatte. »Weiß wie ein Äthiopier«, fiel ihr schließlich ein.

Jannis nickte. »Und noch eins!«

Das Mädchen zuckte mit den Achseln.

»Süß wie Essig«, fuhr Jannis fort, worauf Theophanu sich die Hand vor den Mund hielt, da sie ein plötzlicher Brechreiz quälte.

»Bitte, erwähne nichts, was auch nur im Entferntesten mit Essen zu tun hat.«

Theophanu atmete tief durch, bis es ihr wieder etwas besser ging. »Ich glaube nicht, dass rhetorische Figuren dort, wo ich hinfahre, so wichtig sind.«

»Was willst du denn lernen?« Jannis zog die Brauen hoch. »Wie man mit den Fingern isst?«

»Wir fahren an den Hof eines Kaisers. Es macht keinen großen Unterschied, ob er in Konstantinopel oder im Norden liegt.«

»Du kennst nur den Palast. Der hat mit einer Kaiserpfalz nicht die geringste Ähnlichkeit.«

»Aber Adelheid schafft es doch auch, dort zu regieren.«

»Sie ist eine starke Frau.«

»Ich auch!«, ereiferte sich Theophanu, als sie erneut der Brechreiz quälte. »Wenn nur das Meer wieder ruhig wäre!«

»Wenn die Pfalz nicht so zugig wäre, die Wege nicht so verschneit und das Volk ein wenig gebildeter.« Jannis schüttelte den Kopf. »Nein, Theophanu, du musst den Tatsachen ins Auge sehen.«

»Aber nicht, indem ich mich hier unten verstecke und meinen Kopf mit unnötigen Dingen vollstopfe!«

Theophanu erhob sich und ging zur Kajütentür.

»Bleib hier, Kind! So habe ich das doch nicht gemeint!«, rief Jannis ihr hinterher.

»Aber ich«, konterte Theophanu und trat auf den Gang. Sie stützte sich an den engen Holzwänden ab. Unter ihr, im Schiffsbauch, trieben über zweihundert Ruderer den Dromon an und ließen das lange, schlanke Segelschiff durch die Wellen gleiten. Theophanu erreichte den Lagerraum, streifte im Vorbeigehen dicke Teppiche, fuhr mit der Hand über die blank polierten Holzkisten, die silbernen Hausrat und feinstes Porzellan enthielten, und betrachtete die goldverzierten Schmuckbehältnisse, die ihre geliebten Emailleketten bargen. Theophanu aber zog es ganz nach hinten, wo im Dunkeln die Edelsteine des Reliquiars leuchteten. Sie kniete vor dem achteckigen Behältnis nieder, das Gebeine des heiligen Pantaleon enthielt. Sie hatte zu Hause schon oft zu dem römischen Märtyrer gebetet und es war ihr ein großer Trost, ihn in die Fremde mitnehmen zu können. Hier, so nahe bei seinen Überresten, hatte sie fast das Gefühl, als wenn sie zu ihm als leibhaftigem Menschen sprechen könnte. »Heiliger Pantaleon, hilf mir, meiner Aufgabe gerecht zu werden. Gib mir etwas von dem Mut, den du hast, der du dich selbst im Angesicht des Todes nicht hast beugen lassen.«

Plötzlich spürte sie eine Hand auf ihrer Schulter und schrak zusammen. Als sie sich umdrehte, sah sie die gebeugte Gestalt eines alten Mannes vor sich. Es war der Erzbischof.

»Mein liebes Kind, versteht mich nicht falsch, aber mir wäre es lieber, wenn Ihr woanders betet.«

Theophanu sah Gero verwirrt an. »Aber warum? Der heilige Pantaleon bedeutet mir mehr als alle anderen, er gibt mir Trost …«

Der Alte nickte ungeduldig. »Und den soll er auch noch vielen anderen Menschen spenden. Deshalb ruhe ich nicht eher, bis er seinen endgültigen Platz in meiner Kirche in Köln gefunden hat. Und so lange möchte ich ganz sicher gehen, dass ihm nichts passiert.«

Was sollte einem Märtyrer passieren, den die Römer den wilden Tieren vorwarfen, in kochendes Blei tauchten und in den tiefen Ozean versenkten und den sie trotzdem nicht umbringen konnten? Was befürchtete der Alte, was sie mit den Gebeinen anstellen würde? Überhaupt, sie mit ›liebes Kind‹ anzusprechen. Sie würde bald Kaiserin sein. »Ich werde woanders beten, ehrwürdiger Vater.«

Theophanu schloss die Augen. Sie war feige, sehr feige, wenn sie sich noch nicht einmal traute, diesem alten Mann, der grundlos eifersüchtig über seinen Schatz wachte, zu widersprechen. Sie wandte sich ab und verließ so schnell wie möglich den Lagerraum, ohne das von Gero gemurmelte »So ist's recht, mein Kindchen« überhören zu können.

Auf dem Gang angelangt, führten ihre Schritte sie zurück in ihre Kajüte. Doch dann hielt sie inne. Sie überlegte, was Adelheid wohl an ihrer Stelle tun würde. Auf jeden Fall hätte sie sich nicht verkrochen. Theophanu ging an ihrer Kammer vorbei bis zu der schmalen Holzleiter, die an Deck führte. Sprosse für Sprosse erklomm sie, bis sie schließlich oben stand.

Das Schiff hob und senkte sich in den Wellen, und Theophanu musste sich schnell an dem höchsten der drei Segelmasten festhalten, um nicht hinzufallen. Mit angstgeweiteten Augen spürte sie, wie sie mit aller Kraft zu der zum Meer hinabgeneigten Seite gezogen wurde. Sie klammerte sich noch fester, als das Schiff sich wieder aufrichtete, nur um Sekunden später zur anderen Seite zu schlingern, wo sich ein tiefes Wellental auftat.

Verzweifelt umarmte sie den Mast, presste ihr Gesicht ganz fest daran und blickte in den Himmel hinauf. Und dann sah sie den Ausguck, der hoch über ihr lustig hin- und herschwankte. Er tanzte mit Leichtigkeit über den Wellen und über dem hilflos schaukelnden Schiff. Theophanu lockerte ihren Griff und begann, im Tauwerk hinaufzusteigen. Erst vorsichtig mit den Füßen nach Halt tastend, dann immer sicherer und schneller mit den Händen nach oben greifend, erklomm sie die Seile. Schnell hatte sie an Höhe gewonnen. Ein Blick nach unten offenbarte ihr einen schwindelerregenden Ausblick. Sie sah, dass einige Matrosen sich am Fuße des Mastes versammelt hatten. Jannis kam gerade angelaufen, die Hände über dem Kopf zusammenschlagend. Theophanu wandte sich wieder nach oben, über sich nur das Spiel der schnell dahinziehenden Wolken.

Schließlich war sie so hoch oben, dass sie das Krähennest fast erreicht hatte. Sie musste nur noch hinüberklettern. Aber sie schaffte es nicht, das Tauwerk loszulassen, weder Arme noch Beine wollten ihr gehorchen. Theophanu spürte, wie ihr Körper mit seinem ganzen Gewicht nach unten strebte. Ihre Finger begannen von den von der Seeluft feuchten Tauen abzurutschen. Fast teilnahmslos betrachtete Theophanu, wie sich ihr Griff lockerte. Die Versuchung war groß, alle Anstrengung aufzugeben und sich fallen zu lassen. Doch mit letzter Kraft löste Theophanu eine Hand vom Seil, griff nach der Reling des Ausgucks und hielt sich fest. Sie ließ die andere Hand folgen. Schnell kletterte sie hinein, lehnte sich erschöpft über das schmale Geländer und sammelte ihre Kräfte. Dann erhob sie sich zu ihrer vollen Größe und blickte hinauf zu den Wolken und über das weite Meer. Von hier oben sahen die Wellen klein und beschaulich aus. Theophanu lachte, erst zaghaft, dann immer lauter. Sie schwang sich im Rhythmus des schaukelnden Mastes, ihre Haare wehten im Wind. Eine unbändige Freude durchfuhr sie.

Theophanu ging den schlecht beleuchteten Gang der Villa, die auf den Hügeln von Rom gelegen war, entlang. In ihrer Heimat hätten hunderte von Kerzen fast taghelles Licht geschaffen, während hier nur einige rußende Fackeln die Luft verpesteten. Theophanu musste husten. Als ihr Blick auf die abblätternde Farbe der sicher ehemals prächtigen Wandmalereien fiel, empfand sie die Dunkelheit schon beinahe als tröstlich. So wurde der Verfall wenigstens nicht ganz so deutlich.

Schon seit die Schiffe im Hafen von Benevent eingelaufen waren und sie von Abgesandten Kaiser Ottos empfangen worden war, hatte sie ganz deutlich den Unterschied zu ihrer Heimat gesehen. Stolz zeigte man ihr auf dem Landweg nach Rom die bedeutendsten Bauwerke und die schönsten Kirchen. Sie bemühte sich Begeisterung zu zeigen, auch wenn sie der abgewirtschaftete Zustand der meisten Städte erschreckte. Im Gegensatz zu Jannis, der all seine rhetorischen Figuren ausschöpfte, um sich über die leeren Ansiedlungen und die schlechten Straßen lustig zu machen, rührte sie der Stolz der Einwohner auf die armseligen Reste einer ehemals blühenden Kultur. Sie fühlte, dass sie ihnen helfen konnte. Sie wusste, was wirkliche Pracht war, und sie hatte eine Auswahl davon mitgebracht. Ihre Schätze würden den hiesigen Handwerkern und Künstlern ein Vorbild sein bei der eigenen Gestaltung.

Theophanu war gut auf diesen Moment vorbereitet. Sie hatte sich überlegt, was sie sagen würde, sich sorgfältig angekleidet und als einzigen Schmuck ihre Lieblingskette, die in blauem und grünem Emaille schimmerte, angelegt. Und doch stieg ihre Aufregung mit jedem Schritt, den sie tat. Als der Eingang zum großen Saal näher kam, versuchte sie sich auf die Worte zu konzentrieren, die sie sich zurechtgelegt hatte, doch kein einziges wollte ihr mehr einfallen.

Jetzt konnte sie auch zwei Gestalten erkennen. Der Kaiser und die Kaiserin hatten sich von ihren mächtigen Stühlen erhoben und sahen den Hereinkommenden entgegen. Theophanu konnte nicht anders, als sie an dem Bischof und Pater Martin vorbei, die vor ihr gingen, unverhohlen neugierig zu betrachten. Ottos spärliche Haarpracht war ergraut, der Körper stämmig, die Haut gerötet. Er hatte ganz und gar nichts Erhabenes an sich, vielmehr wirkte er freundlich und ein bisschen müde. Die ungefähr vierzigjährige Frau neben ihm zeigte eine königliche Haltung, sehr gerade und aufrecht, fast ein wenig verhärtet. Adelheids schwarzes Haar umrahmte schöne, ebenmäßige Gesichtszüge, wenn auch Kummer und Sorgen deutliche Spuren hinterlassen hatten. Samt und Leinen ihres Kleides waren wunderschön, konnten aber eindeutig nicht an Theophanus Eleganz heranreichen.

Sie zweifelte, ob es richtig gewesen war, ihr bestes Gewand anzulegen. Vielleicht hätte sie damit warten sollen, bis sie ihren Zukünftigen kennenlernen sollte. Es war ihr fast peinlich, so edel und vornehm vor Adelheid zu stehen. Plötzlich hatte Theophanu eine Idee. Sie tastete nach ihrer Kette und nestelte am Verschluss.

Der Bischof und Pater Martin verbeugten sich tief vor dem Kaiserpaar, um dann zur Seite zu treten. Theophanu stand nun genau vor Adelheid. Sie lächelte die Frau an, die sie sich schon so viele Jahre zum Vorbild genommen hatte, und brachte ihr das Geschmeide in ihren Händen dar. »Das ist für Euch, liebste Adelheid, hochverehrte Kaiserin! Ich freue mich, Euch kennenzulernen.«

Damit verbeugte sich Theophanu tief, den Schmuck immer noch in den Händen haltend. Als sie sich wieder erhob, sah sie, dass Adelheid erstaunt zu Otto sah.

»Wer ist diese Frau?«

Dann starrte Adelheid Gero an. »Wen habt Ihr mir da gebracht?«

Adelheids Stimme war schriller und lauter, als Theophanu vermutet hatte.

»Das ist doch nicht Anna, die Tochter des Kaisers, die Purpurgeborene.«

Jetzt war es Pater Martin, den sie mit ihrem Blick fast durchbohrte. »Das ist die falsche Braut!«

Theophanu verstand zwar die Worte, doch ihren Sinn konnte oder wollte sie nicht erkennen. Immer noch hielt sie die funkelnde Kette als Geschenk dargebracht vor sich. Sie schüttelte nur den Kopf und spürte, wie Tränen in ihre Augen traten. Was sagte Adelheid da? Wenn sie sie doch nur noch einmal ansähe, dann würde sie die zukünftige Kaiserin in ihr erkennen. Doch Adelheid hatte den Kopf abgewandt. »Schafft sie weg!«

Theophanu ließ endlich die Arme sinken. Die Kette fiel auf den Boden, doch die junge Frau machte keinerlei Anstalten sie aufzuheben. Erst als sie merkte, dass Martin sie am Arm nehmen wollte, kam wieder Leben in sie. Sie erhob ihren Kopf und sagte mit lauter und klarer Stimme: »Ich bin nicht Anna. Und ich bin nicht purpurgeboren.«

Sie atmete tief durch. »Ich bin Theophanu.«

Damit machte sie kehrt, ohne Martins ausgestreckte Hand zu beachten. Während sie sich umdrehte, merkte sie, wie die Kaiserin sie erstaunt anschaute. Aber jetzt war es an Theophanu, Adelheid keines Blickes mehr zu würdigen.

Kapitel 7

Die beiden Männer standen vollkommen entkleidet vor dem Tepidarium in der römischen Villa. Willigis, der Kanzler des Königs, ein hochaufgeschossener, dünner Mann um die Dreißig, hatte den jungen Otto in das Bad begleitet. Er streckte prüfend seinen Fuß in das flache Becken und zuckte augenblicklich zusammen. »Das ist das kalte Becken.«

»Na gut, dann nehme ich das andere«, erklärte Otto und stieg in das zweite Bassin.

Der Siebzehnjährige setzte sich auf die Stufen und streckte sich wohlig aus.

»Aber das ist die falsche Reihenfolge. Zuerst kommt das kalte Bad.«

»Nur, weil die Römer das so machen? Ich brauche keine Abhärtung.«

»Auch Ihr müsst Euch an die Regeln halten.«

»Ich stelle sie lieber selber auf. Wartet nur, bis ich verheiratet bin«, kündigte Otto an. »Ich kann es kaum abwarten, sie zu sehen.«

Er zwinkerte Willigis zu. »Aber selbst wenn sie einen Buckel und ein zu kurzes Bein ihr eigen nennt, werde ich sie mit Freuden an meine Brust drücken. Hauptsache, mein Vater begreift endlich, dass ich erwachsen bin.«

»Hätte er Euch sonst zum Kaiser gekrönt?«, warf Willigis ein.

In dem Moment betrat Adelheid das Bad. Willigis tauchte schnell im nächstgelegenen Becken unter und das war ausgerechnet das kalte. Doch Frieren und Zähneklappern war ihm immer noch lieber, als nackt vor der Kaiserin zu stehen, auch wenn die ihn gar nicht beachtete, sondern zielstrebig auf ihren Sohn zuging.

»Komm aus dem Wasser.«

»Ich dachte, ich soll heute geschniegelt und gestriegelt zum Fest erscheinen.«

»Es gibt kein Fest.«

»Wieso? Ist es etwa kein feierlicher Anlass, wenn der junge Kaiser seine zukünftige Braut trifft?«

»Du wirst sie nicht heiraten.«

»Wie bitte?« Otto setzte sich auf. »Jetzt sag nicht, du hast sie vergrault.«

»Wir müssen sie zurückschicken. Sie ist die falsche Braut.«

»Warum die falsche? Sie kommt aus Konstantinopel und ist eine Tochter des dortigen Kaisers. Was willst du denn noch? Dass ich den Kaiser selbst heirate?«

Otto erhob sich ärgerlich aus dem warmen Wasser. Seine Mutter sah sich um und nahm ein Tuch, das auf dem Boden lag, um es ihm zu reichen. »Pater Martin hat uns nicht, wie eigentlich abgemacht, Anna mitgebracht, sondern diese Theophanu. Sie ist nur eine Nichte von Johannes Tzimiskes.«

Anstatt sich abzutrocknen, schleuderte Otto das Tuch verächtlich zur Seite. »Na und? Dann heirate ich eben seine Nichte.«

»Das ist unter deinem Stand.«

»Langsam glaube ich, du willst überhaupt nicht, dass ich heirate. Am liebsten hättest du mich doch immer an deinem Rockzipfel.«

»Wenn du behandelt werden willst wie ein Mann, dann benimm dich auch so. *Ich* lasse mich nicht von Konstantinopel demütigen«, wies Adelheid ihn zurecht.

Willigis stieg aus dem kalten Wasser und angelte nach dem Tuch, das Otto zur Seite geworfen hatte. Schnell wickelte er es sich um. »Otto, Eure Mutter meint es doch nur gut mit Euch.«

Willigis wandte sich an Adelheid. »Vielleicht will Johannes

Tzimiskes Euch gar nicht demütigen. Ich glaube, er konnte einfach keine andere schicken.«

Adelheid zog die Brauen hoch. »Ihr zeigt Verständnis für diesen Griechen?«

»Versetzt Euch doch mal in seine Lage. Er regiert als Vormund für die Kaisersöhne, die nicht seine leiblichen sind. Was, wenn sie eines Tages an seiner statt herrschen wollen?«

»Was hat das mit dieser Anna zu tun?«, fragte Otto, der offensichtlich Schwierigkeiten hatte, dem Kanzler zu folgen.

Adelheid wusste, worauf er hinauswollte. »Anna könnte dann als Kaiserin des Westreiches ihren Brüdern zur Hilfe kommen.«

Sie wusste, dass Willigis ein feines Gespür in diesen Dingen hatte, darum war er auch schnell als Berater an Ottos Hof unersetzlich geworden. »Trotzdem kann ich nicht nachgeben.«

»Ich auch nicht«, erklärte Otto.

Er schritt zu einer marmornen Bank, auf der er seine Sachen abgelegt hatte. Schnell schlüpfte er in seine Beinkleider. »Ich werde nicht abwarten, wen du mir als nächste Braut präsentierst.«

Damit verschwand Otto aus dem Bad, Adelheid und Willigis zurücklassend.

»Kaiserin Adelheid hatte eine andere erwartet. Sie konnte sich gar nicht anders verhalten.«

Jannis dirigierte die Träger mit den Ballen der leuchtend blauen Seide in den Nebenraum, während er einen zierlichen Tisch aus Olivenholz neben dem anderen Mobiliar in dem großen Lagerraum abstellen ließ. Theophanu sah ihn empört an. »Aber sie hat mich noch nicht einmal beachtet. Hör endlich auf, sie in Schutz zu nehmen!«

»Wer wollte sie denn unbedingt kennenlernen?«

»Ich konnte doch nicht wissen, dass sie sich so verhält.«

»Jetzt beruhige dich doch endlich. Sie wird einsehen, dass die Nichte des Kaisers immer noch mehr ist, als sie eigentlich erwarten kann.«

Jannis wandte sich um, als er Schritte hörte. »Pater Martin!«, rief er aus. »Ihr kommt bestimmt, um uns mitzuteilen, dass die Kaiserin ihre Meinung geändert hat.«

Der Pater sah etwas verlegen von Jannis zu Theophanu. »Tut mir Leid, es gibt nichts Neues vom Hof zu berichten. Der Kaiser und die Kaiserin wollen nach wie vor nur eine Prinzessin als Frau für ihren Sohn.«

»Ich hätte zumindest Adelheid für klüger gehalten«, erwiderte Jannis. »Sie muss doch wenigstens den Wert der Aussteuer erkennen. Solche Kostbarkeiten hat man hier noch nie gesehen, geschweige denn besessen.«

»Ich bedaure es auch sehr, aber ich fürchte, die Entscheidung ist gefallen.«

»Meine auch«, entgegnete Theophanu. »Ich bin nicht auf Adelheids Gnade angewiesen.«

Sie wandte sich an Jannis. »Wir packen alles wieder ein, sofort.«

Aber Jannis schüttelte den Kopf. »Morgen ist auch noch ein Tag. Wie nennt man das?«

Er sah den hilflosen Martin an, um auch schon selbst zu antworten: »Ein Sprichwort. Theophanu hätte nicht nur Reichtümer, sondern auch Bildung in die Ehe eingebracht. Aber bitte, wer nicht will, der hat schon.«

Er zuckte mit den Achseln und ging. Auch Martin verabschiedete sich mit einer Verbeugung. Theophanu blieb allein inmitten der ganzen Pracht ihrer Aussteuer zurück. Die junge Frau sah sich in dem großen, vollgestellten Raum um. Die ganzen Vorbereitungen, die lange Reise, alles war umsonst. Sie würde zurückkehren in ihr altes Leben, mit allen Bequemlichkeiten, aber auch mit all der Langeweile und ohne jede Herausforderung. Und alles nur, weil Adelheid so stur war! Theophanu hieb mit ihren Fäusten auf einen großen Ballen purpurner Seide ein. Der kam ins Rollen und stieß ein kleines Specksteinrelief um, das an die Wand gelehnt war. Es zeigte die Jungfrau Maria mit leicht geneigtem Haupt, aufmerksam ihr Gegenüber anblickend. Doch bei dem Sturz brach es in mehrere Stücke. Theophanu stand starr vor Schreck. Zwar konnte sie immer noch den Milde verströmenden Blick Marias erkennen, ihr Körper war jedoch vom Kopf abgetrennt. Schnell nahm sie einen Besen und kehrte die Scherben hinter eine der Kisten, auf dass niemand ihr Missgeschick bemerkte, als sie plötzlich Schritte herumfahren ließen.

Ein kräftig, aber nicht stämmig gebauter Mann mit hellem, gelocktem Haar stand vor ihr. Seine Gesichtszüge waren weich, die Augen lebhaft und interessiert. Sein voller Mund schien schnell zum Lachen bereit. Die Griechin wusste, dass sie einen Sachsen vor sich hatte, und nahm sich vor, ihn entsprechend zu behandeln. »Was glotzt Ihr mich an wie ein Ochse? Wisst Ihr nicht, wer ich bin?«, radebrechte Theophanu mit dem wenigen Sächsisch, das sie gelernt hatte.

»Eine schöne, junge Frau, die für eine Dienerin aus Theophanus Gefolge recht ungeschickt mit dem Besen umgeht.«

Er lächelte sie frech an. Theophanu musste sich beherrschen, um ihr Erstaunen zu verbergen. Er schien wirklich nicht zu ahnen, wer vor ihm stand. »Wenn Ihr es besser könnt, überlasse ich Euch gern den Besen«, konterte sie.

»Verzeiht, aber ich fürchte, ich verstehe mich nur auf eins.«

»Und verratet Ihr mir auch, auf was?«

Theophanu war nahe dran, die Geduld mit dem jungen Mann zu verlieren.

»Aufs Regieren. Ich bin Otto, der Sohn des Kaisers.«

Theophanu verschlug es für einen Moment die Sprache. Dann wurde sie rot bis unter die Haarwurzeln. Es war ihr höchst unangenehm, als sie daran dachte, in welchem Ton sie mit dem Herrscher gesprochen hatte. »Warum habt Ihr Euch nicht gleich vorgestellt?«

»Verzeiht, ich war in Gedanken. Ich muss nämlich unbedingt Eure Herrin sprechen. Könnt Ihr mir sagen, wo ich Theophanu finde?«

»Tut mir Leid, sie hat sich zurückgezogen. Aber ich will ihr gerne etwas ausrichten.«

»Das weiß ich wirklich zu schätzen. Aber das, was ich ihr sagen will, ist nur für ihre Ohren bestimmt«, erklärte Otto.

»Und wenn sie gar nicht mit Euch sprechen will? Schließlich hat man sie an Eurem Hof nicht gerade mit offenen Armen empfangen.«

Ottos Miene verdüsterte sich. »An meines Vaters Hof. Er hält das Zepter fest in der Hand.«

»Wollt Ihr damit sagen, Ihr hättet anders gehandelt?«

»Deshalb bin ich hier.«

Theophanu sah ihn prüfend an. »Ich will mit meiner Herrin sprechen.«

»Bitte, ich würde sie gerne wenigstens einmal treffen.«

»Kommt morgen um dieselbe Zeit hierher. Ich will sehen, was ich für Euch tun kann.«

Damit wollte Theophanu schon gehen, als Otto sie noch einmal ansprach: »Nur noch eins, wie heißt Ihr eigentlich?«

Theophanu überlegte kurz. »Pelagia.«

»Pelagia – das hat einen ganz besonderen Klang. Was bedeutet es?«

»Es ist einer der vielen Namen, die wir für das Meer gefunden haben.«

»Es ist sicher der allerschönste«, erklärte Otto und sah die junge Frau an, die sich schnell abwandte und ging.

Am nächsten Tag hatte es Theophanu schon früh in die Lagerräume getrieben. Sie schickte das Gesinde fort, aber anstatt allein mit dem Einpacken weiterzumachen, war sie die ganze Zeit mit ihrem Äußeren beschäftigt. Sie hatte sich ein Kleid von einer ihrer Dienerinnen geben lassen. Der grobe Stoff juckte sie am Hals und fiel in viel zu großen Falten herab. Sie versuchte, das Gewand mit einem Stoffband geschickt zu raffen, bis ihr auffiel, dass es einer ihrer Gürtel war, kunstvoll bestickt und sogar mit drei kleinen Heliotropen besetzt. Ärgerlich nahm sie ihn ab. Schließlich wollte sie wie eine einfache Frau aussehen.

Als sie Schritte hörte, beeilte sie sich, ein paar Stoffballen hin- und herzurücken.

»Seid gegrüßt, schöne Pelagia.«

Otto schien ihre mehr als schlichte Erscheinung nicht zu stören. Er lächelte sie strahlend an, was Theophanu tatsächlich verlegen machte. Sie ärgerte sich, was sie noch mehr erröten ließ. »Theophanu kann Euch leider nicht empfangen.«

Ihre Stimme klang schärfer, als sie es eigentlich gewollt hatte und sie rechnete damit, dass Otto jetzt aufbrausen würde. Aber stattdessen setzte er sich auf ein Holzregal nahe bei den Stoffballen und baumelte mit den Beinen. »Habe ich mir fast schon gedacht.«

Theophanu sah ihn erstaunt an.

»Sie ist eine Griechin«, erklärte Otto.

»Was soll das heißen?«

»Na ja, es ist doch bekannt, dass diese Menschen hochmütig und eingebildet sind.«

Theophanu ließ jede Vorsicht fahren. »Ihr plappert doch nur denen nach dem Mund, die der Neid auf unser Imperium umtreibt.«

Otto bemühte sich, ruhig zu bleiben. »Sie will mich demütigen, gebt es doch zu!«

»Sie ist es, die gedemütigt wurde. Man ist übel mit ihr umgesprungen.«

»Erzählt mir von Eurer Herrin.«

»Nun gut. Theophanu ist noch jung, ungefähr so alt wie ich, aber sie ist früh gereift. Ihr Leben hat sie im Palast verbracht.«

»Aha, aber wie kann sie so reif und erfahren sein, wenn sie im goldenen Käfig gelebt hat?«

»Sie hat gelernt. Theophanu hatte die besten Lehrer. Wahrscheinlich weiß sie mehr als Ihr.«

Otto lachte frei heraus. »Mag sein, aber auch wir Barbaren legen Wert auf Bildung. Aber das ist sicher noch nicht bis zu Euch durchgedrungen.«

»Uns werden nur die wichtigen Dinge gelehrt.«

»Euch? Jetzt sagt nicht, in Konstantinopel sind sogar die Dienerinnen gebildet.«

Theophanu biss sich auf die Zunge. Wie dumm von ihr! »Natürlich nicht.«

Sie richtete sich auf. »Soll ich Theophanu etwas von Euch ausrichten?«

Otto sprang von dem Regal auf den Boden und stand direkt vor Theophanu.

»Sagt ihr einfach, dass es mir Leid tut, sie nicht angetroffen zu haben. Aber ihre Dienerin hätte mir auch schon ein ganz gutes Bild von ihr vermittelt.«

»Und?«

Theophanu sah ihn gespannt an.

»Ich glaube, meine Mutter hatte fast Recht. Theophanu ist tatsächlich die Falsche.«

»Also doch, auch Ihr wollt eine Purpurgeborene!«, ereiferte sich Theophanu.

Otto schüttelte den Kopf. »Nein, das ist es nicht, ganz im Gegenteil. Ich kann keine Frau gebrauchen, die sich den ganzen Tag die Schleppe nachtragen lässt.«

»Woher wollt Ihr wissen, dass sie so ist? Ihr kennt sie doch gar nicht.«

»Aber ich kenne das Leben im Norden. Wir sind ständig auf Reisen. Egal, zu welcher Jahreszeit. Und die Frauen müssen mit, selbst, wenn sie kurz vor der Niederkunft stehen.«

»Und welche Frau würde dann Euren hohen Ansprüchen genügen?«

Theophanu konnte ihre Wut kaum noch unterdrücken.

»Eine wie Ihr. Eine, die nicht dumm ist und dennoch das Leben kennt.«

Sein Lächeln war weich. »Eine, deren Gesicht strahlt wie die Sonne, die alle Menschen im Süden wie im Norden wärmt.«

Otto nahm Theophanu in den Arm und blickte sie einen Moment an, bevor er sie an sich zog und küsste. Seine Lippen liebkosten die ihren weich und zärtlich. Theophanu war so überrascht, dass sie es einfach geschehen ließ. Doch dann machte sie sich energisch frei.

»Das … das dürft Ihr nicht.«

»Du willst mir Vorschriften machen? Vergiss nicht, wer du bist.«

Theophanu war verblüfft über seinen harschen Ton. »Nichts als eine Dienerin?«, brachte sie enttäuscht hervor. »Und Ihr schimpft die Griechen hochmütig!«

»Aber jetzt sei doch nicht so empfindlich«, versuchte es Otto. »Ich habe es nicht so gemeint.«

»Dann seid Ihr entweder unbedacht oder doppelzüngig. Auf jeden Fall bin ich froh, dass meine Herrin Euch nicht zu heiraten braucht.«

Theophanu drehte sich um und eilte aus dem Gebäude, sich den Schleier tief ins Gesicht ziehend. Otto sollte ihre Tränen nicht sehen.

In dem großen Saal standen die Menschen in Grüppchen beieinander, großenteils Kaufleute oder Handwerker, aber auf jeden Fall wohlhabend. Denn nur deren Streitigkeiten schlichtete der Kaiser höchstpersönlich.

Otto saß zur Linken seines Vaters, was ihm des Kaisers guten Willen zeigen sollte, ihn an der Verwaltung des Reiches teilhaben zu lassen. Und das hätte ihn normalerweise auch mit großem Stolz erfüllt, nur gerade heute war er mit seinen Gedanken ganz woanders. Sie wanderten immer wieder zu diesem lebhaften Gesicht mit den schön geformten Lippen. Es tat ihm Leid, dass er Pelagia so gegen sich aufgebracht hatte. Allerdings war sie ihm wütend fast noch schöner erschienen als zuvor.

»Was sagst du zu dieser Angelegenheit, mein Sohn?«, riss ihn die tiefe Stimme des Vaters aus seinen Gedanken.

Otto versuchte sich auf die Verhandlung zu konzentrieren. Er sah den Jungen, der eingeschüchtert und mit gesenktem Haupt vor dem Thron des Kaisers stand. Das Kind drängte sich an seinen Vater, einen Kaufmann aus Mainz, den er auf seiner Geschäftsreise begleitet hatte. Der Jude handelte mit Garnen und Stoffen, was man beider Kleidung auch ansah, die in Güte und Qualität die der meisten Anwesenden übertraf. Otto überlegte kurz. »Der Junge hat Unrecht getan. Er durfte das Original der Urkunde nicht einfach kopieren.«

Der Kaufmann konnte nicht an sich halten und ergriff ungefragt das Wort. »Aber er hat das Schriftstück nicht kopiert, sondern nur abgeschrieben.«

Adelheid, die zu Ottos Rechten saß, schüttelte den Kopf. »Verwirrt uns nicht mit Spitzfindigkeiten.«

»Entschuldigt, ich wollte sagen, dass er es nicht tat, um mit der kopierten Urkunde irgendetwas zu erreichen. Er hat es lediglich aus Liebe zum Schreiben getan, weil er sich an den Buchstaben erfreut.«

»Und das soll ich Euch glauben?«, fragte der Geschädigte, ein römischer Notar. »Die Urkunde bezeugt gewaltige Besitztümer, die der Bengel sich unter den Nagel reißen wollte.«

Der Kaiser wandte sich erneut an seinen Sohn. »Wir haben jetzt alle Seiten gehört. Otto, wie lautet dein Urteil?«

Otto sah auf den Jungen. Mit welcher Gesinnung auch immer, er hatte es getan, er hatte eine Urkunde unerlaubterweise kopiert. Dafür gab es nur eine Strafe: das Abschlagen der Hand. Andererseits scheute sich Otto, dieses Urteil zu verkünden, das dem Jungen seine Freude am Schreiben für immer nehmen würde.

Der Kaiser wurde ungeduldig. »Halte uns nicht unnötig auf. Es stehen noch viele Urteilssprüche an.«

Er wies kurz auf die große, wartende Menge. Der junge Otto setzte an. »Der Sohn des Avram ben Kalonymos hat ein Unrecht begangen, dennoch soll er straffrei ausgehen.«

Der alte Kaiser nickte bedächtig, während der Junge es das erste Mal wagte, hochzublicken.

»Gut, gut«, sprach Otto der Große, »aber wie willst du dieses Urteil begründen?«

»Mein Wille steht für eine Begründung.«

Otto hatte diesen Rechtsgrundsatz gelernt, den ein Herrscher anwenden durfte. Sein Vater lachte. »Nicht schlecht, mein Sohn. Aber aus Büchern angelesen.«

Der alte Otto wandte sich an seine umstehenden Diener. »Bringt mir einen Apfel und eine Münze.«

Schnell hatte er die gewünschten Dinge in Händen und hieß den kleinen Juden, näher zu kommen. Furchtsam tat der Junge, wie ihm geheißen. Der Kaiser hielt ihm mit unbewegter Miene in der einen den Apfel, in der anderen die Münze hin. »Und nun wähle aus.«

Der Junge wagte sich nicht zu rühren. Der Kaiser drängte ihn. »Nun komm, nimm, was du begehrst.«

Der Junge blickte auf den Apfel mit den roten Bäckchen, der saftig und knackig zu sein schien, und da er vor lauter Aufregung heute noch nichts gegessen hatte, war er schon nahe daran, seine Hand nach dem Obst auszustrecken. Aber dann sah er das Blinken und Leuchten der Münze und spürte des Vaters Blick auf sich ruhen. Würde sein Vater nicht erwarten, dass er vernünftig war und sich für das Geldstück entschied? Unentschieden wog er den Kopf, als er plötzlich sah, dass der junge Kaiser ihn aufmunternd anlächelte. Daraufhin nahm der Junge das, was ihm am besten gefiel: den Apfel.

Der alte Kaiser klatschte in die Hände, um das Urteil zu verkünden. »Der hier vor uns stehende Junge, David, Sohn des Avram ben Kalonymos, hat uns gerade bewiesen, dass er noch von kindlichem Gemüte ist. Er hat den Apfel gewählt, anstatt, wie jeder schon mit dem vollen Verstande Handelnde, die Münze zu nehmen, die ihm einen ganzen Sack Äpfel eingebracht hätte. Deshalb soll dieser Junge keine Strafe erhalten.«

Der Vater des kleinen David kniete vor seinem Sohn nieder und umarmte ihn weinend, bevor er sich vor den beiden Kaisern verbeugen wollte. Doch der junge Otto war schon aufgesprungen und stürmte ohne eine weitere Erklärung aus dem Saal.

Er lief durch den Gang, die Treppe hinab und hielt erst an, als er auf dem Hof war. Tief sog er die frische, unverbrauchte Luft in seine Lungen ein.

»Otto! Otto! Wieso bist du nicht drinnen geblieben?«

Es war seine Mutter, die ihm gefolgt war und ihn jetzt mit strengem Blick musterte. »Der Gerichtstag hat gerade erst begonnen.«

»Vater wird es auch ohne mich schaffen.«

»Sonst beschwerst du dich, dass er alles alleine entscheidet und wenn er dich teilhaben lässt, ist es dir auch nicht recht!«

»Teilhaben? Ich habe ein Urteil gesprochen. Aber natürlich war es ihm wieder nicht gut genug.«

»Aber er hat doch in deinem Sinne entschieden.«

»Lächerlich hat er mich gemacht! Am liebsten hätte Vater mir Apfel und Münze hingehalten, weil er mich immer noch für einen dummen, kleinen Jungen hält.«

Adelheid sah ihn streng an. »Nichts anderes bist du. Ein Mann wäre geblieben.«

Otto wurde wütend. »Wenn mich sowieso keiner ernstnimmt, dann kann ich auch tun und lassen, was ich will.«

Er sah Adelheid kämpferisch an.

»Was hast du jetzt schon wieder vor?«, bemühte sie sich möglichst ruhig zu fragen.

»Nichts, was du nicht auch willst.« Er sah seine Mutter triumphierend an. »Ich werde heiraten.«

»Heiraten? Aber ich habe doch versucht, dir zu erklären …«

Otto unterbrach sie. »Keine Angst, es ist nicht Theophanu.«

Er hielt kurz inne, bevor er fortfuhr. »Es ist ihre Dienerin.«

Die Worte gingen ihm überraschend leicht über die Lippen.

»Ihre Dienerin?«, fragte Adelheid.

»Ja, das heißt, wenn sie mich noch will. Denn auch ich habe sie gedemütigt, genau wie du Theophanu. Aber ich sehe es wenigstens ein.«

Damit ließ er die vollkommen verblüffte Adelheid stehen.

Theophanu hielt sich sehr aufrecht. Mehr Mühe gab sie sich nicht, die Frau, die gerade ihr Gemach betrat, zu beeindrucken. Sie erinnerte sich noch, wie aufgeregt und voll freudiger Erwartung sie gewesen war, als sie der Kaiserin zum ersten Mal gegenübertrat. Sie hatte sich herausgeputzt, als ob sie ihren Bräutigam treffen sollte. Diesmal hatte sie es sogar abgelehnt, dass die Dienerinnen eins der besseren Kleider auspackten. Endgültig standen die Kisten festgezurrt und zum Abtransport bereit und Theophanu dachte nicht daran, sie wieder öffnen zu lassen.

Beinahe gleichgültig blickte sie Adelheid entgegen, deren

blau leuchtendes Kleid in zu hartem Kontrast zu ihrer hellen Haut stand und die Falten um Augen und Mund scharf hervortreten ließ. Eigentlich hätte Theophanu auf die Knie fallen müssen, aber da sie sich nicht rührte, neigte Adelheid schließlich kaum merklich ihr Haupt, bevor sie anhob zu sprechen. »Ich bin gekommen, um mit Euch noch einmal über die Heirat zu sprechen. Vielleicht war mein Urteil über Euch, über Eure Stellung etwas voreilig.«

Theophanu machte keine Anstalten, Adelheid entgegenzukommen, sondern schwieg, sodass die Ältere erneut anhob: »Ich will ganz offen sein. Wir haben sehr auf eine Purpurgeborene gehofft, um unser Reich mit dem Euren wirklich und dauerhaft verbinden zu können. Und nur deshalb fiel auch die Ablehnung so hart aus. Niemand hat mich vorgewarnt.«

›Mich auch nicht‹, dachte Theophanu, sagte es aber nicht laut.

»Kurz und gut, es tut mir Leid. Mein Verhalten war falsch.«

Theophanu konnte ermessen, wie schwer dieser Frau die Worte fielen. Sie hatte sich sicher noch nie in ihrem Leben entschuldigt.

»Ich möchte Euch bitten, die erste Begegnung zu vergessen«, hörte sie Adelheid jetzt sagen.

Doch anstatt ihren Triumph auszukosten, fiel Theophanu ihr ins Wort. »Nein.«

Adelheid sah die junge Frau erstaunt an, aber die fuhr schon fort. »Meine Antwort ist ›nein‹. Ich bleibe nicht hier. Sucht Euch eine andere Braut für Otto.«

Adelheid presste die Lippen fest aufeinander, und Theophanu dachte, dass sie auf der Stelle umkehren und, so schnell es ein würdevoller Abgang zuließ, den Raum verlassen würde. Doch Adelheid hatte sich gut in der Gewalt, was Theophanu fast schon wieder Respekt abnötigte.

»Ich weiß, dass Rom nicht Konstantinopel ist, und Magdeburg, Mainz und Köln erst recht nicht. Aber auch unser Reich ist groß und seine Macht wächst stetig an.«

»Bemüht Euch nicht. Ich weiß alles, was ich wissen muss«,

entgegnete Theophanu kühl. »Und nichts davon bringt mich dazu, auch nur länger als nötig hier zu verweilen.«

Adelheid konnte ihren Ärger nicht länger zurückhalten. »Woher nehmt Ihr diesen Hochmut? Konntet Ihr Euren zarten Körper nicht weich genug betten? Oder fehlen Euch die Diamanten an den goldenen Löffeln?«

Jetzt war es auch für Theophanu Zeit, offener zu werden. »Mir fehlen weder seidene Kissen noch Edelsteine. Das alles habe ich selber mitgebracht«, versetzte sie kühl. »Aber Euren Sohn zu einem ehrenwerten Mann erziehen, das kann und will ich Euch nicht abnehmen.«

»Was habt Ihr an Otto auszusetzen?«

»Er ist unaufrichtig, um nicht zu sagen, verlogen.«

»Otto?«

Adelheid war wirklich erstaunt. »Otto ist sicher oft unbeherrscht, aufbrausend, manchmal unvernünftig, aber verlogen? Wer hat Euch das erzählt?«

»Das tut nichts zur Sache«, erklärte Theophanu.

Adelheid atmete tief durch. »Vielleicht kann ich Euch am besten überzeugen, dass es nicht stimmt, wenn auch ich vollkommen ehrlich bin.«

Sie sah Theophanu an. »Ich habe Euch nicht aufgesucht, weil mich meine Ablehnung reute. Ich bin einzig und allein gekommen, weil Ihr mir immer noch lieber seid als die Frau, die mein Sohn jetzt als seine Braut auserkoren hat.«

Theophanu runzelte die Brauen. »Otto? Wen will er denn heiraten?«

»Ich wage gar nicht, es Euch zu sagen.« Adelheid zögerte. »Nun gut, Ihr wollt ihn ohnehin nicht mehr. Es ist eine Dienstmagd, eine einfache Dienerin aus Eurem Gefolge.«

Damit wandte Adelheid sich ab, um zu gehen. Theophanu war verblüfft, aber dann tat ihr Herz einen Sprung. Schnell packte sie Adelheid am Arm. »Wartet! Vielleicht war ich jetzt etwas voreilig mit meiner Ablehnung. Ich glaube, Euer Sohn ist es wert, dass ich ihn mir näher anschaue.«

Adelheid blickte sie verwundert an.

Otto ging auf die große Flügeltür zu, die in den Saal führte, doch das Licht und der Glanz, die große Feierlichkeiten versprachen, lockten ihn überhaupt nicht. Ganz im Gegenteil, er fühlte sich müde. Eben noch hatte er seinen Eltern gegenüber gepoltert und geschimpft, dass er sich diese Theophanu zwar ansehe, aber weiterhin die Frau seiner Wahl heiraten wolle. Doch im Grunde wusste Otto, dass er sich fügen musste. Er war der Thronfolger.

Und doch tauchte vor seinen Augen immer wieder Pelagias liebliches Gesicht auf. Otto versuchte, das Bild abzuschütteln. Dann hatte er die Tür zum Saal erreicht. Ihm gegenüber stand eine prachtvoll gewandete Frau, ganz in purpurne Seide gehüllt. Die Haltung seiner Braut war sehr aufrecht und würdevoll, alles ganz so, wie es einer künftigen Kaiserin entsprach. Nur bei ihrem Gesicht, da narrte ihn sein Verstand. Denn immer noch sah er die wachen Augen und den lachenden Mund Pelagias vor sich. Er schüttelte ungläubig den Kopf, als Adelheid ihn am Arm nahm. »Ich geleite dich zu deiner Braut.«

Sein Vater trat an seine andere Seite. »Lass uns Theophanu begrüßen.«

Otto lauschte ihren Worten, sah dann wieder nach vorne, zu der Frau, der er nun Schritt für Schritt näher kam. An den Seiten standen die Mitglieder des Hofes, die die Reise begleiteten, bunt gemischt mit Abgesandten aus allen Städten Italiens. Dann endlich war er bei ihr. Adelheid und Otto traten einen Schritt zurück, während er direkt in das geliebte Gesicht schaute. Er hatte die Würde, den Stolz und die Anmut die ganze Zeit vor Augen gehabt und doch hatte er es nicht gesehen. Pelagia war niemand anderes als die künftige Kaiserin, seine Braut. Er kniete vor Theophanu nieder und beugte das Haupt vor ihr.

Er spürte, wie sie ihn mit der Hand an der Schulter berührte, nur ganz leicht, doch er erschauerte bis ins Mark. Sie sprach ihn an, als er sich erhob. »Kannst du mir verzeihen?«

»Verzeihen, dass ich die Frau heiraten darf, die ich liebe?«

Otto lächelte, dann nahm er Theophanus Hand und gemeinsam schritten sie nun die ganze Länge des Raumes ab, sodass jeder, der es wollte, sehen konnte, wie glücklich sie miteinander waren.

Kapitel 8

Theophanu hatte die kostbare Urkunde ganz vorsichtig aus der goldenen Truhe, die eigens dafür angefertigt worden war, genommen und auf dem Bett ausgerollt. Das purpurfarbene Pergament bedeckte fast die ganze Decke. Den Hintergrund bildete ein Muster aus Medaillons, in denen Löwe und Greif wider ihre Natur Hirsch und Stier liebkosten. Eine goldene Leiste, in deren Mitte Christus und Maria, flankiert von den Aposteln, zu sehen waren, umrahmte das Ganze. Als wären diese wunderschönen Abbildungen allein noch nicht genug, prangten Worte in goldenen Lettern darauf. Nein, es waren mehr als Worte. Es waren Versprechungen, wenn nicht gar Verheißungen ihres Mannes an sie. Es war die Heiratsurkunde, an der sie sich nicht satt sehen konnte.

Papst Johannes hatte sie mit Otto vermählt und zur Kaiserin gekrönt. Ihr war die Teilhaberschaft am Reich, consortium imperii, übertragen worden. Es folgte eine Aufzählung von Besitzungen, die von nun an ihr gehörten. Sie war eine reiche und mächtige Frau. Wenn sie es nicht glauben wollte, brauchte sie es bloß in der goldenen und purpurnen Urkunde nachzulesen, die im Namen beider Kaiser, des alten und des jungen ausgestellt war, wie ihre Monogramme bezeugten.

Theophanus Blick glitt von den Lettern wieder zu den Löwen und Greifen. Sie strich mit ihren Fingerspitzen über dieses Wunderwerk und plötzlich erschien ihr das Pergament gar nicht mehr glatt und steif, sondern weich und fließend wie Seide. Doch schweren Herzens musste sie die Urkunde wieder einrollen und verstauen, denn ihr Bett musste frei sein.

Drei Tage waren seit der Trauung nun vergangen, drei Tage lang wurde gefeiert, mit Gesang, Umzügen und Prozessionen.

Jetzt, nachdem all der Trubel abgeklungen war, würde Otto sie endgültig zur Frau machen. Heute Abend sollte die Ehe vollzogen werden. Theophanu fröstelte. Sie verschränkte die Arme vor ihrem dünnen, aus bestem Leinen gefertigten Nachtkleid. Der schlichte, weiße Stoff ließ ihre olivfarbene Haut schimmern und die Umrisse ihres Körpers ahnen. Sie wusste, dass sie Otto gefallen würde. Er hatte sie in den letzten Wochen des öfteren verstohlen berührt, mal, wie absichtslos, die Hand in ihren Nacken gelegt, mal war er bei Tisch dichter als zur Unterhaltung nötig an sie herangerückt. Es hatte ihr gefallen und doch war sie jetzt unruhig, weil sie nicht genau wusste, was sie erwartete. Ihren vorsichtigen Nachfragen war Jannis verlegen ausgewichen. Mehr, als dass sie mit ihren knapp dreizehn Jahren alt genug für die Ehe und damit auch für alles andere sei, hatte sie nicht aus ihm herausbekommen.

Theophanu dachte an die Urkunde und ihre Unruhe ließ nach. Einem Mann, der ihr so ein Geschenk machte, konnte sie vertrauen.

Theophanu hörte Schritte und blickte gespannt zur Tür. Sie löste ihre verschränkten Arme, richtete sich auf und lächelte. Sie wollte ganz ihm gehören.

Doch nicht Otto, sondern Adelheid trat in ihr Gemach. Hinter ihr drängten sich einige betagte Männer, um einen Blick auf die junge Frau werfen zu können. Theophanu war im ersten Moment starr vor Schreck. Sie erkannte einige der Fürsten sowie Kleriker. Ganz zuletzt trat Otto ein.

Theophanu zog mit einem Griff die Decke vom Bett und legte sie um sich.

»Wir sind hier, um das Beilager zu beaufsichtigen«, verkündete Adelheid, ihren Sohn heranwinkend.

Otto trat nach vorne. Theophanu schüttelte ungläubig den

Kopf. »Was wollt Ihr? Ihr wollt sehen wie wir … wie Otto und ich …«

»Wie ihr beide Euch ins Bett legt, nicht mehr und nicht weniger.«

Adelheids Stimme ließ Ungeduld erkennen. »Danach warten wir vor der Tür.«

Die alte Kaiserin machte ein paar Schritte auf Theophanu zu und zog ihr die Decke weg. Otto trat ebenfalls zu ihr, nahm sie an der Hand und führte sie zum Bett. Als Theophanu zögernd davor stehen blieb, drängte er sie, sich zu setzen. Die junge Frau gab nach und legte sich dann, genau wie Otto, hin. Adelheid nahm die Decke und breitete sie über das Paar, um sich dann mit der kleinen Schar der Männer nach draußen zu begeben.

Als die Tür sich hinter ihnen schloss, beugte sich Otto ein wenig unbeholfen über Theophanu und wollte sie küssen. Aber Theophanu drehte wortlos ihren Kopf weg.

»Theophanu? Was ist los mit dir?«

»Sie haben mich angestarrt.«

»Aber jetzt sind sie draußen.«

»Warum hast du mir nichts davon gesagt?«

Otto zuckte hilflos mit den Schultern. »Ich dachte, du wüsstest das. Es ist bei uns so üblich. Früher blieben sie sogar die ganze Zeit über …«

Theophanu unterbrach ihn. »Still! Ich will es nicht hören!«

Am liebsten hätte sie sich die Ohren zugehalten. »Was nützt das ganze schöne Fest, die feierlichen Umzüge, die kunstvolle Urkunde, wenn ihr im Grunde doch Barbaren seid!«

Otto fasste sie unwillig am Kinn und drehte ihr Gesicht zu sich. »Hör auf! Nur weil bei uns einiges anders ist als in deinem goldenen Palast, muss es nicht schlecht sein.«

Sein Griff wurde sanfter und er streichelte ihre Wange. »Theophanu, meine Geliebte, lass uns doch jetzt nicht streiten, nicht heute Nacht.«

Er beugte sich erneut über sie und gab ihr einen Kuss auf die Wange, dann auf den Mund. Schließlich koste er mit seinen Lippen ihren Hals. Doch Theophanu schob ihn von sich und setzte sich auf. »Nein! Lass das! Ich will nicht.«

Es war zu spät, er hatte alles verdorben. Sie hätte weinen können vor Enttäuschung.

»Du willst nicht? Liebe Theophanu, du weißt, dass es deine Pflicht ist, oder?«

Als Theophanu nicht antwortete, fuhr Otto fort: »Wir brauchen einen Thronfolger. Und jetzt tu nicht so, als wenn ich etwas Unmögliches von dir verlange.«

Otto zog sie zu sich herunter. Theophanu erschrak über seine Heftigkeit und widersetzte sich. »Und deine Pflicht ist es, mich mit Würde zu behandeln. Für den Rest sind deine Huren zuständig.«

Sie wusste, dass Otto mit seinen siebzehn Jahren schon Frauen gehabt hatte, wie jeder andere Mann auch. Es war nichts Besonderes. Wenn sie sich nur nicht so hilflos und ausgeliefert gefühlt hätte! Sie schöpfte Hoffnung, als Otto für einen Moment ruhig war. Vielleicht dachte er über ihre Worte nach. Doch dann zog er sie plötzlich mit Gewalt zu sich herunter. »Du machst mich nicht lächerlich, nicht vor all den Leuten!«

»Hör auf! Lass mich in Ruhe!«

Theophanu wehrte sich jetzt mit aller Kraft, aber Otto war stärker. Er war über ihr und hielt ihre Hände fest, mit denen sie versuchte, ihm das Gesicht zu zerkratzen.

»Halt still!«, herrschte er sie an.

»Eher sterbe ich!«

Doch Theophanu spürte, wie ihre Kräfte erlahmten.

In diesem Moment kam Adelheid herein. Als sie sah, was sich zwischen den Brautleuten abspielte, schloss sie schnell die Tür hinter sich und trat zum Bett. Es war ganz offensichtlich, dass ihr Sohn sich sein Recht nehmen wollte. Er wusste, was seine Pflicht war, und er tat nicht mehr, als sie zu erfüllen. Und dennoch schlug Adelheids Herz plötzlich heftig, als sie sah, wie das Mädchen unter dem großen, kräftigen Mann begraben lag. Sie wusste genau, wie es war, ein solches Gewicht auf sich zu fühlen und fast daran zu ersticken. Sie hatte es aus ihrem Gedächtnis verbannt, aber jetzt überrollte sie die Ohnmacht, die sie in der Nacht mit Hugo empfunden hatte, als wäre es erst gestern gewesen.

»Lass sie!«

Adelheid zerrte mit aller Kraft an der Schulter ihres Sohnes.

»Mutter! Was willst du?«

»Du sollst sie in Ruhe lassen, hörst du nicht? Sie ist noch ein Kind!«

Theophanu spürte, wie die Last von ihr wich. Jetzt beugte sich Adelheid über sie.

»Ganz ruhig, meine Kleine. Dir wird nichts geschehen.«

Die Ältere deckte Theophanu sorgfältig zu und strich ihr die Tränen von den Wangen. Dann wandte sie sich an Otto. »Habe ich dich dazu erzogen?«

»Nun gut, dann rühre ich sie eben nicht mehr an. Bin gespannt, was die Herrschaften da draußen dazu sagen werden.«

Otto deutete mit dem Kopf zur Tür.

»Das soll meine Sorge sein«, erwiderte Adelheid.

Kaum hatte sie die schwere Holztür geöffnet, schallten ihr schon die Fragen der Wartenden entgegen. »Und? Ist es vollbracht? Welche Farbe hat das Betttuch?«

»Purpur, wie es sich für eine Kaiserin geziemt«, antwortete Adelheid, bevor sie die Tür hinter sich schloss und das junge Paar miteinander allein ließ.

Theophanu sah sich nach Otto um. »Otto?«

Aber Otto antwortete nicht, sondern zog seinen Überwurf aus. Er legte sich auf den Boden und deckte sich mit dem Gewand zu.

»Otto, komm ins Bett«, bat Theophanu, aber ihr Mann reagierte nicht. Die junge Frau fröstelte, obwohl sie unter der warmen Decke lag. Sie überlegte, aufzustehen und zu ihm zu gehen, aber sie wagte es nicht. Der Mann, der dort auf dem harten Steinboden lag, war plötzlich wie ein Fremder, und sie fragte sich, ob sie ihn jemals kennenlernen würde.

Sonnenlicht drang in Theophanus Gemach. Erschrocken fuhr sie auf. Erst hatte sie gedacht, dass sie überhaupt keinen Schlaf finden würde und jetzt war sie viel zu spät aufgewacht. Von Otto war keine Spur mehr zu sehen.

Schnell rief Theophanu ihre Dienerin, um sich ankleiden zu lassen. Sie wählte nur wenige Schmuckstücke aus und war schon bald fertig, um Otto aufzusuchen. Der helle Morgen hatte die Schatten vertrieben. Sie war Adelheid sehr dankbar für ihr Eingreifen, aber sie sah, dass auch sie Fehler gemacht hatte. Schließlich mochte sie Otto. Der Mann von gestern Nacht war doch kein anderer als der, den sie kannte, lebhaft, voller Energie, mit einem herzlichen Lachen. Es waren unglückselige Umstände, die gestern zusammengetroffen waren. Das alles würde sie ihm auseinandersetzen. Doch als sie ihr Gemach verlassen wollte, kamen ihr Zweifel. Sie wusste nicht, ob er noch bereit war, sie anzuhören. Er hatte gestern kein Wort mehr mit ihr gewechselt, kein Zeichen des Einlenkens gegeben.

Ruhelos schritt sie auf und ab. Ihr Blick fiel auf die goldene Truhe, die im Sonnenlicht funkelte, und sie öffnete sie. Es würde sie beruhigen, ihre Finger über das purpurne Papier gleiten zu lassen. Doch dann ließ sie den Deckel vor Schreck fast wieder fallen. Die Truhe war leer. Jemand hatte ihre Hochzeitsurkunde entwendet, ihr das Versprechen auf die Ehe und auf die Teilhabe am Reich genommen. Otto! Sie musste nun zu ihm, so schnell es ging.

Theophanu hastete den Gang entlang, bis sie beim großen Saal angekommen war. Entschlossen öffnete sie die schwere Tür.

»Theophanu!«, rief Otto aus, als er sie sah. Doch Theophanu achtete weder auf ihn, noch auf seinen Vater, auf Adelheid oder auf Gerbert, den Gelehrten, der anlässlich der Hochzeit am Hofe weilte. Stattdessen ging sie langsam zu dem großen Holztisch, auf dem die prächtige Urkunde ausgebreitet lag. Sie strich kurz darüber, wie um sich zu vergewissern, dass es kein Trugbild war, bevor sie sich zu den anderen umwandte. »Warum ist meine Urkunde hier?«

»Es ist noch ein Nachtrag nötig geworden«, erklärte Adelheid mit leichter Ungeduld in der Stimme.

»Ein Nachtrag? Was für ein Nachtrag?«

Der junge Otto trat zu ihr. »Man hat etwas vergessen.«

Er flüsterte beinahe, um seine Eltern nicht zu stören, die, Theophanu nicht weiter beachtend, nachdenklich die Urkunde betrachteten. Adelheid deutete auf eine bestimmte Stelle, zwischen zwei Linien der goldenen Schrift. »Hier, hier können die Worte noch Platz finden.«

»Du willst, dass er sie darüber schmiert?«

Otto der Große blickte ungehalten zu dem jungen Mönch, der in einigen kleinen Tiegeln rührte. »So viel Arbeit und dann soll das ganze Werk durch drei Worte verhunzt werden?«

»Nur dort hat es Sinn.«

»Kann mir jemand erklären, was hier vor sich geht?«, fuhr Theophanu dazwischen, wohl wissend, dass sich das nicht gehörte.

Doch ließ der alte Kaiser sich zu einer Antwort herab, auch wenn er dabei mehr Gerbert als Theophanu im Visier hatte. »Die Malerschule in Tours hat anscheinend Anfänger mit der Aufgabe betraut, diese Urkunde zu fertigen.«

»Aber nein, ehrwürdiger Kaiser«, widersprach Gerbert.

Er fuhr sich unruhig durch sein dünnes Bärtchen, das er dabei zerzauste. Aber ohnehin machte er mit seinen lockig abstehenden Haaren und seinem schief und nachlässig übergeworfenen Umhang keinen allzu würdigen Eindruck. Hätte Theophanu es nicht besser gewusst, hätte sie nie gedacht, einen der gelehrtesten Männer des Abendlandes vor sich zu haben. So genial er in Geistesdingen war, so sehr ging ihm anscheinend das Interesse für so profane Dinge wie die äußere Erscheinung ab.

»Ja, wart Ihr es am Ende selber, der die Hälfte vergessen hat?«, fragte Otto.

»Aber nicht doch, keiner hat etwas vergessen. Aber wir dachten, Ihr meintet Peschiera anstatt Piscaria, und Peschiera ist doch im Besitz des Stiftes und kann folglich nicht verschenkt werden.«

»Eure logischen Schlussfolgerungen in allen Ehren, aber ich, der Kaiser, verschenke, was ich will, und wenn Ihr nicht aufpasst, ganz Tours!«

Gerbert schien in sich zusammenzusinken. Adelheid griff ein: »Lass gut sein, Otto, Hauptsache, der Fehler wird berichtigt.«

»Wann ist dieser Schreiberling denn endlich fertig?«, brummte Otto in Richtung des Mönches, der gerade eine Feder in die frisch angerührte Tinte getaucht hatte. Seine Hand zitterte, als er auf dem Stück Pergament ansetzte, das er zur Probe neben die Urkunde gelegt hatte. Schon bei den ersten Lettern war klar, dass er nicht denselben Goldton getroffen hatte. Ängstlich sah er zu Otto auf. »Ich habe alles genauso gemacht, eine Gold-Silber-Legierung unter Beimischung von Honig.«

Um Hilfe heischend blickte er Gerbert an. Der sah sich zu einer Antwort genötigt. »Es mag am Untergrund liegen, dass die Farbe anders schimmert. Das Gold wird auf dem mit hellroter Mennige und Krapplack gefärbten Pergament ganz anders wirken.«

Otto schien noch nicht ganz überzeugt, überlegte es sich dann aber. Er deutete auf die Stelle der Urkunde, die vorhin seine Gattin bezeichnet hatte. »Na gut. Hierhin, genau hier, verstanden?«

Der Schreiber tauchte die Feder erneut in die Tinte und setzte dann vorsichtig auf dem purpurnen Untergrund an, bemüht, seine Hand ruhig zu halten. Doch kaum hatte er die ersten Buchstaben geschrieben, wurde die Bescherung auch schon deutlich. Die Tinte unterschied sich immer noch vom Original. Der Kaiser lief rot an, während seine Frau ihn am Arm fasste. »Die Urkunde ist trotzdem die schönste, die wir jemals besaßen.«

»Die ihr besaßt?«

Theophanu glaubte nicht richtig zu hören. »Sie gehört mir!« Sie schrie es fast. »Und ich will vorher in Kenntnis gesetzt werden, wenn irgend etwas damit geschehen soll.«

»Sei still, keiner will dir was wegnehmen«, erklärte Adelheid und sah Theophanu direkt in die Augen. »Und hör auf, dich aufzuspielen, schließlich bist du noch ein Kind.«

›Ein Kind.‹ Es waren dieselben Worte wie in der letzten Nacht, doch klangen sie jetzt wie Hohn und Spott in Theophanus Ohren. Sie wurde schamrot.

»Ich sehe, du hast mich verstanden.«

Adelheid lächelte kalt.

Theophanus Blick glitt über das mächtige Portal von St. Vitalis. Sie hatte es kaum abwarten können hierherzukommen, seitdem sie wusste, dass sie in Ravenna haltmachen würden. Diese Kirche war für sie eine letzte Erinnerung an die Heimat, bevor sie endgültig nach Norden aufbrachen. Kein Geringerer als der damalige Kaiser von Konstantinopel hatte sie vor mehreren hundert Jahren errichten lassen.

Theophanu ließ die beiden Wachen, die sie begleiteten, noch die schwere Türe öffnen, bevor sie ihnen befahl, draußen auf sie zu warten. Sie wollte ungestört sein.

Doch an Andacht war gar nicht zu denken. Im Inneren kamen ihr Träger entgegen, die eine große Marmorplatte hinausschleppten. Ihnen folgten Männer mit goldenen Kerzenhaltern und ein weiterer mit einem aus Silber getriebenen Weihwassergefäß mit Aspergill, um die Gläubigen zu besprengen. Theophanu glaubte im ersten Moment, Zeugin eines gemeinen und besonders verabscheuungswürdigen Raubs zu werden, als sie weiter vorne einen Priester im Gespräch mit Bischof Dietrich sah. Keiner von beiden störte sich an dem Abtransport der Kostbarkeiten. Die Schätze wurden, wie so viele andere auch, darunter ganze Säulen und Brunnen, aus Italien in den Norden gebracht.

Theophanus Blick fiel auf das die Apsis beherrschende Mosaik: Theodora, die große Kaiserin, über und über mit Perlen geschmückt, blickte auf sie herab. Und direkt unter ihr streckte Bischof Dietrich die Hand nach einer mit Perlen verzierten Schale aus. Doch kaum hatte er sie ergriffen, war Theophanu auch schon bei ihm und riss sie ihm aus der Hand. Verwundert blickte der mittelgroße, schmale Mann sie an, fast so, als nähme er sie zum ersten Mal richtig wahr. Wahrscheinlich war es wirklich so. Zwar gehörte er zu der Delegation, die sie in Benevent empfangen hatte, doch lag sein Hauptaugenmerk von Anfang an auf ihrer Mitgift. Einen nicht unerheblichen Anteil hatte er auch schon für sein Kloster in Metz gesichert, doch war es anscheinend immer noch nicht genug. »Die Schale bleibt hier«, beschied ihm Theophanu knapp, während sie sie vorsichtig zurückstellte.

Dietrichs Augen wurden für einen Moment schmal, doch dann hatte er sich wieder unter Kontrolle. »Natürlich, ehrwürdige Kaiserin, ganz, wie Ihr befehlt.«

Theophanu spürte, dass sie sich einen Feind gemacht hatte, aber es war ihr egal. Hauptsache, er verließ, samt dem Priester, endlich die Kirche. Als sie allein war, wandte Theophanu sich wieder dem Mosaik zu, das Theodora mit ihrem Gefolge zeigte. Die Kaiserin stand in der Mitte, groß und prächtig, mit ihrem Diadem, an dem die Perlenstränge befestigt waren. Das matte Weiß der langen, vor den Ohren herabhängenden Pendilien schimmerte hell auf ihrer dunklen Gestalt. Theodora hatte Perlen geliebt, von denen jede einzelne in einer schlichten Muschel zu einem Edelstein für die Menschen heranreifte, was an die Menschwerdung Jesu in Marias Leib erinnerte.

Theodoras Blick war direkt auf Theophanu gerichtet, ihre großen Augen blickten klar, aber auch streng auf sie herab. Sie waren beide Kaiserinnen, doch konnten sie unterschiedlicher nicht sein. Theodora war die Tochter eines Bärenbändigers und hatte als Schauspielerin und Hetäre gearbeitet, und doch wollte Kaiser Justinian genau sie als Frau. Die Kaiserin dankte es ihm, indem sie ihn bei dem großen Nikaaufstand von der Flucht abhielt und ihm somit die Krone rettete.

Theophanu seufzte. Alles, was sie bisher vollbracht hatte, war, eine Perlenschale vor Dietrichs Gier zu bewahren. Sie senkte ihren Kopf, und ihr Blick fiel in das goldene Gefäß, in dem sie sich spiegelte. Ein sanftes Gesicht mit weichen Zügen, die Wangen noch ein wenig rundlich. Was für ein Gegensatz zu der ausdrucksstarken Miene Theodoras! Theophanu blickte

Theodora noch einmal in die Augen, und plötzlich wusste sie, was zu tun war.

Theophanu stieß die nur angelehnte Tür auf und trat ein, sich sehr aufrecht haltend. Die sorgfältig gekämmten Haare fielen ihr offen bis auf die Schultern und bildeten mit der Perlenkette den einzigen Schmuck, den Theophanu trug. Die Perlen waren ausgesuchte Einzelstücke, eine jede ein wenig anders als die nächste schimmernd.

Sie fand Otto auf dem Bett ausgestreckt. Erleichtert stellte sie fest, dass er noch nicht schlief, denn bei ihrem Eintreten schlug er die Augen auf. »Theophanu! War das ein Tag!«

Er gähnte. »Die ganze Zeit haben wir Gericht gehalten.«

Theophanu setzte sich zu Otto auf das Bett. »Es tut mir Leid. Ich hätte an deiner Seite sein sollen.«

Otto schüttelte den Kopf. »Ach was, geh du lieber spazieren. Ich musste hauptsächlich Nichtigkeiten schlichten, lauter Unfug. Ich weiß gar nicht, was dieses streitlustige Volk macht, wenn der Kaiser gerade nicht in Italien weilt.«

»Sei doch froh, dass sie so viel Wert auf dein Urteil geben.«

»Das sagt Vater auch immer. Wahrscheinlich bin ich einfach zu ungeduldig.«

Theophanu berührte sanft Ottos Nacken und begann ihn zu massieren. Sie streifte das Hemd über seine Schultern und fuhr mit den Fingerspitzen seinen Rücken entlang. Otto brummte wohlig, ihre Berührungen schienen ihm zu gefallen. Doch als Theophanu ihm lächelnd ins Gesicht blickte, sah sie, dass er fast eingeschlafen war. Das hatte sie nun ganz und gar nicht beabsichtigt. Schnell drückte und knetete sie ein wenig fester, bis er seine Augen öffnete. »Sag mal, Theophanu, warum hast du eigentlich diese Kette an? Und dein Haar glänzt so. Wofür hast du dich so fein gemacht?«

Theophanu lächelte ihn an. »Für meinen Mann.«

Otto streichelte ihr über ihre Wange. »Wie schön das klingt, wenn du mich so nennst. Und dabei habe ich dich so grob behandelt.«

»Aber nein, das habe ich doch schon längst vergessen.«

»Nein, still, das war wirklich nicht richtig. Eigentlich müsste ich zur Strafe woanders schlafen. Damit du siehst, dass ich kein Barbar bin.«

Otto setzte sich, seinen Oberkörper halb entblößt, auf und schickte sich an, das Bett zu verlassen.

»Nein, warte!«

Theophanu drängte sich an ihn, legte ihre Arme um seinen Nacken und küsste ihn auf den Mund. Otto war verblüfft, doch als ihr Kuss leidenschaftlicher wurde und sie sich immer enger an ihn schmiegte, verstand er. Otto küsste sie nun ebenso innig, seine Lippen glitten über ihren Hals bis zum Ansatz ihrer Brüste. Er hielt inne und nahm ihr Gesicht in beide Hände. »Willst du das wirklich?«

Theophanu nickte. »Ich will nichts mehr, als deine Frau zu werden.«

Ihre Lippen trafen sich erneut.

Später, als die Nacht schon weit fortgeschritten war, lag Theophanu noch immer wach im Bett. Sie hatte sich nicht angezogen, sondern nur die Decke über ihren Körper gebreitet. Neben ihr, seinen Kopf in ihre Armbeuge gebettet, ruhte Otto. Sie strich ihm über die Stirn, war aber selber noch viel zu aufgeregt, um schlafen zu können. Immer wieder fragte sie sich, ob sie alles richtig gemacht hatte. Aber Otto schien zufrieden zu sein. Zumindest hatte er sich nichts anmerken lassen. Sie selber wusste allerdings immer noch nicht, was am Beischlaf so Besonderes sein sollte. Aber das war auch nicht wichtig. Was zählte, war einzig und allein, dass sie zur Frau geworden war.

Theophanu duckte sich auf ihrem Sattel und hob den Kopf nur so weit, wie es gerade nötig war, um das vor ihr trottende Pferd und damit den Weg zu erkennen. Der kalte Wind peitschte ihr Schnee und Hagel ins Gesicht. Ein letztes Mal zog sie den Schleier enger. Ihre mit Stoff umwickelten Finger waren so kalt gefroren, dass sie kaum noch Gefühl in ihnen hatte. Aber trotzdem würde sie es tun. Sie hatte es sich fest vorgenommen.

Bisher war Theophanu nur dadurch aufgefallen, dass sie den ganzen Tross aufhielt, da sie keine große Übung im Reiten hatte. Doch jetzt, als sie kurz vor Frankfurt waren, wo sie das Weihnachtsfest in der zweigeschossigen Pfalz feiern würden, wollte sie zeigen, was in ihr steckte. Das Volk zumindest sollte von seiner neuen Kaiserin nicht enttäuscht sein.

Sie näherten sich der Furt, die das Überqueren des Mains auch jetzt noch, mitten im Winter ermöglichte. Der Fluss begann zwar am Ufer schon zuzufrieren, doch war er an dieser Stelle so seicht, dass man nicht tief einbrach. Theophanu schaffte es, ihr Pferd ins Wasser zu lenken. Am anderen Ufer konnte sie schon die Menschen sehen. Die Bewohner Frankfurts und der Umgebung hatten es sich trotz des Wetters nicht nehmen lassen, den Kaiser zu begrüßen. Die Menge brach bereits in Hochrufe aus, da Theophanus Schwiegervater mit seiner Leibgarde vorneweg ritt. Otto folgte in einigem Abstand, dann kam Adelheid und schließlich Theophanu.

Schon hörte Theophanu die Hochrufe auf ihren Mann, die in Lobpreisungen der älteren Kaiserin übergingen. Theophanu wusste, dass das Volk Adelheid sehr schätzte. Sie nahm sich zusammen. Auf keinen Fall durfte sie im letzten Moment den Mut verlieren. Theophanu hob den Kopf. Ungehindert peitschten ihr der Wind und die Nässe ins Gesicht, aber sie richtete den Blick starr auf die wartende Menge. Dann setzte sie sich so hoch auf, wie sie konnte, und öffnete den an der Schulter gefibelten Mantel. Sie ließ ihn herabgleiten, sodass der dunkle Stoff den Blick auf das farbenprächtig bestickte Seidenkleid freigab. Sie hatte ein purpurfarbenes Oberkleid ausgewählt, das so kurz war, dass ein jeder auch noch die darunter hervorblitzende lange Tunika sehen konnte, die ein breiter goldfarbener Brokatbesatz als Saum zierte. Theophanu spürte förmlich, wie alle sie anstarrten, doch der Jubel brandete erst auf, als sie auch den Schleier gelöst hatte und die Perlenohrringe und ihr bunter Emailleschmuck trotz des Schneetreibens um die Wette blitzten. Theophanu befreite ihre Hände von den Stoffbahnen, die sie umwickelten, und hob die rechte Hand zum Gruß. Die weiten Ärmel ihres Gewandes, die man hierzulande nicht kannte, rutschten nach unten und gaben den Blick auf ihren prächtigen goldenen Armreif frei.

Theophanu lächelte, und die Hochrufe wurden noch lauter. Sie hatte richtig gehandelt. Das war es wert, ihren Körper schutzlos der Kälte auszuliefern. In einem einzigen Triumph ritt Theophanu in Frankfurt ein. Schnell sprach sich herum, dass dort eine Frau schön wie die strahlende Sonne erschienen war. Ein jeder ließ die alte Kaiserin ungeduldig vorbeiziehen, um einen Blick auf die junge zu erhaschen und sie lobpreisen zu können.

Als sie an der auf einer Ost-West-Achse erbauten Pfalz ankamen, die Vorhallen sowie einen Verbindungsgang zur Kirche besaß, musste Theophanu von zwei Männern vom Pferd gehoben werden, da sie keinerlei Gefühl mehr in ihren Gliedern hatte und fast auf dem Sattel festgefroren war. Schnell trug man sie ins Innere, hüllte sie in warme Decken und flößte ihr Tee ein. Holz wurde auf dem Feuer nachgelegt, und Otto rieb ihre Finger mit den seinen und barg schließlich ihr Gesicht an seiner Brust. Alles um sie herum schien emsig in Bewegung zu sein, um ihr die Wärme zurückzugeben. Nur eine stand starr und unbeweglich in der Mitte. Adelheid tat keinen Handschlag, um ihrer Schwiegertochter in irgendeiner Weise zu helfen.

Theophanu stieg die Stufen in der Quedlinburger Pfalz hinan. Als sie merkte, dass ihr Atem immer schwerer ging, hielt sie kurz an und lehnte sich mit dem Rücken an die Wand. Jannis, der, mit einer schweren Kiste beladen, hinter ihr ging, sah sie besorgt an. »Gib mir die beiden Bücher. Leg sie einfach hier oben drauf.«

Aber Theophanu schüttelte den Kopf. Sie presste die prächtig eingebundene Bibel und das kleine Gebetbüchlein an die Brust. Sie durfte nicht aufgeben. Den ganzen Winter hatte sie sich von Pfalz zu Pfalz geschleppt und anstatt dass eine Besserung ihres Zustandes eintrat, wurde es immer schlimmer. Seit sie Frankfurt verlassen hatte, schüttelte sie das Fieber fast jede Nacht. Am Morgen zwang sie nur ihr eiserner Wille aus dem Bett. Tagsüber bemühte sie sich so gut sie konnte, ihre Pflicht zu tun. Einzig Jannis wusste, wie es wirklich um sie stand. Wenn es nach ihm ging, hätte sie längst den Umritt im Reich beenden sollen. Er sah keine Notwendigkeit, die Ortschaften aufzusuchen, die hier allgemein Städte genannt wurden, aber meist nur aus Holzhütten und, mit etwas Glück, einer steinernen Pfalz mit einer Kirche bestanden. Ansonsten gab es nur Wald, und zu allem Überfluss war das Land nun schon seit Monaten von Schnee bedeckt. Aber Theophanu schonte sich nicht. »Ich schaffe das schon. Lass mich nur kurz Luft schnappen.«

Theophanu atmete tief durch und stieg dann die letzten Stufen hoch, bevor sie in die Bibliothek trat.

»Theophanu! Schaut! Wir haben bereits Platz gemacht!«

Eine Nonne, die Mitte dreißig sein mochte, deutete auf die leeren Regale vor ihr.

»Das war ja nicht schwer«, ließ Hadwig sich vernehmen. Sie musterte ihre Schwester Gerberga, die Äbtissin vom Stift Gandersheim. »So wenig Bücher, wie diese Kammer beherbergt, dürfte sie sich streng genommen gar nicht Bibliothek nennen.«

Jannis musterte die Frau, die sich als junges Mädchen seinen Versuchen, sie zu malen, durch Fratzenschneiden widersetzt hatte und letztendlich nicht nach Konstantinopel verheiratet worden war. »Ihr habt Euch nicht allzu sehr verändert.«

»Danke, falls das ein Kompliment sein sollte«, gab Hadwig zurück.

Gerberga half Jannis, die Kiste nahe bei den Regalen abzustellen. Hadwig kam hinzu und öffnete den Deckel. Vorsichtig nahm sie eins der oberen Bücher heraus. »Boethius!«

Sie nahm das nächste. »Isidor von Sevilla! Theophanu, Ihr hättet uns kein schöneres Geschenk machen können.«

Gerberga griff nach dem Buch, aber Hadwig zog es ihr weg. »Nein, meine Liebe, du hast das nicht verdient!«

Gerberga stemmte ihre Hände in die Hüften. »Was soll das denn heißen?«

»Deinetwegen ist die ›Gesta Ottonis‹ so langweilig wie die Messe eines Dorfpfarrers geworden.«

Theophanu hatte stumm dem Streit der beiden Schwestern gelauscht. Jetzt ging sie kurzentschlossen dazwischen. »Könntet ihr mir sagen, um welche Geschichte Ottos es eigentlich geht?«

Doch damit goss sie erst recht Öl ins Feuer.

»Siehst du«, ereiferte sich Hadwig, »sie kennt es noch nicht einmal! Kein Mensch weiß davon, dass Roswitha von Gandersheim des Kaisers Lebensgeschichte verfasst hat. Und warum? Weil du ihr unbedingt reinreden musstest.«

»Roswitha schildert manches zu drastisch, zu verderbt.«

»Aber das ist es, was die Leute lesen wollen. Nur weil du bei jeder Anspielung auf die Liebe rot wie der schönste Purpurumhang wirst …«

Theophanu blickte ratlos von einer zur anderen, als plötzlich ein Mann in der Tür erschien. Er war groß, mit dunklem Haar und einem markant geschnittenen Gesicht. Ernst blickte er die beiden Frauen an. »Schämt ihr euch nicht? Man hört euer Keifen bis in den Hof.«

Gerberga lief erfreut auf den Mann zu. »Heinrich! Schön, dass du da bist.«

Hadwig zeigte sich etwas reservierter. »Freundlich wie immer. Ich hoffe, du weißt, wem du dich gerade von deiner besten Seite zeigst.«

Sie lächelte Theophanu kurz an. »Oder ist dir die Kaiserin etwa noch nicht vorgestellt worden?«

Heinrich wandte sich jetzt Theophanu zu, sodass er ihr voll ins Gesicht sehen konnte. Für einen Moment schwieg er. Umso mehr las Theophanu in seinen warmen, braunen Augen, bevor Heinrich sie anlächelte. »Ihr seid Theophanu? Ich hätte es gleich wissen müssen, auf so eine unvergleichliche Art ist nur eine schön.«

»Spar dir deine Worte, Bruder. Die liebe Theophanu ist aus ihrer Heimat bestimmt einfallsreichere Lobpreisungen gewohnt«, unterbrach ihn seine Schwester, während sie Jannis half, der gerade eine weitere Truhe hereinbrachte.

Hadwig wandte sich dem ganz mit Gold beschlagenen Behältnis interessiert zu, während Heinrich sich Theophanu vorstellte. »Ich bin Heinrich, Herzog von Bayern. Mein Vater war der Bruder unseres alten Kaisers.«

Die darauf folgende Verbeugung wurde von einem Aufschrei seiner Schwester gestört. »Das sind ja gar keine Bücher! Mein Gott, das ist unbeschreiblich!«

Hadwig hatte die purpurne Heiratsurkunde aus der Truhe genommen und entrollte sie, sodass jeder die Pracht der Ornamente und der goldenen Lettern bewundern konnte. Theophanu sprang schnell an ihre Seite. »Bitte, seid vorsichtig! Das ist mein Hochzeitsgeschenk.«

Jetzt trat auch Heinrich ganz nahe heran. »Ich habe von der Schönheit dieser Urkunde gehört, doch ich dachte, es wäre übertrieben.«

Er strich über das Pergament. »Aber es ist ein Wunder.«

Er las bedächtig einige der Worte. »Sanctissime et dilectissime Theophanu, der hochheiligen und sehr geliebten Theophanu.«

Er blickte Theophanu direkt ins Gesicht. »Ein Mann muss eine Frau sehr lieben, um ihr solch ein Geschenk zu machen.«

Theophanu blickte zu Boden, denn die Röte stieg ihr ins Gesicht. Otto liebte sie bestimmt. Sie musste an ihr erstes Zusammentreffen denken, als er sie für eine kleine Dienerin hielt, und ihr wurde ganz warm. Was machte es schon, dass ihnen jetzt diese Unbeschwertheit fehlte? Sie waren Mann und Frau, das allein zählte. Sie blickte wieder auf. »Ich habe mich entschlossen, meine Urkunde hier aufzubewahren. Es ist zu gefährlich, sie ständig mitzuführen. Nicht auszudenken, wenn sie beschädigt würde.«

Hadwig sah sie an. »Hier? Aber das ist kein angemessener Ort.«

Gerberga mischte sich ein. »Hast du eine bessere Idee?«

Schon brauste Hadwig wieder auf. »Nein, aber dir wird bestimmt was Passendes einfallen, wo du doch immer so schlau bist.«

Theophanu mischte sich schnell ein. »Ich habe eine Idee. Hadwig hat vollkommen Recht, hier passt sie nicht hin. Aber bei Gerberga ist sie bestimmt gut aufgehoben. Würdet Ihr sie mit in Euer Stift in Gandersheim nehmen?«

»Nach Gandersheim? Nichts lieber als das. Ihr werdet sehen, sie bekommt den besten Platz, sicher und geborgen wie in Marias Schoß.«

»Daran habe ich keinen Zweifel«, erklärte Theophanu. »Und noch etwas. Lasst mir mehrere Abschriften der ›Gesta Ottonis‹ zukommen. Wir werden sie in alle großen Bibliotheken stellen, um ihr die nötige Aufmerksamkeit zukommen zu lassen.«

Die beiden Schwestern strahlten sie an.

»Meine Hochachtung!«, ließ sich Heinrich vernehmen. »Diese beiden zu bändigen ist eine wahre Kunst. Ich verbeuge mich vor meiner Kaiserin.«

Heinrich neigte lächelnd den Kopf, und Theophanu errötete erneut.

Willigis saß mit Jannis und Theophanu an dem schweren Eichentisch und ging mit ihnen die Gästeliste für den bevorstehenden Hoftag durch. »Beide, der Markgraf Hodo und König Mieszko, haben eine ausdrückliche Anordnung, hier auf dem Osterfest zu erscheinen«, erklärte Willigis.

Theophanu brummte der Kopf. Doch je mehr sie sich anstrengte, die vielen fremden Namen aus allen Teilen des Reiches und weit darüber hinaus zu behalten, desto mehr fühlte sie ihre Schwäche, begleitet von einem ständigen Klopfen hinter ihrer Stirn. Trotzdem nickte sie zum Zeichen, dass Willigis fortfahren konnte. »Die beiden sind sich spinnefeind. Am besten wir setzen sie an verschiedene Tafeln.«

»Was ist geschehen?«, erkundigte sich Theophanu.

»Hodo hat Polen überfallen und König Mieszko dafür im Gegenzug fast alle seine Männer hingemetzelt. Der Kaiser hat ihnen bei seiner Huld befohlen, solange Frieden zu halten, bis er den Streit persönlich schlichten kann.«

Theophanu nickte. Das Sprechen war ihr bereits zu anstrengend. Jannis, der neben ihr saß, sah sie besorgt an. Aber Willigis fuhr schon fort. »Und dann haben wir da noch einen nicht ganz einfachen Gast. Herzog Hermann Billung hat den Kaiser im letzten Jahr auf ganz eigene Weise gemahnt, dass er endlich aus Italien zurückkommen möge. Hermann hat sich einfach selber als König empfangen lassen, saß auf Ottos Platz und schlief sogar in seinem Bett.«

Jannis sah Willigis scharf an. »Gibt es auch weniger streitlustige Gäste? Die Kaiserin kann nicht den ganzen Tag mit dieser Liste vertrödeln!«

Theophanu war Jannis dankbar für sein Einschreiten, denn sie hatte den sehnlichen Wunsch, sich ein wenig hinzulegen. Doch als Willigis die nächsten Namen ohne weitere Kommentare vorlas, war sie selbst es, die nachfragte. »Halt, wartet! Ihr erwähntet gerade Heinrich von Bayern. Erzählt mir ein bisschen mehr über ihn.«

»Nun, er ist der Sohn von Ottos Bruder Heinrich und mit eben solchem Temperament ausgestattet.«

»Auch seine Schwestern scheinen recht lebhaft zu sein.«

»Das haben wir der Königinmutter zu verdanken. Sie hat schon Heinrichs Vater, ihrem Lieblingssohn, in den Kopf gesetzt, er sei der rechtmäßige Thronfolger. Und der hat das wie ein Erbe an seinen Sohn weitergegeben. Darüber hinaus ist Heinrich durch seine gewinnende Art in der Lage, die Menschen für seine Ziele einzusetzen.«

Theophanu erschrak. »Heißt das, von Herzog Heinrich droht Gefahr für den Thron?«

Willigis schüttelte den Kopf. »Eure Schwiegermutter, eine überaus kluge Frau, hat ihn mit ihrer Nichte Gisela verheiratet, der Tochter ihres Bruders Konrad. Heinrich ist Adelheid seitdem treu ergeben.«

Obwohl Willigis' Antwort sie eigentlich hätte beruhigen müssen, gefiel Theophanu das eben Gehörte ganz und gar nicht. Sie fragte sich, warum ein Mann wie Heinrich sich ausgerechnet von Adelheid zähmen ließ. Theophanu fröstelte und wurde von einem Hustenanfall geschüttelt, der ihren ohnehin geschwächten Körper zu Boden sinken ließ. Sie spürte noch, wie Jannis sie vorsichtig hochhob, doch dann war alles um sie schwarz.

Adelheid und ihr Mann schritten über den Hof der Pfalz. Otto blickte zum Himmel hinauf. Nachdem zwei Tage kein Schnee mehr gefallen war und es milder zu werden schien, sah es nun doch noch einmal nach einer Rückkehr der unerbittlichen Kälte aus. Er fröstelte. »Wir werden seitlich noch zwei Feuer machen. Der Empfang wird lange dauern. Alle Geladenen haben sich angekündigt.«

Adelheid strahlte. »Das ist ein gutes Zeichen. Die lange Abwesenheit aus Deutschland konnte deinem Ansehen nichts anhaben.«

Otto blieb an dem einen Ende des ausgedehnten Platzes stehen. »Hier werden wir sie begrüßen. Du stehst zu meiner Linken.«

Er deutete neben sich. »Und Otto zu meiner Rechten, neben sich Theophanu.«

Adelheid schüttelte den Kopf. »Nein, nicht Theophanu. Mathilde wird an seiner Seite sein.«

»Seine Schwester? Was soll das? Man will die neue Kaiserin sehen.«

»Die ist im Moment kein schöner Anblick. Sie ist kaum noch in der Lage, ihr Lager zu verlassen. Ihr Auswurf ist mit Blut vermischt.«

Adelheid betrachtete zufrieden, wie sich Ottos Miene verzog. »Außerdem wird sie es nicht überstehen, so lange draußen zu sein. Sie ist eine Griechin und nichts gewohnt.«

»Sprich nicht so! Sie hat bisher all ihre Aufgaben erfüllt.«

»Die Leute wollen dich sehen. Jeder weiß, wer das Reich regiert.«

»Genau das muss sich ändern. Ich habe zu lange die Zügel nicht aus der Hand gegeben. Aber jetzt ist die Zeit gekommen, das spüre ich.«

Otto verschränkte die Arme vor der Brust, um sich zu wärmen. »Vielleicht liegt es auch nur an diesem elend langen Winter.«

Er seufzte. »Auf jeden Fall werde ich Otto als meinen Nachfolger präsentieren. Und das geht nicht mit seiner Schwester an der Seite!«

»Dann bleibt dir nichts anderes übrig, als den Platz neben ihm leer zu lassen. Theophanu wird es nicht lange durchhalten, in der Kälte zu stehen.«

Otto überlegte, dann lächelte er plötzlich. »Wer sagt denn, dass sie das muss? Auch ich habe nicht die geringste Lust dazu.«

Die Kaiserin betrachtete ihren Gatten misstrauisch.

Adelheid zupfte an ihrem Kleid. Der Stoff kratzte auf ihrer Haut. Schuld daran war nur diese unerträgliche Wärme, die in dem großen Saal herrschte. Und es wurde immer schlimmer, je mehr Menschen hineinströmten. Otto hatte darauf bestanden, den Empfang vom Hof nach drinnen zu verlegen, obwohl es der Tradition widersprach. Und er tat auch noch so, als wenn er selbst plötzlich gegen die Kälte empfindlich war, ausgerechnet er, der sein Lebtag nie darüber geklagt hatte. Der wirkliche Grund dafür, dass sie nun alle schwitzen mussten, war einzig und allein dieses verwöhnte Ding, dem von Krankheit nichts mehr anzumerken war. Ganz im Gegenteil, sie strahlte die lange Reihe der Gesandten, die gekommen waren, um der Königsfamilie zu huldigen, über das ganze Gesicht an.

Während bis jetzt einer nach dem anderen gesittet nach vorne getreten war, versuchten sich nun zwei Männer gleichzeitig vor dem Kaiser zu verbeugen, was naturgemäß in eine Drängelei ausartete. »Mieszko! Hodo!«, ließ sich Ottos des Großen dröhnende Stimme vernehmen.

Theophanu horchte auf. Dank der langen Erörterungen von Willigis war sie im Bilde, dass die beiden verfeindet waren. Otto blickte von den mit einem Teppich bedeckten Stufen auf die Männer herab, die mehr schlecht als recht in der schmalen Gasse, die die neugierig zuschauenden Gäste frei ließen, nebeneinander standen. »Es ist Platz für euch beide. Nehmt nur eure breiten Waffengurte ab und ihr werdet sehen, wie gut ihr dann nebeneinander bestehen könnt«, schallten Ottos Worte in die Stille hinein.

Die beiden sahen sich ein wenig zögernd an. Doch kaum griff der eine zum Gurt, um ihn zu lösen, wollte auch der andere nicht nachstehen. Vollkommen unbewaffnet wandten sie sich wieder zum König, der beiden eine Hand hinhielt, vor der sie sich ehrfürchtig nebeneinander verneigten. Vereinzelt wurden Hochrufe auf den weisen Kaiser laut, in die bald alle einfielen.

Noch tief in der Nacht hatte Adelheid keinen Schlaf gefunden. Das Osterfest ging ihr nicht aus dem Sinn. Allerdings war es weniger der Triumph, den Otto nach so vielen Jahren der Abwesenheit hatte feiern können, als der Gedanke an Theophanu, der die alte Kaiserin umtrieb. Sie drehte sich von einer Seite auf die andere. Schließlich wandte sich Otto zu ihr um und stützte seinen Kopf auf. »Adelheid? Warum bleibst du nicht einfach still liegen?«

»Weil ich nicht kann.«

Adelheid setzte sich auf. »Es geht nicht. Ich kann nicht zuschauen, wie sie daherkommt und ihr alles in den Schoß fällt.«

»Aber Adelheid, Theophanu muss sich dem Volk zeigen.«

»Sie muss? Sie genießt es. Und du, du machst es ihr auch noch leicht.«

»Warum auch nicht? Wir sind eine Familie.«

»Ach?« Adelheids Stimme wurde schrill. »Und was waren wir damals, als ich mitten in der Nacht zum Wasserschöpfen musste? Es war auch Ostern, es war auch bitterkalt und ich war schwanger. Aber mit mir hattest du kein Mitleid.«

Adelheid brach in Tränen aus. Sie versteckte ihr Gesicht in ihren Händen.

Otto blickte sie verwirrt an. Er wusste nicht, wovon sie sprach. Es musste viele Jahre her sein. Aber er merkte, dass sie sehr erregt war. Otto setzte sich auf und nahm die weinende Adelheid fest in seine Arme. »Adelheid, mein Liebes! Du brauchst keine Angst zu haben. Nicht vor ihr. Sie ist noch so jung.«

Adelheid wollte sich nicht beruhigen. »Jung und schön. Alle schauen nur sie an.«

»Unsinn! Du bist die erfahrene Kaiserin und ich verspreche dir, dass ich nicht eher diese Welt verlasse, bis ich deine Stellung gesichert habe. Glaube mir, ich kann gar nicht anders.«

Adelheid hob ihr verweintes Gesicht. »Aus Pflicht?«

Otto nahm ihr Gesicht in beide Hände. »Aus Liebe.«

Er kam ihr ganz nahe, und seine Lippen trafen ihre. Das Paar hielt sich eng umschlungen.

In den folgenden Wochen gab es noch viele Gelegenheiten für Theophanu, sich dem Volk zu zeigen. Die Menschen jubelten ihr zu. Es war wärmer geworden, und ihre Krankheit heilte fast vollständig aus, nur ein leichter Husten blieb zurück. Aber Theophanus Gesicht schien gereift, sie wirkte erwachsener und fast noch schöner als zuvor.

Adelheid nahm das sehr wohl wahr, aber sie fühlte sich eher als Beobachterin, als dass es sie traf. Und wenn sie doch einmal ein Stich von Eifersucht durchfuhr, dann blickte sie Otto an oder berührte kurz seinen Arm. Ihr Mann gab ihr Trost und Sicherheit. Und des Nachts pflegte sie ganz nahe bei ihm zu schlafen. Sie gab vor, ihn wärmen zu wollen, da er immer noch oft fror, aber in Wirklichkeit suchte sie bei ihm Geborgenheit.

Sie weilten in Memleben, um Christi Himmelfahrt zu feiern, als Otto eines Morgens kaum wach zu bekommen war. Es wunderte Adelheid, weil er doch sonst einen sehr leichten Schlaf hatte. »Hast du nicht genug Platz gehabt? Habe ich mich zu sehr an dich gedrängt?«

Aber Otto verneinte ihre Fragen verschlafen und machte sich dann fertig, um dem Chorgesang der Nocturn und Matutin beizuwohnen. Nachdem er anschließend wie üblich Almosen an die Armen verteilt hatte, nahmen sie zusammen das Morgenmahl ein. Otto aß wie gewohnt mit gutem Appetit, doch danach war er erneut so müde, dass er sich hinlegte. Erfrischt ging er dann seinem Tagwerk nach, ohne dass etwas Ungewöhnliches geschah.

Erst nach dem Abendessen, während sie in der Kapelle an der Vesper teilnahmen, wurde Ottos Gesicht sehr rot, noch röter, als es sonst war, sodass Adelheid die Hand auf seine Stirn legte und feststellte, dass sein Kopf glühte. »Otto, komm, steh auf, lass uns an die Luft gehen!«, mahnte sie besorgt.

Von seiner Frau gestützt erhob sich Otto, um gleich darauf in ihren Armen bewusstlos zusammenzusinken. Der junge Otto, Theophanu, Willigis und Pater Martin, die am nächsten saßen, waren sofort bei ihnen. Adelheids Sohn half ihr, Otto auf Willigis' Mantel zu betten, den der auf den Boden gelegt hatte. Adelheid beugte sich weinend über ihn. »Otto! Otto, was ist mit dir?«

Ihre Tränen benetzten sein Gesicht, und in dem Moment schlug er die Augen wieder auf. »Adelheid!«

Adelheid umarmte ihn halb weinend und halb lachend, doch er schob sie sanft von sich. »Es ist Zeit für das Sakrament.«

»Das Sakrament?«

Adelheid blickte ihn ungläubig an.

»Ja, die letzte Ölung.«

»Aber warum?«

»Meine Zeit ist abgelaufen. Der Herr ruft mich zu sich.«

»Nein, das kann nicht sein. Du hast mir versprochen …«

»Adelheid, bitte, lass mich gehen.«

Pater Martin trat näher. »Adelheid! Ich muss zu ihm!«

Als Adelheid sich zu dem Pater umwandte und sah, dass er bereits ein Gefäß mit geweihtem Öl vor sich her trug, warf sie sich schützend über Otto. »Nein! Das dürft Ihr nicht!«

»Bitte, Adelheid, es ist der Wille des Kaisers«, versuchte es Martin erneut.

»Und ich bin die Kaiserin. Ich sage nein. Otto braucht keine Salbung. Es ist nicht mehr als eine kurze Schwäche. Gleich schon wird es ihm besser gehen.«

Sie lächelte den Gatten hoffnungsvoll an. Doch Otto hob matt die Hand, um sie ihr auf den Arm zu legen. »Adelheid, ich werde sterben. Aber du bist stark.«

»Nein!« Adelheid schrie es fast. »Ich bin nicht stark! Ich will nicht stark sein! Verlass mich nicht!«

»Bitte, du wirst es auch alleine schaffen.«

»Wie du willst, dann kannst du auch alleine sterben!«

Adelheid erhob sich hastig, bahnte sich den Weg durch die kleine, wie erstarrt wirkende Menge und rannte nach draußen.

Die untergehende Sonne tauchte die Pfalz in ein friedliches Licht. Adelheid sank auf die Knie und raufte sich die Haare, unfähig, wieder in die Kapelle zurückzukehren. Dann nahmen ihr die Glocken, die von dem kleinen Turm her ertönten, die Entscheidung ab. Otto war tot. Er hatte sie verlassen. Für immer.

Kapitel 9

Den jungen Kaiser hielt es nicht mehr auf seinem Stuhl. Er stand auf und ging die Länge der Tafel ab, an der die anderen saßen. »Erst mein Vater und jetzt auch noch Bischof Ulrich! Es wird nicht leicht sein, einen Nachfolger zu finden.«

Willigis nickte bedächtig. »Sein Tod ist ein großes Unglück. Ganz Augsburg trauert. Er hat Eurem Vater immer treu zur Seite gestanden.«

»Und eins der reichsten Bistümer hinterlassen«, ergänzte Heinrich. »Der alte Knabe hat seinen Besitz gut beisammen gehalten. Er soll sogar auf einem Teppich anstatt im Bett geschlafen haben.«

Heinrich betrachtete nachdenklich den harten Steinboden. Otto rang die Hände. »Und jetzt stehe ich da und weiß nicht, wie ich einen Nachfolger bestimmen soll, ohne die anderen zu verärgern. Warum musste er ausgerechnet jetzt von uns gehen?«

»Er war 83 Jahre alt«, erklärte Adelheid ungeduldig. »Und jetzt hör endlich mit der Herumrennerei auf! Wir sind schließlich zusammengekommen, um dir zu helfen.«

Theophanu betrachtete die Runde, die hauptsächlich aus der Verwandtschaft aus Bayern bestand. Außer Heinrich nahmen seine Schwester Hadwig und ihr wesentlich älterer Mann Burchard, der Schwaben regierte, sowie Heinrichs Mutter Judith teil. Außerdem war Gisela, seine Frau, angereist, die eher unscheinbar wirkte, was Theophanu mit eigenartiger Erleichterung bemerkte.

Trotzdem war ihr bei der Übermacht aus dem Süden des Reiches nicht ganz wohl. Mit gemischten Gefühlen vernahm sie jetzt, wie Adelheid sich für Heinrich einsetzte: »Wir können froh sein, dass Heinrich und Burchard da sind. Die beiden können am besten beurteilen, welcher Bischof für Augsburg der beste ist.«

Natürlich kannten sie sich hier in der Gegend besser aus als Otto. In Bayern und Schwaben hielt man große Stücke auf Eigenständigkeit und war froh, dass Sachsen weit weg war. Für Theophanu schien das ein Grund mehr, den beiden auf die Finger zu sehen. Sie nahm allen Mut zusammen und stand auf. »Ich glaube nicht, dass das ein weiser Ratschlag ist.«

Sie versuchte, die erstaunten Blicke, die sich auf sie richteten, nicht wahrzunehmen, sondern wandte sich an ihren Mann. »Gerade weil Heinrich und Burchard im Süden herrschen, dürfen nicht sie dich beraten.«

Adelheid warf ihr einen unfreundlichen Blick zu. »Welch erstaunliche Erkenntnisse aus einem Mund, der immer noch die fremde Herkunft verrät.«

Theophanu presste die Lippen zusammen. Es stimmte. Sie hatte zwar so schnell es ging die verschiedenen Dialekte des Deutschen erlernt, aber natürlich machte sie noch viele Fehler. »Wir können die Unterhaltung auch gerne auf Griechisch fortsetzen«, entgegnete Theophanu, »wenn Ihr Euch an meiner Aussprache stört.«

Sie lächelte Adelheid unschuldig an, die keine Miene verzog. Dafür lachte Heinrich frei heraus. »Egal in welcher Sprache, solch einer redegewandten jungen Frau höre ich immer gerne zu. Ich bin gespannt, was Ihr gegen den lieben Burchard und mich habt.«

»Das würde ich lieber mit meinem Gemahl und seinen Beratern allein besprechen«, erwiderte Theophanu.

Heinrichs Blick wurde recht unfreundlich, als Theophanu fortfuhr: »Nur um Gerüchte einer Bevorzugung gar nicht erst entstehen zu lassen.

»Ihr seid eine vorsichtige Frau.«

Heinrich stand auf und gab seiner Mutter, Gisela und Hadwig sowie Burchard durch eine Bewegung zu verstehen, dass sie es ihm nachtun sollten. Dann wandte er sich noch einmal Theophanu zu. »Und Vorsicht solltet Ihr auch in Zukunft walten lassen.«

Damit ging er schnellen Schrittes nach draußen. Theophanu atmete tief durch. Sie hatte die Drohung verstanden. Ihr Mann ließ sich erleichtert auf seinen Stuhl fallen, als die Tür sich hinter den Bayern schloss. »Ich bin froh, dass sie weg sind. Nicht, dass ich Heinrich nicht mag. Aber manchmal bin ich unsicher, ob er nicht seinem Vater zu sehr ähnelt.«

»Was willst du damit sagen?«, fuhr Adelheid ihn ungehalten an.

»Nicht mehr und nicht weniger, als dass mein Vater sich oft genug gegen den alten Heinrich erwehren musste.«

Adelheid wollte schon etwas erwidern, aber dann schwieg sie, ihr Gesicht wurde weich. »Es war nicht einfach für deinen Onkel. Er war ein großer Mann, genauso wie Otto, und doch konnte nur einer von ihnen König sein.«

Otto zeigte wenig Verständnis. »So ist das nun mal.«

»Du weißt nicht, wie schwer es für einen Mann ist, etwas zu begehren, was er nie erreichen kann«, herrschte Adelheid ihn an.

Otto wollte schon antworten, als er merkte, dass Adelheid ganz in ihre Erinnerungen versunken war. Doch dann richtete sie sich auf. »Aber was auch immer vorgefallen ist, Heinrich ist dein Vetter und als Herzog von Bayern einer der mächtigsten Männer des Reiches. Und so einen schickt man nicht einfach vor die Tür.«

Theophanu bemühte sich ruhig zu bleiben. »Aber der Kaiser kann sich nicht das Zepter aus der Hand nehmen lassen.«

»Dann sollte er es auch nicht einer Frau überlassen.«

Otto stellte sich jetzt hinter Theophanus Stuhl. »Sie ist nicht irgendeine Frau. Sie ist Teilhaberin an meinem Reich.«

Theophanu wurde es ganz warm bei Ottos Worten. Dankbar sah sie ihn an. »Ich finde, unsere Entscheidung sollte auf möglichst vielen Schultern ruhen, umso weniger können sich hinterher beklagen.«

Adelheid lehnte sich zurück. »War es dann schlau, die anderen rauszuschicken?«

»Ich rede nicht von den Bayern und nicht von den Schwaben. Die Augsburger selber sollen den Nachfolger des Bischofs wählen, den Otto dann einsetzen wird.«

Otto schlug auf den Tisch. »Das ist es! Wir lassen sie selbst entscheiden.«

Auch Willigis, der sich aus dem Streit herausgehalten hatte, nickte bedächtig. »Sie waren dem alten Kaiser so viele Jahre treu ergeben, dass wir großes Vertrauen in sie setzen können.«

Alle sahen jetzt Adelheid an. Die ließ sich Zeit, bevor sie antwortete. »Was soll ich sagen, wenn alle sich einig sind? Ich bin doch nur eine alte Frau, die froh ist, wenn die Familie zusammenhält.«

Sie lächelte bei dem Gedanken, dass die anderen bestimmt nicht ahnten, wen sie mit »Familie« meinte. Aber ihr war eben noch einmal ganz klar geworden, zu wem sie gehörte.

Adelheid ging über den Hof. Sie sah sich kurz um, aber dann wiesen ihr auch schon laute Stimmen den Weg.

»Du hättest nicht so schnell aufgeben dürfen«, warf Hadwig ihrem Bruder vor. »Wenn du wenigstens abgewartet hättest, was Otto sagt.«

Hadwig winkte zwei Mägde, die eine schwere Kiste trugen, in Richtung der Packpferde, die gerade von den Stallburschen fertig gemacht wurden.

»Otto steht ganz unter ihrer Fuchtel, hast du das nicht gesehen?«, konterte ihr Bruder, der auf einem Heuhaufen saß und sich ein paar feste Stiefel anzog, um für die bevorstehende Abreise gerüstet zu sein.

»Dann hättest du mit ihr verhandeln müssen. Aber dein Stolz, oder wie immer man das Gefühl nennen mag, mit dem Männer sich oft selbst ein Bein stellen, lässt es nicht zu. Und nur, weil sie eine Frau ist.«

»Wenn es nach meinem Stolz geht, müsste ich dir jetzt den Mund verbieten. Und weißt du was?«

Er zog an dem zweiten Stiefel und sprang dann auf. »Ich hätte nicht übel Lust dazu.«

Die beiden Geschwister standen sich unversöhnlich gegenüber.

»Ich will mich nicht einmischen, aber ich fürchte, Hadwig hat Recht.«

Heinrich fuhr herum, als er die Stimme hinter sich hörte. Er verbeugte sich vor der alten Kaiserin. »Adelheid!«

Adelheid lächelte ihm zu, bevor sie sich an Hadwig wandte. »Er hätte wirklich nicht so schnell das Feld räumen dürfen.«

Hadwig blickte verlegen zu Boden. »Es tut mir Leid, dass Ihr unseren unwürdigen Disput mit angehört habt.«

Sie blickte kurz zu Heinrich und schon flammte ihre Streitlust erneut auf. »Aber er könnte doch einmal auf mich hören. Schließlich bin ich die Ältere.«

Adelheid schüttelte belustigt den Kopf. Sie musste daran denken, dass Hadwigs Vater, ihr über alles geliebter Heinrich, sie nach Adelheids Vorbild geformt hatte, zu einer leidenschaftlichen Frau, die sich nicht aufhalten ließ.

Hadwig entschuldigte sich bei ihr, als sie sah, dass die beiden Mägde die Truhe, statt sie ordentlich zu verladen, fallen gelassen hatten, sodass sich der Inhalt, der aus Kleidern, Schuhen und Schmuck bestand, im Staub verteilte. Sofort begann sie mit den verschüchterten Mägden zu zanken. Heinrich sah ihr nach. »Ich glaube, sie ist enttäuscht. Sie hat immer gedacht, ich gerate mehr nach meinem Vater.«

»Ihr seid wie Euer Vater«, entgegnete Adelheid. »Sagt mir, wen habt Ihr als Ulrichs Nachfolger im Sinn?«

»Meinen Vetter, Heinrich von Geisingen.«

»Den Sohn deiner Tante?«

Sie runzelte die Stirn. Judiths Schwester hatte weit unter ihrem Stand geheiratet und von dem Spross aus dieser Verbindung hatte Adelheid noch nicht viel Gutes gehört. Heinrich musste ihre Gedanken erraten haben. »Er ist vielleicht noch nicht ganz so reif, aber er wird mit der Zeit in seine Aufgabe hineinwachsen.«

»Bestimmt. Ich vertraue Euch.«

Heinrich zögerte. »Ich weiß nur nicht, ob die Augsburger das auch tun werden.«

»Macht Euch keine Sorgen. Sie werden ihn wählen.«

Heinrich war erstaunt. »Wieso seid Ihr so sicher?«

»Weil Ihr persönlich dafür sorgen werdet.«

Adelheid lächelte Heinrich an.

Theophanu ritt neben Jannis, ihr Gefolge weit hinter sich. Sie war froh um jede Wegbiegung, die sie weiter von Augsburg fortbrachte. Zu deutlich standen ihr die Bilder vom gestrigen Tag noch vor Augen.

Der Dom hatte sich gut gefüllt. Alle wollten die Einsetzung des neuen Bischofs miterleben. Auf dem Höhepunkt der Zeremonie reichte Otto Ulrichs Nachfolger den Bischofsstab. Es war derselbe, den auch der alte Bischof als Zeichen seiner Einsetzung überreicht bekommen hatte und doch war er nicht wiederzuerkennen. Auf Wunsch des neuen Amtsinhabers war der einfache Holzstab mit zahlreichen funkelnden Edelsteinen besetzt worden. Anstatt ihn demütig in Empfang zu nehmen, griff Heinrich von Geisingen triumphierend nach dem Zeichen seiner zukünftigen Macht. Theophanu schlug die Augen nieder. Ihr wurde ganz heiß, als sie daran dachte, dass dieser sich jetzt schon als unwürdig erweisende Mann nur durch sie in das Amt gelangt war. Sie hatte vorgeschlagen, den Augsburgern die Wahl zu überlassen und sie hatten sich aus unerfindlichen Gründen auf diesen Mann geeinigt. Theophanu war froh, als sie die Kirche verlassen konnte. Doch auf der anschließenden Feier wurde es nicht besser, ganz im Gegenteil. Beim Festmahl zeigte der neue Bischof keine Mäßigung, sondern sprach auch noch im Übermaß dem Wein zu. Und am Ende musste man ihn daran erinnern, dass er die Armenspeisung nicht vergaß.

Theophanu hatte am heutigen Morgen die erste Gelegenheit genutzt, die sich bot, um den Hof verlassen zu können. Sie sollte die Fortschritte der Tuchmacherei begutachten, die einige Aufträge für den Hof auszuführen hatte. Zwar hätte das genauso gut einer der Knechte erledigen können, aber Theophanu wollte sich ablenken.

Jetzt kam ein großer Holzschuppen in Sicht. Er wirkte heruntergekommen. Theophanus Stimmung wurde noch schlechter. So hatte sie sich die Tuchmacherei nicht vorgestellt. Das Gebäude sah eher aus wie eine windschiefe Kate, nur viel größer. Aber wenigstens wurde sie draußen erwartet und konnte es sich ersparen, die Baracke von innen zu sehen.

»Die Kaiserin persönlich, welche Ehre!«, rief ein großgewachsener Mann aus und verbeugte sich dabei so tief, dass der Stoffballen, den er im Arm hielt, fast im Dreck schleifte.

Theophanu sprang schnell vom Pferd, um das gute Tuch zu retten. Die Berührung des feinen Stoffes besänftigte sie etwas. Hier wurde anscheinend wirklich gute Arbeit geleistet. Sie rollte ein wenig von dem Tuch ab, damit sie die gestickte Bordüre besser betrachten konnte. Doch was für eine Enttäuschung! Das geometrische Muster, das sie genau auf Pergament vorgezeichnet hatte, war nicht ganz getroffen. Anstatt gerade zu verlaufen, war es an den Ecken abgerundet und sah jetzt aus, als wenn es sich nicht ganz zwischen Viereck oder floralem Ornament entscheiden könnte. Theophanu blickte den Mann an und drückte ihm den Stoffballen wieder in den Arm. »Das ist falsch! Wozu meint Ihr, habe ich wohl einen Entwurf angefertigt? Damit Ihr Eurer Phantasie freien Lauf lasst?«

Der Mann war sichtlich eingeschüchtert. »Ich … ich habe es extra unserer besten Stickerin gegeben.«

»Wenn das die Arbeit der Besten ist, so bewahre mich Gott vor den Schlechten.«

Theophanu wusste selber nicht, warum sie die Bordüre so in Rage versetzte, aber sie konnte sich nicht zurückhalten.

»Der Fehler wird beseitigt, und zwar sofort. Das Weibsbild wird was erleben«, drohte der Aufseher.

Dann verschwand er mit dem Stoff nach drinnen. Theophanu sah ihm unzufrieden hinterher. »Sie wird es nur noch mehr verhunzen«, mutmaßte sie gegenüber Jannis.

Theophanu ging unentschlossen ein paar Schritte auf und ab. Dann schaute sie durch eins der Fenster in den Schuppen. Drinnen war es sehr dunkel, da sich so viele Menschen dort drängten. Genauer gesagt waren es ausschließlich Frauen, die an Webrahmen standen, Flachs bearbeiteten oder stickten. Jede schien in vollkommenem Schweigen in ihre Arbeit vertieft. Bei näherem Hinsehen war es allerdings Kraftlosigkeit, die die Frauen zur Ruhe zwang. Die Gesichter waren verhärmt und die Kleidung hing lose um die dünnen Körper. Auch wenn sie wie Greisinnen wirkten, war doch kaum eine älter als Theophanu selbst. Ihr war der Grund schnell einsichtig. Unter diesen Bedingungen konnte niemand lange überleben. Theophanu drehte sich zu Jannis. »Ich muss da hinein.«

Jannis sah sie erstaunt an. Aber als Theophanu durch die Tür schritt, beeilte er sich ihr zu folgen, obwohl ihn der Geruch von Körperausdünstungen, der ihm entgegenschlug, normalerweise an der Schwelle hätte umkehren lassen.

Es war so stickig, dass Theophanu kaum Luft bekam. Sie versuchte zu überschlagen, wie viele Frauen hier wohl in diesem einen Raum arbeiteten, und schätzte, dass es an die zweihundert waren. Sie raffte ihr Kleid eng an sich und bahnte sich den Weg ganz nach hinten, wo sie den Aufseher gestikulieren sah. Als sie näher kam, hörte sie ihn laut schimpfen. »Du hast alles falsch gemacht. Sieh zu, wie du es wieder auftrennst, ohne den ganzen Stoff zu verhunzen!«

Theophanu konnte jetzt die Frau erkennen, mit der er zankte. Es war ein junges Mädchen, ein Kind noch, zart und mit einem hübschen Gesicht. Doch begannen auch seine noch rosigen Wangen schon einzufallen. Die Augen waren stumpf, einzig die Angst vor dem Aufseher ließ sie kurz aufblitzen. »Aber meine Hände, sie sind schon blutig, wie soll ich das Tuch berühren, ohne es zu verschmutzen?«

Hilflos hob es die mit alten Stofflappen umwickelten Finger hoch.

»Das hättest du dir vorher überlegen sollen, anstatt bei der Arbeit vor dich hinzuträumen«, herrschte der Mann sie an.

Theophanu ging dazwischen. »Hört auf! Das Muster bleibt so, wie es ist.«

Ein Strahlen erhellte plötzlich das Gesicht des Mädchens. Es stand auf, um vor Theophanu auf die Knie zu fallen, doch die half ihr wieder auf. »Das musst du nicht. Du hast gute Arbeit geleistet. Das neue Muster gefällt mir, wirklich.«

Als es vor der Kaiserin stand, blickte das Mädchen scheu nach unten. Theophanu war froh darüber, denn so konnte es ihr Erschrecken nicht bemerken, als sie den sich bereits abzeichnenden Buckel bemerkte. Schnell wandte sich Theophanu an den Aufseher. »Wie könnt Ihr die Frauen hier wie Vieh einpferchen? Sie können sich ja noch nicht einmal recken.«

»Es geht nicht anders. Sie arbeiten normalerweise in zwei Schichten, aber zur Zeit ist so viel zu tun, dass wir alle auf einmal brauchen.«

»Wegen der Stoffe, die der Hof bestellt hat?«, erkundigte sich Theophanu.

Der Aufseher schüttelte den Kopf. »Der neue Bischof hat viel Tuch gefordert.«

»Dann sagt ihm, dass er warten muss.«

Theophanu stemmte ihre Hände in die Hüften.

»Er will alles so schnell wie möglich haben. Bischof Heinrich findet die Ausstattung seines Vorgängers nicht gut genug.«

Die umstehenden Frauen hatten mittlerweile ihre Arbeit eingestellt, als sie sahen, dass der Verwalter nicht auf sie achtete, und hörten dem Gespräch zu. Eine der Frauen spuckte auf den Boden, einige andere machten es ihr nach. »Er ist ein unwürdiger Nachfolger!«, wurden Rufe laut. »Gott möge sich der Seele unseres Bischofs Ulrich erbarmen!«

»Seid still!«, befahl der Aufseher, bevor er sich entschuldigend an Theophanu wandte:

»Ihr müsst verstehen, wir alle bedauern es sehr, dass unser Hirte uns verlassen hat. Er war wie einer von uns. Keiner wird ihn je ersetzen können.«

»Schon gar nicht dieser Neue«, verlautete es aus der Menge.

Theophanu hatte genug gehört. Sie veranlasste, dass die Frauen in den nächsten Wochen eine bessere Verpflegung erhalten sollten, und machte sich dann mit Jannis auf den Rückweg.

»Es ist doch immer wieder interessant, die Unterschiede zwischen dem oströmischen Reich und dieser Ansammlung von Königspfalzen, die sich Deutschland nennt, zu betrachten. Bei uns kümmert die Kirche sich um die Armen und Kranken, während sie sie hier arm und krank macht«, merkte Jannis an.

Theophanu dachte nach und schüttelte dann den Kopf. »Es ist nicht die Kirche. Es ist Bischof Heinrich.«

»Dann sind sie selbst Schuld. Sie haben ihn vorgeschlagen.«

Theophanu blickte ihn einen Moment lang nachdenklich an. Dann hatte sie es plötzlich eilig, nach Hause zu kommen.

Es dunkelte bereits, als Theophanu die Badestube betrat. Enttäuscht sah sie, dass Otto nicht allein war. Adelheid war dabei, heißes Wasser in den Zuber nachzufüllen, in dem Otto saß. »Warum rufst du nicht einfach eine der Mägde? Das ist keine Arbeit für dich«, versuchte es Theophanu.

Aber Adelheid dachte gar nicht daran zu weichen. »Ich weiß am besten, welche Temperatur sein Wasser haben muss.«

Theophanu zögerte einen Moment, aber es war zu dringend. »Ich muss mit dir über Heinrich sprechen«, wandte sie sich an Otto.

»Lasst den Herzog doch endlich in Ruhe«, ließ sich Adelheid sofort vernehmen.

»Ich meine den neuen Bischof. Ist es nicht merkwürdig, dass ausgerechnet ein Verwandter des Herzogs von Bayern in Besitz eines der reichsten Bistümer gekommen ist?«

»Wir sind alle miteinander verwandt«, antwortete wieder Adelheid. »Bis auf dich, du bist nur angeheiratet.«

»Aber es ist doch kein Zufall, dass jetzt ganz Schwaben und Bayern in einer Hand ist!«

»Was willst du eigentlich sagen?«, gähnte Otto, der aufstand und sich von Adelheid ein Tuch zum Abtrocknen reichen ließ.

Bevor Theophanu deutlicher werden konnte, kam Adelheid ihr zuvor. »Sie will davon ablenken, dass ihre Idee, die Augsburger selber entscheiden zu lassen, vielleicht doch nicht so gut war. Keiner mag den Neuen.«

»Genau deshalb glaube ich auch nie und nimmer, dass sie ihn selbst gewählt haben.«

»Und wie ist es dann zu seiner Einsetzung gekommen?«

»Das weiß ich noch nicht genau«, musste Theophanu eingestehen.

»Dann lass uns am besten darüber schlafen«, schlug Otto vor, während er sein Nachtgewand anzog.

Aber Theophanu konnte nicht schlafen. Sie grübelte die ganze Nacht. Erst hörte sie das Rotkehlchen singen, darauf den Buchfink und schließlich den Star. Dann hatte sie sich entschieden. Theophanu stand auf und begann sich anzukleiden, ohne ihre Dienerin zu rufen. Sie wählte das Obergewand sorgfältig aus. Da sie so früh am Morgen und ohne Schlaf sehr blass war, griff sie zu einem goldfarben schimmernden Kleid, das ihrer Haut schmeichelte. Nachdem sie die Kette mit den eingefassten Emaillesteinen umgelegt hatte, steckte sie ihr Haar hoch und legte sich einen Schleier aus durchbrochener Spitze um. Nachdem sie noch ein paar Locken an den Seiten herausgezupft hatte, betrachtete sie sich zufrieden im Spiegel. Sie erschrak, als sie darin den Augen ihres Mannes begegnete. »Otto! Es tut mir Leid, ich wollte dich nicht aufwecken!«

»Und ich dachte, du hast dich für mich so hübsch gemacht.«

Otto erhob sich von dem Lager und kam auf sie zu. Er legte ihr seine Arme um die Hüften.

»Du siehst ganz reizend aus.«

Otto küsste seine Frau auf den Hals, und es durchfuhr sie warm. Aber sie musste sich wieder von ihm lösen. »Otto, nein, nicht jetzt.«

Sie durfte ihm nicht nachgeben. Sie hatte sich die halbe Nacht auf das, was sie gleich tun wollte, vorbereitet. Wenn sie sich jetzt ablenken ließ, wusste sie nicht, ob sie erneut den Mut fassen würde.

»Warum nicht jetzt? Du bist meine Frau.«

»Davon habe ich gestern Abend aber wenig gemerkt. Wer hat dir das Badewasser eingelassen?«

»Sie ist meine Mutter, was soll ich denn tun?«

»Dich wie ein Mann verhalten.«

»Bitte, das kannst du haben.«

Erneut schlang Otto seine Arme um sie. Aber Theophanu drehte sich von ihm weg. »Hast du deine Mutter um Erlaubnis gefragt?«

Otto ließ wütend von ihr ab, und Theophanu nutzte den Moment, um aufzustehen und schnell den Raum zu verlassen.

Zwei Gänge weiter drehte sie sich mit pochendem Herzen um. Alles war ruhig. Otto war ihr nicht gefolgt. Sie atmete tief durch, bevor sie an die schwere Holztür vor ihr klopfte. Ohne eine Antwort abzuwarten, öffnete sie und huschte schnell in das Gemach.

Sie sah im Dämmerlicht, dass Heinrich noch im Bett lag, aber ihr Eintreten ihn offensichtlich geweckt hatte. Ihr Anblick ließ ihn verwundert hochfahren. »Nanu! Die Kaiserin! Was verschafft mir so früh die Ehre?«

Er griff hastig nach seinem Überkleid und zog es über sein Schlafhemd. Theophanu wahrte den Anstand und schaute kurz zur Seite, bevor sie sich ihm wieder zuwandte. »Es ließ mir keine Ruhe. Ich musste zu Euch kommen.«

Er lächelte. »Ich kann nicht sagen, dass ich das ungern höre.«

Heinrich bot ihr einen Platz auf einem Stuhl an und setzte sich ihr gegenüber auf einen Schemel, sodass sie beide auf Augenhöhe waren.

»Ich danke Euch, dass Ihr mich so bereitwillig empfangt, obwohl ich Euch in der letzten Zeit nicht immer zuvorkommend behandelt habe«, hob Theophanu an.

Heinrich wollte abwinken, aber Theophanu schüttelte den Kopf. »Ich habe Euch Unrecht getan. Ihr seid einer der treuesten Verbündeten, und es ist nicht klug, Euren Rat auszuschlagen.«

Theophanu machte eine Pause und senkte den Kopf. »Vor allem, weil ich eine falsche Entscheidung getroffen habe.«

Heinrich fasste sie am Arm. »Aber Theophanu, keiner ist davor gefeit. Ihr müsst Euch nichts vorwerfen!«

»Doch, ich kann nicht anders. Schaut Euch den neuen Bischof doch an! Die Augsburger sind gestraft mit diesem Mann.«

»Sie haben ihn selber vorgeschlagen.«

Theophanu senkte den Blick. »Das wäre nicht passiert, wenn ich auf Euch gehört hätte.«

Sie fühlte Heinrichs warmen Blick auf sich ruhen. Alles lief nach Plan.

Otto tunkte missmutig das Brot in die Suppe, während seine Mutter ihm eine Liste mit Namen der Leute vortrug, die ihn heute im Laufe des Tages alle behelligen wollten. Er hatte das sichere Gefühl, dass es später Abend werden würde, bis auch die letzten Bittsteller abgezogen waren. Und jetzt konnte er noch nicht einmal in Ruhe frühstücken, da Adelheid ihm genauestens darlegte, wie er diesen oder jenen Grundherrn zu behandeln habe. Plötzlich ließ Otto das Brot fallen. »Wenn du sowieso schon alles weißt, warum machst du es dann nicht direkt alleine?«

Adelheid war für einen Moment lang sprachlos, so unerwartet kam sein Ausbruch. Er nutzte die plötzliche Stille, stand auf und ging mit großen Schritten aus dem Raum.

Theophanu hatte sich nicht ganz zu Unrecht beklagt, dass er unter der Fuchtel seiner Mutter stand. Er wollte ihr Besserung geloben, und zwar jetzt gleich. Otto sehnte sich danach, ihr Gesicht zu streicheln und ihren Körper an sich zu drücken, bevor er wieder den ganzen Tag zu Gericht sitzen musste. Er wollte gerade eine der Mägde fragen, ob sie seine Frau gesehen habe, als er Theophanus Stimme vernahm. Otto schritt den Gang entlang, um zu sehen, wo sie herkam.

»Ihr kennt die Verhältnisse besser als Otto, der lange in Italien geweilt hat. Und erst recht besser als ich, die ich aus der Fremde komme«, erläuterte Theophanu.

Heinrich dachte nach. »Aber manchmal hilft auch gerade der Abstand, einen klaren Blick zu wahren.«

»In dem Fall nicht. Ich habe falsch entschieden. Und es wird auf Otto zurückfallen.«

»Auf wen sonst? Er hat es zu verantworten.«

»Aber ich war es ...«

»Entschuldigt, aber Ihr seid seine Frau, und im Zweifelsfall muss Otto durchgreifen.«

Theophanu sah ihn an. »Auch, wenn ich das vielleicht nicht sagen sollte ... Das ist es, was ich an Euch mag.«

Heinrich ließ sich von seinem Schemel auf die Knie rutschen, sodass er ihr etwas näher kam. Theophanu fuhr fort. »Ihr seid ein starker Mann, der im Ernstfall nicht mit sich spaßen lässt.«

Jetzt sah sie ihn fast flehend an. »Warum habt Ihr bloß zugelassen, dass ich Euch von den Beratungen ausschließe?«

Heinrich lächelte. »Weil ich einen anderen Weg gefunden habe, Einfluss zu nehmen.«

Seine Lippen berührten fast die ihren.

»Ihr seid nicht nur stark, Ihr seid auch schlau«, flüsterte Theophanu.

Heinrich beugte sich nach vorne und küsste Theophanu zärtlich auf den Mund. Die ließ es geschehen und versuchte, den Eindruck vollkommener Hingabe zu erwecken. Doch bevor er sie erneut küssen konnte, setzte sie an: »Verratet mir, wie Ihr es angestellt habt, dass die Augsburger ausgerechnet Euren Vetter erwählten.«

Atemlos wartete sie ab, ob er darauf einging.

»Warum sollte ich es Euch verraten?«

Zumindest hatte er keine brüske Ablehnung gezeigt.

»Bitte! Ich möchte von Euch lernen«, versuchte es Theophanu.

Heinrich überlegte. »Und was bekomme ich als Gegenleistung?«

Theophanu zögerte. Sie wusste, was sie jetzt tun musste, auch wenn es ihr nicht leicht fiel. Schließlich beugte sie sich zu ihm, schlang ihre Arme um seinen Hals und küsste ihn. Sie machte ihre Sache gut, aber zu ihrer eigenen Verblüffung merkte sie, dass sie ihre Leidenschaft nicht zu spielen brauchte.

Zu spät hörte sie die Tür aufgehen. Als sie herumfuhr, stand Otto schon mit ausdrucksloser Miene im Zimmer.

»Otto!«

»Ich wollte meinen Ohren nicht trauen, aber du bist es tatsächlich«, stieß er hervor.

Theophanu wurde rot. Sie wusste, dass sie Otto jetzt schnell alles erklären musste, aber sie fand keine Worte. Stattdessen spürte sie noch den Geschmack des Kusses auf ihren Lippen. Verzweifelt fuhr sie sich mit der Hand über den Mund, bevor sie anhob: »Otto, glaube mir, ich bin nur aus einem Grund hier …«

Doch Otto unterbrach sie. »Um mich zu hintergehen. Deshalb hast du dich mitten in der Nacht so herausgeputzt.«

Otto lachte bitter auf. Theophanu schüttelte den Kopf. »Nein, so hör mich doch an.«

»Wozu? Ich habe Augen im Kopf.«

»Aber ich habe es doch nur gemacht, weil ich ihn aushorchen wollte.«

Sie spürte Heinrichs fassungslosen Blick, doch es war ihr egal. Sie konnte gar nicht mehr verstehen, wie sie tatsächlich Leidenschaft für ihn hatte empfinden können. »Heinrich hatte bei der Wahl des neuen Bischofs seine Finger im Spiel.«

Otto sah sie ungerührt an. »Willst du von deiner Schuld ablenken? Oder stimmt es etwa?«, wandte er sich an Heinrich.

Heinrich zuckte mit den Schultern. »Ich weiß nicht, wie sie darauf kommt. Wir haben nicht viel gesprochen.«

Er sah Otto an. »Es tut mir Leid.«

»Heuchler«, entfuhr es Theophanu, und sie wollte auf ihn losgehen.

Aber Otto stellte sich vor Heinrich. Er sah Theophanu kalt an. »Das hätte ich nie von dir erwartet. Du hast mich verraten. Und jetzt geh mir aus den Augen.«

Theophanu begriff, dass sie verloren hatte. Sie drehte sich um und schritt langsam aus dem Zimmer. Ihre leise Hoffnung, dass Otto sie zurückrufen würde, erfüllte sich nicht.

Theophanu saß an ihrem Schreibpult, das mit Elfenbein verzierte Tintenfass und den Bogen Pergament vor sich. Wie jeden Morgen hatte Willigis sie aufgesucht, um mit ihr die anstehenden Interventionen durchzugehen. Theophanu nahm die Feder zur Hand und strich das Pergament glatt, um sich Notizen zu machen. Aber sie wusste, dass Willigis ihr wie jeden Morgen eröffnen würde, dass keiner ihre Hilfe benötigte. Sie würde überrascht tun, fast erleichtert, als sei sie froh, von den Lasten des Regierens für kurze Zeit frei zu sein.

In Wirklichkeit regierte sie gar nicht mehr. Keiner wollte ihre Vermittlung, ein jeder wandte sich an die alte Kaiserin, wenn er ein Anliegen bei Otto vorbringen wollte. Es hatte sich schnell herumgesprochen, dass Theophanu in Ungnade gefallen war. Wenn auch nicht alle den Grund kannten, war es klar, dass es zwischen ihr und ihrem Mann ein Zerwürfnis gegeben hatte.

»Heute will sich Ida an Euch wenden«, erläuterte Willigis, worauf Theophanu wie immer die Feder zur Seite legen und das Pergament wegräumen wollte.

»Entschuldigt, habt Ihr es nicht vernommen?«, fragte Willigis.

Theophanu schüttelte den Kopf.

»Ida will, dass Ihr Euch für sie verwendet. Als Witwe Liudolfs möchte sie für ihren Sohn Otto, einen Neffen Eures Gemahls, das Herzogtum Schwaben gewinnen.«

Theophanus Herz klopfte. Sie wurde gebraucht! Und ausgerechnet bei so einer wichtigen Entscheidung wie der Einsetzung des Herzogs von Schwaben.

Der alte Herzog Burchard, Hadwigs Mann, war verstorben. Der ganze Hof weilte im Kloster Reichenau, wo er in der Erasmuskapelle beigesetzt worden war. Bisher hatte sich allerdings nicht die Frage seiner Nachfolge gestellt, da alle annahmen, dass seine Witwe das Herzogtum regieren könne.

Theophanu sah Willigis an. »Wie kommt Ida gerade auf mich?«

Willigis zögerte, bevor er zu sprechen anhob. »Ich will Euch nicht anlügen. Der einzige Grund ist, dass frühe Verstimmungen es ihr unmöglich machen, sich an Adelheid zu wenden.«

Theophanu sank ein wenig in sich zusammen. Wie dumm von ihr, auch nur einen Moment zu glauben, dass diese Ida es tat, weil sie Theophanu vertraute. Sie wusste, dass Ida aufgrund der alten Feindschaft mit Adelheid bisher allen Hoftagen ferngeblieben war.

»Ich kann Euch nur raten, Euch nicht für Ida einzusetzen«, erklärte Willigis.

»Aber wieso? Ich bin froh, dass ich endlich einmal was zu tun habe.«

»Diese Intervention wird die alte Kaiserin gegen Euch aufbringen. Adelheid hatte als junge Königin am Hof sehr unter Ida zu leiden.«

Theophanu sah erstaunt auf. Auch Adelheid hatte gelitten, das war ihr neu. Trotzdem empfand sie kein Mitleid mit der alten Kaiserin. Im Gegenteil, wenn Adelheid es damals geschafft hatte, sich gegen Ida durchzusetzen, dann würde auch sie es schaffen, Adelheid zu besiegen. Theophanu griff erneut zu Feder und Pergament und wandte sich an Willigis. »Ich bitte Euch, mir alle Einzelheiten zu erklären. Ich werde mich für Idas Sohn verwenden.«

Willigis blieb nichts anderes übrig, als ihrer Aufforderung zu gehorchen.

Theophanu betrachtete die große, hagere Frau, die vor ihr auf und ab ging und schon seit einiger Zeit auf sie einredete. Sie ertappte sich dabei, wie ihre Gedanken abschweiften und sie sich Ida als junge Frau vorzustellen versuchte. Sie musste schön gewesen sein, wenn auch auf eine strengere Art als Adelheid. Die Jahre hatten ihr Gesicht schmal werden lassen, sodass ihre große Nase und ihr spitzes Kinn in den Vordergrund traten. Ihre Stimme klang herrisch. »Ihr müsst ihnen klarmachen, dass ich als Halbschwester von Burchard, Gott hab ihn selig, den größeren Anspruch als Hadwig habe. Es ist Zeit, dass unsere Familie nach Schwaben zurückkommt«, setzte sie Theophanu auseinander.

Die nickte, aber eigentlich war sie davon längst nicht mehr überzeugt. Sie konnte sich nicht vorstellen, dass Idas Sohn einen guten Herrscher abgäbe. Seine Mutter war so stark und bestimmend, dass er eigentlich nur in ihrem Schatten stehen konnte. Theophanu fühlte sich sehr unwohl bei dem Gedanken, dass sie das zweite Mal dazu beitragen könnte, einen unfähigen Mann einzusetzen. Plötzlich riss sie Idas Stimme aus ihren Gedanken. »Könnt Ihr Euch nicht gerade halten? Wie wollt Ihr bei den anderen Eindruck machen, wenn Ihr dasitzt wie ein schüchternes Mäuschen?«

Theophanu richtete sich auf und ärgerte sich im selben Moment darüber. Diese Frau hatte ihr gar nichts zu sagen, im Gegenteil, sie wollte etwas von ihr. »Ich habe genug gehört«, beschied sie ihr.

»Das kann ich mir vorstellen«, tönte plötzlich eine helle, klare Stimme hinter ihr.

Sie drehte sich um und erblickte einen jungen Mann mit blondem Haar, roten Wangen und einem kräftigen Körperbau. Sein Gesicht wirkte offen und heiter. »Meine Mutter liegt Euch sicher schon seit Stunden in den Ohren.«

Ida deutete etwas säuerlich auf ihn. »Darf ich vorstellen? Das ist mein Sohn Otto.«

Otto verneigte sich vor Theophanu.

»Ihr wollt also Herzog von Schwaben werden?«, hob sie an.

»Meine Mutter will es.«

»Das scheinen mir aber nicht die besten Voraussetzungen für einen zukünftigen Herrscher zu sein«, tadelte Theophanu.

Otto lächelte. »Ich will nur nicht den Fehler meines Vaters wiederholen, den seine Gier nach Macht so weit trieb, sich gegen den eigenen Vater zu erheben. Ich möchte nicht mehr und nicht weniger als eine Stütze Eures Gemahls sein, ob er mich nun als seinen Stallburschen oder als Herzog einsetzt.«

»Otto!«, rief Ida empört. »Was soll die Kaiserin von dir denken?«

»Dass sie einen offenen und gradlinigen Mann vor sich hat, der seine Aufgaben gewissenhaft erfüllen wird«, antwortete Theophanu.

Sie lächelte Otto an. »Als Stallbursche seid Ihr mir allerdings zu schade. Ich werde mich für Euch als Herzog verwenden.«

Theophanu war sich sicher, diesmal die richtige Entscheidung getroffen zu haben.

Die junge Kaiserin sank unter dem allgemeinen Protest auf ihrem Stuhl zusammen, als ihr Idas Rat wieder einfiel. Sie richtete sich auf und zwang sich, allen der Reihe nach ins Gesicht zu sehen. Ihr Mann wirkte eher erstaunt, während ihr von Heinrichs und Adelheids Seite blanke Wut entgegenschlug. Theophanu hatte es nicht anders erwartet. Die Einzige, die sie erstaunte, war Hadwig. Seltsam ruhig, fast wie unbeteiligt, hatte sie Theophanus Vorschlag, Idas Sohn in Schwaben einzusetzen, aufgenommen.

Ida selber bemühte sich die ganze Zeit so zu tun, als wäre Adelheid nicht anwesend, was die alte Kaiserin genauso hielt. Die Miene ihres Sohnes allerdings war auch jetzt noch freundlich und offen. Er schien sich nicht darüber zu sorgen, dass allein seine Mutter und Theophanu auf seiner Seite standen, während die meisten sich gegen ihn gestellt hatten.

Theophanu räusperte sich. »Ich will auch gerne begründen, warum es nur diese eine Entscheidung geben kann.«

Ida lächelte triumphierend in Erwartung, dass Theophanu nun auf ihre verwandtschaftlichen Beziehungen hinwies.

»Otto wird Schwaben ein guter Regent sein«, erklärte die hingegen schlicht.

Theophanu versuchte, Idas vorwurfsvollen Blick nicht zu beachten. Sie wusste genau, wie sie sich für Otto einsetzen wollte, nämlich auf klarem und direktem Wege, wie es seinem Wesen entsprach. »Und vor allem spricht für ihn, dass er unserem Kaiser treu ergeben ist. Er wird immer an seiner Seite stehen, ohne dass es ihn selber nach der Macht gelüstet.«

»So, wie es sein Vater gemacht hat?«, spottete Heinrich.

»Es gibt Söhne, die aus den Fehlern der Väter lernen«, entgegnete Theophanu kühl.

Adelheid lehnte sich zurück. »Das mag alles stimmen. Tatsache ist nur, dass Schwaben gar nicht zu vergeben ist. Wir haben bereits eine Regentin.«

Sie blickte auf Hadwig, die allerdings immer noch stumm blieb. Stattdessen meldete sich Willigis zu Wort. »Aber leider blieb ihre Ehe mit Burchard kinderlos und so sehe ich mich genötigt, auf den fehlenden Nachfolger hinzuweisen.«

Adelheid sah ihn scharf an. »Wenn Ihr Euch nicht so viel unter Büchern und Urkunden begraben würdet, wüsstet Ihr, welche Möglichkeiten das wahre Leben bietet. Hadwig kann jederzeit wieder heiraten.«

»Nun, Mutter«, mischte sich jetzt Otto ein. »Ihr bleibt aber nicht viel Zeit, für Nachwuchs zu sorgen. Sie ist keine junge Frau mehr.«

Theophanu war erfreut, dass sie langsam doch Unterstützung bekam. Aber da meldete sich Heinrich zu Wort. »Diesen Hinweis müssen wir ganz besonders ernst nehmen. Kommt er doch aus dem Munde von einem, der selbst schon länger auf einen Thronfolger wartet«, erklärte Heinrich scheinheilig.

Theophanu wurde rot bis unter die Haarwurzeln. Es herrschte eine angespannte Stille, als plötzlich Hadwig ihren Stuhl so heftig zurückschob, dass er mit lautem Krachen umfiel. Doch sie achtete nicht weiter darauf, sondern rannte aus dem Saal.

Theophanu holte Hadwig noch im Gang ein, wo sie an einem der kleinen Fenster stand und nach draußen auf die sanften Hügel blickte. »Hadwig«, begann Theophanu zögerlich. »Ich wollte Euch nur sagen, wie Leid es mir tut, dass ausgerechnet Ihr die Leidtragende dieser Auseinandersetzung seid. Ich fürchte, ich habe Euch sehr verletzt, weil ich Euer Herzogtum anderweitig besetzen will.«

Hadwig schüttelte den Kopf. »Ich habe nicht deswegen die Versammlung verlassen.«

»Warum dann?«

»Weil ich Euch eigentlich Recht geben müsste. Der ganze Süden ist in der Hand meiner Familie. Heinrich herrscht über

Bayern, der Bischof von Augsburg ist mein Vetter, es wäre geradezu dumm, mir auch noch Schwaben zu überlassen.«

Hadwig seufzte. Theophanu sah sie an. »Hätte ich bloß nicht Euren Vetter zum Bischof gemacht, dann sähe alles anders aus.«

»Ihr könnt nichts dazu. Es war ein abgekartetes Spiel.«

Theophanu horchte auf. »Also doch. Euer Bruder steckt dahinter, stimmt's?«

Hadwig nickte. »Er hat auf Adelheids Vorschlag hin dafür gesorgt, dass die Augsburger den Mann seiner Wahl nehmen.«

»Aber wie hat er das geschafft?«

»Ganz einfach. Indem er ihnen gesagt hat, der Kaiser hätte seinen Vetter bestimmt, woraufhin die Augsburger sich nicht mehr getraut haben zu widersprechen.«

»Und uns hat er erzählt, sein Vetter wäre der Wunsch der Augsburger. Er hat also beide Seiten gegeneinander ausgespielt«, folgerte Theophanu.

Hadwig nickte. Theophanu sah sie erstaunt an. »Aber warum sagt Ihr mir das? Ihr wisst, dass ich das nicht für mich behalten kann.«

Hadwig nickte. Sie richtete sich auf. »Wir haben keine Lügen nötig. Unsere Familie zählt viele starke Männer und auch Frauen. Nur Schwächlinge bauen ihre Herrschaft auf Intrigen auf.«

»So wie Heinrich?«

Hadwig schüttelte den Kopf. »Nein, er ist nicht schwach. Darum verstehe ich nicht, wieso er das getan hat. Er hätte auf mich hören sollen. Ich bin seine ältere Schwester.«

Hadwig lächelte, doch Theophanu ahnte, wie schwer es ihr gefallen war, die Wahrheit ans Licht zu bringen. Sie trat an Hadwig heran und umarmte die Ältere.

Theophanu zog sich den Schleier vom Kopf. Otto griff mit der Hand in ihr helles Haar und ließ die Strähnen durch seine Finger gleiten. »Es glänzt wie pures Gold.«

Er zog Theophanu an sich. »Da habe ich einen Schatz neben mir und es so lange nicht bemerkt.«

Er drückte ihr einen Kuss auf die Lippen. »Ich muss dir sehr dankbar sein.«

»Du musst? Tu doch einfach mal das, was du willst.«

»Nichts lieber als das.«

Er begann den Stoffgürtel aufzubinden, der Theophanus Überkleid hielt.

»Ich meinte eigentlich etwas anderes.«

Otto hatte es geschafft, den Knoten zu lösen, und zog Theophanu das Überkleid aus. »Du meinst, ich soll weniger auf meine Mutter hören und stattdessen auf dich, stimmt's?«

Er küsste sie auf den Hals.

»Ach Otto, eigentlich bin ich nur froh, dass sich alles aufgeklärt hat.«

Als Theophanu Otto von Heinrichs und Adelheids Intrige erzählt hatte, war er kreidebleich geworden. Dann hatte er die beiden zur Rede gestellt, ganz allein. Keiner würde je erfahren, was er zu ihnen gesagt hatte. Aber sie mussten wohl Reue gezeigt haben, denn Adelheid durfte am Hof bleiben und Heinrich weiter in Bayern regieren. Theophanu fand, dass das ein weiser Entschluss war. Denn nur durch Milde wandelte man Feinde zu Freunden.

Und auch sie wollte Otto nicht nachtragen, wie sehr sie sich die letzten Monate von ihm im Stich gelassen gefühlt hatte. Denn schließlich hatte er berechtigten Grund gehabt, sie für untreu zu halten. Theophanu beschloss, in Zukunft etwas vorsichtiger zu sein, wenn sie sich in die Machtspiele am Hofe einmischte. Dass sie das tun würde, daran hatte sie allerdings keinen Zweifel.

Kapitel 10

Adelheid nahm auf dem Stuhl Platz. Erleichtert hatte sie festgestellt, dass sie trotz des Ärgers um den Augsburger Bischof im letzten Jahr immer noch zur Beratung hinzugerufen wurde. Und zufrieden bemerkte sie, dass Otto sie direkt neben sich platziert hatte, während Theophanu auf der anderen Seite des Tisches, ihr direkt gegenüber saß. Sie gab sich keine Mühe, ihr triumphierendes Lächeln zu verbergen.

Willigis, Pater Martin, Jannis und Mathilde nahmen ebenfalls Platz. Adelheids Tochter, die Äbtissin des Stifts hier in Quedlinburg, war ungefähr gleich alt wie Theophanu. Mathilde war kräftig gebaut, und ihr Gesicht trug grobe Züge. Auch wenn sie keine Schönheit war, was von ihr als Nonne auch keiner verlangte, so strahlte sie doch eine Ruhe und Festigkeit aus, um die sie Adelheid beneidete. Manchmal hatte sie das Gefühl, die sanfte und tugendhafte Mathilde sei gar nicht ihr Kind. Auf jeden Fall war sie stolz auf ihre Tochter. Gutgelaunt ergriff Adelheid das Wort. »Ich finde, es ist an der Zeit, Heinrich wieder in den Kreis der Berater aufzunehmen. Natürlich hat er einen Fehler gemacht, aber er fühlte sich in die Enge getrieben.«

Adelheid blickte in die Runde, Theophanu dabei geflissentlich übergehend.

»Auch ich will nicht mehr viele Worte über die ganze Angelegenheit verlieren«, schloss sich Otto an.

Er nahm eine Rolle vom Tisch. »Deshalb möchte ich diese Urkunde für sich sprechen lassen.«

Er reichte sie Adelheid. »Liebe Mutter, würdest du sie bitte verlesen, sodass jeder der hier Anwesenden die Worte klar und deutlich vernimmt?«

Adelheid entrollte langsam das Pergament. Sie blickte auf die Lettern, die sorgfältig und mit großen Initialen aufgebracht worden waren. Doch je mehr sie davon entzifferte, desto mehr wich die Farbe aus ihrem Gesicht. Sie überflog den gesamten Text und es blieb kein Zweifel: Sie hielt die größte Demütigung ihres Lebens in den Händen.

Als sie den Kopf hob, sah sie Otto direkt ins Gesicht. »Ich werde dieses ... dieses Geschreibsel nicht vorlesen und wenn mir die Zunge abfällt.«

Damit schleuderte sie das Pergament, das sich wieder zusammenrollte, auf den Tisch. Alle blickten sie verblüfft an, sogar Theophanu, wobei Adelheid ihr zutraute, nur so zu tun, als ob sie nichts wüsste. Auch wenn diese Urkunde an Theophanu gerichtet war, so diente sie doch einzig und allein dazu, sie, Adelheid, zu vernichten.

Otto nahm ungerührt das Pergament wieder auf und reichte es Mathilde. »Liebe Schwester, sei so gut, und lies du es uns vor. Es ist von größter Wichtigkeit für mich.«

Mathilde sah zweifelnd zu Adelheid. »Ich will nichts tun, was Mutter nicht recht ist.«

Das war Balsam für Adelheids Seele. Wenigstens ihre Tochter ließ sie nicht im Stich. Sie nickte leicht. »Tu es. Vielleicht ist es sogar besser so, damit jeder begreift, wie schändlich der König seine eigene Mutter behandelt.«

Adelheid hob den Kopf. Sollten es doch alle hören, am Ende würde es nur auf den zurückfallen, der diese Zeilen in Auftrag gegeben hatte. Sie saß gefasst da, während Mathilde mit dem Verlesen begann. Es handelte sich um eine Schenkung. Umfangreiche Gebiete wurden Theophanu übertragen. Und dann kam das Schlimmste. Mathilde las: »Für meine heißgeliebte Gemahlin Theophanu, Mitkaiserin und Augusta, Teilhaberin an der Herrschaft im Kaisertum und über mehrere Königreiche.«

Adelheid senkte den Kopf. Es war nicht so, dass Otto seine Frau nicht als »heißgeliebt« bezeichnen durfte. Das war nur ein

Wort und sie wusste, dass Männer viele Worte machen konnten, ohne unbedingt etwas zu sagen. Aber dass er sie in den Rang einer ›Mitkaiserin‹ erhob, das war unverzeihlich. So etwas hatte es hier noch nie gegeben. Sogar ihr geliebter Gemahl hatte sie nicht so genannt. Das waren fremde Bräuche, derer man sich vielleicht in Konstantinopel bediente. Otto konnte nicht so ohne weiteres und vor allem, ohne dass diese Frau es sich im Mindesten verdient hatte, solch einen Titel vergeben.

Adelheid hob ihren Blick. Sie war sich sicher, dass Willigis, Pater Martin und Mathilde ebenso empört waren wie sie und Otto diese falsche Entscheidung auch gleich höflich, aber bestimmt ausreden würden. Doch anstatt ihre Entrüstung oder ihren Unwillen auszudrücken, nickten die anderen zustimmend.

Theophanu hielt das Gesicht in den Händen verborgen. Als Otto ihre Finger in die seinen nahm, konnte jeder die Röte sehen, die aufgrund der freudigen Erregung ihre Wangen überzog. Theophanu lächelte ihren Gemahl zuerst scheu, dann unendlich dankbar und voller Liebe an. Alle begannen zu applaudieren. Alle, bis auf Adelheid. Die stand brüsk auf und eilte nach draußen. Sie hatte das Gefühl, dass einzig der Knecht, der ihr die Tür aufhielt, davon Kenntnis nahm.

Adelheid sah ihr Spiegelbild in der Waschschüssel. Die wie Feuer brennende Röte ihrer Haut ließ deutlich alle Spuren hervortreten, die das Leben hinterlassen hatte. Die Kaiserin hieb mit der Hand in das Wasser. Doch jetzt verzerrte sich ihr Bild zu einer hässlichen Fratze. Angewidert wandte Adelheid sich ab.

Sie griff nach einem Schwämmchen, das neben der Waschschüssel lag, und tauchte es in das Wasser, um sich die Wangen zu kühlen. Sie mochte das Gefühl, wenn der eben noch harte Schwamm plötzlich schwer und weich in ihrer Hand lag. Adelheid drückte das Mitbringsel aus Italien vorsichtig aus, bemüht, seine feine Struktur nicht durch zu grobe Behandlung vor seiner Zeit zu zerstören, denn sie benutzte es jeden Tag für ihre Wäsche. Sie dachte daran, wofür sie früher diese Schwämmchen gebraucht hatte. Nachdem der Thronfolger geboren war, fand sie, dass sie ihr Soll an Nachwuchs erfüllt hatte. Mehrere männliche Nachfolger führten nur zu Querelen in der Familie. So war es eine reine Entscheidung der Vernunft, solch ein Schwämmchen heimlich in ihren Schoß einzuführen, wenn Otto sie begehrte. Mit einer speziellen Tinktur getränkt, sorgte es ausgezeichnet dafür, weitere Schwangerschaften zu verhindern. Dass Adelheids Körper außerdem in Form blieb und nicht unnötig strapaziert wurde, war ihr natürlich auch nicht unangenehm. Sie tauchte den Schwamm abermals ins Wasser, als sie plötzlich innehielt.

Adelheid öffnete vorsichtig die Tür. Als sie sah, dass das Gemach leer war, trat sie ein und ging rasch auf das Bett zu. Sie hob die Matratze an und schob das kleine Schwämmchen tief darunter. Dann ließ sie die Unterlage wieder sinken und wollte sich gerade zufrieden auf den Rückweg machen, als sie Mathilde in der Tür stehen sah. »Was machst du denn hier?«, herrschte sie ihre Tochter an.

»Ich … ich wollte zu dir. Um nach dir zu sehen.«

»Auf einmal?«

»Mutter, ich weiß, wie schwer das für dich sein muss. Aber es ist nicht so, wie du denkst. Nur weil Otto seine Frau beschenkt, hat er dich nicht vergessen.«

»Er wollte mich demütigen, oder warum denkst du, sollte ausgerechnet ich es vorlesen?«

»Damit du dich nicht ausgeschlossen fühlst.«

»Du gutgläubiges Ding! Die vielen Jahre im Kloster scheinen dich der Welt entfremdet zu haben.«

Mathilde schüttelte resigniert den Kopf. »Mutter, was machst du eigentlich hier, in Theophanus Gemach? Was hast du da unter die Matratze gesteckt?«

Mathilde näherte sich dem Bett, aber Adelheid stellte sich davor. »Das geht dich nichts an.«

»Doch, das tut es. Ich bin nicht bereit, mitanzusehen, wie dieser alberne Streit unsere Familie immer mehr spaltet.«

Adelheid überlegte, dann trat sie zur Seite. »Bitte, wie du willst.«

Mathilde hob die Matratze hoch. Sie entdeckte das Schwämmchen und nahm es in die Hand. Erstaunt sah sie Adelheid an. Die zuckte mit den Schultern. »Ich wollte eigentlich nicht, dass es jemand erfährt.«

Adelheid machte eine kleine Pause, bevor sie fortfuhr. »Aber ich hatte sie schon lange im Verdacht. Es ist doch eigenartig, dass Theophanu und Otto jetzt schon über ein Jahr verheiratet sind, ohne einen Nachkommen zu haben. Und leider hat sich meine Vermutung bestätigt. Die Griechin verhütet Schwangerschaften.«

Mathilde sah sie erstaunt an. »Aber warum sollte sie das tun? Theophanu wartet selbst sehnsüchtig auf einen Sohn. Sie weiß, dass es ihre Pflicht ist, einem Thronfolger das Leben zu schenken.«

»Aber sie ist putzsüchtig und eitel. Schwanger würde sie wohl kaum in ihre prachtvollen Kleider passen und sich nicht mehr vom Volk bejubeln lassen können.«

Mathilde sah ihre Mutter zweifelnd an. »Ich glaube, Theophanu tut alles, um ihre Aufgabe zu erfüllen.«

»Sie müht sich«, stimmte ihr Adelheid zu. »Aber sie kann einfach nicht aus ihrer Haut. Sie ist und bleibt verschlagen.«

»Mutter«, entgegnete Mathilde betont ruhig. »Ich glaube, du steigerst dich in etwas hinein.«

»Weil ich dir zeige, was ich hier gefunden habe?«

Mathilde schüttelte den Kopf. »Du hast es nicht gefunden. Du hast das Schwämmchen hier versteckt.«

»Wie kannst du es wagen …«, begann Adelheid, aber Mathilde unterbrach sie.

»Mutter, überlege dir genau, was du sagst. Keiner außer uns beiden weiß bis jetzt davon.«

Mathilde legte den Schwamm weg.

»Willst du mir etwa drohen? Deiner eigenen Mutter?«

»Nein. Aber du hast es nicht nötig, andere zu verleumden. Schon gar nicht Theophanu.«

Adelheid rang mit sich. »Aber es ist nur für eine von uns Platz.«

Mathilde überlegte. »Natürlich ist es nicht einfach, seit Vater tot ist. Und wenn du meinst, dass ihr beide nebeneinander nicht bestehen könnt …« Sie zögerte. »… dann geh doch eine Weile weg. Ich möchte sowieso nach Burgund. Der Onkel hat mich schon lange gebeten, ihn zu besuchen. Wie wäre es, wenn du mich begleitest?«

Konrad! Wie wünschte sich Adelheid, ihren Bruder zu sehen. Er weilte viel zu selten an ihrem Hof. Konrad war lieber zu Hause und regierte sein Burgund ohne viel Aufhebens, anstatt sich in Intrigen um Macht und Ansehen verstricken zu lassen.

Aber Adelheid schüttelte den Kopf. »Warum sollte ich das tun?«

»Weil ich dich darum bitte. Alle würden sich freuen, die Kaiserin zu sehen.«

Adelheid wusste, dass es stimmte. In Burgund wurde sie verehrt.

»Es würde dir guttun, Mutter, deine Heimat zu sehen. Den Ort, wo du am glücklichsten warst.«

Adelheid dachte nach. Ihre Kindheit war schön gewesen, aber glücklich? Glück hatte sie nur einmal empfunden. Aber sie ließ es jetzt nicht zu, dass ihre Gedanken sich um den toten Geliebten drehten. Das wäre mehr, als sie jetzt ertragen konnte. Sie sah ihre Tochter an. »Nun gut. Ich gehe mit dir.«

Mathilde lächelte.

»Aber du kannst ihr eins sagen. Ich komme zurück!«

Damit drehte sich Adelheid um und ging aus dem Gemach. Selbst Mathilde sollte ihre Tränen nicht sehen.

Theophanu kniete auf dem kleinen Samtbänkchen in dem Bereich, der der königlichen Familie vorbehalten war. Ihr Blick glitt zu dem überlebensgroßen Kruzifixus, das für Quedlinburg angefertigt worden war. Der aus Holz modellierte Körper schien gleichsam am Kreuz zu ruhen. Man sah weder ihm noch dem friedlichen Gesicht seine Qualen an. Theophanu rief sich zur Ordnung. Sie war hier, weil sie sich sammeln wollte, doch es war wie dieser Tage so oft, sie fand immer etwas, um sich abzulenken.

Theophanu erhob sich und ging hinüber zu den Bänken, die für das gewöhnliche Volk aufgestellt worden waren, und kniete auf dem harten Holz nieder, in der Hoffnung, so ihre Gedanken besser zügeln zu können.

Doch noch bevor sie ihre Hände falten konnte, hatte sie die Johannesgruppe erblickt. Jedesmal zogen die drei Figuren, die neben dem Altar gruppiert waren, sie in ihren Bann. Da war einmal, links alleine stehend, Johannes der Täufer, der einen Schritt auf sie zumachte und sie auffordernd ansah. In einem Arm trug er ein Lamm, während seine Hand auf die beiden anderen Figuren rechts des Altars verwies. Der Herr und sein Lieblingsjünger saßen inniglich vereint nebeneinander. Johannes lehnte seinen Kopf ganz hingegeben an Jesu Brust. Christus hingegen saß aufrecht, den jungen Mann liebevoll umfassend. Doch schien seine Kraft und Liebe nicht nur für Johannes zu reichen, nein, sein fast durchdringender Blick richtete sich auf einen jeden, der ihn betrachtete. Theophanu war ganz von der Sehnsucht erfüllt, sich ebenso wie Johannes an seine Brust zu lehnen.

Dabei wollte sie Gott für Ottos Reich um Gnade bitten. Eine seltsame Unsicherheit hatte sie befallen, seit Adelheid mit Mathilde und Pater Martin den Hof verlassen hatte. Anstatt erleichtert darüber zu sein, dass sie nun vor den Angriffen der Älteren sicher war, fühlte sie sich allein und hilflos. Natürlich stand Otto an ihrer Seite. Doch auch er war noch jung und unerfahren. Sein Vater hatte viele Jahre und viele Schlachten gebraucht, bis sie ihn ›den Großen‹ nannten. Theophanu wollte ihren Mann zwar mit aller Kraft unterstützen, aber sie wusste nicht, ob das reichte. Sie brauchte Verbündete.

Ihre Augen versenkten sich wieder in die Jesu. Seine Kraft schien übermächtig. Sie erschauerte, als sie merkte, an wen die aufrechte Gestalt sie erinnerte. Heinrich, der stolze und ehrfurchtgebietende Herzog, tauchte seit dem Zerwürfnis nur noch selten am Hof auf. Sie war es, die ihn vertrieben hatte.

Theophanu stand auf. Es hatte keinen Sinn, das Gebet konnte

ihre unablässigen Grübeleien und Zweifel nicht unterbrechen. Sie raffte ihr Kleid zusammen, als sie den schweren Gegenstand fühlte. Einen Moment stutzte sie, als ihr wieder einfiel, dass es die goldfarbene Figur aus Metall war, die sie in den Falten verborgen hatte. Sie rannte schnell nach draußen.

Nachdem sie die Kirche ein gutes Stück hinter sich gelassen hatte und auf einer freien Anhöhe nahe der Stadtmauer stand, wagte sie es, den Gegenstand herauszuziehen. Kein Zweifel, es war eine heidnische Gottheit, die sie nachlässig mit in die Kirche genommen hatte. Aber hier, unter freiem Himmel, konnte sie die Figur näher betrachten. Das Sonnenlicht ließ das Metall aufblitzen. Es war eine Frauengestalt, mit einem Halsband, das auf ihren vollen Brüsten ruhte. Sie strahlte Schönheit aus, aber es war mehr als das. Sie verkörperte geradezu Lüsternheit. Plötzlich fiel Theophanu ein, wessen Bildnis sie da vor sich hatte.

Damals, in Konstantinopel, als sie mit den anderen Kindern durch den Palast tollte, war es immer ein besonderer Höhepunkt, wenn Besuch aus fernen Ländern erwartet wurde. Und ganz besonders interessant fanden sie es, wenn die Waräger kamen, die Krieger aus dem fernen Land im Norden, wo es so kalt war, dass die Eiszapfen in den Bärten der Männer und den Haaren der Frauen hingen. Der Kaiser hatte schnell die Stärke und den Mut dieser wie Riesen aussehenden Nordmänner erkannt und sie als Söldner angeheuert. Mit Schaudern und ein bisschen Grusel hatte Theophanu diese Krieger im Palast betrachtet, ihre Waffen, von denen sie sich niemals trennten, bewundert und manchmal, wenn die Gelegenheit günstig war, sogar einen Blick auf die eine oder andere Götterstatue erhascht, die sie in der Fremde beschützen sollte. Besonderer Beliebtheit erfreute sich bei den Kindern die Gestalt eines Mannes mit übertrieben großem Gemächt. Aber viel schöner war die dazugehörige Frauengestalt, eben dieselbe, die Theophanu jetzt in den Händen hielt.

Sie war ihr von Heinrichs Frau zugesteckt worden. Gisela hatte sich Adelheid, Pater Martin und Mathilde angeschlossen und sie nach Burgund begleitet. Sie wollte die Gelegenheit nutzen und Konrad, ihren Vater, besuchen. Theophanu mochte die ruhige, sanfte Frau, die so gut zuhören konnte. Und bevor sie sich versah, hatte Theophanu ihr von ihrer größten Sorge erzählt. Es bedrückte sie sehr, dass sie noch nicht schwanger war. Jedesmal, wenn sie an ihrem Körper die ersten Anzeichen festzustellen meinte, wurde sie enttäuscht. Gisela sprach ihr Mut zu. Sie sei schließlich noch sehr jung. Und kurz bevor sie ging, gab sie ihr heimlich die kleine Figur. Sie flüsterte ihr zu, sie wisse, dass man an diese heidnischen Dinge nicht mehr glauben sollte, aber das sei die Göttin der Fruchtbarkeit. Theophanu hatte verwundert gefragt, von wem sie diese Figur habe. Gisela erklärte, dass ihr Mann sie von einem der vielen Besucher erhalten habe. Näheres könne sie auch nicht sagen. Heinrich habe in letzter Zeit so viele Leute getroffen und so viele Gespräche geführt, dass sie ihn kaum zu Gesicht bekommen hätte. Theophanu stimmte zu, dass das wohl ein gutes Zeichen sei, und er seine Niederlage überwunden habe.

Jetzt allerdings präsentierte sich das in einem ganz anderen Licht. Ihr war der Name der Göttin wieder eingefallen. Es war Freyja, und das Volk, das sie verehrte, waren keine anderen als die Wikinger, deren Krieger mit unvorstellbarer Grausamkeit wüteten, wo immer sie auftauchten. Es deutete alles darauf hin, dass Heinrich einen Abgesandten von ihnen empfangen hatte. Plötzlich erschien ihr Freyja gar nicht mehr lebensspendend, sondern eher als die Göttin des Todes.

Theophanu nahm nichts von der lieblichen Landschaft um sich herum wahr, dabei hätten ihr die immer höher werdenden Hügel normalerweise sehr gefallen. Kräuter und Wildblumen säumten den Weg, doch die junge Kaiserin nahm ihren Duft nicht wahr. Zu sehr beschäftigte sie es, ob es richtig gewesen war, ihrem Mann den Grund der Reise zu verschweigen.

Als sie den Kopf hob, konnte sie bereits die jedem Angriff trotzenden Mauern von Regensburg erkennen. Ihr Besuch bei

Heinrich sollte ihr Klarheit verschaffen, ob er wieder intrigierte. Aber diesmal würde sie es klüger anstellen als beim letzten Mal, und vor allem einen kühlen Kopf behalten. Otto hatte sie noch nichts von ihrem Verdacht erzählt, um ihn nicht unnötig zu belasten. Dass sie fürchtete, Otto hätte dann an ihrer Stelle Heinrich aufgesucht, gestand sie sich noch nicht einmal selber ein.

Heinrich beugte das Knie vor ihr, um sich dann wieder zu seiner vollen Größe zu erheben. »Ich freue mich, Euch zu sehen. Bedauerlicherweise kann meine Frau Euch nicht empfangen. Ihr wisst, dass sie unterwegs nach Burgund ist.«

Theophanu nickte. Sie blickte sich in dem mit Wandteppichen geschmückten Saal um. Eine feine Seidenstickerei hob sich in ihrer Pracht von den anderen ab. Sie zeigte Alexander den Großen, wie er sich von Vögeln getragen in die Lüfte erhob, um zu erkunden, ob Himmel und Erde zusammenstoßen. Sein Hochmut und seine Überheblichkeit waren allerdings nicht von Erfolg gekrönt.

Heinrich bot ihr einen Platz an, aber Theophanu zog es vor, stehen zu bleiben. »Ich habe Eure Frau vor der Abreise gesehen. Sie gab mir das hier.«

Theophanu zog die kleine Freyja-Statue aus den Falten ihres Überkleides heraus und hielt sie Heinrich hin. Der nahm sie und sah Theophanu an. »Freyja, Göttin der Fruchtbarkeit. Schön und lüstern zugleich.«

Er stellte die Figur auf dem Tisch ab und lachte. »Man kann über die Wikinger sagen, was man will, aber von Frauen verstehen sie etwas.«

Theophanu blieb ernst. »Dann gebt Ihr es also zu.«

Heinrich sah sie fragend an.

»Ihr habt Abgesandte der Nordmänner bei Euch empfangen«, ergänzte Theophanu, bemüht, ruhig zu bleiben.

Heinrich nickte. »Natürlich.«

Theophanu holte tief Luft. Heinrich fuhr fort. »Sie sind auch gute Händler.«

Theophanu atmete aus. Natürlich, warum hatte sie nicht gleich daran gedacht! Die Wikinger nahmen schon seit vielen, vielen Jahren den weiten Weg auf sich, um Felle und Taue aus Walrosshaut gegen Gewürze und Seide einzutauschen. Aber geradezu besessen waren sie von der Jagd nach den schönsten Schmuckstücken, die sie ihren Frauen daheim zu Füßen legten. Theophanu lächelte. »Und warum habt Ihr ausgerechnet Freyja und nicht den mächtigen Thor erworben?«

»Sie hat mir gefallen«, erwiderte Heinrich, während er näher kam und Theophanu an den Schultern fasste. »Ich will nicht hoffen, dass diese Göttin der einzige Grund für Euren Besuch war.«

Sanft drückte er sie auf den Stuhl, während er die kleine Figur vom Tisch nahm und einsteckte.

»Das ist meine. Eure Frau hat sie mir geschenkt«, protestierte Theophanu.

»Unfug, das ist heidnisches Zeug. Der Schmied soll es einschmelzen«, entgegnete Heinrich überraschend heftig.

Theophanu beobachtete ihn scharf. »Damit niemand mehr die verräterische Statue sehen kann?«

»Verräterisch?«, lachte Heinrich, plötzlich wieder freundlich. »Wen soll so eine kleine Frau schon verraten?«

Er beugte sich zu Theophanu hinunter, doch die erhob sich schnell vom Stuhl. »Ich hatte doch Recht. Ihr habt keine Händler empfangen, sondern Krieger. Was plant Ihr? Wollt Ihr Euch mit den Wikingern verbünden?«

Heinrichs verbindliches Lächeln verschwand, seine Miene verzerrte sich vor Wut. »Ich rede wann und mit wem ich will. Es reicht, dass Otto sich einmal angemaßt hat, mich zu maßregeln. Ein zweites Mal wird er das nicht tun.«

Theophanu war bestürzt über seinen Hass. »Aber Otto konnte doch gar nicht anders handeln. Ihr habt ihn hintergangen.«

»Nachdem man mir keine andere Wahl gelassen hat.«

Theophanu sah ihn an. »Sagt es doch gleich: Nachdem ich Euch keine andere Wahl gelassen habe. Aber es ging mir nicht darum, Euch zu demütigen.«

»Trotzdem bin ich vom Hof ausgeschlossen.«

»Otto ist nicht nachtragend. Er nimmt Euch bestimmt bald wieder auf. Aber Ihr dürft jetzt nichts Falsches tun.«

Heinrich lachte auf. »Zu spät. Sobald Otto von Euch hört, dass ich einen der Nordmänner empfangen habe …«

Theophanu schüttelte heftig den Kopf. »Er wird es nicht hören.«

»Ihr wollt es ihm nicht sagen?«, fragte Heinrich überrascht.

»Nein, wenn Ihr mir bei Eurer Ehre versprecht, alle Pläne, Euch mit anderen als dem Kaiser zu verbünden, aufzugeben.«

Heinrich überlegte. »Warum seid Ihr so großzügig?«

»Vielleicht, weil ich viel von Euch halte.«

Theophanu merkte, dass Heinrich näher kam.

»Ihr tut es für mich?«

»Weil Ihr eine der wichtigsten Stützen des Königs seid«, beeilte sich Theophanu anzufügen.

Aber Heinrich lächelte. »Ihr seid in Besitz von etwas ganz Besonderem. Etwas, was Eurem Mann abgeht, aber über das sein Vater noch verfügte.«

Er nahm Theophanus Gesicht in beide Hände. »Es ist *clementia*, die Gnade für den, der gefehlt hat. So etwas zeichnet nur die ganz Großen unter den Herrschenden aus.«

Theophanus Gesicht glühte unter seinen Händen. Verschämt schlug sie die Augen nieder. Heinrich strich ihr sanft über beide Wangen, um dann ein paar Schritte zurückzutreten. Er verbeugte sich tief vor ihr. »Ich bitte Euch untertänigst um Vergebung für das, was ich getan habe. Ich will von allen Plänen ablassen, die dem Kaiser auch nur in geringster Weise schaden könnten.«

Theophanu sah ihn ernst an. Sie reichte ihm die Hand. »Ich vergebe Euch.«

Theophanu spürte tief in ihrem Inneren, dass sie richtig gehandelt hatte, und es machte sie stolz.

Theophanu saß im Skriptorium der Pfalz Ingelheim über die Urkunden gebeugt. Sie wandte sich an Jannis, der hinter ihr stand. »Habt Ihr das gelesen?«

Jannis nickte. »Alle Privilegien zugunsten der Babenberger Markgrafen. Eine eindeutige Gunstbezeugung von Seiten Eures Mannes.«

»Aber das darf er nicht tun.« Theophanu ging erregt auf und ab. »Das ist ein Affront gegen Heinrich. Er muss sich von den Markgrafen in die Zange genommen fühlen.«

Jannis zuckte mit den Schultern. »Ich nehme an, genau das hat Otto beabsichtigt.«

Theophanu starrte Jannis an. »Aber weiß er nicht, was er damit anrichten kann? Ich muss mit ihm sprechen, sofort.«

Sie fand Otto bei den Pferden, zusammen mit seinem Neffen Otto, dem Herzog von Schwaben.

»Was hast du dir bei diesen Privilegien gedacht?«, rief Theophanu aufgebracht.

»Schrei nicht so, du machst noch die Pferde scheu«, beschied ihr Otto.

»Was würdest du an Heinrichs Stelle tun, wenn du umzingelt wärst?«

»Wir können kein Risiko eingehen«, erklärte ihr nun der Herzog. »Von Schwaben aus habe ich ihn unter Kontrolle, und wenn wir die beiden Babenberger Markgrafen stärken, kann er nicht mehr so viel Unheil anrichten.«

Theophanu schüttelte den Kopf. »Was tut ein Pferd, wenn es in die Enge gedrängt wird?«

»Es scheut und man sollte sich tunlichst von seinen Hufen fernhalten.«

Jetzt griff Otto ein. »Heinrich ist berechnend. Er wird sich hüten, in einer aussichtslosen Situation zu kämpfen.«

»Er ist nicht berechnend. Nach außen mag er so wirken.« Theophanu blickte einen Moment vor sich hin. »Ich glaube, er ist zu großer Leidenschaft fähig.«

Otto runzelte die Stirn. »Du redest schon wie Mutter. Was hat dieser Mann bloß an sich?«

»Es geht nicht um ihn«, beteuerte Theophanu. »Hast du vergessen, wer sich als Erste gegen ihn gestellt hat?«

»Deswegen verstehe ich nicht, warum du ihn jetzt in Schutz nehmen musst.«

»Wir brauchen ihn. Für das Reich.«

Ottos Neffe mischte sich ein. »Vielleicht sollten wir Heinrich wirklich nicht zu sehr reizen. Theophanu hat nicht ganz Unrecht.«

Er lächelte den Kaiser an. »Du hast eine kluge Frau und solltest auf ihren Rat hören.«

Otto blieb ernst. »Was verstehst du schon von Frauen? Du bist noch nicht einmal verheiratet.«

Der Angesprochene errötete. »Ich hätte schon manches Mal die Richtige gefunden. Nur vor den Augen meiner Mutter war keine gut genug.«

»Genau das ist dein Fehler«, folgerte Otto. »Du lässt dir von den Frauen auf der Nase herumtanzen. Aber ich sage dir …« Otto wandte sich so, dass seine Worte mehr Theophanu als seinem Neffen galten. »… Du musst die Frauen nur hart herannehmen. Ganz ähnlich wie die Pferde.«

Theophanu merkte, wie die Röte in ihrem Gesicht hochstieg. Es konnte doch nicht sein, dass Otto so zu ihr sprach. Gleich würde er sie um Verzeihung bitten, da war sie sich ganz sicher. Aber nichts geschah. Stattdessen entdeckte sie so etwas wie Belustigung in seinen Augen.

Theophanu konnte nicht mehr an sich halten. »Auf jeden Fall versteht Heinrich etwas von Frauen. Du hingegen kannst dein barbarisches Erbe nicht verleugnen.«

Ottos Miene spiegelte Unglauben. Theophanu stand starr. Sie hatte ihn nicht so beleidigen wollen, schon gar nicht vor seinem Neffen. Aber es war seine Schuld. Sie konnte eine andere Behandlung verlangen. Eigentlich müsste er ihr sogar dankbar sein, dass sie sich so gut in Heinrich einfühlen konnte. Wenn er nur wüsste, dass sie Heinrich von einer Erhebung gegen ihn abgebracht hatte, er würde gewiss ganz anders sprechen. Aber ihr Stolz ließ es nicht zu, es ihm zu offenbaren. Außerdem hatte sie es Heinrich versprochen. Es war eigenartig, aber im Grunde fühlte sie sich ihm fast mehr verbunden als ihrem Mann.

Plötzlich ließ näherkommender Hufschlag die kleine Gruppe herumfahren. Der Reiter hielt bei den Wachen, die ihn jedoch schnell durchließen und zu Otto führten. Der Mann glitt mit letzter Kraft von seinem Pferd. »Markgraf Berthold schickt mich. Er hat wichtige Nachrichten für Euch.«

Der Bote sah fragend zu Otto, aber der bedeutete ihm, dass er vor den anderen beiden sprechen konnte.

»Es geht um Herzog Heinrich. Meinem Herrn wurde zugetragen, dass er ein Heer sammelt.«

Otto schrak auf, aber der Bote hatte noch mehr zu sagen.

»Ebenso wird in Böhmen und Polen alles zu einem Feldzug vorbereitet. Es scheint, als wenn der Herzog von Bayern sich mit den Herzögen von Böhmen und Polen verbündet hat.«

Jetzt war jede Farbe aus Ottos Gesicht gewichen. »Verbündet gegen mich.«

Theophanu sah, wie Otto diese Nachricht traf. Doch auch ihr war der Schreck in alle Glieder gefahren. Heinrich plante den Aufstand! Er hatte nie von seinem Vorhaben abgelassen und Theophanu nur etwas vorgemacht. Und sie hatte sich von ihm täuschen lassen und noch nicht einmal ihrem Mann etwas von seinen Plänen erzählt. Welch ein unverzeihlicher Fehler. Sie hätte am liebsten ihren ganzen Zorn auf Heinrich und, was noch viel schlimmer war, auf sich selbst herausgeschrien, als ihr plötzlich der Atem stockte. Was, wenn der Bote noch nicht zu Ende war? Was, wenn er auch noch Nachrichten aus dem Norden hatte und die Wikinger sich anschickten, ins Reich einzufallen? Doch zu ihrer Erleichterung hatte der Bote sich schon abgewandt.

Trotzdem ließ der Gedanke ihr keine Ruhe. Heinrich hatte sie schamlos belogen, was sollte ihn daran hindern, auch seine Kontakte zu den Nordmännern zu nutzen? Nichts, auf jeden Fall nicht sie. Theophanu atmete tief ein. Sie wollte beten, aber im Grunde gab es nur eins, was sie tun musste: Sie würde nicht umhinkommen, Otto die Wahrheit zu sagen. Doch sie brachte es nicht über sich, auch nur den Mund zu öffnen. Ihr Mann würde ihr nie mehr vertrauen. Sie hatte ihm immer noch keinen Sohn geschenkt. Er würde seine Mutter zurückholen und sie verstoßen.

Sie musste es anders versuchen. »Wenn Heinrich den ganzen Süden und Osten kontrolliert, sollten wir auf den Norden achten. Was, wenn er auch dort Verbündete sucht?«

Otto schüttelte den Kopf. »Bei unseren größten Feinden? Nein, das traue ich selbst Heinrich nicht zu.«

»Er muss sich nicht mit ihnen verbünden. Es reicht doch, wenn sie erfahren, wann der Moment zum Angriff am günstigsten ist.«

Der junge Herzog nickte. »Und zwar genau dann, wenn die Bayern, Böhmen und Polen dich in Atem halten«, erläuterte er Otto.

Der schien noch nicht überzeugt. »Das kann er nicht machen.«

Theophanu ergriff Otto bei den Schultern. »Er kann, glaube es mir. Du meinst doch die Frauen zu kennen. Weiß nicht jeder, dass ihr Gefühl sie nicht täuscht?«

Und wie sie ihr Gefühl getäuscht hatte, aber daran durfte sie jetzt nicht denken, wollte sie auch nur halbwegs überzeugend sein.

Otto überlegte. »Vielleicht hast du Recht. Wir sollten die Nordgrenze auf jeden Fall beobachten lassen.«

Theophanu atmete auf. Sie umarmte Otto und konnte gar nicht mehr verstehen, dass sie sich ihm eben noch fremd gefühlt hatte.

Heinrich schritt schnell aus, so als könnte er die Wachen, die ihm direkt auf den Fuß folgten, abschütteln. Aber es hatte natürlich keinen Sinn. Sie hatten den Auftrag, ihn den ganzen Weg durch das weite Halbrund der vorgelagerten Kolonnade bis zu dem Gebäude zu begleiten, das in der nächsten Zeit sein Aufenthaltsort sein würde.

Heinrich hatte nicht damit gerechnet, dass die Verschwörung so schnell aufgedeckt werden würde. Erst hatte er Theophanu im Verdacht, ihn an Otto verraten zu haben, aber dann hatte sich herausgestellt, dass der Babenberger Markgraf dahinter steckte. Heinrich blieb nichts anderes übrig, als sich zu ergeben. Doch zu seiner Überraschung hatte Otto ihn daraufhin nicht wieder in seine Huld aufgenommen, sondern ihn hier in Ingelheim in Haft setzen lassen. Sie waren bei dem stattlichen Nebengebäude angekommen. Heinrich betrachtete es etwas unwillig, aber dann sagte er sich, dass es sogar von Vorteil sein konnte, sich hier aufzuhalten, da es auf der viel besuchten Pfalz ständig Neuigkeiten gab. Eine der Wachen öffnete die Tür und Heinrich wollte schon eintreten, als er plötzlich das große Schloss sah, das ein anderer Wachmann zur Hand nahm und bereits durch einen Riegel an der Tür schob. Wenn die Tür erst geschlossen war, würde es durch einen zweiten Riegel an der Mauer gestoßen und den Ausgang damit sicher und fest verschließen. Heinrich hielt an. »Was soll das? Leg das Schloss weg!«

Doch der Mann reagierte nicht. Heinrich fühlte Wut in sich aufsteigen. »Bist du schwerhörig? Ich lasse mich nicht einschließen.«

Natürlich hatte Otto von Gewahrsam gesprochen, aber doch nicht hinter Schloss und Riegel. Keiner aus der Familie wurde so schnell in unehrenhafte Verwahrung genommen, sondern man wies ihm lediglich einen bestimmten Aufenthaltsort für eine gewisse Zeit zu. Und so hatte er das auch diesmal verstanden, wie einen etwas längeren Besuch auf der Pfalz.

Einer der Männer fasste ihn an der Schulter, um ihn hineinzugeleiten, aber Heinrich riss seinen Arm nach hinten, um ihn abzuschütteln. »Nein!«

Doch schon waren vier andere Wachen bei ihm, um ihn festzuhalten. Heinrich herrschte sie an: »Lasst mich sofort los! Wartet nur, bis euer Kaiser das erfährt!«

Heinrich warf einen Blick über die Schulter, als ob er dort jemanden zu entdecken hoffte, der das Missverständnis aufklärte. Er konnte durch das offene Tor in dem Mauerring auf die tiefer gelegenen Felder und Auen der Königsgüter sehen und auf den dahinter beginnenden Forst, der sich bis zum Horizont erstreckte. Er verspürte den unbändigen Drang hinauszulaufen. Aber die Wachen hatten ihn mittlerweile so fest im Griff, dass er nur noch den Kopf bewegen konnte. Er wollte ihn in Richtung Himmel drehen, als er das Turmfenster erblickte. Ein Gesicht war dahinter zu erkennen, zart, mit hellen Locken, die unter dem Schleier hervorblitzten. Sicher strahlte wie sonst auch kostbarer Schmuck mit den klaren Augen um die Wette, doch das konnte er von hier unten nicht erkennen. Es war keine andere als Theophanu, die seine Niederlage triumphierend verfolgte. Schlagartig wurde ihm klar, dass es ihre Idee gewesen sein musste, ihn einsperren zu lassen. Nur sie besaß einen Grund, ihn so zu demütigen. Er hatte sie nicht gerne belogen, aber leichtgläubig wie alle Frauen war sie auf ihn hereingefallen. Und dafür hasste sie ihn jetzt. Aber vielleicht hatte sie auch nur von ihm gelernt. Er hätte an ihrer Stelle nicht anders gehandelt. Heinrich lächelte das schöne Antlitz an, bevor sie seinen Kopf herunterdrückten, um ihn endgültig durch die Tür zu schieben.

Theophanu war außer sich. Wie konnte er sich erdreisten zu lachen? Noch während er gedemütigt wurde, machte er sich über sie lustig. Am liebsten wäre sie hinuntergelaufen, um ihn zu schütteln und mit den Fäusten zu traktieren. Brüsk wandte sie sich ab. Sollte er doch denken was er wollte, wichtig war nur, dass er festsaß. So schnell konnte er keinem mehr etwas antun. Und doch war sie unruhig. Vielleicht lag es an der Nachricht, dass die Wikinger wirklich Anstalten machten, ins Reich einzudringen.

Es war höchste Zeit, alles für die Abreise Richtung Norden vorzubereiten. Und doch fiel es ihr schwer, sich von dem Anblick der jetzt fest verriegelten Tür zu trennen. Sie würde Heinrich sehr lange nicht mehr sehen.

»Rig, unser großer Vater, durchwanderte die ganze Welt, bis er eines Abends zu einer kleinen Hütte kam. Darin lebten Ahn und Edda, ein altes, verhutzeltes Pärchen, dessen Kleidung armselig und abgetragen war. Sie gaben Rig von ihrem letzten Brot, und Rig schlief drei Tage zwischen ihnen auf ihrem harten Bett, bevor er weiterzog. Edda schenkte neun Monate später einem Jungen das Leben, den sie Knecht nannte. Er war runzlig und ungestalt und heiratete später ein ebenso ungestaltes Mädchen namens Magd. Die beiden und ihre große Nachkommenschaft erledigten fortan alle niederen Dienste wie Dung auf den Feldern zu verteilen, Feuerholz zu suchen und in den Mooren Torf zu stechen.«

Die Kinder hingen an den Lippen der alten Frau. Sie hatten es sich mit den Fellen auf der Erdbank gemütlich gemacht. Obwohl das lang gezogene Holzhaus mit dem Strohdach schon eins der größeren war, herrschte ziemliche Enge. Außer den Schlafplätzen auf den Erdbänken und dem Holzbett für die Hausherren mussten noch der Webstuhl sowie einige Truhen Platz finden. In der Mitte brannte das von einigen Steinen eingefasste Feuer, über dem ein Kessel an einer Eisenkette herunterhing. Normalerweise waren dort auch die Schinken zum Räuchern befestigt, aber im letzten Jahr war die Ernte so schlecht gewesen, dass man die meisten Vorräte schon aufgezehrt hatte. Mit Ungeduld warteten alle auf den Herbst, in dem sie hoffentlich einen besseren Ertrag einfahren konnten.

Es war tags wie nachts dunkel im Haus, da es kein Fenster, sondern nur einen Rauchabzug besaß. Öllampen spendeten ein wenig Helligkeit, aber Hallgerd war ohnehin fast blind. Ihre Augen hatten im Laufe der Jahre immer mehr an Sehkraft verloren, genauso wie die Anzahl der Schlüssel an ihrem Rock abgenommen hatte. Früher, als sie noch die Hausherrin gewesen war, trug sie stets einen ganzen Bund, der zu den Truhen und Kommoden mit den wertvollen Haushaltsgegenständen gehörte, und der ihr Kommen schon von weitem ankündigte. Auch die Nadeln, Scheren und Messer, die sie stets zum Spinnen und Weben benutzt hatte, brauchte sie nun nicht mehr. Jetzt hatte sie sich darauf verlegt, den Kindern die großen Geschichten zu erzählen. »Rig wanderte immer weiter, bis er an einen großen

Gutshof gelangte, so wie unserer, mit Ställen, Speichern, Werkstätten und Schuppen für die Boote. Ein sauber und sorgfältig gekleidetes Pärchen begrüßte ihn. Es waren Ätti und Amma, die Rig ein herzhaftes Mahl anboten. Wieder schlief er drei Nächte zwischen ihnen und wieder gebar die Frau nach neun Monaten ein Kind, das sie Kark nannte. Kark war kräftig und von rosiger Gesichtsfarbe und heiratete, als es an der Zeit war, ein ebenso hübsches, dralles Mädchen mit Namen Schnur, was auf die Kordel um ihre Taille deutete, an der viele Schlüssel hingen. Auch diese beiden hatten viele Nachkommen, die seitdem die Felder bestellen und Vieh halten.«

Die kleine Gyda, die sich an ihren älteren Bruder Bjarni gekuschelt hatte, kroch auf die alte Frau zu und führte deren Hand zu dem Seil, das sie sich um den Bauch gebunden hatte. »Kannst du das nochmal neu knoten?«, bat sie.

Hallgerd tat ihr den Gefallen, und Gyda drehte und wendete sich solange, bis die Muscheln, die sie anstatt der Schlüssel an dem Seil befestigt hatte, leise klimperten. Ihr Bruder zog an ihrem Rock. »Jetzt setz dich endlich wieder. Wir wollen weiter hören.«

Hallgerd wusste, dass der Teil, der jetzt kam, Bjarni am besten gefiel. Er hatte den Drang nach Höherem, und auch wenn er in seinen Stand als Bauer hineingeboren war, so würde er sich sicher als tapferer Krieger auszeichnen. »Als letztes kam Rig zu einer großen Halle, weitläufiger und prächtiger als alle Häuser zuvor. Ein reich gekleidetes Paar, Vater und Mutter, öffneten ihm. Nachdem Rig vorzüglich gespeist hatte, schlief er, wie die beiden Male vorher auch, drei Nächte zwischen den Eheleuten. Wieder brachte die Frau neun Monate später einen Knaben zur Welt, schön und wohlgestalt, den sie in Seide wickelten. Sie nannten ihn Jarl. Er heiratete ein schönes Mädchen namens Lebendig und zeugte zwölf Söhne, allesamt edel und kriegerisch.«

Auch wenn die Alte es nicht sehen konnte, wusste sie, dass die Augen der Kinder glänzten. »So, und jetzt legt euch hin und schlaft.«

Sie rückte ihnen die Felle zurecht, bevor sie sie allein ließ.

Hallgerd wollte sich schon zu den anderen Frauen ans Feuer setzen, doch sie überlegte es sich anders, und trat stattdessen nach draußen. Das Gerede, das in der letzten Zeit nur um den großen Feldzug kreiste, machte sie ganz unruhig. Auch sie war mit jedem Gedanken bei ihren drei Söhnen und fünf Enkeln, die vor einigen Wochen mit ihren Drachenbooten losgefahren waren. Aber sie wollte nicht ständig darüber sprechen, sondern ihnen lieber ihre Kraft zukommen lassen.

Hallgerd schritt zum Meer. Sie hörte die leise Brandung und richtete sich hoch auf, um sich vorzustellen, wie es den Ihren jetzt, fern von hier, erging. Ihr erstes Ziel war Haithabu gewesen, dort wollten sich alle sammeln, um sich dann gemeinsam gegen die Tributpflicht zu widersetzen.

Ihr Volk hatte es nicht einfach. Die Winter waren so kalt, dass sie noch im Frühjahr die hart gefrorenen Erdklumpen nur mit Mühe und Not zerschlagen konnten, um den Boden zur Aussaat bereit zu machen. Dauerte der Winter länger als sonst, mussten sie das schwache Vieh auf die Weide tragen, bis es wieder Kraft gesammelt hatte, um selbst in den Bergen Nahrung zu finden. Keiner klagte, denn sie liebten ihr Land. Aber es war nicht rechtens, dass dieser fremde Herrscher Abgaben erhob, wenn sie in seinem Land Handel treiben wollten. Harald Blauzahn, ihr großer und gütiger König, tat recht daran, ihn in die Schranken zu weisen. Und Hallgerd zweifelte nicht daran, dass es ihm gelingen würde, denn er hatte den Beinamen von seinem stahlblauen Kampfzahn, der die Gabe verriet, sich während des Kampfes in einen wilden Eber zu verwandeln.

Trotzdem betete sie zu Freyja, die die Hälfte der gefallenen Krieger zu sich zu holen pflegte. Wenn es einem von Hallgerds Söhnen und Enkeln nicht vergönnt sein sollte, siegreich aus der Schlacht hervorzugehen, dann sollte sich wenigstens Freyja seiner annehmen.

Die Alte dachte mit Missfallen daran, dass ihr König das Heil mittlerweile von diesem neuen Gott erflehte. Nur weil ihn einer der fremden Priester, ein gewisser Poppo, dadurch beeindruckt hatte, dass er ein glühendes Eisen tragen konnte, ohne sich die

Hände zu verbrennen, hatte Harald sich bekehren lassen. Aber dann beschloss Hallgerd, lieber auch noch zu diesem anderen Gott zu beten. Schaden konnte es sicher nicht, und Freyja würde es ihr nicht übelnehmen. Sie war verschwenderisch schön und großmütig.

Theophanu stand unter der Zeltplane, die in der Mittagshitze etwas Schatten spendete, und lauschte auf das Sirren der Pfeile, die unablässig mit hoher Wucht durch die Luft geschossen wurden und beängstigend oft ihr Ziel trafen. An Ausruhen war nicht zu denken, obschon keiner in den letzten drei Tagen Schlaf gefunden hatte. Immer wieder versuchten Ottos Truppen, den Wall zu stürmen, und immer wieder scheiterten sie.

Die Befestigungsanlage von Haithabu war die erste Überraschung gewesen. Ursprünglich so hoch wie ein großgewachsener Mann, war sie nun auf mehr als das Doppelte angewachsen und mit einer Holzpalisade verstärkt worden. Das Wieglesdor, wie die Nordmänner den Zugang nannten, durch den in Friedenszeiten die Händler die Grenze überschritten, war bestens geschützt.

Die zweite Überraschung war die Anzahl der Gegner. Außer Harald Blauzahns Truppen kämpften auch die Norweger unter Jarl Hakon mit. Bald machte in Ottos Lager das Gerücht die Runde, dass seine Reiter auf Meerrappen saßen und mit ihren flammenden Odinschwertern die Feinde dahinmetzelten. Otto verbat solches Gerede bei Androhung der sofortigen Hinrichtung, aber um den Mut seiner Leute war es auch so geschehen. Es bestand nicht der leiseste Funken Hoffnung, dass diese Schlacht gewonnen werden konnte. Jedesmal, wenn die Sachsen und die eilig dazugestoßenen Friesen und Wenden mit aller Kraft versuchten, das Danewerk zu erstürmen, kehrten nur wenige zurück.

Otto hielt es nicht unter dem Zeltdach. Er stand in der brennenden Sonne und sah einem weiteren, misslingenden Angriff zu. Er schüttelte den Kopf. »So geht es nicht weiter. Wir müssen es anders versuchen.«

Theophanu sah ihn fragend an. »Wie denn? Sie haben den Wall nicht nur erhöht, sondern auch verlängert. Er sperrt das ganze passierbare Gebiet ab. Wo er endet, bleibt nur noch Moor.«

Otto blickte für einen Moment in die Sonne. »Es ist heiß. Schon seit beinahe zwei Monaten. Das Moor wird an einigen Stellen fest sein.«

»Nein, Otto, das kann nicht dein Ernst sein!«

Theophanu überlief trotz der Hitze eine Gänsehaut. In Konstantinopel hatte es kein Moor gegeben. Erstmals hörte sie hier von dem trügerischen Boden, der viele, die ihm vertrauten, zum Lohn verschlang und nicht mehr hergab. Und sie hatte sich genau gemerkt, dass eins der größten hier in der Nähe von Haithabu lag.

»Die Männer müssen nur vorsichtig sein und einer nach dem anderen gehen, anstatt in Reihen vorzupreschen«, setzte ihr Otto auseinander.

Aber Theophanu war nicht überzeugt. »Jetzt schon sind zu viele gefallen. Jeder Mann, den du im Moor verlierst, wird die Aussicht auf einen Sieg nur verringern.«

Sie überlegte. »Am besten wäre es, wenn wir uns zurückziehen.«

»Wir sollen fliehen?«

»Es ist keine Flucht. Sobald wir umkehren, werden die Wikinger die Festung verlassen und uns verfolgen. Dann kannst du sie in offener Feldschlacht besiegen.«

»Und wenn sie nicht rauskommen? Dann heißt es, der Kaiser hat kapituliert.«

»Sie werden dir nachsetzen.«

»Oder ihre Festung in aller Ruhe noch weiter ausbauen, sodass ich ihnen nie mehr beikommen kann.«

»Otto, bitte, es ist doch nur ein Versuch. Du kannst jederzeit umkehren.«

Otto schüttelte den Kopf. »Wie sieht das denn aus? Nein, wir werden durch das Moor vordringen und diese grobschlächtigen Riesen dann von hinten überraschen«, erklärte er entschlossen.

Otto wandte sich an eine kleine Schar seiner Krieger, die sich für den nächsten Einsatz ausruhten. »Wer hat genug Mut, um den Weg zu erkunden?«

Während die meisten so taten, als hätten sie Otto nicht gehört, meldete sich ein junger Mann, fast noch ein Kind. »Ich gehe!«

Aber ein etwas älterer, dem anderen fast wie aus dem Gesicht geschnitten, fiel ihm in den Arm. »Nein, du gehst nicht. Ich habe es Mutter versprochen.«

Es handelte sich um zwei Brüder, von denen der jüngere nun heftig widersprach. »Du konntest doch gar nicht wissen, dass ich ins Moor will.«

»Nein, aber ich habe ihr geschworen, dich heil wieder nach Hause zu bringen.«

Otto wandte sich an den Älteren. »Wenn du auf ihn aufpassen willst, dann geh mit ihm.«

Der konnte nicht mehr widersprechen, sondern verbeugte sich und folgte dem Kleineren, der sich frohen Mutes zu den Pferden aufmachte.

Theophanu blickte den beiden besorgt nach, als sie an der Treene entlang trabten, um das Ende des Danewerks zu erreichen.

Es wurde Abend, ohne dass die Brüder zurückkehrten. Otto sah es als gutes Zeichen. Wahrscheinlich konnten sie weit nach Norden vordringen. Theophanu wünschte, dass er Recht hatte, und doch konnte sie es nicht recht glauben. So war sie es auch, die im Dunkeln als Erste die sich mühsam dahin schleppende Gestalt entdeckte, allein und ohne Pferd. Es war der ältere der beiden Brüder, über und über mit Blut besudelt, das von seinen Händen troff. Weinend brach er vor dem Kaiser zusammen, und nur mit Mühe war ihm zu entlocken, was geschehen war.

Als der Boden langsam unter den Pferden zu schwanken begann, waren sie abgestiegen und zu Fuß weitergegangen. Es war jedoch schwieriger, als sie angenommen hatten, weil oft nur schmale Streifen begehbar waren. So brachen nacheinander beide Pferde ein und versanken jämmerlich, ohne dass die Männer etwas tun konnten. Aber die beiden beschlossen weiterzugehen, um zu sehen, wie weit ein Fußtrupp sich vorwagen konnte. Als es immer schwieriger wurde, wollte der Ältere umkehren, aber der Kleine weigerte sich. Er hatte eine Birkenlichtung erspäht und sich darauf versteift, dass ab da der Boden wieder fester sein müsse. Er bestand darauf vorzugehen, da er noch nicht ganz so groß wie sein Bruder und damit leichter war. Der konnte dem nichts entgegensetzen, und so folgte er ihm. Er war nicht weit entfernt, als der Jüngere plötzlich den Halt verlor, einsackte und erst bis zu den Knien, dann aber rasch bis zur Hüfte im Morast steckte. Ausgerechnet jetzt fand der Ältere keinen Ast, um ihn herauszuziehen. Der Jüngere zog sein Schwert und hielt es dem Bruder hin, der die Klinge ergriff, sich nicht daran störend, dass sie ihm die Finger zerschnitt. So gut es ging, zog er daran, doch seine Kraft reichte nicht aus, gegen die Masse des Schlamms anzukommen. Immer tiefer versank sein Bruder. Das Einzige, was er noch schaffte, war sich wegzudrehen, sodass dem Älteren der Anblick des nach Luft ringenden Mundes erspart blieb, bevor das Moor jede Spur des jungen Lebens tilgte.

Otto hatte genug gehört. Er gab Befehl zum Rückzug. »Wir werden sie aus ihrer Festung locken, um sie auf dem offenen Feld zu vernichten.«

Die Männer bejubelten den weisen Entschluss des Kaisers. Otto vermied es, seine Frau anzusehen.

Thorolf pirschte sich langsam voran. Er gehörte zur Vorhut, die ausspähen sollte, wie weit Ottos Männer mit dem Rückzug waren. Hinter ihm im Danewerk wurde indessen alles für die Verfolgung bereit gemacht. Es war heiß, und Thorolf suchte einen Moment Schatten unter der ausladenden Krone eines Baumes. Er sah am Stamm hoch und beschloss hinaufzuklettern. Von oben hatte er bestimmt eine gute Sicht. Thorolf nestelte an seiner Ringfibel, um den Umhang abzulegen. Er faltete den Stoff zusammen und bettete die aus dem Elfenbein des Walrosses geschnitzte Fibel sorgfältig darauf. Seine Großmutter Hallgerd hatte sie angefertigt, eigens für ihn hatte sie die Weltenesche

Yggdrasil sorgfältig hineingeritzt. Die Fibel sollte ihm Glück bringen und das war auch der Grund, warum er sie bis jetzt nicht abgelegt hatte. Aber beim Klettern störte der Umhang ihn nur.

Thorolf erklomm den Baum. Hinter sich konnte er den Erdwall erblicken und vor sich die abziehenden Truppen Ottos, die ihm, viel kleiner an Wuchs als sein eigenes Volk, wie durcheinander wimmelnde Ameisen erschienen.

Thorolf wollte schon wieder nach unten klettern, als ihm etwas an den Ameisen merkwürdig vorkam. Sie schienen gar nicht mehr so kopflos zu fliehen, ganz im Gegenteil. Sie hatten die Richtung geändert und kamen im Eiltempo zurück. Es schienen auch viel mehr als vorher zu sein, offensichtlich hatten sie Verstärkung bekommen. Der junge Mann zwang sich, seinen Blick loszureißen und schnell hinabzuklettern, um seinen Leuten die Nachricht zu überbringen, dass der Feind erneut im Anmarsch war. Er beeilte sich so, dass er sogar seinen Umhang samt der Fibel vergaß, die Hallgerd für ihn gemacht hatte.

Erst als Thorolf sich in seine zum Kampf bereite Truppe einreihte und seinen Helm mit der schmalen Eisenplatte, die die Nase schützte, aufsetzte, vermisste er den Umhang. Er ärgerte sich, dass ihn diese Ameisen so kopflos gemacht hatten. Aber in Haithabu, nicht weit hinter dem Danewerk gelegen, würde er einen neuen erwerben. In Friedenszeiten war die Siedlung Treffpunkt für Händler aus aller Herren Länder, die Perlen, Glaskrüge und Schmuck gegen Bernstein, Honig und Walrosselfenbein tauschten. Letzteres gab Thorolf einen Stich. Die Fibel seiner Großmutter war nicht zu ersetzen. Fast blind, war sie nicht mehr in der Lage, ihm eine neue zu schnitzen. Aber Thorolf richtete sich auf. Sie hatte ihn jahrelang beschützt, und jetzt war er erwachsen. Außerdem nahm er sich vor, sie sich wiederzuholen. Wenn die Ebene erst mit den Leichen der Feinde bedeckt war, würde er in aller Ruhe bei dem Baum nach dem Schmuckstück suchen. Mit großen Schritten schloss er sich den anderen an, seine Waffen griffbereit am Körper tragend.

Für einen Rückzug in die Festung war es zu spät, und so dauerte es nicht lange, bis sie auf offenem Feld auf Ottos Männer trafen. Einer von ihnen tauchte direkt vor Thorolf auf. Und während er sich noch wunderte, woher dieser kleine Mann die Kraft nahm, so weit mit seinem Schwert auszuholen, hatte dieser ihn schon getroffen. Der Hieb in die Seite nahm ihm die Kraft zum Atemholen. Er konnte nicht ausweichen, und so sah er den nächsten Schlag kommen. Während er fiel, schien es ihm für einen Moment, als finge seine Großmutter ihn auf, hochaufgerichtet, die Arme nach ihm ausgestreckt. Er musste fast lachen, konnte sie doch unmöglich sein Gewicht halten. Doch dann verwandelte sich Hallgerd, und er sah eine betörend schöne Frau vor sich, großgewachsen, die vollen Brüste ihm entgegengestreckt. Es war keine andere als Freyja, die Göttin der Liebe, die ihn heim in ihr Reich holen wollte. Thorolf schloss in freudiger Erwartung die Augen. Er sollte sie nie mehr öffnen.

Der Steinmetz hieb mit aller Kraft auf den großen Steinblock vor ihm ein. Er würde einige Zeit brauchen, bis er einen Buckelquader daraus geformt hatte. Gar nicht auszudenken, wie viel Arbeit es noch war, bis sie die Festung errichtet hatten, die Kaiser Otto nach seinem triumphalen Sieg auf dem Schlachtfeld errichten ließ. Hier, nicht weit vom Danewerk an der Schlei gelegen, sollte die Zwingburg die Nordmänner für alle Zeiten mahnen, was passierte, wenn sie es noch einmal wagen sollten, in Ottos Reich einzudringen.

Er richtete sich auf, um sich den Schweiß von der Stirn zu wischen. Als er sah, dass der Junge, der angeblich das Handwerk bei ihm erlernen wollte, schon wieder eine Pause machte, herrschte er ihn an: »Steh sofort auf, du Narrenesel! Oder ich sorge dafür, dass dich die Raben fressen!«

»Aber ich habe was gefunden«, entgegnete der Bursche, während er sich erhob. Er hielt seinem Herrn eine kreisförmige Fibel hin, die aus Elfenbein gemacht zu sein schien.

Begierig griff der Steinmetz danach, doch der Junge hielt sie so ungeschickt, dass er sich daran stach. »Mist!«, fluchte der Handwerker.

Er schleuderte die Fibel wütend in hohem Bogen von sich. Später konnte der Junge das hohe Gras noch so gründlich nach dem Schmuckstück absuchen, es blieb verborgen. Es schien fast so, als warte es darauf, von jemand anderem gefunden zu werden.

Kapitel 11

Theophanu saß auf dem Bett und fuhr mit dem Kamm durch ihr Haar, während Otto die Schnüre seiner Beinkleider löste. »Weißt du, wenn ich so recht überlege, kamen die Dänen gerade recht«, erklärte er ihr.

Theophanu sah ihn erstaunt an. »Du hast viele Leute verloren.«

»Und an Achtung gewonnen. So schnell wird sich keiner mehr gegen mich erheben. Endlich habe ich Zeit, nach Rom zu gehen. Auch im Süden sollen sie nicht vergessen, wer der Kaiser ist.«

»Aber Otto, ist das nicht ein wenig früh?«

Otto riss ungeduldig an einer der Schnüre, bis sie riss. »Soll ich hier rumsitzen und Däumchen drehen?«

Theophanu legte den Kamm beiseite. »Was ist so schlimm daran, ein bisschen zur Ruhe zu kommen?«

Sie schlug die Augen nieder. »Vielleicht stellt sich dann auch unser Nachwuchs ein.«

Otto runzelte die Stirn, während er die Beinkleider abstreifte. »Was hat das damit zu tun, ob wir in Köln oder in Rom sind? Es kann sogar sein, dass dir eine Veränderung gut tut.«

Theophanu atmete schwer. Die Feuchtigkeit des Herbstes machte ihr zu schaffen. Vielleicht hatte Otto Recht und es half, wenn sie den Winter in Italien verbrachten.

Otto setzte sich neben sie auf das Bett und legte den Arm um sie. Theophanu sah ihn erstaunt an. Es kam nicht oft vor, dass er sie liebkoste. Sie spürte plötzlich, wie sehr ihr das fehlte. Sich einfach mal anlehnen und nichts entscheiden, bedenken und abwägen müssen. Theophanu wollte sich dicht an seine Brust schmiegen, doch da drängte er sie, sich zurückzulehnen. Seine Hand wanderte unter ihr Kleid, und dann legte er sich auch schon auf sie. Sein Gewicht ließ sie noch schlechter Luft bekommen. Theophanu versuchte, sich nicht daran zu stören. Sie wartete schließlich genauso sehnlich auf Nachwuchs wie Otto und der restliche Hof. Aber all ihre Gedanken halfen ihr nicht, ihre Sehnsucht nach Zärtlichkeit zu unterdrücken. Sie konnte nicht verhindern, dass Heinrichs Bild vor ihr aufstieg. Heinrich war stark, so stark, dass sie oft genug mit ihm aneinander geraten war. Keiner hatte dem anderen etwas geschenkt. Aber sie waren noch nicht fertig miteinander. Es war, als zöge sie eine unsichtbare Kraft zueinander hin. Theophanu lächelte. Sie spürte Ottos Gewicht fast gar nicht mehr.

Die Magd legte Theophanu das mit Kirschkernen gefüllte Kissen, das sie nahe beim Feuer angewärmt hatte, auf den Bauch. Es tat gut und für einen Moment hatte Theophanu das Gefühl, als wenn die Krämpfe nachließen. Sie wagte kaum zu atmen, aus Angst, dass der Schmerz gleich wieder einsetzen würde.

Dabei war es nicht die Pein an sich, vor der sie solche Angst hatte. Wenn nur ihrem Kind nichts geschähe! Zu oft waren diese Krämpfe die ersten Anzeichen vom Ende einer Schwangerschaft, zumal, wenn sie schon so früh auftraten wie bei Theophanu. Jannis hatte schnell nach dem besten Arzt am Hof schicken lassen.

Schon ging die Tür auf. Ein kleiner hagerer Mann trat ein und begann ohne viele Worte mit der Untersuchung. Als Erstes entfernte er das wohlig warme Kissen und warf es achtlos auf den Boden. Dann schob er Theophanus Gewand hoch und begann sie abzutasten. Die junge Frau betrachtete angestrengt sein von Warzen übersätes Gesicht, um sich nicht auf den Schmerz konzentrieren zu müssen, den seine erstaunlich großen Hände verursachten. Sie wunderte sich, dass er sich als Arzt nicht von den ihn verunstaltenden Auswüchsen befreien konnte, und hoffte, dass dies kein schlechtes Zeichen sei. Als er endlich fertig war, kam Jannis hinzu, Theophanu sorgenvoll betrachtend. »Und? Was habt Ihr herausgefunden?«, richtete er das Wort an den Arzt.

»Es ist, wie ich gedacht habe.«

Theophanu störte es, dass er nicht direkt zu ihr, sondern zu Jannis sprach.

»Sie ist eine Griechin, verwöhnt von Sonne, Reichtum und Müßiggang. Sie hat nicht genug Kraft für unser Leben hier.«

»Und ich habe nicht die Geduld, mir so etwas anzuhören«, entgegnete Jannis spitz. »Was empfehlt Ihr der Kaiserin?«

»Kalte Bäder, so oft es geht.«

»Kalte Bäder?«, fragte Theophanu fassungslos. »Aber es ist die Wärme, die mir gut tut.«

»Gerade deshalb müsst Ihr Euch abhärten.«

Theophanu war froh, als der Arzt ging und sie nicht mehr in sein warzenübersätes Gesicht blicken musste. Sie wollte schon nach dem Kirschkernsack greifen, als sie in der Bewegung innehielt. Aber Jannis reichte ihn ihr. »Er hat eine überaus eigene Vorstellung von Logik, um nicht zu sagen: Er ist ein Schwätzer. Ich werde so schnell wie möglich einen anderen Arzt besorgen.«

Aber Theophanu wehrte ab. »Nein, das ist nicht nötig. Kein Arzt kann mir helfen, auch nicht der beste. Ich muss es selber tun.«

Die Kaiserin ging auf den im Halbdunkel der Kirche blitzenden Schrein zu. Bei jedem Schritt krampfte sich ihr Unterleib zusammen, aber sie wusste, dass sie das Richtige tat. Es war kein Zufall, dass sie sich zur Zeit in Köln aufhielten. Er wollte, dass sie zu ihm kam und ihr Gewissen erleichterte. Sie fiel vor dem Reliquienschrein auf die Knie. Hier, bei den Überresten des heiligen Pantaleon, würde sie Hilfe finden. Sie musste endlich jemandem gestehen, dass sie in ihren Gedanken bei Heinrich gewesen war, während ihr Mann ihr beiwohnte.

Theophanu kniete nieder und versenkte sich ins Gebet. Kalt zog es vom Boden durch Theophanus Beine bis in den Unterleib und sie wusste, dass ihr das nicht gut tat, einerlei, was dieser Arzt gesagt hatte. Aber sie wagte es auch nicht, ihre Position zu verändern, denn nur im Knien konnte sie ihre Demut zeigen. Da ließ sie eine Stimme herumfahren.

»Theophanu, verzeiht, wenn ich störe.«

Es war Gerberga, die sich ihr näherte. Theophanu stand schnell auf und lächelte Heinrichs Schwester an.

»Gerberga, ich freue mich, dass Ihr mich besucht.«

Sie umarmte die Äbtissin.

»Ich war nicht weit von hier und deshalb wollte ich die Gelegenheit nutzen, Euch zu sehen. Allein«, erklärte Gerberga.

»Ihr wart bei …«

Theophanu wagte nicht den Satz zu Ende zu führen, aber Gerberga tat es für sie. »In Ingelheim, bei Heinrich.«

Gerberga blickte ernst. »Es tut mir sehr Leid, was geschehen ist.«

»Mir auch«, fiel Theophanu ein. »Aber uns blieb keine andere Wahl. Wir mussten Heinrich in Haft setzen.«

Die Nonne unterbrach sie. »Ihr müsst Euch nicht verteidigen. Heinrich hat bereits als kleiner Junge zu oft über die Stränge geschlagen. Ich glaube, wir hätten von Anfang an härter durchgreifen müssen, aber er war nun mal der Jüngste.«

Theophanu musste lächeln. »Wie geht es ihm?«

»Soweit ganz gut. Und er hat viel Zeit zum Nachdenken.«

»Bereut er, was er getan hat?«

Gerberga schüttelte den Kopf. »Sein Stolz steht ihm im Wege. Er sagt, er hat sich bereits unterworfen.«

Theophanu wurde rot. Das stimmte, und sie hätten Clementia walten lassen müssen, wie der alte Kaiser es so oft vorgemacht hatte. »Wer sagt, dass er sich nicht bei nächster Gelegenheit wieder gegen Otto gewandt hätte?«

»Da mögt Ihr nicht ganz Unrecht haben. Aber wenigstens hätte die Möglichkeit bestanden, dass er sich wandelt.« Gerberga sah plötzlich mutlos aus. »Jetzt in der Haft wird ein Gedanke in ihm übermächtig: Rache.«

»Ihr seid sehr offen zu mir.«

Gerberga nickte. »Aber ich habe auch Gutes zu berichten. Er bedauert es sehr, Euch gekränkt zu haben. Das hättet ihr nicht verdient.«

Theophanu musste ihren Kopf senken, damit Gerberga die Tränen in ihren Augen nicht sah. Heinrichs Schwester fuhr fort. »Vielleicht könnt Ihr ihm doch noch eine Chance geben.«

»Ich werde über Eure Worte nachdenken. Doch jetzt lasst mich bitte allein«, beschied ihr Theophanu.

Gerberga verneigte sich und zog sich still zurück. Als sie die Kirche verlassen hatte, konnte Theophanu sich nicht mehr beherrschen. Sie sank zu Boden und weinte hemmungslos. Doch plötzlich spürte sie, wie sich erneut alles in ihr zusammenkrampfte. Erschrocken stand Theophanu von den kalten Steinen auf. Der Schmerz erinnerte sie daran, dass sie Heinrich endlich aus ihren Gedanken verbannen musste. Auf keinen Fall durfte sie es riskieren, dass er wieder am Hof erschien. So Leid es ihr tat, sie musste als Kaiserin handeln und nicht als Frau. Es gab keine Wahl. Heinrich musste in Haft bleiben.

Theophanu überreichte Willigis das prachtvolle Messgewand. Auf dunkelrotem Untergrund leuchtete das aus goldenem Stoff aufgenähte Kaselkreuz, welches wiederum mit einer Darstellung der Kreuzigung Christi bestickt war. Theophanu sah, dass sein Gesicht vor Freude glühte. Willigis wagte kaum, den Umhang anzufassen, den Theophanu ihm hinhielt. »Das ist wirklich für mich?«

Theophanu nickte. »Das ist für den zukünftigen Erzbischof von Mainz.«

»Aber ... aber das kann ich gar nicht annehmen.«

»Das müsst Ihr annehmen.« Theophanu lächelte. »Sonst lasse ich Euch nicht gehen«, fügte sie an.

Es war natürlich scherzhaft gemeint, denn Willigis war genau der richtige Mann für diese verantwortungsvolle Stellung. Mainz war das größte und einflussreichste Erzbistum im Reich, und es kam nur jemand als Bischof in Frage, der absolut loyal zum Kaiser stand. Keiner wäre besser geeignet als sein Kanzler.

Zwei Diener kamen auf Theophanus Wink heran und streiften ihm die Kasel über. Er stand ganz still und starr vor der Kaiserin.

»Ihr dürft Euch ruhig bewegen«, erklärte sie ihm. »Nur so kann das Licht mit den Farben spielen.«

»Habt Ihr die Kasel aus Eurer Heimat mitgebracht?«

Theophanu nickte. »Und ich habe die ganze Zeit nach jemandem gesucht, dem sie passt. Ihr werdet sie am kommenden Sonntag zu Eurer Einsetzung tragen.«

Theophanu nahm auf einem der schweren Holzstühle, die beim Kamin standen, Platz. Jetzt, so kurz vor der Niederkunft, hatte sie noch einmal beträchtlich an Leibesfülle zugenommen. Sie war froh und dankbar, dass in den letzten Monaten alles gut verlaufen war, und sie führte es darauf zurück, dass sie sich zwang, nicht mehr an Heinrich zu denken. Er war für sich selber verantwortlich, sie aber hatte für ihr ungeborenes Kind zu sorgen. Theophanu fühlte sich ruhig und ausgeglichen wie lange nicht.

Plötzlich stand eine der Wachen in der Tür. »Entschuldigt, aber da ist eine Frau …«

Doch in dem Moment eilte auch schon ein altes Mütterchen überraschend flink in den Saal. Als sie die Kaiserin und den Mann in der prächtigen Kasel sah, schlug sie verlegen die Augen nieder. »Verzeiht, ich dachte … ich habe jemanden gesucht, aber …«

Sie fiel vor der Kaiserin auf die Knie, nahm den Saum ihres Kleides und küsste ihn. Theophanu sah auf die weißen Haare herab, die kein Schleier verbarg. Die Frau erhob sich wieder. Unter ihrem Kleid konnte man die erschlafften Brüste erahnen, genau wie der restliche Körper von vielen Schwangerschaften ausgezehrt.

Die Wache packte die Alte wenig sanft am Arm und wollte sie hinausziehen, als Theophanu ihr Einhalt gebot. »Halt!«, und zu der Frau gewandt: »Zu wem wolltest du?«

»Zum Kanzler, ehrwürdige Kaiserin.«

»Zu Willigis? Aber der ist doch hier!«, wunderte sich Theophanu.

Verwirrt blickte die Alte auf das Prunkgewand. Nur zögernd wagte sie es, dem Mann ins Gesicht zu sehen. »Willigis, tatsächlich! Du bist es!«, rief sie aus.

Ihr Gesicht wurde weich, ein Lächeln huschte über ihr Gesicht, während Willigis sie ausdruckslos anstarrte. Dann winkte er der Wache. »Bringt sie fort. Ich kenne sie nicht.«

»Aber ich bin es doch! Willigis, bitte ...«

Aber Willigis hatte sich schon umgedreht und war dabei, die Kasel vorsichtig wieder abzulegen. Er sah nicht mehr, wie die Alte, sich vergeblich sträubend, nach draußen gebracht wurde.

Theophanu betrachtete den Mann, von dem sie so wenig wusste, aufmerksam. »Wer war das nur? Sie schien Euch zu kennen.«

Willigis zuckte mit den Schultern. »Ich ... ich kann mich nicht erinnern, sie jemals gesehen zu haben.«

Er wurde rot bis an die Haarwurzeln. Theophanu schüttelte den Kopf. »Das stimmt doch nicht, Willigis. Ihr seid kein guter Lügner, und das ist auch gut so.«

Willigis sah Theophanu an und nickte. »Ich kenne sie. Aber sie stammt aus einer Zeit meines Lebens, die nicht mehr wichtig ist, die ich fast vergessen glaubte.«

»Bevor Ihr an den Hof kamt? Das muss lange her sein.«

Willigis nickte. Theophanu sah ihn an. »Erzählt mir, was damals geschah.«

»Ich hatte das große Glück, dass Bischof Volkold auf mich aufmerksam wurde, als ich noch ein Kind war.«

»Aber wie kann ein Bischof auf einen kleinen Jungen aufmerksam werden?«

Theophanus Neugier war geweckt, gerade weil sie Willigis jedes Wort aus der Nase ziehen musste.

»Nun, der Bischof hatte eine etwas unschöne Angewohnheit, etwas, was seines Amtes nicht würdig war«, erwiderte Willigis umständlich.

Doch seine Hoffnung, dass Theophanu nun nicht weiter fragen würde, erwies sich als falsch.

»Was denn?«

»Er besuchte des Öfteren eine Schankwirtschaft.«

Theophanu war merklich enttäuscht, weil sie sich ein größeres Vergehen ausgemalt hatte. »Eine Schankwirtschaft, na und? Da gibt es einige Kirchenmänner, die sich Schlimmeres zuschulden kommen lassen.«

Willigis schüttelte den Kopf. »Nein, Volkold war ein guter Mensch. Er trank nur des Öfteren so viel, dass er nicht mehr nach Hause fand. Und da habe ich ihm den Weg gewiesen.«

Theophanu überlegte. »Dann wart Ihr in der Schankwirtschaft zu Hause.«

Wieder wurde Willigis rot, und statt einer Antwort senkte er den Kopf. »Es ist kein Geheimnis, dass ich aus einer einfachen Familie komme. Nie habe ich vorgegeben, dass meine Eltern von hoher Abstammung sind. Aber muss denn jeder wissen, dass …«

Willigis sammelte sich einen Moment. »Alle, die in die Wirtschaft kamen, tranken, die meisten zu viel. Und meine Mutter war die einzige Frau dort, sie war jung und schön. Da blieb es nicht aus …«

Er sprach nicht weiter. Theophanu legte ihm die Hand auf den Arm. »Ich weiß, was Ihr sagen wollt.«

Willigis hielt Theophanu die Kasel hin. »Habt Dank, dass ich sie einmal tragen durfte.«

Theophanu schüttelte den Kopf. »Was soll das? Das ist ein Geschenk.«

»Wozu? Ich glaube nicht, dass Ihr einen Erzbischof wollt, dessen Mutter eine Dirne ist.«

Theophanu sah Willigis an. »Kennt Ihr Theodora, deren prächtiges Mosaik in Ravenna zu bewundern ist?«

Willigis nickte ehrfürchtig. »Eine der mächtigsten Kaiserinnen Konstantinopels.«

Theophanu nickte. »Aber auch eine Frau, die sich in ihrer Jugend den Unterhalt damit verdiente, dass sie den Männern gefällig war.«

Willigis drohte ein drittes Mal zu erröten, sodass Theophanu schnell weitersprach.

»Eure Mutter mag eine Dirne gewesen sein, aber das ist lange her. Jetzt ist sie nur noch eine Frau, die ihr Kind wiedersehen will.«

Theophanu lächelte ihn an. Willigis zögerte, um dann schnellen Schrittes nach draußen zu gehen. Theophanu hörte ihn »Mutter!« rufen, während sie sich erneut in den Stuhl fallen ließ. So wenig die alte Frau und sie auch gemein hatten, etwas würde sie in naher Zukunft doch einen. Gedankenverloren strich Theophanu über ihren Bauch.

Zwei Tage später riss man ihr die Hände weg, als sie versuchte, ihren Bauch zu halten. Der Arzt wies die beiden Mägde dazu an, Theophanus Arme zur Seite zu drücken, während er sich mit seinem ganzen Gewicht auf sie warf, um das Kind in ihrem Leib zu drehen. Dann ließ er von ihr ab, doch nur, um nach einem kurzen Abtasten die Prozedur zu wiederholen.

Man hatte Theophanu vor die Wahl gestellt. Entweder sie versuchte, das Kind mit den Füßen voran zu gebären, was allerdings nicht selten zum Tod der Mutter und oft auch des Kindes führte, oder sie ließ den Arzt versuchen, es zu drehen. Sie hatte sich für Letzteres entschieden, doch jetzt bereute sie es. Sie war nahe daran, sich einen schnellen und baldigen Tod zu wünschen, als der Arzt triumphierte. Er hatte sein Ziel erreicht, das Kind lag nun richtig. Theophanu allerdings war nicht mehr in der Lage aufzustehen, sie wollte nur noch schlafen.

Doch daran hinderten sie die Wehen, die, kaum dass der Schmerz ein bisschen nachgelassen hatte, einsetzten. Hatte Theophanu eben noch gedacht, es gäbe nichts Schlimmeres, als was der Arzt ihr angetan hatte, so wurde sie jetzt eines Besseren belehrt. Die Wehen steigerten sich nicht langsam, wie die Hebamme versprochen hatte, sondern setzten schnell mit voller Wucht ein. Theophanu wusste nicht mehr aus noch ein und konnte auch die Anweisungen des Arztes nicht hören, die ihr allerdings auch nicht viel genutzt hätten. Bald schaffte sie es noch nicht einmal mehr zu schreien, sondern stöhnte nur leise vor sich hin, bis schließlich alles um sie herum schwarz wurde. Eine Ohnmacht hatte sie von ihrer Pein erlöst.

Als Theophanu erwachte, war auch der Schmerz wieder da. Aber diesmal wurde sie nicht mehr hin- und hergeworfen, sondern konnte still liegen. Und es waren auch keine Krämpfe mehr, die sie plagten, sondern ein schier unerträgliches Brennen zwischen ihren Beinen. Sie hob ihren Kopf, um nach dem Arzt zu rufen, als sie Otto neben ihrem Bett sitzen sah. Er hatte den Kopf in die Hände gestützt.

»Otto«, rief sie ihn leise an.

Sofort kam er zu ihr. »Theophanu, Liebes! Wie fühlst du dich?«

»Ich habe Schmerzen, mir tut alles weh.«

Otto nahm ihre Hand. »Es war eine sehr schwere Geburt.«

»Was? Ist schon alles vorbei?« Sie versuchte sich aufzusetzen, war aber zu schwach. Otto stopfte ihr ein Kissen in den Rücken. Er nickte. »Ja, das ist es. Der Schmerz kommt von dem langen Riss zwischen deinen Beinen, aber der wird verheilen.«

Theophanu sah sich um, richtete ihren Blick wieder auf Otto. »Wo ist es? Wo ist unser Kind?«

Otto deutete teilnahmslos zur Tür. »Die Hebamme hat es mitgenommen.«

Theophanu lauschte. Alles war still, kein Schreien, noch nicht mal ein leises Wimmern ließ sich vernehmen. Die junge Frau schüttelte den Kopf. »Das kann doch nicht sein. Die ganze Mühe, die ganze Qual, alles umsonst?«

Otto nickte. »Es tut mir Leid.«

Aber Theophanu wollte es noch nicht wahrhaben. »Nein, Gott ist gnädig. Ich glaube einfach nicht, dass er uns das antut.«

Otto zuckte müde mit den Schultern. »Ich weiß auch nicht, womit wir das verdient haben. Aber es ist ein Mädchen.«

Theophanu starrte ihn an. »Was? Es lebt?«

Ihr Gemahl nickte. »Natürlich. Es schläft nebenan.«

Otto sah verwundert die unendliche Erleichterung auf Theophanus Gesicht. Die Kaiserin weinte und lachte zugleich.

Jannis breitete zwei Felle vor dem Kamin aus, der sanfte Wärme verbreitete. Theophanu ließ sich von der Magd ihre kleine Tochter geben und bettete sie vorsichtig auf das weiche Lager.

Jannis ließ sich ebenfalls beim Feuer nieder und begann leise auf Griechisch mit dem Kind zu sprechen, während er immer wieder in die Flammen deutete. Otto saß etwas weiter weg auf einem Stuhl und beobachtete ihn skeptisch. »Was redet er da?«, wollte er von seiner Frau wissen.

»Nichts Besonderes«, erwiderte sie.

»Das habe ich auch nicht anders erwartet. Trotzdem würde ich gerne wissen, was an meinem Hof vorgeht.«

»Sophie soll von Anfang an mit dem Griechischen vertraut werden. Jannis bringt ihr meine Muttersprache bei und ich ihr das Deutsche.«

»Aber sie versteht doch noch kein Wort.«

Theophanu, die dem Mädchen gerade über den Kopf strich, um zu fühlen, ob es auskühlte, sah ihn an. »Seit wann kümmerst du dich um Sophie?«

Otto sah sie ärgerlich an. »Wenn ich etwas vorschlage, ist es ohnehin falsch. Ich wollte, dass sie Adelheid heißt.«

»Und ich habe sie nach meiner Mutter genannt. Was ist denn daran so schlimm, wenn sie auch etwas von meiner Heimat mitbekommt?«

»Nichts, Theophanu, nichts. Aber sie wird sich hier behaupten müssen und nicht in Konstantinopel.«

»Das wird sie schaffen. Sie ist ein starkes Kind.«

Zärtlich strich Theophanu ihr über die Wange.

»Dann können wir doch endlich weiterreisen«, erwiderte Otto.

Theophanu schüttelte den Kopf. »Nicht, solange noch Schnee fällt. Ich werde mit Sophie erst reisen, wenn das Wetter besser ist.«

Otto seufzte. In dem Moment betrat Mathilde den Raum. »Otto! Theophanu! Wie freue ich mich, euch zu sehen!«

Otto lächelte der Nonne zu. »Schwester!«

Theophanu war überrascht. »Mathilde! Warum hat mir keiner gesagt, dass du kommst?«

Mathilde sah zu Otto. »Es sollte eine Überraschung sein«, beeilte der sich zu versichern. »Mathilde wusste außerdem gar nicht, ob das Wetter es zulassen würde, dass sie von Quedlinburg bis nach Memleben durchkommt.«

Mathilde nickte. »Ich habe länger gebraucht als sonst. Aber jetzt bin ich ja hier. Und wo ist meine Nichte?«

Theophanu kniete bei den Fellen nieder und nahm das Kind auf. »Komm mal her, mein Schatz.«

Sie ging zu Mathilde hinüber. »Hier ist sie.« Sie hielt Mathilde das Mädchen hin. »Aber pass bitte auf das Köpfchen auf.«

Otto schüttelte ärgerlich den Kopf. »Meinst du, sie hat noch nie ein Kind auf dem Arm gehabt?«

Mathilde sah ihn begütigend an. »Aber noch nie ein so wunderschönes. Außerdem muss Theophanu sich sicher erst noch an den Gedanken gewöhnen, dass ihre Tochter …«

Aber Otto fiel ihr ins Wort. »Wollen wir nicht langsam mal sehen, was heute aufgetischt ist?«

Otto wollte zur Tür gehen, aber Theophanu blieb stehen. »An was soll ich mich gewöhnen?«

»Herrgott nochmal, dass eine Mutter auch noch andere Pflichten hat, als sich um ihr Kind zu kümmern.«

Theophanu wurde rot und senkte den Kopf. Sie wusste, worauf Otto anspielte. Sie hatte seit der Geburt immer mit ihrer Tochter in einem Bett geschlafen, für Otto war kein Platz mehr. Es war ihr peinlich, dass er es vor Mathilde erwähnte, und so zog sie es vor, ihm ohne eine weitere Erwiderung in den Nebenraum zu folgen.

Theophanu legte sich in ihrem Bett zurück. Sie war gesättigt und müde und wartete nur noch auf die Amme, die ihr das Kind bringen würde. Doch da betrat Otto, bereits im Nachtgewand, den Raum. Er kam direkt auf sie zu.

»Otto! Was machst du denn hier?«

»Nun, das ist auch mein Bett. Ich gedenke hier zu schlafen.«

Mit größter Selbstverständlichkeit setzte er sich zu ihr. Theophanu stützte sich auf. »Aber es ist nicht genug Platz. Wie oft hört man von Säuglingen, die im Schlaf erstickt sind, weil sich jemand auf sie legte.«

»Deshalb hat unsere liebe Sophie ab jetzt ein eigenes Bett.«

In dem Moment rollte ihre Amme auch schon eine Wiege mit einem Baldachin herein.

»Wer hat das angeordnet?«

Theophanu wollte aufstehen, aber Otto hielt sie zurück. »Ich. Du musst auch mal an was anderes als an Sophie denken. Du bist nicht nur Mutter, du bist die Genossin des Reiches und Mitkaiserin.«

Theophanu erinnerte sich genau, wie sie sich gefreut hatte, diese Titel von Otto zu bekommen. Das war keine Selbstverständlichkeit, das war eine Auszeichnung. Theophanu senkte ihren Blick. Otto hatte Recht. Sie musste ihre Pflicht als Kaiserin tun. Theophanu zog Otto zu sich. Ihr Gesicht war seinem ganz nahe, und dann küsste sie ihn. Ein wohliger Schauer durchlief sie. Sie ließ sich auf das Bett zurücksinken. Otto war über ihr. Er küsste sie auf den Hals und flüsterte ihr Koseworte ins Ohr. Plötzlich schrak sie auf. »Da war etwas!«

»Was soll denn da gewesen sein?«, erwiderte Otto wenig begeistert.

»Sophie! Sie hat gewimmert!«

Theophanu spähte zu der Wiege, die sie im Halbdunkel der langsam verlöschenden Lampen nur noch undeutlich sah.

»Ich habe nichts gehört.«

Aber Theophanu schwang trotzdem die Beine aus dem Bett. Otto hielt sie fest. »Da war nichts, glaube mir. Da kann gar nichts gewesen sein.«

Theophanu sah ihn an. »Wieso kann da nichts gewesen sein?«

Mit einem Ruck machte sie sich aus seinem Griff frei und sprang aus dem Bett. Otto wollte sie erneut packen, aber mit wenigen Schritten war sie schon bei der Wiege. Sie sah die dicken Kissen. Ihre Hand zitterte, als sie eilig die Decken zurückschlug. Das Bettchen war leer. Theophanu stand starr. Sie wusste nicht, was sie tun oder auch nur denken sollte. Es kam erst wieder Leben in sie, als sie Ottos Hände auf ihren Schultern spürte.

»Theophanu, Liebling!«

Theophanu drehte sich um und hieb mit beiden Fäusten auf Ottos Brust ein. »Wo ist sie? Wo ist mein Kind?«

Otto versuchte vergebens ihre Hände festzuhalten, immer wieder schlug sie auf ihn ein. »Wo habt ihr sie hingebracht?«

»An einen Ort, wo es ihr gutgeht. Besser, als wenn sie mit uns reisen muss.«

Theophanu ließ sich an Ottos Körper entlang nach unten sinken, bis sie auf dem Boden kniete. Sie weinte hemmungslos. »Sie war dir von Anfang an im Weg. Lass mich wenigstens mit ihr gehen.«

Otto bückte sich herunter. »Das geht nicht, Theophanu. Du bist die Kaiserin.«

Sie sah ihn unter Tränen an, als ihr ein Gedanke durch den Kopf schoss. »Mathilde hat es. Deshalb war sie hier.«

Theophanu stand auf. »Das war es, an das ich mich gewöhnen sollte. Dass sie mir mein Kind wegnimmt. Aber das werde ich nicht zulassen!«

Theophanu warf einen letzten Blick auf das leere Bettchen und stürmte dann zur Tür.

»Theophanu, wo willst du hin?«

Ottos Stimme klang streng, aber Theophanu beachtete ihn nicht.

»Sag es mir. Ich bin dein Mann!«, schrie er.

Jetzt endlich sah sie ihn an. »Du bist der Räuber meiner Tochter.«

Damit lief sie nach draußen. Otto zögerte. Er wusste, dass er sie nicht aufhalten konnte. Doch dann hatte er eine Idee. Er trat auf den Gang, eilte bis zur letzten Tür und hämmerte mit der Faust dagegen. »Willigis! Willigis, so wacht doch auf! Ihr müsst mir helfen.«

Theophanu lief so schnell zum Stall, dass sie gar nicht merkte, wie ihre bloßen Füße den Schnee berührten. Ihr entging auch, dass sie am ganzen Körper zitterte. Erst als sie ihre Hände bei dem Versuch, das Seil zu lösen, mit dem das Pferd angebunden war, nicht ruhig halten konnte, fluchte sie ärgerlich vor sich hin. Plötzlich ließ sie eine Stimme herumfahren.

»Theophanu! Ihr holt Euch den Tod!«

Willigis kam auf sie zu, nahm seinen Wollumhang ab und legte ihn ihr um die Schultern.

»Ihr wisst nicht, was sie mit mir gemacht haben! Ihr könnt es Euch nicht vorstellen«, stieß Theophanu hervor, während es ihr endlich gelang, den Knoten zu lösen.

Sie wandte sich dem Erzbischof zu, der sichtlich verlegen wurde. Theophanu sah ihn forschend an. »Ihr wusstet es?«

Willigis nickte langsam. »Es tut mir Leid.«

»Es tut Euch Leid? Es tut Euch Leid, dass alle eingeweiht waren und die Kaiserin wie ein dummes, kleines Kind behandelt haben? Schämen solltet Ihr Euch. Das hätte ich nicht erwartet, nicht von Euch.«

Willigis dachte bei sich, dass die Sechzehnjährige in ihrem dünnen Nachtgewand wirklich noch ein halbes Kind war, dem man eine zu schwere Last aufgebürdet hatte. Hilflos setzte er an: »Der Hof kann nicht den ganzen Winter in Memleben bleiben, nur weil …«

»Nur weil ich nicht will, dass meine kleine Tochter sich den Tod holt? Nein, das ist natürlich kein Grund.«

Theophanu nahm eine Trense vom Haken und legte sie dem Pferd um.

»Aber der Kaiser muss sich im Land sehen lassen. Ihr wisst selber, dass sein Vater ihm zwar das Reich, nicht aber den Respekt vererben konnte.«

»Aus dem Weg.«

Theophanu nahm das Pferd am Zügel und wollte sich an Willigis vorbeidrängen. Doch der gute Mann blieb standhaft. »Bitte, Theophanu, bleibt hier! Ihr werdet erfroren sein, bevor Ihr Mathilde eingeholt habt.«

»Ich muss es wenigstens versuchen. Könnt Ihr das denn nicht verstehen?«

»Ich begleite Euch«, erklärte Willigis kurzentschlossen.

Theophanu sah ihn erstaunt an. »Habt Ihr keine Angst, was Otto dazu sagt?«

»Lasst das meine Sorge sein. Und jetzt hole ich ein paar warme Sachen für Euch.« Er lächelte. »Als Gegenleistung für die Kasel.«

Jetzt lächelte auch Theophanu. Im Grunde war sie froh, nicht alleine reiten zu müssen.

Mathilde hatte die beiden Knechte und die Amme nach draußen geschickt, um Holz zu suchen. Sie würden tief ins Dickicht dringen müssen, um trockene Zweige in der seit Monaten verschneiten Landschaft zu finden. Aber alles in der verfallenen Kate und dem kleinen Stall Brennbare war bereits verheizt. Es musste ein armseliges Leben gewesen sein, was die ehemaligen Bewohner des kleinen Anwesens geführt hatten. Das Dach des Hauses wies große Löcher auf und durch die Wände zog es sehr. Nur der Stall war in leidlich gutem Zustand. Die Bauern hatten für ihre Tiere besser als für sich selbst gesorgt, sodass Mathilde beschlossen hatte, dort Quartier zu nehmen. In der alten Futterkrippe lag sogar noch trockenes Stroh, in das die Nonne das Kind, in warme Decken eingewickelt, bettete.

Es war ihr zu riskant erschienen, weiterzureiten. Sie hatte den Eindruck, dass es die kälteste Nacht des Jahres war. Hätte sie doch nur nicht auf ihren Bruder gehört, der sie gedrängt hatte, sofort und noch dazu heimlich abzureisen. Ihr wäre es lieber gewesen, Theophanu hätte Bescheid gewusst. Sicher, die junge Frau war eigenwillig und verwöhnt, aber trotzdem liebte sie ihre Tochter.

Mathilde wusste nicht, wie es war, ein Kind geboren zu haben, und sie würde es auch nie erfahren. Aber in den wenigen Stunden, in denen sie mit dem kleinen Bündel im Arm durch den verschneiten Wald geritten war, wuchs es ihr bereits fest ans Herz.

Sie hatte den Säugling zwischen ihre Brüste gebunden, sodass auch nicht der leiseste Kältehauch an sein Köpfchen dringen konnte. Sorgfältig hatte sie darauf geachtet, dass das Pferd auf dem durch den Schnee verdeckten Weg nicht über eine Wurzel oder einen Ast stolperte. Doch sie war hilflos, als das Kind leise anfing zu wimmern und dann immer lauter und verzweifelter schrie. Es hatte Hunger, und kein noch so inbrünstig vorgetragenes Wiegenlied vermochte es zu beruhigen. Aber die Amme konnte das Kind unmöglich in der Kälte stillen, ohne dass es sich den Tod holte. Da erschien es ihr wie ein Zeichen, als sie den kleinen, vom Mondlicht beleuchteten Stall sah.

Aber jetzt brannte das Feuer langsam ab. Es wurde Zeit, dass die anderen mit Brennmaterial zurückkamen. Mathilde versuchte, ein morsches Brett aus der Wand zu lösen, doch so sehr sie auch zerrte, sie konnte es nicht lockern. Aber es hatte ohnehin keinen Sinn, denn es war feucht und hätte die nur noch kleine Flamme höchstens erstickt. Mathilde strich sich eine Strähne ihres Haares, die sich gelöst hatte, zurück, als sie eine Idee hatte. Schnell nahm sie ihren Schleier ab. Sie fuhr sich mit den Händen durch ihr langes, glänzendes Haar. Es war das Einzige, was sie von ihrer Mutter geerbt hatte, das einzig Schöne an ihr. Der Rest ihrer Gestalt war eher grobschlächtig und stämmig, eben ganz der Vater. Auch wenn es ihr gerade als Äbtissin nicht anstand, freute sie sich jeden Abend vor dem Zubettgehen darauf, mit dem Kamm durch ihr offenes Haar zu fahren. Mathilde sah sich nach der Packtasche um. Sie öffnete sie, zog ein Messer heraus und setzte es ohne zu zögern dicht an der Kopfhaut an. Mathilde trennte eine dicke Strähne ihres Haares ab, um sogleich das Feuer damit zu füttern. Zufrieden sah sie, wie es aufloderte. Ein wenig beunruhigt über den Gestank, den das Verbrennen verursachte, trat sie an Sophies Lager heran, doch das kleine Mädchen schlief zufrieden und satt, nachdem die Amme es gestillt hatte. Mathilde setzte erneut das Messer an und so opferte Mathilde Strähne um Strähne des einzigen Schmuckes, den sie besaß. Als nur noch wenig Haar übrig war, ging hinter ihr die Tür auf. »Habt ihr Brennholz gefunden?«, rief sie, während sie sich das letzte Haarbüschel abschnitt.

»Mathilde, was tust du da? Wie siehst du aus?«

Mathilde drehte sich erschrocken um. Sie sah sich Theophanu gegenüber, hinter der nun auch Willigis erschien. Erst als sie deren entsetzte Mienen sah, wurde Mathilde bewusst, was für einen Anblick sie bot, das Messer in der Hand, ihre Haare wie abgefressen vom Kopf abstehend. »Sie sollte es doch nur warm haben.«

Sie deutete auf die Futterkrippe. Sofort eilte Theophanu zu Sophie und nahm das schlafende Kind vorsichtig auf den Arm.

»Das Feuer drohte auszugehen, und die anderen kamen und kamen nicht zurück, dabei sollten sie Reisig sammeln«, versuchte Mathilde zu erklären.

Theophanu wandte sich ihr zu. »Du hast dein Haar geopfert? Für mein Kind?«

Mathilde nickte. »Es war das Wenigste, was ich tun konnte. Ich hätte mich nie darauf einlassen sollen, mitten in der Nacht mit einem Säugling in den Schnee hinauszureiten. Nicht auszudenken ...«

Die Nonne musste Luft holen, bevor sie weitersprechen konnte. »Theophanu, es tut mir so Leid. Jetzt erst kann ich verstehen, was ich dir angetan habe.«

Theophanu trat mit Sophie auf dem Arm an sie heran. »Mathilde, schau, sie ist unversehrt. Du hast gut auf sie aufgepasst.«

Aber Mathilde wagte es nicht, das Kind auch nur anzusehen.

»Bitte, Mathilde, ich hätte es nicht besser machen können.«

»Dir wäre so etwas nie passiert. Du bist ihre Mutter.«

Theophanu war einen Moment still. »Im Grunde denke ich doch nur an mich. Wie schön es ist, das Kind um mich zu haben, ihren kleinen Körper vor dem Einschlafen an dem meinen zu spüren und ihr erstes Lachen zu sehen.«

Theophanu streichelte Sophie über die Wange. »Ich habe auf dem Ritt viel Zeit zum Nachdenken gehabt.«

Sie sah ihren Begleiter an. »Und ich habe mit Willigis gesprochen. Vielleicht ist es wirklich besser, wenn ich mich von Sophie trenne.«

Theophanu wandte ihren Blick von dem kleinen Gesicht ab. »Selbst wenn Otto ein Einsehen hätte und diesen Winter in Memleben bleibt, spätestens ab dem Frühjahr sind wir wieder auf Reisen. Und ich bin lange genug hier im Norden, um zu wissen, was das bedeutet.«

Theophanu blickte Mathilde ins Gesicht. »Und jetzt nachdem ich gesehen habe, was du für mein Kind getan hast ... Ich glaube, es ist das Beste.«

Mathilde sah sie fragend an.

»Sie soll bei dir bleiben. Wenigstens, bis sie größer ist.«

Sie hielt Mathilde das Kind hin. Die wagte nicht, sich zu rühren.

»Bitte«, wiederholte Theophanu. »Es ist mein voller Ernst.«

Zögerlich streckte Mathilde die Arme nach Sophie aus. »Nun gut, wenn es dein Wunsch ist, will ich es gerne tun. Ich verspreche dir, dass ich gut für Sophie sorge, bis der Schnee geschmolzen ist, und ich sie ohne Gefahr zu Adelheid nach Burgund bringen kann.«

Theophanu sah sie erschrocken an. »Was? Ich dachte, du nimmst sie mit in dein Stift.«

Mathilde nickte. »Aber von da aus bringe ich sie nach Burgund. Hat Otto dir das denn nicht gesagt?«

Theophanu drückte ihr Kind fest an sich. »Otto hat überhaupt nichts gesagt. Wie kann er überhaupt auf diese Idee kommen? Die Frau hat ihn hintergangen.«

»Sie ist seine Mutter. Adelheid hat ihn erzogen. Sie wird ihre Sache bei Sophie ebenfalls gut machen.«

»Damit auch sie ihre Liebsten hintergeht und belügt? Nein, das wird nicht passieren.«

Zum ersten Mal ergriff Willigis das Wort. »Aber Theophanu, was wollt Ihr dann tun? Ihr habt keine Wahl.«

Theophanu war lange still, ihr Kind ruhig in den Armen wiegend, bevor sie wieder das Wort ergriff. »Doch. Es gibt eine

Person, der ich vertraue. Kommt, Willigis, unsere Reise ist noch nicht zu Ende.«

Sie begann, Sophie so warm in Decken zu packen, wie sie nur konnte.

Gerberga warf einen Blick in den Schlafsaal des Stiftes in Gandersheim, aber alles war still. Sie ging den Truhengang entlang, bis sie zu dem letzten der vielen Behältnisse kam, die dem Flur seinen Namen gaben. In dieser Truhe vor ihrer Zelle bewahrte sie all ihren persönlichen Besitz, den sie von zu Hause mitgebracht hatte. Gerberga hob vorsichtig den mit Rundbögen verzierten Deckel. Sie schlug die oben liegende Decke, die noch von ihrer Mutter eigenhändig bestickt worden war, hoch. Darunter kam ein bereits halb beschriebenes Pergament zum Vorschein. Schnell zog die Äbtissin es heraus und drückte es an ihre Brust. Sie beeilte sich, den Deckel wieder zu schließen, und huschte in ihre Zelle.

Die Kerze auf ihrem Schreibpult war bereits angezündet, Tinte und Feder bereitgestellt. Sie hatte gestern Nacht schon genug Zeit verloren, heute wollte sie schneller vorankommen. Gerberga legte das Pergament genau in die Mitte des Tisches, setzte sich vor das Pult, um dann die Feder in die Tinte zu tauchen und schwungvoll anzusetzen. Doch genau wie gestern Nacht konnte sie keinen Anfang finden. Die Tinte tropfte schließlich auf das Pergament und Gerberga legte die Feder ungehalten wieder ab. Sie stützte den Kopf in die Hand und dachte nach. Es konnte doch nicht so schwer sein. Sie musste einfach nur alles erzählen, der Reihe nach. Aber eigenartigerweise wollte sich das, was sie im Kopf hatte, nicht so ohne weiteres in Worte fassen lassen. Um sich zu beruhigen, las sie noch einmal das gestern Nacht Niedergeschriebene, mit dem Ergebnis, dass sie das kostbare Pergament voller Wut in ihrer Hand zerknüllte und auf den Boden warf.

Dabei kannte sie die Geschichte des Stiftes ganz genau. Es konnte doch nicht so schwer sein, all die großen Äbtissinnen, die hier gewirkt hatten, lebendig und fesselnd zu beschreiben. Sie verstand nicht, warum ihr das nicht gelang. Wenn sie die

Texte von Roswitha durchsah, hatte sie oft das Gefühl, sie wüsste genau, wie es besser ginge, was zu umständlich formuliert oder zu unklar ausgedrückt war. Es gab daraufhin endlose Streitereien mit der Nonne. Wahrscheinlich sollte sie sich zukünftig einfach raushalten. Gerberga seufzte.

Es klopfte. Die Nonne hatte gerade noch Zeit, das zerknüllte Pergament mit dem Fuß unter ihr Bett zu befördern, als die Tür auch schon aufging. Es war Schwester Marlis, die heute Nacht an der Pforte saß. »Ihr habt Besuch, ehrwürdige Äbtissin, hohen Besuch.«

»Wer ist es?«, fragte sie frohgemut über die Ablenkung.

»Die Königin.«

Gerberga sprang auf und lief Theophanu entgegen, die jetzt in die Zelle trat. »Theophanu! Wie schön, Euch zu sehen!«

Gerberga gab Marlis zu verstehen, dass sie sich zurückziehen könne, und wandte sich wieder an die junge Frau. »Aber was um alles in der Welt führt Euch um diese Zeit zu mir?«

Theophanu nahm ihren Umhang ab. Voller Staunen entdeckte Gerberga das kleine Bündel, das Theophanu darunter verborgen hatte.

»Meine Tochter«, eröffnete ihr die junge Frau.

»Ist sie krank?«, rief Gerberga erschrocken aus.

»Nein, nein. Ihr geht es prächtig«, erklärte Theophanu. »Aber ich habe Angst, dass ihr das unruhige Leben am Hof nicht bekommt.«

Gerberga nickte. »Sogar mein eigener Bruder hat Euch Schwierigkeiten gemacht.«

Sie seufzte. »Aber Heinrich ist einfach zu ehrgeizig. Das muss er jetzt büßen.«

»Es tut mir Leid, dass ich bisher nichts für ihn tun konnte.«

Theophanu wurde rot. Natürlich hätte sie etwas für ihn tun können. Aber sie wollte es nicht, aus lauter Angst, ihre Gefühle für ihn nicht unter Kontrolle zu haben.

»Trotzdem habe ich eine Bitte an Euch.«

Sie sah die Nonne an. »Ich möchte, dass Ihr Sophie in Eure Obhut nehmt.«

Gerberga staunte. »Ich? Ihr wollt Eure Tochter bei mir lassen?«

Theophanu nickte. »Ihr steht einem Stift vor, in dem hervorragende Leistungen erbracht werden. Ich habe die ›Gesta Ottonis‹ gelesen. Sagt Roswitha, dass sie ein ganz außerordentliches Werk geschrieben hat.«

Gerberga senkte den Kopf. »Roswitha hat wirklich eine besondere Gabe.«

»Und Ihr bietet ihr die Möglichkeit, so etwas zu schaffen.«

»Sagen wir lieber, sie schafft es, obwohl ich ihr ständig ins Handwerk pfusche«, lachte Gerberga.

»Vielleicht ist ein wenig Reibung sogar gut. Auch Sophie soll zu einer Frau heranwachsen, die sich durchsetzen kann. Sie wird es nötig haben.«

Gerberga lächelte und streckte die Arme nach dem Kind aus. »Dann gebt sie mir in Himmels Namen. Ich verspreche Euch, dass ich sie ganz in Eurem Sinne erziehe.«

»Formt sie nach Eurem Bild.«

Aber Gerberga schüttelte vehement den Kopf. »Nein, das werde ich nicht.«

Theophanu sah sie erstaunt an. »Aber sie soll eine starke Frau werden.«

»Dafür hat sie ein viel besseres Vorbild: ihre Mutter«, erklärte Gerberga.

Theophanu lächelte und legte das Mädchen der Nonne in die Arme. Die betrachtete es glücklich. »Was für ein schönes Gefühl das ist.«

Theophanu dachte, wie seltsam es war, dass ihre Tochter ausgerechnet in Heinrichs Familie Geborgenheit finden sollte. Aber ihr eigener Mann hatte sie zu sehr enttäuscht. Jetzt sah sie Heinrich in einem anderen Licht. Sie sehnte sich danach, mit ihm zu sprechen. Theophanu war sich sicher, dass vieles, was zwischen ihnen stand, auf Missverständnissen beruhte. Man musste einfach nochmal von vorne anfangen. Und nun war sie bereit dazu.

Heinrich ging in seinem Kerker umher. Er lief im Kreis, wie er es seit nun bald zwei Jahren tat. Er kannte jede Einzelheit des kärglich möblierten Turmzimmers, wusste, an welcher Stelle die Holzdielen knarrten und wie sich der Ausblick aus dem kleinen Fenster im Laufe der Jahreszeiten veränderte. Nie hätte er gedacht, dass er hier so lange festsitzen würde.

Anfangs war er sich sicher gewesen, dass man ihm nur einen Schrecken einjagen wollte, um ihn bald wieder in den Kreis der Familie aufzunehmen. Doch nichts dergleichen geschah. Dann hatte er all seine Hoffnungen in seine Verbündeten gesetzt. Doch auch sie befreiten ihn nicht.

Heinrich beschloss, sich nur noch auf sich selbst zu verlassen, und sah sich nach einer Möglichkeit zur Flucht um. Doch alles war gut gesichert. Und in den Hof ließ man ihn nur mit vier kräftigen Kerlen als Bewachung.

Heinrich kannte seine Aufpasser bald ganz genau. Sie waren alle gut gekleidet und wohl genährt. Otto zahlte ihnen einen guten Sold. Das war nicht dumm von ihm, waren sie doch so gegen Bestechung gefeit. Doch einer von ihnen konnte seinen Blick nicht von Heinrichs auffallendem Bernsteinring lassen. Eines Tages bot Heinrich ihm das Schmuckstück an, wenn er im Gegenzug dazu die Tür unverschlossen lassen würde. Der Wachmann zögerte, doch dann streckte er die Hand aus. Gerade in dem Moment, als Heinrich ihm den Ring geben wollte, fiel ein Sonnenstrahl auf den Bernstein und ließ ihn in einem warmen Braun mit gelben Einsprengseln erstrahlen. Heinrich hielt inne. Es war ihm, als blicke er geradewegs in Theophanus Augen. Dieser kurze Moment des Zögerns genügte, um den Mut des Wachmanns wieder schwinden zu lassen. Schnell zog er seine Hand zurück und verließ eilig das Turmzimmer, das Schloss zweimal verriegelnd. Ärgerlich warf Heinrich den Ring weit von sich, wo er in eine Ecke kullerte und in einem Spalt unter den Holzbohlen verschwand.

Heinrich versuchte gar nicht erst, ihn zurückzuholen. Wieder hatte ihm diese Frau einen Strich durch die Rechnung gemacht. Sicher, er hatte sie gekränkt und belogen, aber sie war nicht einen Deut besser als er, sondern hatte ihm diese Haft beschert. Und jetzt verdarb sie ihm auch noch die Möglichkeit zur Flucht.

Immer öfter ertappte er sich allerdings dabei, dass er durch die Holzdielen lugte. Und tatsächlich, je nach Lichteinfall, sah er das warme Braun aufblitzen. Lange widerstand er der Versuchung. Doch eines Tages hielt er es nicht mehr aus und kniete auf dem Boden nieder. Er zog und zerrte an dem Holzbrett, bis er es gelockert hatte und schließlich ganz abnehmen konnte. Da lag er. Heinrich streckte die Hand nach dem Ring aus und schloss seine Finger zärtlich um den Bernstein. Er hob das Schmuckstück bis an seine Lippen, schloss die Augen und küsste den Stein.

Als Heinrich die Augen wieder öffnete, hörte er Geräusche im Gang. Er wunderte sich, da es bereits spät war und die Wachen nie um diese Zeit zu ihm kamen. Schnell streifte er sich den Ring über den Finger, als er begriff. Sie hatte es gewusst. Sie hatte gewusst, dass er sich eines Tages seine Gefühle für sie eingestehen musste. Und jetzt war sie da. Er konnte es kaum erwarten, bis sie das Schloss öffnete.

Dann sah er die Frauengestalt in der Tür stehen. Ihr Kopf war nicht ganz so stolz erhoben, wie er es in Erinnerung hatte. Ihre Haltung war eher gebückt und in sich gesunken. Sicher hatte auch sie ihren Stolz überwinden müssen.

»Heinrich!«

Heinrich glaubte seinen Ohren nicht zu trauen. Diese Stimme hatte er nicht erwartet. Es war Gisela und nicht Theophanu, die ihn befreite. Es war seine Frau, die in der Tür stand. »Gisela! Wie um alles in der Welt hast du es geschafft …«

»Frag nicht«, gab ihm Gisela zur Antwort, ehe sie ihn am Arm packte, um ihn nach draußen zu ziehen. »Komm lieber! Wir müssen uns beeilen!«

»Aber die Wachen! Wie hast du sie bestochen? Sie wollten kein Gold.«

Gisela senkte ihren Blick. »Eine Frau kann noch anderes geben.«

Heinrich erschrak. Er nahm Giselas Gesicht in beide Hände. »Nein, sag, dass das nicht wahr ist!«

Aber Gisela schwieg. Heinrich spürte, wie sich ein Kloß in seinem Hals bildete. Schnell nahm er Giselas Hand. »Komm, lass uns fliehen! Dein Opfer soll nicht umsonst gewesen sein.«

Während er sich vorsichtig umschaute, stieg er schnellen Schrittes die Stufen hinab. Seine treue Frau folgte ihm.

Kapitel 12

Lisa kaute tapfer auf ihrem Brotkanten herum, obwohl sie eigentlich schon längst satt war. Das kam selten vor. Sie hatte es dem König zu verdanken. Da er heute mit seinem ganzen Hof hier in Ingelheim ankommen sollte, waren die Mägde und Knechte der Pfalz angewiesen, genug Brot, Fleisch, Gemüse, Honig und Wein für den mehrtägigen Besuch einzukaufen. Die Bauern auf dem Markt machten ein prächtiges Geschäft. Guter Laune gaben sie den Kindern mal einen Apfel, einen Löffel voll Honig oder Backwerk zum Naschen.

Lisa, die mit ihren Freunden am Rande des Marktes spielte, fand, dass ihre Burg aus Sand noch nicht hoch genug war für so einen großen König, dem sie die ganzen Leckereien zu verdanken hatte, und versuchte, sie noch etwas aufzustocken.

Lisas Mutter kam mit schnellen Schritten auf sie zu. »Du sollst dich doch nicht immer rumtreiben, wie oft habe ich dir das schon gesagt! Es wird Zeit, dass du mir am Webstuhl hilfst.«

Lisa hörte das gar nicht gern. Zu oft hatte sie die Mutter über Rückenschmerzen klagen hören und die harten Schwielen ihrer Hände betrachtet. Ach, wäre sie doch nur als Prinzessin geboren! »Aber ich baue gerade so eine schöne Burg, richtig groß, damit alle genug Platz haben, der König, die Königin …«

»Komm nach Hause.«

Lisa hätte sich am liebsten nochmal in den Sand gestürzt, aber die Mutter nahm sie an der Hand. »Der König wird deine Burg nicht mehr brauchen.«

Sie trat mit dem Fuß nach dem Sandgebilde, sodass es in sich zusammenfiel. Lisa stimmte sofort ein Geheul an. Ihre Mutter verdrehte die Augen.

»Gott hat den König verlassen, und er wird auch dich verlassen, wenn du nicht gleich still bist.«

Lisa presste erschrocken die Lippen zusammen, aber dann siegte doch ihre Neugier. »Warum ist Gott auf Otto böse?«

»Er ist nicht stark genug.«

Der Salzfertiger, der an seinem Stand gerade seine Beutel verschnürte, nickte. »Sein Vater war ein Löwe, aber sein Sohn ist nur ein Kätzchen, dem sogar die Mäuse auf dem Kopf herumtanzen. Gerade erst ist ihm sein Vetter entwischt.«

Jetzt ging die Bäckersfrau dazwischen. »Ich habe gehört, Heinrich ist von hier nach Regensburg geflohen.«

Der Salzfertiger hob die Beutel und Säcke auf einen kleinen Karren. »Aber wer weiß, ob er nicht bald in unsere Stadt zurückkehrt.«

»In sein Verlies?«, wunderte sich Lisas Mutter.

»Nein, in die Pfalz. Es würde mich nicht wundern, wenn er König wird.«

»Zuzutrauen wär's ihm«, stimmte Lisas Mutter zu.

Das Mädchen hatte mit offenem Mund gelauscht und über die Neuigkeiten fast seinen Kummer um die zerstörte Burg vergessen. Der neue König würde es bestimmt sowieso lieber haben, wenn er auch eine neue Burg bekam. Willig ließ Lisa sich von der Mutter wegziehen.

Etwas später stand Lisa mit sauberer Kleidung und gekämmtem Haar am Straßenrand und versuchte verzweifelt, ihren Platz in der ersten Reihe zu behaupten, den ihre großen Brüder für sie und die Mutter erkämpft hatten. Sie hoffte nur, dass der König nicht mehr allzu lange auf sich warten ließ. Und tatsächlich, da kamen schon die ersten Reiter. Als ihnen schließlich eine wunderschöne Frau folgte, die in leuchtenden Farben gekleidet war und glänzenden Schmuck trug, wusste Lisa, dass es die Königin mit dem fremdländischen Namen war. Sie hatte sich im Spiel selbst schon oft Theophanu genannt und so getan, als ob alle ihr dienen müssten. Da durchfuhr sie ein Gedanke. Sie wandte sich ihrer Mutter zu. »Mutter, Mutter«, rief sie, während sie an deren Ärmel zerrte. »Was passiert mit Theophanu, wenn Heinrich König wird? Ist sie dann seine Frau?«

Da der Jubel dieses Mal ohnehin etwas geringer ausfiel als sonst, waren Lisas Worte gut zu verstehen. »Still! Das ist ungehörig«, mahnte die Mutter, zumal der König gerade in diesem Moment vorbeiritt.

»Aber warum? Du hast doch selber gesagt, dass Gott böse auf den König ist.«

Jetzt herrschte Totenstille und nur die schallende Ohrfeige, die Lisa von ihrer Mutter bekam, war zu hören. Dann nahm die Frau das Kind und beeilte sich ängstlich, von der Straße fortzukommen, sich immer wieder umschauend, ob eine der Wachen ihr folgte. Aber nichts passierte, und so hielt sie bald an. Sie verstand, dass Gott den König in Ungnade fallen ließ, aber sie hätte zu gern gewusst, warum der Herr sie mit diesem Kind strafte.

Theophanu hielt es nicht mehr aus. Die Krämpfe wurden immer stärker. Es blieb ihr nichts anderes übrig, als sich zu setzen, auch wenn sie dann zu ihrer Besucherin aufschauen musste. Gisela sah besser aus, als sie es in Erinnerung hatte. Ihre Haut war rosig, die Wangen voll und die Augen glänzten. Man konnte sie schon fast schön nennen. »Ihr seid sehr mutig, mich hier aufzusuchen«, begann Theophanu das Gespräch.

›Oder sehr töricht‹, fügte sie in Gedanken hinzu. Schließlich war Otto gerade dabei, gegen ihren Mann ins Feld zu ziehen, der sich in Böhmen bei seinem alten Genossen Boleslaw verschanzt hatte. Theophanu konnte sie hier auf der Burg Cham festsetzen lassen, wenn sie wollte.

»Ich vertraue Euch, deshalb bin ich hier.«

»Das ehrt Euch. Aber ich weiß wirklich nicht, was ich für Euch tun kann.«

»Nicht für mich, für meinen Mann, für Heinrich.«

Theophanu zuckte bei der Erwähnung seines Namens zusammen. Es war ihre Schuld, dass er geflohen war. Sie hatte sich zwar entschlossen, für seine Freilassung zu sorgen, aber er war ihr zuvorgekommen. Nur durch ihr Zögern hatte es zu dieser Zuspitzung kommen können. Und jetzt hatte Otto Willigis auch noch den Kirchenbann gegen Heinrich schleudern lassen. Trotzdem fand Heinrich immer wieder Freunde und Verbündete, die es ihm ermöglichten, sich von Regensburg zu Boleslaw durchzuschlagen. »Es war falsch von ihm zu fliehen«, erklärte sie Gisela. »Es hätte alles noch gut werden können. Aber so …«

Gisela kniete vor Theophanu nieder. »Es war gar nicht seine Idee. Man hat ihn sozusagen zum Ausbruch verführt.«

»Heinrich nicht Herr seiner selbst? Wer sollte solche Macht über ihn haben?«, fragte Theophanu ungläubig.

»Ich war es.«

Gisela schlug die Augen nieder.

»Ihr?«

Theophanu lachte auf, aber Gisela nickte und sah sie wieder an. »Ich konnte einfach nicht zusehen, wie er litt. Es war solch eine Schmach für ihn.«

»Selbst wenn Ihr ihn dazu …«, Theophanu zögerte, »… verführt habt, jetzt ist es passiert. Er muss die Folgen tragen.«

Gisela sah sie an. »Ich könnte ihn dazu bringen aufzugeben.«

»Überschätzt Ihr Euren Einfluss jetzt nicht gewaltig?«

»Ich habe eine gute Nachricht für ihn.«

Theophanu sah Gisela misstrauisch an. »Was soll das sein?«

Gisela erhob sich und strich ihr samtenes Kleid über ihrem Bauch glatt. Da sah Theophanu, was vorher die Falten verdeckt hatten. Gisela war schwanger, es war eindeutig, auch wenn es noch etwas dauern würde, bis sie niederkam. Gisela lächelte. »Wenn Heinrich erfährt, dass er noch einen Sohn bekommt, ist er milde gestimmt.«

»Wieso einen Sohn? Woher wollt Ihr wissen, dass es ein Junge wird?«

»Weil alles ganz genauso ist wie bei Brun, unserem ersten

Kind. Ich fühle mich stark, stärker als zuvor. Morgens wache ich voller Tatendrang auf und ruhe nicht, bis ich mein Tagwerk vollendet habe.«

Theophanu traf es wie ein Schlag. Auch bei ihr war alles wie beim ersten Mal. Dieselben, unerträglichen Krämpfe, die sie zum Ruhen zwangen und sie den Abend bereits an jedem Morgen herbeisehnen ließen. Wenn Gisela Recht hatte und sich alles wiederholte, dann würde sie wieder keinen Thronfolger zur Welt bringen. Theophanu strich sich über den Bauch.

Gisela hatte von der Verzweiflung, die ihre Worte bei Theophanu auslösten, nichts gemerkt. »Helft mir! Lasst mich zu Heinrich durch, dann wird doch noch alles gut.«

Theophanu starrte Gisela an. Nichts würde gut. Sie würde erneut ein Mädchen bekommen. »Das kann ich nicht zulassen, auf keinen Fall.«

Gisela verstand es nicht. »Aber warum nicht? Wir könnten den Konflikt beenden.«

Theophanu schüttelte den Kopf. »Ich kann nicht zulassen, dass Ihr Euch in Gefahr begebt. Gerade nicht, weil Ihr schwanger seid.«

»Aber solange die Burg nicht gestürmt wird, kann mir doch nichts passieren.«

»Ihr habt es bei lauter Freude über Eure Schwangerschaft leider versäumt, Euch ein bisschen zu beeilen. Otto hat bereits Nachschub an Truppen angefordert. Sobald die Männer eingetroffen sind, beginnt der Kampf.«

Gisela schrie auf. »Nein! Das sind schreckliche Nachrichten!«

Theophanu nickte. »Es tut mir Leid. Aber ich hoffe, Ihr seht jetzt ein, dass es unmöglich ist, gefahrlos zu Heinrich zu gelangen.«

Gisela hörte ihr gar nicht mehr richtig zu. Ihre Gedanken wirbelten durcheinander, bis es aus ihr herausbrach. »Es ist mir egal. Ich gehe trotzdem.«

Sie raffte ihre Schleppe zusammen.

»Habt Ihr mich nicht verstanden? Keiner kann mehr in die Burg kommen, ohne um sein Leben zu fürchten. Es ist zu spät«, wiederholte Theophanu.

»Ich muss es versuchen.«

»Das geht nicht. Heinrich würde es bestimmt nicht wollen.«

Gisela wandte sich zur Tür. »Ich kann nicht anders. Ich liebe ihn.«

»Dann muss ich Euch zwingen hierzubleiben«, erklärte Theophanu.

»Wachen!«, rief sie laut.

Theophanu versuchte Gisela am Arm festzuhalten, doch in dem Moment stellte sich eine junge Frau schützend vor die Herzogin. Es war ihre Magd Gunda, ein spindeldürres Ding mit wirrem Haar, das sich die ganze Zeit im Hintergrund gehalten hat. »Ihr fasst sie nicht an!«, schleuderte sie hervor.

Theophanu starrte sie ungläubig an. »Wisst Ihr, mit wem Ihr sprecht?«

Noch einmal versuchte sie Giselas Arm zu packen, aber prompt schlug die Magd ihr ihre scharfen Zähne in die Hand.

»Au!!!«

Theophanu schrie auf. Endlich traten die Wachen ein. »Nehmt sie fest!«, herrschte sie die Männer an und deutete auf Gisela. »Sie darf die Burg nicht verlassen. Und die da …«, fuhr sie mit Blick auf die Magd fort, »… sperrt zu ihresgleichen. In den Hundezwinger.«

Theophanu wandte sich zum Fenster und hielt sich die Hand. Der Schmerz und die Wut auf die aufsässige Magd halfen ihr, sich davon abzulenken, dass sie es Gisela nicht einmal gönnte, mit dem Mann, den sie liebte, zu sterben.

Gunda hatte sich in eine Ecke gekauert. Sie blickte den beiden wolfsähnlichen Hunden, die sie mit hochgezogenen Lefzen anknurrten, direkt in die Augen. Es dauerte nicht lange, und der erste senkte winselnd den Kopf. Dann trollte sich auch der zweite. Gunda atmete tief durch und stand langsam auf. Sie vermied jede ruckartige Bewegung. Oft genug hatte sie als Kind die Nächte im Wald verbracht und es gelernt, mit wilden Tieren umzugehen. Das war immer noch besser, als zu Hause dem betrunkenen Vater ausgeliefert zu sein. Seitdem die Mutter tot war, gab es niemanden mehr, der sich schützend vor sie stellte und die Schläge abfing.

Gunda ging vorsichtig, den Rücken zur Wand, zu den Fleischabfällen hinüber, die in einem Korb, unerreichbar für die Hunde, aufbewahrt wurden. Der Gestank konnte sie nicht daran hindern, mit der bloßen Hand hineinzugreifen und ein Stück Knochen mit Sehnen und Hautfetzen herauszuziehen. Die Hunde umschlichen sie neugierig, aber bevor sie zum Sprung ansetzen konnten, hatte sie den Knochen schon durch das Holzgitter nach draußen geschleudert. Sie beobachtete die Tiere gespannt und tatsächlich, sie hatte sich nicht vertan. Winselnd legten sie sich auf den Boden und versuchten mit Krallen und Zähnen das Gitter zu durchtrennen. Als sie ein zweites Stück Fleisch in die gleiche Richtung warf, strengten sie sich noch mehr an. Und schon bald zeigte sich Erfolg. Eine Holzstrebe war durchgenagt, eine zweite, bereits morsch, gab von sich aus nach, sodass die Hunde sich nacheinander hindurchzwängen konnten, um sich draußen auf das Futter zu stürzen.

Als Gunda sah, dass sie beschäftigt waren, trat sie auf das Gitter zu und zerrte noch ein wenig an den Holzlatten, bis das Loch schließlich auch für sie groß genug war. Da sie von klein auf hungern musste, hatte sie auch später nie Fett angesetzt. Es war fast, als ob ihr Magen kein Essen mehr vertrug. Nach jeder Mahlzeit musste sie sich erbrechen. Sie zwängte ihre dürre Gestalt nach draußen und schlug den Weg zu den Ställen ein.

Kurz darauf führte sie eins der Pferde vorsichtig über den Hof nach draußen. Dort saß sie auf und preschte los. Mochten sie auch ihre Herrin festsetzen, sie konnte keiner aufhalten, Herzog Heinrich die Neuigkeiten zu überbringen. Sie musste es nur schaffen, bevor die Erstürmung der belagerten Burg begann.

Gunda war vor Heinrich auf die Knie gefallen und blieb sicherheitshalber unten, als sie es ihm sagte. Sie hatte immer ein bisschen Angst vor ihm. Aber jetzt nahm sie all ihren Mut zusammen. »Ich … ich mu-muss …«

Es gelang ihr nicht, deutlich zu sprechen. Seit ihrer Kindheit begann sie zu stottern, sobald sie aufgeregt war. Heinrich ging ungeduldig vor ihr auf und ab. »Was musst du? So sprich!«

»… Euch was Wi-Wichti-Wichtiges …«

So ging es nicht weiter, sie würde ewig brauchen. Gunda verfluchte sich selbst. Es war ihr gelungen, sich trotz der Belagerung in die Burg zu schleichen, aber im Angesicht des Fürsten brachte sie keine drei Worte heraus. Da kam Gunda eine Idee. Sie hob den Kopf und blickte in Heinrichs Gesicht mit den braunen Augen und dem dunklen Haar. Mit ein wenig Phantasie sah er wie ein großer Bär aus, der hoch aufgerichtet vor ihr stand. Bären hatte sie schon oft gesehen, manchmal waren sie ihr sogar noch näher gekommen. Gunda wusste, was zu tun war. Keine hastigen Bewegungen und Ruhe bewahren. »Ich muss Euch sagen …«, versuchte sie es erneut und stellte fest, dass ihre Worte zwar noch etwas holprig, aber wenigstens zu verstehen waren. »… Eure Frau möchte, dass Ihr Euch ergebt.«

Die Augen des Bären funkelten plötzlich bedrohlich. »Ergeben? Wozu? Um erneut gefangen gehalten zu werden?«, knurrte er.

»Gisela ist guter Hoffnung.«

»Gisela ist schwanger?«

Die Stimme des Bären wurde weich.

»Ja, leider kann sie es Euch nicht selber sagen.«

»Ich hätte nie gewollt, dass sie hierherkommt, nicht in ihrem Zustand.«

»Aber sie wollte. Wenn die Königin sie nicht eingesperrt hätte.«

»Die Königin? Theophanu?«

Heinrich runzelte die Stirn.

»Ja, sie hat Gisela von den Wachen ergreifen lassen, nur damit sie nicht zu Euch kann.«

Heinrich schüttelte den Kopf. Theophanu hatte nicht eher

geruht, bis man ihn eingesperrt hatte. Und jetzt tat sie seiner Frau das Gleiche an.

»Ich wäre gern bei ihr geblieben. Aber ich musste mich beeilen, damit ich vor den nachrückenden Truppen bei Euch war.«

»Vor welchen Truppen?«

»Der König hat Verstärkung angefordert. Wenn sie eingetroffen ist, wollen sie die Burg stürmen.«

Heinrich blieb einen Moment ganz still. Er überlegte und dann breitete sich ein Lächeln über seinem Gesicht aus. »Du bringst wirklich gute Nachrichten. Außergewöhnlich gute Nachrichten.«

Er lachte laut und furchterregend. Gunda verstand zwar nicht, was an den nachrückenden Truppen gut sein sollte, aber eins wurde ihr immer klarer: an Unterwerfung dachte dieser Mann nicht.

Die Soldaten hatten ihre Zelte schon in Sichtweite der Burg Pilsen aufgeschlagen, wo Boleslaw sich mit Heinrich verschanzt hatte. Morgen mittag würden sie auf Ottos Heer stoßen und dann gemeinsam die beiden Aufständischen hinaus jagen. Die Stimmung der Männer war gut. Sie fühlten sich stark und voller Tatendrang. Nicht jeden Tag bot sich die Gelegenheit, dem König aus der Patsche zu helfen. Er würde sich erkenntlich zeigen, so viel war sicher.

Plötzlich kamen zwei der Wachen, die sich rund um das Lager postiert hatten, im Galopp zurück. Sie führten ein Pferd mit sich, auf dem ein Mann und eine Frau saßen, und hielten vor dem Befehlshaber an. »Die beiden hier haben wir geschnappt, als sie sich dem Lager nähern wollten.«

»Ich komme in friedlicher Absicht, glaubt mir«, warf der große Mann ungefragt und mit einem starken Akzent ein. Offensichtlich war er Böhme. Er hatte ein Tuch als Kopfbedeckung umgeschlungen, unter dem braune Augen hervorblitzten. Seine Haut war schmutzig und seine Kleidung abgerissen, ein Mann niederen Standes.

»Was wollt Ihr von uns?«

»Euch ein Angebot machen«, erwiderte der Mann, während er vom Pferd abstieg. Sofort richteten einige Soldaten ihre Waffen auf ihn.

»Langsam, langsam! Wollt ihr nicht sehen, was ich euch mitgebracht habe?«

Er deutete auf die Frau, die nun hoch erhobenen Hauptes allein auf dem Pferd saß. Sie hatte langes schwarzes Haar, volle Lippen und eine üppige Figur. Ihr Anblick ließ die Männer näher herantreten. »Gefällt sie euch?«, erkundigte sich der Böhme.

Es gab beifällige Rufe, aber der Befehlshaber brachte seine Leute mit einer Handbewegung zur Ruhe. »Ihr habt sie doch nicht hergebracht, damit wir sie anschauen.«

»Nein, natürlich nicht. Ihr dürft sie sogar anfassen.«

Obwohl der Befehlshaber die Stirn runzelte, erhob sich lautes Murmeln. Der Böhme lächelte. »Und nicht nur sie. Im nächsten Dorf warten mehr Frauen, als ich zählen kann. Ich bin nur ein ungebildeter, einfacher Bauer.«

»Warum sollten diese Frauen auf uns warten?«

»Weil sie schon viel von euch gehört haben, von den großen Männern aus dem Reich Ottos.«

Dann lachte er verschmitzt. »Und weil sie ein bisschen Hunger haben. Unser lieber Herr Boleslaw hat nämlich alles, was in Stall und Scheune an Essbarem war, beschlagnahmen lassen.«

»Es ist also ein Tauschgeschäft. Ihr bekommt etwas zu essen …«

»… und ihr die schönsten Frauen unseres Landes«, fiel der Mann ein.

Der Befehlshaber überlegte kurz. Er sah, dass die Augen der Männer, jedenfalls der, die ihre Blicke von der Böhmin losreißen konnten, auf ihm ruhten. Sie waren bis jetzt sehr gut durchgekommen. Jeder hatte sein Bestes gegeben. Es sprach also eigentlich nichts dagegen, ihnen ein wenig Unterhaltung zu gönnen, wo sich die Gelegenheit nun einmal bot. Und sie hatten genug an Vorräten bei sich, um etwas davon zu entbehren. Er sah den Mann an. »In Ordnung. Ihr könnt Euer Geschäft machen.«

Der Böhme lächelte, und die Männer brachen in Jubel aus.

Da meldete sich plötzlich die Frau mit glockenheller Stimme zu Wort. Keiner der Männer verstand ihre Sprache, aber der Böhme wandte sich an die Männer. »Ihr wisst ja, wie Frauen sind. Immer haben sie etwas auszusetzen, nie kann man es ihnen recht machen.«

Er zuckte entschuldigend die Schultern. Alle warteten gespannt darauf, dass er fortfuhr. »Sie sagt, alle wären ganze Kerle, hübsch anzuschauen und kräftig. Nur eins störe sie. Sie seien ein wenig dreckig und röchen streng.«

Die Männer waren wenig begeistert, als sie ihr so nah geglaubtes Vergnügen schon wieder schwinden sahen. Der Befehlshaber wandte sich an den Mann. »Wir sind seit Tagen unterwegs.«

»Ich weiß, ich weiß. Aber macht das mal so einem dummen, kleinen Frauenzimmer verständlich.«

»Wollt Ihr nun ein Geschäft machen oder nicht?«

Langsam verlor der Befehlshaber die Geduld.

Wieder erklang die liebliche Stimme der Frau. Die Männer wandten sehnsüchtig die Köpfe. Der Böhme übersetzte erneut. »Hier in der Nähe ist ein kleiner Bach. Kein reißendes Wasser, ganz sanft sprudelnd. Vielleicht, wenn die Herrschaften so gut wären, und sich dort ein wenig wüschen? Ich weiß, es ist anmaßend, aber …«

Er sah in Richtung der Frau und verdrehte die Augen. »… dann wird sie zufrieden sein. Und in der Zwischenzeit reite ich zum Dorf und hole die anderen Frauen.«

Der Befehlshaber gab sich geschlagen. »In Gottes Namen, so haut endlich ab.«

Der Mann verbeugte sich dreimal, bevor er sich vor der Frau auf sein Pferd schwang. »Ihr werdet sehen, wir sind wieder da, kaum dass Ihr Euch umgesehen habt.«

Er ritt los. »Und nicht vergessen, ein bisschen Vorräte zusammenpacken!«, rief er ihnen zu.

Bernhard stand auf der kleinen Anhöhe und ließ seinen Blick über das Land vor ihm schweifen. Es war schon dunkel, und alles war ruhig, bis auf die hinter ihm johlenden Männer. Er drehte sich zu seinen Kameraden um, die bis zu den Hüften im Bach standen, ihre Köpfe eintauchten und sich gegenseitig nass spritzten. Ihre Kleider und Waffen hatten sie eilig am Ufer abgeworfen. Alle wollten sauber und blitzblank sein, wenn die jungen Frauen eintrafen. Schon jetzt stellten sie Überlegungen an, wie sie wohl aussähen. Während der eine lieber eine kleinere mit üppigem Busen bevorzugte, mochte der andere eine kräftige, große mit einem ausladenden Hinterteil. Bernhard seufzte. Er hatte noch keine rechte Vorstellung davon, wie die Frau seiner Träume aussehen müsste. Mit zwölf Jahren war er der Jüngste in der Truppe. Noch weniger Erfahrung als mit dem Soldatenleben hatte er mit Frauen. Und so wie es aussah, würde er auch diesmal keine sammeln können, da man ihn als Wache abkommandiert hatte. Verdreckt und stinkend, da er keine Gelegenheit hatte sich zu waschen, würde ihn selbst das älteste Mütterchen zurück in sein Zelt schicken.

Bernhard sah sich noch einmal gründlich um. Alles war ruhig. Kurzentschlossen schnürte er seine Beinlinge auf und streifte sie ab, ebenso wie das Hemd. Es konnte nichts schaden, wenn auch er rasch ins Wasser sprang. Keiner würde bemerken, dass er seinen Posten verlassen hatte, so schnell würde er wieder da sein. Mit langen Schritten sprang er auf das Ufer zu und stürzte sich, ein wenig abseits, damit keiner der anderen ihn entdeckte, ins kühle Nass. Es tat wirklich gut, Staub und Schmutz abzuwaschen. Er fühlte sich erfrischt und voller Kraft. Frohgemut näherte er sich wieder dem Ufer.

Das Geschrei der Kameraden wurde immer lauter. Bernhard fand, dass sie sich lieber beeilen sollten, sonst waren die Frauen da, bevor sie gewaschen waren. Doch dann hörte er genauer hin. Es war keine vergnügte Spotterei und auch kein Necken mehr, was die rauen Männer miteinander austauschten. Schmerzensschreie drangen an sein Ohr, Stöhnen und Röcheln. Er näherte sich ihnen, um im Dunkel der Nacht etwas erkennen zu können. Dann blieb er wie angewurzelt stehen. Die Männer bäumten sich verwundet im Wasser auf, teilweise mit dem Ertrinken kämpfend, oder sie rangen noch mit ihren Gegnern. Nackt und unbewaffnet waren sie jedoch eine leichte Beute. Die wenigen, die es noch aus dem Wasser heraus schafften, wurden gnadenlos verfolgt und niedergemacht.

Es war ein Hinterhalt, so viel begriff Bernhard. Keine Frau, sondern der Tod war es, der sie heute Nacht umarmte. Bernhard überlegte. Er wollte so schnell wie möglich zum Lager zurück. Der Befehlshaber musste noch dort sein. Doch in dem Augenblick schwamm seine Leiche, nackt wie alle anderen, vorbei. Auch er war der Verlockung erlegen. Bernhard fühlte sich sehr allein. Da sah er jemanden heranreiten, es war der Böhme. Und schon hatte auch er ihn erblickt. Bernhards Herz pochte, doch er war unfähig, Deckung zu suchen. Der Mann war direkt vor ihm. Er riss seine Kopfbedeckung herunter und richtete sich hoch auf seinem Pferd auf. »Das Glück ist dir hold, mein Junge. Du bleibst am Leben, denn ich brauche dich.«

Bernhard wich zurück. Irgend etwas war anders an dem Mann, wenn er bloß wüsste, was. »Du musst der Königin eine Nachricht überbringen«, fuhr er auch schon fort.

Jetzt wusste er es. Er sprach kein gebrochenes Deutsch mehr. Auch seine Haltung war nicht mehr gebückt und verschlagen, sondern fast schon hoheitlich.

»Sagt Theophanu, dass ich siegen werde. Für meinen Sohn.«

»Ich soll Euch sagen, dass er siegen werde. Für seinen Sohn.« Bernhard sah die Königin an. »Und dann lachte er laut, sehr laut, bevor er davonritt.«

Die Königin blieb ganz still. Er wartete auf ein Zeichen, dass er wegtreten konnte, denn es verlangte ihn danach, sich irgendwo auszustrecken, die Augen zu schließen und die Bilder loszuwerden, die er an dem Bach gesehen hatte. Er war noch zu jung, um zu wissen, dass sie ihn von nun an sein ganzes Leben lang begleiten würden.

Endlich entließ sie ihn, während sie selbst noch lange mitten im Raum stehen blieb. Theophanu hatte nicht damit gerechnet, dass Heinrichs Rache so grausam sein würde. Und nicht damit, dass er mit einigen seiner Leute ungehindert aus der belagerten

Burg fliehen konnte. Es musste Bestechung im Spiel gewesen sein. Heinrich hatte die nachrückenden Truppen vollständig vernichtet, sodass Otto keine andere Wahl mehr hatte, als die Belagerung abzubrechen. Theophanu blickte auf. »Wachen!«, rief sie, worauf zwei Männer eintraten. »Holt Gisela! Ich werde sie freilassen.«

Theophanu hoffte, dass sie damit Schlimmeres abwenden konnte. Doch die von Heinrich an sie gerichteten Worte ließen nichts Gutes vermuten.

Otto betrat mit schweren Schritten den Saal, in dem Theophanu auf ihn wartete. Seine Augen waren von dunklen Ringen umrahmt, die Wangen eingefallen und die Lippen fest zusammengepresst. »Dieser Hund!«, fluchte er. »Nicht mal vor seinen eigenen Leuten macht er Halt. Es waren Bayern, die er in den Hinterhalt gelockt hat.«

Theophanu schob einen der Stühle zurück, damit Otto sich setzen konnte. »Warum musstest du auch ausgerechnet die Truppen seines eigenen Herzogtums gegen ihn ins Feld führen?«

Otto trat mit dem Fuß gegen den Stuhl. »Bayern ist die längste Zeit sein Herzogtum gewesen. Mein Neffe Otto wird es bekommen.«

»Er wird es schwer haben, bis die Bayern ihn akzeptieren. Heinrich ist dort immer noch sehr beliebt.«

»Sie werden sich an Otto gewöhnen. Heinrich ist erledigt.«

Theophanu sah ihn an. »Ich habe in letzter Zeit oft an den heiligen Pantaleon gedacht. Er hatte sich geweigert, seinem Glauben abzuschwören, woraufhin die Römer versuchten, ihn auf alle erdenklichen Arten umzubringen. Es gelang ihnen nicht.«

»Was hat das mit Heinrich zu tun?«

»Siehst du nicht die Ähnlichkeit?«, fragte Theophanu.

Otto schüttelte den Kopf und gähnte. Er spürte die Müdigkeit in allen Knochen. Theophanu fuhr fort. »Du versuchst Heinrich zu fassen, aber immer wieder entkommt er dir.«

Jetzt war Otto mit einem Schlag wach. »Du willst doch nicht

Heinrich mit einem Heiligen vergleichen?! Theophanu, das ist nicht dein Ernst!«

Otto sah sie fassungslos an. »Das kannst du nur sagen, weil du die Leichen nicht gesehen hast. All die hilflosen Männer, zumeist rücklings erstochen und …«

Er unterbrach sich. »Genau, das ist es. Sie müssen es mit eigenen Augen sehen«, sprach er mehr zu sich als zu seiner Frau.

Dann lief er nach draußen zu seinen Männern, die damit beschäftigt waren, eine große Grube vor den Burgmauern auszuheben. Sie hatten die Leichen der Männer auf Karren hierher gebracht, um sie wenigstens begraben zu können. Jetzt fassten sie gerade den ersten Toten, einen noch recht jungen Mann, an Händen und Füßen, um ihn in die Grube zu werfen, als sie Otto laut schreien hörten: »Aufhören! Sofort aufhören!«

Otto führte den Tross an, mit dem sie in Regensburg einzogen. Sein Vetter Otto von Schwaben ritt direkt hinter ihm und dann kamen auch schon die offenen Karren.

Es herrschte Totenstille. Kein Laut war zu hören, der auch nur entfernt an den üblichen Jubel erinnerte, der den Einzug des Kaisers sonst begleitete. Aller Augen waren auf die Leichen gerichtet. Die Körper hatte man sorgfältig nebeneinander gelegt, ihre Blöße mit Tüchern bedeckt.

Otto brachte die Toten nach Hause. Viele hatten hier in und um Regensburg gelebt und bald erkannten auch einige der Leute, die die Straße säumten, ihre Angehörigen wieder. Aber kein Laut erklang. Man mochte den Kaiser hier nicht. Er war genauso selten hier gewesen wie sein Vater vor ihm. Die Bayern brauchten keinen starken Herrscher, sie hatten ein eigenes Regnum mit einem eigenen Herzog, der bis vor kurzem noch Heinrich geheißen hatte.

Doch jetzt wollte Otto ihnen seinen Vetter vorsetzen. Der sollte sie ab jetzt regieren, dabei schaute er so brav aus der Wäsche, als ob er noch nicht mal mit seinem Pferd ein Machtwort sprechen könnte. Eisige Verachtung schlug den Reitern entgegen.

Dann hörte man die ersten Klagelaute. Die Männer versuchten anfangs noch, die Mütter festzuhalten, die zu ihren Söhnen eilen wollten, um ihnen wieder Leben einzuhauchen. Doch die Frauen waren stärker, rissen sich los und warfen sich über ihre Liebsten. Witwen, die versucht hatten, ihr Weinen um ihre ermordeten Männer zu ersticken, schrien ihren Schmerz heraus. Trauer und Leid beherrschten die Straßen.

Otto hatte sich nicht geirrt. Wenn sie mit eigenen Augen sahen, wozu Heinrich fähig war, würden sie ihm nicht mehr länger die Treue halten. Und dann hörte er es. Erst leise und vereinzelt, doch dann erscholl es immer lauter: »Hoch lebe der Kaiser! Hoch lebe Herzog Otto!«

Ein Jahr später war es soweit. Im Sommer 977 stand Otto mit seinen Truppen erneut vor Boleslaws Burg. Es war ein gewaltiges Aufgebot, das er zusammen mit seinem Vetter auf die Beine gestellt hatte, aber diesmal wollte er ganz sicher gehen. Heinrich würde ihm nicht erneut entwischen.

Otto saß hoch aufgerichtet auf seinem Pferd in der ersten Reihe. Neben und hinter ihm hatten sich alle seine Männer gesammelt. Es war ein beeindruckender Anblick, wie sie in strenger Formation, die Waffen griffbereit, den Gegner erwarteten. Boleslaw hatte sich angesichts dieser Übermacht zu Verhandlungen bereit erklärt.

Otto kniff die Augen zusammen, als er sah, dass sich etwas tat. Das große Burgtor wurde geöffnet und entließ eine ganze Reihe von Kriegern. In einem langsamen Zug ritten sie auf den Kaiser zu. Als sie näher kamen, konnte er Boleslaw deutlich an der Spitze erkennen. Otto reckte sich, um die Reihen hinter ihm absuchen zu können, aber Heinrich konnte er noch nicht entdecken.

Boleslaws Männer nahmen jetzt gegenüber von Ottos Truppen Stellung. Der Böhmenfürst ritt als Einziger weiter, um Otto entgegenzukommen. Auch der setzte sich jetzt in Bewegung und so trafen sie sich in der Mitte.

Otto sah in Boleslaws Gesicht. Augen und Haare waren pechschwarz, seine Haut von einem dunklen Ton. Ein Zucken an seinem linken Auge verriet, dass er nicht ganz so gelassen war, wie er sich äußerlich gab. Er neigte sein Haupt kaum merklich vor seinem Kaiser. Otto ergriff das Wort. »Ihr wollt Euch ergeben?«

»Es war von Verhandlungen die Rede.«

»Was gibt es da noch zu verhandeln? Ihr habt einen Aufständischen mit Waffengewalt verteidigt.«

»Nicht mehr, als Ihr für einen treuen Freund getan hättet, dessen bin ich sicher.«

»Heinrich ist ein Verräter«, brauste Otto auf. »Und Ihr habt ihm Unterschlupf gewährt.«

»Das ist jetzt vorbei.«

Otto gewann sein Gleichgewicht wieder. »Das will ich hoffen. Wo ist Heinrich?«

»Er ist nicht hier.«

Jetzt wurde Otto ungeduldig. »Das sehe ich. Hat er sich in der Burg verkrochen?«

»Nein«, erklärte Boleslaw, »er hat sie verlassen, und zwar bereits heute Nacht.«

Otto glaubte seinen Ohren nicht zu trauen. »Was sagt Ihr da? Er ist erneut geflohen?«

»Er hat es vorgezogen, nicht mit Euch zusammenzustoßen. Eine kluge Entscheidung, wie ich finde.«

»Was Ihr klug findet oder nicht, ist vollkommen unwichtig!«, schrie Otto ihn außer sich vor Wut an.

»Dann sollten wir unsere Unterredung so kurz wie möglich halten.«

»Unterredung? Es geht um Eure Unterwerfung.«

»Also gut. Ich werde zum nächsten Osterfest bei Euch auf dem Hoftag erscheinen.«

Boleslaw schickte sich an, sein Pferd zu wenden.

»Ostern? Das ist erst im nächsten Jahr!«

Boleslaw wandte sich Otto noch einmal zu. »Erstens gebe ich Euch mein Wort, dass ich komme, und zweitens haben im Moment wahrscheinlich andere Dinge Vorrang.«

Damit wandte sich Boleslaw endgültig um und ritt zu seiner Truppe zurück. Mit der Hand gab er das Zeichen zum Abmarsch.

Otto blieb wie erstarrt zurück. Auf Boleslaws Wort gab er keinen Pfifferling, aber mit dem zweiten Punkt hatte er voll ins Schwarze getroffen. Otto konnte jetzt keine Zeit vergeuden. Er musste alles daransetzen, Heinrich endlich wieder dingfest zu machen. Theophanus Worte kamen ihm in den Sinn. Heinrich war tatsächlich genauso schwer zu besiegen wie Pantaleon. Aber trotzdem wollte es Otto nicht in den Kopf, dass Heinrich auch nur die kleinste Ähnlichkeit mit einem Heiligen hatte.

Theophanu drückte den kleinen Körper liebevoll an sich. Jedesmal, wenn sie das Kindlein herzen konnte, vergaß sie alle Qualen der letzten Monate. Und dabei hatte sie auch bei ihrer erneuten Schwangerschaft starke Krämpfe aushalten müssen. Und wieder war es nur ein Mädchen, das ihr nach der Geburt in die Arme gelegt wurde.

Aber auch ein Mädchen wollte gefüttert, gebadet und gekleidet werden. Theophanu stützte das kleine Köpfchen mit der Hand, während sie die Temperatur des Badewassers prüfte. Dann nahm sie das weiche Samttuch, tauchte es ins Wasser, wrang es aus und strich vorsichtig über Köpfchen und Arme.

Die Lage im Reich hatte sich noch nicht beruhigt, ganz im Gegenteil. Man sprach schon vom »Aufstand der drei Heinriche«, da Heinrich Unterstützung bei zwei Namensvettern gefunden hatte. Wieder meinte Otto, dass man auf einen Säugling keine Rücksicht nehmen konnte. Als Mathilde erneut erschien, während sie sich auf der Pfalz in Memleben aufhielten, war Theophanu bereits vorbereitet. Sie wusste, dass Mathilde gut für ihre Tochter sorgen würde. Nur eins hatte sie sich ausbedungen: Ihre Tochter sollte nicht zu Adelheid gegeben werden. Im Gegenzug hatte sie zugestimmt, dass sie auf den Namen Adelheid getauft wurde.

Theophanu steckte die kleinen Ärmchen sachte in das wärmende, mit Hermelin verbrämte Röckchen aus blauem Granatapfelsamt und band es sorgfältig zu.

Sie hatte Mathilde noch lange nachgesehen, als sie mit ihrer Tochter weggeritten war. Erst als es dunkelte, ging Theophanu in die Kapelle, um zu beten. Doch sie konnte sich nicht sammeln. Stattdessen hatte sie die kleine Figur erblickt. Das Jesuskind war aus Holz geschnitzt und mit zarten Farben angemalt. Es war ungefähr so groß wie ihre kleine Adelheid und auch seine Wangen leuchteten genauso rosig. Theophanu beschloss, es mit in ihr Gemach zu nehmen.

Seitdem hatte sie sich der Puppe wie ihrem Kinde angenommen. Theophanu bettete das Christkind in seine Wiege, als sie polternde Schritte hörte.

Ärgerlich wollte sie dem Störenfried klarmachen, dass hier ein Säugling schlief, als sie plötzlich erkannte, wer da vor ihr stand. Er war magerer, als sie ihn in Erinnerung hatte, und seine Wangen waren eingefallen. Doch seine Augen leuchteten immer noch genauso warm. »Heinrich!«

Heinrich legte einen Finger auf seine Lippen. »Pscht! Bitte verratet mich nicht!«

Theophanu schüttelte den Kopf. Es gab so vieles, was sie ihm sagen wollte, doch stattdessen brachte sie nur ein »Was wollt Ihr hier?« heraus.

»Mit Euch sprechen.«

»Das letzte Mal habt Ihr mir ausrichten lassen, dass Ihr siegen werdet. Für Euren Sohn.«

Es schauderte sie jetzt noch. Aber Heinrich winkte ab. »Das ist lange her. Ich verstand nicht, wieso Ihr meine Frau für mich büßen ließet. Aber mittlerweile hat sie es mir gesagt. Ihr wolltet sie nur schützen.«

Theophanu schämte sich, als sie das hörte. »Wisst Ihr nicht, wie gefährlich es für Euch ist, hierherzukommen?«, lenkte sie ab.

»Doch, aber ich habe keine andere Wahl.«

Seine Worte bewegten Theophanu tief. Ihre Gefühle ließen ihr auch oft keine Wahl. Eigentlich war sie bei allem, was Heinrich betraf, viel zu aufgewühlt gewesen, um Vernunft walten zu lassen. Immer wieder hatte sie ihn brüskiert. Und ebenso oft hatte sie in schlaflosen Nächten um ihn gebangt.

Und jetzt musste sie hören, dass es diesem Mann genauso ging. Theophanu entdeckte, dass Heinrichs rechtes Handgelenk verbunden war. Sie ging auf ihn zu und nahm vorsichtig seine Hand. »Ihr seid verletzt!«

Heinrich winkte ab. »Nichts Ernstes.«

Theophanu betrachtete den dreckigen und an den Rändern ausgefransten Stoff. »Ich werde den Verband wechseln.«

Theophanu sah sich um und entschied dann, eine der Decken, die über dem Jesuskindlein lagen, aus der Wiege zu nehmen. Die Puppe brauchte sie nicht. Plötzlich erschien es ihr seltsam, welche Gefühle sie angesichts dieses Stückes Holz empfunden hatte. Theophanu hielt den Stoff vor sich und riss dann schmale Bahnen daraus. »Setzt Euch auf das Bett«, schlug Theophanu vor und nahm dann neben ihm Platz, seine Hand in ihrem Schoß bettend.

Behutsam löste sie den alten Verband. Es tat ihr fast selbst weh, als sie die Verletzung sah, die viel tiefer war, als sie angenommen hatte. Trotzdem musste sie die Wunde mit etwas warmem Wasser aus der Waschschüssel reinigen, bevor sie sie erneut bedeckte. Heinrich gab zwar keinen Laut von sich, aber sie spürte, wie er bei jeder noch so vorsichtigen Berührung zusammenzuckte. Sie sah ihn an. »Wie ist das passiert?«

Heinrich winkte ab. »Auf der Flucht eben.«

Aber Theophanu hakte nach. »Waren es Ottos Männer?«

Heinrich lachte. »Nein, dazu müssten sie es erst einmal schaffen, nahe genug an mich heranzukommen.«

Theophanu hörte den Stolz in seiner Stimme und blickte zu ihm auf. So viele Jahre in Haft und auf der Flucht hatten diesen Mann nicht brechen können. Er war stark, viel stärker als sie. Und wenn selbst er es nicht ausgehalten hatte und sie sehen wollte, dann brauchte sie ihre Gefühle auch nicht mehr zu verstecken. »Ich bin so froh, dass Ihr gekommen seid.«

Heinrich war erstaunt. »Aber was wird Otto dazu sagen?«

»Das ist mir egal. Manchmal ist es nötig, ehrlich zu sein.«

Heinrich, der neben ihr saß, beugte sich noch etwas dichter zu ihr. »Und deshalb will auch ich jetzt aufrichtig sein. So aufrichtig, wie noch nie in meinem Leben.«

Theophanu hatte Mühe, Abstand zu wahren. Sie war froh, als er weitersprach.

»Es geht mir nicht um Eures Mannes Thron. Ich will nicht König werden«, beteuerte Heinrich.

Theophanus Herz schlug jetzt so heftig, dass sie spürte, wie es gegen ihre Rippen pochte.

»Auch wenn alle das glauben, ich will etwas ganz anderes.«

Eigentlich brauchte er nicht weiterzusprechen. Sie wusste auch so, was er sagen wollte. Denn sie fühlte sich ihm so nahe, so vertraut, wie noch nie einem Menschen zuvor.

»Ich will es mit meinem ganzen Herzen, mit jeder Faser meines Körpers, und keiner wird mich daran hindern, es mir zu nehmen. Schon gar nicht Otto.«

Theophanu spürte, dass sie sich nicht mehr lange zurückhalten konnte, als er weitersprach. »Alles, was ich will, ist Bayern. Er muss es mir zurückgeben.«

Theophanu schrak zusammen, sie sah ihn ungläubig an.

»Ich will nicht mehr und nicht weniger als Herzog in meinem Regnum sein.«

Wieder schlug Theophanus Herz schnell und heftig. Er musste etwas sagen, etwas, was gleich alles aufklären würde. Sah sie da nicht den Ansatz eines Lächelns um seine Mundwinkel? Vielleicht hatte er sich einen Scherz mit ihr erlaubt, wollte sie aufheitern. Aber es schien ihm vollkommen ernst zu sein. Trotzdem konnte Theophanu nicht anders, als sich zu vergewissern. »Das ist der einzige Grund, warum Ihr mich aufgesucht habt? Um mit mir über Bayern zu sprechen?«

Heinrich nickte. »Natürlich. Und es ist mir sehr ernst.«

Theophanu sprang auf. Es hielt sie keinen Moment länger neben ihm. Sie atmete heftig und dankte Gott, dass er es im letzten Moment noch verhindert hatte, dass sie sich an Heinrichs Brust warf. Doch sie spürte auch den Schmerz, als ihr klar wurde, dass das nun niemals mehr passieren würde. Sie hatte ihre letzte Chance vertan. Aber dann berichtigte sie sich. Nicht sie, er hatte es verdorben.

Heinrich schien den Aufruhr in ihrem Inneren nicht zu bemerken. »Ihr seid die Einzige, auf die Otto hören wird. Wenn Ihr ihm klar macht, dass ich es nicht darauf abgesehen habe, ihn zu stürzen, wird er es glauben.«

»Da mögt Ihr Recht haben.«

Heinrichs Miene hellte sich auf. »Ich wusste, dass ich nicht umsonst gekommen bin.«

Theophanu verstand nicht, wie sie es fertig brachte, aber sie lächelte ihn tatsächlich an. »Wenn Ihr mir nur einen Grund sagt, warum ich Euch vertrauen soll.«

Heinrich sah sie erstaunt an. »Weil Ihr mich kennt. Weil wir uns schon so nahe waren.«

Das ›uns‹ ging Theophanu durch Mark und Bein. Aber dann machte sie sich klar, dass alles, was ihn interessierte, sein Herzogtum war. Und im Grunde war das gut so. Denn nur so konnte auch sie sich wieder auf ihre Aufgabe als Königin besinnen. »Ich werde meinem Mann nichts sagen, von dem ich nicht selber überzeugt bin.«

Heinrich schüttelte den Kopf. »Ihr glaubt mir tatsächlich nicht.«

»Ihr seid aus der Haft ausgebrochen, Ihr habt Euch in Böhmen verschanzt, wer weiß, was Ihr als Nächstes vorhabt.«

»Ich gehe dahin zurück, wo mein Platz ist. Und jetzt entschuldigt, dass ich Euch belästigt habe.«

Damit verließ Heinrich genauso plötzlich das Gemach, wie er gekommen war. Theophanu war wieder allein, nur, dass ihr die Jesuspuppe diesmal keinen Trost mehr bot. Es war alles noch schlimmer als vorher. Aber ein Gutes hatte das Ganze. Bevor ihre Wut versiegen konnte, nahm sie Schreibzeug zur Hand. Schnell kritzelte sie ein paar Zeilen auf ein Pergament und rief dann einen Boten. Otto würde bald erfahren, dass Heinrich auf dem Weg nach Bayern war.

Kapitel 13

Theophanu hatte die schweren Stühle und den Tisch aus dem Saal nach draußen tragen lassen, damit sie auf der Wiese neben dem Kräutergarten, der zu der Pfalz in Aachen gehörte, sitzen konnten. In der warmen Sommersonne dufteten Salbei, Bärlauch und Seifenkraut verschwenderisch. Sie würden heute Nacht Johanni feiern, den längsten Tag im Jahr, der auf die dunkle Zeit, aber auch das Licht der Geburt Christi verwies.

Willigis legte Theophanu eine Liste nach der anderen vor, auf der die Einnahmen aus den verschiedenen Besitzungen aufgereiht waren. Die Königin wurde nicht müde, die Zahlenkolonnen genauestens zu prüfen. Sie nahm ihre Aufgabe, die Finanzen des Reiches zu regeln, sehr ernst. Außerdem war es eine Tätigkeit, die sie im Sitzen verrichten konnte, was ihr aufgrund der weit fortgeschrittenen Schwangerschaft sehr entgegenkam. Es würde das dritte Kind sein, das sie zur Welt brachte.

Willigis nahm einen weiteren Stapel Pergamente. »Es ist ein bisschen knapp dieses Jahr. Ich hatte mir mehr Einnahmen aus Steuern versprochen.«

Jannis, der an einem Becher mit Wein nippte, lachte. »Komisch, sonst seid ihr Barbaren doch nicht so zimperlich. Nur beim Steuerneintreiben, da traut ihr euch nicht so recht ran.«

»Barbaren?«

Otto kam auf die kleine Gruppe zu. Der Ärger war ihm deutlich anzuhören. »Wie lange noch wollt Ihr immer die gleichen Scherze machen?«

Jannis lag auf der Zunge, dass es sich keinesfalls um einen Scherz handele, aber Theophanu ergriff schnell das Wort. »Es ist nicht so einfach, ein ausgedehntes Abgabensystem einzuführen.«

»Man braucht nur gute Ideen«, entgegnete Jannis. »Kaiser Vespasian hatte sich gesagt, Geld stinkt nicht, und sogar auf die Latrinen eine Steuer erhoben. Aber dafür muss es so was wie öffentliche Abtritte natürlich erst einmal geben.«

»Öffentliche Latrinen! Als hätte ich keine anderen Probleme«, sagte Otto. »Gerade erst musste ich den Aufstand in Lotharingien niederschlagen. Ich hoffe nur, dass Karl jetzt wirklich Ruhe gibt.«

Theophanu nickte. »Bestimmt. Es war klug, ihn als Lehnsherrn einzusetzen. Er wird dir von nun an dienen, anstatt dich zu bekämpfen.«

»Das wird dann sicher sein Bruder Lothar übernehmen«, warf Jannis ein.

»Aber er ist der Vetter des Kaisers!«, gab Willigis zu bedenken.

»Was nichts heißen muss«, entgegnete Jannis, »wie man bei Heinrich gesehen hat.«

Seit einem Jahr war Heinrich wieder in Haft, diesmal in Utrecht.

»Lothar ist Herrscher über das ganze Westfränkische Reich«, widersprach Otto.

»Umso mehr wurmt es ihn, dass Ihr Euch Kaiser nennt, während er nur König ist«, beharrte Jannis. »Er ist nicht bereit, einen Kaiser außerhalb Konstantinopels zu akzeptieren.«

Otto ging näher auf Jannis zu. »Ich glaube eher, Ihr seid nicht bereit, Euer Haupt vor mir zu beugen.«

»Wäre er dann schon so lange bei uns?«, warf Theophanu ein.

»Er ist deinetwegen hier. Und um seinen Ruf zu mehren. Er hofft wohl, es hier zu mehr als zum Obereunuchen bringen zu können.«

Theophanu stand, so schnell es ihr dicker Bauch zuließ, auf. »Ich will nicht, dass du so mit Jannis sprichst.«

Jannis sprang schnell zu Theophanu und stützte sie. »Danke, meine Liebe, aber pass lieber auf dich auf!«

»Reden, das könnt Ihr! Wie wäre es, wenn Ihr uns zur Abwechslung mal mit Taten überzeugt?«

»Was wollt Ihr von mir?«

»Holz, wir brauchen Holz für das Johannifeuer. Und Ihr werdet es holen.«

Jannis presste die Lippen zusammen und drehte sich ohne ein weiteres Wort um, um die Runde zu verlassen.

Theophanu ging zu Otto. »Was ist in dich gefahren?«

»Manchmal kann ich ihn einfach nicht mehr sehen. Immerzu lässt er mich fühlen, was er von uns hält.«

Theophanu sah ihn an. »Kann es sein, dass du jetzt ein bisschen stur bist?«

Otto zuckte mit den Schultern, dann legte er seinen Arm um Theophanu. »Weißt du was? Wir vergessen ihn einfach und die ganzen Listen auch«, schlug er mit Blick auf Willigis' Unterlagen vor.

»Und stattdessen gehen wir in die Küche und gucken, was dort Leckeres für heute Abend gebrutzelt wird.«

»Du willst den Speiseplan kontrollieren?«

Otto winkte ab. »Ach was! Ich will nur ein bisschen naschen. Ein Stückchen Kruste vom Braten vielleicht, oder in Honig gebratene Früchte. Komm!«

Er zog Theophanu mit sich. Die schüttelte lachend den Kopf. »Manchmal bist du wie ein großer Junge! Warte, ich kann nicht so schnell.«

Otto hob Theophanu mit einem Schwung auf seine Arme. »Ist es so besser?«

»Ich bin viel zu schwer!«

»Wie könnten mir meine Frau und mein Sohn eine Last sein?«

Otto sah Theophanu zärtlich an, bevor er sie küsste. Ihr wurde ganz warm bei seinen Worten. Auch sie war sich sicher, dass es diesmal ein Junge werden würde. Diese Schwangerschaft verlief ganz anders als die anderen. Es ging ihr gut, und die gefürchteten Krämpfe blieben aus. Das konnte gar nichts anderes bedeuten, als dass sie diesmal den Thronfolger in sich trug.

»Weißt du noch, wie wir uns das erste Mal gesehen haben?«

»Natürlich!« Theophanu nickte. »Ich habe recht ungeschickt versucht, Scherben wegzufegen und du hast mich prompt für eine Dienerin gehalten.«

Otto nickte. »Dafür haben wir uns doch ganz gut gemacht, findest du nicht?«

Statt einer Antwort küsste Theophanu Otto auf den Mund.

Die Tafel war gut gefüllt mit Fleisch-, Fisch- und Geflügelgerichten, doch Theophanu verspürte keinen rechten Appetit. Sie hatte mittags mit Otto bereits von allem probiert. Gegenseitig hatten sie sich die leckersten Bissen in den Mund geschoben und den Honig von den Lippen geleckt. Jetzt war sie schläfrig und froh, dass sie das Johannifest diesmal nicht im großen Rahmen begingen. Theophanu beschloss das Feuer noch abzuwarten, bevor sie sich zurückzog. Sie freute sich auf das Licht, das die Leuchtkraft des längsten Tages noch verlängerte, bevor die dunkle Hälfte des Jahres anbrach. Überall im Reich wurden heute Nacht solche Feuer entzündet. Nur einer würde sich nicht daran erfreuen können. Theophanu runzelte die Stirn, als Heinrichs Bild plötzlich in ihr aufstieg. Sie hatte jetzt so lange nicht an ihn denken müssen und hatte auch nicht vor, das in Zukunft zu tun. Er war wie ein Kapitel, das beendet war. Heinrich war nicht mehr als ein recht unzuverlässiger Lehnsherr ihres Mannes. Keiner vermisste ihn.

Natürlich war es trotzdem nicht ganz richtig gewesen, wider besseren Wissens zu behaupten, dass Heinrich den Thron wollte, obwohl er ihr vorher das Gegenteil versichert hatte. Aber wer sagte, ob er sie dabei nicht auch angelogen hatte? Sie trug keine Schuld, Heinrich hatte sich seine Haft einzig und allein selbst zuzuschreiben.

Theophanu griff nun doch zu den mit Sesam überkrusteten Datteln, die mit Käse gefüllt waren. Sie liebte es, wie Süß und

Herzhaft in ihrem Mund eine unwiderstehliche Mischung eingingen.

Plötzlich stand Jannis in der Tür. »Ihr müsst sofort fliehen! Ihr seid in höchster Gefahr!«, rief er Otto, der ebenfalls an der Tafel saß, völlig außer Atem zu.

Otto sah ihn verständnislos an. »Wovon redet Ihr?«

»Ich habe es mit eigenen Augen gesehen, als wir ausgeritten sind. Der Forst ist über weite Teile abgeholzt, sodass wir eine längere Strecke zurücklegen mussten als ursprünglich geplant.«

»So kommt doch zum Punkt! Immer diese griechische Geschwätzigkeit!«

Jannis störte sich nicht an der Beleidigung. »Truppen! Truppen sind im Anmarsch, befehligt von keinem anderen als Lothar!«, erwiderte er stattdessen.

Otto schüttelte den Kopf. »Das kann nicht sein! Vielleicht ist Euch die ungewohnte Anstrengung zu Kopfe gestiegen …«

»Otto, er kann sich nicht so vertun!«, unterbrach ihn Theophanu. »Wie viele waren es?«, wandte sie sich an Jannis.

Der wiegte den Kopf hin und her. »Einige hundert Panzerreiter mochten es schon sein.«

»Da siehst du es«, wandte sich Otto an Theophanu. »Er weiß es nicht genau zu sagen. Und selbst, wenn es stimmt, was sollte Lothar mit so einem kleinen Geschwader? Es reicht nicht, um mehr als einen unbedeutenden Flecken zu erobern.«

Theophanu sah ihn an. »Aber es reicht, um dich zu entführen. Er will uns in seine Gewalt bringen.«

»Mich entführen?« Otto lachte auf. »Das ist etwas, was man mit Weibsbildern macht, mit Kindern … Aber den Kaiser, nein, niemals!«

»Verstehst du denn nicht? Es geht ihm um Lotharingien! Er will es für sich. Erst dann wird er dich wieder freilassen. Jannis hatte Recht, du hast Lothar gereizt.«

»Jetzt bin ich auch noch Schuld?«

Otto sah wütend von Theophanu zu Jannis. »Ich werde mich

selbst überzeugen, was vor sich geht. Hier kann man sich auf keinen mehr verlassen!«

Damit eilte er aus dem Saal. »Macht die Pferde fertig!«, rief er seiner Garde im Rausgehen zu.

»Otto!«, versuchte Theophanu ihn aufzuhalten, aber er hörte sie gar nicht mehr. Sie hatte Angst um ihn. Sie verstand nicht, warum er gerade jetzt so unbesonnen handelte, anstatt an seinen Sohn zu denken. Doch kaum hatte sie wie selbstverständlich gedacht, dass es ein Sohn werden würde, spürte sie die ihr so vertrauten und gleichzeitig verhassten Anzeichen. Die Krämpfe, die sie bisher in jeder ihrer Schwangerschaften begleitet hatten, meldeten sich zurück. Theophanu spürte, wie ihr die Tränen über die Wangen rannen. Wieder würde es nur ein Mädchen werden.

Otto und seine Männer kamen schnell voran. Weit und breit war nichts von fremden Truppen zu sehen. Otto konnte es sich auch beim besten Willen nicht vorstellen, dass Lothar solch einen Überfall auf ihn unternehmen würde. Er konnte nicht ernstlich an Ottos Kaisertum zweifeln. Schließlich befehligte Otto ein Imperium, während Lothar nur in seinem Regnum herrschte. Otto kam immer mehr zu der Überzeugung, dass Lothar es auch niemals verlassen hatte.

Er deutete auf eine kleine Anhöhe. »Bis dahin noch! Von dort können wir alles überblicken!«

Die Männer folgten ihm. Jannis hatte, wenn überhaupt, sicher nur wenige Reiter gesehen. Wahrscheinlich handelte es sich nur um eine Gruppe von Leuten, die zu einem der vielen Johannifeuer unterwegs waren.

Doch als er den höchsten Punkt der Anhöhe erreicht hatte, traute er seinen Augen kaum. Das grüne Gras der Ebene, die er nun überblickte, war schwarz vor Menschen. Es waren keineswegs Feiernde, sondern bewaffnete Reiter. Angeführt wurden sie tatsächlich von keinem anderen als Lothar, seinem Vetter und König des Westfränkischen Reiches.

Otto gab seinen Männern mit Handzeichen zu verstehen,

dass sie sofort absteigen sollten, während auch er von seinem Pferd glitt. Jedes Geräusch konnte eine Katastrophe bedeuten. Sie kehrten um, und erst als sie wieder weichen Wiesengrund erreicht hatten, saßen sie auf und preschten so schnell es ging zurück zur Burg.

Die Speisen auf dem Tisch dampften noch, als Lothar und seine Männer die verlassene Burg erreichten. Voller Wut gab der König des Westfränkischen Reiches Befehl, Feuer zu legen. Er konnte nicht fassen, wie knapp Otto ihm entkommen war. Doch noch bevor die ersten Flammen emporzüngelten, gewann Lothar seinen kühlen Kopf wieder. Er hatte Otto zwar nicht gefangen nehmen können, um ihm Lotharingien wieder abzupressen, aber er wollte ihn wenigstens fühlen lassen, was er von ihm hielt. Und er kannte seinen Vetter gut genug, um zu wissen, womit er ihn am meisten traf.

Lothar wies die Männer an, nach Herzenslust in der Burg zu hausen. Sie taten sich an den hervorragenden Speisen gütlich und leerten Fässer voll mit Bier und Wein. Dann rafften sie alles, was ihnen wertvoll erschien, an sich, und das war eine Menge. Kostbare Teppiche, Wandbehänge aus Seide, silberne Kerzenleuchter und wertvolles Besteck verpackten sie in großen Säcken. Doch die Augen gingen ihnen über, als sie das Gemach des Kaisers betraten. Otto hatte anscheinend vorgehabt, sich beim Johannifeuer in ganzem Prunk zu zeigen. Die aus acht Platten bestehende Krone und die goldene Lanze mit dem Nagel vom Kreuz Jesu lagen auf seinem Bett ausgebreitet, der purpurne Mantel war über einen Stuhl gehängt. Lothar brauchte nicht lange nachzudenken, was er mit den Insignien der Macht anfangen sollte. Den samtenen Mantel nahm er um die Schultern, das goldene Schwert steckte er in seinen Gurt und die mit Perlen und Juwelen besetzte Krone ließ er sich von seinem treuesten Knecht aufs Haupt setzen. So ausgestattet trat er auf den kleinen Vorsprung, den man von Ottos Gemach aus erreichen konnte. Er überblickte das ganze weite Land, bevor er sich umdrehte und wie durch eine Eingebung an der Burgmauer hochschaute bis zum Dachfirst. Dort stach ihm der eherne Adler ins Auge, den noch Karl der Große angebracht hatte. Etwas gefiel ihm nicht an dem imposanten Tier und plötzlich wusste er auch, was es war.

Die Magd schlitzte der Gans vor Ottos Augen den Bauch auf. Die Haut war knusprig gebraten, und das Fett spritzte, als sie das Messer tief hineinstach. »Kannst du nicht aufpassen?«, herrschte Otto die junge Frau an, worauf die sich ängstlich duckte.

Das war auch gut so, denn Otto sprang auf und fegte den Vogel mit einem Schlag vom Tisch. Die hier in Dortmund versammelten Fürsten und Berater Ottos saßen wie erstarrt, während Otto mit großen Schritten auf und ab lief. »Wie konnte Lothar sich das anmaßen? Schlimm genug, dass er es überhaupt gewagt hat, unseren Adler anzufassen! Aber ihn von Westen nach Osten zu drehen, diese Schmach muss gerächt werden!«

Otto sah die Männer, unter ihnen seinen treuen Vetter Otto, Herr über Schwaben und Bayern, Dietrich, Bischof von Metz, den vorsichtigen Willigis und den wie immer undurchschaubaren Jannis der Reihe nach an. »Und zwar möglichst schnell.«

Er winkte der Magd. »Abtragen! Bring das ganze Zeug weg!«

Augenblicklich begann sie die bis an den Rand gefüllten Schüsseln vom Tisch zu nehmen, begleitet von den bedauernden Blicken der hungrigen Gäste.

»Wir werden genau am Ersten des Oktober angreifen«, kündigte Otto an.

Jetzt konnte Theophanu nicht mehr an sich halten. »So spät? Ich dachte, du wolltest keine Zeit verlieren.«

»Aber Theophanu, ich muss doch ein wenig Rücksicht auf meinen lieben Vetter Lothar nehmen.«

Dietrich meldete sich zu Wort. »Rücksicht auf den Mann, der Euch die Schmach angetan hat? Tut mir Leid, das verstehe ich nicht.«

»Ganz einfach. Ich werde ihm beweisen, dass ein wahrer Kaiser es nicht nötig hat, hinterlistig anzugreifen, sondern ihm den Zeitpunkt des Angriffs mitteilen.«

Er wartete einen Moment ab, bevor er fortfuhr. »Und dann wird er merken, dass ihm auch das nichts hilft, wenn wir über sein Reich hinwegfegen.«

Theophanu sah den Männern an, dass keiner überzeugt war. Aber Otto fuhr fort. »Wir werden bis Paris vorrücken.«

Nun wurde doch leises Gemurmel hörbar und auch Theophanu erschrak. Bis Paris war es weit, sehr weit. Der Winter würde über die Truppen hereinbrechen, noch bevor sie den Rückzug antreten konnten.

Jetzt rächte es sich, dass sie nach der Geburt ihrer dritten Tochter kaum noch mit Otto zusammengetroffen war. In aller Ruhe hatte sich Otto in diesen wahnwitzigen Plan hineinsteigern können, ohne dass ihm jemand widersprach. Und jetzt brachte keiner mehr den Mut dazu auf. Einzig Jannis räusperte sich, doch Theophanu sah voraus, dass ausgerechnet seine Warnung bei Otto auf taube Ohren stoßen würde.

»Ist es nicht ein zu großes Wagnis, es mit Kälte, Eis und Schnee aufzunehmen?«, fragte er Otto.

Der sah ihn nur milde lächelnd an. »Aus Euren Worten spricht einmal mehr der zu keinerlei Anstrengung bereite Grieche.«

Jannis presste die Lippen aufeinander, Otto wandte sich an die anderen. »Wir werden Lothar Folgendes verkünden: Das Imperium kommt, um das Regnum zu strafen.«

Triumphierend sah er in die Runde und nahm die Stille für Zustimmung.

Theophanu lag auf dem Bett, zu schwach, um sich auszuziehen. Sie hatte es sich nicht nehmen lassen, ihr Töchterchen persönlich in das Stift Essen zu bringen. Aber es war ihr nicht leicht gefallen, sich von ihr zu trennen. Mathilde war sehr liebevoll aufgenommen worden und sie würde die beste Erziehung bekommen, daran bestand kein Zweifel. Doch Theophanu vermisste den kleinen, warmen Körper und das Gesicht, über das so oft ein Lächeln gehuscht war. Jetzt war Theophanu wieder allein.

Sie sah gar nicht hin, als die Tür aufging. Es würde ohnehin nur die Magd sein, die sich um das Feuer kümmerte und ihr noch ein wenig Brot brachte.

Sie fuhr erst auf, als sich jemand auf ihr Bett setzte. Theophanu stellte erstaunt fest, dass Otto zu ihr gekommen war. Das passierte nicht oft, seitdem der Feldzug gegen Lothar zu einem Desaster geraten war. Nach einer langen und erfolglosen Belagerung von Paris waren Ottos Truppen auch noch in einen Hinterhalt geraten, der viele Männer das Leben kostete. Otto hatte darauf nichts Besseres zu tun, als Lothar die offene Feldschlacht anzubieten. Theophanu hoffte insgeheim, dass der König der Westfranken das ausschlagen würde, zu groß war ihre Angst, dass Otto wieder eine Niederlage einstecken musste.

»Lothar hat die Schlacht tatsächlich abgelehnt!«, polterte Otto.

Theophanu atmete auf. Otto fuhr fort: »Stattdessen will er einen Zweikampf. Das Blutvergießen solle ein Ende haben. Dass ich nicht lache!«

»Aber das ist vernünftig.«

»Er hofft doch nur, dass ich mich nicht darauf einlasse. Lothar ist feige.«

Theophanu zögerte. »Aber, wenn du dich wirklich nicht darauf einlässt, wird man dann nicht über dich das Gleiche sagen?«

Otto sah sie ärgerlich an. »Dass ich feige bin? Wie kannst du das auch nur denken?«

Er stierte vor sich hin. »Die Leute haben ganz anderen Grund über mich zu reden.«

Seine Frau sah ihn an. »Was meinst du?«

»Du machst mich zum Gespött der Leute.«

»Ich?«

»Alle warten auf den Thronfolger.«

»Gott hat uns drei gesunde Kinder geschenkt«, erwiderte Theophanu.

»Drei Mädchen! Gut, dass Vater das nicht mehr erlebt. Er hat so viele Hoffnungen in dich gesetzt.«

»Aber wir können es nochmal versuchen. Du warst in letzter Zeit so selten bei mir.«

»Ich habe dir gefehlt?«

Theophanu antwortete nicht. Er würde nicht verstehen, dass ihr im Moment nur ihr Töchterchen fehlte. Otto drängte sich an sie und küsste sie, erst auf die Wange, dann auf den Hals. »Du hast mir auch gefehlt. Meine Güte, wie habe ich es bloß ohne dich ausgehalten?«

Theophanu zwang sich zu einem Lächeln. Sie durfte nicht so traurig sein. Es war von Anfang an klar, dass sie auch dieses Kind wieder abgeben musste. Trotzdem konnte sie nicht anders, als seine Hände abzuwehren, die ihr das Kleid von den Schultern ziehen wollten. »Später, mein Schatz. Lass uns noch ein wenig warten.«

»Warten? Worauf?«

Theophanu sah ihn an. Sie wusste es selber nicht. Je eher sie ihrer Pflicht nachkam, desto besser für Otto. Ein Sohn würde seine letzte Niederlage schnell vergessen machen. Sie ließ ihn ihr Kleid abstreifen.

Als es vorbei war, machte es ihr nichts aus, dass er gleich wieder ging. Sie war froh, allein zu sein.

Theophanu trieb ihr Pferd an. Sie bemerkte stirnrunzelnd, dass das Gelände sehr eben vor ihr lag und keine großen Hindernisse zeigte. Dann sah sie die kleine, mit Steinen übersäte Anhöhe, riss die Zügel herum und ritt darauf los.

Erst am Morgen hatte sie sich dazu entschlossen. Vorausgegangen waren Wochen des Abwartens und der Ungewissheit. Seitdem sie bemerkt hatte, dass sie erneut schwanger war, hatte sie keinen unbeschwerten Moment mehr. Jeden Augenblick horchte sie nur wieder auf die ersten Anzeichen der Katastrophe. Aber die Krämpfe, jedesmal ein sicheres Zeichen für die

Geburt eines Mädchens, waren ausgeblieben. Doch sie hütete sich, deswegen aufzuatmen. Sie wollte erst Gewissheit haben, und zwar so bald wie möglich.

Theophanu überlegte, aus welchem Anlass die Krämpfe bei den letzten Malen aufgetreten waren: wenn sie sich anstrengte, wenn sie Kälte ausgesetzt war und wenn sie sich aufregte. Als Erstes versuchte sie es mit langen Spaziergängen in der Umgebung der Burg. Sie verspürte keinerlei Unwohlsein, ganz im Gegenteil, sie merkte, wie es ihr gut tat, zügig auszuschreiten und die Gedanken einfach schweifen zu lassen.

Als Nächstes hieß sie die Magd, kein Feuer mehr in ihrer Kemenate zu machen. Doch außer, dass sie fror, geschah nichts. Auch kalte Waschungen ihres Bauches bewirkten lediglich eine Gänsehaut. Aber sie war sich nicht sicher, ob das genug war, und so stieg sie in eine Wanne mit Eiswasser. Doch auch, als sie mit klappernden Zähnen aus der Wanne stieg, schien sich in ihrem Bauch nichts zu tun. Nicht der leiseste Anflug eines Krampfes machte sich bemerkbar.

Theophanu überlegte schon, ob sie es damit auf sich beruhen lassen sollte. Sie spielte sogar mit dem Gedanken, Otto mitzuteilen, dass sie schwanger war. Aber dann entschied sie sich doch, lieber erst ganz sicher zu gehen und eine letzte Probe zu machen. Nichts fürchtete Theophanu mehr als das Durchgehen ihres Pferdes. Und genau dem würde sie sich aussetzen. Wenn sie danach immer noch keine Krämpfe spürte, dann würde sie Otto erzählen, dass er sich auf einen Sohn freuen könne.

Theophanu ritt schneller, preschte auf das Gestein zu und zwang ihr Pferd zu waghalsigen Sprüngen. Doch sicher wie eine Ziege fand das treue Tier immer wieder guten Halt und umrundete größere Löcher, ohne auch nur einmal zu stolpern. Theophanu hielt an. So hatte es keinen Sinn. Sie musste sich etwas anderes einfallen lassen. Da geriet die kleine Baumgruppe in ihren Blick. Es waren drei stolze Kastanien, die ihre mächtigen Kronen in den Himmel reckten. Frühling und Sommer waren warm gewesen und hatten ihre Früchte prächtig gedeihen lassen. Jetzt, da der Herbst nahte, begannen sie bereits aufzuspringen.

Theophanu ritt nahe heran, sprang ab und hob eine der Früchte auf. Sie löste vorsichtig die Schale und ließ die glänzende Kastanie achtlos fallen. Nur die stachelige, schon leicht angetrocknete Hülle war für sie von Nutzen. Es tat ihr in der Seele weh, als sie sie unter den Sattel legte. Sie strich der gescheckten Stute über die Mähne, bevor sie sich auf deren Rücken schwang. Ein promptes Wiehern zeigte ihr, dass das Pferd den Schmerz fühlte. Es tänzelte, wie um sich davon zu befreien, doch spürte es das lästige Picksen so nur noch mehr. Theophanu tat nun ein Übriges und trieb das Pferd an. Es setzte sich in Bewegung, doch störrisch und ruckartig, mal schnell, mal langsam, als wenn es hoffte, dadurch vom Schmerz befreit zu werden. Theophanu sah den Boden unter sich kreisen, sie wurde auf dem Rücken des Pferdes hin- und hergeschüttelt. Doch bis auf ein stetig wachsendes Unbehagen merkte sie nichts. Erst als das Tier in seiner Verzweiflung hoch in die Luft stieg, spürte sie es. Erst dachte sie noch, es wäre ihr Magen, der rebellierte, aber dann konnte sie sich nichts mehr vormachen. Es waren die Krämpfe, die ihren Unterleib, wie schon so oft, zusammenzogen. Theophanu war das unruhige Geschaukel auf dem Pferderücken plötzlich vollkommen egal. Alles war ihr egal. Teilnahmslos überlegte sie, dass sie nun eigentlich abspringen und das Tier von seiner Pein erlösen konnte. Es hatte seinen Dienst getan. Aber sie blieb oben, im Gegenteil, sie hieb dem Pferd ihre Hacken in die Flanken, um es zu immer verrückteren Drehungen und Wendungen anzutreiben. Jetzt schien sich alles um sie herum zu drehen, immer höher stieg das Tier, bis Theophanu sich nicht mehr halten konnte. Sie flog auf den Boden, ohne zu begreifen, was geschah. Sie kam hart auf. Doch sie konnte ohne Mühe aufstehen und zu der Stute hinüber gehen. Es war fast, als wäre nichts geschehen, wenn nur nicht das Blut gewesen wäre, das warm an ihren Beinen herabrann.

Theophanu stand der kalte Schweiß auf der Stirn. Sie atmete immer noch heftig, obwohl bereits alles vorbei war. Als man sie fand, waren die Wehen schon in vollem Gange. Der Sturz vom Pferd hatte die vorzeitige Geburt ausgelöst. Man hatte sie so schnell wie möglich zur Burg gebracht. Die herbeigerufene Hebamme machte ihr nichts vor. Ihre Schwangerschaft war noch nicht weit genug fortgeschritten, dass das Kind leben könnte. Als die alte Frau es schließlich mit ihren Händen aus Theophanus Leib gezogen hatte, gab sie es einer Magd, die es ins Nebenzimmer brachte. Erst als die Alte sich um die Nachgeburt gekümmert hatte, schien ihr Theophanu so weit wieder bei Sinnen, dass sie sie ansprechen konnte. »Es tut mir sehr Leid, aber es ist so, wie ich es Euch schon gesagt habe.«

Theophanu sah sie ungerührt an. Natürlich war das Kind tot. Sie verstand nur nicht, warum die Alte es ihr so schonend beibrachte. Ein Mädchen mehr oder weniger, das interessierte niemanden. Wahrscheinlich fürchtete die Heilkundige, dass Theophanu ihr die Schuld geben könnte. Sie mochte schon so manch schlechte Erfahrung mit den Edlen und Reichen gemacht haben. Aber Theophanu war weit davon entfernt, ihr zu zürnen, fühlte sie sich doch eher erleichtert. Die Alte räusperte sich. »Es lag nicht an Euch, es war einzig und allein der Sturz. Sonst war mit dem Jungen alles in Ordnung.«

»Was?«

Theophanu versuchte sich in ihren Kissen aufzurichten. »Was sagst du da? Es war ein Junge?«

Die Alte nickte. »Ihr hättet einem Thronfolger das Leben geschenkt.«

Theophanu ließ sich fallen. Die Alte strich ihr behutsam über die Wange. Aber für das, was Theophanu getan hatte, gab es keinen Trost.

Theophanu hatte sich nicht ohne Grund den Valkhof in Nimwegen ausgesucht, um sich ein paar Wochen zu erholen. Otto schöpfte keinen Verdacht, da es ohnehin ihre Lieblingspfalz war, zu der sie, wann immer es ging, einen Abstecher machte. Er hatte sie dorthin begleitet und zog dann weiter. Theophanu wusste, dass ihn die Sorge um den fehlenden Thronfolger umtrieb, auch wenn nicht viele Worte zwischen ihnen gewechselt worden waren. Theophanu wäre es fast lieber gewesen, er hätte ihr Vorwürfe gemacht. Schließlich war es allein ihre Schuld. Es war fast unerträglich, mit dieser Sünde, von der niemals jemand erfahren durfte, zu leben.

Theophanu beschloss, wenigstens andere Fehler, die sie gemacht hatte, wieder gutzumachen. Vielleicht würde das ihre Gewissensqual etwas erleichtern. Und sie wusste auch, wo sie anfangen musste.

Die Wachen geleiteten sie durch den langen Gang, führten sie ein paar Stufen hinunter und dann noch ein Stück geradeaus. Ein weiterer Posten, der vor der Tür Aufstellung genommen hatte, trat zur Seite, um aufschließen zu lassen. Das Holz knarrte. Theophanu konnte in dem Dunkel erst nichts erkennen. Trotzdem befahl sie den Wachen, draußen zu bleiben, während sie in das Dämmerlicht schritt. Hinter ihr fiel die Tür ins Schloss.

Der Raum war nicht allzu groß. Licht fiel nur durch zwei kleine Schächte in Höhe der Decke ein und ließ Theophanu das karge Mobiliar erkennen. Ein Tisch, ein Stuhl und eine Pritsche, das war alles. Irritiert drehte sich Theophanu um sich selbst. Er musste doch hier sein.

»Theophanu!«

Theophanu fuhr herum, als sie Heinrichs Stimme hörte. Sie sah ihn im Schatten an der Wand kauern. Er war sehr dünn, seine Haare hingen ihm wirr ins Gesicht und auch der Bart war lange nicht in Form gebracht. Körperlich hatte die Gestalt vor ihr nichts mehr mit dem aufrechten und stolzen Herzog zu tun, den sie kannte. »Heinrich!«

Er lächelte, als wenn an seinem Anblick nichts Besonderes wäre. »Ich dachte schon, du kommst heute gar nicht mehr.«

Theophanu sah ihn verwundert an. Er konnte unmöglich von ihrem Besuch wissen. Aber noch mehr erstaunte sie das vertraute ›du‹.

»Sonst bist du doch immer schon da, wenn ich aufwache. Das erste und gleichzeitig das schönste Licht des Tages.«

»Aber was redet Ihr da? Ich war noch nie hier.«

Heinrich lachte. »Wie ich es liebe, wenn du mir widersprichst.«

Theophanu zögerte. Sie beschlich der Verdacht, dass sein Verfall nicht nur ein körperlicher war. »Sagt, hat Euch noch jemand hier besucht?«

Heinrich nickte. »Natürlich. Meine Frau.«

»Kam sie auch …«, Theophanu zögerte, »… jeden Tag?«

Heinrich schüttelte den Kopf. »Nein, Gisela war nur wenige Male hier.«

Theophanu atmete schon auf, als er fortfuhr: »Aber es war schwer genug, dich vor ihr zu verstecken.«

Theophanu sah ihn ungläubig an.

»Sie ist eine gute Frau und hat viel für mich getan. Ich will ihre Gefühle nicht unnötig verletzen«, erklärte Heinrich.

»Ich soll mich versteckt haben? Vor Gisela?«

»Ich war dir sehr dankbar. Vor allem, weil ich weiß, dass dein Stolz das eigentlich nicht zulässt.«

»Heinrich«, begann Theophanu vorsichtig. »Ich glaube, die lange Haft war nicht gut für Euch.«

Sie streckte ihm die Hand hin, um ihn hochzuziehen. »Kommt her. Kommt ans Licht.«

Doch Heinrich verschränkte seine Arme vor der Brust. »Nein. Ich werde dich nicht berühren, auf keinen Fall.«

»Aber warum denn nicht? Ihr könnt meine Hilfe annehmen.«

»Welche Hilfe soll es sein, wenn mein einziger Trost erlischt? Ich halte mich nicht umsonst die ganze Zeit zurück. Wie oft schon wollte ich dich spüren, umarmen.«

Er sah sie sehnsüchtig an. »Aber nachher löst sich dein Bild in Luft auf. Das würde ich nicht ertragen.«

Theophanu wusste nicht, ob er nun noch verwirrter war oder wieder zu Verstand kam. »Aber Ihr müsst mich hassen. Ich war es, die nicht eher ruhte, bis Ihr hinter Gittern wart.«

Heinrich nickte. »Du hasst mich.« Er lächelte. »Und wie nah liegen Hass und Liebe beieinander.«

Theophanu kniete vor ihm nieder. Sie streckte ihre Finger aus, um ihn zu berühren. Sanft streichelte sie über seine Wange. »Ich bin es wirklich.«

Heinrich sah sie irritiert an, dann lächelte er, ergriff ihre Hand und küsste jede einzelne Fingerspitze. Theophanu schloss die Augen und genoss seine Liebkosungen. Als sie sie wieder öffnete, zog Heinrich sie hoch. Er hatte Recht, sie mussten vernünftig sein.

»Komm ins Licht«, befahl Heinrich sanft und zog sie zu dem kleinen Schacht, durch den ein wenig Helligkeit fiel. »Ich will dich sehen, in deiner ganzen Schönheit.«

Heinrich hielt sie an den Schultern, während er vor ihr stand und sie betrachtete, als wolle er sich jede Einzelheit für immer einprägen. Sein Blick streifte ihr Haar, ihre Stirn und ihre Augen, wanderte zur Nase, zu den Lippen und fuhr ihren Hals entlang. Er ließ seine Hände von ihren Schultern zu ihrem Kragen gleiten und löste die goldene Fibel. Theophanu atmete schwer, als sie merkte, wie er ihre Gewänder vorsichtig von ihren Schultern streifte. Er betrachtete ihre entblößten Schultern und ihre Brüste, während er das Kleid weiter hinunter zog. Theophanu wunderte sich, dass sein Blick sie nicht verlegen machte. Sie fühlte sich fast wie ein Kunstwerk. Als ihr Kleid zu Boden sank, fuhren seine Hände den Rundungen ihres Körpers nach. Dann berührte Theophanu auch ihn, streifte ihm seine halb zerfetzten Lumpen vom Körper. Er ließ es geschehen, und erst, als auch er ganz entkleidet war, trafen sich ihre Lippen wieder zum Kuss. Immer leidenschaftlicher drängten sie sich aneinander. Theophanu hatte so etwas noch nie empfunden, doch irgendwann hörte sie sich auf zu fragen, ob das vielleicht nur ein Traum war, sondern gab sich Heinrich vollkommen hin.

Später lagen sie nebeneinander auf dem Bett, Theophanus Kopf ruhte an Heinrichs Brust. Als sie die Augen öffnete, sah sie, wie fahl seine Haut war. Sie küsste seinen Oberkörper, bevor sie sich aufsetzte und ihm über die eingefallenen Wangen strich. Heinrich blinzelte sie an. »Mein Liebling, meine geliebte Theophanu!«

»Sag das nicht«, erwiderte Theophanu. »Ich habe das nicht verdient.«

»Ich hätte es dir schon viel eher sagen sollen.«

»Nein, ich hätte eher kommen müssen.«

»Du hast alles richtig gemacht.« Er nahm ihre Hand und küsste sie. »Es war wunderbar.«

Theophanu lächelte kurz, bevor sie ihn ernst ansah. »Wie konnte ich zulassen, dass du hier solange vor dich hinvegetierst.«

»Dafür bin ich jetzt mehr als entschädigt worden«, lächelte Heinrich.

Theophanu strich über sein wirres, abstehendes Haar. »Du bist so abgemagert, so dünn ... und dann deine Gedanken, die sich immer im Kreis gedreht haben müssen.«

Heinrich nickte. »Einzig um dich. Was ist daran schlimm?«

Theophanu sah ihn an. »Du machtest einen sehr verwirrten Eindruck.«

Jetzt setzte sich auch Heinrich auf. »Abgemagert, verwirrt ... Sag mal, Liebling, was treibt dich eigentlich dazu, sich mit so einem Kerl einzulassen?«

Die junge Frau küsste ihn auf den Mund. »Die Liebe, nichts als die Liebe.«

Doch Heinrich rückte ein Stück von ihr ab. »Die Liebe? Oder ist es nicht doch vielleicht etwas anderes?«

Theophanu wusste nicht, was er meinte. Heinrich stand auf und sah auf sie herunter. »Eine junge, schöne Frau, nein, nicht irgendeine Frau, die Kaiserin, lässt sich mit einem verkommenen Gefangenen ein.« Er lachte auf. »Wie konnte ich nur so dumm sein und das für Liebe halten?«

»Aber Heinrich, was soll es sonst sein?«

»Mitleid, nichts als Mitleid mit einem Mann, der nur noch ein Schatten seiner selbst ist.«

»Heinrich, natürlich tust du mir Leid, aber ...«

Doch Heinrich ließ sie nicht ausreden. »Schweig, ich will es nicht hören! Auch wenn die Kaiserin sich noch so gut darin gefällt, Gnade walten zu lassen, um sich selbst damit zu erhöhen ... Sucht Euch dafür einen anderen!«

Theophanu tat es weh, dieses »Euch« zu hören. »Es geht doch nicht um Gnade.«

»Dann nennt es Clementia. Auf jeden Fall ist es kein Gefühl unter Gleichrangigen, sondern so, als wenn man ein Kätzchen streichelt, bevor man es im Weiher ersäuft.«

»Aber Heinrich, das redest du dir doch nur ein. Du musst einfach raus hier, das Eingesperrtsein verwirrt dich.«

»Macht Euch keine Mühe.«

Theophanu schüttelte den Kopf. »Ich könnte keinen Tag länger leben, wenn ich dich hier in diesem Loch weiß.«

Sie sah sich in der dunklen Kammer um. Heinrich lachte auf. »Das werdet Ihr aber müssen.«

Theophanu schüttelte den Kopf. »Es wird nicht lange dauern. In wenigen Tagen bist du frei.«

»Niemals!« Heinrich stand auf. »Ich nehme keine Almosen, schon gar nicht von Euch. Ich war tatsächlich verwirrt.«

»Aber warum?«

»Weil ich dachte, es wäre wirklich Theophanu, die zu mir gekommen ist.« Er sah sie kalt an. »Dabei war es nur die Kaiserin.«

Damit wandte er sich ab und begann, sich seine zerfetzte Kleidung wieder überzuziehen. Theophanu blieb nichts anderes übrig, als sich auch anzukleiden. Als sie fertig war, blickte sie Heinrich noch einmal an. Doch es lag nicht an dem schlechten Licht, dass sie keine Regung an ihm feststellen konnte. Theophanu klopfte an die Tür. Ihre Hand erschien ihr bleischwer.

Kapitel 14

Das Frühjahr des Jahres 980 war außergewöhnlich warm, fast schon heiß. Im Gegensatz zu dem strahlenden Sonnenschein draußen erschien Adelheid der Saal mit der niedrigen Decke und den vielen Wandbehängen noch düsterer als sonst. Seit ihrer Rückkehr nach Pavia erschien ihr ohnehin alles kleiner und enger als früher. Langsam verstand sie den ihr damals so verhassten Hugo, der sich immer über die verwinkelte Bauweise des Palastes beschwert hatte. Schließlich war sie hier als Stellvertreterin des Kaisers eingesetzt und musste das auch nach außen hin repräsentieren.

Adelheid musterte die um die Tafel versammelten Frauen. Da ihre Nichte Waldrada aus Venedig zu Besuch weilte, hatten sich alle, die etwas auf sich hielten, eingefunden, um ausgiebig zu klatschen und zu tratschen. Adelheid musterte ihre Gäste. Keine von ihnen hatte sie zweimal im gleichen Kleid gesehen. Jedesmal gelang es ihnen, noch weicheren Samt, noch glänzendere Seide aufzutreiben. Sie selber hingegen wurde äußerst knapp gehalten, seitdem Theophanu die Finanzen kontrollierte. Schon mehrere Male hatte Adelheid aus ihrem eigenen Etat schöpfen müssen, um nicht auszusehen wie jemand, der durch das Leben im Norden jegliches Gespür für Geschmack und Stil verloren hatte.

Ihre Nichte Waldrada trug mit Abstand den kostbarsten Schmuck. Die juwelenbesetzten Armreifen klapperten bei jeder Bewegung. »Alles, was sie geschafft haben, war es, vor Paris ein Halleluja anzustimmen«, plapperte sie.

Die anderen nickten. »Und genutzt hat es ihnen auch nichts.

Auf dem Rückweg wurde ein großer Teil ihrer Truppen niedergemetzelt«, fügte eine andere an.

Adelheid setzte ein verbindliches Lächeln auf. »Es tut mir Leid, wenn Ihr nicht auf dem neuesten Stand seid. Aber mein Sohn und König Lothar haben sich längst versöhnt.«

Die anderen starrten sie, endlich sprachlos, an. Adelheid fuhr fort. »Sie haben den Eidschwur geleistet, mit Kuss und Umarmung besiegelt und Geschenke ausgetauscht.«

Triumphierend sah sie in die überraschten Gesichter. Waldrada fasste sich als erste wieder. »Es spricht wirklich für Euch, wie sehr Ihr versucht, Otto den Rücken zu stärken.« Sie sah in die Runde. »Zumal seine Frau nicht gerade zimperlich mit Euch umgegangen ist.«

»Sie ist jung, da macht man Fehler«, erwiderte Adelheid mit einem etwas bemühten Lächeln.

»Kommt schon, vor uns könnt Ihr offen sprechen. Theophanu ist kein Gewinn für den Hof.«

»Zumal ihr Onkel auch längst nicht mehr Kaiser in Konstantinopel ist«, warf Waldradas beste Freundin, ein ebenso großes Schandmaul, ein. »Wer interessiert sich nach seinem Tod noch für seine Nichte?«

»Sie stammt immerhin aus dem kaiserlichen Palast«, versuchte es Adelheid tapfer.

»In dem jetzt einer gegen den anderen um die Vorherrschaft kämpft«, fiel Waldrada ein. »Und wir müssen darunter leiden.«

Adelheid musterte ihre schmuckbehangene Nichte. »Ach? Das sieht man Euch gar nicht an.«

»Wartet nur ab, bis die Sarazenen erst hier sind. Wozu gibt es zwei Kaiser, wenn nicht einer es schafft, die Araber dahin zu jagen, wo sie herkommen?«

Darauf konnte Adelheid nichts erwidern. Die Sarazenen unter Führung von Abu al Quassim waren in der Tat eine Bedrohung. Die Ungläubigen waren schreckliche Seeräuber und gefürchtete Reiter, schlimmer als die Wikinger und Magyaren zusammen. »Wenn einer gegen sie vorgehen kann, dann Otto«, erwiderte sie und stand entschlossen auf. »Ich schlage vor, auf den Nachtisch zu verzichten. Mir ist jedenfalls der Appetit vergangen, und Euch geht es sicher nicht anders.«

Damit komplimentierte sie die ganze Schar hinaus, denen deutlich anzusehen war, dass sie gern noch ein wenig länger geblieben wären. Adelheid schloss die Tür hinter ihrer Nichte, die als Letzte ging.

Dann schritt sie zu dem kleinen Schreibpult, das in einer Nische am Fenster stand, setzte sich nieder und zog einen Bogen Pergament zu sich heran. Sie begann zu schreiben. »Mein lieber verehrter Sohn!«

Theophanu überquerte den Hof. Sie trat in das Halbdunkel des aus Holzbrettern gezimmerten Verschlages und sog die warme, nach Pferdemist riechende Luft ein. Sie ging zu der gescheckten Stute hinüber und tätschelte ihr den Hals. Das Pferd schmiegte seinen Kopf an ihren Arm. Theophanu hatte es sich zur Gewohnheit gemacht, mindestens einmal am Tag nach ihm zu schauen. Auch seitdem ihr Bauch so groß war, dass ihr jeder Schritt schwer fiel, ließ sie davon nicht ab. Sie tat es aus Dankbarkeit, dass sie nicht erneut eine große Dummheit begangen hatte.

Theophanu stellte, nachdem sie vom Valkhof zurückgekehrt war, ziemlich schnell fest, dass sie schwanger war. Die ersten Anzeichen versuchte sie sich noch anders zu erklären. Ihre Blutung mochte sich nur verschoben haben, die Übelkeit von einer schlechten Speise herrühren. Aber als sie die leichte Wölbung ihres Bauches sah, konnte sie sich nichts mehr vormachen.

Schnell stand ihr Entschluss fest, es alles wie beim letzten Mal zu machen. Auf dem winterlichen Hof lagen noch genügend Kastanien in ihren stacheligen Hüllen, sodass sie sich nur zu bücken brauchte. Die Stacheln zwischen Sattel und Pferderücken würden dem Tier so heftige Schmerzen bereiten, dass es trotz aller Treue seine Reiterin erneut abwerfen würde. Und dann fände auch diese Schwangerschaft ein Ende, da war Theophanu sicher. Und dieses Mal war es noch so früh, dass keiner etwas merken würde. Es wäre nur eine starke Blutung festzustellen. Doch die Hände versagten ihr den Dienst, als sie versuchte, den Sattel anzuheben. Es war weniger die Scheu, erneut eine Sünde zu begehen, als der Wunsch, dieses Kind zu behalten. Es war unschuldig an den Umständen seines Entstehens und vor allem, es war von Heinrich. Sie öffnete die Faust und ließ die Kastanienschale zu Boden fallen.

Am Abend legte sie sich zu Otto ins Bett und küsste ihn zärtlich. Er hatte sie seit der Fehlgeburt geschont und freute sich deshalb sehr, als er ihr vermeintliches Verlangen spürte. Er erwiderte ihre Umarmung leidenschaftlich. Drei Wochen, nachdem er ihr beigewohnt hatte, teilte sie ihm mit, dass sie schwanger sei, was ihn sehr glücklich machte.

Der Winter ging schnell vorbei und die Schwangerschaft machte ihr keinerlei Probleme. Sie spürte auch keine Krämpfe, was sie allerdings nicht mehr als Zeichen zu deuten wagte. Auch jetzt im Sommer, machte ihr weder Hitze noch Schwüle etwas aus und unter normalen Umständen hätte sie sich sehr glücklich schätzen können. Doch je näher die Niederkunft rückte, desto klarer trat Theophanu das Problem vor Augen. Das Kind würde mindestens sechs Wochen vor dem Zeitpunkt, mit dem alle rechneten, zur Welt kommen. Theophanu lehnte ihren Kopf an den Hals des Pferdes, um ein bisschen Ruhe zu finden. Sie rechnete jede Stunde mit dem Einsetzen der Wehen. Sie wiederholte für sich alles noch einmal, was sie sich zurecht gelegt hatte. Ihre erst vor kurzer Zeit erlittene Fehlgeburt konnte ein Grund für eine vorzeitige Niederkunft sein. Oder sie würde die Strapazen des Reisens als Ausrede vorschieben, denn Theophanu hatte sich während der ganzen Zeit nicht geschont. Als sie die Wärme des geschmeidigen Pferdekörpers spürte, ging es ihr schon besser.

»Theophanu, wie konntest du mir das antun?«, hörte sie Ottos Stimme hinter sich.

Sie fuhr herum. ›Er hat es erfahren‹, schoss es ihr durch den Kopf. Doch sonderbarerweise konnte sie in seinem Gesicht weder Wut noch Ärger erkennen. Vielleicht war seine Liebe zu ihr so groß, dass er ihr alles, sogar das, was sie getan hatte, verzieh. Sie hatte das Bedürfnis, ihn fest zu umarmen, doch da sprach er schon weiter. »Jetzt hast du mir die ganze Überraschung verdorben!«

»Welche Überraschung?«

Theophanu sah ihn verwirrt an.

»Sehr nett von dir, die Unwissende zu spielen. Aber warum bist du schon bei den Pferden, wenn du nicht genau wüsstest, dass es heute weiter geht?«

»Heute?«

Theophanu wurde ganz schlecht. Sie hatte eigentlich damit gerechnet, dass sie noch mindestens eine Woche in Aachen bleiben würden. In dieser bedeutenden Pfalz suchten immer besonders viele Bittsteller und Ratsuchende den Kaiser auf. Theophanu wollte ihr Kind hier zur Welt bringen.

»Ich kann es kaum noch mitansehen, wie du dich beim Reisen quälst. Ich weiß, du klagst nie, aber ich möchte, dass du dich in den letzten Wochen schonst. Deshalb werden wir zum Valkhof nach Nimwegen reiten und dort bis zur Niederkunft bleiben.«

Nimwegen! Theophanu traten Tränen in die Augen. Sie war gerührt, dass Otto ihre Lieblingspfalz ausgesucht hatte, obwohl es hier doch noch so viel zu tun gab. Sie konnte den großen Königspalast mit der Kapelle vor sich sehen, am Ufer der Waal gelegen, neben sich die der heiligen Gertrudis geweihte Kirche. Das letzte Mal hatte sie von dort aus Heinrich aufgesucht. Plötzlich wandelte sich das Bild der Pfalz. Die starken Befestigungsmauern erschienen ihr jetzt eher als Hindernis denn als Schutz. Sie würde gar nicht erst hineingelangen, wahrscheinlich noch nicht einmal bis in Sichtweite des Kastells kommen. Jede Bewegung, zumal ein Ritt, konnte die Wehen auslösen. Theophanu schüttelte den Kopf. »Nein, Otto, das ist nicht nötig, wirklich nicht. Du musst keine Rücksicht auf mich nehmen.«

Otto blickte gespielt streng. »Kannst du nicht einmal tun, was ich dir sage?« Er blickte zum Palas hinüber. »Außerdem ist es jetzt sowieso zu spät.«

Und dann sah auch Theophanu, dass die Knechte bereits alle

Kisten, Truhen und Bündel nach draußen trugen, in denen ihr Besitztum und Proviant verstaut waren. Jetzt war es wirklich zu spät.

Die Sonne brannte auf die lange Reihe der Reitenden nieder. Der Schweiß rann ihnen den Rücken hinunter und die Hände, die die Zügel hielten, waren feucht. Ein jeder beschwerte sich über die Hitze und sehnte das nahe Wäldchen herbei, das wenigstens etwas Schatten spenden würde. Nur Theophanu hörte man kein einziges Mal klagen. Sie waren schon lange unterwegs, hatten in Köln und in Dortmund Halt gemacht, ohne dass Theophanu Zeichen der baldigen Niederkunft bemerkte. Mit jedem Tag, der verging, wurde sie sicherer, es bis Nimwegen zu schaffen. Vielleicht war es geradezu Fügung, dass Otto ausgerechnet den Valkhof ausgesucht hatte. Sie wollten eine längere Zeit dort verbringen und sicher würde er die Gelegenheit nutzen, um zu sehen, ob in Utrecht alles in Ordnung war. Falls er sie mitnahm, war es nicht ausgeschlossen, dass sie Heinrich traf. Und wenn er dann das Kind sah, musste er es einfach erkennen. Er würde verstehen, dass ihre Liebe nichts mit Mitleid zu tun hatte. Alle Missverständnisse zwischen ihnen wären ausgeräumt. Theophanu lächelte, als Ottos Stimme sie aus ihren Träumen riss.

»Meine tapfere Frau! Die, die es am schwersten hat, klagt am wenigsten.«

Theophanu wurde rot und schüttelte den Kopf. »Mir geht es gut, Otto.«

»Vielleicht hätten wir doch nicht so weit reisen dürfen«, bemerkte Otto besorgt.

Theophanu beschleunigte die Gangart ihres Pferdes. »Ich muss in den Schatten!«, rief sie Otto zu. Durch den leichten Trab fuhr ihr ein Hauch von Wind ins Gesicht. Sie richtete sich hoch im Sattel auf, sodass der Luftzug ihren ganzen Körper umspielen konnte. Theophanu fühlte sich so wohl wie lange nicht mehr, als sie plötzlich die erste Wehe spürte. Ein leises Ziehen, kaum merklich. Aber es ließ sich nicht leugnen, denn bald schon folgte die zweite. Theophanu wunderte sich, wie schnell die Abstände kürzer wurden. Sie beugte sich bis zum Pferdehals hinunter, um die Schmerzen zu lindern, als sie Otto an ihrer Seite sah. »Theophanu, was ist mit dir?«

»Das Kind kommt«, stieß Theophanu hervor.

»Halt durch, meine Liebe. Wir müssen nur noch das Wäldchen durchqueren, dann sind wir da.«

Er deutete nach vorne. Theophanu schüttelte den Kopf. »Nein, es ist zu spät. Ich schaffe es nicht mehr.«

Otto hob Theophanu vom Pferd und trug sie auf seinen Armen bis zum Waldrand. »Schnell, der Arzt soll kommen«, rief er über die Schulter.

Er sah sich nach einem geeigneten Platz um und fand schließlich eine kleine Lichtung, ganz von Moos bedeckt und im Halbschatten gelegen. »Bringt mir Decken und Kissen«, herrschte er ein paar aufgeregt hinter ihm herlaufende Mägde an. »Und Wasser, eilt euch.«

Otto legte Theophanu sanft auf den weichen Boden und stützte ihren Kopf. »Ganz ruhig, mein Schatz. Wir schaffen das schon.«

Der Arzt kam angelaufen. In seinem hochroten Gesicht traten die Warzen noch deutlicher hervor. Er wandte sich an Otto. »Kann sie nicht noch ein bisschen durchhalten? Es ist nicht mehr weit bis zur Pfalz und es wäre auf jeden Fall besser, ich meine für alle ...«

»Versteht Ihr nun Euer Handwerk oder nicht?«, herrschte Otto ihn an.

Der Arzt beeilte sich zu nicken, während er sich die Schweißperlen von der Stirn wischte. Die Mägde kamen mit Decken und Kissen herbeigerannt und Otto bettete Theophanu behutsam um. »So, mein Liebes. Liegst du gut?«

Theophanu nickte, als eine Wehe, stärker als alle anderen, sie überrollte. Otto drehte sich hilflos zum Arzt. »So tut doch endlich etwas!«

Der Arzt kniete kurzatmig neben Theophanu nieder. »Bleibt einen Moment ruhig liegen, damit ich Euren Bauch abtasten kann.«

»Seht Ihr nicht, dass sie Schmerzen hat?«

»Aber wie soll ich sie untersuchen, wenn sie nicht stillhält?«

»Ihr seid der Arzt.«

Theophanu lächelte Otto unter Krämpfen an. »Du musst nicht bleiben. Ich schaffe das schon.«

»Nein, ich habe dich in diese Lage gebracht und ich werde bleiben.«

»Jetzt macht doch die Frau nicht verrückt!«, drängte sich ein altes ungepflegtes Weib nach vorne.

»Wie redet Ihr mit dem Kaiser!«, empörte sich einer der Knechte und wollte die Alte schon wegziehen.

»Ich habe schon vielen Kindern auf die Welt geholfen, aber glaubt mir, nicht ein Mann hat etwas dazu beigetragen, ganz im Gegenteil.«

Der Knecht wollte gerade ob ihrer respektlosen Bemerkung zum Schlag ausholen, als Otto die Alte ansprach. »Ihr habt Erfahrung als Hebamme? Dann bleibt und helft der Kaiserin. Ich werde Euch reich entlohnen.«

»Na, das ist ein Wort.«

Die Alte bückte sich zu Theophanu herunter, während Otto den Arzt anherrschte: »Und Ihr verschwindet.«

Dem schien es nicht allzu viel auszumachen, seinen Platz zu räumen. Die Alte schob Theophanus Kleid hoch, spreizte ihr die Beine und ertastete mit den Fingern, die sie sich kurz an ihrem fleckigen Rock abputzte, wie weit die Geburt gediehen war. »Das wird noch dauern. Die feinen Damen brauchen meistens etwas länger.«

In den nächsten Stunden wich Otto nicht von Theophanus Seite. Es wurde dunkel, und auch am frühen Morgen war das Kind noch nicht da. Theophanus Kräfte erlahmten. Sie hatte nur noch den einen Wunsch: endlich zu schlafen. Die Alte schien das zu spüren. Sie wies Otto an, seine Frau hochzuheben. Theophanu ließ sich mit dem Rücken in seine Arme sinken, während sie mehr recht als schlecht auf den Beinen stand.

»Na endlich!«, jubelte die Alte. »Es kommt!«

Sie zog und zerrte, sobald sie den Kopf des Kindes zu packen bekam, und schließlich rutschte es heraus. Die Alte nahm das Neugeborene auf, während Theophanu zu Boden glitt. Sie streckte die Arme nach ihrem Kind aus, doch etwas ließ sie inne halten. Das boshafte Gesicht der Alten drückte plötzlich ein Gefühl aus, das sie dort gar nicht vermutet hätte. Es war ein Anflug von Traurigkeit. »Was ist?«, brachte Theophanu heraus. »Was ist mit meinem Kind?«

Die Alte wandte sich ihr zu, das Kind fast gleichgültig in den Armen haltend. Theophanu schrie auf. »Das Köpfchen! So gebt doch Acht, Ihr müsst es stützen!«

Die Alte schüttelte nur den Kopf. Theophanu starrte sie an, und Otto ergriff ihre Hand, als die Hebamme sich endlich bequemte zu sprechen. »Es ist tot.«

Genauso gleichgültig, wie sie das Kind getragen hatte, legte sie es nun auf dem Boden ab. »Aber grämt Euch nicht. Es war nur ein Mädchen.«

Otto sah, wie sich Theophanus Gesicht vor Schmerz verzerrte. »Bring es weg!«, herrschte er die Alte an, während er seine Frau in die Arme nahm.

»Es tut mir so Leid! Es ist alles meine Schuld«, sagte Otto.

Er strich ihr über das Gesicht. »Ich hätte dich nie nach Nimwegen reiten lassen dürfen. Das war einfach zu viel.«

Für einen Moment hatte er das Gefühl, Theophanu wolle etwas sagen, aber dann schwieg sie. Otto fühlte sich hilflos wie nie in seinem Leben. Zu allem Überfluss rannen ihm jetzt auch noch Tränen über die Wangen, als wäre er derjenige, der litt, und nicht seine Frau. Ärgerlich wischte er sich über das Gesicht, als Theophanu seine Hand festhielt. Sie beugte sich zu ihm. »Otto, es ist nicht deine Schuld. Du konntest nicht wissen, dass das Kind so früh kommt.«

»Mein Gott, du warst hochschwanger. Ich habe mich nicht genug um dich gekümmert.« Er strich ihr durch das Haar. »Dabei bist du doch das Wertvollste, was ich habe.«

Theophanu hielt seinen Arm fest. »Nein, hör mich erst an.«

Otto schüttelte den Kopf. »Du musst dich jetzt ausruhen. Leg dich hin.«

Er drückte sie sanft zu Boden. Theophanu krümmte sich.

»Habe ich dir weh getan?«, fragte Otto besorgt, aber Theophanu schüttelte den Kopf.

»Nein, es ist nur die Nachgeburt.«

Otto half Theophanu sich hinzulegen. Sie hielt sein Gesicht. »Otto, ich muss es dir jetzt sagen. Ich wusste, dass es zu riskant war, noch zu reisen. Ich wusste, dass das Kind eher kommen würde.«

»Theophanu, mein Liebes, es ist sehr tapfer von dir, jetzt alles auf dich zu nehmen. So bist du immer, stark, geduldig und treu.«

»Nein!«

Theophanu schrie es Otto fast ins Gesicht. Dann krampfte sich ihr Unterleib zusammen. In dem Moment kam die Alte zurück und kniete sofort bei Theophanu nieder. Sie griff ihr, für ihre Verhältnisse sehr vorsichtig, zwischen die Beine. »Was ist das?«, rief sie erstaunt und tastete genauer. »Das ... das ist nicht die Nachgeburt.«

Die Alte bückte sich tiefer, um etwas sehen zu können. »Haltet mir ein Licht!«, befahl sie Otto, der eine der Tranlampen, die rundherum im Boden steckten, herbeiholte.

»Das ist doch nicht möglich! Da ist noch ein Kind! Ihr bekommt Zwillinge!«

Theophanu und Otto sahen sich fassungslos an. »Es sind zwei?«, entfuhr es Otto, doch sofort brach sich die Angst Bahn. »Wird es ... wird es leben?«

»Betet zu Gott!«, rief die Alte, während sie versuchte, das Köpfchen herauszuziehen. »Aber vergesst nicht, mir dabei zu leuchten«, ermahnte sie Otto.

Theophanu stöhnte unter den heftiger werdenden Wehen, und dann endlich war es geschafft. Das Kind glitt in die Arme der Alten. Theophanu wandte ihr mühsam den Kopf zu, und auch Otto starrte sie an. Dann kamen die erlösenden Worte. »Es lebt!« Theophanu lächelte, während ihr Tränen die Wangen hinunterliefen. Otto küsste sie ihr vom Gesicht.

»Und es ist ein Junge!«

Otto hielt in der Bewegung inne. Er richtete sich ungläubig auf. Doch da drückte die Alte ihm den Säugling auch schon in die Arme, während sie sich noch an der Nabelschnur zu schaffen machte. Otto blickte staunend von dem Kind zu Theophanu. Doch dann lächelte er. Er lächelte so strahlend und so befreit, wie es Theophanu noch nie an ihm gesehen hatte. Und da wusste sie, dass sie es ihm nun nie mehr würde sagen können. Nie durfte er erfahren, dass es nicht sein Sohn war, den er da in den Armen hielt.

Theophanu blickte auf ihren erst wenige Wochen alten Sohn hinunter, den sie dicht an sich gedrückt hielt. »Otto, mein Schatz«, flüsterte sie ihm ins Ohr und drückte ihr Gesicht an ihn.

Er war nach seinem Großvater genannt worden. Theophanu errötete, als ihr klar wurde, dass das nicht stimmte. Aber sie hatte seit der Geburt sehr selten daran gedacht, dass es Heinrichs Sohn war. Es schien fast so, als wenn sie hoffte, es damit ungeschehen zu machen.

Otto war in letzter Zeit sehr rücksichtsvoll zu ihr. Es stand längst an, dass sie nach Italien zogen. Papst Benedikt war von den Römern abgesetzt worden und hatte sich um Hilfe an Otto gewandt. Gerbert, der Gelehrte, den sie noch am Hofe Ottos des Großen kennen gelernt hatte, schrieb Besorgnis erregende Briefe. Man verweigere dem Kaiser den Gehorsam und tituliere ihn sogar als Esel. Es war wirklich höchste Zeit, dass Otto sich nach acht Jahren Abwesenheit in Rom sehen ließ. Aber ihr Gemahl hatte darauf bestanden, den Winter abzuwarten. Otto wollte seinen Sohn weder der Kälte, noch den Gefahren der verschneiten Pässe aussetzen. Theophanu lächelte, als dem Kleinen die Augen zufielen. Gleich würde er tief schlafen und nur ab und an, wie durch einen Traum aufgeschreckt, seine Fäustchen bewegen.

Doch in dem Moment stürmte Otto ins Zimmer, einen Brief in der Hand. »Wir reisen nach Rom. Jetzt gleich. Lass alles packen.«

Der Kleine war prompt wieder wach und begann zu schreien.

Theophanu versuchte ihn zu beruhigen, während sie sich ihrem Mann zuwandte. »Aber warum die Eile? Von wem ist das Schreiben?«

»Von Mutter.«

»Geht es ihr schlecht?«, fragte Theophanu und wunderte sich selber über ihre Sorge.

Otto stutzte. »Ich glaube nicht. Jedenfalls schreibt sie nichts darüber. Sie will sich mit mir versöhnen.«

»Versöhnen? Jetzt auf einmal?«

»Warum nicht? Eigentlich hätte sie längst einsehen müssen, dass sie im Unrecht war.«

»Adelheid und etwas einsehen? Otto, du kennst deine Mutter länger als ich.«

»Jetzt bist du ungerecht.«

»Ich kann mir einfach nicht vorstellen, dass sie keine Hintergedanken hat.«

»Vielleicht will sie auch einfach ihren Enkel sehen. Wäre das so schlimm?«

Otto strich seinem Sohn, der schon fast wieder eingeschlafen war, über die Stirn. Theophanu lächelte. »Nein, das ist ihr gutes Recht.«

Adelheid und Otto standen sich im Hof gegenüber. In weitem Rund waren sie von allen umgeben, die in Pavia Rang und Namen hatten: Die Fürsten, die Geistlichen und die vornehmen Familien. Theophanu stand mit ihrem Sohn auf dem Arm ganz vorne. Es herrschte vollkommene Stille, als Mutter und Sohn aufeinander zugingen. In der Mitte angekommen, warfen sie sich beide gleichzeitig auf den Boden nieder, weinten und rauften sich die Haare. Dann streckten sie einander die Hände entgegen, um sich schließlich wieder zu erheben. Otto machte jede Bewegung langsam und bedächtig, während Theophanu bei Adelheid auffiel, dass sie sich fast schon beeilte. Prompt hatte sie sich auch als Erste wieder aufgerichtet und hob den Arm über Ottos Kopf. »Ich bin bereit dir zu verzeihen. Nichts soll mehr zwischen uns stehen. Alles was war, will ich vergeben.«

Theophanu sah, dass Otto für einen Moment stutzte. Die Menge lauschte gespannt, sodass Otto nichts anderes übrig blieb, als zu antworten: »Ich danke dir, ehrwürdige Mutter und Kaiserin!«

Theophanu war bestürzt. Sah so eine Versöhnung aus? Sie hatte gewusst, dass Adelheid es nicht ehrlich meinte. Sie wollte einzig und allein ihr Ansehen mehren, indem sie Otto dazu zwang zu bereuen, wo es nichts zu bereuen gab. Theophanu vergrub das Gesicht in dem Bündel auf ihrem Arm. Sie konnte ihren Mann nicht länger vor dieser Frau knien sehen. Als sie wieder aufsah, stand Adelheid vor ihr und streckte die Arme aus. »Mein Enkel! Gib mir den kleinen Otto!«

Theophanu rührte sich nicht. »Warum hast du ihn so gedemütigt?«

Adelheid sah sie verwundert an. »Gedemütigt? Wieso?«

»Es war vorher keine Rede davon, dass er bereuen muss«, antwortete Theophanu.

»Verstehst du denn nicht, dass es letztendlich ihm zugute kommt? Es darf nicht der leiseste Zweifel daran bestehen, dass wir eine Familie sind. Gerade jetzt, wo große Herausforderungen warten.«

Theophanu sah Adelheid forschend an. »Was hast du vor?«

»Otto wird das Werk seines Vaters vollenden. Die Sarazenen sind zur ernsthaften Bedrohung geworden. Es wird Zeit, dass uns jemand von ihnen und ihrem Anführer Abu al Quassim erlöst.«

Theophanu schüttelte besorgt den Kopf. »Das wird Otto nicht schaffen, jedenfalls nicht allein. Dazu braucht er Konstantinopel.«

Adelheid lachte. »Du hältst euch wohl immer noch für was Besseres. Aber die Zeiten haben sich geändert. In Konstantinopel ist man viel zu beschäftigt damit, sich gegenseitig zu bekämpfen.«

Theophanu senkte den Kopf. Es machte sie in der Tat traurig zu sehen, was in ihrer Heimat vor sich ging. Ihr Onkel, der Kaiser, war tot, wahrscheinlich vergiftet. Trotzdem konnte sie

Adelheids Ansinnen nicht gutheißen. »Dann müssen wir eben warten, bis dort wieder Ruhe eingekehrt ist.«

»Oder bis die große Chance vertan ist. Nur jetzt kann Otto zeigen, wer der wahre Beschützer der Christenheit ist.«

Theophanu konnte nicht glauben, was sie da hörte. Adelheid streckte die Hände erneut nach dem kleinen Otto aus und lächelte ihm zu. Wenn man sie so sah, konnte man sie tatsächlich für eine liebe, alte Frau halten. Dabei war sie bereit, ihren Sohn in die größte Katastrophe seines Lebens zu treiben.

Als alle ihre Plätze in dem Saal eingenommen hatten, nickte Theophanu Jannis zu. Die großen Fenster ließen viel Licht herein. Es war sehr angenehm, den Sommer in diesem neuerbauten Palast in den sanften Bergen, die schließlich bis zu den Abruzzen anstiegen, zu verbringen. Es waren ständig Gäste da, und heute hatten sich besonders viele eingefunden, um die Geschenkübergabe mitzuerleben.

Otto saß leicht erhöht, und vor ihm war etwas Großes unter einem fein bestickten Tuch verhüllt. Jannis trat jetzt heran und zog das Tuch mit einem Ruck herunter. Zum Vorschein kam eine Elfenbeinplatte, auf der ein Paar zu sehen war, das von Christus gekrönt und gesegnet wurde. Alle drei Figuren standen auf Fußbänkchen, der Herr zwischen ihnen überragte die beiden anderen jedoch an Größe, sodass er seine Hände mühelos auf ihren Köpfen ruhen lassen konnte. Während sein Umhang locker fiel, war das Paar in geometrisch gemusterte Gewänder gekleidet. Die Inschrift in einer Mischung aus Minuskeln und griechischen Buchstaben wies die beiden als Otto und Theophanu aus. Ehrerbietig zu Füßen geworfen hatte sich am unteren Rand Jannis als Stifter dieser kostbaren Platte.

Für einen Moment herrschte Stille. Ein jeder bewunderte die kostbare Arbeit, dann klatschten alle laut in die Hände. Jannis wandte sich an die Menge. »Ich bitte um Ruhe, um die Schenkungsurkunde verlesen zu dürfen«, erklärte er.

Als es wieder still war, begann er zu sprechen: »Diese Elfenbeinplatte wurde zu Ehren unseres erhabenen Kaisers Otto, Herrscher und Kaiser der Römer, angefertigt.«

Er blickte in die Menge und sagte es noch einmal laut: »Otto Romanorum Imperator Augustus.«

Jannis fiel vor Otto auf die Knie, während der aufstand, um die Huldigungen der Gäste entgegenzunehmen.

Theophanu setzte sich lächelnd neben ihren Mann, der sich nach dem Festmahl zufrieden zurücklehnte. »Jetzt hast du es geschafft. Alle haben es gehört. Du bist der Kaiser der Römer.«

»Von einem Griechen ernannt«, ließ sich Adelheid vernehmen, die an die beiden herantrat und sich hinter Otto stellte, beide Hände auf die schwere Holzlehne gestützt. »Was bedeutet das schon?«

Theophanu stand auf. »Alle haben es akzeptiert, genauso, wie sie Otto schon seit Monaten Respekt zollen. Er konnte Papst Benedikt ohne weitere Probleme nach Rom geleiten und dort wieder in sein Amt einsetzen. Otto ist auf dem Höhepunkt seiner Macht. Und genau das hat Jannis' Geschenk heute noch einmal bewiesen.«

Theophanu und er hatten lange überlegt, was sie tun konnten, um Otto zu stärken. Er sollte einsehen, dass er es nicht nötig hatte, sich von seiner Mutter zu einem aussichtslosen Kampf gegen die Araber aufstacheln zu lassen. Otto lächelte Theophanu zu. »Ich danke Jannis wirklich sehr für das, was er heute für mich getan hat.«

Adelheid mischte sich erneut ein. »Du meinst wohl für sich. Oder denkst du, er hat es ohne Hintergedanken getan? Dazu ist ein Grieche gar nicht fähig.«

Einige der Fürsten waren aufmerksam geworden und kamen näher, um zu sehen, was los war, als Theophanu Adelheid antwortete: »Wenn Ihr so wenig auf das Urteil der Griechen gebt, so fragen wir doch einfach jemand anderen.«

Sie blickte sich in der Runde um und sah den Vetter ihres Gemahls, Otto, Herzog von Schwaben und Bayern. »Lieber

Otto, was haltet Ihr davon, dass sich der Kaiser in einem Feldzug gegen die Sarazenen beweisen soll?«

Der Herzog überlegte reiflich, bevor er sprach: »Ich finde, es ist ein großes Risiko. Es könnte unserem Kaiser Schaden anstatt Nutzen einbringen.«

Adelheid unterbrach ihn. »Wir haben noch andere, erfahrenere Männer hier in der Runde.«

Sie wandte sich an Dietrich, den Bischof von Metz. »Sagt, denkt Ihr auch, dass es ein zu großes Wagnis ist, die Ungläubigen zu vertreiben?«

»Ich halte es für ein Wagnis, sie nicht zu vertreiben.«

Dietrich musterte den jungen Herzog Otto. »Auch wenn ich weiß, dass so mancher sich mehr um sein eigenes Leben als um das Reich sorgt.«

Der Herzog machte einen Schritt auf ihn zu, aber Theophanu legte ihm beruhigend die Hand auf die Schulter und wandte sich an Dietrich. »Und worum geht es Euch? Um die Sarazenen oder um die Schätze, die bei ihrer Vertreibung locken?«

Adelheid ging dazwischen. »Sofort entschuldigst du dich bei dem Bischof. Er ist ein Mann Gottes.«

»Dann möge Gott ihn im Jenseits mit Gold segnen, wir hier können es alle nicht!«, konterte Theophanu.

Adelheid brauste auf: »Du willst doch gar nicht, dass sich Otto gegenüber Konstantinopel hervortut. Du kannst deine Herkunft nicht verleugnen, du bist nie eine von uns geworden!«

»Wenn das heißt, meinen Mann und unzählige andere sehenden Auges in den Untergang zu treiben, dann will ich es auch gar nicht sein!«, rief Theophanu.

»Hört auf!«, ging Otto dazwischen. »Euer Streit ist vollkommen unnötig. Ich habe mich bereits entschieden und daran hatte Jannis einen nicht ganz unwesentlichen Anteil.«

Theophanu atmete erleichtert auf, während Adelheid die Lippen zusammenkniff. Otto sprach weiter. »Seitdem er mich mit dem Titel ›Kaiser der Römer‹ angesprochen hat, ist es mir klar.«

Er blickte alle in der Runde nacheinander an. »Als Kaiser der

Römer habe ich keine Wahl. Ich muss die Herausforderung annehmen. Ich werde alles daransetzen, die Ungläubigen aus dem Reich zu vertreiben.«

Theophanu hatte das Gefühl, der Boden werde ihr unter den Füßen weggezogen. Alles um sie herum verschwamm, nur eines war deutlich zu erkennen: Adelheids triumphierendes Lächeln.

Kapitel 15

Der Markgraf blickte erstaunt auf seine Tochter. »Was hast du da an? Das ist doch nicht dein Kleid.«

Oda strich an dem abgenutzten, an einigen Stellen schon ausgebesserten Stoff entlang, der ihren Körper lose umspielte. Das Überkleid war eindeutig für eine viel größere und dickere Frau von niedrigem Stande gemacht. »Ich passe mich nur unserem Besuch an«, erwiderte sie.

»Falls du es vergessen hast, unser Gast ist ein Fürst und kein Knecht.«

»Er ist ein Slawe«, entgegnete das junge Mädchen kühl.

»Und du ein verzogenes Ding«, zeterte Thiedrich. Er hatte lange darüber nachgedacht, wie er die Forderung des Kaisers nach Truppen erfüllen konnte. Seiner Meinung nach war ein Kampf gegen die Sarazenen wenig Erfolg versprechend, und er hatte keine Lust, seine besten Männer sinnlos zu opfern. Und als seien das nicht schon genug Probleme, machte ihm jetzt auch noch seine störrische Tochter zu schaffen.

Er blickte sich hilflos in ihrem Gemach um, in dem er sich nicht auskannte. »Wo sind deine Kleider? Du ziehst sofort etwas anderes an.«

»Dann gehe ich lieber nackt.«

»Bitte schön.«

Thiedrich ging schnellen Schrittes auf sie zu und begann ihr das Kleid von den Schultern zu zerren.

»Das kannst du nicht tun, Vater. Lass das, du kannst mich nicht zwingen ihn zu heiraten.«

Thiedrich hielt einen Moment inne und überlegte, ob er ihr die Wahrheit sagen sollte. Aber dann entschied er sich anders. Sie war wild und unberechenbar, nachher plauderte sie alles aus, und dann war sein schöner Plan für die Katz. »Sei froh, dass du endlich unter die Haube kommst. Du bist schon fünfzehn!«

»Dir war doch bisher keiner recht. Und es gab bestimmt Bessere als den Sohn eines Hundes.« Sie verzog das Gesicht. »Man sagt, sie sind von oben bis unten behaart.«

»Das wirst du spätestens in der Hochzeitsnacht sehen. Entweder du ziehst dir jetzt was Anständiges an oder er wird dich im Untergewand sehen.«

Das Mädchen seufzte und ging zu einer Truhe, in der sie ihre Kleider versteckt hatte. Sie öffnete sie, nahm das oberste heraus und zog es über. Ihr Vater nickte zufrieden. »So, jetzt siehst du halbwegs manierlich aus.«

Er nahm Oda an die Hand. Sie ließ sich von ihm hinausziehen. Wenigstens hatte er nicht bemerkt, dass ihr Haar ungebürstet war und deshalb längst nicht so glänzte wie sonst.

Im Saal angekommen, nahm Oda Platz und blickte stur auf den Boden. Sie sah noch nicht einmal hoch, als der Slawenfürst Mistvoj mit seinem Gefolge, unter dem sich auch sein Sohn befand, eintrat.

Nachdem Mistvoj und ihr Vater eine Menge Höflichkeiten ausgetauscht hatten, kamen sie zur Sache.

»Ihr wollt eine Einheit Panzerreiter von uns«, stellte der Slawe fest.

»Ja«, antwortete Odas Vater. »Sie sollen sich so bald wie möglich in Marsch setzen, um den Kaiser noch rechtzeitig im Kampf gegen Abu al Quassim unterstützen zu können.«

»Das ist nicht wenig. Aber ich willige ein. Vorausgesetzt …«, Mistvoj machte eine kleine Pause, »… wir bekommen eine entsprechende Gegenleistung.«

»Euer Sohn bekommt die Hand meiner Tochter.«

Für einen Moment war der Slawe sprachlos, dann hatte er sich wieder gefasst. »Die Hand Eurer Tochter ist ein gutes Angebot.

Allerdings ist der Preis sehr hoch. Eine Einheit Panzerreiter für eine Frau und eine hässliche dazu.«

»Hässlich? Ihr wollt meine Tochter beleidigen?«

»Warum zeigt sie uns nicht ihr Gesicht? Vielleicht solltet Ihr sie nach Italien schicken, damit ihr Anblick die Araber in die Flucht schlägt.«

Er lachte schallend, während Oda jetzt eine andere Stimme hörte.

»Bitte, Vater. Wie sprichst du von meiner zukünftigen Frau?«

Die Stimme war sanft und von angenehmem Klang, und als Oda den Kopf hob, blickte sie in ein klares, offenes Gesicht mit leuchtenden Augen und einem schön geschwungenen Mund. Der Mann war von mittlerer Größe mit langen schlanken Händen. Jetzt lächelte er. »Ihr müsst meinen Vater entschuldigen, um so mehr, als ich jetzt sehe, was für eine außerordentlich schöne Frau Ihr seid.«

Sein Vater verzog das Gesicht. Dieser Bengel hatte keine Ahnung, wie man verhandelte. »Schön oder hässlich, es werden eine Menge Männer ihr Leben lassen müssen.«

Mistvoj, im Gegensatz zu seinem Sohn eher stämmig und mit wildem Haarwuchs, wandte sich an Thiedrich. »Mir ist schon klar, warum Ihr uns als Verbündete wollt. Damit nicht so viele Eurer Männer in dieser, sagen wir mal, recht gewagten Schlacht fallen.«

Thiedrich erhob sich. »Wenn Ihr nicht wollt, dann frage ich einen anderen.«

Er bemerkte genau, wie Mistvoj zusammenzuckte. Eine verwandtschaftliche Verbindung zu ihm, dem Grafen der Nordmark, war für Mistvoj sehr verlockend, auch wenn das Schlitzohr ihm jetzt das Gegenteil weismachen wollte.

»Vater!«, mischte sich Mistvojs Sohn Domasch ein. »Natürlich ist der Preis hoch, aber welcher Preis kann hoch genug sein, jetzt, nachdem ich diese Frau gesehen habe?«

Er fiel vor Oda auf die Knie. Plötzlich war es ihr sehr unangenehm, dass sie sich nicht sorgfältiger zurecht gemacht hatte.

»Na schön«, brummte Mistvoj. »Wir machen alles wie besprochen. Ihr bekommt unsere Panzerreiter und wir Eure Tochter.«

Oda sah nicht, wie ihr Vater und der Slawenfürst diesen Handel mit einem Handschlag besiegelten, denn sie senkte erneut den Kopf. Aber diesmal, damit der junge Domasch ihr Erröten nicht bemerkte, als er sich zu ihr beugte, um ihr die Hand zu küssen.

Theophanu drehte sich auf dem Pferderücken um und lächelte ihrem Sohn zu. Der kleine Otto saß vor Jannis im Sattel und winkte ihr zu. Er war ein fröhliches Kind, und der lange Ritt schien ihm außerordentlich gut zu gefallen. Jetzt, im Sommer 982, jährte sich sein Geburtstag zum zweiten Male. Aufmerksam betrachtete er die süditalienische Küste, die allerdings einen eher öden Eindruck bot. Die Fischerdörfer und kleinen Städte waren unbewohnt, nichts erinnerte mehr an das lebhafte Treiben, das bis vor kurzem dort geherrscht haben musste.

Als sie über einen leeren Marktplatz ritten, stellte Theophanu sich vor, wie die Sarazenen hier angegriffen hatten. Die Menschen mussten schreiend durcheinander gelaufen sein, und wer nicht schnell genug fliehen konnte, zahlte es mit dem Leben oder wurde in Fesseln verschleppt. Wo die Menschen gegangen waren, hatte oftmals der Sumpf das Regiment in den Straßen übernommen und die Malaria tat ein Übriges, das Gebiet unbewohnbar zu machen.

Die Kaiserin ließ ihren Blick in die Ferne schweifen, zu den zerklüfteten Bergen, wo hin und wieder kleine Ansiedlungen auftauchten. In diese befestigten Felsennester hatten sich die Überlebenden zurückgezogen. Anstatt der großen Basiliken, die jetzt in den Städten verfielen, konnten sie dem Herrn nur noch in kleinen Dorfkirchen dienen, deren Türme hinter den Mauern hervorragten. Einige Male sah Theophanu Reiter, die von den Bergen herabsprengten, um das Heer des Kaisers auf seinem Weg nach Süden zu begutachten. Aber sie kamen nie allzu nahe. Die Menschen hier hatten nicht nur unter der Grausamkeit der Sarazenen gelitten, sondern auch unter Konstantinopel, das von ihnen hohe Tribute forderte. Theophanu wunderte es nicht, dass sie nun auch Otto gegenüber misstrauisch waren, obwohl er sie befreien wollte.

Sein Heer war eindrucksvoll. Über fünftausend Panzerreiter und noch viel mehr leichter bewaffnetes Fußvolk waren über die Alpen und aus den italienischen Lehen gekommen und bildeten eine schlagkräftige Truppe. Theophanu schöpfte Hoffnung, dass ihre Bedenken unnötig gewesen waren. Vielleicht würde Otto wirklich siegreich aus der Schlacht hervorgehen. Theophanu versuchte zu vergessen, dass die Sarazenen nicht nur tapfer, sondern todesmutig, nicht nur wendige Reiter, sondern mit ihren Pferden verwachsen waren.

Theophanu stand auf dem Wehrgang, der die dicken Mauern des Kastells über Rossano umgab. Im Hof waren zwar Zelte aufgebaut, unter denen sie sich vor der Sonne geschützt aufhalten konnte, aber sie ließ dort lediglich ihren kleinen Sohn beaufsichtigen. Sie selber zog es vor, von hier oben Ausschau zu halten. Sie konnte es kaum erwarten, Neues von der Schlacht zu hören.

Otto hatte den Sarazenen das hochgelegene Rossano, von dem man einen atemberaubenden Blick über das Meer hatte, ohne große Schwierigkeiten abgenommen. Er war rasch weitergezogen. Sein Ziel war das windumtoste Capo di Colonne, wo sich die Truppen des Emirs gesammelt hatten, um ihn auf einer Ebene zwischen See und Bergen zu erwarten. Theophanu war nicht ganz wohl bei der Aussicht, dass Abu al Quassim den Ort der Schlacht bestimmte, aber Otto hatte ihre Bedenken abgetan und auf ihre Angst um den Sohn geschoben. Zu ihrem Schutz hatte er Bischof Dietrich zurückgelassen. Theophanu sah ihn im Schatten unter dem Zelt sitzen. Der kleine Otto hielt ihm etwas hin, vielleicht ein Schneckenhaus oder einen besonders schönen Stein. Er sammelte alles auf, was anderen als nichtig, ihm aber als Weltwunder erschien. Da der Bischof den Jungen jedoch gar nicht beachtete, ließ sich Otto enttäuscht auf sein Hinterteil plumpsen. Theophanu konnte sich lebhaft vorstellen, dass Dietrich in Gedanken schon damit beschäftigt war, die Schätze zu verstauen, die sie den Sarazenen abjagen würden.

Hufgetrappel zog ihre Aufmerksamkeit auf sich. Es war ein Bote des Kaisers. Theophanu eilte die Stufen nach unten. Der Reiter hatte kaum abgesessen, als sich um ihn herum auch schon die Menschen sammelten, allen voran Bischof Dietrich. Theophanu war unten angelangt und wollte rasch ausschreiten, aber plötzlich zögerte sie. Der Bote war früh gekommen. Die Schlacht konnte noch nicht lange im Gang sein. Sie fragte sich, was das bedeutete. Natürlich war Otto klar, dass die Zurückgebliebenen, allen voran Theophanu, Bescheid wissen wollten, wie es verlief. Aber eigentlich musste er doch all seine Aufmerksamkeit auf den Kampf richten, durfte mit keinem Gedanken abschweifen. Es sei denn, die Schlacht wäre bereits zu Ende, und Theophanu konnte sich dann nur ein Ende vorstellen. Die Sarazenen waren allen Gegnern, gegen die Otto bis jetzt gekämpft hatte, weit überlegen. Theophanu schlug die Hände vor das Gesicht. Sie musste Gewissheit haben. Da hörte sie, was der Bote verkündete: »… und dann traf ihn ein harter Schlag auf den Kopf. Er war schon tot, als er vom Pferd fiel.«

Theophanu wollte sich die Ohren zuhalten, doch die Worte hallten bereits in ihrem Kopf wieder: ›schon tot, schon tot …‹ Das durfte nicht wahr sein! Sie hatte ihn doch gewarnt, er wusste, wie gefährlich die Sarazenen waren. Er konnte doch nicht sehenden Auges in sein Verderben gerannt sein. Sie merkte, wie das Entsetzen jeden ihrer Gedanken lähmte, als der kleine Otto seine Arme um ihre Knie schlang. Sie nahm ihn auf und drückte ihn an ihre tränennasse Wange. Es hatte keinen Sinn, sich vor der Wahrheit zu verstecken. Theophanu ging schnellen Schrittes bis zur Hofmitte, wo der Bote noch immer zu den neugierig Lauschenden sprach. »Ein Berg aus Leichen hatte sich über ihm aufgetürmt. Alle seine Getreuen, die ihn hatten schützen wollen, sind mit ihm gestorben.«

Theophanu barg ihr Gesicht an Ottos kleinem Körper, als der Bote fortfuhr. »Der Emir starb als einer der Ersten von seinen Leuten.«

Theophanu wagte nicht zu atmen. Hatte sie richtig gehört? Sie stellte ihren Sohn auf den Boden und sprach den Boten an. »Der Emir … ist tot?«

Der Bote nickte.

»Und Otto lebt?«, fragte Theophanu und hielt die Luft an.

»Natürlich. Der Kaiser hat die Schlacht gewonnen, kaum dass sie begonnen hat«, verkündete der Bote.

Theophanu lachte und weinte zugleich. Sie war so froh, dass sie den verdutzten Boten umarmte.

Der Slawe Domasch blickte auf den Berg von Leichen, der sich inmitten der Ebene auftürmte. Erschlagen, erstochen und aufgespießt worden waren die Getreuen des Emirs, die sich zu spät über ihren Herrn geworfen hatten, um ihn zu schützen. Weithin war er durch sein Feldzeichen sichtbar gewesen, und der ganze Angriff hatte sich auf ihn konzentriert.

Die Aufklärer hatten dem Kaiser die Position des feindlichen Heeres durchgeben können, sodass seine Truppen rechtzeitig lospreschten, um ihre volle Kraft genau dann zu entfalten, als sie auf die Kämpfer trafen. Den Sarazenen mussten sie wie eine schnell vorrückende Wand erschienen sein, derer sie sich mit ihren vergleichsweise leichten Waffen, dem Rundschild und dem Krummschwert, nicht erwehren konnten. Pfeil und Bogen, für die sie sehr gefürchtet waren, kamen bei der Wucht des Zusammenpralls kaum zum Einsatz. Und auch die Wendigkeit der Reiter half ihnen diesmal nur dabei, Hals über Kopf zu fliehen, nachdem der Emir gefallen war. Domasch konnte es noch gar nicht glauben, dass diese Gegner, deren Zorn selbst sein unerschrockener Vater fürchtete, sich so schnell geschlagen gaben. Es war die richtige Entscheidung gewesen, Otto zu unterstützen. Er hatte es gewusst, seit er Oda gesehen hatte. Sie erschien ihm jetzt, nach geschlagener Schlacht, fast zum Greifen nah. Doch die Stimme seines Vaters riss ihn aus seinen Gedanken. »Heh, Domasch, los, hilf mir!«

Mistvoj war schon abgesessen und machte sich an dem Leichenberg zu schaffen. Er nahm einem der Toten den Säbel ab und fuhr bewundernd mit dem Finger an der blitzenden Klinge entlang. »Beste Arbeit«, lobte er, bevor er ihn einsteckte. Domasch sprang nun auch vom Pferd und half seinem Vater, den Getöteten ihre Besitztümer abzunehmen. Ein Ring, der mit einem wunderschönen Rubin besetzt war, fiel ihm dabei besonders ins Auge. Er überlegte, wie schön dieses Schmuckstück sich an Odas Hand machen würde. Als er den Ring gerade vom Finger des Toten abziehen wollte, hörte er wilde Rufe und Schreie, gepaart mit dem Getrappel von Pferden. Verwirrt sah er sich um und stand direkt vor der herannahenden Truppe von Sarazenen. Es waren dieselben, die sie vor kurzem erst in die Flucht geschlagen hatten. Zusätzlich lenkten weitere Krieger ihre kleinen, flinken Pferde geschickt die Berge hinunter. Ein Hinterhalt! Die längst besiegt Geglaubten hatten sich wieder gesammelt und kamen nun mit Verstärkung zurück, um Rache zu nehmen. Domasch verstand nicht, warum die Späher sie nicht bemerkt hatten, aber es war der falsche Augenblick, um darüber nachzudenken. Er griff sich eins der herrenlosen Pferde, saß auf und preschte den Angreifern entgegen. Wie er taten es viele andere auch, aber da sie überall auf dem Schlachtfeld versprengt waren und keine Zeit für eine Aufstellung blieb, konnten sie auch keine rechte Schlagkraft entwickeln. Dafür kamen jetzt die Pfeile der Gegner zum Einsatz. Rund herum sah Domasch einen nach dem anderen seiner Leute vom Pferd fallen. Wie der Teufel ritt er auf die Araber zu. Er wusste, dass er das mit seinem Leben bezahlen würde, und rief sich noch einmal Odas Gesicht in Erinnerung, ihr sanftes Erröten, als seine Lippen ihre Hand berührten. Jetzt war er bereit zu sterben, aber er würde so viele der Feinde in den Tod mitnehmen wie er konnte. Doch da wurde sein Pferd zurückgerissen. Domasch sah sich verwirrt um. Es war sein Vater. »Zurück! Wir müssen zurück!«

Domasch zögerte. Er wollte nicht fliehen, sondern kämpfen und verstand nicht, was seinen Vater zum Rückzug bewog. Mistvoj hatte sich noch nie geschlagen gegeben, egal wie grausam und blutig das Schlachten um ihn herum auch war. Doch dann sah Domasch etwas, was auch ihn umstimmte: Der Kaiser selbst führte die Fliehenden an.

Otto blickte zur Seite. Sein Vetter hielt trotz seiner schweren Beinverletzung das Tempo. Der Kaiser befand sich mit dem Herzog von Schwaben und Bayern und ein paar seiner Leute, die er in der Eile hatte sammeln können, auf dem Weg nach Rossano. Er hoffte nur, dort vor den Arabern anzukommen. Es war nicht auszudenken, wenn Theophanu und sein Sohn für seinen Leichtsinn mit dem Leben bezahlten. Sein Vetter schien seine Unruhe zu bemerken: »Otto, nimm keine Rücksicht auf mich. Lass mich zurück, wenn ich dich aufhalte.«

Otto zügelte sein Pferd, und die anderen taten es ihm nach. Er schüttelte den Kopf. »Es liegt nicht an dir. Aber die Sarazenen kennen das Gelände viel besser, nutzen vielleicht die eine oder andere Abkürzung.«

Er hielt inne, da er ein Schiff auf dem Meer erblickte. »Was hindert uns eigentlich daran, es ihnen nachzutun?«

Die anderen sahen ihn verständnislos an. »Da, schaut, da vorne kommt die ›Chelandie‹«, erklärte Otto und deutete auf das Wasser.

»Zu spät«, antwortete sein Vetter düster. »Hatte der Kaiser sie uns nicht aus Konstantinopel zum Ausspähen der Feinde gesandt?«

»Du weißt so gut wie ich, dass das nur ein Vorwand war. Sie ist einzig und allein hier, um uns zu beobachten. Aber vielleicht kann sie uns jetzt doch noch nutzen.«

»Aber wie?«, wollte der Herzog wissen.

»Ich werde per Schiff weiterfahren«, erklärte Otto seinen verblüfften Männern. »Auf dem Seeweg bin ich schneller als die Araber in Rossano.«

»Ich lasse dich doch nicht allein«, widersprach sein Vetter.

»Du reitest weiter. Du kannst mit deiner Verletzung unmöglich dorthin schwimmen.«

Das musste auch der Herzog einsehen, doch schon meldete sich ein anderer der Gefolgsmänner. »Ich bleibe bei ihm.«

Otto sah den Mann an. Er kam ihm bekannt vor, ohne dass er sich erinnerte, woher. Dann nickte er, bevor er sich wieder an den Herzog wandte. »Beeile dich! Nur für den Fall, dass ich es nicht schaffe.«

Der Herzog gehorchte ihm widerstrebend, und Otto sah erleichtert, dass er endlich losritt. Jede Verzögerung ließ seine Überlebenschancen sinken. Nur wenn er noch rechtzeitig ärztliche Hilfe bekam, konnte er durchkommen.

Der bei Otto zurückbleibende Mann beobachtete das Schiff. »Bald ist es nahe genug«, erklärte er.

Otto sah ihn an, während er seinen Helm abzog. »Wer bist du, dass du mir so treu zur Seite stehst?«

»Ihr werdet Euch sicher nicht mehr an mich erinnern. Aber vor langer Zeit, ziemlich genau vor zehn Jahren, habt Ihr und Euer Vater meinen Jungen vor einem grausamen Urteil gerettet. Er war der Urkundenfälschung angeklagt, und Ihr habt Gnade walten lassen.«

Otto erinnerte sich dunkel an einen der Gerichtstage. Sein Vater hatte den Jungen zwischen einem Apfel und einer Münze wählen lassen und der Junge hatte sich richtig entschieden.

»Ich bin Avram ben Kalonymos, Jude aus Lucca und Euer treuer Diener bis zu meinem Tod.«

»Ich danke dir für deine Hilfe, doch fürchte ich, jetzt sitzen wir beide in der Falle. Da, schau!«

Otto deutete nach vorne. Staubwirbel deuteten auf schnell herannahende Reiter. Der Jude drängte Otto zum Pferd und half ihm aufsteigen. »Schnell! Ich werde sie aufhalten!«

Otto preschte los und lenkte das Tier in die Fluten, so weit, bis es den Boden unter den Füßen verlor. Dann warf er seinen Umhang ab, zog sein Kettenhemd aus und schnitt mit der heiligen Lanze seine Leibkleidung auf, um sie abzustreifen. Nur von der Waffe konnte sich Otto nicht trennen, und so begann er mit der Lanze in der Hand zu schwimmen. Hinter sich hörte er die Schreie des Juden und er brauchte sich nicht umzudrehen, um zu wissen, was mit dem treuen Mann geschah.

Als Otto schon merkte, wie seine Arme und Beine im Kampf

gegen die starke Strömung erlahmten, erreichte er endlich das Schiff. Mit letzter Kraft schrie er laut, um auf sich aufmerksam zu machen. Schon tauchten einige Männer der Besatzung an der Reling auf. »Heh, wer bist du?«, wollten sie wissen.

»Der Kaiser«, rief Otto.

Die Antwort war allgemeines Gelächter. »Das würde ich an deiner Stelle auch sagen«, höhnte einer.

»Schaut euch das an, wenn ihr mich schon nicht erkennt«, forderte Otto und hob die heilige Lanze hoch über seinen Kopf.

Sofort verstummte das Gelächter, denn jeder kannte diese ganz besondere Waffe mit dem goldenen Schaft und dem Nagel des Kreuzes Christi vom Hörensagen. Rasch ließ man ein Seil herunter, um Otto hochzuziehen. An Bord legte man ihm einen Umhang um und gab ihm zu trinken. Als Otto wieder zu Kräften gekommen war, verlangte er den Kapitän zu sprechen. »Ich muss nach Rossano. Bringt mich nach Rossano, schnell!«, drängte er den vierschrötigen Mann, der sich vor ihm aufgebaut hatte.

»So, nach Rossano. Wisst Ihr, unser Weg führt eigentlich direkt zurück nach Konstantinopel und ich würde nur ungern einen Umweg machen, zumal mit so einer kostbaren Fracht.«

Er betrachtete Otto mit einem Lächeln, während er einen Holzsplitter aus der Schiffswand brach, um sich damit in den Zähnen zu bohren. Der Kaiser verstand. Natürlich hatte man in Konstantinopel seinen Alleingang kritisch beäugt. Der Kapitän konnte sich eine ordentliche Belohnung ausrechnen, wenn er den Kaiser, der sich doch zum alleinigen Beschützer der Christenheit aufschwingen wollte, hilf- und schutzlos dort ablieferte. Otto blickte den Kapitän an. Er sah nicht so aus, als wenn er mit sich reden lassen würde. Aber dann fiel ihm ein, welche Sprache der Grieche vielleicht verstand. »Ich habe nichts dagegen, nach Konstantinopel zu gehen. Meine besten Männer sind tot, fast das ganze Heer vernichtet. Nichts zieht mich mehr ins Reich zurück.«

Der Kapitän nickte, während er auf dem Holzstückchen herumkaute. »Da würde ich mich an Eurer Stelle auch erst mal nicht sehen lassen.«

»Ich habe nur eine Bitte. Ich möchte meine Frau, die Kaiserin, mitnehmen. Theophanu sehnt sich nach ihrer Heimat.«

»Dann hätte sie sie eben nicht verlassen sollen«, brummte der Mann unwirsch.

»Ich denke auch an mein Gold, den Schmuck und die anderen Kostbarkeiten, die ich nur ungern zurücklassen würde.«

Der Kapitän horchte auf. »Das ist was anderes.« Er spuckte den Holzsplitter mit Schwung auf den Boden. »Ich glaube, wir können einen kleinen Umweg machen.«

Theophanu und Dietrich sahen dem jungen Griechen nach, der ihnen die Nachricht überbracht hatte und jetzt wieder zurück auf die Chelandie eilte, die im Hafen Anker geworfen hatte. »Was hat er gesagt?«, wollte Dietrich wissen, denn da das Latein des Boten zu wünschen übrig ließ, hatte er mit Theophanu auf Griechisch gesprochen.

»Otto will mit ihnen nach Konstantinopel fahren. Aber er will mich und seinen Staatsschatz mitnehmen.«

»Das kann doch nicht sein Ernst sein! Wie kann der Kaiser so etwas anordnen? Der Reichsschatz in den Händen der Feinde, das werde ich zu verhindern wissen.«

»Wie könnt Ihr auch nur einen Moment annehmen, dass das Ottos Ernst ist?« Theophanu war außer sich. »Ihr unterstellt ihm geradezu Verrat!«

Dietrich sah sie kalt an. »Tatsache ist, dass der Kaiser geflohen ist.«

»Er ist geflohen, um seinen Sohn und um mich vor dem Feind zu retten, da bin ich mir sicher.«

Sie sah den Anflug eines Lächelns auf dem Gesicht des Bischofs. »Sehr tapfer, wirklich.«

»Aber es ist doch klar, dass die Übergabe des Schatzes nur dazu dient, den Kapitän des Schiffes abzulenken, damit Otto fliehen kann«, setzte ihm Theophanu auseinander.

Dietrich überlegte. »Na gut, nehmen wir mal an, dass es so ist.

Trotzdem kann ich auf keinen Fall zulassen, dass all das Gold in die Hände der Griechen gerät.«

»Dann habe ich eine Idee«, verkündete Theophanu. »Ihr begebt Euch erst allein an Bord, ohne mich und ohne den Schatz. Ihr gebt vor, dem Kaiser angemessene Kleidung zu bringen, damit er seine Frau gebührend empfangen kann.«

»Sehr gut. Ich werde ihm helfen zu fliehen, ohne dass der Schatz auch nur einen Moment in Gefahr gerät.« Er lächelte, doch da fiel ihm noch etwas ein. »Genauso wenig wie Ihr natürlich«, fügte er schnell an.

Otto betrachtete vom oberen der beiden Decks aus, dass Bischof Dietrich an Bord kam. Das Meer war heute sehr ruhig. Trotzdem würde es schwierig genug werden, von hier ins Wasser zu springen und zu verhindern, dass ihn die Wellen direkt wieder gegen den Bug schleuderten. Aber das würde ihn nicht abhalten, sich in die Fluten zu stürzen, noch bevor Theophanu sich an Bord begab. Otto konnte es kaum erwarten, bis Dietrich bei ihm war. Zusammen würden sie einen Weg finden, die Wachen kurz abzulenken, sodass er springen konnte. Er ertappte sich fast bei einem Lächeln, als ihm einfiel, dass das die Griechen misstrauisch machen könnte. Doch keiner hatte es bemerkt. Denn die Besatzung war mit etwas anderem beschäftigt. Sie mühten sich damit ab, auf dem erhöhten Bugkastell des Schiffes eine große Spritze zu befestigen. Otto erschrak zutiefst. Erst jetzt bemerkte er, dass die Chelandie die schrecklichste aller Waffen an Bord hatte: das griechische Feuer. Noch verhinderte ein Bleisiphon das Herausschießen der aus Salpeter, Bitumen und Harz gekochten Flüssigkeit. Bisher hatte Otto nur von den verheerenden Folgen dieses Kampfstoffes gehört. Wurde ein Schiff oder eine Stadt damit beschossen, gab es keine Möglichkeit mehr, das Feuer zu löschen. Wasser blieb vollkommen wirkungslos gegen die lodernden Flammen, die erst dann wieder ausgingen, wenn sie keine Nahrung mehr fanden, was bedeutete, wenn alles Brennbare zu Asche geworden war.

Mit dieser Bedrohung hatten die Griechen Ottos Plan zunichte gemacht. Er war sich sicher, dass sie nicht zögern würden, die Stadt zu beschießen, sobald Otto die Flucht wagen sollte. Er zermarterte sich das Hirn nach einer Lösung, als der Bischof vor ihn trat. »Dietrich!«

»Man hat mich zu Euch gelassen, um Euch würdige Kleidung zum Empfang Eurer Frau zu bringen.«

Der Bischof trat näher und entrollte Beinkleider, Überkleid und Umhang. »Lasst mich Euch beim Ankleiden helfen.«

Er trat nahe an Otto heran, der die Kleider, die er von den Seeleuten erhalten hatte, abstreifte. »Ihr müsst sofort fliehen«, raunte er Otto zu.

Aber Otto schüttelte den Kopf, während er in die Beinkleider schlüpfte. »Sie werden die Stadt mit dem griechischen Feuer vernichten, bevor ich auch nur am Ufer bin.«

Er deutete auf die Spritze, die nun aufgesetzt war und gerade so gedreht wurde, dass sie auf die Stadt zeigte. Dietrich wurde bleich. »Das griechische Feuer! Was sollen wir bloß tun?«

Auch am Ufer schien man die Bedrohung erkannt zu haben. Voller Panik liefen die Menschen durcheinander, laut rufend und schreiend. Doch mit einem Mal wurde es still. Alle Augen richteten sich auf die Mitte der Mole. Dort hatte sich keine andere als die Kaiserin selbst, angetan mit einem Purpurgewand und ihrer Krone, in die Mitte gestellt. Otto erschrak. »Theophanu!«, flüsterte er.

Und schon hörte man Jannis' Stimme. Er war neben die Kaiserin getreten und rief etwas auf Griechisch in Richtung des Kapitäns, der am Bug stand. Otto schüttelte den Kopf. »Nein, das kann sie nicht tun! Theophanu, nein!«

Er wandte sich an Dietrich. »Sie hofft, dass sie es nicht wagen zu schießen, wenn sie dabei die Kaiserin töten.«

Dietrich nickte. »Sie hat Recht. Sie ist eine von ihnen. Sie werden nicht schießen. Los, Otto, Ihr müsst springen!«

Aber Otto weigerte sich. »Nein! Was ist, wenn sie es doch tun?«

»Wir haben keine Wahl«, konterte Dietrich und gab Otto

einen festen Stoß, sodass er über die Reling fiel. Dietrich sprang ihm hinterher, noch bevor eine der Wachen sich rühren konnte.

Otto tauchte nach Luft schnappend aus den Wellen wieder auf. Mit kräftigen Zügen schwamm er Richtung Hafen, während er die Schreie und Rufe hörte, die sofort nach Bemerken seines Sprunges laut wurden. Der Kapitän fluchte, während Jannis immer noch auf Griechisch auf ihn einredete. Als Otto am Ufer ankam, streckten sich ihm zahlreiche Arme entgegen. Kaum hatten sie ihn hochgezogen, drehte er sich zum Schiff und sah zu seiner Erleichterung, dass die Spritze beigedreht wurde. Außer Atem erhob er sich und da stand Theophanu auch schon vor ihm. Sie fielen einander in die Arme und er spürte, wie sie zitterte, als die große Anspannung von ihr abfiel.

Doch die Erleichterung über die Rettung Ottos sollte nicht lange anhalten. Die ›Chelandie‹ war zwar wieder auf dem Rückweg, aber jetzt trafen ununterbrochen Verwundete aus der Schlacht mit den Sarazenen ein. Die Burg hallte wider vom Stöhnen und Schreien der Verletzten. Aber noch mehr erschütterten Theophanu die Männer, die nicht zurückkehrten. Es waren sehr viele und unter ihnen die Besten und Edelsten. Das Reich hatte seine wichtigsten Stützen verloren. Theophanu tat, was sie konnte, um die Versorgung der Verletzten zu organisieren. Sie teilte den Ärzten jeweils Knechte und Mägde zu, die so gut sie konnten mithelfen mussten. Als das Verbandsmaterial ausging, ließ Theophanu selbst kostbarste Stoffe zerschneiden. Sie zögerte auch nicht, Trost zu spenden, wo es nötig war, und der wurde fast überall gebraucht. Am schwersten war es für sie, Herzog Otto das Urteil des Arztes zu überbringen, dass sein Bein nicht mehr gerettet werden konnte. Sie bestand darauf, bei der Amputation dabeizusein, um dem jungen Mann Mut zuzusprechen, bis er endlich in die erlösende Ohnmacht fiel.

Erst dann gestattete es sich Theophanu, unter einer der Zeltplanen ein wenig auszuruhen. Sie kuschelte sich an ihren Sohn, der auf ein paar Kissen ein Schläfchen hielt. Doch da kamen

Otto und Dietrich lachend auf sie zu. Theophanu fand die gute Laune der beiden Männer befremdlich.

»Theophanu!«, rief Otto. »Gute Nachrichten! Die Sarazenen haben sich zurückgezogen.«

»Euer Gatte hat doch noch den Sieg errungen«, fiel Dietrich ein.

»Und weißt du, wie sie mich nennen? Den bleichen Tod der Sarazenen!«, triumphierte Otto.

Theophanu nahm ihren Sohn, der von dem lauten Lachen erwacht war, auf den Arm und starrte Dietrich an. »Wie könnt Ihr von einem Sieg sprechen? Schaut Euch doch um! Wie viele mussten wir schon begraben?«

»Aber der Kaiser hat den Emir getötet, das ist das Entscheidende.«

»Seid versichert, dass ein neuer Emir an seine Stelle treten wird.«

Otto mischte sich ein. »Theophanu, bitte. So betrachtet war es doch wirklich ein Erfolg.«

»Dann sag das den Familien, deren Söhne gestorben sind, zu Krüppeln gemacht wurden oder die in die Gefangenschaft verschleppt worden sind. Sie werden sich sicher mit dir freuen.«

»Ich verbiete dir, so mit mir zu sprechen. Und lass Dietrich in Ruhe. Vergiss nicht, wie beherzt er mich gerettet hat.«

»Und was ist mit mir? Ich habe auch etwas dazu beigetragen.«

»Das weiß ich doch, Theophanu. Dietrich hat mir bereits erzählt, wie du, nachdem er dich überzeugt hatte, dass ich keineswegs fliehen wollte, ihn nach besten Kräften unterstützt hast.«

Theophanu traute ihren Ohren nicht. Unfähig, den Anblick des milde lächelnden Dietrich auch nur einen Moment länger zu ertragen, eilte sie mit ihrem Sohn auf dem Arm davon.

Oda legte sich den Schleier so über das sorgfältig gekämmte Haar, dass noch einige der glänzenden Locken wie zufällig darunter hervorschauten. Sie strich die Falten ihres roten Samtkleides zurecht, und als sie endlich alles für gut befand, verließ sie ihr Gemach, um zu ihrem Vater in den Saal zu gehen. Sie öffnete die schwere Tür und trat ein. Ihr Vater sah sie stirnrunzelnd an. »Was willst du denn hier?«

»Dein Besuch muss doch gleich da sein.«

»Und was hast du mit meinem Besuch zu schaffen?«

»Aber Vater, letztes Mal hast du mich fast an den Haaren hierher geschleift …«

»… und jetzt verschwindest du am besten wieder in deine Kammer, und zwar schnell.«

Oda stampfte mit dem Fuß auf. »Das tue ich nicht. Es geht schließlich um mich.«

Da öffnete eine der Mägde die Tür. »Hoher Herr, Fürst Mistvoj ist angekommen, zusammen mit seinem Sohn.«

Thiedrich warf einen Seitenblick auf Oda. »Dann bleib in Gottes Namen. Aber wehe, ich höre auch nur ein Wort von dir«, raunte er ihr zu, während auch schon die stampfenden Schritte des Slawenfürsten zu hören waren. Einen Moment später stand Mistvoj in der Mitte des Saales, gefolgt von seinem Sohn und flankiert von den Wachen des Markgrafen. Oda hatte sich schnell auf der Kante des Stuhles neben ihrem Vater niedergelassen.

»Da sind wir, wie verabredet«, dröhnte Mistvoj.

Oda hatte nur Augen für Domasch. Sein feingeschnittenes Gesicht schien noch schmaler geworden zu sein und seine Augen waren umschattet. Auch er suchte ihren Blick.

Thiedrich krauste die Stirn, als ob er angestrengt nachdachte. »Ich kann mich nicht recht erinnern, dass wir eine Verabredung hatten.«

Mistvoj sah ihn misstrauisch an. »Ich helfe Euch gerne auf die Sprünge. Wir haben Euch eine Einheit Panzerreiter gestellt und dafür habt Ihr uns etwas versprochen.«

»Eine Einheit sagtet Ihr?«

»Auf den Mann genau.«

»Merkwürdig. Wenn Eure Panzerreiter wirklich dabei waren,

wie Ihr sagt, dann müssen sie wohl nicht gut genug gekämpft haben. Ihr wisst, wie die Schlacht ausgegangen ist.«

»Nicht gut genug gekämpft?«

Oda sah, dass Mistvoj kurz davor war, seine Beherrschung zu verlieren. Aber auch sie verstand nicht, worauf ihr Vater hinaus wollte. Sie zog ihn am Ärmel, aber er reagierte nicht, sondern wandte sich erneut an Mistvoj. »Ich hätte doch mehr von meinen eigenen Leuten schicken sollen.«

»Das hättet Ihr wirklich. Denn dann wären nicht meine Leute für eine Schlacht gestorben, die jedes Weib besser vorbereitet hätte.«

Jetzt mischte sich Domasch ein. »Bitte, Vater, denk daran, warum wir hier sind.«

Sein Blick glitt zu Oda, die errötete. Aber dann wagte sie ein kleines, schnelles Lächeln. Mistvoj brummte etwas Unverständliches, bevor er sagte: »Na gut. Wir sind hier, um Eure Tochter zu holen, so, wie es abgesprochen war.«

Thiedrich lachte auf. »Nein, das gibt es doch gar nicht.« Er schlug sich auf die Schenkel. »Das könnt doch selbst Ihr nicht ernst genommen haben.«

Mistvoj schwieg, aber seine Haltung war gespannt. Thiedrich stand auf und herrschte Mistvoj an: »Ich werfe meine Tochter doch nicht den Hunden vor!«

Der Slawenfürst wollte sein Schwert ziehen, doch schon standen zwei der Wachen neben ihm. Oda sah Domaschs fragenden Blick auf sie gerichtet, aber auch sie verstand nicht, was vor sich ging. »Aber Vater, wie kannst du das sagen …«

»Schweig!«, herrschte der Markgraf sie an, wandte sich an seine Wachen und deutete auf Mistvoj und Domasch. »Bringt sie hinaus!«

Die Wachen ergriffen die beiden. Aber Domasch entwand sich und lief auf Oda zu. Er kniete vor ihr nieder. »Sag, dass das nicht wahr ist! Bitte, Oda, sag es!«

Oda sah ihn an. Seine Augen brannten, während er in ihrem Antlitz nach dem leisesten Zeichen einer Erklärung suchte. Wie gern hätte sie ihn berührt. Es war nur eine kleine Bewegung nötig, und ihre Hand hätte über seine Wange streichen und ihm ein wenig von seinem Leiden nehmen können. Sie zwang sich, es nicht zu tun. Eine kleine Berührung würde ihn für den Moment trösten, aber sein Leiden nur noch unendlich verlängern. Oda gab sich einen Ruck. »Ich weiß nicht, was Ihr wollt. Ich hatte nie die Absicht, mich zu einem wie Euch herabzulassen.«

Oda musste tief Luft holen, bevor sie fortfuhr. Vor allem musste sie ihren Blick von Domaschs Augen lösen. »Mein Vater hat Euch noch geradezu geschmeichelt, wenn er Euch einen Hund nennt.«

Domasch kniete immer noch vor ihr. Er konnte nicht glauben, was er hörte. Oda setzte sich aufrecht hin. Sie hob ihren gestiefelten Fuß und verpasste Domasch einen festen Tritt, sodass er hintenüber fiel. Sofort ergriffen ihn die Wachen erneut und schleiften ihn zusammen mit seinem Vater nach draußen.

Thiedrich klopfte Oda anerkennend auf die Schulter. »Das hätte ich dir gar nicht zugetraut, mein Kind!«

Oda schüttelte seine Hand ab. »Fass mich nicht an!«, schrie sie, bevor sie, blind vor Tränen, aus dem Saal stürzte.

Hallgerd stand hoch aufgerichtet mitten auf der Ebene. Sie hatte Kopf und Hände zum Himmel emporgereckt, ihre langen Haare wehten im Wind. Sie spürte die Krieger an ihr vorbei nach vorne stürmen, schneller und immer schneller, die Waffen gezückt. Hallgerd erflehte alles an Kraft, was sie zwischen Himmel und Erde spürte.

Harald Blauzahn, ihr großer König aus dem Geschlecht der Ynglinge, hatte nicht lange gezögert, nachdem er die Nachricht von Ottos vernichtender Niederlage in Italien vernommen hatte. Jetzt war der Zeitpunkt günstig, Haithabu zurückzuerobern und die Zwingburg, die Otto hatte bauen lassen, dem Erdboden gleichzumachen.

Hallgerd hatte ihre Aufgabe erfüllt, die Männer würden siegreich sein. Und doch blieb sie mitten auf dem Schlachtfeld stehen. Denn eigentlich nahm sie an dem Rachefeldzug teil, um endlich den Tod zu finden. Ihr Leben war sinnlos geworden, nachdem ihre drei Söhne und alle fünf Enkel aus der letzten Schlacht nicht wiedergekehrt waren. Am meisten trauerte sie um den jungen Thorolf. Aber so schwach sie sich auch oft fühlte, zum Sterben reichte es nicht.

Hallgerd beschloss, den Kampfschreien zu folgen und dem Feind entgegenzuschreiten. Manchmal stolperte sie über einen noch warmen Körper, manchmal über eine verlorene Waffe. Hallgerd stand immer wieder auf. Wenn so viele starke Krieger fielen, musste doch auch sie einmal ein tödlicher Hieb treffen. In dem Moment fühlte sie, dass etwas hart auf ihre Brust schlug und sie war sich sicher, dass jetzt ihr Ende gekommen war. Aber sie spürte keinen Schmerz, kein Blut, weder den Einstich eines Schwertes, noch das Eindringen einer Lanze. Stattdessen war ihr etwas direkt in die Arme gefallen. Es war ein Mensch. Sie strich durch weiches, lockiges Haar, über runde Wangen, kräftige Schultern. Dann fühlte sie das warme Blut, das aus einer Wunde sickerte. Sie tastete genauer. Die Einstichstelle war unterhalb des Bauches. Jetzt sprach er sie an. Sie verstand kein Wort. Es war einer der Feinde, den sie in den Armen hielt. Seine Stimme war hell, sie hörte sich sehr jung an, fast genauso, wie Thorolfs, wenn er seine Großmutter neckte. Sie ließ den Jungen vorsichtig zu Boden gleiten, bis er ausgestreckt da lag. Hallgerd betastete noch einmal die Wunde, dann nahm sie ihren Umhang und riss ein Stück vom Saum ab. Sie verband den Jungen so sanft wie möglich. Als der Stoff straff genug war, um die Blutung zu stoppen, brauchte sie nur noch etwas zum Befestigen. Hallgerd tastete nach der Fibel an ihrem Umhang, doch sie musste abgefallen sein. Als sie daraufhin ihre Hand über den Boden gleiten ließ, fand sie sie direkt neben sich. Doch als sie die Spange hochhob, stutzte sie. Sie fühlte genauer. Es war nicht die Fibel, die sie getragen hatte. Es war die Fibel, die sie für ihren Enkel geschnitzt hatte, die Weltenesche. Sie sollte ihn beschützen und nun lag sie hier bei diesem anderen Jungen. Kurzentschlossen steckte Hallgerd damit den Verband fest. Zufrieden fühlte sie über das straffe Tuch. Das Blut hatte bereits aufgehört zu fließen. Sie strich dem Jungen über die Wange. Vielleicht war es auch für sie noch zu früh, um diese Welt zu verlassen. Sie wurde noch gebraucht und anscheinend nicht in ihrer Heimat, sondern im Reich Ottos.

Hallgerd stimmte eine kleine traurige Weise an. Es war ein Kinderlied, aber das machte nichts, denn keiner der Lauschenden konnte auch nur ein Wort verstehen. Eigentlich hätte sie ein magisches Lied singen müssen, um den Zauber zu wecken. Dessen waren aber nur wenige Frauen mächtig, Frauen wie die Seherin Thorbjörg, behangen mit Pelzen und Fellen. Lamm, Kalb und Katzen hatten ihr Leben nicht nur gelassen, um sie zu wärmen. Sie hatten der Seherin auch ihre Sinne gegeben, damit sie mit dem Jenseits und der Zukunft Verbindung aufnehmen konnte.

Hallgerd besaß nichts dergleichen. Sie schwang lediglich einen einfachen Holzstab, den sie mit ein paar Einkerbungen verziert hatte.

Sie war nicht mit ihren Leuten in König Blauzahns Reich zurückgekehrt, sondern verdiente sich hier ihr Brot als Seherin, auch wenn sie sich nicht auf Magie verstand. Aber die Zeiten waren so schlecht, dass die Menschen nicht wählerisch waren, wenn ihnen jemand ein wenig Hoffnung geben konnte. Denn das war es, was sie wollten. Hören, dass die Zukunft etwas anderes als Tod und Elend versprach, denn ihre Gegenwart war unerträglich geworden.

Über allem lag der Brandgeruch, seitdem die Slawen hier eingefallen waren. Der Abodritenherzog Mistvoj hatte Hamburg in Schutt und Asche gelegt. Man sagte, er hatte es aus Rache für seinen Sohn getan, dem Markgraf Thiedrich die versprochene Ehe verweigerte. Aber selbst von einem Slawen hatte man nicht so viel Grausamkeit wegen einer Frau erwartet. Und jetzt standen sie von überall her auf, Heveller und Liutizen schlossen sich dem rasenden Mistvoj an.

Hallgerd wedelte mit ihrem Stab etwas Rauch von der Feuerstelle in die Luft, fuhr mit ihren Händen hindurch und sprach abgehackt die wenigen Worte, die sie mittlerweile von der hiesigen Sprache verstand. »Kein Feuer, kein Hunger. Gute Ernte.«

Die Leute sahen sich an und nickten, das gefiel ihnen. Sie wollten mehr hören. Hallgerd stocherte in der Glut. »Kinder, viele Kinder. Gesund, stark.«

Ein Mann legte seiner Frau den Arm um die Schulter und drückte sie. Die anderen lachten, redeten durcheinander. Hallgerd war zufrieden, wenn sie Trost spenden konnte. Sie half den Leuten zu vergessen, was man sich über ihren Kaiser Otto erzählte. Der heilige Laurentius sei ihm im Traum erschienen und habe ihm das silberne Fußbänkchen, das vor seinem Thron stand, unter den Füßen weggezogen. Es sei die Strafe dafür, dass er das Bistum Merseburg aufgelöst hatte.

Für heute war Hallgerds Tagwerk getan und sie wollte sich auf das ihr angebotene Lager zurückziehen. Doch anstatt der Unterlage aus Stroh, die sie in einer Ecke der Hütte ertastete, sah sie plötzlich ein richtiges Bett. Es war nicht irgendein Bett, sondern eins, in dem die hohen Herren schlafen, mit verzierten Pfosten und sehr breit. Hallgerd konnte sogar einen Mann darin liegen sehen. Sein Nachtgewand war kostbar. Und doch schien den Mann etwas zu quälen, sein Gesicht war verzerrt. Sein Körper zuckte, erst nur leicht, dann immer heftiger. Und dann schrie er, doch es kam kein Ton aus seinem Mund. Schließlich lag er ganz ruhig. Das Bild veränderte sich und sie sah denselben Körper, jetzt aber aufgebahrt. Er schien seinen Frieden gefunden zu haben. An seiner Seite saß eine Frau mit gekröntem Haupt. Als sie den Kopf zu ihr drehte, hoffte Hallgerd, ihr Gesicht zu erkennen. Doch es war von einem Strom aus Tränen bedeckt.

Hallgerd schüttelte sich, und plötzlich war das Bild verschwunden. Es gab nur noch das schlichte Strohlager vor ihr. Hallgerd wusste, dass ihr gerade eine neue Aufgabe gestellt worden war.

Theophanu blickte sich suchend im Hof um. Man merkte, dass der kleine Otto bald drei Jahre alt wurde. Seit diesem Frühjahr im Jahr 983 war er sehr flink und behende. Hatte man ihn eben noch bei den Ställen vermutet, balancierte er im nächsten Augenblick schon hoch oben auf der Mauer. Die Mägde, anfangs alle ganz vernarrt in den Jungen, weigerten sich bald, auf ihn aufzupassen. Sie wussten genau, welche Strafe sie ereilen würde, wenn dem Thronfolger etwas zustieße. Aber Theophanu war es ohnehin recht, wenn sie selber öfter nach ihm schaute. Mit ihm zu spielen, ihm nachzulaufen, lenkte sie von den trüben Gedanken ab, mit denen sie jeden Tag aufs Neue erwachte. Die Bilder all der Toten und Verwundeten ließen sie nicht mehr los, vor allem, seit es so schwierig geworden war, mit Otto darüber zu sprechen. Er hatte es sich in den Kopf gesetzt, seine Niederlage gegen die Sarazenen zu einem Sieg zu verkehren, und jetzt, da auch Adelheid hier zu ihnen nach Capua, ganz im Süden Italiens, gestoßen war, bekamen diese Phantastereien neue Nahrung. »Otto!«, rief Theophanu. »Otto!«

Plötzlich hörte sie Otto schreien. Sein Gebrüll kam von außerhalb der Burgmauern, und so eilte Theophanu durch das Tor hinaus. Und da sah sie ihn auch schon. Der Kleine hatte ein Stück Speck in der kleinen Faust, das er sicher den Köchinnen abgeluchst hatte. Doch ein Hund, fast so groß wie Otto, hatte es ebenfalls darauf abgesehen und kläffte den Jungen an. Theophanu rannte los, um ihrem Sohn zu helfen, doch eine alte Frau kam ihr zuvor. Sie hob den Jungen auf und schüttelte dann einen langen Holzstab mit eigenartigen Einkerbungen in Richtung des Hundes. Der trollte sich winselnd. Theophanu kam außer Atem bei der Frau an. »Habt tausend Dank«, sagte sie, der Frau den kleinen Otto abnehmend. »Otto, mein Schatz, was hast du nur wieder angestellt?«

Die Alte horchte auf. »Otto? Dein Sohn?«, fragte sie in gebrochenem Deutsch.

Theophanu nickte, doch dann sah sie an den Augen der Alten, dass sie starr nach vorne blickten. Sie war offensichtlich blind. »Ja«, sagte Theophanu laut. »Otto ist mein Sohn.«

»Dann du Kaiserin?«, fragte die Alte, während sie sich auf die Knie fallen ließ.

»Ja«, erwiderte Theophanu, während sie die Alte sanft wieder hochzog.

»Woher kommt Ihr?«, wollte sie wissen.

»Von weit, Norden. Mein König Harald Blauzahn.«

»Aus dem Volk der Nordmänner? Ihr seid weit gereist.«

Die Alte nickte. »Muss zu dir.«

»Zu mir?«

»Ja. Dein Mann ist in Gefahr, er bald sterben.«

Theophanu erschrak. »Otto, was ist mit ihm? Welche Gefahr?«

»Ich gesehen Zukunft.«

Theophanu war erleichtert. Es war nur eine Seherin, die sich etwas verdienen wollte. Davon kamen viele an den Hof.

»Er krank, sehr krank.«

»Ja, ja, schon gut.« Sie winkte eine Magd heran. »Holt mir ein paar Münzen.«

»Krämpfe, vielleicht Fieber, sehr schlimm.«

Zum Glück kam die Magd schnell wieder und gab Theophanu das Geld. Die wandte sich zu der Frau und wollte es ihr in die Hand drücken, aber die Alte weigerte sich, es anzunehmen. »Kein Geld!«

Theophanu runzelte die Stirn. »Was wollt Ihr dann?«

»Dich warnen! Aufpassen!« Jetzt packte die Alte Theophanu am Arm. »Auch dich gesehen. Du Gesicht nass von Tränen.«

Theophanu blickte die Frau zweifelnd an. Sie überlegte, dass es vielleicht wirklich nicht schaden konnte, wenn sie ein wenig auf Otto achtete. Die ganzen Strapazen waren auch an ihm nicht spurlos vorübergegangen. »Danke, ich danke Euch sehr.«

Theophanu wandte den Kopf, denn im Hof hörte sie Stimmen. »Aber jetzt muss ich gehen.«

Sie warf noch einen letzten Blick auf die eigenartige Frau, bevor sie den kleinen Otto, der an seinem Stück Speck lutschte, fester packte und zum Hof eilte.

Dort hatten sich bereits einige um einen Reiter versammelt. »Was ist passiert?«, fragte Theophanu, während sie näher kam.

Jannis, der bei den Leuten stand, drehte sich um. »Schlechte Nachrichten! Der Herzog Otto ist auf dem Rückweg nach Bayern verstorben. Seine Verletzungen waren zu schwer.«

Theophanu schlug sich die Hand vor den Mund. Otto, der

liebe, junge Otto tot! Das Unglück nahm kein Ende. Theophanu weinte. Doch da kam ihr ein Gedanke, der sie in ihrem Kummer ein wenig tröstete. Die Alte hatte gesagt, sie hätte Theophanu weinen sehen. Und es war ein Otto gestorben. Die Seherin hatte tatsächlich Recht gehabt, doch handelte es sich nicht um den Kaiser, sondern um seinen Vetter.

Als Theophanu Otto aus der Burg kommen sah, hatte sie die Alte auch schon vergessen. Denn jetzt musste sie ihrem Mann die schlimme Nachricht überbringen.

Kapitel 16

Theophanu stand in der Sonne und betrachtete Otto gespannt. Er hatte eben einen Brief aus der Heimat erhalten. Das Schreiben schien nicht nur gute Nachrichten zu enthalten, da sich seine Miene zusehends verfinsterte. Theophanu musste an sich halten, um seine Lektüre nicht zu unterbrechen. Endlich hob er den Kopf. »Die Fürsten wollen einen Hoftag. Was heißt wollen, sie fordern ihn geradezu.«

»Sie brauchen dich.«

»Sie brauchen mich? Ein halbes Jahr hat sich keiner an mich gewandt. Alles haben sie alleine entschieden und jetzt zitieren sie mich zu sich. Wenn einer einen Hoftag einberuft, dann bin ich das.«

Theophanu überlegte. »Nun, vielleicht haben sie gemerkt, dass sie eben doch auf dein Urteil angewiesen sind.«

»Ach was, sie wollen mir doch nur die Schuld geben. Mir vorhalten, was ich alles falsch gemacht hätte. Nicht mit mir.«

Theophanu pflückte gedankenlos eine Margerite aus dem runden Beet, das die Mitte des kleinen Gartens der Burg in Capua schmückte. »Nutze die Gelegenheit, um mit ihnen zu sprechen. Du kannst alle Vorbehalte ausräumen.«

»Aber sogar du hältst die Schlacht gegen die Araber immer noch für einen Fehler.«

Theophanu schwieg, und Otto fuhr fort. »Andere Frauen sind ihren Männern bedingungslos ergeben.«

»Andere Frauen sind auch nicht Kaiserin. Ich muss an unseren Sohn denken.«

»Und was, meinst du, mache ich? Ich sichere ihm das Reich.«

»Du wärst fast gestorben.« Theophanu wandte sich ab, damit Otto ihre Tränen nicht sah. »Weißt du, wie sehr ich um dich gebangt habe? Du hättest getötet werden können. Was wäre dann aus unserem Sohn geworden?«

Otto war einen Moment still, bevor er antwortete. »Du hast Recht. Wir sollten dafür sorgen, dass seine Zukunft klar geregelt ist.«

Theophanu sah ihn fragend an.

»Sie sollen ruhig alle kommen, die Herzöge, Erzbischöfe, Bischöfe und wer sich sonst noch einbildet, mir ins Handwerk pfuschen zu können. Ich werde jeden Einzelnen persönlich einladen.«

»Aber Otto, eben warst du noch empört und jetzt …«

»Sie werden Otto zum König wählen«, fiel Otto ihr ins Wort.

»Otto soll König werden? Er ist erst drei.«

»Es darf keinen Zweifel geben, wer mir nachfolgt. Umso eher das klar ist, desto besser.«

Theophanu nickte. Das war vernünftig. Auch Otto selber war als Kind gekrönt worden, und in ihrer Heimat hielt man es ebenso. »Ich glaube, das ist ein guter Entschluss.«

Otto lachte. »Und vor allem wird es sie davon ablenken, mir Vorhaltungen zu machen.«

Theophanu sah ihn ungläubig an. »Darum geht es dir?«

Sie war verunsichert, ob die Entscheidung wirklich so klug war, wenn es allein ein Ablenkungsmanöver für die Fürsten sein sollte. »Kannst du sie nicht anders dazu bringen, dir wieder zu folgen?«

»Es wird nicht einfach. Du weißt noch nicht alles.«

Otto sah seine Frau an. »Sie haben einen unglaublichen Vorschlag gemacht, wer Herzog Otto ersetzen soll. Man könnte auch sagen, sie wollen mich geradezu herausfordern.«

»An wen haben sie gedacht?«

Theophanu fragte es, obwohl sie bereits eine Ahnung hatte, von der sie inständig hoffte, dass sie sie trog.

»An Heinrich. Sie wollen, dass ich ihn begnadige und ihm Bayern zurückgebe.«

›Heinrich‹, der Name traf sie mit geballter Wucht. Er hätte längst wieder seine Freiheit verdient, das wusste sie auch. Doch sie hatte es vermieden, an ihn zu denken, wo immer es ging. Und es war ihr nicht leichtgefallen, hatte sie doch die Erinnerung an ihn ständig vor Augen. Sie hörte das Fußgetrappel, als der kleine Otto auf sie zulief.

»Mama!«, rief er lachend, und sie bückte sich, breitete die Arme aus und fing ihn auf.

»Papa!«, rief er, seine Arme jetzt nach Otto ausstreckend, der ihn von Theophanu entgegennahm und lachend in die Luft schleuderte.

Theophanu betrachtete die beiden. Otto war ein guter Vater. Vielleicht sollte sie ihm einfach mehr vertrauen. Er hatte eine hingebungsvolle Frau verdient. »Dann lass ihn zum König wählen. Tu alles, was du für richtig hältst. Alles, was eine Rückkehr Heinrichs verhindert.«

Gunda stutzte, so vorsichtig es ging, den Bart ihres Herrn. Schon, als sie seine Haare geschnitten hatte, musste sie höllisch aufpassen, um weder sich oder, noch viel schlimmer, den Herzog mit dem scharfen Messer zu verletzen. Er konnte einfach nicht stillhalten. Nichts erinnerte mehr an den leblos in der Ecke kauernden Mann, den sie anfangs hier im Verlies vorgefunden hatten. Nach einem Bad, das sie mit getrockneten Fichtennadeln zum Duften gebracht hatte, und mit seinen besten Kleidern angetan, wirkte er schon ganz wie der alte, energisch, kraftvoll und unbeherrscht. Jetzt fing er auch noch mit einer Hand zu gestikulieren an. Zum Glück hielt die andere seine Frau Gisela fest, um die Nägel zu feilen.

»Er kann gar nicht anders, als mir Bayern zurückzugeben«, sagte Heinrich.

»Auf jeden Fall wollen sich viele der anderen Fürsten für dich einsetzen«, erwiderte Gisela. »Sie haben es mir glaubhaft versichert.«

»Obendrein hat es Otto geschafft, in der Schlacht so viele Leute zu verlieren, dass er jetzt auf jeden Mann angewiesen ist.«

Gisela nickte. »Jede der einflussreichen Familien hat wenigstens einen Toten zu beklagen. Es ist furchtbar.«

»Wie man es nimmt.«

Heinrich warf den Kopf in den Nacken und lachte lauthals. Gunda zog es vor, seinen Bart nicht weiter zu stutzen. »Ich bin fertig, Herr.«

»Bring mir die Stiefel«, befahl Heinrich.

Gunda tat wie geheißen und machte sich daran, sie Heinrich anzuziehen, während er mit Gisela sprach. »Habe ich dir eigentlich schon gesagt, dass ich es wirklich sehr zu schätzen weiß, was du für mich tust?«

Gisela stieg die Röte ins Gesicht und sie wollte den Kopf senken, aber Heinrich fasste sie sanft am Kinn, sodass sie ihm geradewegs in die Augen sehen musste. »Nicht jede Frau ist ihrem Mann so treu ergeben.«

Heinrich sah in ihr liebes, leicht rundliches Gesicht. Er wollte sie auf den Mund küssen, doch plötzlich spürte er, wie sich seine gute Laune trübte. Er musste an die Frau denken, die es gewagt hatte, seine Gefühle zu missbrauchen. Er wandte sich von Gisela ab und riss den zweiten Stiefel an sich, den Gunda in den Händen hielt. Dann stand er auf. Jetzt erst bemerkte er, wie niedrig die Decke, wie klein und dunkel der Raum war.

In dem Moment tat sich die schwere Tür auf, und die Wachen ließen Hadwig ein. Heinrichs Schwester war, obwohl bereits Mitte vierzig, immer noch eine schöne Frau. Man sagte, dass sie nach dem Tod ihres Mannes nicht in Trauer versunken war, sondern mit dem gelehrten Mönch Ekkehard, den sie zu sich auf den Hohentwiel genommen hatte, nicht nur die Studien der klassischen lateinischen Werke teilte. Heinrich müsste als ihr Bruder eigentlich ein ernstes Wörtchen mit ihr reden, aber jetzt gab es Wichtigeres. Außerdem hatte sie noch nie auf ihn gehört.

»Sei gegrüßt, lieber Heinrich«, wandte sie sich an ihn.

Heinrich runzelte die Brauen ob der netten Worte, die er nicht oft von ihr zu hören bekam. Er wartete ungeduldig, bis sie auch Gisela begrüßt hatte. »Und? Wann kann ich abreisen?«

Hadwig antwortete nicht. Jetzt war Heinrich vollends beunruhigt. Er hatte noch nie erlebt, dass Hadwig etwas die Sprache verschlagen hatte. »Nun sprich endlich!«, drängte er.

»Gar nicht. Du kannst gar nicht abreisen«, offenbarte ihm Hadwig.

Gisela stieß einen kleinen Schrei aus und schlug sich mit der Hand vor den Mund, während Heinrich scheinbar ungerührt blieb. »Gar nicht? Was soll das heißen?«

»An den Fürsten lag es nicht. Sie haben sich wirklich bei Otto für dich eingesetzt.«

»Er hat sich geweigert?«

Hadwig nickte. »Otto hat das Lehen anderweitig vergeben.«

Fünf Jahre, fünf Jahre vegetierte er jetzt schon hier in seinem Verlies. Es musste doch ein Ende haben. Einmal hätte er freikommen können, aber das hatte sein Stolz nicht zugelassen.

Gisela trat zu ihm. Er sah, dass sie außer sich war, und nahm sie in den Arm. »Sei nicht zornig, das ist es nicht wert. Otto verhält sich wie ein bockiges Kind.«

Hadwig nickte. »Und er nimmt seine Pflichten nicht wahr. Sein Platz wäre hier. Stattdessen will er weiter im Süden bleiben.«

Heinrich sah sie erstaunt an. »Was? Er kommt nicht zurück?«

Hadwig nickte. »Der Hoftag findet in Verona statt, in der südlichsten Spitze des Reiches.«

»Aber das werden ihm die Fürsten nicht durchgehen lassen.«

»Ich fürchte doch.«

Heinrich ging zu ihr und packte Hadwig an den Schultern. »Was ist aus ihnen geworden? Ein Haufen jammernder Weibsstücke?«

»Ich will sie gar nicht verteidigen, aber Otto hat es einfach geschickt angestellt. Er will auf dem Hoftag seinen Sohn zum König wählen lassen.«

Heinrich riss die Augen auf. »Den kleinen Otto? Natürlich,

so kann er Glanz und Ruhm demonstrieren, wo eigentlich das Elend herrscht.« Er sah vor sich hin. »Aber vielleicht ist es wirklich das Beste.«

Hadwig sah, dass sich Heinrichs Miene plötzlich aufhellte. Sie wunderte sich. »Du willst das Beste für Otto?«

»Doch nicht für Otto! Für mich, Schwesterherz.«

Jetzt lächelte Heinrich sogar. Gunda hatte von dem ganzen Gespräch nicht viel verstanden. Sie hoffte nur, dass sein Lächeln ein Zeichen dafür war, dass er sich nicht wieder so vernachlässigte und sie nochmal einen halben Tag brauchen würde, um ihn wieder zu einem ansehnlichen Mann zu machen. Und der war er nun wirklich, das sah selbst sie, auch wenn sie sich auf sonst nichts verstand.

Theophanu betrachtete ihren Sohn, der mit seinen drei Jahren etwas verloren auf den Stufen zum Altar stand. Heute würde man ihn zum König wählen, während die Krönung an Weihnachten in Aachen stattfinden sollte. In einer langen Reihe warteten die Fürsten und die Kirchenoberen darauf, ihm den Treueeid zu schwören. Von den Bänken sahen alle, die Rang und Namen hatten, zu, wie einer nach dem anderen vor Otto trat, niederkniete und seine große Hand in die kleine Faust des Jungen legte. Am Anfang hatte Otto noch gedacht, sie wollten ihn mit sich führen, nach draußen, in den hellen Sonnenschein, und er schickte sich an, die Stufen hinabzusteigen. Theophanu hatte ihren Sohn wieder zurückgeführt und ihm genau gesagt, was er zu tun hatte. Von da an blieb Otto auf dem ihm zugewiesenen Platz stehen. Und doch ermüdete ihn das Zeremoniell.

Als Theophanu sah, dass ihrem Sohn fast schon die Augen zufielen, bückte sie sich zu ihm herunter. »Komm, mein Schatz, du musst noch ein bisschen durchhalten. Es dauert nicht mehr lange«, flüsterte sie ihm ins Ohr.

»Bekommt mein Pferd dann endlich seinen Überwurf wie ein richtiges Streitross?«

»Ja, Otto, nachher mache ich ihn dir fertig, ganz bestimmt.«

Theophanu hatte es ihm schon lange versprochen. Otto liebte

sein Holzpferd mit dem Schweif aus Stroh über alles. Als Theophanu nach Stoffen suchte, um Otto für den Tag der Wahl auszustaffieren, kramte er mit in den großen Kisten, die sie noch aus ihrer Heimat mitgebracht hatte. Ein verblichenes Stück Leinen, das mit den verschiedensten bunten Mustern bestickt war, hatte es ihm besonders angetan. Theophanu erkannte es als ihr eigenes »Werk«, eine ihrer ersten Übungen in der Kunst des Stickens. Ihr Sohn drapierte es um sein Spielzeug, das sich in seinen Augen sofort vom Lasttier in ein stolzes Turnierpferd verwandelte. Theophanu versprach ihm, den Überhang zurechtzuschneidern.

Aber bei diesem Versprechen war es auch geblieben, denn Theophanu hatten die Vorbereitungen für den Hoftag sehr in Anspruch genommen. In ganz Verona waren die Angereisten einquartiert und auch die Pfalz dicht vor der Stadt bei St. Zeno, dem größten und prächtigsten Kloster der Gegend, war voller Menschen.

Theophanu lächelte ihren Sohn an. »Sobald wir hier fertig sind, fange ich gleich an zu nähen.«

»Versprochen?«

»Versprochen.«

Theophanu schlug schnell in die kleine, ihr hingestreckte Hand ein, bevor sie der nächste der Fürsten für sich beanspruchte.

Otto hielt jetzt wirklich tapfer durch. Als der Letzte der Großen sein Schicksal in seine Hand gelegt hatte, ging Otto zusammen mit Theophanu zum Ausgang der Kirche. Dort wartete das Gefolge, eine unübersehbare Menge an Leuten, die die Köpfe reckten, um den Mitkönig zu sehen. Jubelrufe erschollen aus ihren Kehlen. Theophanu hatte Sorge, ob Otto sich erschrecken würde, aber er lachte sogar. Die lauten Stimmen gefielen ihm und er winkte mit beiden Händen, was die Menge zu immer neuem Jubel veranlasste. Theophanu spürte, dass Otto wirklich ein besonderes Kind war, und sie wollte alles tun, damit er seine große Aufgabe so gut wie möglich erfüllen konnte. Ihr Blick fiel auf ihren Gatten, der sich in den zehn Jahren seiner Herrschaft schon so vielen schweren Prüfungen hatte unterziehen müssen. Aber jetzt schien er es geschafft zu haben. Zum ersten Mal seit langer Zeit fühlte sie so etwas wie Ruhe und Frieden.

Die Jubelrufe begleiteten sie auf dem ganzen Umzug durch die Stadt, und auch den Weg zur Pfalz säumten noch viele Schaulustige. Rund um die Burg und auf dem Hof waren viele Zelte aufgestellt, deren bunte Wimpel im Wind wehten. Die Feierlichkeiten würden noch lange weitergehen, aber Theophanu hatte beschlossen, jetzt endlich ihr Versprechen wahr zu machen und den Überhang für Ottos Holzpferd zusammenzunähen. Für die kurze Zeit würde sie keiner vermissen, denn im Moment herrschte Durcheinander, da erst alle Gäste ihre Plätze für das anschließende Festmahl finden mussten. Mit Otto an der Hand eilte sie zum Palas der Burg hinüber, als Willigis, der mit der gesamten Hofkapelle angereist war, ihren Weg kreuzte. »Lasst Euch einen Platz in meiner Nähe geben. Ich werde gleich bei Euch sein«, rief sie ihm zu.

Willigis schüttelte den Kopf. »Verzeiht, aber ich kann wirklich nicht länger bleiben. Ihr wisst, dass in der Heimat nicht alles zum Besten steht. Nur schade, dass dann auch Otto seinen eigenen Festtag nicht bis zum Ende erleben wird.« Er bückte sich zu dem Jungen. »Aber ich verspreche dir, in Aachen wird alles noch viel, viel größer und prunkvoller. Wart's ab.«

Theophanu sah ihn fragend an. »Soll das heißen, Ihr wollt Otto schon mitnehmen? Die Krönung ist doch erst Weihnachten.«

»Erzbischof Warin erwartet ihn bereits in Köln.«

»Was soll Otto denn in Köln?«

Willigis sah sie erstaunt an. »Hat Euch der König nichts davon gesagt? Otto soll dem Erzbischof zur Erziehung übergeben werden.«

Theophanu stand da wie vom Blitz getroffen. Sie schüttelte den Kopf, während ihr Sohn an ihrem Arm zog. »Komm, Mama, du wolltest doch den Überhang nähen.«

»Gleich, Liebling«, beruhigte Theophanu ihn, während sie sich wieder an Willigis wandte. »Habe ich recht verstanden, dass mein Mann das bestimmt hat? Unser Sohn soll in den Norden?«

»Ja, das habe ich getan.« Ottos Stimme ließ Theophanu herumfahren.

»Wie konntest du dir nur so etwas ausdenken?«, fragte sie vorwurfsvoll.

»Es war nicht meine Idee. Die Fürsten wollten es.«

»Die Fürsten? Seid wann richtest du dich danach, was die Fürsten wollen? Du hast dich doch beschwert, dass sie versuchen, an deiner Stelle zu herrschen. Jetzt kannst du beweisen, wer das Sagen hat.«

»Sie haben sich bereit erklärt, ihn einstimmig zu wählen, hier in Verona. Ich kann ihnen nicht verdenken, wenn sie ihn nicht auch noch in Italien aufwachsen sehen wollen.«

»Na gut, dann gehe ich mit zurück. Dort werden wir ohnehin nötiger gebraucht.«

»Nein, wir bleiben noch, alle beide. Das Königshaus kann sich nicht in alle Winde zerstreuen.«

»Wir haben ihn noch nie alleine gelassen. Es ist zu gefährlich.«

»Er ist in guten Händen.«

»Bei Erzbischof Warin? Wir haben gar keine besonderen Beziehungen zu ihm.«

Otto zögerte. »Es war auch eine der Bedingungen. Hadwig hat darauf bestanden.«

»Hadwig?«

Theophanu kannte Heinrichs Schwester gut. Sie war zwar eine selbstbewusste Frau, aber solche Dinge würde sie nie tun, ohne sich mit ihrem Bruder abzusprechen. »Du meinst wohl, Heinrich wollte es. Was führt er bloß wieder im Schilde?«

»Du bist zu misstrauisch. Er ist im Verlies und kann keinem etwas zuleide tun, schon gar nicht unserem Sohn.«

Otto wollte dem Jungen über den Kopf streichen, aber der versteckte sich hinter den Beinen seiner Mutter. »Vielleicht ist es sogar ganz gut, wenn er mal von dir wegkommt«, fügte Otto an.

Willigis räusperte sich. »Entschuldigt, aber ich würde gerne bald aufbrechen, um die erste Herberge noch vor Einbruch der Dunkelheit zu erreichen.«

Theophanu sah, dass die Pferde bereits aus den Ställen geführt wurden. Und plötzlich war ihr klar, dass sie nichts mehr ändern konnte. Es war alles schon längst beschlossen. Willigis nahm den Jungen bei der Hand und wollte ihn mit sich führen. Aber der Kleine begann zu brüllen und sich zu wehren. »Nein, Mama! Ich geh nicht weg. Du hast mir was versprochen!«

Theophanu hätte ihn am liebsten in den Arm genommen, aber sie wusste, dass sie es dann nur noch schlimmer für ihn machte. Sie versuchte, ihre Tränen zurückzuhalten, und lächelte stattdessen. »Ist schon gut, Otto, du kannst ruhig mitgehen. Ihr macht eine lange Reise, über ganz hohe Berge, bis in den Himmel hinein.«

Aber Otto sträubte sich weiter. »Nein, ich will mein Pferd.«

Da hatte Theophanu eine Idee. »Na gut, mein Schatz. Du gehst jetzt mit Willigis und ich hole es und nähe ihm rasch den Überhang fertig. Und dann kannst du dein Pferd mitnehmen und mit ihm über die hohen Berge reiten.«

Der Kleine sah sie noch einen Moment zweifelnd an. »Versprochen?«

»Versprochen!«, lächelte Theophanu, während sie in die kleine Hand einschlug.

Ihr Sohn ließ sich jetzt bereitwillig von Willigis zu den Pferden führen.

Theophanu würdigte ihren Mann keines Blickes mehr, sondern raffte ihre Schleppe und eilte zum Palas.

Ihre Füße berührten kaum die Stufen, so schnell und leichtfüßig rannte sie in das Turmzimmer hinauf. Dort nahm sie mit zitternden Fingern den Stoff aus der Truhe und suchte nach einer Nadel. Als sie endlich eine passende gefunden hatte, gelang es ihr kaum, den Faden einzufädeln, obwohl sie sonst ein großes Geschick darin besaß. Endlich hatte sie es geschafft und nähte mit großen, unsauberen Stichen. Aber darauf kam es nicht an. Sie stach sich immer wieder in die Fingerkuppen, was den Stoff mit ihrem Blut beschmutzte, aber auch das war egal. Sie musste nur schnell sein. Endlich hatte sie den Stoff so weit zusammengefügt, dass sie ihn als Überhang über das Pferd legen konnte. Unruhig packte sie das Spielzeug mit ihren zerstochenen Händen und eilte noch schneller, als sie gekommen war, wieder nach unten.

Sie lief auf den Hof. Die grelle Sonne blendete sie und sie sehnte sich nach dem so viel milderen, wenn auch nicht so warmen Frühling im Norden. Doch auch, als sie ihre Augen mit der Hand beschirmte, konnte sie nichts sehen. An der Stelle, wo die Pferde gewartet hatten, war nur von Hufen aufgewirbelter Staub. Sie rannte zum Tor. In der Ferne konnte sie die Reiter noch ausmachen, auch wenn sie nicht wusste, welcher davon ihr Junge war. Aber sie konnte sich vorstellen, wie er auf dem Sattel zusammengesunken war und weinte, weil seine Mutter ihr Versprechen wieder nicht gehalten hatte. Otto war fort, und sie hatte ihn noch nicht einmal zum Abschied umarmt. Theophanu glitt das Holzpferd aus der Hand.

Die Kaiserin starrte auf die Reihe der kleinen Holzschiffchen, die ihr Mann eins nach dem anderen in die Wasserlache gleiten ließ. Am Nachmittag hatte ein kräftiges Gewitter die Luft gereinigt. Jetzt schien bereits wieder die Sonne und spiegelte den Himmel blau in den Pfützen. »Kannst du dir diese Schlacht nicht endlich aus dem Kopf schlagen?«

Theophanu hasste es, dass er an nichts anderes mehr dachte. Als Otto Adelheid zu seiner Statthalterin in Italien ernannte, hatte Theophanu sich gefreut. Nicht, dass sie sie dafür sonderlich geeignet hielt. Aber es schien ihr ein Zeichen, dass Otto nicht mehr lange in Italien bleiben wollte. Doch sie hatte sich getäuscht. Anstatt in Köln bei ihrem Sohn, weilten sie in Rom.

Otto starrte düster in die Pfütze. »Ich werde nicht aufgeben, bis ich die Sarazenen endgültig vertrieben habe. Das bin ich den vielen Toten schuldig.«

»Es werden nur noch mehr Menschen sterben.«

Otto schüttelte den Kopf. »Diesmal bin ich besser vorbereitet. Ich werde es wie der Perser Xerxes machen. Er hat es geschafft, sein Heer schnell und ohne Verluste über den Hellespont zu bringen. Über eine Schiffsbrücke.«

Otto ordnete die Schiffchen, die mittlerweile kreuz und quer schwammen, wieder hintereinander. »So werden wir nach Sizilien übersetzen.«

Er deutete auf die andere Seite der Pfütze. Theophanu konnte sich nicht beherrschen. »Und? Wo liegt dein Salamis?«

Jeder wusste, dass Xerxes nach seinem ersten Sieg eine vernichtende Niederlage in Salamis erlitten hatte. Otto blickte Theophanu verärgert an, als Mathilde auf sie zueilte. »Es gibt Nachrichten von zu Hause«, rief Ottos Schwester.

Ihrem Gesicht war anzusehen, dass es keine guten waren. »Bischof Dudo von Havelberg ist von den Slawen getötet worden.«

Otto sah sie verständnislos an. »Das kann nicht sein.«

»Und sie rissen seinen Vorgänger aus dem Grab und plünderten den Leichnam aus«, fuhr Mathilde fort.

Otto schüttelte den Kopf. Theophanu wandte sich an Mathilde. »Ja, aber stellt sich ihnen denn keiner entgegen?«

»Doch, die ersten Aufgebote sammeln sich. Es ging alles so schnell, die Feinde haben sie wie die Hirsche vor sich hergetrieben.«

Otto stand auf. Es fröstelte ihn trotz der Hitze. Wahrscheinlich war es die Nässe der Pfütze, die in seine Kleider gezogen war. »Das ist doch übertrieben. Gerade dort im Osten verstehen die Fürsten zu kämpfen.«

Theophanu sah ihn an. »Warum sollten sie übertreiben?«

Otto ging auf und ab. »Weil sie mich glauben machen wollen, dass sie alle ihre Leute brauchen.«

Otto fror immer noch, obwohl er sich bewegte. Jetzt mischte sich sogar die zurückhaltende Mathilde ein. »Aber sie können wirklich niemanden entbehren, wollen sie nicht das Werk deines Vaters preisgeben.«

Otto schauderte. Es war ein Schüttelfrost, der ihn in letzter Zeit des Öfteren plagte. Otto versuchte, sich zusammenzureißen. Er wurde noch empfindlich wie ein Weib, wenn er nicht bald die entscheidende Schlacht antreten konnte. »Auch die Sarazenen sind Ungläubige. Sie muss ich zuerst besiegen.«

Er drehte sich um und ging. Mathilde und Theophanu sahen sich ratlos an.

Der Arzt stand mit sorgenvoller Miene vor Ottos Bett, nachdem er ihn abgetastet hatte. »Ich glaube nicht, dass Ihr nach Sizilien gehen solltet.«

»Was maßt Ihr Euch an? Ihr redet wie meine Frau!«

Der Arzt drehte sich zu Theophanu, die etwas abseits stand. »Nun, dann ist Eure Frau vernünftig. Das Fieber ist zu hoch.«

»Ich muss einfach hier weg, weg aus Rom. Wenn Ihr meint, dass der Süden nicht gut ist, dann gehe ich eben in den Norden.«

Otto fröstelte erneut, als er sich das Bild des brennenden Magdeburg vorstellte. Jetzt standen die Slawen bereits vor der Stadt, aus der sein Vater das Rom des Nordens machen wollte. Was sollte das für ein Rom werden, die Kirchen niedergebrannt und von Heiden bevölkert! Vielleicht war es ein Wink Gottes. Wenn das südliche Klima ihn so schwächte, dann würde er eben erst mit den Feinden im Norden aufräumen. Der Arzt schüttelte den Kopf. »Der Norden kommt noch weniger in Frage. Die Reise ist weit, vor allem der Ritt über die Alpen ist zu anstrengend.«

Otto stützte sich auf. Sofort traten ihm die Schweißperlen auf die Stirn. »Ihr wollt doch nicht sagen, die Magenbeschwerden werden mich die nächste Zeit ans Bett fesseln?«

»Ihr habt nichts am Magen. Ich fürchte, es ist das Sumpffieber.«

Otto sah den Arzt einen Moment lang verdutzt an, dann lachte er ein wenig bellend. »Sumpffieber, ich?! Unsinn, es ist das, was jeder sich hier früher oder später einfängt. Ein Bauchgrummeln, nichts weiter.«

Der Arzt sah fragend zu Theophanu, die näher herantrat. »Aber Otto, du hast Fieber, du hast Schüttelfrost und du bist matt. Jeder kennt die Anzeichen.«

»Unsinn, es ist der Magen. Ich brauche etwas Reinigendes, was die Fäule aus meinem Körper treibt.«

Der Arzt sah ihn an. »Bei Magenbeschwerden gebe ich gerne Aloe, aber das wird Euch nichts nutzen.«

»Probieren geht über Studieren. Hättet Ihr nicht nur in Eure Bücher geguckt, sondern ein paar Erfahrungen gesammelt, wüsstet Ihr, dass ich Recht habe.«

Der Arzt blickte wieder zu Theophanu, die leicht nickte. »Na gut«, lenkte er ein. »Ich gebe Euch Aloe, getrocknet und zu Pulver zerrieben. Aber Ihr dürft nur genau die Menge nehmen, die ich Euch abwiege.«

»Und du musst dich ausruhen«, ließ Theophanu sich vernehmen. »Bis es dir besser geht.«

»Ihr Frauen seid doch schlau. Du glaubst immer noch, ich hätte Sumpffieber und willst mich ans Bett fesseln.« Otto legte sich erschöpft in die Kissen zurück. »Na schön. Ich tue alles, was ihr beide sagt. Ihr werdet sehen, die Aloe wird mir schnell helfen.«

Theophanu betrachtete Ottos bleiches und eingefallenes Gesicht mit den fiebrig glänzenden Augen. Sein Atem ging schwer. Der Arzt sah ihn an. »Ich glaube, wir können die Aloe absetzen. Sie hilft Euch nicht.«

Otto, der matt im Bett lag, sah in das Gesicht des Arztes. Es erschien ihm noch länger als sonst, mit scharf hervorstechender Nase und schmallippigem Mund. »Aufhören? Habt Ihr denn was Besseres?«

»Meine Möglichkeiten beim Sumpffieber sind leider begrenzt. Eine allgemeine Stärkung und Ruhe versprechen am ehesten Heilung.«

Ruhe? Warum klimperte er denn dann die ganze Zeit mit den Münzen in seinem Gürtel? Das war doch sein einziges Trachten, nicht, ihn gesund zu machen, sondern seinen Reichtum zu mehren. Wahrscheinlich war ihm das Aloepulver zu kostspielig. Er wollte sparen. Wenn er das bei jedem seiner Patienten tat, würde schon ein ordentliches Sümmlein zusammenkommen. Jetzt sah Otto den Geiz aus dem unnatürlich verformten Gesicht des Arztes geradezu herausspringen. Die Augen waren zu Schlitzen verengt und die Lippen zu einem Lächeln verzerrt, während der Quacksalber in Gedanken seinen Verdienst zusammenzählte. Schon griff er nach dem Schälchen mit Aloepulver, das auf einem Tisch bereit stand. Otto versuchte zu schreien, aber es kam nur ein Flüstern über seine Lippen: »Finger weg! Das bleibt hier!«

Der Arzt beugte sich über ihn. »Was habt Ihr gesagt?«

Jetzt tat er auch noch so, als ob er ihn nicht verstünde. »Das Pulver bleibt hier.«

Dem Arzt blieb nichts weiter übrig, als sich zurückzuziehen. Nur noch Theophanu war bei ihm. Sie setzte sich zu ihm ans Bett. Schaute nicht auch sie auffällig oft zu der kleinen Schale? Wollte sie am Ende den Rest noch verkaufen und das Geld ihrem Schatz zuschlagen? Wenn das sein Vater noch erleben würde! Wie großzügig hatten beide sie in der Heiratsurkunde bedacht und jetzt so was! Sie tupfte ihm die Stirn ab, aber Otto stieß ihre Hand weg. »Geh!«, herrschte er sie, so laut er konnte, an.

»Aber Otto, lass mich doch bleiben, damit ich wenigstens etwas für dich tun kann.«

Jetzt kam sie ihm auf die fürsorgliche Art, aber auch das durchschaute er sofort. »Ich brauche Ruhe. Schlafen, ich will nur schlafen«, erklärte er matt.

Sie strich ihm noch einmal über die Stirn, bevor auch sie endlich ging. Otto wartete, bis sie die Tür hinter sich zugezogen hatte. Dann erhob er sich. Er war doch schwächer, als er gedacht hatte. Nur mit Mühe kam er auf die Beine. Er stand etwas wackelig und stützte sich am Tisch ab, um das Schälchen zu packen. Otto sah sich um. Die Waage hatte dieser angebliche Arzt natürlich mitgenommen, sodass Otto die Menge des Aloepulvers nur abschätzen konnte. Er nahm mit zwei Fingern ein bisschen heraus und steckte es sich in den Mund. Nachdem er es heruntergeschluckt hatte, wollte er sich schon wieder zu seinem Bett hangeln, als er eine Idee hatte. Auch er konnte nicht feststellen, dass die Aloe geholfen hatte, da musste er dem Arzt Recht geben. Aber wahrscheinlich lag das daran, dass der Scharlatan von Anfang an mit der Medizin gegeizt hatte. Otto nahm eine größere Prise und schluckte auch die gierig hinunter. Er meinte fast zu spüren, wie es ihm besser ging. Die nächste Portion nahm er schon mit der hohlen Hand, bis er schließlich das Schälchen direkt ansetzte und alles in seinen Mund rieseln ließ. Den letzten Rest leckte er noch mit der Zunge aus. Zufrieden ging er dann mit zwei Schritten und fast ohne sich abzustützen zum Bett zurück. Es konnte nicht schaden, noch ein wenig zu ruhen. Denn er rechnete fest damit, spätestens morgen wieder gesund zu sein.

Theophanu kniete vor Ottos Bett und betete. Endlich hatten die Krämpfe nachgelassen. Die Kaiserin hatte den Arzt und Mathilde hinausgeschickt, um einen Moment mit ihrem Gatten allein zu sein. Keiner hatte sich erklären können, wieso Otto die ganze Menge an Aloe auf einmal genommen hatte. Schon ein Zehntel davon führte zu schweren Unterleibskrämpfen und Durchfall. Sie hatte immer wieder versucht, Otto zu trinken zu geben, doch konnte sie seinen Verfall, bei dem sie fast zusehen konnte, nicht mehr aufhalten. Die Haut war faltig und ausgetrocknet, das Gesicht wirkte fast wie eine Totenmaske. Und doch wollte Theophanu die Hoffnung nicht aufgeben. Otto war stark, das wusste sie. Unter normalen Umständen hätte er selbst so eine Vergiftung durchgestanden. Aber jetzt hatte er das Sumpffieber im Leib, diese tückische, unsichtbar aus dem Moder aufsteigende Krankheit, vor der selbst die beste Rüstung die Krieger aus dem Norden nicht schützte. Sie hoffte nur, dass Otto noch einmal die Augen öffnete. Er hatte es nicht verdient, ohne die Letzte Ölung von dieser Welt zu gehen.

Otto hatte große Rückschläge erleiden müssen. Die Schlacht gegen die Sarazenen, aber viel mehr noch der Einfall der Heiden in den Ostteil seines Reiches waren dazu angetan, Gott zu erzürnen. Aber er hatte auch viele Siege errungen. Theophanu verstand nicht, warum der Herr ihn schon so früh zu sich rief. Otto war doch erst 28 Jahre alt. Es gab für sie nur eine Erklärung: Sie war es, die Mitschuld trug. Die große Sünde, die sie begangen hatte, konnte sie nicht ungeschehen machen. Sie befleckte Ottos Kaisertum. Theophanu weinte, als Otto plötzlich die Augen aufschlug. Sie waren vollkommen klar, das Brennen des Fiebers war aus ihnen verschwunden. Theophanu schöpfte für einen Moment Hoffnung. Vielleicht war doch noch nicht alles zu Ende. Doch Otto belehrte sie eines Besseren. »Hol Johannes und die anderen. Es ist soweit.«

Theophanu tat stumm, wie ihr geheißen. Jeder Schritt fiel ihr schwer, doch schließlich schaffte sie es, vor die Tür zu gehen, wo der neue Papst und die Bischöfe schon warteten. Auch Mathilde trat an das Bett ihres Bruders. Theophanu blieb im Hintergrund, als Otto beichtete und die Letzte Ölung erhielt. Und sie wollte auch nicht hören, wie er seinen Besitz aufteilte: Ein Viertel für die Kirche, eins für die Armen, ein Teil für seine Ritter und den letzten für Mathilde, die für das Seelenheil der gesamten Familie sorgen würde. Aber dann winkte Otto sie nach vorne. »Komm, meine heißgeliebte Gemahlin Theophanu!«

Theophanu trat widerstrebend nach vorne. Otto ergriff ihre Hand und spürte den Widerstand. »Lass mich gehen, meine Liebste. Ich weiß, dass es sehr schwer für dich ist.«

Theophanu hatte ihn nie mit solcher Würde und Gelassenheit sprechen hören. All seine kindliche Ungeduld, sein leicht aufflammender Zorn waren abgelegt. Otto erschien ihr plötzlich erwachsen. Er war ein Mann, er war ihr Mann. Theophanu legte den Kopf auf seine Brust. Sie verstand nicht, dass sie den Verlockungen Heinrichs nachgegeben hatte, sie verstand noch nicht einmal, warum sie ihn jemals begehrte. Otto war es, den sie liebte.

Otto lächelte sie an, während er ihr über das Haar strich. »Glaub mir, auch mir fällt es schwer, dich zu verlassen. Aber ich habe einen ganz großen Trost.« Er blickte in ihre fragenden

Augen. »Ich weiß, dass für unseren Sohn gut gesorgt ist. Du wirst ihn zu einem großen Kaiser erziehen, genauso wie ich es getan hätte.«

Er lächelte kurz, bevor er fortfuhr. »Nein, du machst es sogar besser.«

Theophanu konnte sich nicht mehr zurückhalten. Sie warf sich über Otto und begann hemmungslos zu weinen. Sie hielt Otto in ihren Armen, als er starb, doch sie hatte das Gefühl, als sei er es, der sie stützte.

DRITTES BUCH

Kapitel 17

Theophanu saß ab, nachdem sie ihr Pferd bei den Ställen zum Stehen gebracht hatte. Mathilde tat es ihr nach. Sie wirkte erschöpft und Theophanu sah zum ersten Mal, dass die Haare, die unter dem durch den Ritt verrutschten Schleier hervorguckten, bereits grau waren. Mathilde hatte viel um Otto geweint.

Die beiden Frauen wurden von einem der Knechte empfangen, der sich beeilte zu erklären, dass man nicht so früh mit ihrer Ankunft gerechnet hatte. Die Kaiserin sei noch in der Kapelle wie jeden Mittag, seitdem die traurige Nachricht eingetroffen war.

Adelheid lag auf dem Marmorboden, die Arme zu beiden Seiten des Körpers ausgestreckt, die Wange auf dem Stein. Die Kühle wurde im Laufe der Zeit zur Kälte, und es war fast, als wenn sie ihre wild umherwirbelnden Gedanken betäubte. Heute jedoch wollte einfach keine Ruhe in ihrem Kopf einkehren. Wie immer hatte sie an die alten Zeiten gedacht, an ihren Sohn und wie stolz ihr Mann gewesen war, als er ihn nach der Geburt das erste Mal sah. Aber dann mischten sich andere Bilder in ihre Erinnerungen. Es hatte sie damals sehr verletzt, als sie entdeckte, dass er sie mit Branka hinterging. Trost fand sie nur in den Armen Heinrichs. Doch ihr Glück währte nur kurz, und sie selber hatte es zerstört. Adelheid spürte, wie ihr die Tränen über die Wangen liefen. Sie weinte um Heinrich. Was würde sie darum geben, wenn er sie nur noch einmal in die Arme nehmen könnte! Adelheid schmiegte sich an den harten Boden, als sie plötzlich Schritte hörte. Sie sah auf.

Theophanu und Mathilde standen vor ihr. »Liebste Mutter!«

Ihre Tochter streckte die Hand aus und half Adelheid, deren Gliedmaßen steif vor Kälte waren, aufzustehen. »Weine nicht, wir sind bei dir.«

Mathilde küsste die Mutter auf die Wangen, dann nahm Theophanu Adelheid in den Arm. »Lass uns den Kummer gemeinsam tragen.«

Adelheid entzog sich der Umarmung, die ihr unangenehm war. »Es stehen wichtige Entscheidungen an«, erwiderte sie brüsk.

Jetzt trat auch Theophanu einen Schritt zurück. »Es ist bereits alles geklärt.«

Adelheid sah sie überrascht an. »Wie meinst du das?«

»Ich führe die Regentschaft für Otto, bis er volljährig ist.«

»Du?«

»Natürlich, wer sonst?«

Adelheid sah Mathilde an. »Was hat Otto selbst dazu gesagt? Er muss sich auf dem Sterbebett doch geäußert haben.«

Mathilde schüttelte den Kopf. »Er hat alles geregelt, nur seine Nachfolge nicht.«

»Ihr beide wollt mir erzählen, er hat es vergessen?«

Theophanu sah sie ruhig an. »Natürlich nicht. Es gibt keine andere Möglichkeit als meine Regentschaft.«

»Ich bin auch Kaiserin.«

»Aber ich Ottos Mutter.«

»Mal sehen, ob die Fürsten das auch so sehen. Wer weiß, ob sie den Jungen überhaupt noch krönen, wenn sie erst vom Tod des Kaisers erfahren.«

»Das werden sie, dafür habe ich gesorgt.«

Adelheid sah Theophanu misstrauisch an. »Was hast du getan?«

»Nichts«, kam die prompte Antwort. »Ich habe nichts getan.«

»Mathilde, was soll das bedeuten? Erklär du es mir«, befahl Adelheid.

»Wir haben beschlossen, die Nachricht erst so spät loszuschicken, dass die Krönung auf jeden Fall schon stattgefunden hat, wenn die Fürsten von Ottos Tod erfahren.«

Adelheid sah sie fassungslos an. »Die Reiter sind noch gar nicht unterwegs?«

Mathilde schüttelte den Kopf. Adelheid ließ ihren Arm los und raffte ihre Schleppe zusammen. So schnell sie konnte lief sie nach draußen, nach ihren Dienern Ausschau haltend. »Schnell, ich brauche Pergament und Tinte! Und sattelt die besten Pferde!«

Der kleine Otto stand staunend im säulengeschmückten Vorhof der Pfalz. Wieder reihte sich eine lange Schlange ausgewachsener Männer vor ihm, um ihre Hände in die seinen zu legen und ihm die Treue zu schwören. Nur, dass es diesmal nicht in Verona geschah, sondern er sich in Aachen befand. Das war der Ort, wo schon dieser große Karl und auch sein Vater gekrönt worden waren. Willigis hatte ihm genau eingeschärft, was er tun und lassen sollte. Aber trotzdem fehlte Otto seine Mutter, die ihm in Verona die Zeit verkürzt hatte. Die Reihe der Edlen schien kein Ende nehmen zu wollen. Etwas gequält lächelte er den dicken Kirchenmann, der sich gerade über seine Hand beugte, an.

Theophanu ging unruhig im Palast in Pavia auf und ab. In Gedanken war sie bei ihrem kleinen Sohn. Sie wusste nicht, was mit ihm geschah, wenn die Reiter, die Adelheid losgeschickt hatte, tatsächlich noch vor oder während der Krönung eintrafen. Noch glaubten alle, einen Mitkönig zu krönen, dann aber würde klar werden, dass sie einen Dreijährigen als obersten Lehnsherrn und Richter auf den Thron hievten. Theophanu hatte noch versucht, Adelheid daran zu hindern, das Schreiben fertigzustellen. Sie war ihr in den Saal gefolgt und wollte ihr das Pergament entreißen. Adelheid wehrte sich, doch schließlich gelang es Theophanu. Triumphierend hielt sie den Brief hoch, während sich Adelheid scheinbar geschlagen zurückzog. Doch in Wirklichkeit hatte sie die Botschaft bereits in aller Schnelle auf Pergament geworfen und den zweiten Brief nur zur Ablenkung begonnen. Theophanu merkte es erst, als sie die Hufschläge hörte, die sich schnell vom Palast entfernten. Ohnmächtig vor Wut hatte sie Adelheid sofort zur Rede stellen wollen. Nur die besonnene Mathilde konnte verhindern, dass sie sich vollkommen vergaß. Seitdem ignorierte sie die alte Kaiserin vollkommen, was ihr noch nicht einmal besondere Mühe machte, da sie mit ihren Gedanken die ganze Zeit nur bei dem kleinen Otto war.

Nachdem die Fürsten ihren Treueeid nun auch noch einmal in Aachen geleistet hatten, schritt man zur eigentlichen Krönung. Der Zug wurde angeführt von zwei Geistlichen, von denen einer ein Kreuz und der andere ein prachtvolles Evangeliar trug. Überall roch es nach Weihrauch, was bei Otto immer leichte Übelkeit hervorrief. Willigis und dieser andere Erzbischof aus Ravenna holten ihn ein und schritten mit ihm zur Kapelle. Jeder von ihnen hatte seinen Krummstab in der Hand und Otto versuchte sie nachzuahmen, indem er so tat, als trüge er auch einen. Seine Miene war ebenso wichtig, während er im Gleichschritt zwischen ihnen herhüpfte. Als sie im Inneren des Oktogons angelangt waren, verlangte Willigis von ihm, dass er die Waffen ablegte, obwohl er noch gar keine trug. Otto legte also nur seinen Mantel ab. Jetzt warf sich Willigis, genauso wie der andere Bischof, auf den mit Teppichen ausgelegten Boden vor dem Altar, beide Arme so ausgestreckt, dass sie ein Kreuz bildeten. Otto sah sich etwas unsicher um, dann tat er es ihnen nach. So blieben sie liegen, bis die Litanei verklungen war. Dann standen die Bischöfe wieder auf. Nachdem sie Otto hochgezogen hatten, stellten sie ihm drei Fragen, von denen er nicht viel verstand, nur dass es was mit Kirche und Glauben zu tun hatte. Zum Glück fiel ihm wieder ein, dass er einfach nur ja sagen musste.

Adelheid betete fast den ganzen Tag und die halbe Nacht, seitdem sie die Reiter losgeschickt hatte. Sie bat Gott um Mithilfe, damit Theophanus Versäumnis wieder gutgemacht würde. Es ging um das Schicksal des ganzen Reiches. Und es ging um sie. Sollte Theophanu sich tatsächlich durchsetzen und für den unmündigen Otto regieren, so bedeutete das ihr Ende. Nur ihr Sohn hatte ihr wichtige Ämter anvertraut. Wenn es nach Theophanu ging, würde das ganz anders aussehen. Adelheid hatte nicht vor, es so weit kommen zu lassen. Sie war sich sicher, dass man eher ihr als der Griechin traute, zumal Heinrich ein gewichtiges Wort mitreden würde. Er war zwar noch in Haft, aber das würde ihn nicht abhalten, dazu war er viel zu sehr der Sohn seines Vaters. Adelheid lächelte. Ihr Geliebter konnte sie zwar nicht mehr in seine Arme nehmen, aber er half ihr auf seine Weise.

Der italienische Bischof legte Otto den viel zu großen Mantel um, dessen Saum über den Boden schleifte. Der Stoff fühlte sich schwer auf seinen mit geweihtem Öl gesalbten Schultern an. Willigis hielt das Schwert in der Hand und legte es vor Otto auf den Boden. Dann überreichte ihm der Italiener Zepter und Stab. Die Krone nahmen sie beide von dem mit Samt überzogenen Tablett, so, als ob sie sich nicht einigen konnten, wer sie ihm auf den Kopf setzte. Vielleicht war sie aber auch einfach sehr schwer. Otto wartete etwas ängstlich darauf, dass sie sich auf sein Haar herabsenkte. Zum Glück hatte man eigens eine etwas kleinere Krone für ihn angefertigt. Aber sie war genauso mit funkelnden Steinen und Gold verziert wie die große seines Vaters, sodass Otto sein Haupt stolz aufgerichtet hielt, als man ihn auf den Thron hob. Jubel und Glockengeläut setzten ein, das Reich hatte einen neuen König.

Keiner hörte das Nahen des Boten und auch, als er sich mühsam den Weg durch die Menge bahnte, schenkte ihm niemand Beachtung. Erst als er Willigis das gerollte Pergament übergab, wurde klar, dass es sich um eine wichtige Nachricht handeln musste. Willigis schwante nichts Gutes und als er den Inhalt gelesen hatte, war seine Miene von Trauer und Sorge zugleich erfüllt. Er gab Anweisung, das Kirchenläuten einzustellen, und dann hob er die Hand, bis alle ruhig waren. »Ich habe die traurige Mitteilung zu machen, dass unser aller geliebter Kaiser Otto am siebten Tage des Dezember in Rom verstorben ist. Lasset uns für ihn beten.«

Willigis fiel auf die Knie, und alle taten es ihm nach. Doch kaum einer konnte sich sammeln, zu groß war die Überraschung. Es wurde ohne Unterlass miteinander getuschelt. Als Willigis sich wieder erhob, stimmte einer ein Bibelwort an, in das die anderen einfielen: »Wehe dem Land, dessen König ein Kind ist, und dessen Fürsten in der Frühe tafeln.«

Willigis Gesicht wurde hart. Er ahnte, dass es nicht einfach werden würde, die Herrschaft des neuen Königs durchzusetzen. Die Fürsten würden eine Menge Schwierigkeiten machen. Und als er sich nach Otto umsah, konnte er sie fast verstehen. Der kleine Junge saß auf dem Thron, das Gesicht in die Hände gestützt, und weinte. Seine Krone saß ihm schief auf dem Kopf.

Heinrich stand bis zu den Knöcheln im frisch gefallenen Schnee. Er schwang die Axt hoch über seinen Kopf und ließ sie dann mit aller Kraft auf den Holzklotz niedersausen. Heinrich sammelte die Hälften befriedigt auf und legte sie auf den Stapel, der im Laufe des Vormittags fast auf Mannshöhe angewachsen war. Es machte ihm nichts aus, dass er vor Anstrengung schwitzte, im Gegenteil, er war froh darum. Und er fand, dafür, dass er das erste Mal in seinem Leben Holz hackte, machte er seine Sache ganz gut. Er ließ sich auch nicht dadurch beirren, dass der am Rande stehende Knecht bei jedem Schlag ängstlich die Augen schloss. Aber der verstand ohnehin nicht, warum ein edler Herr so etwas freiwillig machte.

Doch Heinrich hatte gemerkt, wie in der Haft seine Kräfte schwanden. Es ging so weit, dass seine Frau ihm die Stiefel schnüren musste. Aber anstatt aufzugeben, bot er den Wachen einen Tausch an. Sie ließen ihn jeden Tag in den Hof, und er mistete dort für sie den Stall aus, grub den Kräutergarten um oder hackte eben wie jetzt Holz. Heinrich holte erneut aus, als ihn ein schriller Schrei aufschreckte, sodass das Beil in der Luft schlingerte und nur knapp neben seinem Fuß einschlug.

»Wie könnt Ihr nur? Wer hat Euch das erlaubt?«, hörte er die jammernde Stimme des Bischofs Poppo, in dessen Gewahrsam er sich nun schon seit so vielen Jahren befand.

Als er sich umdrehte, sah er ihn zusammen mit Gisela und ihrer Magd den Hof betreten.

»Nicht auszudenken, was man mir vorwirft, wenn Euch etwas geschieht!« Der Bischof schlug voller Angst die Hände vor das Gesicht. »Nie mehr will ich einen Fürsten einkerkern müssen. Da hat man nichts als Scherereien.«

Heinrich sah ihn unfreundlich an. »Die Unannehmlichkeiten sind wohl eher auf meiner Seite.«

»Auf jeden Fall bin ich froh, dass das jetzt ein Ende hat. Ihr seid frei.«

Heinrich war überrascht. »Was habt Ihr gesagt?«

»Ihr seid frei. Ich würde mich freuen, wenn Ihr Utrecht so schnell wie möglich verlasst.«

Heinrich sah fragend zu seiner Frau, die nickte. »Es ist sein Ernst.« Sie machte eine Pause. »Otto ist tot.«

»Otto ist gestorben?«

Gisela nickte. »Ja, schon in den ersten Tagen des Dezember. Wir haben die Nachricht kurz nach der Krönung seines Sohnes erhalten.«

Der Bischof mischte sich wieder ein. »Und da Verträge nur unter Lebenden gelten, will ich es mit der Haft genauso halten. Otto hat das Urteil über Euch gesprochen, das mit seinem Tode ungültig wird.«

Heinrich richtete sich zu seiner vollen Größe auf. Das war ein großer Triumph für ihn. Doch plötzlich kam ihm ein Gedanke. »Oder habt Ihr vielleicht Anweisung aus dem Kaiserhaus, mich freizulassen? Hat vielleicht die Kaiserin selbst meine Haft aufgehoben?«

Heinrich blickte Poppo gespannt an. Er wollte immer noch keine Almosen, nicht von Theophanu.

»Nein, es ist ganz allein meine Entscheidung«, betonte Poppo.

Eigenartigerweise war das Heinrich jetzt auch nicht recht, aber der Bischof fuhr schon fort. »Seit der Nachricht herrscht

Unruhe im Land, und ich habe keine Lust zu warten, bis Eure Anhänger Euch gewaltsam befreien.«

Heinrich konnte Feigheit normalerweise nicht ausstehen, aber da sie so eindeutig zu seinem Vorteil war, beschloss er eine Ausnahme zu machen. »Ihr tut das Rechte, das steht außer Frage. Zumal das Reich dringend eine ordnende Hand braucht.«

Gisela sah ihn an. »Wie meinst du das, Heinrich?«

Manchmal verfluchte er die Begriffsstutzigkeit seiner Frau. »Ich bin der nächste Verwandte und damit der Vormund des kleinen Otto.«

Gisela schüttelte den Kopf. »Seine Mutter ist die nächste Verwandte. Ihr steht die Regentschaft bis zu seiner Volljährigkeit zu.«

»Sie ist eine Frau.«

»Vergiss nicht, dass auch deine Mutter damals für dich regierte.«

»Aber sie war keine Griechin.«

Heinrich lachte. Er hatte von Anfang an gewusst, dass es seine große Chance war, wenn der kleine Otto zurück in den Norden gebracht würde.

»Ich brauche ein Pferd«, befahl er Poppo. »Nein, zwei«, berichtigte er sich mit Blick auf Gunda. »Die da kommt mit.«

Gunda betrachtete den großen Mann misstrauisch. Sein Haar und sein Bart waren schon wieder gewachsen und auch seine Kleidung hatte unter dem Holzhacken und anderen Tätigkeiten offensichtlich gelitten. Ein Trost war es ihr nur, dass sie wohl nicht unter die Räuber fallen würden, da man Heinrich selbst für einen halten konnte.

Theophanu hielt am Turmfenster Ausschau. Sie hatte schon so lange nichts aus dem Norden gehört. Sie wusste noch nicht einmal, ob ihr kleiner Sohn zum König gekrönt worden war. Doch statt eines Boten tauchte nur Adelheid mit einer Gruppe von Reitern, allesamt Männer der Kirche, auf. Sie waren schon heute in der Früh aufgebrochen. Adelheid hatte sie eingeladen, um ihnen die Grundstücke zu zeigen, die sie als Schenkungen von ihr erhalten sollten. An den vielen Stunden, die sie unterwegs waren, konnte Theophanu sich ausrechnen, dass Adelheid das Reichsgut mal wieder hemmungslos verschleuderte. Adelheid hatte ihre Güter nurmehr zu verwalten, im besten Falle zu vermehren, aber keinesfalls einfach wegzugeben. So hielt es Theophanu wenigstens mit den ihr gehörenden, übrigens weit umfangreicheren Besitzungen.

Als die Äbte und Bischöfe sich mit ihren durchweg fetten Leibern beim Absteigen mühten, wollte Theophanu sich schon vom Fenster abwenden. Doch da bemerkte sie die kleine Staubwolke, die am Horizont aufwirbelte. Theophanu kniff die Augen zusammen. Otto hatte ihr bei diesen Gelegenheiten immer übers Gesicht gestrichen. Er mochte es nicht, wenn sie die Miene verzog. Keine Falte sollte die Gelegenheit nutzen und sich in ihre makellose Haut graben können. Jetzt war er tot, so früh gestorben, dass er gar keine Gelegenheit mehr hatte, seine Frau altern zu sehen.

Der Reiter kam mit großer Schnelligkeit näher. Theophanu lief zur Treppe. Auch Adelheid musste den Boten bemerkt haben, denn sie traf gleichzeitig mit ihr am Tor ein. »Du kannst dich ruhig wieder deinem hohen Besuch widmen«, schlug Theophanu mit einem verkniffenen Lächeln vor.

»Mach dir um mich keine Sorgen, meine liebe Theophanu«, erwiderte Adelheid, als auch schon der Reiter sein Pferd aus vollem Galopp heraus vor ihnen anhielt. »Ich habe ein Schreiben für die Kaiserin«, rief er, worauf beide Frauen wie aus einer Kehle »Für mich!« riefen und ihm ihre Hände entgegenstreckten.

Verwirrt sah er von der einen zur anderen, als Mathilde hinzukam und ihm aus der Verlegenheit half. »Gebt es mir!«, befahl sie.

Mathilde nahm es entgegen, brach das Siegel und entrollte das Pergament. Hastig überflog sie die Worte. »Lies laut«, forderte Theophanu.

Mathilde tat, wie ihr geheißen: »... konnte die Krönung am Weihnachtstage wie geplant und ohne Unterbrechungen stattfinden.«

Theophanu atmete auf, während sich Adelheids Miene verfinsterte.

»Erst danach traf die traurige Kunde vom Tod unseres über alles geliebten Kaisers ein.«

Theophanu hatte gesiegt, die Reiter waren zu spät gekommen. Mathilde fuhr fort. »Wie geplant, wurde Otto in die Obhut des Erzbischofes nach Köln gebracht. Euer Euch stets ergebener Willigis.«

Theophanu war sehr erleichtert, doch Mathilde war noch nicht zu Ende. »Er hat noch etwas angefügt, anscheinend sehr schnell dahingeschrieben, denn ich kann es kaum entziffern.« Sie betrachtete die Minuskeln genauer und las: »Leider muss ich Euch mitteilen, dass Heinrich aus seiner Haft entlassen wurde und nun Ansprüche auf die Vormundschaft über Otto erhebt. Er hat den neuen König in seine Obhut genommen.«

Theophanu sah Mathilde verwirrt an. »Mein Gott, Heinrich hat meinen Sohn entführt!«

»Entführt, entführt! Wer sagt denn so was? Da steht doch klar und deutlich, ›in seine Obhut genommen‹«, widersprach Adelheid, während sie Mathilde über die Schulter schaute.

Theophanu wusste nicht, wie Heinrich es angestellt hatte, doch egal, ob er gedroht oder geschmeichelt hatte, Erzbischof Warin hatte ihm Otto ausgeliefert. War ihr Sohn freiwillig mitgegangen? Vielleicht hatte er auch gekratzt oder gebissen und Heinrich sehr erzürnt. »Ich kann mir schon vorstellen, wie Heinrichs Obhut aussieht. Er hat Otto bestimmt in ein dunkles Verlies gesperrt, aus Rache für die letzten fünf Jahre. O Gott, mein Sohn!«

Theophanu ließ sich auf die Knie sinken. Mathilde beugte sich zu ihr und umarmte sie. Adelheid sah die beiden spöttisch lächelnd an. »Ganz im Gegenteil, Otto wird die Gelegenheit haben, einen Umritt durch das ganze Reich zu machen. Heinrich muss sich natürlich mit ihm sehen lassen, damit allen klar wird, dass er der rechtmäßige Vormund ist.«

Theophanu hob den Kopf. Das hörte sich vernünftig an. Trotzdem war es eine Entführung. »Er hätte das nie tun dürfen! Es ist eine Anmaßung.«

»Ach, dann erinnere dich doch bitte mal daran, dass du die Nachricht von Ottos Tod absichtlich verzögert hast. Wäre dein Sohn nicht gekrönt worden, hätte Heinrich nicht das geringste Interesse an ihm.«

Theophanu stand wieder auf. »Jetzt bin ich schuld?! Es hat gar keinen Sinn, mit dir zu reden. Ich werde sofort abreisen.«

Theophanu wandte sich zum Gehen, als Adelheid neben sie trat. »Ich auch.«

Die Jüngere blieb stehen. »Um Unfrieden zu schaffen?«

Adelheid lachte. »Das schaffst du schon alleine. Wenn du dort auftauchst, treibst du die Fürsten geradezu in Heinrichs Arme.«

»Warum sollte ich das?«, versetzte Theophanu kühl.

»Weil sie keine Lust haben, die nächsten zwölf Jahre von einer Frau, und noch dazu von einer Fremden, regiert zu werden.«

Theophanu sah sie nachdenklich an. Sie nickte. »Ich fürchte, du hast Recht. Ich werde nicht reisen.«

Sie sah Mathilde an. »Wir müssen alles tun, um weitere Aufregung zu verhindern.«

Adelheid wirkte zufrieden. »Du siehst also ein, dass Heinrich der bessere Vormund ist?«

Theophanu fuhr aus ihren Gedanken auf. »Was? Natürlich nicht. Ich werde es ihn nur nicht merken lassen. Noch nicht.«

Adelheid wandte sich zum Palast. »Ich für meinen Teil werde in den Norden aufbrechen.«

Theophanu schüttelte den Kopf. »Das wirst du nicht. Auch deine Anwesenheit wird Unfrieden stiften.«

»Du kannst es mir nicht verbieten.«

Theophanu schüttelte den Kopf. »Natürlich nicht. Aber an deiner Stelle würde ich deine Besitzungen nicht so lange alleine lassen.«

Adelheid runzelte die Brauen. »Was soll das heißen?«

»Ich könnte auch mal mit den Herren Bischöfen ausreiten. Ein bisschen Bewegung täte den meisten von ihnen ganz gut.« Sie machte eine Pause. »Nur werde ich ihnen zeigen, welchen Grundbesitz sie ganz bestimmt nicht geschenkt bekommen.«

»Aber ich habe es ihnen bereits versprochen!«, rief Adelheid.

»Wenn ich dich vertreten muss, kann ich nur das tun, was ich für richtig halte.«

Adelheid sah sie wütend an. »Das wagst du nicht!«

»Warte es ab«, erwiderte Theophanu ungerührt.

Die alte Kaiserin zögerte. »Na gut, ich bleibe.«

Dann wandte sie sich ab. Sie wollte um nichts in der Welt den Triumph auf Theophanus Gesicht sehen.

Theophanu saß an dem kleinen Schreibpult. Sie überlegte sorgfältig, bevor sie die Feder ansetzte. Doch in dem Moment hörte sie Schritte an der Tür. Ungehalten sah sie hoch in der Erwartung, dass es wieder Adelheid war, die um sie herum schlawenzelte. Seit dem Entschluss, hier zu bleiben, war die alte Kaiserin ängstlich bemüht, keine Nachrichten aus dem Norden zu verpassen. Aber diesmal war es Mathilde, die in der Tür stand. Theophanu war erleichtert. »Ach, du bist es. Komm herein.«

Mathilde folgte der Aufforderung. »Hast du etwas von Otto gehört?«

Theophanu schüttelte den Kopf. Sagen konnte sie nichts, da allein die Erwähnung des Namens ihr den Hals zuschnürte. Mathilde umarmte sie. »Mach dir nicht zuviel Sorgen. Was Mutter gesagt hat, ist richtig. Heinrich behandelt Otto bestimmt gut.«

Theophanu schwieg einen Moment, bevor sie es wagte, den Zweifel, der schon die ganze Zeit an ihr nagte, auszusprechen. »Aber Adelheid hat sich doch selber einmal in so einer Lage befunden. Vor vielen Jahren, als Willa sie zur Hochzeit mit ihrem Sohn zwingen wollte. Und sie ist eingesperrt und gequält worden.«

Prompt stand Adelheid im Raum. »Ach, das ist eine erstaunliche Neuerung. Du nimmst mal an meinem Schicksal teil?«

Sie blickte Theophanu an. »Aber du vergisst eins: Hier haben wir es mit Heinrich und nicht mit Willa zu tun. Er ist ein Ehrenmann, genau wie sein Vater.«

Theophanu war versucht, ihr Recht zu geben. Heinrich war kein schlechter Mensch. Er war ehrgeizig, aber nicht um jeden

Preis. Und er musste doch irgendwann merken, wen er da als Geisel genommen hatte. Es war schließlich sein eigen Fleisch und Blut. Theophanu fühlte, wie ihr die Röte ins Gesicht stieg. Sie stand auf und trat zum Fenster. Als sie sich etwas beruhigt hatte, drehte sie sich um. »Auf jeden Fall ist er nicht der Einzige, der eine nahe Verwandtschaft vorweisen kann. Lothar ist genauso ein Enkel Heinrichs und ein Neffe Ottos des Großen.«

Adelheid sah sie ungläubig an. »Lothar, der den ehernen Adler gen Osten gedreht hat, den willst du zum Vormund machen? Er würde doch nie die nötige Unterstützung bei unseren Fürsten bekommen.«

»Genau deshalb ist er der geeignete Kandidat«, entgegnete Theophanu. »Es kann doch nicht schaden, wenn Heinrich einen Konkurrenten hat, der uns darüber hinaus noch nicht einmal gefährlich werden kann, oder?«

Sie setzte sich wieder an ihr Schreibpult. »Ich werde ihn jedenfalls dazu ermuntern, seine Ansprüche anzumelden.«

Adelheid war überrascht. Solche Intrigen hätte sie Theophanu gar nicht zugetraut.

Dietrich ging mit großen Schritten auf und ab. »So, jetzt habe ich jedem, der es hören wollte, gesagt, wie Theophanu Otto nach der Schlacht empfangen hat. Beschimpft hat sie ihn, das Ganze wäre ein Fehler gewesen. Man hätte meinen können, Theophanu stände auf der Seite dieser Sarazenen.«

Heinrich sah, wie ihn ein missbilligender Blick aus Gundas kleinen, schwarzen Vogelaugen traf. Er hatte Giselas Magd zwar mitgenommen, damit sie sich um Otto kümmerte, aber langsam übertrieb sie es. Um des lieben Friedens willen, wies er Dietrich trotzdem in seine Schranken. »Sprich nicht so von Theophanu. Sie ist schließlich Ottos Mutter.«

Im Grunde fuhr er Dietrich sogar gerne über den Mund. Natürlich sollte der Bischof hier in Metz Stimmung gegen die Kaiserin machen, aber nicht auf diese Weise. Schließlich hatte Theophanu Recht, selbst wenn sie ihren Mann beschimpfte. Otto hatte sich mit dieser Schlacht übernommen. Heinrich seufzte. Theophanu war eine Frau mit Weitblick, intelligent, schön – aber sie war auch seine Feindin. Er nahm die Feder aus dem Tintenhorn und setzte sie auf dem Pergament an, das vor ihm lag. Dietrich stellte sich hinter ihn und stützte sich mit den Händen auf der Stuhllehne ab. »Seid Ihr Euch sicher, dass Ihr Euch da mit dem Richtigen verbündet? Ich meine, nicht, dass er dadurch erst auf die Idee kommt, auch Ansprüche anzumelden.«

Heinrich mochte es nicht, wenn man ihm so nahe rückte. Er setzte die Feder wieder ab und stand auf. »Natürlich kann Lothar genauso wie ich die Vormundschaft beanspruchen. Gerade deshalb werde ich ihm ein Treffen anbieten.«

»Um es ihm auszureden?«

Heinrich schüttelte den Kopf. »Das wird nicht nötig sein.«

Dietrich verstand nicht. »Warum dann? Meint Ihr, er lässt Euch von sich aus den Vortritt?«

»Nein, ein bisschen nachhelfen muss ich wohl schon.«

Damit setzte sich Heinrich erneut hin, um endlich den Brief zu schreiben. Er würde Dietrich nicht mehr verraten, und wenn er platzte vor Neugier. Es machte ihm sogar ein wenig Spaß, den Mann, der so schlecht über Theophanu redete, hinzuhalten. Er lächelte in sich hinein, als ihn wieder ein Blick aus den Vogelaugen traf. Doch diesmal sah ihn die Magd fast wohlwollend an, bevor sie das Fleisch, das sie vorgekaut hatte, in ihre Hand spuckte und es Otto in sein Mündchen stopfte.

Lothar ritt, seinen Sohn Ludwig neben sich, an der Spitze des kleinen Heeres, das er in aller Eile zusammengestellt hatte. Er war guter Laune und brauchte unterwegs kaum eine Rast, ganz im Gegensatz zu seinem Sohn, den bereits einige spitze Zungen mit dem Beinamen »der Faule« belegt hatten. Aber diesmal kannte Lothar kein Pardon, denn er wollte pünktlich sein. Die Chance, die sich ihm durch die beiden Briefe eröffnet hatte, wollte er sich keinesfalls entgehen lassen. In dem Schreiben der Kaiserin wurde er geradezu aufgefordert, die Vormundschaft für Otto zu übernehmen. Das würde ihm seinem Ziel, auch im Ostreich Einfluss zu haben, mit einem Schlage näher bringen, als er es jemals zu hoffen gewagt hatte. In dem anderen bot ihm Heinrich ein Treffen an. Der Mann, der selbst Anspruch auf die Vormundschaft erhob, wollte sich mit ihm verbünden. Er hatte ihm sogar eine Eroberung Lotharingiens angeboten, wo immer noch sein überheblicher Bruder Karl residierte. Das würde Lothar gerne annehmen, aber bei der Vormundschaft würde er nicht mit sich reden lassen. Dafür kam einzig und allein Lothar selber in Frage.

Sein Befehlshaber ritt an seiner Seite und deutete nach vorn. »Gleich müssen wir da sein. Dort ist der vereinbarte Treffpunkt.«

Lothar rückte seinen Helm gerade und setzte sich so aufrecht wie möglich. Heinrich sollte schon bei seinem Anblick erkennen, mit wem er es zu tun hatte. Da traf sein Blick seinen Sohn, der mit rundem Rücken und in sich zusammengesunken auf dem Pferderücken hockte. Lothar gab ihm einen kurzen Stoß mit dem stumpfen Ende seiner Lanze, gerade so fest, dass er nicht aus dem Sattel fiel, sich aber wieder ordentlich hielt. Sie ritten das letzte Stück im Galopp. Es tat Lothar fast Leid, dass er seinem Sohn nicht in Ruhe die liebliche Landschaft, die sich am Rhein entlang schlängelte, zeigen konnte. Über all das Land würde in Zukunft kein anderer als er selbst herrschen.

Sie hatten sich umsonst beeilt. Vor ihnen breitete sich eine große Ebene aus, aber weit und breit war kein Mensch zu sehen. Lothar wandte sich an seinen Befehlshaber. »Ihr müsst Euch vertan haben. Hier ist niemand.«

Der Mann war ratlos. »Am besten reiten wir noch etwas weiter. Früher oder später müssen wir auf sie stoßen.«

Das taten sie. Anfangs schöpfte Lothar noch bei jeder Biegung, bei jeder kleinen Baumgruppe Hoffnung, dass dahinter die Truppen Heinrichs auftauchen würden. Doch schließlich musste es Lothar einsehen. Heinrich hatte ihn genarrt. Ein Treffen war nie geplant. Alles was er wollte, war, ihn lächerlich zu machen und seine Kräfte zu verschwenden. Plötzlich wurde Lothar klar, warum Heinrich ausgerechnet Breisach am Rhein für das Treffen ausgesucht hatte. Es ging nicht darum, dass er

Lotharingien erobern konnte, sondern dass er zur Zielscheibe wurde. Die hiesigen Herrscher, allen voran sein Bruder Karl, würden es nicht gerne sehen, dass er hier auftauchte. Vorsichtig sah er sich um. Langsam erschien ihm die Landschaft fast zu lieblich.

Doch es erwischte ihn und seine Truppen erst, als sie sich schon auf dem Rückweg befanden. Das erste Mal wurden sie stutzig, als sie einen tiefen Graben überwinden mussten, der vorher noch nicht dagewesen war. Aber sie konnten nicht ausweichen, und so blieb ihnen nichts übrig, als ihre Pferde zu Fuß hinab und wieder herauf zu führen. Mittendrin kam der Angriff. Ein Pfeilhagel ging auf sie herab. Als er wieder vorbei war, zählten sie fünfzehn Tote, weniger, als Lothar gedacht hatte. Doch es sollte nicht der letzte Überfall auf sie sein. Die Feinde lauerten im Walddickicht und hinter Verschlägen. Es war immer nur eine geringe Anzahl von Kriegern, aber sie blieben meist versteckt und zogen sich schon wieder zurück, bevor Lothar und seine Männer ihrer habhaft werden konnten. Am Ende hatte Lothar eine stattliche Anzahl von Männern zu beklagen, während die Gegner wesentlich glimpflicher davonkamen.

Lothar hatte nur noch einen Gedanken: es Heinrich heimzuzahlen. Er würde sich mit den anderen Fürsten verbünden, auch wenn er dafür seine eigenen Ansprüche aufgeben musste. Mochte dieses Reich regieren, wer wollte, Hauptsache, er hieß nicht Heinrich.

Theophanu versuchte, ihre Gedanken zu sammeln. Doch es war ihr unmöglich, da sie ständig von dem Klang der Harfe gestört wurde. Adelheid spielte immer und immer wieder dasselbe Stück, schon den ganzen Vormittag, und sie machte jedesmal den gleichen Fehler. Theophanu hatte bereits die Tür ihres Gemachs geschlossen, doch drang die Melodie trotzdem noch zu ihr durch. Es war typisch, dass Adelheid sich amüsierte, während die Lage im Reich immer ernster wurde. Sie hatten Nachrichten bekommen, dass Heinrich plante, Ostern in Quedlinburg zu feiern, dem Ort, der dem König vorbehalten war. Sie stand in Kontakt mit

Willigis und er hatte sich ihrer Strategie angeschlossen, die Fürsten nicht zu reizen, sondern sich zurückzuhalten. Lieber wollten sie erst ausreichend Verbündete sammeln. Doch Theophanu fiel es zunehmend schwerer, hier herumzusitzen und abzuwarten. Vor allem, wenn sie sich vorstellte, dass Heinrich sich in der Quedlinburger Pfalz als König gebärden würde. Unruhig ging sie auf und ab, als sie ein besonders schiefer Ton auf der Harfe aus ihren Gedanken riss. Kurzentschlossen verließ sie ihr Gemach und stürzte in Richtung Saal, wo Adelheid vor dem wärmenden Feuer des Kamins saß und gerade mit ihrem Liedchen von vorne begann. Theophanu eilte zu ihr. »Kannst du nicht endlich aufhören? Wenn du schon nichts Nützliches tust, so doch wenigstens etwas, worunter nicht alle anderen leiden müssen.«

»Diese Melodie habe ich schon gespielt, bevor du überhaupt geboren wurdest«, gab Adelheid kalt zurück, dann wurde ihr Gesicht weich. »An Ottos Bettchen. Er hat jedesmal gelacht und gestrahlt, wenn er sie hörte.«

Theophanu war nicht beeindruckt. »Ich hoffe, du hast es damals besser gemacht.«

Adelheid lehnte das Instrument mit dem breiten Holzrahmen an den Stuhl. »Ich muss nur wieder ein bisschen in Übung kommen.«

»Für mich nicht.«

»Aber für meinen Enkel.« Adelheid seufzte. »Er macht schwere Zeiten durch.«

Theophanu ärgerte sich. »Wer sagt denn immer, Heinrich würde Otto bestimmt gut behandeln? Waren das alles nur Lügen?«

Adelheid schüttelte den Kopf. Sie glaubte wirklich, dass schon die Vernunft gebot, auf den kleinen König wie auf einen Schatz zu achten. Aber immer öfter musste sie an Heinrichs Vater, an ihren Heinrich zurückdenken: wie sehr er in Rage geraten konnte, wie leidenschaftlich und unbeherrscht er oft war. Ihre anfängliche Zuversicht hatte sich in Sorge verwandelt.

Theophanu bemerkte Adelheids Zögern. »Spiel, spiel weiter!«, herrschte sie die Ältere an.

Sie wollte nicht nachdenken, nicht jeden Moment um ihren Sohn fürchten. Adelheid setzte ihr Spiel fort, aber es lenkte sie nicht ab. Theophanu raufte sich die Haare.

Adelheid unterbrach ihr Spiel erneut. »Es hat doch keinen Sinn.« Sie sah die Jüngere an. »Lass uns in den Norden reisen, gleich morgen.«

Theophanu spürte das Kribbeln in sich, die Unruhe, und am liebsten hätte sie ›noch heute‹ angefügt. Doch sofort meldeten sich wieder die Zweifel in ihr. »Es ist zu gefährlich. Entweder wir verderben die bis jetzt errungenen Erfolge oder wir bezahlen mit dem Leben, wenn wir zwischen die Fronten geraten.«

»Wir müssen unser Kommen ja nicht groß ankündigen«, entgegnete Adelheid.

»Du meinst, wir sollen heimlich abreisen?«

Adelheid nickte. »Nur mit kleinem Gefolge. Je weniger Aufsehen, desto ungefährlicher wird es.«

»Aber alle Nachrichten, alle Briefe werden weiter hier eintreffen.«

»Bei Mathilde, ganz recht. Sie wird die Stellung halten, das brave Mädchen. Große Abenteuer sind ohnehin nichts für sie.«

Theophanu dachte noch einen Moment nach, doch sie wusste längst, dass sie es genauso tun würde. Sie gönnte es Adelheid nur nicht, sie so schnell überzeugt zu haben.

Siegbert ritt neben seinem Bruder Dieterik. Er wäre am liebsten wieder umgekehrt, aber Dieterik hatte sich wie immer durchgesetzt. Schon damals, als es darum ging, ob man den Aufrührer Heinrich unterstützen sollte oder nicht, traf Dieterik die Entscheidung. Sie hatten sich auf Heinrichs Seite geschlagen, allerdings nicht lange. Denn kaum, dass Heinrich sein Glück verließ, kehrte ihm auch Dieterik den Rücken, was er natürlich jetzt sehr bereute. Es machte keinen besonderen Eindruck, den wohl zukünftig stärksten Mann im Reich im Stich gelassen zu haben.

Jetzt war guter Rat teuer, und Dieterik hatte seinen Bruder aufgefordert, sich etwas einfallen zu lassen, um die Sache wieder gerade zu biegen.

Bald würden sie Heinrich begegnen müssen, da er auf dem Weg nach Corvey war. Schon sahen sie in der Ferne die Umrisse einiger Reiter. Dieterik wurde ganz aufgeregt. »Da sind sie! Was machen wir als Erstes?«

Siegbert blieb ruhig. »Absteigen und unsere Pferde in der Obhut der Knechte zurücklassen.«

Die Tiere waren viel zu edel. Sie würden das Bild der aufrichtig Büßenden nur vermasseln. Dann legte Siegbert sein kostbares Obergewand ab und ließ sich ein altes, abgetragenes reichen, das er stattdessen anzog. Dieterik tat es ihm nach, wenn er auch ›den Lumpen‹, wie er es nannte, nur mit spitzen Fingern anfasste. Als Letztes entledigten sie sich noch der Schuhe, bevor sie Heinrich barfuß entgegengingen.

Bald waren sie so nahe, dass er sie erkennen konnte. »Dieterik! Siegbert! Schau einer an, die beiden Brüder! Wie ist es Euch denn ergangen in all den Jahren, als ich in Haft war?«

Die beiden wussten nicht so recht, was sie sagen sollten, als Heinrich auch schon fortfuhr. »Gut seht ihr aus, richtig im Futter.«

›Die Asche!‹, fiel es Siegbert siedendheiß ein. Er hatte vergessen, ihre Gesichter mit Asche zu schwärzen.

»Wir kommen, um Euch ehrlich und aufrichtig um Verzeihung zu bitten«, begann Dieterik. »Wir haben einen Fehler begangen.«

»Einen Fehler, so, so. Und den soll ich Euch einfach so vergeben?«

»Wir bitten Euch inständig«, erwiderte Siegbert.

Er gab seinem Bruder einen Schubs und beide streckten sich lang auf dem Boden aus, das Gesicht im Staub, die Arme ausgestreckt und die Hände gefaltet.

»Gut macht ihr das. Ich würde nur dich, Dieterik, bitten, noch etwas zur Seite zu rücken«, erklärte Heinrich.

Dieterik rückte ein wenig nach links, doch Heinrich berichtigte ihn. »Nein, ich meinte zur anderen Seite.«

Dieterik rückte nach rechts.

»Noch ein Stückchen«, ließ Heinrich nicht locker.

Dieterik rutschte mit großer Überwindung in eine Pfütze, sein Gesicht kurz über der brachigen Lache. Heinrich nickte. »Ja, jetzt ist es gut.«

Die beiden Brüder hörten, wie Heinrich vom Pferd absprang und näher kam. Mit dem Fuß stieß er Dieteriks Gesicht noch etwas tiefer, sodass er nun endgültig mit der Nase im Schlamm lag.

»Sehr schön«, freute sich Heinrich, dann kratzte er sich am Kopf. »Nur eins habt ihr versäumt.«

Siegbert wagte es, ein wenig aufzusehen, und auch sein Bruder sah Heinrich verstohlen an. Der fuhr fort. »Ihr habt es versäumt, mich von Eurer Unterwerfung zu unterrichten.«

Siegbert hatte es gleich gewusst, dass es Heinrich nicht gefallen würde, wenn man ihn so überrumpelte. Aber Dieterik hatte darauf bestanden. Das hatten sie davon!

Heinrich saß wieder auf und ritt mit seinem Gefolge an den beiden im Dreck Liegenden vorbei. Der Schlamm spritzte auf ihre schäbigen Gewänder. Ein kleiner Junge lachte hell auf und klatschte in die Hände. Es war nicht schwer zu erraten, dass es der König war, der sich über sie amüsierte. Kaum waren die Reiter außer Hörweite, sprang Dieterik auf. »Sich vor diesem Mann auf den Boden zu werfen, wie konntest du nur so eine Idee haben?«

Er schüttelte ärgerlich den Kopf. »Und jetzt komm! Wir dürfen keine Zeit verlieren, allen von diesem ungeheuerlichen Vorfall zu berichten. Ein Mann, der keine Milde zeigen kann, ein Mann ohne *clementia*, darf kein König werden.«

Siegbert stöhnte innerlich auf. Selbst dieser Misserfolg brachte Dieterik nicht dazu, sich zu fügen.

»Ich glaube, wir haben bald die Oberhand. Die Anzahl seiner Gegner wächst ständig. Dieterik und Siegbert sammeln nach der Schmach, die Heinrich ihnen angetan hat, Gleichgesinnte um sich. Und Lothar hat er so verärgert, dass er sich sogar mit den Mächtigen in Lotharingien verbündet hat«, frohlockte Theophanu.

Sie war froh, dass die lange Zeit des Ausharrens in Pavia vorbei war. Es hatte sie niedergedrückt, immer nur auf Nachrichten zu warten. Hier in Tilleda mit der neuen, aus Holz erbauten Königshalle war sie wenigstens nahe am Geschehen und dennoch sicher. Diese Pfalz gehörte zu ihren persönlichen Besitzungen, und Heinrich würde es niemals wagen, auch nur einen Fuß hineinzusetzen. Ihre Magd hielt ihr ein Überkleid hin, und als Theophanu nickte, half sie ihr, es anzulegen. Adelheid wunderte sich, dass Theophanu eins ihrer besten Kleider ausgesucht hatte, denn die Osterfeierlichkeiten begannen erst morgen.

»Und am Palmsonntag in Magdeburg muss es Heinrich wohl ganz arg getrieben haben. Viele der Fürsten haben das Fest unter Protest verlassen«, erstattete Theophanu weiter Bericht.

»Dann haben sie ihn bestimmt bis aufs Blut gereizt«, erwiderte Adelheid.

Theophanu schüttelte den Kopf. »Sie wollten lediglich, bevor sie Heinrich ihre Unterstützung zusagten, die Einwilligung ihres Königs einholen.«

»Welchen Königs?«

»Na, Ottos natürlich.«

Adelheid sah sie verständnislos an. »Theophanu, wir haben Otto jetzt bald ein Jahr nicht mehr gesehen. Aber kannst du dir vorstellen, wie sie ihn mit seinen drei Jahren um Einwilligung bitten? Es ist noch nicht lange her, da musste ich ihn hochheben, weil er Angst vor einer Ratte hatte.«

Theophanu nahm von der Magd ihren Schleier entgegen und setzte ihn sich sorgfältig aufs Haar. »Otto ist gewählt und gekrönt, das ist es, was zählt.«

»Sag mal, wo willst du eigentlich hin?«, fragte Adelheid, als sie sah, dass Theophanu sich auch noch ein Wolltuch bringen ließ.

»Es wird Zeit, mich den Fürsten zu zeigen. Sie sind bereit dazu.«

»Ja, warum sagst du das nicht eher? Ich bin doch noch gar nicht fertig.«

»Ich gehe allein. Du weißt selber, dass viele von ihnen ein

Weiberregiment fürchten. Sie dürfen nicht den Eindruck bekommen, dass das Reich von zwei Frauen beherrscht werden soll.«

»Du traust dich nur nicht, mich mitzunehmen, weil du Angst hast. Angst, dass sie mich dir vorziehen könnten«, regte sich Adelheid auf.

»Mein Entschluss steht fest. Ich gehe alleine auf die Asselburg, wo Heinrichs Gegner sich formieren«, erklärte Theophanu bestimmt.

Sie nickte Adelheid kühl zu und verließ ihr Gemach. Adelheid setzte sich schwer aufs Bett. Theophanu hatte sie zum Abwarten verdammt. Aber vielleicht war es gut, wenn sie sich daran gewöhnte. So würde es ihr zukünftig immer gehen. Allenfalls in Italien hatte sie noch Einfluss. Adelheid musste daran denken, wie Theophanu mit gerademal dreizehn Jahren vor ihr gestanden hatte. Damals hätte sie nie gedacht, dass dieses Kind solche Macht erlangen würde. Doch es hätte sie warnen müssen, mit welchem Stolz sie sich ihr vorgestellt hatte. Adelheid fröstelte und wollte sich gerade die Decke um die Schultern legen, als ihr bewusst wurde, dass es Theophanus war.

Sie sprang auf. Vielleicht war doch noch nicht alles zu spät. Heinrich würde sie mit offenen Armen empfangen, wenn sie sich entschied, ihn zu unterstützen. Allerdings hatte sie nicht die geringste Lust, von ihm hinterher genauso zur Seite gedrängt zu werden wie von Theophanu. Zuzutrauen war es ihm, dass er nicht nur für Otto die Regentschaft ausüben, sondern alleine herrschen wollte. Dann würde Adelheid auch bei Heinrich keinen Platz mehr haben. Am besten, sie überzeugte sich selbst.

Sie klatschte in die Hände und wandte sich an die daraufhin erscheinende Magd. »Bring mir ein altes, abgetragenes Kleid.«

Die Magd sah sie verwundert an, wagte aber nicht nachzufragen. Kurz darauf kam sie mit einem einfachen, aber dennoch ansehnlichen Leinenkleid wieder. Adelheid warf es ärgerlich auf den Boden. »Ist das alt? Geh, hol ein anderes.«

Mit der zweiten Wahl war Adelheid zufrieden, der Stoff war

abgetragen und verblichen. Zusammen mit einem tief ins Gesicht gezogenen Schleier würde es seinen Dienst tun.

Heinrich blickte auf die in die Kirche strömenden Männer. Er konnte zufrieden sein. Im Grunde war es schon ein Erfolg, dass er hier in Quedlinburg Ostern feiern konnte, wie es vor ihm Otto der Große und Otto, sein Sohn, gemacht hatten. Keiner wagte es, ihn daran zu hindern. Und doch spürte er ein leichtes Missbehagen, denn ganz so viele wie noch vor einer Woche in Magdeburg waren es nicht mehr, die sich hier versammelten.

Langsam hatten alle ihre Plätze eingenommen. Es wurde ruhig. Und da setzten die Bischöfe, Äbte und Priester auch schon mit ihrem Gesang ein: *»Gloria noster. Christus vincit.«* Heinrich genoss jede einzelne Silbe des Herrscherlobes, das man nur für einen König sang. *»Fortitudo nostra. Christus vincit.«* Und als sie mit *»per infinita secula seculorum.* Amen.« verstummten, da passierte es fast von allein: Sie grüßten ihn laut als König. Natürlich hatten seine Freunde, allen voran Dietrich, der Bischof von Metz, Boleslaw und Mieszko die Rufe angestimmt, aber die anderen fielen ein.

Nach dem feierlichen Auszug aus der Kirche strebten alle der Pfalz zu, genauer dem großen Saal, in dem bereits aufgetischt war. Auch Heinrich verspürte Hunger, als ihm plötzlich jemand von hinten auf die Schulter hieb. Er drehte sich um und erkannte Mistvoj, den Abodritenfürsten, der sich jetzt auch zu seinen Anhängern zählte. Heinrich betrachtete den eher kleinen, stämmigen Mann mit Vorsicht, wusste er doch, dass er erst im letzten Jahr einen Feuersturm über Hamburg entfacht hatte.

»Gut, wie Ihr es diesem unverschämten Fürstenpack letzte Woche gegeben habt«, meinte Mistvoj wohlwollend.

Heinrich hatte das Gefühl, dass er für Mistvoj noch viel zu weich mit ihnen umgegangen war. »Es hat auf jeden Fall die Spreu vom Weizen getrennt.«

Mistvoj lachte. »Sehr gut, genau, die Spreu vom Weizen.« Er

überlegte, bevor er fortfuhr. »Findet Ihr nicht auch, dass der Weizen besser unter sich bleiben sollte?«

Heinrich sah ihn verständnislos an. Mistvoj versuchte es erneut: »Man darf das Saatgut nicht mit schlechtem verunreinigen, wenn man eine gute Ernte haben will.«

Er beugte sich vertrauensvoll näher zu Heinrich. »Ihr habt doch nicht nur den kleinen Otto, sondern auch seine Schwester Adelheid in Eurer Gewalt, nicht wahr?«

In dem Moment drängte sich eine alte Frau mit einem Tablett voller Nüsse an ihm vorbei und stieß ihn an. Ärgerlich drehte er sich um. »Pass auf, Alte!«

Heinrich schüttelte den Kopf. »›In meine Gewalt gebracht‹ ist der falsche Ausdruck. Sie sind in meiner Obhut.«

Mistvoj winkte ab. »Ich bin kein Mann des Wortes.« Er lächelte so verbindlich, wie er es vermochte. »Was hieltet Ihr davon, wenn die kleine Adelheid sich in meiner Obhut befände?«

»Wie meint Ihr das?«, fragte Heinrich misstrauisch.

»Ich suche eine Frau für meinen Sohn«, erklärte Mistvoj, während er einen etwas weiter weg stehenden jungen Mann heranwinkte. Heinrich sah ihn näherkommen. Mistvojs Sohn war schlank, das Gesicht fast schön. In seinen Augen lag eine gewisse Traurigkeit.

»Das ist Damosch, ein feiner Kerl«, pries Mistvoj seinen Sohn an.

Heinrich schüttelte den Kopf. »Es tut mir Leid, Adelheid ist für den geistlichen Stand bestimmt.«

»Macht nichts, manchmal habe ich das Gefühl, mein Sohn ist auch ein halber Mönch, so keusch und brav.«

Man sah ihm an, dass er das nicht unbedingt billigte. Aber Heinrich schüttelte erneut den Kopf. »Ich sagte Euch bereits, beide Kinder befinden sich nur unter meinem Schutz. Es steht mir nicht an, sie zu verheiraten.«

Mistvoj hieb ihm mit der Faust freundschaftlich in den Bauch. »Seit wann so bescheiden? Ich frage später nochmal nach. Wenn Ihr endgültig König seid.«

Mistvoj wandte sich lachend zum Gehen, wobei er wieder

über die Alte mit dem Tablett stolperte. Ärgerlich wandte er sich an Heinrich. »Vielleicht könnt Ihr Euch dann auch bessere Mägde leisten.«

Damit ging er. Auch Heinrich wollte sich abwenden, als die Frau ihn aufhielt. »Ich muss mit Euch sprechen.«

Heinrich sah sie verwundert an. »Du weißt wohl nicht, wer ich bin?«, herrschte er sie an.

»Dann erklärt es mir. Seid Ihr wirklich nur Ottos Vormund oder wollt Ihr doch die Krone für Euch selbst?«

Heinrich traute seinen Ohren nicht, doch dann sah er genauer hin. Er schob den Schleier der Alten ein wenig nach hinten und schrak zurück. »Adelheid! Was macht Ihr denn hier? Und vor allem in dieser Verkleidung?«

»Man weiß nie, wem man trauen kann.« Adelheid stellte das Tablett zur Seite. »Deswegen sagt mir, was führt Ihr im Schilde? Wieso habt Ihr auch noch Adelheid entführt?«

»Den Kindern wird nichts geschehen, glaubt es mir.«

»Aber warum sind sie dann nicht hier? Immerhin ist Otto der König.«

»Er ist ein Kind.«

»Nein, der Grund ist ein anderer. Ihr wollt nicht für ihn herrschen, sondern alleine. Darum die Gesänge und die Jubelrufe in der Kirche. Ihr wollt selber König sein.«

»Bravo, jetzt habt auch Ihr es verstanden«, erklärte Heinrich finster. »Jawohl, ich will König werden. Wenn mich schon jeder verdächtigt, es darauf abgesehen zu haben, dann kann ich es auch gleich tun.«

»Das könnt Ihr nicht. Oder Ihr müsstet Otto …« Adelheid unterbrach sich. Ihre Augen waren schreckgeweitet. »Wo ist er? Wo ist Otto? Und was ist mit meiner Enkelin?«

Heinrich kam näher. Er nahm sie beruhigend am Arm. »Es geht ihnen beiden gut, glaubt mir.«

Adelheid tat nichts weniger als das. »Ich will es wissen.«

Heinrich nickte. »Gut, dann lasst uns zu ihnen gehen.«

Er hielt ihren Arm noch immer fest und wollte sie wegführen, aber Adelheid riss sich los. »Oh nein!«, schrie sie heraus. »Nein, ich gehe nirgendwo hin. Das könnte Euch so passen. Nicht nur den König und seine Schwester, auch noch die alte Kaiserin als Geisel!«

Adelheid atmete heftig. »So werdet Ihr es nie schaffen! Königtum gründet nicht auf Gewalt, sondern auf Ansehen und Würde.«

Heinrich breitete seine Arme aus. »Schaut Euch um! Alle, die Ihr hier seht, unterstützen mich.«

Adelheids Blick fiel auf Mistvoj. »Weil sie auch halbe Halunken sind.«

Damit drehte sie ihm den Rücken zu. Sie spürte, wie Wut in ihr aufstieg, Wut auf diesen dreisten Mann, der sogar sie bedrohte. Warum wurde ausgerechnet sie immer von den Männern enttäuscht? In dem Moment wurde ihr klar, dass nur sie allein etwas daran ändern konnte. So schwer es ihr auch fiel, sie würde sich mit der Frau verbünden müssen, die sie bisher stets bekämpft hatte. Adelheid strebte zur Pforte des Saales. Es galt, keine Zeit mehr zu verlieren, wollte sie die Kinder nicht unnötig gefährden.

Gunda hatte in der Mitte der kleinen Hütte ein Feuer entzündet und hütete es, sorgsam darauf achtend, dass das Holz auch trocken genug war, um nicht zu qualmen. Sie fühlte jetzt noch den Hustenreiz in der Kehle, wenn sie an ihre Kindheit dachte. Ihr Vater hatte in seinem Rausch alles ins Feuer geworfen, was ihm gerade in die Hände kam. Oft genug war es ausgegangen, und sie hatte jämmerlich gefroren. Gunda spürte jetzt immer öfter ein schmerzhaftes Reißen in den Knochen, das bei Feuchtigkeit und Kälte schlimmer wurde.

Die Magd war erleichtert gewesen, als Heinrich anordnete, Otto und Adelheid nicht mit zum Hoftag zu nehmen. Diese Ansammlungen der Großen machten ihr immer ein wenig Angst. Aber als sie hörte, dass die Kinder zu der weit entfernten Burg eines von Heinrichs Getreuen gebracht werden sollten, gefiel ihr das auch nicht. Das war viel zu gefährlich, waren doch der König und seine Schwester eine fette Beute für Halunken und

Diebespack. Und selbst, wenn sie heil auf der Burg ankämen, wer konnte sicher sein, ob der Burgherr sie dann nicht als sein Unterpfand betrachtete. Gunda hatte eine andere Idee. Sie erzählte Heinrich von der kleinen, verlassenen Hütte, nicht weit von Quedlinburg, die sie auf der Reise gesehen hatte. Sie war nur auf sie aufmerksam geworden, weil sie sie an ihr früheres Zuhause erinnert hatte. Kein Mensch würde darauf kommen, dass sich hier der König samt seiner Schwester versteckte. Sie sah, dass Heinrich nachdachte und schließlich musste er eingestehen, dass ihr Vorschlag gar nicht so schlecht war. Er gab ihnen eine Hand voll Leute als Schutz mit, die sich rund um die Hütte versteckt hielten.

»Ich kann schon schreiben«, erklärte die kleine Adelheid und baute sich mit ihren sieben Jahren stolz vor Otto auf, der auf dem Boden saß.

»Na und? Ich bin der König«, gab der ungerührt zurück.

»Ein König, der nicht lesen und schreiben kann? Ich werde es dir beibringen.«

Bevor Gunda hinzuspringen konnte, hatte Adelheid sich schon zwei Hände kalte Asche von der Feuerstelle genommen und breitete sie auf dem Boden aus. Gunda ließ sie gewähren. Sollte sie sich doch schmutzig machen, Hauptsache, sie war fröhlich. Adelheid sah sich nach einem Stöckchen um und fand auch eins unter dem Feuerholz. Dann malte sie. »Schau, ich schreibe jetzt deinen Namen, aber nicht so, wie ihn jeder schreiben würde.«

»Warum nicht? Willst du ihn mir falsch beibringen?«, erkundigte sich Otto.

»Nein, du Dummerchen. Ich schreibe ihn so, wie schon dein Großvater Otto der Große seine Urkunden zu beglaubigen pflegte. An den Seiten zwei große T«, erläuterte sie, während sie schrieb. »Dann zwei kleinere, übereinanderliegende O's in der Mitte.«

Zufrieden betrachtete sie das bisher Geschriebene. »Und dann werden alle vier mit einem Kreuz verbunden. So.«

Gunda staunte. Sie konnte zwar nichts außer einem wunderschönen Muster erkennen, da sie nie Schreiben gelernt hatte, aber es gefiel ihr sehr. »Das hast du sehr gut gemacht, Adelheid.«

»Kann doch jeder«, ließ sich Otto vernehmen und nahm seiner Schwester das Stöckchen aus der Hand.

Dann malte auch er, zwar etwas unbeholfen, aber es war durchaus eine Ähnlichkeit zu erkennen. Gunda staunte und bekam richtig Respekt vor ihren beiden Schützlingen. Trotzdem schickte sie sie zeitig ins Bett, oder vielmehr auf das weiche Strohlager, das sie ihnen bereitet hatte. Sie mussten ausgeruht sein, denn keiner konnte sagen, was der nächste Tag bringen würde.

Als sie tief und fest schliefen, hockte Gunda sich vor die Asche und versuchte nun auch, den Namen nachzumalen. Doch ihre Finger wollten nicht so, wie sie wollte, und selbst beim wiederholten Versuch konnte sie nichts als ein paar hässliche Kritzeleien erkennen. Gunda seufzte. Sie war eben nicht als Königskind geboren.

Den ganzen Tag über waren die Männer eingetroffen, aus allen Richtungen des Reiches. Aus dem Osten Herzog Bernhard, Markgraf Thiedrich, die Grafen Ekkehard, Binizo, Esiko, Graf Bernward, Siegfried und sein Sohn, die Brüder Friedrich und Ziazo sowie Dieterik und Siegbert, Hoiko, Ekkehard, Bezecho und noch viele andere. Der Strom riss nicht ab, und im Hof der Asselburg drängten sich bald Menschen und Pferde. Knechte steckten Fackeln in den Boden, denn auch die Versammlung heute Abend würde hier stattfinden, da kein Saal in der Burg diese große Menge fassen konnte. Theophanu beobachtete den Einzug überwältigt. Sie alle hatten sich gegen Heinrich zusammengetan. Sicher, es waren nur wenige der Kirchenfürsten dabei. Die meisten hielten ihm wohl die Stange. Aber auch so konnte sie zufrieden sein. Ihr Plan war aufgegangen.

Dann ergriff Markgraf Thiedrich das Wort: »Ich glaube, wir sind uns alle darin einig, dass wir selber unseren König bereits gewählt haben, und das ist Otto.«

Theophanu, die auf einem breiten, mit Teppichen ausgelegten

Sessel Platz genommen hatte, beobachtete befriedigt, dass alle nickten. Thiedrich fuhr fort. »Trotzdem dürfen wir auch die Augen nicht vor den großen Herausforderungen verschließen, die sich gerade im Osten zeigen. Die Slawen, allen voran Mistvoj, sind über unser Land hergefallen und haben vieles verwüstet. Es gelang uns zwar, sie wieder hinter die Elbe zurückzudrängen, aber viele Gebiete im Osten sind verloren.«

Er machte eine Pause und sah allgemeines Nicken. Viele der Anwesenden hatten an den Kämpfen teilgenommen und mit eigenen Augen gesehen, wie die Kirchen verheert und Gräber geschändet worden waren. »Konnte unser erhabener Kaiser, der viel zu früh von uns genommen wurde, dies schon nicht verhindern, wie soll uns ein König schützen, der selbst noch des Schutzes bedarf?«

Theophanu horchte auf. Thiedrichs Worte behagten ihr gar nicht. Ihr fiel wieder ein, dass er verschlagen und wendig sein solle. Das bestätigte er auch prompt: »Wir brauchen einen starken Mann, der ihn führt.«

Er hatte das Wort »Mann« so eindringlich betont, dass jeder verstand, was er meinte. Einige verstohlene Blicke trafen sie. Theophanu war versucht, Thiedrich ins Wort zu fallen, aber dann zwang sie sich zur Besonnenheit. Sie wollte erst genau wissen, was er im Schilde führte, und ließ ihn fortfahren.

»Ich habe gegen Mistvoj und die anderen Gottlosen gekämpft und sie zurückgeschlagen, und ich werde nicht eher ruhen, bis auch die verloren gegangenen Gebiete wieder in unserer Hand sind. Und wenn ihr es wollt, nehme ich darüber hinaus auch noch die Verantwortung für das Reich auf meine Schultern.«

Theophanu hatte geahnt, dass er darauf hinauswollte. Natürlich, er selber bot sich als Vormund an. Doch das schien nicht nur ihr gegen den Strich zu gehen. Benizo meldete sich zu Wort. »Ihr wart es doch, der Mistvoj so sehr provoziert hat, dass er ungeniert losschlagen konnte. Mit Überheblichkeit und Anmaßung kann man keine Markgrafschaft und erst recht kein Reich regieren.«

Theophanu atmete auf. Benizo sprach ihr aus der Seele. Sie

lauschte aufmerksam, als er fortfuhr. »Ich hingegen bin stets für ein besonnenes Vorgehen und würde das auch gegenüber all unseren Vasallen an den Tag legen.«

Ein Raunen ging durch die Menge. Der nächste Anwärter auf die Regentschaft! Theophanu überlegte fieberhaft, ob es klug war, jetzt schon einzugreifen, oder ob sie die Fürsten sich gegeneinander ausspielen lassen sollte. Aber plötzlich erhob sich eine andere Stimme. Es war die einer Frau. »Schämen solltet Ihr Euch!«, klang es laut von hinten.

Die Menge der Anwesenden öffnete sich zu einer Gasse, durch die eine Frau mit einem zerschlissenen Kleid, aber eindeutig hoheitlicher Haltung schritt. Es war niemand anderes als Adelheid. »Schämen sollen sich alle, die sich solche Reden anhören, ohne empört einzugreifen. Ich bin froh, dass mein Sohn Otto das nicht mitansehen muss!«

Adelheid schritt weiter nach vorne. »Und was hätte erst der alte Kaiser dazu gesagt? Meint Ihr, mein Gatte hätte tatenlos zugesehen, wie Ihr sein Erbe mit Füßen tretet?«

Theophanu stellte fest, dass keiner Adelheid zu widersprechen wagte. Die alte Kaiserin besaß eine große Autorität. Noch nutzte Adelheid die zwar zu Theophanus Gunsten, doch es war nur eine Frage der Zeit, bis sie auch einen Machtkampf mit ihr beginnen würde. Die Jüngere beschloss ihr zuvorzukommen. Sie stand auf. »Ich muss Adelheid Recht geben.«

Sie sah der alten Kaiserin ins Gesicht. »Es gibt nur eine Lösung, die unser Reich retten kann. Nur eine Lösung, die gottgewollt ist.«

Die Stille war zum Zerreißen gespannt, als Adelheid wieder das Wort ergriff. »Nur unsere Kaiserin Theophanu kann die Vormundschaft für Otto übernehmen. Nur das hat unser verstorbener Kaiser gemeint, und nur das ist Gottes Wille.«

Theophanu konnte kaum glauben, was sie da hörte. Das hätte sie nie für möglich gehalten. Auch bei den Männern machte sich Verwunderung breit. So manch einer hatte sich schon darauf gefreut, wie die beiden Frauen übereinander herfallen würden, und sah sich nun um das Spektakel gebracht. Aber Adelheid sorgte mit einer Bewegung erneut für Ruhe. »Und damit es nicht noch einmal zu ... sagen wir mal ... anderen Auslegungen kommt, werden wir uns nun alle in einem Schwur vereinigen, einem Schwur gegen Heinrich und für Theophanu.«

Die anderen waren entweder überrumpelt oder gehorchten einfach, je nach Temperament. Auf jeden Fall fielen sie alle auf die Knie und hoben die rechte Hand zum Herz, als sie sprachen: »Wir schwören, unser Ansehen, unser Leben und unsere Ehre für König Otto und Kaiserin Theophanu einzusetzen.«

Ein jeder hatte den Blick dabei auf die junge Kaiserin gerichtet, aber die sah nur Adelheid an. Die alte Kaiserin lächelte Theophanu zu, und ihr Gesicht strahlte eine große Milde aus, wie man es noch nie zuvor an ihr gesehen hatte.

Kapitel 18

Theophanu und Adelheid ritten nebeneinander her. Sie wurden von den Truppen der neuen Verbündeten auf der Suche nach Otto und Adelheid begleitet. Adelheid wandte sich an Theophanu. »Es war ein Fehler, mich nicht zu den Kindern führen zu lassen.«

»Heinrich hätte dich auch als Geisel genommen.«

Adelheid zuckte mit den Achseln. »Na und? Dann wäre ich jetzt wenigstens bei ihnen.«

»Wer weiß, ob er dich überhaupt zu Otto und der kleinen Adelheid gebracht hätte. Vielleicht war das nur ein Vorwand.«

»Ich hätte das Risiko eingehen müssen.«

Theophanu schüttelte energisch den Kopf. »Nein, du hast genau richtig entschieden. Ohne dich hätte ich die Fürsten nie hinter mich gebracht.«

»Aber wir sind schon seit gestern unterwegs, ohne die kleinste Spur zu finden. Wer weiß, ob er sie nicht ganz woanders versteckt.«

Theophanu schüttelte den Kopf. »Nein, Heinrich hatte nicht genug Zeit und es ist ihm auch bestimmt zu unsicher, sie weit weg bringen zu lassen. Sie müssen hier irgendwo rund um Quedlinburg sein.«

Adelheid ließ ihren Blick über das Land schweifen. »Aber bald haben wir in jeder Burg nach ihnen gesucht.«

Theophanu sah sie an, die Augen plötzlich weit aufgerissen. »In jeder Burg, genau das ist der Fehler!«

Adelheid war erstaunt. »Aber wieso?«

»Weil er sie in einer einfachen Unterkunft versteckt. Einem Bauernhof vielleicht, oder gar in einer Hütte, wer weiß. Heinrich rechnet nicht damit, dass wir dort suchen.«

»Der König und seine Schwester in einer Hütte?«

Adelheid mochte es kaum glauben. Als sie jedoch am Nachmittag Spuren fanden, die vom Weg fortführten, folgten sie ihnen. Und dann sahen sie die alte Kate, die halb verborgen zwischen ein paar Bäumen stand. Theophanu lief zu der Hütte und riss die Tür auf. Doch ihre Enttäuschung war grenzenlos, als sie sie leer vorfand. Theophanu wandte sich verzweifelt zu Adelheid, die nun auch eintrat. »Ich war mir so sicher.«

Die Ältere sah sich um. »Da, die Feuerstelle, sie ist noch warm. Und hier liegen Brotkrümel.«

Theophanu wurde auf einmal ganz aufgeregt. »Ich hatte doch Recht.«

Adelheid zuckte mit den Schultern. »Vielleicht waren es auch andere Leute, die einfach für eine Nacht hier Unterschlupf gesucht haben.«

Theophanu schüttelte heftig den Kopf. »Nein, die Kinder haben hier übernachtet, ich fühle es.«

Sie bückte sich und betrachtete ein wenig Asche, die scheinbar grundlos auf dem Boden verteilt war.

»Vorsicht, dein Saum wird ganz dreckig«, warnte Adelheid, aber Theophanu hörte nicht auf sie.

»Schau, das hat meine Tochter geschrieben, da bin ich mir ganz sicher.«

Jetzt bückte sich auch Adelheid, ohne weiter auf den Schmutz zu achten. Sie sah das Monogramm von Ottos Namen kunstvoll in die Asche gemalt. Theophanu lächelte. »Jedes Mal, wenn ich sie besucht habe, hat sie es mir vorgeschrieben, am Anfang auf ein Wachstäfelchen, dann, als sie sicherer wurde, auf Pergament. Sie schreibt sehr gleichmäßig und trotzdem mit Schwung.«

Theophanu fuhr mit dem Finger die Buchstaben nach, als Adelheid nur ein wenig daneben das zweite Monogramm erblickte, nicht ganz so gleichmäßig, sondern ein bisschen krakeliger. »Dann muss das hier von Otto sein. Er hat versucht, es seiner Schwester gleichzutun.«

Theophanu betrachtete es aufgeregt. »Ja, du hast Recht!«

Adelheid lächelte. »Wenigstens haben die beiden sich gegenseitig als Trost.«

Theophanu nickte, als sie noch etwas entdeckte. »Schau hier, was Otto da gemalt hat!«

Sie deutete auf das obere der beiden übereinander liegenden O's, in das ein großes Auge gemalt war, das einen direkt anzusehen schien. »Er muss große Angst haben, wenn er so etwas malt. Das sieht fast aus wie ein Zyklop.«

Sie schlug die Hand vor den Mund. »Mein armer Junge, wenn ich ihn doch nur trösten könnte!«

Adelheid betrachtete das Auge näher und schüttelte dann den Kopf. »Das ist kein Zyklop. Es ist ein Hinweis.«

Theophanu betrachtete die Ältere erstaunt. »Ein Hinweis? Worauf?«

»Auf den Ort, zu dem sie gebracht worden sind. Auf die Burg Ala bei Goslar. Dort residiert Ekbert der Einäugige.«

»Ekbert?«

Theophanu sah sie an. Ekbert war zwar kein Zyklop, aber einer von Heinrichs treuesten Anhängern. Es würde nicht einfach werden, die Kinder dort herauszuholen.

Heinrich blickte sich zufrieden im Sattel um. Sein Heer war auf eine unüberschaubare Menge angewachsen. Die vielen hundert Männer wirkten fast wie der gewaltige Schatten eines Adlers, der das Land überzieht. Jetzt war er der Schwurgemeinschaft mindestens ebenbürtig. Trotzdem hatte er es noch nicht ganz verwunden, dass Theophanu die kleine Adelheid auf der Burg Ala gefunden und befreit hatte. Aber wenigstens war Otto ihnen entgangen, da Heinrich ihn mit sich führte.

Plötzlich hörte er Geschrei und Geschimpfe und als er sich erneut umwandte, war die Formation in Unordnung geraten. Im ersten Drittel des Zuges ging es nicht weiter. Unwillig ritt Heinrich auf das Knäuel von Pferden und Reitern zu. Als er näherkam, sah er, dass es Mistvoj und der kleine Otto waren, die um die Wette schrien. Der knapp Vierjährige ritt auf dem Pferd des Abodritenfürsten mit, jedenfalls sollte er das. Doch Otto versuchte augenscheinlich alles, um abzuspringen, während Mistvoj ihn oben halten wollte.

»Was ist denn da los?«, rief Heinrich im Heranreiten.

»Dieser Bursche will einfach nicht hören«, blaffte Mistvoj. »Ich habe ihm verboten, herunterzuspringen. Er kann sich verletzen.«

»Besser, als wenn Ihr ihm alle Rippen brecht«, mahnte Heinrich mit Blick auf Mistvojs festen Griff. »Lasst ihn los.«

»Bitte schön.«

Mistvoj löste seinen Griff so plötzlich, dass der Junge herunterpurzelte. Doch schnell war er wieder auf den Beinen. Heinrich saß nun ebenfalls ab und wandte sich dem Kind zu. »Und, was willst du nun? Bei mir aufsitzen?«

Otto schüttelte den Kopf.

»Was denn?«

»Ich muss das Pferd mitnehmen.«

Heinrich kratzte sich am Kopf. »Welches Pferd?«

Otto sprang mit ein paar Sätzen zu einer alten, ausgedorrten Baumwurzel, die zwischen zwei riesigen Eichen lag. »Na, das hier!«

Er klopfte der Wurzel auf den Teil, den der kleine Junge wohl als Hals betrachtete. Heinrich kniff die Augen zusammen. Tatsächlich, mit ein wenig Phantasie konnte auch er Ohren, Maul und Rumpf erkennen. Aber dann schüttelte er den Kopf. »Es ist viel zu groß.«

Otto setzte sich rittlings auf die Wurzel. »Nein, es ist genau richtig. Hüüh!«, befahl er der Wurzel.

Und schon wurde er in Bewegung gesetzt, aber anders, als er es erhofft hatte. Heinrich packte sich Otto und nahm ihn auf seinen Arm. »Du reitest mit mir und keine Widerrede.«

Es blieb ihm nichts anderes übrig, als sich von Heinrich auf dessen Pferd setzen zu lassen, bevor auch der sich hochschwang. Dann ritten sie weiter. Otto blickte noch einmal zu der Wurzel. Heinrich bemerkte es. »Du findest bestimmt ein neues Pferd.«

Otto nickte, doch er versuchte, sich die Gegend ganz genau einzuprägen. Und schließlich war er sicher, dass er die Stelle wiedererkennen würde.

Gegen Abend schlugen sie ihr Lager auf einer Lichtung auf. Während die Männer noch damit beschäftigt waren, die Zelte aufzustellen, brachte Gunda schon etwas Brot und Käse für Otto, was er hungrig verschlang. Danach gähnte er herzhaft. »Ich bin müde. Kann ich mich hinlegen?«

»Was? So früh? Normalerweise muss ich dich doch fast auf deinem Lager festbinden«, wunderte sich Gunda.

»Heute nicht. Mir ist kalt. Kannst du mir ein Fell bringen?«

Gunda fühlte ihm besorgt die Stirn. »Nicht, dass du mir noch krank wirst.«

Endlich erhob sie sich. »Warte, ich hole es dir.«

Kurz darauf kam sie mit einem dunklen Schaffell, das sie über Otto breitete, der sich schon hingelegt hatte. Diesmal ließ er sogar das Küsschen über sich ergehen, das sie ihm jeden Abend zu geben pflegte. Dann schloss er schnell die Augen.

Ab und zu blinzelte er, um zu sehen, ob es schon dunkel genug war. Als er die Augen wieder öffnete, war die Dämmerung weit fortgeschritten, gerade genug, um ihm Schutz zu bieten und ihn dennoch etwas vom Weg erkennen zu lassen. Er sah vorsichtig zu Gunda hinüber, die zu seinen Füßen zu liegen pflegte. Ihr Schnarchen ließ erkennen, dass sie bereits fest schlief.

Weiter vorne am Feuer erzählten sich die Männer, wie jede Nacht, Geschichten. Doch diesmal interessierten Otto ihre Abenteuer nicht. Diesmal würde er selber etwas erleben. Er nahm seinen Gurt und band sich das dunkle Fell über den Rücken. Falls jemand sein Verschwinden bemerkte und ihn verfolgte, würde man ihn für ein wildes Tier halten. Zufrieden mit seinen Vorbereitungen stapfte Otto los. Er hatte sich genau gemerkt, wo er lang gehen musste, um zu den beiden riesigen Eichen zu kommen, deren Kronen fast ein Tor bildeten. Direkt dahinter wartete dann das kleine Pferdchen auf ihn, um ihn auf seinem Rücken schnurstracks zu seiner Mutter zu tragen. Otto wurde jäh aus den Gedanken gerissen, als er über einen Stein stolperte. Er schlug sich das Knie auf, aber er verkniff es sich zu heulen. Es schmerzte, als er weiterhumpelte, aber Otto gab nicht auf. Doch durch sein kleines Missgeschick hatte er die Richtung verloren. Als er versuchte sich zu orientieren, hörte er ein Geräusch hinter sich.

Er spähte ins Gebüsch. Da bewegte sich tatsächlich etwas, etwas, das ganz ähnlich aussah wie er, nur viel größer. Er konnte dunkles zotteliges Fell erkennen. Gunda, schoss es ihm siedendheiß durch den Kopf. Das musste Gunda sein. Sie war ihm gefolgt, genau wie er mit einem Fell getarnt. So wollte sie sich unbemerkt an ihn heranschleichen, ihn packen und wieder ins Lager zurückbringen. Aber nicht mit ihm. »Du brauchst dich nicht zu verstecken. Ich habe dich längst erkannt.«

Doch es kam keine Antwort. Gunda versuchte also immer noch, ihn zu überraschen. »Gib auf! Du kriegst mich sowieso nicht.«

Jetzt hörte Otto auch noch ein eigenartiges Geräusch. Gunda versuchte wohl, das Brummen eines wilden Tiers nachzuahmen. Otto wurde ärgerlich. Er war der König, und es gefiel ihm gar nicht, wenn man ihm nicht gehorchte. »Gunda, hör auf!«

Drohend ging er auf das Gebüsch zu, als plötzlich etwas auf ihn zukam. Es hatte allerdings wenig Ähnlichkeit mit Gunda, auch wenn es sich jetzt auf zwei Beine erhob. Otto stand vor einem großen, braunen Bären. Regungslos harrte er aus, genau wie sein Gegenüber. Beide sahen sich an, wozu Otto allerdings den Kopf in den Nacken legen musste, denn der Bär überragte ihn bei Weitem. Da hörte er eine Stimme: »Otto, mein Junge! Bleib ganz ruhig!«

Das war jetzt tatsächlich Gundas Stimme. Otto rannte sofort auf sie zu. Der Bär setzte ihm nach. Aber Gunda erreichte Otto eher und gab ihm einen festen Stoß, sodass er in die Büsche fiel. Sie selbst rannte weiter, direkt auf den Bären zu. Im letzten Moment sprang sie zur Seite, sodass der Bär mit seinen großen Tatzen ins Leere hieb. Doch anstatt wegzulaufen, blieb sie hinter dem Tier und wartete, bis es sich umgedreht hatte, um dann wieder im letzten Moment dem Prankenhieb auszuweichen.

Schließlich lief sie auf einen Baum zu. Sie wunderte sich, dass es ihr trotz des Reißens in ihren Knochen gelang, sich an einem der unteren Äste hochzuziehen. Direkt unter sich hörte sie das Schnaufen des Bären, der nun auch den Baum erklomm und trotz seines behäbigen Äußeren um einiges flinker war als sie. Gunda hatte es nicht anders erwartet. Um ihm zu entkommen, tat sie genau das Falsche. »Lauf weg, Otto!«, rief sie ihm zu, solange ihr noch Zeit dazu blieb. »Schnell! Renn!«

Das Klettern verursachte ihr jetzt unglaubliche Schmerzen und sie hoffte fast, dass die Zähne und Tatzen des Bären ihrer Qual bald ein Ende bereiten würden. Aber noch durfte sie nicht aufgeben. Sie zog sich noch ein Stückchen höher. Jetzt hatte sie einen guten Blick nach unten. Zu ihrer großen Erleichterung sah sie, dass Heinrich bei Otto angekommen war und ihn auf den Arm nahm. Endlich gestattete es sich Gunda, einen Moment auszuruhen, als auch schon der mächtige Kopf des Bären zwischen den Blättern auftauchte.

Heinrich hielt Otto auf dem Arm und blickte zu dem Baum herüber, in dem man die Umrisse des Bären deutlich sehen konnte. Gundas zierliche Gestalt war fast von den Blättern verdeckt. Heinrich setzte Otto schnell auf dem Boden ab. »Rühr dich nicht von der Stelle!«, befahl er dem Jungen.

Dann eilte er zu dem Baum. Doch als er ankam, sah er die Magd bereits auf dem Boden liegen, den Bären über sich. Es gelang Heinrich, das Tier mit seiner Lanze zu vertreiben, doch für Gunda kam jede Hilfe zu spät.

Heinrich bückte sich zu ihr und schloss die kleinen Vogelaugen, die ihn so oft angestarrt hatten. Dann ging er zu Otto zurück. »Gunda ist tot«, sagt er, den Jungen auf den Arm nehmend.

»Nein!«, schrie Otto. »Warum hast du den Bären nicht getötet?«

»Es war zu spät.«

»Dann hättest du eben eher kommen müssen«, heulte Otto, Heinrich mit seinen Fäusten auf die Brust trommelnd.

Der packte Ottos Arme mit eisernem Griff und hielt sie fest. »Sei ruhig, du hast schon genug Unheil angerichtet!«

Otto sah ihn mit weit aufgerissenen Augen an und es tat Heinrich sofort Leid, das gesagt zu haben. »Wieso bist du bloß weggelaufen?«, fuhr er in sanfterem Ton fort und machte sich mit dem Kind auf dem Arm auf den Rückweg.

»Ich musste doch zu meinem Pferd!«, sagte Otto leise.

»Du meinst doch nicht etwa diese Wurzel? Junge, wir haben keine Zeit für solche Spielchen!«

»Aber wie soll ich denn sonst zu meiner Mutter kommen?«

»Du willst zu Theophanu?«, fragte Heinrich.

Otto nickte. »Ja, sie hat mir versprochen, einen Überhang für mein Pferd zu nähen und den habe ich bis heute nicht gekriegt.«

Heinrich lachte bitter auf. »Schlag es dir aus dem Kopf. Diese Frau verspricht auch anderen mehr, als sie halten kann.«

Er hatte es lange vermieden, an das eine Mal zu denken, als sie sich geliebt hatten. Nie zuvor war er mit einem Menschen so sehr verschmolzen, dass es kein »ich« und kein »du« mehr gab. Er hatte gedacht, danach würde nichts mehr so sein wie früher. Doch es hatte sich nichts geändert. Theophanu war wieder die Kaiserin, die keinerlei Rücksicht kannte, wenn es dem Reich diente. Aber diesmal würde er sich ihr in den Weg stellen. Es war ganz einfach. Er durfte sich nur nicht an den kurzen Moment des Glücks erinnern.

Heinrich blickte auf den kleinen Jungen in seinen Armen. Otto war bei ihm gut aufgehoben. Mindestens genauso gut wie bei Theophanu. Er strich ihm eine Strähne seines Haars aus der Stirn. »Weißt du was? Morgen, in aller Früh, schicke ich einen meiner Männer los und lasse ihn die Wurzel holen, äh, ich meine natürlich das Pferd.«

Er sah zufrieden, wie Otto strahlte. Heinrich hob mahnend seinen Finger. »Aber eins musst du mir versprechen: Du wirst nicht auf dem Pferd davonreiten, sondern bei mir bleiben.«

Der kleine Junge überlegte. »Und der Umhang?«

»Das kriegen wir auch noch hin«, erklärte Heinrich, um sich dann mit dem Jungen auf den Rückweg zu machen.

Adelheid sah ärgerlich zu der Burg hoch. Ihr tat seit dem Aufstehen der Rücken weh. Zwar nächtigte sie, zusammen mit der jungen Kaiserin, im größten der Zelte, aber es war eben nur eine behelfsmäßige Unterkunft. Theophanu hätte einfach nicht nachgeben dürfen. Heinrich und seine Anhänger waren zum gleichen Zeitpunkt hier in Bürstadt angekommen wie sie, und für Adelheid stand es außer Frage, wer das Recht hatte, die Königspfalz am Rande des Lorscher Waldes zu beziehen. Aber vollkommen unverständlicherweise ließ Theophanu ihrem Widersacher den Vortritt. Heinrichs Heer war groß, aber auch sie hatten mittlerweile eine stattliche Anzahl von Fürsten, Bischöfen und Grafen auf ihrer Seite versammelt.

Doch Theophanu meinte, es wäre falsch, ihn direkt zu Beginn der Verhandlungen vor den Kopf zu stoßen. Und jetzt hatte sie sogar Willigis an ihrer statt dorthin geschickt, nur um Heinrich nicht zu erzürnen. Der konnte das doch nur als Zeichen von Schwäche auslegen, was es in ihren Augen auch war. Sie konzentrierte sich wieder auf den Bericht, den Willigis Theophanu und ihr von dem ersten Verhandlungstag gab.

»Heinrichs Aufzählung der Schar seiner Anhänger hat im Grunde den ganzen Vormittag beansprucht. Am Nachmittag erörterte er seine Sicht der Königskrönung. Sie hätte unter falschen Voraussetzungen stattgefunden, da man Otto nur zum Mitkönig und nicht zum Alleinherrscher gewählt habe.«

Adelheid sah entrüstet, dass Theophanu zufrieden nickte, bevor sie Willigis die Hand auf die Schulter legte. »Ihr habt Eure Sache gut gemacht.«

»Gut gemacht?«, empörte sich Adelheid. »Was hat er denn getan, außer diesem Aufschneider Heinrich zuzuhören?«

Theophanu blickte sie gelassen an. »Genau das war seine Aufgabe. Heinrich soll sich so sehr in Sicherheit wiegen, dass er klipp und klar seine Absichten enthüllt. Er soll uns sein wahres Gesicht zeigen.«

»Aber nichts anderes hat er in Quedlinburg getan. Er hat mir gegenüber fast schon damit geprahlt, dass er nicht Vormund, sondern König werden will.«

Theophanu nickte. »Wir alle wissen es. Aber es ist etwas anderes, wenn er sich in den Verhandlungen unter Zeugen verrät.«

Sie wandte sich an Willigis. »Ihr fahrt morgen genauso fort, bis Heinrich in die Falle tappt.«

»Oder bis er auch unsere Verbündeten auf seine Seite zieht. Heinrich versteht es, die Leute für sich einzunehmen«, warf Adelheid ein.

Theophanu schwieg. Das wusste sie nur zu gut. Trotzdem gab es in ihren Augen keinen anderen Weg, als Heinrichs Pläne zu entlarven. Viele würde seine Skrupellosigkeit abschrecken und in ihre Arme treiben. Sie nickte Willigis zu. »Es bleibt dabei.«

Damit stand Theophanu auf, um zu Bett zu gehen. Adelheid blieb sitzen. Sie könnte es nicht ertragen, heute Nacht mit dieser Frau in einem Zelt zu schlafen. Ihre einzige Erklärung für Theophanus Verhalten war deren Angst um ihren Sohn. Sie selber sorgte sich ebenfalls sehr um den kleinen Otto. Aber deswegen durfte man doch nicht das Feld so vollkommen der Gegenseite überlassen. Sie für ihren Teil jedenfalls hatte sich das lange genug angesehen.

Die Verhandlungen auf der Burg waren bereits wieder in vollem Gange. Allerdings schien ›Verhandlungen‹ Adelheid der falsche Ausdruck dafür zu sein, dass Heinrich sich selbst in bestem Licht darstellen konnte.

Die Parteien saßen sich an der langen Tafel gegenüber. Adelheid war ohne Theophanus Wissen dazugestoßen. Willigis hatte es nicht gewagt, einen Einwand zu erheben. Schließlich war Adelheid immer noch Kaiserin.

Sie betrachtete Heinrich, der in einem fort redete. Er hatte immer schon ein selbstbewusstes Auftreten, aber heute stellte er es fast übertrieben zur Schau. Adelheid merkte, dass sie Heinrichs Monolog schon eine ganze Zeit nicht mehr folgte. Sie zwang sich, wieder hinzuhören.

»Nicht nur Mistvoj, der Abodritenfürst, Boleslaw, Herzog von Böhmen, und Mieszko von Polen, auch …«

Er war doch tatsächlich schon wieder dabei, seine Verbündeten aufzuzählen. »Ihr wiederholt Euch. Wir wissen bereits, wer sich alles erdreistet hat, gegen den König zu paktieren.«

Heinrich sah sie an. »Verzeiht, wenn ich Euch langweile. Aber ich habe einen wichtigen Grund für die Nennung jedes einzelnen Namens.«

»Den Ihr uns sicher nicht vorenthalten werdet«, erwiderte Adelheid.

Heinrich wandte sich an alle. »Allein die Anzahl der Leute, die mir die Treue geschworen haben, bezeugt, dass das Gottesheil auf unserer Seite steht. Ich bin auserkoren, den König so lange würdig zu vertreten, bis er selbst dazu in der Lage ist.«

»Ihr und würdig? Wie könnt Ihr dann so die Unwahrheit sprechen?«

»Überzeugt Euch selber, wer alles im Burghof gastet. Ihr werdet jeden, den ich genannt habe, finden.«

Adelheid winkte ab. »Das meine ich nicht. Ich spreche davon, dass Ihr Eure wahre Absicht nicht zugeben wollt. Dabei habt Ihr Euch längst verraten.«

Adelheid stand auf. Willigis mischte sich ein. »Der Tag ist noch lang, lasst uns nicht mit solchen Unstimmigkeiten beginnen …«

Doch Adelheid beachtete ihn gar nicht. »Ich kann es bezeugen, denn mir hat sich Heinrich offenbart: Er hat nichts anderes vor, als selber König zu werden.«

Ein Raunen ging durch die Anwesenden. »Alles andere ist nur vorgeschoben, um seine Anhängerschaft zu vergrößern«, fuhr Adelheid fort.

Jetzt stand auch Heinrich auf. Die Sonne schien hinter seinem Rücken durch die Fenster herein, sodass Adelheid nur seine Umrisse sah. Es war, als stände sein Vater, ihr Heinrich, der Mann, den sie so geliebt hatte, vor ihr. Adelheid spürte jäh die Trauer, das Gefühl des Verlassenseins. Alles hätte gut werden können, wenn Heinrich ihr damals keinen Grund zum Misstrauen gegeben hätte, wenn sie ihm rechtzeitig hätte glauben können, dass er sie wirklich liebte. Und jetzt war es sein ebenso ehrgeiziger Sohn, der dabei war, alle ins Unglück zu stürzen. Das musste ein Ende finden.

»Es schmerzt mich, diese Anschuldigungen gerade aus Eurem Munde zu hören«, behauptete Heinrich dreist. »Dabei geht es mir doch nur darum, die Regentschaft des kleinen Otto zu sichern.«

Adelheid wusste, dass er nicht aufgeben würde, jedenfalls nicht freiwillig. Er hatte das Erbe seines Vaters, die Krone um jeden Preis zu gewinnen, angetreten. Jetzt half nur noch eins: Sie musste seine stolze Gestalt beugen. »Wenn es so ist, wie Ihr sagt, so kann es doch jeder sehen, oder nicht?«

Heinrich zögerte kurz, bevor er nickte. »Natürlich, es ist kein Geheimnis.«

Adelheid sah ihn fest an. »Dann zeigt es allen. Ich fordere eine Unterwerfung.«

Wieder ging ein Raunen um. Die *Deditio*, der Fußfall als Akt der Erniedrigung, war wirklich das Äußerste, was jemand verlangen konnte. Heinrich schüttelte heftig den Kopf. »Ich soll mich Euch unterwerfen?«

»Nicht mir. Ihr sollt den Fußfall vor Theophanu, der Witwe meines lieben Sohnes, der Mutter des Königs und der rechtmäßigen Kaiserin machen.«

»Vor Theophanu?« Heinrich sah sie ungläubig an. »Wisst Ihr, was das bedeutet?«

Natürlich wusste Adelheid das. Wenn er sich so erniedrigte, würden die Fürsten nicht mehr ihm, sondern Theophanu folgen. Heinrich war ganz bleich geworden. »Nein, das könnt Ihr nicht verlangen. Nicht vor dieser Frau!«

Adelheid blieb ruhig. »Doch, genau das ist meine Bedingung.«

Heinrich warf seinen Kopf stolz zurück. »Dann kann ich nur noch eins tun.«

Er blickte in die Runde. »Ich erkläre die Verhandlungen für beendet.«

Heinrich wandte sich zur Tür und mit ihm verließ die ausgewählte Schar seiner Anhänger den Saal.

»Wie konntest du das tun?«, schrie Theophanu. »Ich habe nie eine Unterwerfung gefordert.«

»Das war dein Fehler.«

Theophanu ging vor dem Zelt auf und ab. »Ich hatte einen Plan.«

Adelheid winkte ab. »Heinrich hätte nie sein wahres Gesicht gezeigt. Schleichend hätte er seine Herrschaft durchgesetzt, Otto immer mehr in den Hintergrund gedrängt. Und irgendwann hätte er auf dem Thron gesessen, und wenn nicht er, dann sein eigener Sohn.«

»Wenn du so genau weißt, wozu er fähig ist, wie kannst du ihn dann so in die Enge treiben?«

»Ich wollte seinen Willen brechen.«

»Das hast du aber nicht geschafft. Stattdessen hat er sich zurückgezogen wie ein verwundetes Tier.«

»Das wir nur noch einkreisen müssen.«

»Du hast Otto vergessen. Er hat meinen Sohn. Wer weiß, was er ihm jetzt antut!«

»Er wird ihn früher oder später herausgeben, wart's ab!«

Theophanu hob den Kopf. »Ich habe lange genug gewartet.«

Adelheid runzelte die Stirn. »Was meinst du damit?«

Theophanu blickte zur Burg. »Ich werde ihn holen.«

Adelheid war fassungslos. »Du willst in die Burg?«

Die Jüngere nickte.

»Das schaffst du nie.«

Aber Theophanu ließ sich nicht beirren. »Nur ich kann es tun.«

»Theophanu, das ist unmöglich.«

»Du warst oben, du weißt, wie es dort aussieht. Hilf mir, ein Schlupfloch zu finden.«

»Das werde ich nicht tun. Am Ende ist es meine Schuld, wenn er dich auch noch als Geisel nimmt«, weigerte sich Adelheid.

»Vertraue mir, bitte. Nur dieses eine Mal.«

Adelheid rang mit sich. Theophanus Entschlossenheit beeindruckte sie. Sie hatte einen starken Willen. Vielleicht wurde sie wirklich mit Heinrich fertig.

Im Nachhinein wunderte sich Adelheid, dass sie ihrer Schwiegertochter tatsächlich dabei geholfen hatte, im Schutze der Dunkelheit das Zeltlager ungesehen zu verlassen und bis zur Burg zu gelangen. Sie führte Theophanu um die Mauer bis zu dem Teil, hinter dem die Ställe lagen. Da war ihr ein kleines Tor aufgefallen, das dazu diente die Tiere herauszulassen. Es war zwar verschlossen, aber nicht so hoch, dass es Theophanu mit Adelheids Hilfe nicht überwinden konnte. Als die junge Frau im Burghof stand, blickte sie noch einmal zu Adelheid zurück. »Wünsch mir Glück.«

Das tat sie, doch je länger Adelheid dort vor dem Törchen ausharrte, um auf Theophanus Rückkehr zu warten, umso klarer wurde ihr, auf was sie sich eingelassen hatte. Das Glück war ein flüchtiger Geselle, der sich umso weniger sehen ließ, je mehr man auf ihn hoffte.

Heinrich fuhr immer wieder mit dem Messer über das Holz, um die Oberfläche zu glätten. Als er bei einem der Astlöcher angelangt war, hörte er kurz auf und hielt die Wurzel etwas von sich weg, sodass er sie besser betrachten konnte. Er kam zu dem Schluss, dass er das Astloch unbearbeitet lassen wollte. Es gab ein gutes Auge ab. Heinrich setzte das Messer unterhalb des Astloches an und ertappte sich dabei, dass er das morsche Holz zu feste traktierte. Adelheid war zu weit gegangen. Er unterwarf sich nicht auf Anordnung, und schon gar nicht vor Theophanu. Heinrich hielt inne. Andererseits musste er eingestehen, dass er sich mehr aufregte als nötig. Adelheid hätte das vielleicht nie verlangt, hätte er nicht so dreist gelogen. Er hatte ihr tatsächlich ins Gesicht gesagt, dass er König werden wolle, und jetzt leugnete er es. Er selber hätte wahrscheinlich noch sehr viel heftiger darauf reagiert, als sie es tat. Adelheid hatte ihn immer gemocht, dass wusste er, und wenn sie jetzt von ihm abrückte, war er daran nicht ganz unschuldig.

Er strich mit der Hand über das Holz. Es fühlte sich schon glatt an. Otto war ein erstaunlicher Junge. Er hatte die Fähigkeit, sich in die Gegebenheiten zu fügen und trotzdem nicht seinen Willen zu verlieren. Mit den Füßen auf dem Boden und mit dem Kopf in den Sternen würde er ein außerordentlicher Mann werden. Heinrich selber war von seiner Mutter immer gerügt worden, zu hoch hinaus zu wollen und dabei den sicheren Stand zu verlieren. Auch jetzt wollte er gleich den Thron. Dabei hatte er sich in letzter Zeit öfter bei dem Gedanken ertappt, wie es wäre, wirklich nur Vormund für den kleinen Otto zu sein. Er könnte ihm viel von seinen Erfahrungen weitergeben.

Heinrich war in seine Gedanken vertieft, als er leichte Schritte hörte. Er wunderte sich, wer das sein könnte. Seine Wachen stampften laut und feste durch den Gang. Vielleicht wollte Otto überprüfen, wie weit sein Pferd gediehen war. Aber er sollte es erst sehen, wenn es fertig war. Heinrich versteckte es hinter seinem Rücken und lächelte bei dem Gedanken daran, wie sehr der Junge sich freuen würde. Da sah er sie. Die Kaiserin leibhaftig stand plötzlich in seinem Gemach. »Theophanu!«, entfuhr es Heinrich.

Sie legte ihren Finger auf die Lippen. »Pscht! Ich möchte nur mit Euch sprechen.«

Heinrich ließ die Wurzel und das Messer auf den Boden fallen und erhob sich. »Mit mir sprechen? Oder vielmehr mich festnehmen? Wo bleibt Eure Garde?«

»Ich bin allein.«

Heinrich sah sie ungläubig an, aber Theophanu fuhr fort. »Es war falsch, die anderen bei den Verhandlungen vorzuschicken.«

»Das hättet Ihr Euch vorher überlegen sollen. Vor allem Adelheid war wenig hilfreich.«

»Ich habe sie nicht geschickt.«

Heinrich lachte. »Das soll ich Euch glauben? Das mit der Unterwerfung war doch Eure Idee, Adelheid sollte es mir nur beibringen.«

»Nein, ich wusste nicht, dass sie teilnimmt.«

Heinrich runzelte die Brauen. Natürlich hatte Adelheid aus ihrem Ärger heraus gesprochen, aber bestimmt hatten sie beide den Fußfall vorher schon erwogen. Theophanu belog ihn, das war klar. Mit ihr konnte es keine gütliche Einigung geben. Selbst wenn er die Vormundschaft bekäme, würden sowohl sie als auch Adelheid mitregieren. Es ging nicht anders, er selbst musste König werden, um die beiden Frauen zu entmachten. »Das ist jetzt auch unwichtig. Der Stärkere wird sich behaupten.«

Theophanu trat aus dem Halbdunkel heraus in den Schein der Fackel. Jetzt konnte er deutlich ihr fein geschnittenes Gesicht erkennen. Als sie sich das letzte Mal sahen, hatte er ihre Wangen gestreichelt und ihre Lippen liebkost.

»Warum das Land in einen Krieg stürzen? Lasst uns die Verhandlungen wieder aufnehmen«, erwiderte Theophanu.

»Wenn Ihr deshalb hier seid, dann seid Ihr umsonst gekommen. Es ist alles gesagt.«

Theophanu schüttelte den Kopf. »Ich bin nicht nur deshalb hier.«

Sie blickte Heinrich ins Gesicht. Seine Züge waren noch schärfer geworden als beim letzten Mal. Die Unbeschwertheit war verschwunden. Sie fühlte sich ihm fremd und hätte ihn gerne berührt, um den Abstand, den sie zwischen ihnen spürte, zu verringern. »Ich konnte einfach nicht mehr dort draußen in meinem Zelt sitzen«, begann sie, als sie plötzlich eine Gestalt im Flur auftauchen sah. Sie war klein und zart, und dann tat ihr Herz einen Sprung. Es war Otto! Ihre Gedanken wirbelten durcheinander. Wenn sie ihn jetzt einfach mitnahm, konnte das Krieg bedeuten. Aber so eine Chance bekam sie vielleicht nie mehr. Verstohlen gab sie ihrem Sohn ein Zeichen, draußen zu bleiben. Sie bemerkte erleichtert, dass er verstanden hatte. Theophanu wandte sich wieder an Heinrich. »Ich konnte nicht länger dort unten ausharren, während ich Euch hier so nahe in der Burg wusste.«

Heinrich sah ungläubig, dass sie ihn anlächelte. »Warum seid Ihr dann nicht persönlich bei den Verhandlungen erschienen?«

»Ich wollte nur Euch treffen, allein.«

Sie blickte ihn jetzt ernst an. »Einmal noch, um Euch zu sagen, dass es mir sehr Leid tut, wie ich mich beim letzten Mal verhalten habe.«

Theophanu trat nahe an ihn heran. Sie legte ihm ihre Hand um den Hals und beugte seinen Kopf zu ihr herunter. Dann küsste sie ihn. Als sie sich wieder voneinander lösten, strich sie ihm noch einmal über die Wange, bevor sie sich umwandte und zur Tür schritt.

Heinrich sah ihr nach. Als er in ihre Augen geblickt hatte, erschien es ihm, als wären sie beide wieder eins. Er streckte die Hand nach ihr aus. Gleich würde sie auf dem Gang verschwunden sein. »Theophanu!«, hörte er sich selber rufen, bevor er ihr nacheilte.

Er bemerkte ihren ängstlichen Blick und wollte sie schon tröstend in die Arme nehmen, als er den Jungen neben ihr sah. Sie hatte Otto an der Hand, und da fiel es ihm wie Schuppen von den Augen. Ihr einziges Anliegen war es gewesen, ihren Sohn zu befreien. Wutentbrannt machte er einen großen Schritt auf sie zu und riss Otto von ihr weg. »Lüge! Das war alles nur eine Lüge!«

Theophanu schüttelte den Kopf, aber Heinrich beachtete sie nicht weiter, sondern zog das Kind in sein Gemach.

»Mama!«, schrie Otto, immer wieder »Mama!«

»Sei ruhig!«, herrschte ihn Heinrich an, aber der Junge hörte nicht auf, sondern versuchte sich mit aller Kraft loszureißen.

Heinrich stolperte über die Wurzel und konnte sich gerade noch auf den Beinen halten, als er das Messer sah. Er hob es auf und hielt es hoch, sodass Theophanu, die auf der Schwelle stand, es deutlich sehen konnte. »Du sagst ihm jetzt sofort, dass er ruhig sein soll, sonst passiert ein Unglück!«

Theophanu wurde blass. Mit zitternder Stimme hob sie an: »Otto, halt still! Bitte, sei ein braver Junge.«

Doch Otto hörte nicht. »Nimm mich mit! Ich will nicht mehr hier bleiben! Mama!«

Heinrich schüttelte ihn wütend, aber Otto trat ihn mit aller Kraft gegen das Schienbein.

»Au!«, schrie Heinrich auf.

Mit dem rechten Arm hielt er den Jungen umklammert, mit der linken Hand versuchte er ihn am Ohr zu ziehen, ganz vergessend, dass er auch noch das Messer hielt. Ohne es zu wollen, ratschte er am Hals des Jungen entlang. Otto schrie gellend auf. Heinrich ließ ihn erschrocken los und starrte auf das Messer. Dann warf er es in hohem Bogen fort. »Was habe ich getan?«

Theophanu stürzte zu ihrem Sohn und kniete neben ihm nieder. »Otto, mein Lieber!«

Sie betastete die Wunde. Dann wandte sie sich zu Heinrich. »Es ist nur ein Kratzer.«

Heinrich faltete die Hände. »Gott sei Dank!«

Er trat zu Otto, doch Theophanu nahm ihn sofort schützend in ihre Arme. Heinrich schüttelte den Kopf. »Es tut mir so Leid. Dabei wollte ich gut für ihn sorgen.«

Heinrich strich dem Jungen über die Haare, dann sah er Theophanu an. »Aber bei dir ist er besser aufgehoben.«

Theophanu horchte verwundert auf.

»Nimm ihn mit«, fuhr Heinrich fort. »Er wird seinen Weg machen und uns noch alle erstaunen.«

Heinrich wandte sich ab. Theophanu fand, dass er müde aussah. »Du willst nicht mehr herrschen?«

Auch ihr ging das ›du‹ jetzt leicht über die Lippen.

»Nicht um jeden Preis. Auch wenn mir das keiner zu glauben scheint.«

Theophanu hörte die Bitterkeit aus seiner Stimme. Sie sah ihn an. »Ich glaube dir.«

Heinrich lachte auf. »Das sagst du jetzt nur, um mich zu beruhigen.«

Theophanu senkte den Kopf. Otto löste sich aus ihren Armen. Er hatte die bearbeitete Wurzel entdeckt. »Mein Pferd!«

Der Junge lief zu dem Holz hinüber und fuhr mit seinen kleinen Händen über die glatte Oberfläche. »Hast du das ganz allein gemacht?«, fragte Otto Heinrich mit großen Augen.

Der nickte lächelnd. Der Junge setzte sich rittlings darauf und trieb sein Pferd mit Rufen und Schnalzlauten an. In wenigen Augenblicken war er ganz in sein Spiel versunken. Theophanu spürte tiefe Dankbarkeit. Sie sah Heinrich an.

»Es ist viel verlangt, aber bitte höre mir nur noch dieses eine Mal zu.«

Heinrich trat zu Theophanu, die immer noch auf dem Boden kniete und jetzt zu ihm aufsah. Er setzte sich vor sie, sodass sie einander in die Augen sehen konnten. »Ich höre dir immer gerne zu, das weißt du.«

Theophanu hob die Hand und strich über seine Wange. »Es tut mir Leid, dass ich dir weh tun musste. Ich dachte, ich kann nicht anders handeln.«

Theophanu machte eine kurze Pause, bevor sie fortfuhr. »Aber das Leben geht seine eigenen Wege.«

Sie blickte von Heinrich zu Otto, der immer noch in sein Spiel vertieft war. »Du magst ihn, nicht wahr?«

Heinrich nickte. »Er macht es einem leicht. Jeder sieht, dass er ein besonderer Junge ist.«

Theophanu schüttelte den Kopf. »Nicht jeder. Du siehst es mit dem Herzen.«

Heinrich winkte ab. »Ich habe ihn dir weggenommen, habe ihn benutzt und zum Schluss auch noch verletzt.«

»Er mag dich auch.«

»Das sollte er sich lieber aus dem Kopf schlagen. Wer bin ich, außer ein treuloser Vasall?«

»Du bist sein Vater.«

Es dauerte einen Moment, bevor Theophanus Worte bei ihm ankamen. Heinrich sah sie ungläubig an. Doch sie verzog das Gesicht weder zum Lachen noch zum Spott. Es schien ihr ernst zu sein. »Theophanu, was sagst du da?«

»Du hast ein Recht, es zu erfahren.«

Heinrich saß ganz still. Er beobachtete den kleinen Otto und vermied es, Theophanu anzusehen.

»Heinrich, glaube mir, es ist wahr.«

Theophanu drehte sein Gesicht sanft zu ihrem, indem sie ihn leicht am Kinn fasste. Seine Augen glitzerten. Sie umarmte ihn, bis die Tränen versiegt waren. Dann blickte er sie an.

»Du hast mich sehr glücklich gemacht«, lächelte Heinrich. »Und auch, wenn du wahrscheinlich meinst, ich würde jetzt schon wieder unverschämt: Ich habe noch eine Bitte an dich.«

Theophanu sah ihn fragend an.

»Er wird Otto am Peter-und-Pauls-Tag nach Rara zum Hoftag bringen«, erklärte Theophanu.

»Was?« Adelheid schrie es fast. »Du hast ihn freiwillig bei ihm gelassen? Ja, sag mal, bist du denn von allen guten Geistern verlassen?«

Adelheid hatte Theophanu wieder an dem Törchen in Empfang genommen und im Schutze der Dunkelheit waren sie zurück zur Zeltstadt gegangen. »Nicht so laut«, wiegelte Theophanu ab. »Ich habe es mir genau überlegt.«

»Wer weiß, ob du Otto je wiedersiehst. Entweder er behält ihn als Geisel, oder ...«

Adelheid konnte nicht weitersprechen. Sie schlug die Hände vors Gesicht.

»Heinrich wird mit Otto in Rara erscheinen, daran glaube ich ganz fest. So kann er seine Würde behalten.«

Theophanu musste daran denken, wie Heinrich sie darum gebeten hatte, Otto noch ein bisschen bei sich behalten zu dürfen. Es ging ihm nicht um seinen Stolz. Er wollte nur seinen Sohn richtig kennenlernen, bevor er sich für immer von ihm trennen musste. Denn eines stand fest: Was sie ihm offenbart hatte, musste auf ewig ein Geheimnis zwischen ihnen beiden bleiben. Keiner durfte es erfahren, noch nicht einmal Otto selbst. Selbst das kleinste Gerücht würde sein Königtum in den Grundfesten erschüttern. Deshalb musste sie Adelheid jetzt mit anderen Erklärungen abspeisen und konnte der die Aufregung noch nicht einmal verübeln. »Es sind nur noch vier Wochen bis zum Hoftag. Dann wirst du sehen, dass ich Recht habe.«

Theophanu war nur in Sorge gewesen, wie Otto reagierte, wenn sie ohne ihn gehen würde. Sie hatte ihn fest in den Arm genommen und ihm gesagt, dass sie sich bald wiedersehen würden. Heinrich bückte sich zu dem Holzpferd und strich prüfend mit seiner Hand darüber. »Das ist noch ein bisschen rau. Ich werde es glätten müssen«, erklärte er dem Jungen. »Willst du mir dabei helfen?«

»Ja, ja!«

Otto war begeistert, als Heinrich fortfuhr. »Und wenn das Pferd ganz fertig ist, dann bringen wir es zusammen zu deiner Mutter.«

Otto nickte und begann bereits mit seinem Ärmel das Astloch-Auge zu polieren. Theophanu gab Otto noch einen Kuss und wandte sich dann zur Tür. Sie zögerte. Heinrich drehte sich zu ihr. »Vertrau mir.«

»Das tue ich.« Theophanu lächelte. »Es ist nur ... von jetzt an bin ich wieder die Kaiserin.«

Heinrich nickte. »Ich weiß. Und ich bin froh für jeden Augenblick, an dem ich Theophanu erleben durfte.«

Theophanu konnte ihre Tränen nur mühsam zurückhalten. Heinrich nahm ihr Gesicht in beide Hände und sah ihr in die Augen. »Meine Geliebte!«

Sie löste sich sanft aus seinen Händen, warf ihrem Sohn einen letzten Blick zu und verschwand durch die Tür. Sie spürte, wie Heinrich ihr nachsah, aber sie drehte sich nicht mehr um.

Und jetzt stand sie der vollkommen fassungslosen Adelheid gegenüber. Zur großen Überraschung der alten Kaiserin umarmte sie sie wortlos und ging dann in ihr Zelt. Sie wollte allein sein, allein mit ihren Gedanken an die beiden, die sie am meisten liebte.

Der 29. Juni 984 war ein strahlend schöner Tag. Wieder war eine bunte Zeltstadt aufgebaut, aber diesmal an den Ufern der Schwarza, dort, wo diese in den Haselbach mündete. Weiter oben lagen die Königspfalz sowie das Kloster von Rara mit seiner schlichten, kleinen Kirche.

Die vier Wochen waren schnell vergangen. Es war viel geschehen im Reich, doch leider nicht nur Erfreuliches. Es brodelte und gärte überall dort, wo sich die Anhänger der beiden Parteien immer noch unversöhnlich gegenüberstanden. Boleslaws Truppen kämpften um Meißen, Lothar nahm Verdun ein, und die Königstreuen belagerten Weimar. Theophanu war überzeugt, dass es Heinrich einfach noch nicht gelungen war, die Lage zu beruhigen, während Adelheid der festen Überzeugung war, dass er seine Leute erst recht anstachelte.

Theophanu hatte versucht, sich mit den Vorbereitungen für den Hoftag abzulenken. Sie wollte nicht nur Otto in Empfang nehmen, sondern einen dauerhaften Frieden im Land stiften. Ansonsten würde die Erleichterung über die Beilegung des Streites mit Heinrich nicht lange währen. Ihr eigener Mann hatte zehn Jahre dafür gebraucht, sein Reich zu befrieden. Wie viel schwerer würden es ein Kind und eine Frau haben, die Fürsten zu bändigen? Für jeden Einzelnen von ihnen war es wahrscheinlich eine Frage der Ehre, sich nicht allzu leicht lenken zu lassen. Theophanu seufzte. Und ihr würde nichts anderes übrig bleiben, als dieses Spiel mitzuspielen. Doch da kam ihr eine Idee, wie es vielleicht doch anders ging.

Sie hatte Boten in alle Teile des Landes geschickt, um die Einladungen für den Hoftag zu überbringen. Die Gäste trafen nach und nach ein und nahmen schließlich zu den Verhandlungen an der langen Tafel, die man auf den Wiesen aufgebaut hatte, Platz. Eigentlich war alles wie immer, nur mit einem Unterschied: Die Geladenen waren ausschließlich Frauen. Theophanu veranstaltete ein *Colloquium dominarum*. Kaiserinnen, Königinnen und Herzoginnen verhandelten anstelle ihrer Männer, und bald merkte Theophanu, dass ihr Kalkül aufging. Es gab keine langen Wortgefechte und unnötige Rangeleien darum, wem es gelang, sich ins beste Licht zu setzen. Allen war vor allem eines wichtig: die Lage zu befrieden. Dazu musste man natürlich die Wiederaufnahme Heinrichs in die Runde der Fürsten regeln. Es war nicht ganz einfach, ihm Bayern zurückzugeben, ohne andere zu verprellen. Aber es gelang ihnen schließlich, einen genauen Plan auszuarbeiten.

Alles war also bestens vorbereitet und so blieb nur noch, auf Heinrich zu warten. Am Vormittag wärmte die Sonne noch recht mild, während die Frauen an der langen Tafel ihre Plätze einnahmen. Zuvor hatten alle den Gottesdienst besucht. Theophanu war zu unruhig, um sich zu den anderen zu setzen. Sie ging ein Stück des Weges entlang, auf dem Heinrich mit seinem Gefolge erscheinen würde. Noch war nichts zu sehen. Dafür hörte sie jetzt hinter sich Schritte. Hastig drehte sie sich um. Es war Mathilde, die aus Italien angereist war, zusammen mit ihrer Mutter. Letztere deutete nach vorne. »Wo bleibt er denn?«

»Er wird kommen«, erwiderte Theophanu.

»Aber wenn, dann alleine. Er gibt dir den Jungen nie. Er ist sein kostbarstes Pfand.«

Adelheids Worte trafen Theophanu. »Warum lässt du mich nicht einfach mal in Ruhe mit deinen ewigen Zweifeln?«

»Bitte, ich kann auch meinen Mund halten, wenn dir das besser gefällt. Aber dadurch bekommst du Otto auch nicht zurück.«

Mathilde griff ein. »Mutter, jetzt lass sie.«

Theophanu war dankbar, dass sie ihre Partei ergriff, als Mathilde fortfuhr. »Natürlich weiß Theophanu, dass es ein großes Risiko ist, einem Mann wie Heinrich zu glauben.«

Das stimmte nicht. Sie hatte ihm blind vertraut. Damals, als er vorgab, die Freyjafigur von einem Händler erworben zu haben. Und als er versprochen hatte, sich nicht mehr gegen ihren Gatten zu verbünden. Und jetzt erneut, als er beteuerte, Otto am Peter-und-Pauls-Tag zurückzubringen. Heinrich hatte wirklich leichtes Spiel mit ihr gehabt. Anstatt ihren Sohn zu beschützen, hatte sie sich selbst wie ein kleines Kind verhalten. Sie musste Otto befreien. Sie hoffte nur, dass Gott ihr eine zweite Chance gab. Flehend blickte sie zum Himmel. Die Sonne brannte unbarmherzig auf sie herunter. Es musste bereits Mittag sein. Theophanu sank verzweifelt auf die Knie, als es passierte. Ihren Blick nach oben gerichtet, sah sie ein glänzendes Licht am Himmel, einem Stern gleich, der heller noch als die Sonne strahlte. Jetzt hatten wohl auch die anderen dieses Zeichen gesehen, denn es wurden Rufe der Verwunderung und des Erstaunens laut. Dann sammelten sich die Stimmen zu einem Lobgesang Gottes. Doch noch bevor ihr Brausen jegliches andere Geräusch übertönen konnte, hörte Theophanu eine helle Stimme rufen: »Mama!«

Es war ihr Sohn, der ihr mit ausgebreiteten Armen entgegengelaufen kam. Theophanu rannte zu ihm, bückte sich und nahm ihn ganz fest in die Arme. »Otto! Mein Junge!«

Sie weinte. Dann sah sie, dass Heinrich sich ihr näherte. Er blieb dicht vor ihr stehen. Theophanu erhob sich, den Jungen, der sich fest an sie schmiegte, noch in ihren Armen. Sie schwieg, denn für das, was sie empfand, gab es keine Worte. Sie hätte ihn gerne zärtlich berührt, doch viele hundert Augenpaare beobachteten sie. Hilflos versuchte sie alle Liebe und Dankbarkeit, die sie empfand, in ihren Blick zu legen. Sie sahen sich stumm an. Dann ließ Heinrich sich vor ihr auf die Knie sinken. Doch damit nicht genug, streckte er sich lang auf den Boden. Die Arme ausgebreitet, lag er zu Theophanus Füßen.

Adelheid teilte sorgfältig eine Strähne von Ottos Haaren und betrachtete sie genau. Als sie eins der kleinen Eier entdeckt hatte, streifte sie die Nisse mit den Fingern ab. »Du sollst schließlich nicht verlaust sein, wenn wir dich dem Volk zeigen.«

»Lass das doch eine der Mägde tun«, ließ sich Theophanu vom Schreibpult vernehmen, wo sie eine Urkunde kontrollierte.

Adelheid schüttelte den Kopf. »Die machen das nicht gründlich genug.«

»Bist du jetzt fertig?«, quengelte Otto, den es nach draußen zu den Pferdeställen zog. »Bitte, sonst verpasse ich noch, wie das Fohlen geboren wird.«

»Na schön«, gab Adelheid nach und lachte, als Otto hinausrannte.

Theophanu wunderte sich, wie milde Adelheid in letzter Zeit war. »Mathilde hat gesagt, es gab rund um Pavia Schwierigkeiten beim Eintreiben der Abgaben.«

Adelheid winkte ab. »Ach, das ist doch immer dasselbe. Die Herrschaften lassen sich eben gerne bitten. Aber am Ende haben sie noch immer gezahlt.«

Theophanu stand auf und kam näher. »Ich fände es besser, wenn jemand dort nach dem Rechten sehen würde.«

Adelheid zuckte mit den Achseln. »Na gut, dann lass uns nach Italien ziehen. Auch dort sollte man die kaiserliche Familie bald sehen.«

Theophanu schüttelte den Kopf. »Nein, nicht die Familie.« Sie zögerte, aber dann überwand sie sich: »Du solltest allein nach Italien gehen.«

Adelheid stutzte. »Allein? Aber warum das denn?« Ihre eben noch arglosen Züge verhärteten sich. »Du schickst mich weg!«

»So darfst du das nicht sehen. Aber ich brauche dort jemanden, auf den ich mich verlassen kann.«

»Hast du vergessen, wie ich dir geholfen habe? Ohne mich hätten sich die Herzöge nie hinter dich gestellt.«

»Nein, das habe ich nicht vergessen. Und ich danke dir dafür.«

»Warum soll ich dann gehen?«

»Weil es das erste und wahrscheinlich einzige Mal ist, dass wir uns einig waren.«

»Das könnte öfter geschehen, wenn du endlich anerkennen würdest, dass auch meine Erfahrung zählt.«

»Du warst es, die von Anfang an keine zweite Kaiserin neben sich dulden wollte.«

»Weil du ein unerfahrenes dummes Ding warst.«

»Ich habe schnell gelernt. Von keiner anderen als von dir. Es ist nur für eine von uns Platz.«

»Du hast doch nur Angst. Angst, dass ich dir deinen Platz streitig mache. Es ist immer das Gleiche: Beim Volk, bei meinem Mann, bei deinem Gatten und jetzt bei deinem Sohn, immer versuchst du dich in den Mittelpunkt zu drängen.«

»Ich erfülle nur meine Aufgabe.«

»Wenn du das als deine Aufgabe siehst, dann …« Adelheid überlegte einen Moment, »… dann bin ich sogar froh, wenn ich weit weg bin.«

Adelheid zögerte, bevor sie sich umwandte. Theophanu wusste, dass sie auf ein Zeichen wartete, auf ein Wort der Versöhnung. Aber Theophanu blieb stumm. Es fiel ihr schwer, aber sie hatte keine andere Wahl. Sie konnte sich keine Schwäche leisten. Es kamen schwere Zeiten auf sie zu.

Kapitel 19

Adelheid stand im Kapitelsaal des neu errichteten Klosters San Salvatore und blickte durch die Fenster nach draußen. Es war genauso, wie sie es sich vorgestellt hatte. Auf der kleinen Anhöhe wehte stetig eine kühlende Brise. Auch wenn bald ganz Pavia von einer schier unerträglichen Hitze gelähmt werden würde, konnten die Nonnen hier oben ihrem Tagwerk nachgehen. Adelheid wandte sich an Pater Martin, der anlässlich der Einweihung der Kirche hergekommen war. »Es hat sich gelohnt, oder nicht?«

Der Pater nickte. »Obwohl ich es anfangs nicht für möglich gehalten hätte. Wenn ich daran denke, wieviel Fels abgetragen werden musste, um genug Platz für die Grundmauern zu schaffen! Allein die Löhne der Arbeiter haben sicher ein Vermögen verschlungen.«

»Ich habe Gold und Geld gerne hingegeben, und wenn es mein letztes gewesen wäre.«

In Wahrheit hatte Adelheid diesen Platz nicht wegen der herrlichen Lage, sondern allein wegen der hohen Baukosten ausgesucht.

»Es wundert mich nur, dass die Kaiserin keinen Einspruch erhoben hat«, fuhr Pater Martin fort.

Das wunderte Adelheid ehrlich gesagt auch, im Grunde ärgerte es sie sogar. Sonst hatte sich Theophanu jedesmal über Adelheids überaus großzügige Schenkungen an die Kirche aufgeregt. Nur diesmal war jede Reaktion ausgeblieben. Stattdessen war Theophanu mit großem Gefolge durch das ganze Reich geritten, um allen die Macht des kleinen Königs, oder, was Adelheid eher vermutete, ihre eigene zu demonstrieren. Und es war auch kein Wunder, dass ihr überall Jubel entgegenscholl, denn sie hatte die, die sich im Thronstreit gegen sie gestellt hatten, nicht etwa bestraft, sondern großzügig belohnt.

Adelheid ärgerte sich, wenn sie an die Berichte vom letzten Hoftag dachte. Im Grunde konnte sie geradezu froh sein, dass sie selbst nicht dabei gewesen war. Ohnehin verlief ihr Leben hier in Pavia wesentlich angenehmer als im Norden. Sie wurde geachtet und geschätzt, und durch die vielen Schenkungen konnte sie sich sicher sein, dass nach ihrem Ableben ihrer Seele gedacht werden würde. Adelheid hatte alles getan, was zu tun war. Alles, bis auf das Wichtigste: Sie wollte ihre reichen Erfahrungen an ihren Enkel weitergeben. Aber man hielt ihn von ihr fern. Eifersüchtig wachte Theophanu über Otto, der Adelheid sicher bald schon vergessen haben würde.

Erst als Pater Martin sich räusperte, tauchte sie aus ihren dunklen Gedanken auf. Er blickte sie an. »Wiegt Euch lieber nicht in dem Glauben, dass Theophanus Schweigen Zustimmung bedeutet.«

Als ob Adelheid jemals auch nur daran gedacht hätte, dass diese Frau ihr in irgendetwas Recht geben könnte. Martin fuhr fort. »Die Fürsten warten darauf, dass sie etwas an der Ostgrenze unternimmt. Man will sich nicht damit abfinden, dass das ganze Gebiet an die Slawen zurückgefallen ist.«

Adelheid sah ihn an. »Das bedeutet Krieg.«

Martin nickte. »Sie will ihren ersten Feldzug selbst anführen.«

Die alte Kaiserin konnte die plötzlich in ihr aufsteigende Freude nicht unterdrücken. Ein Lächeln huschte über ihr Gesicht. Pater Martin sah sie verwundert an. »Ich hätte nicht gedacht, dass Ihr das gutheißt.«

Adelheid blickte ihn mit hochgezogenen Augenbrauen, aber immer noch amüsiert an. »Nein?«

Der fromme Mann schüttelte den Kopf. »Nein, da ich weiß, dass Eurer beider Verhältnis immer etwas gespannt ist. Aber ich bin froh, wenn es sich langsam bessert.«

Adelheid schätzte Martin wirklich sehr, doch sie wunderte sich, dass er sie nach all den Jahren immer noch so schlecht kannte.

»Der Abstand scheint Euch gut zu tun«, fuhr er jetzt sogar fort.

Sie ließ ihn in dem Glauben. Dabei hatten gerade seine Worte ihr eine Möglichkeit eröffnet, an den Hof zurückzukehren.

Ihre gute Laune konnte auch der kleine Trupp Nonnen nicht stören, der eintrat. Angeführt wurden sie von der Äbtissin, die wahrscheinlich wieder einmal alles für die Zeremonie, in der Adelheid ihrem Kloster das Münzrecht übertragen würde, besprechen wollte.

»Es ist nur wegen morgen«, setzte die alte, verhutzelte Frau tatsächlich an.

»Ich dachte, wir hätten bereits alles geklärt«, antwortete Adelheid so geduldig wie möglich.

»Natürlich, ich will Euch auch nicht unnötig belästigen«, erklärte die Nonne schnell und verbeugte sich unterwürfig. »Aber wir wollten nur unseren Dank erweisen, für all das, was Ihr für uns getan habt.«

Die Äbtissin zog ein zusammengeknotetes Samttüchlein aus den Falten ihrer Tracht hervor, das sie vorsichtig öffnete und auf ihrer Handfläche ausbreitete. In der Mitte prangte eine kleine silberne Münze, ein Pfennig, den ein Frauenportrait zierte. »Bitte nehmt«, forderte die Äbtissin sie auf.

Adelheid nahm den Pfennig und betrachtete ihn genauer. Die Inschrift wies die dargestellte Frau als sie selbst, Adelheid, aus. Auf der Rückseite prangte ein Kreuz in der Mitte des Pfennigs. Die Nonne wartete gespannt auf die Reaktion der Kaiserin, doch deren Gesicht blieb unbewegt.

»Gefällt es Euch nicht?«, fragte die Ordensfrau ängstlich. »Wir dachten, wir könnten Euch mit dieser Prägung zu Euren Ehren eine ganz besondere Freude machen.«

»Ehrlich gesagt, es entspricht nicht meinen Vorstellungen.«

»Ist es die Gravur? Oder ist Euch der Pfennig zu klein? Wir können es noch abändern, ganz nach Euren Wünschen.«

»Ich will keine Münze.«

Die Nonnen taten raunend ihr Erstaunen kund, doch die Äbtissin brachte sie mit einer Handbewegung zum Schweigen. »Es spricht für Eure Bescheidenheit, dass Ihr solch eine ständige Erinnerung an Euren Großmut nicht akzeptieren wollt. Ich bitte Euch inständig, uns zu verzeihen.«

»Nein, nein, es ist schon gut. Ihr könnt in der Tat etwas für mich tun.«

Die Nonne, deren Gesicht bereits Verzweiflung spiegelte, horchte auf, als Adelheid ihr Anliegen näher erläuterte. »Es geht mir nicht um mich, sondern um unsere Kaiserin. Theophanu ist es, um die ich mich sorge. Und ich denke gerade darüber nach, ob Ihr mir nicht eine Hilfe dabei sein könntet, sie wieder auf den richtigen Weg zu bringen.«

Adelheid lächelte in das verhärmte Gesicht der Frau, die ungefähr ihr Alter haben mochte. Aber sie war gewiss auch in ihren jungen Jahren nicht wegen ihrer Schönheit gerühmt worden, dafür standen die Augen zu weit auseinander. Adelheid war überzeugt, in der Äbtissin genau die richtige Mitstreiterin gefunden zu haben.

Am nächsten Morgen kam die Nonne allein. Adelheid wartete gerade noch die Verbeugung ab, als sie sie auch schon mit der Frage bestürmte, die ihr auf der Seele lag: »Und? Hattet Ihr heute Nacht einen Traum?«

Die Nonne nickte, wenn auch etwas unsicher.

»So sprecht. Schildert mir genau, was Ihr gesehen habt«, ermutigte Adelheid sie.

»Ich sah ein großes Feuer. Es war bedrohlich, als ob es alles verschlingen wollte. Solch ein Brand ward noch nie auf Erden gesehen.«

Sie schauderte noch in der Erinnerung. Adelheid missfiel die lange Pause. »Und? War das alles? Oder habt Ihr nicht auch Menschen gesehen?«

Die Nonne nickte. »Ja, dann sah ich tatsächlich auch einen Menschen, mitten in der sengenden Glut, in den lodernden Flammen.«

Wieder konnte sie nicht weitersprechen. Adelheid gab nicht auf. »Ja? Konntet Ihr nicht erkennen, um wen es sich handelte?«

»Doch natürlich. Es war die Kaiserin persönlich.«

Adelheid atmete auf. Sie hatte schon befürchtet, die Alte hätte sie am Tag zuvor doch nicht richtig verstanden.

Theophanu hatte auf dem langen Ritt nach Goslar viel Zeit zum Nachdenken. Im Grunde konnte sie zufrieden sein. Ihr waren drei prächtige Mädchen und der Thronfolger geschenkt worden. Und jetzt führte sie sogar die Regentschaft für ihren Sohn, von allen Fürsten anerkannt. Doch Letztere machten ihr Sorge. Sie wusste, wie wankelmütig Herzöge und Bischöfe sein konnten. Schneller, als der Himmel sich bewölkte, konnten sie einem anderen huldigen. Deshalb hatte Theophanu beschlossen, ihre Entscheidungen möglichst unabhängig zu treffen und sich nicht danach zu richten, was andere von ihr erwarteten.

Sie zweifelte daran, ob die seit Otto dem Großen jeden Sommer fast schon wie ein Ritual durchgeführten Einfälle in das Gebiet der Slawen sinnvoll waren. Als Reaktion darauf hatten die Stämme ihr Reich überfallen und sich alles zurückgeholt, was man ihnen jemals genommen hatte. Um sich ein Bild von der Lage zu machen, war sie zu dem furchtbarsten von ihnen unterwegs. Mistvoj, der Abodritenfürst, sollte ihr helfen, ihre Gegner besser kennenzulernen. Die Gelegenheit war günstig, da er, wie alle Anhänger Heinrichs, ihr Verbündeter geworden war. Theophanu ritt etwas schneller aus, denn die Burg Ala, auf der Mistvoj sich aufhielt, war schon in Sichtweite.

Dort angekommen, ließ sie sich zu Mistvoj führen. Es wunderte sie ein wenig, dass der Fürst sich in den Verliesen aufhielt, obwohl sie ihr Kommen angekündigt hatte. Aber nach allem, was sie von ihm wusste, war es ihm ein großes Vergnügen, Gefangene zu verhören. Davon wollte er wohl noch nicht einmal wegen des Besuchs der Kaiserin ablassen. Also stieg Theophanu die Stufen in den dunkelsten Teil der Burg hinunter. Sie wurde durch einen langen Gang zu einer schweren Tür geführt, die eine der Wachen entriegelte. Theophanu trat ein. Vor einem wie ein Häufchen Elend in sich zusammengesunkenen Gefangenen in Ketten stand ein Priester. »Seid gegrüßt, erhabene Kaiserin«, erklärte er, sich verneigend. »Erlaubt, dass ich mich Euch vorstelle. Ich bin Abt Georg vom nahe gelegenen Kloster St. Mauritius.«

Theophanu war irritiert. »Es freut mich, Euch kennenzulernen. Aber eigentlich suche ich Mistvoj.«

Der Abt trat etwas zur Seite, um den Blick auf den Gefangenen freizugeben. Theophanu näherte sich, um ihn besser sehen zu können. Dunkles, verlaustes Haar verdeckte das dreckverkrustete Gesicht. Erst als der abgemagerte Mann seine Augen öffnete, erkannte Theophanu ihn. Es war tatsächlich Mistvoj. Der Slawenfürst, dem nachgesagt wurde, er sei stark wie ein Bär und mutig wie ein Löwe, kauerte als gebrochener Mann vor ihr. »Aber er ist doch unser Verbündeter!«, rief sie aus, ohne ihren Blick von dem Gefangenen losreißen zu können. »Warum hat man ihn in Ketten gelegt?«

»Zu seinem eigenen Schutz«, erklärte der Abt. »Fürst Mistvoj hat den Verstand verloren. Zu viel Unglück hat er über andere gebracht, seine Sünden verfolgen ihn.«

Mistvoj wand sich in seinen Ketten. Er versuchte, vor etwas zurückzuweichen. Doch als er merkte, dass die Mauern des Verlieses das nicht zuließen, heulte er auf wie ein in die Enge getriebenes Tier. Theophanu wandte sich an den Priester. »Vor was hat er Angst?«

»Er sieht den heiligen Laurentius, dessen Kloster er verwüstet hat, und er fürchtet seine Rache.«

Mistvoj legte schützend die Hände über seinen Kopf, während er sich an der Wand hinuntersinken ließ. Die Kaiserin sah auf das Häuflein Mensch, das sich jetzt auf dem Boden zusammengerollt hatte. »Er wird sterben.«

Der Abt schüttelte den Kopf. »Ich helfe ihm. Es ist schon alles vorbereitet.«

Er wies auf einen kleinen Tisch, auf dem eine goldene Situla mit Weihwasser bereitstand. Der Abt nahm das Gefäß mit beiden Händen auf und ging auf Mistvoj zu. Ängstlich, aber auch mit einer Spur von Neugier richtete der seinen Blick darauf. Der Abt murmelte ein Gebet, während er seine Hand in das Gefäß tauchte und einige Tropfen des geweihten Wassers auf Mistvojs Gesicht sprengte, das der ihm schutzlos entgegenstreckte. Sofort heulte der Slawe auf, die Tropfen mit fahrigen Bewegungen von Stirn und Wangen wischend. Doch schon besprengte der Abt ihn erneut. »Nein!«, schrie Mistvoj. »Nein! Der heilige Laurentius verbrennt mich!«

Theophanu sah, dass sich Mistvojs Wangen tatsächlich feuerrot verfärbten. Mit der einen Hand versuchte er, sein Gesicht zu schützen, mit der anderen wehrte er den Priester ab, der immer näher trat. Doch schließlich stand der Abt genau vor ihm. Er hielt inne und Theophanu dachte schon, die für den Slawenfürsten so quälende Prozedur wäre beendet. Doch dann kippte der Mann Gottes das ganze Weihwasser über Mistvojs Kopf aus. Der warf noch einen ungläubigen Blick auf den Strahl, der sich über ihn ergoss, bäumte sich ein letztes Mal auf, um dann reglos in sich zusammenzusinken. Theophanu drängte den Abt beiseite und kniete sich zu Mistvoj. Sie strich über seine Wangen, auf denen sich Brandblasen gebildet hatten, dann drehte sie sich zu dem Priester. »Er ist tot.«

Der nickte. »Seine Qualen haben ein Ende.«

Dann machte er sich an Mistvojs zerschundenen Gelenken zu schaffen, um seine Ketten zu lösen. Theophanu wandte sich bedrückt ab. Dieser Mann war nicht nur unwürdig gestorben, er hatte ihr auch nicht mehr weiterhelfen können.

Theophanu sah die vier Männer vor ihr, wie sie auf dem Osterhoftag dem König dienten: Der Herzog von Kärnten füllte dem kleinen Otto immer wieder frisches Wasser in seinen goldenen Becher, Bernhard von Sachsen reichte ihm erlesene Speisen, der Herzog von Schwaben wusch ihm die Händchen und Heinrich hatte es sich nicht nehmen lassen, die Pferde zu versorgen. Sehr zu Ottos Entzücken hatte er auch sein Holzpferd auf Hochglanz gebracht und es unter den Tisch gestellt, an dem der kleine

König sein Mahl einnahm. Das Kind ließ daraufhin heimlich ein paar Apfelspalten nach unten fallen, damit auch sein geliebtes Tier nicht leer ausging. Theophanu und Heinrich hatten es beide bemerkt und tauschten ein kurzes Lächeln, bevor sie sich wieder der Zeremonie zuwandten.

Auch jetzt sah er sie an, aber sein Blick war ernst. Der glanzvolle Hoftag war Vergangenheit. Erneut hatten sich die Herzöge getroffen, aber diesmal zu den Vorbereitungen des Feldzuges. Alle waren sich darin einig, dass die Slawen wieder weit in den Osten zurückgedrängt werden mussten. Aber das war auch das Einzige, worin man einer Meinung war.

»Wenn jeder mit seinem Heer von einer anderen Seite her angreift, werden sie nicht wissen, wo sie sich zuerst wehren sollen, und bis sie sich gesammelt haben, sind sie schon besiegt«, legte Heinrich dar.

»Das schlagt Ihr doch einzig und allein deshalb vor, weil Euer Heer eins der größten ist und Ihr Euch so besser hervortun könnt«, widersprach der Herzog von Kärnten.

»Und Ihr wollt mit allen gemeinsam angreifen, damit Ihr Euch unter den Vielen verstecken könnt«, fuhr Heinrich ihn prompt an.

Der Herzog wurde rot, aber schon mischte sich Konrad von Schwaben ein. »Wichtig ist nur, eine starke Nachhut zu bilden, die den Gegner überrascht und dann vernichtet.«

»Und wer opfert seine Leute für die kleine Vorhut? Ihr etwa? Lasst sie uns lieber mit kleinen Gruppen zermürben, die noch nicht einmal als Heer erkennbar sind«, widersprach Bernhard von Sachsen.

Theophanu hätte sich am liebsten die Ohren zugehalten, ihr schwirrte der Kopf. Sie musste daran denken, wie oft sie ihrem Gatten vorgeworfen hatte, sich nicht gegen die Fürsten durchsetzen zu können. »Ruhe! Ich habe genug gehört!«

Alle Köpfe wandten sich ihr zu. Ihre Gesichter spiegelten Überraschung. Heinrich hatte sich als Erster wieder gefasst. »Ich kann verstehen, dass Ihr Euch scheut, einem von uns Recht zu geben. Es ist wichtig, keinen vorschnell vor den Kopf zu stoßen.«

Es schien Theophanu, als helfe Heinrich mit seinen klaren Worten, ihre Gedanken zu ordnen. Fast schon dankbar sah sie ihn an. Er fuhr fort. »Aber in diesem Fall könnt Ihr, ja solltet Ihr geradezu eingestehen, dass meine Gefechtsführung die beste, wenn nicht die einzig mögliche ist.«

Theophanu sah fassungslos sein selbstgefälliges Lächeln. Ihre Wangen wurden rot vor Wut und vor Scham. Sie musste an sich halten, um ihn nicht vor allen anderen zu ohrfeigen. »Ich bevorzuge keinen der Pläne, und zwar nicht aus falscher Höflichkeit, sondern weil sie schlecht sind, allesamt!«

Jetzt hatte Heinrich wenigstens aufgehört zu lächeln. Sie fuhr fort. »Ich halte es für besser, unseren Umgang mit den Slawen zu überdenken. Vielleicht war unsere bisherige Vorgehensweise falsch.«

»Eine andere Art der Behandlung? Gut und schön«, erwiderte Heinrich. »Aber wir haben es mit Tieren zu tun.«

»Wir haben sie lange genug so behandelt. Das war der Fehler«, konterte Theophanu.

Die Fürsten raunten und tuschelten miteinander. Heinrich ergriff das Wort. »Ihr besitzt den Mut, einiges anders machen zu wollen. Das ist außergewöhnlich, zumal für eine Frau.«

Theophanu blieb auf der Hut, als er fortfuhr. »Und die seid Ihr nun mal, sogar eine außergewöhnlich schöne.«

»Lasst uns lieber bei der Sache bleiben«, erwiderte Theophanu.

»Genau das tue ich. Eure weithin gerühmte Schönheit ist es, die Euch einerseits als Auserwählte kennzeichnet, andererseits aber Euren Blick verklärt.«

Heinrich sah die anderen Fürsten an. »Ihr Glanz strahlt noch auf die hässlichste Kreatur. Nur so ist es zu verstehen, dass sie es ernsthaft erwägt, mit einem unserer ärgsten Feinde zu verhandeln.«

»Ich habe mein Urteil sorgsam gefällt …«

»… so weit Ihr das könnt«, fiel ihr Heinrich ins Wort. »Ihr tut, was in Eurer Macht steht, das sehe ich.«

Er blickte in die Runde. »Bei allem anderen stehen wir Euch

gerne zur Seite. Zumal es mir ein wenig Sorge bereitet, dass Ihr schon direkt bei Eurer ersten Entscheidung so wenig Härte zeigt.«

Theophanu kniff die Lippen zusammen. Heinrich war drauf und dran, zukünftigen Einmischungen der Fürsten in die Regentschaft Tor und Tür zu öffnen. Das musste sie unbedingt verhindern. »Haltet Ihr es für Milde, wenn ich sage, dass wir Rache üben werden und nicht eher ruhen, bis wir all unser Land im Osten zurückgewonnen haben?«

Heinrich kräuselte die Stirn. »Eben noch war es Euch nicht recht, sie wie Tiere zu behandeln.«

»Weil sie weit schlimmer sind. Wir müssen sie jagen wie Teufel.«

Theophanu merkte, dass ihr Anerkennung entgegenschlug, sogar Heinrich konnte so etwas wie Respekt nicht ganz verbergen. Nur sie selber wusste, dass sie diese Entscheidung nicht freiwillig getroffen hatte.

Theophanu beobachtete Adelheid unwillig. Als ob sie nicht schon genug Sorgen hätte, war nun auch noch die alte Kaiserin am Hof eingetroffen. Angeblich, weil der Ernst der Lage es erfordere. In Wahrheit sicher nur, um Theophanu das Leben schwerzumachen. Sie beobachtete, wie der kleine Otto seine Großmutter an die Hand nahm und zu dem Kamel führte, das es sich nahe beim Küchenhaus bequem gemacht hatte, wo es auf Abfälle hoffte. Seitdem der Polenherrscher es ihm zum Geschenk gemacht hatte, musste sein Holzpferd im Stall bleiben. Ottos einzige Sorge war, ob sich das Wüstenschiff hier im Norden, so weit ab seiner Heimat, wohlfühlen würde.

Adelheid sträubte sich, noch näher an das Tier heranzutreten. Aber der kleine König ließ nicht locker. Bevor sie sich versah, schwang er sich auf den Rücken des liegenden Tieres, Adelheid ebenfalls hochwinkend. Die zauderte. Aber dann gab sie sich einen Ruck. Theophanu konnte es kaum glauben, aber die alte Frau erklomm mit erstaunlicher Behändigkeit ebenfalls den Platz zwischen den beiden Höckern. Etwas unsicher klammerte sie sich an dem vorderen fest, aber als sie merkte, dass nichts weiter passierte, nahm sie stattdessen ihren Enkel, der vor ihr saß, in den Arm. Sie flüsterte ihm etwas ins Ohr. Theophanu musste lächeln. Sicher erzählte sie ihm eine der vielen Geschichten aus ihrer Heimat Burgund, von den Wasserfeen und Berggeistern. Die Kaiserin wandte sich ab und ging zur Burg zurück. Sie war einfach überreizt. Es war falsch, überall nur Böses zu vermuten. Wahrscheinlich war Adelheid wirklich nur gekommen, um sie zu unterstützen.

Adelheid erschrak, als das Kamel den Kopf schüttelte, aber zu ihrer Erleichterung machte es keine Anstalten, aufzustehen. Es war ihr schon schwer genug gefallen, sich auf den Rücken dieses Untieres zu wagen, aber sie hatte keine Wahl. Zur Not hätte sie sich auf einen Drachen gesetzt, wenn sie den kleinen Otto so dazu bringen konnte, ihr in Ruhe zuzuhören. »Diese Nonne ist eine gute Frau, demütig und über alle Maßen fromm. Sie hat noch nie in ihrem Leben gelogen.«

»Noch nie? Nicht einmal eine klitzekleine Notlüge?«, wunderte sich Otto.

Adelheid schüttelte den Kopf. »Nicht einmal das. Und deswegen musst du jetzt ganz genau zuhören, was ich dir sage. Es ist sehr wichtig.«

»Hat es was mit meinem Kamel zu tun?«, fragte Otto, während er seinen Kopf an den pelzigen Höcker schmiegte.

Adelheid stutzte. Er war wirklich noch ein richtiges Kind und sie hoffte, dass er die Tragweite dessen, was sie ihm erzählen wollte, überhaupt verstehen würde. »Nein, es geht um deine Mutter.«

Otto war enttäuscht, aber Adelheid versuchte es trotzdem. »Diese Nonne hatte also einen Traum. Es war nicht irgendeiner, sondern ein besonders starker. Fast so, als wenn sie es tatsächlich erlebt, was sage ich, erlitten hätte. Sie zitterte noch, als sie mir davon erzählte.«

Zufrieden sah sie, dass sie es endlich geschafft hatte, Ottos ganze Aufmerksamkeit auf ihre Worte zu lenken.

Theophanu streifte ihr Unterkleid ab und legte es auf das Bett, während sie ihr Nachtgewand hochnahm. Doch obwohl es zu dieser späten Stunde bereits empfindlich kalt war, zögerte sie, den wärmenden Stoff überzuziehen. Sie strich sich über die nackte Schulter bis hinunter zu den Brüsten und weiter zu den Hüften. Sie genoss es, und doch weckte es eine fast unerträgliche Sehnsucht in ihr. Sie musste unweigerlich an Heinrich denken, was sie sich sogleich verbot. Stattdessen ließ sie die Erinnerung an ihren Mann in sich aufsteigen. Aber so recht wollte es ihr nicht gelingen. Mit Otto verband sie nicht so sehr Zärtlichkeit, zu oft hatte er sie bedrängt, wenn auch im guten Glauben, dass es ihr recht wäre. Ihre Enttäuschung hatte er meistens nicht bemerkt. Theophanu legte ihr Nachtgewand endgültig zur Seite und trat vor den Spiegel. Sie betrachtete ihren makellosen Körper, nahm den Kamm zur Hand und fuhr damit durch ihr Haar, bis es glänzte. Zufrieden breitete sie die Strähnen über ihre Schultern. Sie lächelte ihrem Spiegelbild zu. Auch wenn nie wieder ein Mann sie so sehen würde, dann war sie eben für sich selber schön. Theophanu wandte sich vom Spiegel ab, als sie ihren Sohn in der Tür stehen sah. »Was machst du denn hier?«, rief sie überrascht aus, während sie das Nachthemd vom Bett nahm, um es sich endgültig überzustreifen.

»Du musst längst schlafen!«

Otto schüttelte den Kopf. »Ich will nicht schlafen.«

Theophanu trat näher an ihn heran. »Was heißt, du willst nicht schlafen? Du bist doch müde.«

Otto schüttelte den Kopf, musste dabei aber herzhaft gähnen. Theophanu lächelte. »Na, willst du dich nicht doch hinlegen?«

»Nur, wenn du mir versprichst, dass ich nicht träume.«

»Aber warum nicht?«

»Nachher sehe ich schlimme Sachen.«

Theophanu nickte. »Manchmal passiert das. Aber es ist nicht die Wirklichkeit. Es ist wie eine Wolke, die vom Wind weggeweht wird. Am Morgen ist alles wieder gut.«

»Großmutter sagt, es gibt Träume, die wahr werden.«

Theophanu runzelte die Stirn. »Adelheid? Was hat sie dir gesagt?«, wollte sie wissen.

»Dass eine Nonne gesehen hat, wie du im Fegefeuer schmorst.«

Otto fiel Theophanu weinend in die Arme. Seine Mutter drückte ihn fest an sich und wartete einen Moment ab, bis er sich beruhigt hatte. »Was hat sie noch gesagt?«

»Dass du furchtbar leiden musst, weil du so eitel bist. Du würdest sogar die anderen Frauen zur Prunksucht verführen.«

Theophanu schüttelte den Kopf. »So ein Unsinn!«

Otto blickte sie an. »Aber warum hast du eben so lange vor dem Spiegel gestanden und dich gekämmt?«

»Ich war in Gedanken. Pass auf, ich bin nicht mehr und nicht weniger eitel als zum Beispiel Adelheid.«

Sie strubbelte durch Ottos Schopf. »Und deinem Haar täte ein Kamm auch ganz gut.«

Sie sah erleichtert, dass Otto wieder lächelte. »Pass auf, du darfst heute Nacht in meinem Bett schlafen«, bot sie ihm an.

Sie nahm ihn hoch und setzte ihn auf die weichen Kissen. »Deck dich schön zu. Ich bin gleich wieder da.«

Theophanu wandte sich zur Tür.

»Wo willst du denn hin?«

»Nur kurz mit deiner Großmutter sprechen«, erklärte Theophanu und eilte aus ihrem Gemach.

Adelheid hatte sich nach drei Stunden Schlaf schon wieder aus dem Bett erhoben. Mittlerweile versuchte sie gar nicht mehr, wieder einzuschlafen. Sie hatte sich damit abgefunden, nur noch kurze Zeiten der Erholung geschenkt zu bekommen. Jetzt saß sie, wie jede Nacht, am Fenster und beobachtete die Sterne. Sich auf deren Schönheit zu konzentrieren, lenkte sie ein wenig ab. Denn im Grunde wusste sie, warum sie keinen Schlaf mehr fand. Ihr war auferlegt worden, sich zu erinnern. An alles, was ihr im Leben widerfahren war, und an alles, was sie anderen zugefügt hatte. Hugo tauchte vor ihrem inneren Auge auf, Otto, ihr Mann, und Otto, ihr Sohn, aber vor allem und immer wieder Heinrich. Sie konnte nicht aufhören, darüber nachzugrübeln, was sie falsch gemacht hatte, dass ihre große Liebe so ein schreckliches Ende nehmen musste. Sie war froh, als sie Schritte hörte, die sie aus ihren Gedanken rissen. Fast schon dankbar blickte sie Theophanu entgegen.

»Was hast du dir dabei gedacht?«, herrschte die Schwiegertochter sie an.

Adelheid blieb ruhig. »Wobei?«

»Bei diesem Gerede von dem Traum, in dem ich im Fegefeuer schmore.«

Adelheid erhob sich. »Es ist der Traum einer überaus angesehenen Nonne …«

Theophanu unterbrach sie. »Spar dir deine Worte. Es ist deine Erfindung, du kannst mir nichts vormachen! Aber wieso musst du den kleinen Otto damit ängstigen?«

»Er hat ein Recht darauf, die Wahrheit zu erfahren. Er ist der König.«

»Die Wahrheit? Dann könnte ich ihm einiges über dich erzählen.«

»Tu es doch. Aber eile dich, denn ich sehe mich gezwungen, Otto mit nach Italien zu nehmen.«

Theophanu glaubte, sich verhört zu haben. »Du willst ihn mitnehmen?«

»Sobald du den Feldzug gegen die Slawen beginnst und ihn allein zurücklässt, ist er nicht mehr sicher. Oder willst du, dass er noch einmal als Geisel durch die Lande geschleppt wird?«

Das gab Theophanu einen Stich. Sie erinnerte sich an all die schweren Stunden, Tage und Monate, die sie in Sorge um Otto verbracht hatte. Adelheid entging das nicht. »Du weißt, dass es besser für ihn ist«, fügte sie an.

Aber Theophanu schüttelte den Kopf. »Das geht nicht.«

Adelheid runzelte die Brauen. »Warum soll das nicht gehen?«

Theophanu überlegte fieberhaft. Otto durfte nicht fort, nicht zu Adelheid, aber andererseits wollte sie ihn nicht unnötig in Gefahr bringen. Es schien nur eine Lösung zu geben. »Otto zieht mit in den Krieg. Er wird den Feldzug anführen.«

Jetzt war es heraus. »Nur, wenn er als König voranzieht, wird der Feind weichen.«

Theophanu wunderte sich, wie schnell sich dieser Entschluss in ihr festigte. Egal, ob der Angriff in kleinen Gruppen, in zwei Etappen oder von zwei verschiedenen Flanken erfolgte, wichtig war das Königsheil, das ihn begleiten musste. Und wenn Otto teilnahm, war er nahe bei ihr, geschützt von seiner persönlichen Garde. Aber vor allem war er fern von Adelheids Einfluss. Triumphierend sah sie in deren erstauntes Gesicht.

Die beiden Männer aus Theophanus Leibgarde musterten unzufrieden die Zerstörung, die in dem Bauernhaus herrschte. »Die haben ganze Arbeit geleistet«, brummte der eine.

»Ja, und für uns nichts mehr übrig gelassen. Noch nicht einmal einen alten Brotkanten«, meckerte der andere.

Theophanu folgte ihnen, Otto an der Hand haltend. Er sah sie mit großen Augen an. »Aber du hast doch gesagt, dass ich bald was zu essen bekomme.«

Der Feldzug dauerte nun schon einige Wochen an. Die Vorräte waren längst aufgebraucht und man ernährte sich von dem, was man in den überfallenen Dörfern der Slawen fand. Da Theophanu Otto nicht unnötig gefährden wollte, ritt sie mit ihm am Schluss, was den Nachteil hatte, dass sie mit dem vorlieb nehmen mussten, was übrig blieb. Und hier schien nichts mehr übrig zu sein. Sie wandte sich an ihre Garde. »Geht zu den Ställen. Vielleicht findet ihr dort was.«

Die beiden Männer gingen hinaus. Otto hob eine Puppe auf, deren Körper und Kopf aus einem alten, ausgestopften Stoffrest geformt war. Er hielt sie Theophanu hin. »Guck mal, die Puppe ist verletzt.«

Ihr Bauch war tatsächlich von einem Schwert durchbohrt und aufgeschlitzt. »Ich werde sie verbinden«, ließ Otto sich vernehmen.

Theophanu ließ ihn gewähren. Hauptsache, er war abgelenkt. Denn was er, seit sie in den Krieg gezogen waren, zu sehen bekommen hatte, war wenig rühmlich. Nie hatte sich ihnen eine

Armee oder auch nur eine geordnete Gruppe von Kämpfern entgegengestellt, immer hatten sie ein leichtes Spiel gehabt. Man hatte sich hier im Osten nach dem letzten verheerenden Überfall wohl noch nicht wieder sammeln können. Auf jeden Fall bestand der erste von Theophanu angeführte Feldzug darin, Häuser und Hütten auszuplündern, Felder anzustecken, Männer zu töten und Frauen und Kinder zu verschleppen. Das hatte sie sich anders vorgestellt.

Otto hielt vergeblich nach einem Stofffetzen Ausschau, der sich als Verband eignete, als ihm eine große Truhe ins Auge fiel. Er hob mit einiger Mühe den Deckel an und tatsächlich, sie war vollgestopft mit Decken und Stoffen. Erfreut wühlte er darin herum, als ihn plötzlich eine aus der Truhe aufragende Hand am Arm packte. Eine Frau, die sich zwischen den Stoffen verborgen hatte, erhob sich vor ihm zu ihrer vollen Größe.

»Hilfe!«, schrie Otto. »Hilfe!«

Theophanu eilte erschrocken zu ihm, aber die Frau hatte mittlerweile ein Messer gezückt und hielt es Otto an den Hals. »Kommt mir nicht zu nahe!«, warnte sie.

Theophanu blieb stehen. »Bitte, lasst ihn los. Er hat Euch nichts getan.«

Die Frau lachte bitter auf. »Na und? Was habe ich Euch getan, dass Ihr mein Heim zerstört?«

»Woher sprecht Ihr unsere Sprache?«, fragte Theophanu, die hoffte, dass die Frau nicht die Beherrschung verlor, solange sie sich mit ihr unterhielt.

»Man hat mich bereits als Kind zu Euch verschleppt und erst wieder freigelassen, als meine Kräfte aufgebraucht waren. Genau, wie es jetzt meinen Kindern widerfährt.«

Theophanu versuchte sie zu beruhigen. »Aber wenigstens ist keiner aus Eurer Familie getötet worden.«

Statt einer Antwort deutete die Frau nur mit einer Kopfbewegung zum Fenster. Man sah direkt auf einen munter dahinplätschernden Bach, dessen Lauf jetzt allerdings durch einen Leichenberg gestört war.

»Dort liegen sie, alle Männer unserer Familie. Ich bin davongekommen, weil ich mich versteckt habe. Sie haben nur ein, zwei Mal mit ihren Lanzen in die Decken gestoßen, aber mich nicht gefunden.«

Theophanu nickte. »Auch ich werde so tun, als wenn ich Euch nie gesehen hätte. Wenn Ihr nur meinen Jungen freilasst!«

Die Frau sah sie zweifelnd an. In dem Moment kamen die beiden Männer der Leibgarde herein, einen Schinken in den Händen haltend. »Lasst den König los«, schrie der eine, als er die Frau sah, die das Messer gerade sinken lassen wollte.

Sofort hielt sie es wieder hoch. »Den König? Ja sieh mal einer an, was ich für einen Fang gemacht habe.«

Sie blickte von den Wachen zu Theophanu. »Ich werde jetzt mit ihm das Haus verlassen, und ich will nicht, dass uns jemand folgt.«

»Mama!«, schrie der kleine Otto, und Theophanu musste sich sehr beherrschen, um nicht auf ihn zuzustürzen.

»Aber wo wollt Ihr denn mit ihm hin? Früher oder später wird man Euch überwältigen.«

»Aber bis dahin habe ich vielleicht meine Kinder gefunden. Und wenn nicht …«

Sie brauchte nicht weiterzusprechen.

»Ich werde Euch helfen. Ihr werdet Eure Kinder wiederbekommen. Und Eure Freiheit«, erklärte Theophanu. »Wenn Ihr Otto nichts antut!«

Die Slawin lachte. »Das soll ich Euch glauben? Ausgerechnet der Frau, die befohlen hat, unsere Männer zu töten und unser ganzes Land zu verwüsten?«

Theophanu rang mit sich. »Wenn Ihr mir nicht glaubt, dann lasst wenigstens Otto nicht darunter leiden.« Sie zögerte. »Nehmt ihn an Kindes statt. Er ist ein feiner Junge.«

»Ist das Euer Ernst?«

Theophanu nickte, obwohl es ihr sehr weh tat. »Hauptsache er lebt. Ihr werdet gut für ihn sorgen.«

Sie barg ihr Gesicht in den Händen, um nicht sehen zu müssen, wie die Slawin ihren Sohn mit sich nahm. Doch allein die Vorstellung war schon schrecklich. Da wurden ihr die Hände sanft weggezogen, und sie blickte direkt in Ottos kleines Gesicht. Theophanu sah ungläubig von ihrem Sohn zu der Slawin, die das Messer fallen gelassen hatte und zum Sprechen anhob. »Ich kann es nicht. Er gehört zu Euch.«

Theophanu schlang ihre Arme um den Jungen, als Leben in die beiden Wachen kam. Sie ergriffen die Slawin sehr unsanft und wollten sie aus dem Haus schleifen, als Theophanu einen Befehl ausstieß. »Lasst die Frau los, sofort!«

Die Männer sahen sie verständnislos an.

»Ich habe ihr mein Wort gegeben. Sie bekommt ihre Freiheit und ihre Kinder.«

»Aber sie hat den König als Geisel genommen«, warf der eine ein.

»Habt ihr mich nicht verstanden?«

Theophanus Stimme wurde hart. So hätte sie schon mit den Fürsten sprechen sollen. Nie wieder würde sie etwas tun, wovon sie nicht überzeugt war. Sie sah zufrieden, dass ihre Garde die Slawin freiließ. Theophanu würde ihr Wort halten und nicht eher ruhen, bis die Frau ihre Kinder wiedergefunden hatte. Aber vorher noch würde Theophanu den Rückzug befehlen, um diesem unsinnigen und würdelosen Krieg ein Ende zu bereiten.

Kapitel 20

Eigentlich war Otto mit seinen gut acht Jahren schon zu groß, um an der Hand geführt zu werden, aber anders gelang es Theophanu nicht, ihn jeden Morgen aufs Neue dazu zu bewegen, die Georgskirche auf der Insel Reichenau zu betreten. Nicht, dass er etwas gegen die Gottesdienste gehabt hätte, ganz im Gegenteil. Der sonst so umtriebige Junge konnte Stunde um Stunde auf den harten Holzbänken verharren und dem Gesang der Mönche lauschen.

Doch aus dem großzügig angelegten Bau erklangen schon lange keine Melodien mehr. Seit nunmehr zwei Jahren lehnten hohe Gerüste im Inneren des Langhauses. Oberhalb der Säulen und an der Nord- und der Südwand wurden kunstvolle Bilder aufgebracht. Sie zeigten die Wundertätigkeit Jesus, wie er Kranke heilte, Tote auferweckte und den See Genezareth beruhigte. Theophanu konnte sich stundenlang in die Bilder versenken. Sie hatte das Gefühl, je länger sie dem Herrn dabei zuschaute, wie er den Besessenen heilte, desto mehr fühlte auch sie sich heil und ganz. Es verschaffte ihr inneren Frieden.

»Mutter, bitte, lass uns nicht schon wieder hier herumsitzen! Ich langweile mich zu Tode!«, meldete sich Otto, obwohl sie gerade erst eingetreten waren.

Theophanu sah ihn streng an. »Sei still! Du hast die Gelegenheit, dem Entstehen der schönsten Wandmalereien beizuwohnen, die die Welt je gesehen hat.«

»Aber ich kenne bereits jede Einzelheit auswendig. Du kannst mich prüfen.«

Otto blieb stehen und hielt sich die Hände vor die Augen. »Los, frag! Frag mich irgendwas.«

»Otto, hör auf!«

»Wie wär's mit der Heilung des Blindgeborenen? Welche Farbe hat das Gewand des Blinden? Welche Hand hält Jesus erhoben? Hinter welchem seiner Ohren kringelt sich eine einzelne Haarsträhne?«

Theophanu wurde ärgerlich. »Otto, darum geht es nicht. Du sollst die Bedeutung dieses wunderbaren Werkes in seiner Gesamtheit erfassen.«

»Aber dafür brauche ich doch nicht ewig!«

»Wir bleiben, bis die Arbeiten abgeschlossen sind«, beharrte Theophanu.

Otto wollte schon widersprechen, als sein Gesicht plötzlich strahlte. »Sie sind fertig! Schau, Mutter, sie bauen die Gerüste ab!«

Theophanu sah verwirrt in die Tiefe der Kirche. Tatsächlich, es herrschte emsiges Treiben. Bei der Heilung des Besessenen, an der gestern noch die Finger der ausgestreckten Hand Jesu fehlten, waren die letzten Pinselstriche getan worden. »Nein«, flüsterte Theophanu. »Nein, das kann doch nicht sein!«

Jannis, der die Arbeiten betrachtete, drehte sich zu ihr und Otto um. »Theophanu! Da wundert Ihr Euch, was? Ich habe den Malern einen kleinen Bonus versprochen, wenn sie sich beeilen.«

»Ihr habt was?«

»Nun, Ihr könnt doch nicht ewig hier ausharren. Eure Ankunft in Italien ist bereits angekündigt. Wie lange soll man dort noch auf Euch warten?«

»Wer sagt denn, dass man dort wirklich auf mich wartet?«, gab Theophanu düster zurück.

Jannis sah sie aufmerksam an. »Ich wusste, dass Euer Zögern einen Grund hat. Ihr könnt offen zu mir sprechen. Was hält Euch davon ab, die Reise endlich anzutreten?«

Theophanus Gesicht verschloss sich. »Otto, was sonst. Er sollte das ganze Werk sehen.«

Aber Jannis schüttelte den Kopf. »Ich kenne Euch. Habt Ihr Angst davor, was Euch in Italien erwartet?«

»Mich wundert eher, dass Ihr so drängt. Es war wohl ein Fehler, Euch dort wichtige Ämter zu versprechen.«

»Ihr unterstellt mir, nur an mich zu denken?«

Theophanu sah, wie sehr sie Jannis mit ihrer ungerechten Unterstellung verletzt hatte. Aber sie nahm es hin. Wenigstens hatte er aufgehört, nachzubohren, warum sie die Abreise hinauszögerte. Noch nicht einmal ihm konnte sie gestehen, von welch großer Angst sie umgetrieben wurde. Natürlich wusste sie, wie wichtig es war, dass sie sich in Italien zeigte. Und es gab auch einen wichtigen Anlass: Sie musste alles für die Kaiserkrönung ihres Sohnes vorbereiten. Doch je klarer ihr das wurde, umso weniger war sie in der Lage, die Vorbereitungen zu treffen. Hier vom Bodensee aus, wo sie sich nun schon einige Zeit aufhielt, war Italien nicht mehr weit. Und vor allem rückte Pavia näher, Pavia, die eigentliche Hauptstadt, in der die Kaiserin respektiert und verehrt wurde. Nur, dass es nicht die junge, sondern die alte Regentin war, die die Menschen bejubelten. Es würde schwer werden, sich dort gegen Adelheid zu behaupten. Und Unterstützung würde sie von ihr bestimmt nicht erhalten, ganz im Gegenteil, Adelheid würde jeden Moment von Theophanus Niederlage auskosten. Und das Schlimmste daran war, dass Otto alt genug war, um zu begreifen, wie seine Mutter gedemütigt wurde. Adelheid hatte nun doch noch eine Gelegenheit gefunden, einen Keil zwischen Mutter und Sohn zu treiben.

»Mutter? Was ist mit dir?«, sprach Otto sie an.

Seine Miene drückte Besorgnis aus. Sie versuchte zu lächeln. »Ich brauche nur ein wenig frische Luft«, erklärte sie und wandte sich nach draußen.

Otto folgte ihr. Zusammen machten sie einen kleinen Spaziergang über das Klostergelände. Während Theophanu immer noch in Gedanken war, lief Otto mal hier- und mal dorthin. Plötzlich stellte er sich Theophanu in den Weg. »Schau, Mutter, was ich für dich gepflückt habe.«

Er hielt ihr einen Strauß bunter Blumen aus dem nahen

Gärtlein hin. Doch Theophanu konnte sich an den prächtigen Farben nicht freuen. Stattdessen schlug ihr der strenge Geruch des Beifußes entgegen, der sie an fauligen Fisch erinnerte. Otto hielt den Strauß näher, als seine Mutter ihn nicht von sich aus nahm, und da war es auch schon passiert. Die rosa Dolden berührten sie am bloßen Unterarm, und sofort spürte sie das Kribbeln, dem bald die roten Pusteln folgen würden. Sie wollte anfangen zu schimpfen, als sie innehielt. Sie streifte ein zweites Mal über die Blüten hinweg, diesmal mit dem anderen Unterarm. Obwohl auch der zu kribbeln anfing, umarmte sie Otto samt Strauß und lächelte ihn an. Ohne es zu wissen, hatte er ihr ihren Seelenfrieden wiedergegeben. Es machte ihr nichts mehr aus, dass das Bild des Besessenen schon vollendet war. Sie hatte auch so eine Möglichkeit gefunden, die Italienreise hinauszuzögern.

Der Arzt fuhr sich ratlos über seine mit Warzen bedeckte Nase, als er den Ausschlag betrachtete. Er hatte alle seine Mittel ausprobiert. Salben, Umschläge und zerriebenes Gesteinsmehl, nichts hatte gewirkt. Auch den Urin hatte er schon untersucht. Jetzt blieb nur noch der Aderlass. Er schritt zu dem kleinen Tisch, wo er seine Utensilien abgelegt hatte, wickelte aus einem Samttuch sein metallisches Besteck und wählte ein Instrument mit einer kleinen Spitze aus. Dann trat er wieder an das Bett der Kaiserin und hob ihren zarten Arm hoch, um auf der Innenseite nach der richtigen Vene zu suchen.

»Was macht Ihr da?«, fragte ihn Theophanu beunruhigt.

»Ich werde Euch zur Ader lassen. Der Abfluss des Blutes kann Eure Beschwerden lindern, außerdem kann ich so Farbe und Beschaffenheit auf Auffälligkeiten untersuchen.«

Theophanu zog ihren Arm sofort zurück. »Sagtet Ihr ›kann‹? Meint Ihr, ich lasse diese Prozedur über mich ergehen, wenn Ihr noch nicht einmal sagen könnt, ob es hilft? Ihr habt schon genug fruchtlose Versuche angestellt.«

Theophanu fuhr sich mit den Fingernägeln über die roten Flatschen auf den Armen.

»Nein, bitte! Ihr macht es nur noch schlimmer!«, ermahnte sie der Arzt.

Theophanu fuhr hoch. »Ich? Ich mache es schlimmer? Was unterstellt Ihr mir da?«

Ihre Stimme überschlug sich fast. Der Arzt trat erschrocken zurück. So hatte er die Kaiserin noch nie erlebt. Ganz im Gegenteil, für eine Griechin hatte sie ihre Launen normalerweise ganz gut unter Kontrolle. »Es liegt mir fern, Euch irgendetwas zu unterstellen …«, beeilte sich der Arzt zu versichern.

»Das rate ich Euch auch. Sonst seid Ihr die längste Zeit in meinen Diensten gewesen«, erwiderte Theophanu.

Der Medicus merkte, wie ihm ganz heiß wurde, und er ahnte, dass er jetzt ähnlich rote Flecken im Gesicht bekam, wie sie Theophanu am ganzen Körper aufwies, nur dass er bei sich die Ursache genau kannte. Es war die nur mühsam unterdrückte Wut über diese ungerechte Behandlung, die ihn entstellte. Mit aller Kraft zwang er sich zu der Andeutung einer Verbeugung, bevor er nach draußen stürmte.

Kaum war er auf dem Gang angelangt, lief ihm der kleine Otto zwischen die Beine. Der Arzt konnte sein Gleichgewicht im letzten Moment noch halten, aber Otto kegelte über den Boden und ließ den großen Strauß Blumen, den er im Arm hielt, fallen.

»Otto! Hast du keine Augen im Kopf!«, raunzte der Arzt den Jungen an.

Dann aber erinnerte er sich daran, dass er mit dem König sprach, und seine Stimme wurde unterwürfig. »Ich will nur nicht, dass Euch etwas passiert.«

»Meine Blumen! Schnell, helft mir, sie aufzusammeln.«

»Für wen hast du denn diesen hübschen Strauß gepflückt?«

»Für meine Mutter.«

Der Junge war wirklich aufmerksam. Der Arzt bückte sich, um wenigstens anstandshalber auch ein paar Stängel aufzuheben, als er eine der Blumen plötzlich angewidert auf den Boden zurückwarf. »Das ist Stinkender Beifuß! Wie kannst du auf die Idee kommen, ihn unter den Strauß zu mischen?«

Angewidert verzog der Arzt die Nase, als ihm der Geruch nach fauligem Fisch in die Nase drang.

»Aber Mama mag gerade diese Blumen besonders gern. Ich bringe sie ihr jeden Tag.«

Der Arzt brauste auf. »Wie soll sie denn da genesen?«

Mit ein paar Handgriffen klaubte er die Stängel Beifuß auf und warf sie in hohem Bogen aus dem kleinen Fenster in den Hof hinunter.

»Nein!« Otto schrie auf und machte sich daran, die Treppe nach unten zu laufen.

Aber der Arzt hielt ihn auf. »Hast du nicht verstanden? Beifuß gehört nicht ins Krankenzimmer. «

»Ich weiß auch nicht, warum, aber sie will ausgerechnet dieses Kraut, obwohl sie hässliche rote Flecken davon bekommt«, erwiderte Otto.

Der Arzt horchte auf. »Was sagst du da?«

Otto nickte. »Ich habe es selber gesehen.«

Der Arzt fasste ihn an beiden Schultern. »Es tut mir Leid, dass ich die Blumen weggeworfen habe. Aber keine Angst, ich pflücke neue. Einen schönen großen Strauß nur mit Beifuß.«

Er lächelte den Jungen ungewohnt freundlich an.

Theophanu hatte sich unruhig im Bett aufgesetzt. Sie betrachtete ihre Arme und sah mit zunehmender Besorgnis, dass die Rötungen auf ihrer Haut langsam nachließen. Otto hätte längst da sein müssen. Wo er nur wieder blieb? So oft sie dachte, er wäre ein Auserwählter, so kam er ihr manchmal doch wie ein ganz gewöhnlicher Junge vor, der vor lauter Herumgetobe seine Aufgaben vergaß. Als sich die Tür öffnete, atmete Theophanu auf. »Na endlich, das wurde auch Zeit!«

Sie verstummte, als sie sah, dass es der Arzt anstatt ihres Sohnes war, der eintrat.

»Ich habe Euch etwas mitgebracht.«

Er hielt ihr einen riesigen Strauß Beifuß vor das Gesicht, sodass Theophanu sich ob des Gestankes abwenden musste.

»Ich dachte, Ihr mögt ihn so gern«, erklärte der Mann.

Theophanu senkte den Kopf, damit ihm ihr Erröten entging. »Wie kommt Ihr darauf?«

Der Arzt antwortete nicht. Er betrachtete nur stumm ihre roten Flecken. Theophanu wusste nicht mehr ein noch aus vor Scham. Er hatte ihr Manöver durchschaut. Wie ein dummes Kind hatte sie versucht, sich aus der Verantwortung zu stehlen, indem sie die Kranke spielte. Sie senkte den Kopf. »Bitte, sagt es niemandem weiter, dass ich mir den Ausschlag absichtlich beigebracht habe.«

»Natürlich nicht.«

Das würde ihm sowieso keiner glauben. Mochte diese Griechin verstehen wer wollte, er konnte es jedenfalls nicht.

»Wie bist du bloß darauf gekommen, Gott in dieser Messe für den Erfolg gegen die Slawen zu danken?«

Heinrich sah seine Schwester ungehalten an.

»Ich danke ihm nicht nur in dieser, ich danke ihm in jeder Messe für seinen Beistand.«

»Was? Aber siehst du denn nicht, dass du damit Theophanus viel zu frühen Rückzug als gute Entscheidung hinstellst?«

Gerberga legte ihre Finger auf die Lippen. »Pscht! Du störst die Mädchen.«

Heinrich würdigte die jungen Novizinnen, die an den Pulten in der Bibliothek des Stiftes Gandersheim saßen und die Heilige Schrift studierten, keines Blickes.

»Sie hätte doch einmal auf mich hören können! Alles verlief gut, die Mark Meißen und die Nordmark sind zurückerobert.«

»Man soll aufhören, wenn es am besten schmeckt«, erwiderte Gerberga. »Außerdem sind wir hier in Gandersheim der Gefahr viel näher als du in Bayern. Wir haben noch gut in Erinnerung, wie weit die Slawen bei ihrem letzten Aufstand vorgedrungen sind.«

»Eben deshalb müsste dir doch daran gelegen sein, sie vernichtend zu schlagen«, ereiferte sich Heinrich. »Soll ich dir sagen, was der wahre Grund für deine ungewohnte Zurückhaltung ist? Es ist nur, weil Theophanu dir ihre Tochter anvertraut hat.«

»Unsinn! Das war doch kein Kuhhandel! Sie hält unser Stift einfach für den geeigneten Ort. Schau doch, wie emsig die Kinder lernen.«

Sie blickte auf die jungen Frauen. »Gerade Sophie ist eine der eifrigsten.«

Sie trat an eins der Mädchen heran, das ganz in die Heilige Schrift versunken zu sein schien. »Sophie, mein Liebes!«, sprach Gerberga sie an. »Mach eine Pause, damit deine Augen nicht ermüden.«

Sophie schrak zusammen, worauf ihr die Heilige Schrift aus den Händen rutschte. Darunter kam noch ein anderes Buch hervor, das die Bibel bisher verdeckt hatte. Sophie klappte es zusammen und wollte es unter dem Pult verschwinden lassen, aber Gerberga war schneller und nahm es ihr ab. Sie betrachtete es mit gerunzelten Brauen. »Terenz! Wer hat dir erlaubt, das zu lesen?«

Sophie sah Gerberga mit ihren schönen blauen Augen an. »Ihr!«

»Wie bitte? Sophie, du weißt genau, dass das nicht stimmt.«

»Ich muss alle Bücher kennen, die wichtig sind.«

»Warum sollten die anzüglichen Schriften dieses heidnischen Komödienschreibers wichtig sein?«

»Weil er Schwester Roswithas Vorbild ist. Sie schreibt auch Komödien.«

»Aber ohne seine verderbten Scherze und wollüstigen Charaktere.«

»Und warum schreibt sie dann von einer Jungfrau, die in eine Lasterhöhle geschleppt wird, in der die Jünglinge der Stadt sich streiten, wer als der Erste zu ihr geht?«

Sie blickte erst auf Gerberga, dann auf die anderen Mädchen. »Also, wenn das nicht wollüstig ist, dann weiß ich es nicht.«

Jetzt gab es kein Halten mehr. Die jungen Frauen prusteten laut heraus. »Sophie!«, ermahnte Gerberga Theophanus Tochter.

Heinrich wandte sich belustigt an seine Schwester. »Ich bin mir nicht sicher, ob Theophanu die gleichen Vorstellungen von der Erziehung ihrer Tochter hat wie du.«

Kaum, dass er es gesagt hatte, verdunkelte sich seine Miene. Im Grunde wusste er gar nicht, was Theophanu wichtig war: Strenge und Disziplin oder Güte und Nachgiebigkeit. Ihm wurde schmerzhaft bewusst, dass er keine Ahnung hatte, wie sein Sohn, der kleine Otto, erzogen wurde.

»Kann ich das Buch nun wieder haben?«, fragte Sophie die Äbtissin und streckte schon die Hand danach aus.

»Auf keinen Fall«, erwiderte Gerberga und barg es sicherheitshalber hinter ihrem Rücken.

Keinen Moment zu früh, denn Sophie versuchte tatsächlich, es ihr abzunehmen. Sie schreckte auch nicht davor zurück, Gerberga mit schnellen Schritten zu umrunden, aber die hielt den Terenz nun hoch in die Luft. Als auch das nicht mehr ausreichte, kletterte Gerberga auf eins der Pulte, doch Sophie tat es ihr nach. Die beiden rangen miteinander, bis das Buch hoch in die Luft gewirbelt wurde. Heinrich fing es auf.

Gerberga stieg ein wenig steifbeinig vom Pult herab, während Sophie mit einem großen Sprung direkt vor Heinrichs Füßen landete. Der Herzog betrachtete amüsiert ihre vor Wut funkelnden Augen. Sie war genauso schön und mindestens so eigenwillig wie ihre Mutter. Theophanu hatte eine würdige Nachfolgerin gefunden.

»Gerberga, würde es dir etwas ausmachen, die anderen Schülerinnen bis auf Sophie nach draußen zu schicken? Mit der Stille scheint es ohnehin nicht mehr weit her zu sein.«

Gerberga sah ihn fragend an, klatschte dann aber in die Hände, worauf die jungen Frauen den Raum verließen.

Heinrich setzte sich auf eins der Pulte und blickte Gerberga an. »Wenn ich mich nicht vertue, steht im Sommer Sophies Einkleidung an.«

Gerberga nickte. »Bischof Osdag hat schon zugestimmt.«

»Warum ausgerechnet Bischof Osdag?«

Gerberga verzog ungeduldig das Gesicht. »Weil er als Bischof von Hildesheim nun mal zuständig ist.«

»Was er auch bei jeder Gelegenheit nutzt, oder nicht?«

Gerberga seufzte. »Er mischt sich wirklich in alles ein. Dabei könnte er sich in seinem hohen Alter wirklich mehr Ruhe gönnen.«

»Vielleicht sollte man ihn einfach nicht so sehr beanspruchen.«

»Wie meinst du das?«, fragte Gerberga misstrauisch.

»Nun, die Einkleidung könnte auch ein anderer Bischof übernehmen.«

Jetzt mischte sich ungefragt Sophie ein. »Nicht nur ein Bischof, ein Erzbischof!«, rief sie mit leuchtenden Augen aus.

Heinrich nickte bedächtig. »Das ist eine gute Idee. Hast du auch einen Vorschlag, wer in Frage kommt?«

Sophie überlegte kurz. »Nur einer: Willigis. Er ist das Oberhaupt der mächtigsten Kirchenprovinz. Genau der richtige Mann, um eine Kaisertochter zu weihen.«

Heinrich tat überrascht. »Dass ich nicht darauf gekommen bin!«

Sophie setzte sich an eins der Pulte, griff nach Feder und Pergament. »Ich werde mich sofort an ihn wenden.«

Aber diesmal schaffte es Gerberga durchzugreifen. Sie nahm ihr den Kiel energisch aus der Hand. »Das ist immer noch meine Aufgabe. Du gehst jetzt zu den anderen.«

Sie sah Sophie streng an, die dann tatsächlich gehorchte und die Bibliothek verließ. Allerdings ähnelte ihr Gang mehr einem beschwingten Hüpfen als einem bedächtigen Schreiten.

Gerberga suchte den Blick ihres Bruders. »Deshalb also bist du gekommen.«

Heinrich nickte. »Ich möchte dir zu so viel Einfluss wie möglich verhelfen.«

Die Äbtissin kniff die Augen zusammen. »Seid wann so uneigennützig, mein Brüderchen?«

Heinrich versuchte unbefangen dreinzublicken. »Es kann natürlich auch unserer Familie nicht schaden, wenn dein Stift an Macht gewinnt.«

Nie würde er ihr sagen, dass es ihm eigentlich um Theophanu ging. Er konnte es einfach nicht ertragen, dass er sich ihr unterordnen musste. Natürlich würde er sich nie mehr gegen sie stellen, denn das würde bedeuten, auch seinen Sohn zu bekämpfen. Aber er wollte sie spüren lassen, dass er auch noch da war.

Der Tag der Einkleidung am 18. Oktober 989 war schneller gekommen, als Willigis dachte. Er sagte sich immer und immer wieder, dass er im Recht war. Gandersheim war eine der Stützen des Reiches und es ging nicht an, dass die Tochter der Kaiserin vom örtlichen Bischof geweiht wurde. Es stand keinem anderen als ihm, Willigis, zu, das zu übernehmen, darin hatte Gerberga schon Recht.

Ihr Schreiben hatte ihn gerade zu dem Zeitpunkt erreicht, als er erfahren hatte, dass Theophanu Jannis zum Erzbischof von Piacenza gemacht hatte. Es war sicher keine schlechte Wahl. Im Grunde wurmte es ihn nur, dass sie ihn vorher nicht gefragt hatte. So viele Jahre diente er nun treu den drei Herrschern der Familie. Er hatte die Wutausbrüche Otto des Großen über sich ergehen lassen, die Wankelmütigkeit seines Sohnes auszugleichen versucht und verhalf nun nach besten Kräften der Regentschaft eines Kindes zum Erfolg. So kam ihm die Bitte Gerbergas, Sophie einzukleiden, gerade recht. Er stimmte zu, ohne Theophanu vorher zu fragen.

Und trotzdem war ihm nicht ganz wohl in seiner Haut, als er erfahren hatte, dass die Kaiserin aufgrund einer Erkrankung ihre Italienreise verschoben hatte. Jetzt würde sie mit eigenen Augen sehen, wie er nach einem Recht griff, das ihm, wie er als Kundiger genau wusste, nicht zustand. Aber er konnte keinen Rückzieher mehr machen. Als er Gerberga auch nur angedeutet hatte, ob man es wirklich auf einen offenen Streit ankommen lassen wollte, war sie recht deutlich geworden. Sie hatte einen ganzen Schwall von Gründen angeführt, warum es wichtig sei, den einmal gefassten Plan zu verfolgen, sodass Willigis gar nicht mehr anders konnte als zuzustimmen.

In feierlichem Zug näherte er sich jetzt der Stiftskirche. Doch in eben solch feierlichem Zug näherte sich Bischof Osdag mit seinen Anhängern dem Kirchenportal. Der greise, etwas gebückt gehende Mann beeilte sich, als Erster hineinzugelangen.

Aber Gerberga, die hinter Willigis schritt, trieb ihn an, sodass er schneller war. Er steuerte direkt auf den Bischofsstuhl mit der hohen Lehne und der mit dunkelrotem Samt bezogenen Sitzfläche zu, der neben dem Altar stand. Obwohl er Gerbergas Unruhe spürte, ließ er sich diesmal Zeit. Mit Würde stieg er die beiden Stufen zum Altar hinan und trat dicht vor den Stuhl. Dann drehte er sich zum bis auf den letzten Platz gefüllten Kirchenschiff, um sich niederzusetzen. Doch mit flinken Schritten, wie er sie ihm nie zugetraut hätte, war der kleine, alte Bischof schon neben ihm. Schnell nahm Willigis Platz, doch Osdag hatte sich ebenfalls gesetzt. Mehr schlecht als recht, teilten sich die beiden Bischöfe nun den einen Sitz. Es herrschte atemlose Stille.

Theophanu fiel es schwer, die Kirche zu betreten. Sie hatte hier draußen bereits von dem unglaublichen Vorgang gehört. Zwei Bischöfe auf einem Stuhl! Und jetzt erwarteten alle von ihr, dass sie den Streit schlichten würde. Ihre Tochter drängte sich neben sie. »Mutter, bitte, du weißt, was das Beste für mich ist.«

Theophanu sah sie an. »Das war doch Gerbergas Idee, oder?«

Sophie schüttelte den Kopf. »Nein, meine. Und Herzog Heinrich fand es auch richtig«, fügte sie schnell an.

Theophanu stand starr. Sie hätte es wissen müssen. Heinrich, immer wieder Heinrich. Er würde sich ihr nie unterordnen können. Aber dass er jetzt sogar die eigene Tochter gegen sie aufstachelte, damit hatte sie nicht gerechnet. Und auch nicht damit, dass Willigis bei so etwas mitmachte. Am liebsten wäre sie noch vor der Kirche umgekehrt. Es reichte ihr schon, dass sie noch immer nicht den Mut gefunden hatte, nach Italien zu ziehen. Sie konnte keine neuen Schwierigkeiten gebrauchen. Sollten diese beiden sturen Bischöfe doch versuchen, sich alleine zu einigen. Aber dann gab sie sich einen Ruck. Sie war die Kaiserin, sie durfte nicht fliehen. Gott würde ihr beistehen.

Theophanu schritt zum Altar und betrachtete die Bischöfe, die nicht nur versuchten, jeder die Hälfte des Sitzes zu beanspruchen, sondern dabei auch noch würdevoll auszusehen.

Jeder meinte auf seine Weise im Recht zu sein. Warum sollte sie nicht alles dafür tun, damit auch jeder Recht bekam? Theophanu wandte sich an Gerberga. »Bringt einen zweiten Stuhl, ähnlich prächtig und mit rotem Samt bezogen, schnell.«

Gerberga veranlasste, dass Theophanus Befehl ausgeführt wurde, und schon bald wurde noch ein Stuhl, diesmal auf der anderen Seite des Altars, aufgestellt. Theophanu nickte Willigis auffordernd zu. »Bitte, nehmt Platz.«

Willigis erhob sich und setzte sich auf den freien Stuhl. Theophanu sah die beiden Geistlichen an. »Ihr beide werdet Sophie weihen. Gemeinsam.«

Es ging ein Aufatmen durch die Kirche, und die Zeremonie konnte endlich beginnen.

Theophanu folgte ihr nicht mit der vollen Aufmerksamkeit, zu sehr war sie mit ihren Gedanken beschäftigt. Gott hatte ihr seine Gnade erwiesen. Sie war jetzt überzeugt, dass seine Gnade sie auch weiterhin begleiten würde. Auch auf dem Weg nach Italien, den sie endlich antreten wollte.

»Ich spiele keine Frau«, erklärte Otto mit Inbrunst und verschränkte die Arme vor der Brust.

»Doch nicht irgendeine Frau«, berichtigte ihn seine Schwester, »sondern Adelheid, unsere Großmutter, die stolzeste Frau, die je geherrscht hat.«

»Und was ist mit Mutter?«

Sophie überlegte. »Natürlich ist sie auch stolz. Und schön. Aber manchmal trifft sie einfach nicht die richtigen Entscheidungen.«

Sie hatte der Mutter immer noch nicht verziehen, dass sie von beiden Bischöfen anstatt nur von Willigis, wie sie es wünschte, geweiht worden war. Sie nahm ihren Schleier kurzerhand ab und trat zu Otto. »Komm, beug dich nach vorne.«

Sie schlang ihrem Bruder das Tuch kunstvoll um den Kopf. »So, jetzt siehst du richtig gut aus.«

Otto verzog das Gesicht. »Und du spielst Großvater?«

»Nein, ich bin Heinrich. Ich habe dir doch schon hundertmal

gesagt, dass der Vater des Bayernherzogs Adelheid aus dem Verlies befreit hat, und nicht Otto. Er kam in seinem Auftrag.«

Sophie klatschte in die Hände. »Ach, ist das aufregend! Ich wünschte, mir würde auch einmal ein Mann so seine Liebe beweisen.«

Otto sah sie stirnrunzelnd an. »Du bist doch gerade erst Nonne geworden.«

»Na und? Das hier ist ein Stift, ich kann jederzeit wieder austreten.« Sie überlegte. »Und außerdem mache ich sowieso, was ich will«, fügte sie noch energisch an.

Otto zuckte mit den Schultern. Er kannte seine ältere Schwester mittlerweile gut genug, um zu wissen, dass Widerspruch zwecklos war. Sie redete sich dann nur in Rage, und am Ende würde sie so zornig werden, dass sie keine Lust mehr hatte, mit ihm zu spielen. Dabei war er froh, dass sie nach der Einkleidung noch in Gandersheim geblieben waren. Endlich hatte er mal andere Gesellschaft als seine alten Lehrer. Hier mit Sophie in den Kellergewölben des Stifts herumzulaufen, war einfach spannender als der beste Unterricht. »Und wie geht es jetzt weiter?«, fragte er.

»Na, ist doch ganz einfach. Du tust so, als ob du selig schlummerst. Ich komme durch den Geheimgang und wecke dich.«

»Aber hier ist doch gar kein Geheimgang.«

»Wenn es jeder wüsste, wäre er nicht geheim.«

Sophie lächelte, machte zwei Schritte nach hinten und war dann tatsächlich verschwunden. Otto erschrak. »Sophie! Sophie!«, rief er.

Er schaute hinter alle Vorsprünge und in die dunkelsten Ecken des Gewölbes, aber seine Schwester blieb verschwunden. Sein Herz raste, und er atmete schwer. »Sophie!«, flüsterte er.

Doch er war mutterseelenallein. Otto sank auf dem Boden zusammen und begann zu weinen. Erst leise und verhalten, dann immer heftiger. Sophie zwängte sich aus einem engen Spalt, der kaum als solcher erkennbar war, hervor. »Du solltest doch schlafen und nicht heulen!«, erklärte sie ungehalten. »Adelheid war eine mutige Frau und kein Waschweib.«

Doch dann sah sie ihn verwundert an. »Du weinst ja richtig! Aber Otto, du musst keine Angst haben.«

Sophie nahm den Bruder in den Arm. »Ich bin doch wieder da. Alles ist gut.«

Langsam wurde Otto ruhiger. Er machte sich aus Sophies Armen frei. »Versprich, dass du es keinem erzählst«, verlangte er.

»Nur, wenn du mir sagst, was passiert ist.«

Otto sah Sophie unentschieden an. Diese baute sich vor ihm auf. »Los!«

»Es kommt manchmal über mich.«

»Ja, aber doch nicht einfach so. Ist es die Dunkelheit? Macht dir Finsternis Angst?«

»Aber nein! Ich bin der König.«

Sophie zuckte mit den Schultern. »Jetzt bild dir bloß nichts darauf ein. Könige sind auch nicht vollkommen. Nimm Großvater. Er stampfte zum Beispiel wie ein Elefant.«

Otto gab sich einen Ruck. »Es ist immer, wenn ich plötzlich allein bin. Wenn ich nicht damit rechne, und plötzlich sind alle um mich herum verschwunden.«

Sophie sah ihn zweifelnd an. »Ich bin froh, wenn ich endlich mal meine Ruhe habe. Am liebsten hätte ich ein eigenes Zimmer, aber das bekomme ich erst, wenn ich Äbtissin bin.«

Otto senkte den Kopf. »Ich habe das, seitdem ich mich von Mutter trennen musste. In Verona. Sie hatten mir nichts gesagt.«

»Du hättest sowieso nichts verstanden. Du warst zu klein.«

»Trotzdem wäre es dann nicht so schlimm gewesen.«

Sophie lächelte. »Ein komischer König bist du. Nicht wie dein Vater und auch nicht wie Großvater.«

»Meinst du, dass ich es schaffe?«

»Natürlich. Wozu hast du denn eine große Schwester? Ich werde dir immer beistehen.«

Er strich Sophie über das Haar. »Meine liebste Schwester!«

Dann wickelte er sich den Schleier ab. »Lass uns trotzdem was anderes spielen.«

Sophie legte den Kopf schief. »Na gut. Ich bin Äbtissin und du schon Kaiser.«

»Das hört sich gut an.«

Dann blickte Otto ein wenig ratlos. »Und was machen wir?«

»Na, herrschen natürlich.«

Sophie sah sich um und entdeckte zwei alte, morsche Kisten, die sie heranzerrte, sodass sie nebeneinander standen. Sie zeigte auf die eine. »Das ist dein Thron. Steig ruhig drauf.«

Otto tat wie geheißen, während sich Sophie auf die zweite Kiste setzte. »Und das ist mein Äbtissinnenstuhl.«

Es störte Otto ein wenig, dass Sophie sich die wesentlich größere der beiden Kisten ausgesucht hatte. Aber als er sah, wie stolz sie darauf thronte, vergaß er seinen Ärger. Sie war eben *dilectissima soror*, seine allerliebste Schwester.

»Ich werde Euch dreihundert Panzerreiter zum Geleit stellen«, erklärte Willigis.

Er zeigte sich großzügiger, als es von ihm erwartet wurde. Ihn plagte immer noch sein schlechtes Gewissen, weil er sich bei Sophies Weihe gegen Theophanu gestellt hatte. Er war nur froh, dass sie den Streit so großzügig beigelegt hatte. Und das wollte er ihr nun vergelten. Aber Theophanu schüttelte den Kopf. »Danke, Willigis, aber ich brauche deine Krieger nicht.«

Willigis schluckte. Sie hatte ihm also noch nicht verziehen. Er war selber schuld. Wie hatte er sich nur zu solchem Ungehorsam anstiften lassen können! »Ehrwürdige Kaiserin, ich weiß, dass ich gefehlt habe …«

Theophanu sah ihn erstaunt an. »Ihr sprecht von der Weihe?«

Sie winkte ab. »Nein, Willigis, am Ende haben sich doch alle gütlich geeinigt. Ich glaube, meine Tochter ist die Einzige, die immer noch ein wenig Groll gegen mich hegt. Sie ist genauso dickköpfig wie ich.«

»Aber warum verschmäht Ihr dann mein Angebot? Warum darf gerade ich Euch keine Kämpfer senden?«

»Ich will keine Panzerreiter, auch kein Fußvolk. Ich werde ohne Heer in Rom einziehen.«

Theophanu spürte, wie sich alle Blicke auf sie richteten. Willigis, Gerberga, Jannis und Mathilde waren einen Moment stumm vor Staunen. Jannis hatte sich als Erster gefasst. »Das hat bisher noch keiner gewagt, nicht Otto der Große und auch nicht Euer Mann.«

»Ich habe meine Gründe.«

»Genau, wie die anderen ihre Gründe für eine gute Streitmacht hatten«, rief Mathilde. »Die Römer mögen wie zivilisierte Menschen wirken, solange man sie unter Kontrolle hat. Aber wehe, sie sind losgelassen …«

Gerberga nickte. »Mathilde hat Recht. Denk dran, wie oft sie mit den Päpsten kurzen Prozess gemacht haben.«

»Allein zwei mussten in letzter Zeit ihr Leben lassen«, fügte Jannis an. »Der eine wurde erdrosselt, der andere vergiftet.«

»Genau«, fiel Mathilde ein. »Und uns nennen sie Barbaren!«

Theophanu schüttelte den Kopf. »Ihr malt den Teufel an die Wand. Gerade, damit so etwas nicht passiert, werde ich ohne Heer gehen.«

Gerberga wandte sich stirnrunzelnd an Jannis. »Sind das Eure Lektionen in Logik, die jetzt so eigenartige Blüten treiben?«

Theophanu lehnte sich in ihrem Stuhl zurück. »Ich gebe euch ein Beispiel. Jahr für Jahr sind die Fürsten der Ostmarken in das Slawengebiet eingefallen und haben dort gewütet. Mit welchem Erfolg?«

Die drei schwiegen. Theophanu fuhr fort. »Mit keinem. Im Gegenteil, wir haben mehr Gebiete verloren, als wir dazugewonnen haben.«

»Aber Meißen und die Nordmark konnten gehalten werden.«

»Nur, weil ich rechtzeitig den Befehl zum Rückzug gab. Hätten wir sie noch länger gereizt, wären sie vielleicht erneut wie ein Sturm über unser Land hinweggefegt.«

Jannis trommelte ungeduldig mit den Fingern auf den Tisch. »Wenn Ihr die Römer mit den Slawen vergleicht, werden sie Euch direkt in die Engelsburg stecken.«

»Nicht, wenn ich den entsprechenden Rückhalt habe.«

»Verzeiht, aber es war schon schwer genug, Eure Regentschaft hier durchzusetzen. Warum glaubt Ihr, es ausgerechnet bei den Römern so einfach zu schaffen?«

»Weil ich ihre Unabhängigkeit akzeptiere. Ich verzichte darauf, sie durch ein großes Heeresgeleit zu provozieren.«

Willigis sah sie an. »Ihr wollt ihnen beweisen, dass Ihr keine Schutzmacht braucht?«

Theophanu nickte. »Ich bin schließlich ihre Kaiserin!«

Triumphierend sah sie in die Runde. Dass sie mit diesem ungewöhnlichen Vorgehen vor allem Adelheid ausstechen wollte, verschwieg sie lieber.

Es war früh am Morgen, als die kleine Gruppe reisefertig war. Die Pferde waren bepackt, und Jannis und die anderen, die Theophanu nach Rom begleiten sollten, hatten sich im Hof versammelt. »Wo ist Otto?«, fragte Mathilde, die den Tross verabschieden wollte.

»Ich nehme an, er schläft«, antwortete Theophanu.

Mathilde sah sie erstaunt an. »Aber es geht doch gleich los.«

»Er wird nicht mitkommen, diesmal noch nicht.«

»Aber er ist der König. Sie wollen ihn sehen.«

»Sie werden noch Gelegenheit genug dazu haben. Ich will alles für die Kaiserkrönung vorbereiten.«

Damit drehte sich Theophanu zu ihrem Pferd. Sie wollte nicht, dass Mathilde ihre Angst bemerkte, die sie daran hinderte, ihren Sohn mitzunehmen. Sie war nämlich keineswegs so überzeugt, dass ihr Plan funktionierte, wie sie es vorgegeben hatte. Aber Otto wollte sie auf keinen Fall in Gefahr bringen, wie es beim Slawenfeldzug passiert war. Lieber trennte sie sich noch einmal von ihm, obwohl ihr das unsägliche Schmerzen bereitete.

Sie blickte über ihr Gefolge. Alle waren fertig. Sie warteten nur auf ihr Zeichen, aufzubrechen. Theophanu zögerte. Zu gerne hätte sie Otto noch einmal umarmt. Sie war sich nicht sicher, ob sie jemals wieder eine Gelegenheit dazu bekommen würde. Aber dann drängte sie diese Gedanken beiseite. Wenn es zum Schlimmsten kommen sollte, wusste sie, dass für Otto gesorgt war. Heinrich würde sich seiner annehmen, aber diesmal bestimmt nicht mehr mit dem Hintergedanken, ihm die Krone zu nehmen. Es war richtig gewesen, Heinrich zu sagen, dass Otto sein Sohn ist. Theophanu hob den Kopf. Und es würde sich auch als richtig erweisen, unbewaffnet nach Rom zu reisen.

Otto rannte die Stufen vom Turmzimmer nach unten. Er rieb sich den Schlaf aus den Augen, als er nach draußen trat. Doch der Hof war leer. Nur Mathilde stand noch am Tor und sah in die Ferne. Er trat neben sie und erkannte nun auch die sich entfernenden Reiter. »Wer ist da weggeritten?«

Er sah seine Tante an.

Die zögerte. »Nur ein kleiner Zug, nicht viele.«

»Das sehe ich auch. Aber wohin sind sie unterwegs?«

»Nach Rom.«

»Nach Rom?« Ottos Augen wurden groß vor Staunen. »Hat Mutter einige Leute vorausgeschickt?«

Mathilde sah betreten zu Boden. Otto runzelte die Stirn. »Wo ist Mutter? Warum ist sie nicht hier, um sie zu verabschieden?«

Mathilde hob seufzend den Kopf. Es hatte keinen Sinn. »Die Kaiserin ist mitgeritten.«

»Mutter? Warum hat sie mir nichts gesagt?«

Mathilde zuckte mit den Schultern. »Ich nehme an, sie wollte dich nicht beunruhigen.«

Otto spürte, wie sein Herz zu rasen begann. Sein Hals schnürte sich zu. Er öffnete den Mund, um noch Luft zu bekommen. Seine Tante sah ihn besorgt an. »Otto? Was ist mit dir?«

Otto rang stärker nach Luft. Es würde nur besser werden, wenn er weinte. Aber er wollte nicht. Nicht vor Mathilde. Und schon gar nicht wegen Theophanu. Er trat mit aller Macht gegen einen hölzernen Eimer, der in hohem Bogen wegflog und einen der Hunde traf, der sich friedlich eingerollt hatte, um ein Nickerchen zu halten. Aufjaulend trollte sich das Tier. Otto holte tief Luft. Es ging schon besser. Er schüttelte die Hand ab, die Mathilde ihm auf die Schulter legte, und ging zurück zur Burg, dem mit eingezogenem Schwanz dastehenden Hund noch einen Tritt verpassend.

Adelheid hockte auf dem Boden ihrer Kemenate im Palast von Pavia und drehte ihre Schmuckschatulle um, sodass Armreifen, Ohrgehänge, Ketten und Ringe auf den Marmor purzelten. Es war ein einziges Blinken und Glitzern, was jeden vor Ehrfurcht hätte erstarren lassen. Adelheid aber wühlte unbeeindruckt darin herum und zog einige Stücke heraus, um sie entweder zur Seite zu legen oder wieder in den Haufen zu werfen. »Am liebsten würde ich alles mitnehmen.« Sie sah zu Pater Martin, der ihr Treiben beobachtete. »Aber ich will Räubern kein unnötiges Ziel bieten.«

Martin nickte. »Das ist vernünftig. Der Weg über die Alpen ist ohnehin gefährlich.«

Adelheid seufzte. »Aber ich könnte es nicht ertragen, wenn sie auch nur ein Teil davon trägt.«

Sie sah ihn an. »Kann ich den Schmuck nicht bei Euch in Verwahrung geben?«

Martin wehrte ab. »Aber liebste Adelheid, ich glaube nicht, dass das nötig ist. Die Kaiserin hat eigenen Schmuck, mehr als genug, und in einer Pracht, wie ihn selbst hier noch nie jemand gesehen hat.«

Adelheid stand auf und stemmte die Hände in die Hüften. »Sie hat Euch also auch schon so bezirzt, dass Ihr nicht mehr klar denken könnt.«

Der Pater schüttelte den Kopf. »Nein, Ihr habt mich falsch verstanden …«

Aber die alte Kaiserin unterbrach ihn. »Glaubt mir, ich kenne sie. Seht doch einfach mal, wie sie hierher reist, ohne Heeresgeleit. Das macht sie doch nur, damit jeder Mann sich sofort als Beschützer aufspielt und dafür sorgt, dass dieser hilflosen Frau nichts getan wird.«

»Das glaube ich nicht«, widersprach Martin.

»Aber damit kommt sie schon seit Jahren durch: Seht her, hier kommt die schöne Prinzessin aus Konstantinopel!«

»Ich verstehe Euren Zorn. Es war nicht klug von ihr, Jannis zum Haupt Eurer Fiskalkammer zu benennen.«

»Nicht klug? Es ist geradezu dreist. Aber sie wird schon sehen, was sie davon hat. Erbsenzähler sind hier nicht willkommen.«

Adelheid lächelte zufrieden, aber dann nahm ihr Gesicht einen bitteren Zug an. »Aber was ich ihr wirklich nicht verzeihe, ist, dass sie ohne den kleinen Otto kommt. Und es gibt nur einen Grund: Sie will ihn mir auf Gedeih und Verderb entziehen.«

Die alte Frau schüttelte den Kopf. »Meint sie denn wirklich, ich wolle ihm schaden?«

Martin fasste Adelheid beruhigend am Arm. »Vielleicht wäre es doch besser, Ihr bleibt und sprecht Euch einmal ganz in Ruhe mit ihr aus.«

Adelheid sah ihn an, als wäre er eine Erscheinung. »Das würde sie nur als Schwäche auslegen.«

»Aber wie wirkt es, wenn Ihr schon weg seid, bevor sie eintrifft? Sieht es nicht unweigerlich nach …« Martin zögerte, bevor er es aussprach. »… einer Brüskierung aus?«

Er machte sich auf eine scharfe Zurechtweisung gefasst. Doch zu seiner Überraschung lachte Adelheid. »Genau das soll es auch sein.«

Theophanu ritt hoch erhobenen Hauptes an der Spitze einer Hand voll Herzöge und Kirchenfürsten, die nur von einer kleinen Garde und den Bediensteten begleitet wurden. Sie konnte zwischen den vielen Steinhäusern erkennen, dass sogar die von der Hauptstraße abzweigenden Gassen befestigt waren. Doch dieser Anblick war für sie kein Grund zur Freude. Denn normalerweise wäre ihr die Aussicht durch ein Meer an Leibern versperrt gewesen, hätten die Füße der Zuschauer den Straßenbelag vollständig bedeckt. Doch nur vereinzelt hatten sich Neugierige eingefunden, die den Einzug der Kaiserin beobachteten. Auch die Jubelrufe fielen äußerst spärlich aus, und vielerorts lugten Köpfe kurz aus den Fenstern, um sich dann schnell ins Innere der Häuser zurückzuziehen und die Läden zu schließen.

Trotzdem erlaubte Theophanu keine Änderung der vorher festgelegten Route. Sie ritten durch ganz Pavia, bevor sie in den Hof des Palastes einzogen. Kaum waren die Pferde zum Stehen gekommen, verschwand Theophanus zur Schau getragenes Lächeln. »Was hat sie sich nur dabei gedacht, einfach abzureisen? Sie hätte uns empfangen müssen!«

Jannis, der ebenfalls absaß, nickte. »So waren die Leute verunsichert, wie sie sich verhalten sollen. Adelheid ist hier sehr beliebt.«

»Und ich kann Euch auch gleich sagen, warum.«

Theophanu ließ sich von einer Magd ins Innere des Palastes führen. Jannis folgte ihr. Doch anstatt sich nach der langen Reise ein wenig zu erfrischen, suchte Theophanu gleich die Schreibstube auf, wo alle Urkunden aufbewahrt wurden. Prüfend trat sie an die Regale heran und versuchte in dem Durcheinander von Büchern und losen Pergamenten ein System zu entdecken. Schließlich räumte sie alles aus und breitete es auf den Boden. Sie rollte ein Schriftstück nach dem anderen auf, studierte alle Listen und Eintragungen in den Büchern. Schließlich sah sie hoch. »Eigentlich ist es nur gut, dass sie weg ist. Sie hat ohnehin nichts getan.«

Theophanu stand auf. »Weder über die Einnahmen anständig Buch geführt noch die Ausgaben korrekt aufgelistet. Und wisst Ihr was? Es war Absicht, damit niemand mitbekommt, wie verschwenderisch sie hier gewaltet hat. Kein Wunder, dass sie allseits beliebt ist. Aber die Zeiten sind jetzt vorbei.«

Jannis nickte. Er fragte sich, was für einen Empfang ihnen die Römer wohl erst bereiten würden.

Theophanu konnte mit ihrem Einzug in Rom durchaus zufrieden sein. Es gab sogar bereits erste Gespräche mit dem Papst über die Kaiserkrönung Ottos. Allerdings wollte Johannes sich nicht festlegen, und langsam verstand Theophanu auch, warum. Sie weilte nun schon drei Monate in Rom, ohne dass sie der heimliche Herrscher Roms, Crescentius Nomentanus, auch nur einmal hier in ihrer Villa aufgesucht hätte. Der Papst aber wartete darauf als eine Art Zeichen des Einverständnisses für seine weiteren Verhandlungen mit der Kaiserin. Niemand in dieser Stadt schien etwas ohne die ausdrückliche Erlaubnis dieses Mannes zu tun, der sich selber Consul nannte.

Crescentius Nomentanus stammte aus einer einflussreichen Familie, die viele Besitzungen in und um Rom hatte und die noch nie daran gedacht hatte, sich einem Kaiser, und schon gar nicht einem aus dem fernen Norden, zu unterwerfen. Theophanu drängte die Gedanken beiseite. Heute war der 7. Dezember, und sie würde das Totengedächtnis für ihren Mann halten. Wenigstens an diesem Tag wollte sie sich nicht von Crescentius ablenken lassen. St. Peter war bereits gut gefüllt, die Messe musste jeden Moment beginnen. In feierlichem Zug würde der Papst bis hier zum Paradies ziehen, wie die Vorhalle des östlichen Eingangs genannt wurde, in der ein Standbild des Herrn die Eintretenden segnete und wo Theophanu bereits vor dem Grab ihres Gatten kniete.

Otto ruhte in einem marmornen Reliefsarkophag mit prächtigem Figurenschmuck, der einst einer der ganz großen Familien Roms gehörte. Der mächtige Sargdeckel aus reinem Porphyr stammte aus dem Mausoleum des Hadrian. Theophanu versuchte, endlich die nötige Ruhe zu finden, um ihrem Mann nahe sein zu können. Es dauerte sie sehr, dass sie vor lauter Anspannung, ob ihre Romreise von Erfolg gekrönt sein würde, bis jetzt noch nicht zu wahrer Andacht fähig gewesen war. Doch ausgerechnet, als sie die Hände gefaltet und den Blick gesenkt hatte, störten laute Schritte die Ruhe. Sie blickte auf und sah einen kleinen, beleibten Mann, in eine weiße Toga gehüllt, deren perfekter Faltenwurf fast den ganzen Körper bis auf den rechten Arm verdeckte. Es war das erste Mal, dass sie jemanden mit diesem Kleidungsstück sah, das vorzugsweise die römischen Senatoren getragen hatten. Und sie wusste, dass es in Rom nur einen gab, der die Toga in so unverhülltem Stolz und im Bewusstsein der Fortsetzung dieser glanzvollen Zeit trug: Theophanu sah sich Crescentius Nomentanus gegenüber. Endlich war er gekommen, um ihr die nötige Ehrerbietung zu erweisen. Theophanu erhob sich und wartete seine Verbeugung ab. Doch stattdessen sprach er sie gleich an. »Seid gegrüßt, ehrwürdige Theophanu!«

Theophanu wusste nicht, was die größere Brüskierung war: dass er ihr den Kaisertitel verweigerte oder dass er sich nicht vorstellte. »Es tut mir Leid, aber ich möchte erst meines Mannes gedenken«, beschied sie ihm kühl.

Crescentius nickte. »Genau dabei möchte ich Euch behilflich sein.«

Theophanu runzelte die Stirn. »Danke, aber ich wüsste nicht, was Ihr dabei für mich tun könnt.«

»Nun, ich stelle Euch einige Leute und Pferde für den Abtransport der sterblichen Reste Eures Gatten zur Verfügung.« Er warf einen Blick auf die Grabstätte. »Den prächtigen Sarkophag müsst Ihr jedoch leider hierlassen. Er ist zu schwer.«

Es war ihm anzusehen, dass er das in Wirklichkeit keinesfalls bedauerte.

Theophanu war erstaunt. »Wer hat gesagt, dass ich meinen Mann mitnehmen werde?«

»Nun, sein Vater und Großvater haben ihre Grablege im Norden, dort, wo sie hingehören. Wollt Ihr das Eurem Gatten vorenthalten?«

Theophanu schüttelte verwirrt den Kopf. Dieser Mann verlangte von ihr, Ottos Totenruhe zu stören. Andererseits war Otto wirklich der Einzige aus seiner Familie, der in der Fremde bestattet war. Theophanu hatte sich nie gefragt, ob es Ottos Wunsch gewesen wäre, in die Heimat zurückzukehren. Sie strich mit ihrer Hand über den Porphyr, der sich wunderbar weich, fast sanft anfühlte. Erneut ließ sie sich auf die Knie sinken, den kleinen, dicken Mann in der Toga nicht beachtend. Sie wollte nur noch eins: sich ihrem Mann widmen. Sie umfasste den Sarkophag mit ihren Armen, presste ihren Oberkörper an den Stein und legte ihre Wange auf den Sargdeckel. Endlich fühlte sie sich ihm ganz nah, spürte, wie etwas von seiner Stärke auf sie überging. Bei allen Auseinandersetzungen und Missverständnissen, die zwischen ihnen bestanden, auf dem Totenbett hatten sie es beide erkannt: Sie waren füreinander bestimmt gewesen. Beide hatten sie Fehler gemacht, aber das tat ihrer Liebe keinen Abbruch. Genauso, wie Otto hier in Italien Fehler gemacht hatte und es trotzdem das Land seiner Sehnsucht geblieben war. Für die Italiener ließ er letztendlich sogar sein Leben. Theophanu wäre gerne noch lange so verharrt, in Zwiesprache mit Otto, ihrem geliebten Mann. Doch sie musste ihre Worte jetzt an jemand anderen richten. Theophanu stand auf. Sie sah, dass die Menschenmenge sich von den Kirchenbänken erhoben hatte und alle sich so nah wie möglich im Paradies drängten. Theophanu wandte sich an Crescentius. Plötzlich erschienen ihr die Falten seiner Toga gar nicht mehr so ehrfurchtgebietend, sondern fast wie erstarrt, Relikte aus einer anderen Zeit. Sie sprach leise, aber mit klarer Stimme: »Otto war Kaiser der Römer, und als Kaiser der Römer hat er hier seine letzte Ruhestätte gefunden. So soll es bleiben und keiner soll etwas daran ändern.«

Crescentius lächelte, was seinen Ärger nicht ganz verbergen konnte. »Wer seid Ihr, dass Ihr es wagt, mit solcher Bestimmtheit zu sprechen?«

Hatte eben noch ab und an einer in der Menge geflüstert, so war es jetzt totenstill. Theophanu brauchte nicht lange zu überlegen. Stolz hob sie den Kopf. »Ich bin Theophanu – von Gottes Gnaden Kaiserin.«

Erst flüsterten es die Leute, dann wurde der Ruf immer lauter. »Von Gottes Gnaden Kaiserin.«

Theophanu stand hoch aufgerichtet, noch lange, nachdem Crescentius Nomentanus gegangen war. Immer wieder und wieder hallte es im Inneren der Kirche wider. »Theophanu – von Gottes Gnaden Kaiserin.«

Adelheid saß am offenen Fenster. Sie blickte vom Turmzimmer der Burg ihres Bruders aus direkt in den Süden. Er hatte ihr hier in Burgund einen warmen Empfang bereitet, aber auch das konnte sie nicht von dem ablenken, was sie von Theophanu aus Pavia hörte. Gerade hatte sie einen Brief von Pater Martin erhalten. Sie war dabei, ihm zu antworten. »Es hat mich sehr gefreut, das Neueste aus der Heimat zu erfahren.«

Adelheid hielt inne. Sie war zu alt, um aus Höflichkeit zu lügen. Der Brief hatte ihr den ganzen Tag verdorben. Adelheid strich das Geschriebene durch. Doch ihre Bewegung war vor lauter Ärger so ungestüm, dass sie sich mit der gerade erst angespitzten Feder in den Handrücken ritzte. Sofort sickerten einige Blutstropfen auf das Pergament. Adelheid betrachtete sie zornig. Unwillkürlich fuhr sie mit der Feder durch das Blut und verteilte es. Der Kiel kratzte über die Unterlage, sodass Adelheid eine Gänsehaut den Rücken hinunterlief. Mit weit aufgerissenen Augen folgte sie dem Verlauf der Feder, die sich fast wie von selbst über das Blatt bewegte und rote Buchstaben formte, die groß und krakelig bald alles bedeckten. Das Kratzen wurde lauter und lauter, bis Adelheid das Gefühl hatte, ihr würde gleich das Trommelfell zerspringen. Sie ließ die Feder fallen, die vom Pult hinab auf den Boden rollte. Doch es war zu spät. Das Kratzen hallte längst in ihrem Kopf wider, mochte sie sich auch noch so fest die Ohren zuhalten. Aber noch schlimmer waren die Worte, die sich nun leuchtend rot von dem weißen Untergrund abhoben. Es waren dieselben Worte, die jetzt in aller Munde waren, die Worte, mit denen Theophanu es als erste Frau gewagt hatte, zu urkunden: »*Divina gratia imperatrix augusta.* Theophanu – von Gottes Gnaden Kaiserin«. Adelheid brach erschöpft über dem Pult zusammen. Erst ihre Tränen brachten ihr Erleichterung und verwischten die blutrote Schrift.

Kapitel 21

Otto betrachtete die beiden am Tisch sitzenden Knechte streng. »Habt ihr euch auch daran gehalten und seit gestern Morgen nichts gegessen?«

Beide nickten eifrig. »Hört, wie mir der Magen knurrt!«, rief der eine aus, während er auf seinen dicken Bauch deutete.

»Und mir ist schon ganz flau vor Hunger«, beteuerte der andere, eher zart von der Statur.

»Na gut, ich will es euch glauben«, erklärte der Neunjährige gnädig.

Er klatschte in die Hände, und sofort eilte eine Magd mit einem Tablett herbei, auf dem ein ordentlicher Braten lag. Sie stellte es vor den beiden Männern ab und begann das Fleisch auf Ottos Befehl hin zu zerteilen. Der nickte zufrieden, als Sophie hinzu trat.

»Was soll das bedeuten?« Sie wandte sich mit schneidender Stimme an die beiden Knechte. »Habt ihr nichts Besseres zu tun, als euch füttern zu lassen?«

Die beiden blickten betreten zu Boden und erhoben sich, als Otto dazwischenging. »Ihr bleibt sitzen.«

Sofort plumpsten die beiden zurück auf die Bank. Otto wandte sich an Sophie. »Sie machen das auf meine Anordnung. Es ist ein Experiment.«

»Dann nehme ich auch teil. Der Braten sieht richtig lecker aus.«

Sophie trat näher zum Fleisch, aber Otto schüttelte den Kopf. »Es geht nicht um das Fleisch, sondern darum.«

Er zog einen kleinen, silbernen Gegenstand aus den Falten seines Umhangs, der einen langen Griff und drei sich daraus teilende Spitzen hatte. »Ich habe es nach meinen Entwürfen vom Schmied anfertigen lassen.«

»Ein schlechter Bratspieß, viel zu klein. Du wirst dir die Finger verbrennen, wenn du damit Fleisch ins Feuer hältst.«

»Dafür ist es auch nicht gedacht«, erklärte Otto.

Sophie legte den Kopf schief und betrachtete den Gegenstand erneut. »Als Heugabel wäre es nur etwas für Zwerge oder …«

Sie sah ihn plötzlich prüfend an. »Sag mal, du spielst doch in deinem Alter nicht mehr mit Puppen?«

»Ich habe noch nie mit Puppen gespielt«, erwiderte Otto beleidigt. »Ich bin ein Mann.«

»Dann sag endlich, was du da in der Hand hast.«

Statt einer Antwort trat Otto zu dem dampfenden Fleischberg auf dem Tablett, hielt den Gegenstand am Griff und versuchte, mit den Spitzen ein besonders dickes Stück aufzuspießen. Schließlich gelang es ihm. Stolz führte er es zu Sophies Mund. Die Augen der beiden Knechte folgten dem Brocken und sahen schmachtend, wie Otto seine Schwester damit fütterte. »Na?«, fragte Otto erwartungsvoll. »Hast du jetzt begriffen?«

Sophie zuckte mit den Schultern. »Nicht ganz. Wozu benutzt du dieses Ding, wenn du doch zwei gesunde Hände und ein Messer hast?«

»Weil es gesitteter aussieht. Mutter wird es bestimmt gefallen.«

»Du hast es für Theophanu gemacht?«, fragte Sophie spitz.

Otto nickte. »Ich will sie damit überraschen, wenn sie zurückkommt. Sie hat oft genug von solchen Esswerkzeugen aus Konstantinopel geschwärmt.«

Es würde ihrem griechischen Geist, der oft genug unter der sächsischen Bäuerlichkeit litt, bestimmt gefallen, wenn es so etwas auch an ihrem Hof gab. Auf jeden Fall ging die Zeit bis zum Wiedersehen mit der geliebten Mutter wesentlich schneller um, wenn er sich beschäftigte.

»Aber was haben die beiden damit zu tun?«, riss ihn Sophie

aus seinen Gedanken und deutete mit dem Kopf in Richtung der Knechte.

»Eine richtige Erfindung muss ausprobiert werden. Das weiß doch jeder.«

Otto ging zu der Tafel und hieß den einen der Knechte, sein Messer zu zücken. Dem zweiten reichte er den kleinen, von ihm entworfenen Spieß. »Du«, sprach er den Dicken an, »isst so schnell du kannst, wie du es immer tust, mit den Fingern und dem Messer.«

»Und du«, wandte er sich zu dem Dünnen, »darfst nur diesen Gegenstand benutzen.«

Der Dünne griff etwas skeptisch nach Ottos Konstruktion.

»Auf meinen Befehl geht es los«, erklärte Otto weiter.

»Nein, auf meinen«, ging Sophie dazwischen, stellte sich vor der Tafel auf und klatschte in die Hände. »Und los!«

Die beiden Männer widmeten sich sofort gierig dem Fleisch. Der Dicke grabschte mit seiner Linken nach dem größten und fettesten Stück und stopfte es sich in den Mund. Während er kaute und ihm der Saft aus den Mundwinkeln lief, spießte er mit dem Messer in der Rechten gleich mehrere kleine Stücke auf. Der Dünne hingegen hatte Schwierigkeiten, seinen dreizackigen Spieß in das faserige Fleisch zu stecken. Immer wieder fiel ihm der Brocken zurück aufs Tablett, bis er schließlich mit der Hand nachhelfen wollte. Doch Otto fiel ihm in den Arm. »Nein, das darfst du nicht.«

Aufseufzend versuchte er es erneut und bekam schließlich doch noch einen Brocken zwischen die Zähne. Allerdings hatte sein Nebenmann die besten Stücke bereits in sich hineingestopft und rülpste laut. Das Tablett war fast leer. Der Dicke putzte sich mit dem Ärmel das Fett von Mund und Kinn, während dem Dünnen auch noch das letzte Stückchen, das er auf dem dünnen Gestell balancierte, hinfiel, direkt einem der Hofhunde ins Maul.

Otto blickte ihn unzufrieden an. »Du bist ein ungeschickter Tölpel! Nur drei Stücke hast du abbekommen!«

Sophie blickte auf ihren Bruder. »Otto, jetzt sei nicht ungerecht. Aber mit diesem Ding hätte selbst der Dicke nicht mehr geschafft.«

Otto sah Sophie an und nahm dem eingeschüchtert dreinblickenden Knecht den kleinen Spieß ab. Mit einem Kopfnicken gab er den beiden Männern zu verstehen, dass sie gehen könnten.

Otto hielt das Silber in der Hand. »Vielleicht müssen die Enden spitzer sein und etwas länger.«

Er bewegte das Gerät in der Luft. »Und ich glaube, es ist besser, die Zinken zu biegen. So könnte man damit nicht nur aufspießen, sondern auch etwas darauf schaufeln. Gleich morgen werde ich es dem Schmied sagen.«

Sophie sah ihn zweifelnd an. »Der ganze Aufwand, um Mutter zu beeindrucken? Ehrlich gesagt, das ist doch übertrieben.«

Wenn einer Aufmerksamkeit verdiente, dann sie, die sich seit Mutters Abwesenheit aufopferungsvoll um den kleinen Bruder kümmerte.

»Was soll das heißen?«, wollte Otto wissen. »Ihr Italienzug war ein großer Erfolg.«

Sophie nickte. »Für sie.«

»Ja, für wen denn sonst?«

»Sie war eigentlich da, um dir den Weg zu ebnen.«

»Ich bin sicher, das hat sie gemacht.«

»Ach, dann hat sie wohl aus Versehen in eigenem Namen geurkundet anstatt in deinem? Erst als Theophanu – von Gottes Gnaden Kaiserin und dann auch noch als Theophanius Imperator – Kaiser Theophanius, aber kein Wort von dir.«

Otto überlegte kurz, bevor er antwortete: »Ich bin mir sicher, sie hat ihren Grund.«

Sophie nickte. »Ich kenne ihn.«

Otto runzelte die Stirn. »Mach es nicht so spannend.«

»Sie hat ein großes Vorbild, eine Kaiserin aus Konstantinopel. Eine Frau, die anstelle ihres unmündigen Sohnes geherrscht hat. Eine Frau, die einen männlichen Titel gewählt hat und sich Basileus nannte.« Sie sah ihn an. »Na, kommt dir das bekannt vor?«

»Na gut, Mutter scheint ihr nachzueifern. Aber ist das so schlimm? Du hast selber gesagt, sie war eine große Kaiserin.«

»Ich will dir sagen, was daran so schlimm ist: Eirene, wie diese Frau hieß, schreckte vor nichts zurück, um ihre Herrschaft zu mehren, vor gar nichts.« Sophie sah Otto durchdringend an, bevor sie fortfuhr: »Sie hat ihren eigenen Sohn blenden lassen, worauf er schließlich an den Folgen gestorben ist.«

Otto riss die Augen weit auf und schüttelte stumm den Kopf. Dann blickte er auf die Gabel in seiner Hand und schleuderte sie weit von sich. Sophie war einen Moment versucht, ihn zu beruhigen. Aber dann ließ sie es. Schließlich sollten Ottos Erfindungen in Zukunft seiner Schwester gelten.

Sie hatten den Aufstieg fast geschafft. Was Theophanu auf dem Hinweg noch anstrengend erschienen war, machte ihr jetzt kaum noch Mühe. Kein Wunder, hatte sie doch ihr Ziel erreicht, sich bei den Römern Respekt zu verschaffen. Es war ihr besser gelungen, als sie es sich erträumt hatte. Crescentius wagte es nicht mehr, sich gegen sie zu stellen, Papst Johannes stimmte der Kaiserkrönung Ottos zu, und sie urkundete in ihrem eigenen Namen. Allen war nun klar, dass mit Ottos Tod das Kaisertum keinesfalls erloschen war. Es lebte weiter, und solange ihr Sohn den Titel noch nicht tragen durfte, repräsentierte sie die Macht.

Die Frühlingsluft, die unten schon lau gewesen war, wehte ihr hier oben frisch um die Nase. Doch sie fror nicht, sondern genoss es, ihr Gesicht vom Wind umspielen zu lassen. Der Blick reichte nun weit in den Norden, wo sich ihr Reich bis zum Meer erstreckte. Und im Süden war es nun auch wieder gefestigt. Wie um sich dessen noch einmal zu versichern, zügelte sie ihr Pferd und wandte sich um. Doch ihre Bewegung geriet wohl zu hastig, denn das Packtier hinter ihr, das ein Knecht am Seil führte, scheute. Als Theophanu sah, wie es verängstigt mit den Augen rollte, musste sie unweigerlich an früher denken. Es war ihre gescheckte Stute, die jetzt zu alt war, um noch als Reitpferd zu taugen. Genauso hatte sie getänzelt, als Theophanu ihr damals die stachelige Kastanienhülle unter den Sattel legte, damit das Tier sie von der ungewollten Leibesfrucht befreite. Theophanu schüttelte sich, um die ungebetenen Gedanken zu vertreiben. Sie saß ab und versuchte, die Stute am Halfter zu packen, um sie zu beruhigen. Doch das Pferd scheute vor ihr zurück, kam ins Rutschen und stürzte den gerölligen Abhang hinunter in die Tiefe.

Ein Aufschrei des Entsetzens ging durch den Tross.

Einer der Fürsten kniete sich hin und betete und sofort machten es ihm alle, auch die Mägde und Knechte, nach. Gemeinsam beteten sie für die kostbare Fracht, die das Pferd getragen hatte: Die Reliquien des heiligen Albinus.

Doch Theophanu dachte einzig und allein an ihre Stute, die ihretwegen abgestürzt war. Nie hätte sie an dieser gefährlichen Stelle anhalten dürfen. Ihr kam die große Theodora in den Sinn, die Kaiserin von Konstantinopel, die aus einfachsten Verhältnissen aufgestiegen war. Ihr Vater, der Bärenwärter, hatte ihr bestimmt Achtung vor der Kreatur beigebracht. Theophanu biss sich auf die Lippen. Sie zerrte an ihren Perlengehängen, bis die Ohrläppchen rissen und die langen Stränge auf den Boden fielen. Sie war es nicht wert, Theodoras Lieblingsschmuck zu tragen.

Fieberhaft überlegte Theophanu, was zu tun war. »Steht auf!«, befahl sie den Knieenden. »Sichert die Tiere und schlagt Zeltdächer als Schutz auf. Wir werden nicht eher weiter reiten, bis wir das Pferd und die Reliquien geborgen haben.«

Die anderen sahen sie fassungslos an. Es ging steil bergab, und keiner konnte sich vorstellen, wie man Reliquie oder Pferd wieder hochschaffen sollte. Und vor allem würde es die Mühe um ein totes Pferd kaum lohnen.

Aber Theophanu wollte es wenigstens versuchen. Als sie näher an den Abgrund trat, um die Lage zu betrachten, schubste sie mit dem Fuß eine Perle an, die sich aus einem der Ohrringe gelöst hatte. Das wunderschön schimmernde Kleinod rollte langsam nach unten. Theophanu konnte sich an dem sanften Glanz nicht sattsehen und folgte der Perle, solange sie konnte, mit ihrem Blick. Und dabei entdeckte sie den schmalen Weg. »Da ist ein Pfad! Er geht in Serpentinen abwärts. Wenn wir dort entlang gehen, können wir die Reliquien und das Tier bergen.«

Die anderen sahen sie erleichtert an, wohl auch, weil sie diesmal die sterblichen Überreste des heiligen Albinus zuerst genannt hatte.

Einige beherzte Männer machten sich an den Abstieg. Es dauerte lange, bis sie zurückkehrten. Doch obwohl es empfindlich kühl wurde, suchte Theophanu keinen Schutz unter den mittlerweile aufgespannten Tierhäuten. Sie harrte aus. Und dann sah sie das Wunder. Die Männer hatten Reliquie und Pferd unversehrt geborgen. Als die Stute den schmalen Pfad erklommen hatte, kam sie auf Theophanu zu und stubste sie mit ihren feuchten, warmen Nüstern an.

Theophanu kniete auf dem staubigen Boden im Hof vor Otto nieder und schloss ihn fest in die Arme. Dann löste sie sich von ihm. »Otto, mein Schatz! Wie schön, dich endlich wiederzusehen!«

Sie erhob sich. »Wie groß du geworden bist!«

»Du warst ein halbes Jahr weg«, erklärte Otto kühl.

»Ja, ich weiß, es war lange. Aber für deine Krönung ist alles in die Wege geleitet, ist das nicht wunderbar?«

Otto sah seine Mutter an. »Es ging dir doch nicht nur um meine Krönung.«

Theophanu schüttelte den Kopf. »Nein, es gab noch so viel anderes zu tun. Aber das erzähle ich dir später. Wir haben nicht viel Zeit, Willigis hat ein Mahl ausrichten lassen, dass sich die Tische nur so biegen.«

Sie gasteten beim Erzbischof, da Mainz keine eigene Königspfalz besaß. Theophanu begann ein Stoffbündel aufzuknoten, das sie auf dem Boden abgestellt hatte. »Du wartest doch bestimmt schon ungeduldig, was ich dir mitgebracht habe, oder?«

Otto verzog keine Miene. »Meinetwegen können wir das auch auf morgen verschieben.«

Trotzdem linste er möglichst unauffällig auf das, was der Stoff jetzt freigab.

»Nein Otto, ich möchte es dir gleich zeigen. Ich bin sicher, es wird dir gefallen.«

Unter dem roten Samt kam glänzendes Elfenbein zum Vorschein. Es war ein zylindrischer Gegenstand, rundum mit eingeritzten Blüten und Blättern verziert, die sich zu einem aufwendigen Muster miteinander verrankten. Theophanu drückte Otto das Kunstwerk in die Hand. »Mach es auf!«

Otto löste den kleinen goldenen Verschluss und klappte die beiden durch ein filigranes Scharnier gehaltenen Hälften auf. Auf jeder Seite erschienen fünf halbkugelige Vertiefungen. Otto strich mit den Fingern über das blank polierte Elfenbein. Theophanu sah ihn gespannt an. »Ist das nicht schön?«

Otto nickte widerstrebend.

»Ein Händler in Ravenna hat es feilgeboten. Er sagte, es habe früher einmal einem sehr mächtigen Wesir gehört, der es für seinen kleinen Sohn hatte anfertigen lassen. Es diente zur Aufbewahrung von Spielsteinen für das Manqalaspiel.«

Otto schüttelte den Kopf. »Dieses Spiel kenne ich nicht.«

Er betrachtete den Behälter. »Was soll ich damit anfangen?«

»Ich dachte, du kannst all die kleinen Dinge hineintun, die du ständig mit dir rumträgst: einen schönen Stein, ein kleines Schneckenhaus …«

»Nein, ich sammle solche Sachen schon lange nicht mehr. Danke, Mutter, aber du schenkst es am besten jemand anderem.«

Er klappte die glänzende Schatulle zu und gab sie Theophanu zurück. »Du warst wirklich lange weg. Ich bin kein Kind mehr.«

Theophanu stand einen Moment stumm mit dem Behältnis in der Hand da. »Ich wollte dir doch nur eine Freude machen.«

»Gab es keine Waffen? Ein edles Schwert, ein besonderes Messer, das sind die Dinge, die mich interessieren.«

Theophanu begann, ihr Geschenk wieder einzuwickeln. »Doch, natürlich, wir werden schon noch etwas Passendes für dich finden.«

Sie lächelte ihren Sohn an, doch Otto sah genau, wie seine

Zurückweisung sie verletzt hatte. Er war schon versucht, an sie heranzutreten und seine Arme um ihren Hals zu schlingen, doch er rief sich Sophies Worte über diese Eirene in Erinnerung. Erst musste er Gewissheit haben. »Man sagt, du hast ganz außergewöhnliche Dinge in Italien getan.«

Theophanu schüttelte den Kopf. »Die Leute übertreiben. Ich habe nur versucht, unsere Herrschaft anerkennen zu lassen.«

Otto zuckte kaum merklich zusammen. Warum sagte sie »unsere« und nicht »deine«? Früher hätte ihn das nicht gestört, aber jetzt hörte er aufmerksamer hin. »Du hast in deinem Namen geurkundet.«

»Damit sie sehen, dass das Kaisertum weitergeführt wird, bis du gekrönt bist.«

»Nur deshalb?«

»Ja, warum denn sonst?«, fragte Theophanu verblüfft.

Otto malte mit seinem Fuß verlegen sein Monogramm in den staubigen Boden. Er wusste jetzt auch nicht mehr so recht, welchen Grund sie sonst gehabt haben sollte. Sophie hatte sicher übertrieben. Aber es konnte nicht schaden, auch den letzten Zweifel auszuräumen. Er machte einen Schritt auf Theophanu zu und legte ihr seine Arme um den Hals. »Ich bewundere dich wirklich. So eine Frau wie dich hat es noch nie gegeben.«

Theophanu lächelte, aber schüttelte dann den Kopf. »Leider hast du Unrecht. Es gab eine, die viel mutiger und stärker war als ich. Sie hat wahre Macht ausgeübt.«

Otto zitterte vor Anspannung. »Wer war diese Frau?«

»Eine Kaiserin, eine Basilea aus Konstantinopel.«

Otto sah seine Mutter an. »Ist sie … ist sie dein Vorbild?«

Theophanu nickte. »Wenn ich könnte, würde ich alles genauso wie sie machen.«

Otto erschrak. »Alles? Wirklich alles.«

»Ja, wirklich alles.«

Otto schauderte es. Am liebsten hätte er sich schutzsuchend an Theophanus Brust geschmiegt, doch ausgerechnet dieser Zufluchtsort war gerade eben zum unsicheren Hafen geworden.

In dem Augenblick erklang Hufschlag. Fast erleichtert, dass

er nicht mehr mit seiner Mutter allein sein musste, musterte Otto den Ankömmling, der von seinem Pferd absaß und sich vor Theophanu und Otto verbeugte. »Ehrwürdige Kaiserin, mein König!«

Der Mann war Mitte zwanzig, stämmig und mit einem offenen Gesicht. Er wirkte lebhaft und voller Tatendrang. »Entschuldigt mein plötzliches Auftauchen. Aber als ich hörte, dass Ihr hier seid, gab es kein Halten mehr für mich«, wandte er sich an Theophanu.

Die sah ihn amüsiert an. »Was treibt Euch denn zu mir?«

»Eure Tochter«, platzte der Mann heraus.

»Ich habe drei an der Zahl.«

»Natürlich, entschuldigt, aber ich höre eben immer nur von der einen, der Jüngsten.«

»Was sagt man denn über Mathilde?«, fragte Theophanu nach.

»Nur das Beste natürlich. Ihr müsst wissen, mein Vater ist Vogt ihres Stiftes.«

»Ich hoffe nicht, dass Ihr nur gekommen seid, um mir das zu berichten. Ich weiß, dass ich eine tugendhafte und schöne Tochter habe«, erklärte Theophanu.

»Nein, ich habe noch einen anderen Grund. Obwohl es mir noch nie vergönnt war, Mathilde zu sehen, bin ich überzeugt, dass sie genau die Richtige ist.«

Langsam wurde Theophanu etwas ungeduldig. »Die Richtige? Wozu?«

»Na, um sie zu heiraten. Ich möchte sie zur Frau. Habe ich das noch nicht gesagt?«, erklärte der Mann ehrlich verblüfft.

»Ihr habt Euch noch nicht einmal vorgestellt.«

Er wurde rot. »Verzeiht, ich bin Pfalzgraf Ezzo. Vor lauter Aufregung vergesse ich, was der Anstand erfordert.«

Jetzt trat Otto vor seine Mutter. »Dann bin ich gespannt, welche Ausrede Ihr für den größten aller Fehler habt.«

Ezzo und auch Theophanu blickten erstaunt auf das Kind.

»Ihr hättet Euch mit Eurem Anliegen an mich und nicht an meine Mutter wenden müssen. Ich bin der König.«

»Aber Ihr seid doch noch ein Kind.«

Otto sah ihn böse an. »Und Ihr seid nicht im Mindesten standesgemäß. Ein Pfalzgraf als Mann für die Tochter des Kaisers? Das hat man noch nie gehört.«

»Aber wir haben einen guten Ruf, ausgedehnte Besitzungen und …«

Theophanu fiel dem Pfalzgrafen ins Wort. »Seid unser Gast an der reich gedeckten Tafel. Danach können wir alles in Ruhe besprechen.«

»Nein, Mutter«, ließ sich Otto erneut vernehmen. »›Wir‹ werden gar nichts besprechen. Das ist einzig und allein meine Angelegenheit.«

Er blickte den Pfalzgrafen an. »Ich werde die Sache überdenken.«

Damit entließ der junge König Ezzo mit einer Handbewegung. Dem blieb nichts anderes übrig, als aufzusitzen und in Richtung Tor zu reiten.

Theophanus erster Gedanke war, ihren Sohn an den Schultern zu packen und ordentlich durchzuschütteln. Aber als sie ihn ansah, stellte sie fest, dass er dafür nun wirklich schon zu groß war.

Die zwölfjährige Mathilde saß mit ihren Schwestern im Schatten unter der ausladenden Kastanie im Hof. Sie waren alle drei anlässlich der Rückkehr ihrer Mutter angereist und würden sie gleich beim großen Festessen wiedersehen. Bis dahin vertrieben sie sich die Zeit. Adelheid, nur wenig älter als Mathilde, las die ganze Zeit aus der Heiligen Schrift. Sie war gerade bei einer ihrer Lieblingsstellen, der über das große Erdbeben, angelangt. »Und ich sage in meinem Eifer und im Feuer meines Zorns: Wahrlich, zu der Zeit wird ein großes Erdbeben sein im Lande Israels, dass vor meinem Angesicht erbeben sollen die Fische im Wasser …«

Doch Sophie, die Älteste, unterbrach sie: »Willst du nicht einmal still sein? Ich kann mich gar nicht konzentrieren!«

Sophie hatte eine Weltkarte vor sich ausgebreitet und studierte sie ausführlich.

»Bring die Karte lieber schnell wieder in die Bibliothek zurück, bevor einer merkt, dass du sie genommen hast. Nicht auszudenken, wenn sie zerknickt!«

»Wie soll sie zerknicken? Meinst du, ich habe sie das erste Mal in der Hand?«

»Du hast sie schon öfter entwendet?«, fragte Adelheid fassungslos.

»›Entwendet‹, wie sich das anhört! Ich bereite mich nur auf meine Zukunft vor«, gab Sophie zurück. »Hier, schaut nur, Jerusalem, der Mittelpunkt der Welt! Da möchte ich auch einmal hin.«

»Warum ausgerechnet du? Ich bete viel öfter«, entgegnete Adelheid.

Mathilde seufzte. Wahrscheinlich würden sie beide ihr Ziel erreichen. Sie bewunderte sowohl Adelheid für ihre Frömmigkeit als auch Sophies unerschrockene Art. Beide waren etwas ganz Besonderes. Nicht wie sie, die alles nur im Mittelmaß beherrschte. Ärgerlich sah Mathilde auf ihre Stickerei. Die an sich sanften Bögen des Rankenornaments waren eckig und ungleichmäßig ausgefallen. Mutlos ließ sie das Tuch in ihren Schoß sinken. »Kommt, es ist Zeit zum Essen«, rief Sophie, die Karte rasch zusammenrollend.

»Ich muss eben noch was auftrennen«, erklärte Mathilde.

So wollte und konnte sie ihre Stickerei nicht liegenlassen.

»Ach was«, widersprach Sophie. »Bis dahin haben die Pfaffen uns die besten Stücke weggefuttert.«

Sie bückte sich zu Mathilde, riss ihr das Tuch weg und warf es hoch in die Luft. Eine Windböe erfasste die Seide und trug sie davon. »Nein!«, rief Mathilde. »Meine Stickerei!«

Sie lief mit großen Sprüngen hinter dem Tüchlein her, ohne dabei den Reiter zu beachten, der zum Tor hin strebte. Er konnte sein Tier im letzten Moment zügeln und kam kurz vor Mathilde zum Stehen. »So passt doch auf!«, herrschte er die junge Frau an und saß ab.

Dann kam er näher. »Ist Euch etwas passiert?«

Er sah sie mit besorgtem Blick an. Doch sein Gesicht verriet sein sonst eher fröhliches Gemüt. Mathilde blickte in von Lachfältchen gesäumte blaue Augen, bevor sie sich abwandte und ihr Seidentuch unter den Hufen des Pferdes entdeckte. »O nein! Jetzt war alles umsonst!«, rief sie aus.

Der Mann folgte ihrem Blick, hob den Huf an und zog das Tuch heraus. Er betrachtete es. »Und deswegen seid Ihr fast unter meinem Pferd gelandet?«

Mathilde zog es ihm weg. »Ich weiß auch so, dass es nicht gelungen ist.«

Wütend knüllte sie es zusammen und wollte es gerade weit von sich schleudern, als der Mann nach ihrer Hand griff, sie festhielt und ihr die Stickerei entwand. Er blickte geradewegs in ihre blitzenden Augen. »Sie sind wunderschön ...«

Mathilde sah irritiert zu Boden, während der Reiter schnell fortfuhr: »... die gestickten Ornamente.«

Das ärgerliche Blitzen kehrte sofort in Mathildes Augen zurück. »Das sagt Ihr doch jetzt nur so. Kein Mensch findet sie hübsch.«

»Bitte, dann nehme ich das Tuch eben mit. Als Beweis, dass es mir ernst ist.«

»Nein, das dürft Ihr nicht. Ich muss die Arbeit mit nach Essen nehmen. Meine Äbtissin will sie sehen.«

»Ihr seid aus dem Stift Essen?«

Mathilde nickte.

»Dann müsst Ihr Mathilde sein!«

Die junge Frau nickte erneut. Der Mann lächelte. »Richtet Eurer Äbtissin aus, ich werde mir das Tuch abholen, zusammen mit Euch. Ich bin Pfalzgraf Ezzo, und ich habe eben beim König um Eure Hand angehalten.«

Mathilde konnte nicht glauben, was sie da hörte. Sie war so verblüfft, dass sie es zuließ, als Ezzo sich zu ihr beugte, um ihr einen Kuss zu geben. Dann saß er schnell auf und trieb sein Pferd an. Bevor er durch das Tor hinausritt, blickte er sich noch einmal um und lächelte ihr zu. Mathilde sah ihm lange nach. Sie hörte nur halb hin, als ihre Schwestern anfingen, sich über Ezzo lustig zu machen. Er war weder von beeindruckender Gestalt, noch bekleidete er einen hohen Rang. Aber er hatte sie unter den Schwestern ausgewählt, das war es, was zählte. Mathilde lächelte.

Der Hoftag im März 991 in Quedlinburg versprach wieder ein besonders prächtiges Ereignis zu werden. Es war das erste Osterfest nach Theophanus Rückkehr aus Italien im letzten Sommer. Und alle waren sie gekommen, die Fürsten, Grafen und Bischöfe aus dem ganzen Reich. Theophanu freute sich sehr darüber, und doch wartete sie ein wenig ungeduldig darauf, dass die Begrüßungszeremonie ein Ende fand. Denn sie hatte entdeckt, dass auch Mathilde mittlerweile angekommen war. Sie schien verändert, und Theophanu wollte so schnell wie möglich zu ihr.

Endlich konnte Theophanu sich ihrer Tochter widmen. Sie trat zu ihr, und Mathilde verbeugte sich vor ihr. Als sie sich wieder erhob, wusste Theophanu, dass ihr Eindruck sie nicht getäuscht hatte. Mathilde war in dem knappen Jahr seit ihrer letzten Begegnung gereift. Sie war schön, das konnte auch ihre schmucklose Tracht nicht verbergen. Im Gegenteil, ihr Gesicht schien nur noch mehr zu strahlen. Doch spürte Theophanu auch ihre Unruhe. »Was ist mit dir, mein Kind?«, fragte sie.

Mathildes Augen suchten unablässig die Menge der Versammelten ab. Sie leuchteten in dem Moment auf, als Pfalzgraf Ezzo eintraf. Theophanu lächelte, sie hätte es sich denken können. Nur die Liebe konnte einen Menschen so verändern.

Mathilde riss ihren Blick von Ezzo los und wandte sich Theophanu zu. »Hat Otto schon entschieden?«

Die Frage war Theophanu nicht angenehm. Sie hatte es den ganzen Winter vermieden, ihren Sohn auf die Angelegenheit anzusprechen. Sie fürchtete, dass die Kluft, die seit diesem Tag zwischen ihnen herrschte, nur noch tiefer würde. Jetzt tat es ihr Leid, dass sie Mathilde nichts Bestimmtes sagen konnte. »Er hat sich mir gegenüber noch nicht geäußert.«

Theophanu machte sich auf Vorwürfe gefasst. Mathilde würde sich zu Recht beschweren, dass sie zwar für ein ganzes Reich verantwortlich war, aber nicht mit ihrem eigenen Sohn fertig wurde. Theophanu fühlte sich schuldig. Nur um ihrer Bequemlichkeit willen setzte sie Mathilde der Ungewissheit aus. Aber ihre Tochter schwieg. Dafür sah die Mutter den harten Zug, der sich plötzlich auf ihrem Gesicht zeigte. Theophanu konnte sich vorstellen, wie der Kummer Mathildes Schönheit langsam, aber stetig zerfressen würde. Sie sah ihre Tochter als vor ihrer Zeit gealterte Frau, weil sie sie um ihr Glück gebracht hatte. Theophanu schüttelte das Bild ab und legte Mathilde die Hände auf die Schultern. »Ich werde gleich mit Otto sprechen. Er wird sich äußern, noch heute Abend.«

Sie sah, wie Mathildes Gesicht wieder weich wurde.

»Und glaube mir, er wird in deinem Sinne entscheiden«, versprach sie lächelnd.

Theophanu fand Otto bei Willigis, der dafür sorgte, dass jeder den für ihn vorgesehenen Platz einnahm und die immer noch eintreffenden Nachzügler nicht alles durcheinander brachten. »Otto, ich muss dich kurz sprechen.«

»Muss das sein? Du siehst doch, ich habe zu tun«, beschied er ihr.

»Es muss sein«, erklärte sie streng, woraufhin Otto ihr zu zwei Stühlen folgte.

Aber er blieb stehen, während Theophanu Platz nahm. »Es geht um Mathilde und Ezzo. Du weißt, der Pfalzgraf hat um ihre Hand angehalten. Du musst endlich eine Entscheidung treffen.«

»Keiner kann mich drängen, am wenigsten du.«

Da war sie wieder, diese plötzliche Ablehnung. Vielleicht war es einfach nur Unsicherheit. »Natürlich ist Ezzo nicht von gleichem Stande, aber dadurch wird er auch nie Thronansprüche stellen. Er ist keine Gefahr für dich.«

»Danke, Mutter, aber wenn ich deinen Rat bräuchte, hätte ich dich gefragt«, erwiderte Otto steif.

»Aber keiner kommt ohne Rat aus. Dein Großvater und dein Vater haben eine ganze Schar von klugen Männern und auch Frauen um sich gesammelt, auf deren Urteil sie größten Wert gelegt haben.«

Otto erhob sein Haupt. »Das mache ich auch. Aber ich suche mir meine Ratgeber selbst aus.«

Sein Blick fiel zu der großen Tür, durch die gerade ein neuer Gast eintrat: Es war keine andere als Adelheid. Als sie Otto entdeckte, lächelten sich die beiden an. »Ich habe Großmutter gebeten, zu kommen«, erklärte Otto.

Theophanu konnte nicht anders, als ihren Blick abzuwenden.

»Bist du müde, Großmutter?«, fragte Otto mit besorgtem Blick auf Adelheid, die sich in einen Lehnstuhl hatte fallen lassen, kaum, dass sie sein Zimmer betreten hatte. Die vielen Stufen bis zum Turmzimmer hatten ihr tatsächlich den Atem geraubt. Die Reise war lang und anstrengend gewesen und sie wäre eigentlich gerne in ihr Bett gesunken. Aber nichts auf der Welt konnte sie daran hindern, noch heute Abend mit ihrem Enkel zu sprechen. Zu groß war ihre Freude gewesen, als sie die Einladung zum Hoftag bekam. Otto hatte sie in dem Schreiben dringlich gebeten zu kommen, da er ihren Rat brauchte. Adelheid riss sich zusammen. Sie versuchte, schwungvoll wieder aufzustehen. Otto sollte nicht denken, sie sei alt und schwach. Nicht, solange Theophanu immer noch jung und schön war, wovon Adelheid sich, sehr zu ihrem Leidwesen, heute wieder hatte überzeugen können. »Otto, mein Junge, sprich, in welcher Angelegenheit ich dir helfen kann.«

»Es geht um meine Schwester Mathilde. Der Pfalzgraf Ezzo hat schon vor geraumer Zeit um ihre Hand angehalten, und ich weiß nicht so recht, was ich sagen soll.«

Adelheid betrachtete den Zehnjährigen, der damit vollkommen überfordert schien. Wie sollte es auch anders sein, hatte er doch noch nicht einmal das Interesse am anderen Geschlecht entdeckt. Aber das würde Adelheid ihm bestimmt nicht sagen, denn so viel hatte sie verstanden: Otto wollte sich endlich von seiner übermächtigen Mutter lösen, und Adelheid tat nichts lieber, als ihn darin zu unterstützen.

Adelheid kannte die Familie, aus der Ezzo stammte. Ehrenwerte Leute allesamt, wenn natürlich auch nicht annähernd von gleichem Stande wie Mathilde. Für Theophanu mit ihrer griechischen Hochmütigkeit bestimmt Grund genug, ihn zu verachten. »Was ist gegen einen Mann mit untadeligem Ruf zu sagen, nur weil er nicht genug Besitz in die Ehe einbringt, aber die Braut mehr als genug hat?«

Otto sah Adelheid erstaunt an. »Du hast dieselbe Meinung wie Mutter?«

»Sie ist für die Hochzeit?«, wunderte sich Adelheid.

Otto nickte. »Ja, sie sagt, Ezzo würde keine Gefahr für mich werden, weil er aus niederem Stande ist.«

»Mein lieber Junge, natürlich bin ich nicht derselben Meinung wie deine Mutter. Ich wollte nur deinen Widerspruch herausfordern. Als König musst du dir immer auch eine eigene Meinung bilden.«

Otto zuckte mit den Achseln. »Aber wenn diese Heirat doch anscheinend nur Vorteile bringt ...«

Adelheid schüttelte den Kopf. »Denk richtig nach. Denk an die ganze Familie. Wo kann Mathilde nützlicher sein, als Äbtissin in ihrem Stift oder als Pfalzgräfin?«

Otto nickte, er verstand. »Als Äbtissin natürlich. Die Stifte und Klöster sind eine unserer wichtigsten Stützen.«

Adelheid nickte. »Dann weißt du, was du jetzt zu tun hast.«

»Ich gehe zu diesem Ezzo und erteile ihm eine Absage.«

Aber Adelheid schüttelte erneut den Kopf. »Versuche, eine geschickte Lösung zu finden. Eine, bei der du niemanden vor den Kopf stößt. Damit hinterher keiner sagen kann, du hättest ihn ungerecht behandelt.«

Otto sah sie zweifelnd an. »Wie kann ich das tun?«

Adelheid schritt zu dem Schachbrett hinüber, das in der Nische am Fenster stand, und nahm die Dame aus Alabaster beinahe zärtlich in die Hand. »Sie wird dir helfen!«

Adelheid ging die Stufen fast schon beschwingt hinunter. Vergessen war der mühselige Aufstieg. Doch plötzlich merkte sie, dass ihr jemand den Weg versperrte. Es war Theophanu, die wie aus dem Nichts plötzlich vor ihr stand. »Was lauerst du mir hier mitten in der Nacht auf?«, fuhr Adelheid sie an. »Du kannst einem einen richtigen Schrecken einjagen.«

»Nur jemandem mit schlechtem Gewissen. Was hast du ihm gesagt?«, wollte Theophanu mit einem Nicken in Richtung des Turmzimmers wissen.

»Das geht dich nichts an.«

»Ich bin seine Mutter.«

»Der er anscheinend nicht genug vertrauen kann. Sonst hätte ich nicht extra den weiten Weg zurücklegen müssen, um ihn zu beraten. Das wäre deine Aufgabe gewesen«, erklärte Adelheid.

»Du wärst doch bis ans Ende der Welt gelaufen, nur um mir eins auszuwischen«, gab Theophanu zurück.

»Das muss ich mir nicht sagen lassen.«

Adelheid wollte sich an Theophanu vorbei drängen, doch die wich kein bisschen. Die alte Kaiserin stampfte wütend mit dem Fuß auf, doch auch das zeigte keinen Erfolg. Kurzentschlossen drehte sie sich um und stieg die Stufen weiter nach oben. Theophanu folgte ihr auf dem Fuß. Die Treppe mündete schon bald auf die kleine Plattform des Turmes. Adelheid trat hinaus. Rundherum wurde der Turm von einer steinernen Brüstung begrenzt, die ihr bis zu den Hüften reichte. Ein scharfer Wind fegte darüber hinweg. Adelheid drehte sich um, sodass sie mit dem Rücken zu dem Mäuerchen stand. Theophanu trat nun ebenfalls hinaus und blieb Adelheid gegenüber stehen. »Ich will es wissen. Was wird Otto Ezzo sagen?«

»Gar nichts«, erklärte Adelheid.

»Gar nichts? Aber wer wird denn dann die Entscheidung treffen? Jetzt sag nicht, du!«

»Er wird mit Ezzo eine Partie Schach spielen. Wenn Ezzo gewinnt, bekommt er Mathilde, wenn nicht …«

»Sie sollen um Mathilde spielen?«

»So hat er wenigstens eine Chance.«

»Du weißt genau, wie gut Otto Schach spielt.«

Er hatte es schon in jungen Jahren gelernt. Mittlerweile war er so geübt, dass kaum einer seiner Lehrer noch gegen ihn gewinnen konnte. »Denkst du denn gar nicht an Mathilde? Sie liebt ihn.«

»Liebe? Seit wann spielt Liebe eine Rolle, wenn es um Macht geht?«

Für einen Moment waren beide Frauen still und hingen ihren Gedanken nach. Eine jede von ihnen hatte ihre große Liebe geopfert und doch ahnte keine von ihnen vom Schicksal der anderen. Theophanu ergriff als erste wieder das Wort. »Dir geht es nur um deine Macht, und dafür ist dir jedes Mittel recht.«

»Und um was geht es dir? Du hast mich doch nur weggeschickt, damit ich dir nicht im Wege stehe. Aber jetzt bin ich zurück.«

Theophanu kam näher. »Dann hat es wohl nicht ausgereicht, dich wegzuschicken.«

Adelheid versuchte, sich ihre Angst nicht anmerken zu lassen. »Was hast du vor?«

Theophanu kam noch einen Schritt näher. »Es gibt noch andere Wege, dich für immer zum Schweigen zu bringen.«

Jetzt stand sie ganz nahe vor der Älteren. Adelheid warf einen Blick über die Schulter in den schwindelerregenden Abgrund, bevor sie sich schnell wieder Theophanu zuwandte. »Willst du mich töten? Ist es das?«

Theophanu sah sie verstört an, bevor sie verstand. Sie trat einen Schritt zurück. »So etwas Niederträchtiges kann nur jemand wie du annehmen.«

Adelheid ärgerte sich über sich selbst, dass sie Theophanu ihre Angst gezeigt hatte. »Dir ist alles zuzutrauen.«

»Ich habe ganz andere Mittel.« Theophanu hob stolz den Kopf. »Wenn ich auch nur noch ein Jahr lebe …«, rief die Kaiserin laut in die Nacht, »dann schwöre ich, dass dir nur so viel Boden bleibt, wie ich mit einer Hand umspannen kann!«

Theophanus Fluch hallte laut in die Nacht hinaus. Adelheid

schauderte es. Sie blickte die Jüngere hasserfüllt an, als plötzlich eine Stimme von den Stufen herkam: »Theophanu! Adelheid! Was geht hier vor?«

Es war Heinrich, der sich auf den Weg gemacht hatte, sie zu suchen. Er betrachtete die beiden Frauen. Adelheid nutzte die Gelegenheit. »Das kann sie Euch erklären.«

Sie drängte sich an Heinrich vorbei zu den Stufen. »Ich bin nicht mehr bereit, mir auch nur ein Wort von ihr anzuhören.«

Damit eilte Adelheid nach unten, während sich Heinrich Theophanu zuwandte. »Was ist passiert?«

Er sah, dass sie zitterte, und trat näher. »Komm, hier holst du dir noch den Tod! Der Wind ist eiskalt.«

Theophanu schüttelte den Kopf. »Ich gehe nicht da hinunter, wo sie die Luft verpestet.«

»Könnt ihr beide denn nicht endlich Frieden schließen?«

»Du weißt nicht, was sie getan hat!«

»Dann erkläre es mir, aber bitte drinnen.«

Er nahm sie sanft an der Hand und erschrak, wie kalt sie war. Als Theophanu immer noch keine Anstalten machte, ihm zu folgen, nahm Heinrich sie einfach auf den Arm und trug sie die Stufen hinunter bis zu ihrer Kemenate. Dort legte er Theophanu auf das Bett und deckte sie zu, bevor er sich zu ihr setzte. »So ist es besser. Und nun erzähle, was hat unsere alte Kaiserin wieder angestellt?«

»Sie denkt nur an sich selbst, wenn sie dafür Mathildes Leben zerstört.«

»Sie ist gegen die Hochzeit?«

Heinrich hatte von dem erstaunlichen Ansinnen des Pfalzgrafen, eine Kaisertochter heiraten zu wollen, schon gehört. Seine Dreistigkeit nötigte ihm schon fast wieder Respekt ab. Theophanu nickte. »Und sie hat Otto soweit gebracht, dass er die Heirat endgültig verhindern wird.«

»Mathilde ist jung, vielleicht kommt bald ein besserer Freier, höher von Rang und Ansehen.«

Theophanu setzte sich auf. »Aber darum geht es doch gar nicht. Sie liebt ihn, verstehst du das nicht?«

Heinrich drückte Theophanu sanft wieder in die Kissen und zog die Decke zurecht. »Seid wann kümmert dich die Liebe?«

Er lächelte, doch Theophanu sah, dass es ihm ernst war. Sie strich ihm über die Wange.

Heinrich nahm ihre Hand und wärmte sie zwischen seinen Fingern. Theophanu sah ihn an. »Ich würde mich sehr freuen für Mathilde. Gerade, weil solch ein Glück so selten ist.«

»Ich auch«, nickte Heinrich. »Und deswegen werde ich mich um die Sache kümmern.«

Er stand auf. Theophanu sah ihn fragend an. »Was hast du vor?«

»Versteh mich nicht falsch, mein Schatz, aber manches ist eben Männersache.«

»Aber ...«

»Kein Aber! Du legst dich jetzt hin und ruhst dich aus.«

Er gab ihr noch einen Kuss auf die Wange, bevor er sie verließ.

Als er die Tür hinter sich zuzog, beschloss er, eine Magd anzuweisen, Theophanu etwas Warmes zu trinken zu bringen. Ihr Zustand bereitete ihm Sorgen. Heinrich seufzte. Sie schaffte es immer wieder, dass er an sie denken musste. Aber anders wäre es ihm auch gar nicht recht gewesen.

Otto saß mitten in seinem Zimmer auf dem Boden vor dem Schachbrett. Er brauchte nicht lange zu überlegen, was zu tun war. Er zog den Bauern bis zur gegnerischen Grundlinie vor. »Und jetzt rückt die Dame raus«, forderte er triumphierend.

Dann setzte er sich schnell auf die andere Seite des Bretts und flötete mit verstellter Stimme: »Einen einfachen Bauern zur edlen Dame erheben, das ist gegen die Ordnung! Ihr stürzt alle in den Untergang.«

Otto setzte sich wieder auf die andere Seite und sprach mit seiner normalen Stimme: »Ihr könnt nur nicht verlieren, mein liebes Burgfräulein!«

Schnell wechselte er nochmals die Seite und ließ die Stimme des »Burgfräuleins« kontern: »Und Ihr nicht regieren!«

In dem Moment erst entdeckte er Heinrich, der in der Tür stand. Es war ihm unangenehm, dass er Zeuge seines Zeitvertreibs geworden war. Seit seine Lehrer nicht mehr gegen ihn gewinnen konnten, spielte er ab und an gegen sich selber. Heinrich lächelte. »Du bist ein erstaunliches Kind.«

Otto sah auf das Schachspiel. »Ich weiß nicht, ob ich ein guter König werde.«

Doch er verbesserte sich sogleich. »Ich meine, ich bin natürlich schon König, aber …«

Ärgerlich wischte er die Spielfiguren mit einem Handstreich vom Brett. »Alle reden auf mich ein, jeder sagt was anderes. Wie kann man denn da einen klaren Kopf behalten?«

Heinrich nickte. »Und es wird dadurch nicht einfacher, dass es zwei mächtige und kluge Frauen sind, die beide nur das Beste für dich wollen.«

»Wenn sie sich doch wenigstens einmal einig wären!«, klagte Otto.

Heinrich setzte sich zu Otto auf den Boden. »Vielleicht kann ich dir helfen.«

»Ich glaube nicht, dass irgendjemand mit ihnen fertig wird.«

»Ich auch nicht«, lachte Heinrich auf. »Aber ich kann dir etwas über Liebe erzählen.«

Ottos Gesicht verschloss sich. »Wen interessiert das?«

»Alle. Jeden einzelnen Menschen«, erklärte Heinrich. »Und gerade die, die sagen, sie scheren sich nicht um die Liebe, sie ist ihnen egal, gerade die brauchen sie am meisten.«

Otto sah ihn an. »Du willst auch, dass Mathilde und Ezzo heiraten, stimmt's?«

»Ich wüsste auf jeden Fall nicht, was dagegen spricht.«

»Aber ich«, ereiferte sich Otto. »Ich kann diesen Ezzo nicht leiden. Er hat mich vollkommen übergangen und sich direkt an Theophanu gewandt. Als ob ich gar nichts zu sagen hätte!«

Heinrich betrachtete den mageren Jungen mit dem schönen Gesicht, das plötzlich gekränkten Stolz widerspiegelte. Heinrich kannte dieses Gefühl nur allzu gut und vor allem wusste er um seine zerstörerische Kraft. Und deshalb war er alles andere als froh, diesen Zug nun auch bei seinem Sohn zu entdecken. »Du warst noch klein, aber du kannst dich sicherlich erinnern, dass ich dich …« Er zögerte, bevor er weitersprach. »… entführt habe. Mir kommt es jetzt selber eigenartig vor, dass ich dir das antun konnte, aber so war es. Und weißt du, warum? Weil ich in meinem Stolz gekränkt war.«

Otto sah ihn an. »Aber warum?«

»Weil ich mich übergangen fühlte, nicht beachtet. Du weißt selbst, wohin das geführt hat.«

»Aber es ist doch alles gut ausgegangen.«

»Ja, und da sind wir wieder bei der Liebe. Wenn deine Mutter nicht all ihren Stolz überwunden hätte und ganz ehrlich gewesen wäre, hätte sicher alles ein schlimmes Ende genommen.«

Ottos Augen wurden dunkel. »Du meinst, Theophanu sorgt sich wirklich um mich?«

Heinrich sah ihn ehrlich verblüfft an. »Hast du auch nur einen Moment daran gezweifelt?«

Otto wand sich unter dem Blick des Herzogs. »Eigentlich nicht. Aber Sophie hat gesagt …« Er sah Heinrich jetzt offen an. »Theophanu will mich blenden!«

»Wie bitte? Das hat sie gesagt?«

»Na ja, nicht direkt. Aber Theophanu hat ein großes Vorbild, eine Kaiserin namens Eirene …«

Heinrich schüttelte den Kopf. »Otto, wenn du wirklich ein bedeutender König werden willst, musst du wachsam sein, aber du musst auch vertrauen. Das Schwere ist, zu entscheiden, was du wann tun musst.«

Otto hörte ihm aufmerksam zu, als Heinrich fortfuhr. »Aber an einem Menschen brauchst du nie zu zweifeln: Das ist deine Mutter. Alles, was sie tut, das tut sie nur für dich.«

Er sah, wie Ottos Miene heller wurde. Schließlich lächelte der Junge. »Ich bin so froh, dass du das sagst.«

Heinrich strich ihm über den Kopf. »Und jetzt schlaf.«

Der Herzog erhob sich und wollte schon gehen, als Otto sich noch einmal meldete. »Kannst du nicht auch mit Sophie sprechen? Mir wird sie nicht glauben. Sie ist manchmal so stur.«

Heinrich lachte. »Ganz die Mutter.«

Dann nickte er. »Versprochen«, erklärte er, bevor er die Tür hinter sich zuzog.

Theophanu hustete. Sie zog ihr Wolltuch enger um die Schultern und wunderte sich, dass sie trotz des warmen Frühlingstages fröstelte. Sie führte ihr Unwohlsein auf Adelheids Anwesenheit zurück, zumal sie ihr auch noch gegenübersaß. Zwischen den beiden Stuhlreihen, auf denen außer ihnen beiden auch Willigis und Heinrich sowie ihre drei Töchter Platz genommen hatten, war der Tisch aufgestellt. Otto und Ezzo saßen sich am Schachbrett gegenüber.

Otto hatte den weißen Königsbauern direkt zu Beginn um zwei Felder nach vorne gezogen. Ezzo hingegen setzte den schwarzen nur ein Feld weiter. Doch wenn er gehofft hatte, Otto würde auch auf eine defensivere Spieltaktik ausweichen, hatte er sich getäuscht. Den weißen Damenbauern zog er ebenfalls gleich um zwei Felder vor.

Die Partie dauerte jetzt schon einige Zeit an, und es sah nicht gut aus für Ezzo. Er brauchte immer länger, um den nächsten Zug zu tun, während Otto mit geradezu schlafwandlerischer Sicherheit spielte. Der Pfalzgraf wischte sich mit der Hand die Schweißperlen ab, als Mathilde zu ihm trat und ihm das bestickte Tüchlein reichte, das damals unter die Hufe seines Pferdes geraten war. Er lächelte sie dankbar an und wischte sich über die Stirn.

»Mathilde, setz dich sofort wieder hin!«, befahl Adelheid ungehalten. »Und du, Theophanu, hör endlich auf zu husten. Oder willst du, dass unser lieber Ezzo seine letzte Chance verspielt, nur weil er sich nicht konzentrieren kann?«

»Als hätte er jemals eine Chance gehabt«, presste die Kaiserin mühsam hervor.

Mathilde konnte nicht mehr an sich halten. »Könnt ihr euch nicht woanders streiten? Noch ist das Spiel nicht zu Ende!«, rief sie aus, was ihr einen bewundernden Blick von ihren Schwestern einbrachte.

»Mathilde, so kenne ich dich ja gar nicht«, flüsterte Sophie ihr zu.

Doch die hatte nur Augen für Ezzo, der sich endlich zum nächsten Zug entschlossen hatte. Und er überraschte Otto prompt mit einer kleinen Rochade. Aber der fing sich schnell wieder und begann in die schwarze Königsecke zu spielen, wozu er sogar seine Dame ins Feld führte. Mathilde betrachtete bang das Spiel. Ihre Schwester Adelheid hielt ihr die Hand. »Dir kann doch nichts passieren. Wenn er verliert, bleibst du im Stift und wirst die beste Äbtissin, die sie dort je hatten.«

Doch ihre tröstlich gemeinten Worte bewirkten das Gegenteil. Mathilde begann laut zu schluchzen. Theophanu betrachtete sie voller Mitleid und lehnte sich zu Heinrich hinüber. »Ich dachte, du wolltest etwas unternehmen?«

Heinrich nickte. »Wart's ab.«

Doch hatte er langsam selbst Zweifel am Erfolg seines gestrigen Gespräches. Immerhin sah sich Otto auf dem fast leeren Brett mittlerweile einer ernsten Turm- und Springerbedrohung gegenüber. Trotzdem waren die Mienen der Zuschauer gespannt. Einzig Adelheid schien sich am Spielverlauf zu erfreuen. »Wenn dein Großvater dich so sehen könnte, er wäre stolz auf dich! Du hast so gut wie gewonnen.«

Otto lächelte sie an und hob die Hand, um den nächsten Zug zu machen. Doch bevor er den weißen Bauern ein Feld vorzog, blickte er Heinrich fest in die Augen. Und plötzlich wusste der, dass der Junge ihn nicht enttäuschen würde. Dann machte Otto seinen Zug.

Der Pfalzgraf blickte verblüfft auf das Spielfeld. Er konnte gar nicht glauben, was Otto da getan hatte. Ezzos schwarzer Läufer hatte freie Bahn auf die schutzlose Dame. Otto schien seinen Fehler erst jetzt zu bemerken. Er zuckte mit den Achseln. »Zu früh gefreut«, bemerkte er mit einem Blick auf Adelheid. »Man soll den Tag nie vor dem Abend loben.«

Er erhob sich. »Ich habe auf meine Dame nicht aufgepasst, dafür sollt Ihr die Eure bekommen«, erklärte er Ezzo.

Er wandte sich an die anderen. »Auf ausdrücklichen Wunsch

des Königs und der Kaiserin bekommt Ezzo Mathilde zur Frau. Er soll ihr ein guter Ehemann sein.«

Die Anwesenden klatschten. Nur Adelheid erhob sich stumm und verließ hoch erhobenen Hauptes den Saal.

Theophanu bemühte sich, aufrecht zu sitzen, seitdem Otto in ihre Kemenate im Valkhof in Nimwegen getreten war. Er sah sie an. »Soll ich nicht doch solange bleiben, bis es dir wieder besser geht?«

Theophanu schüttelte den Kopf, wobei sie das Gefühl hatte, als wenn er gleich zerplatzte. »Nein, nein, ich komme nach, ganz bestimmt. Reite du mit Heinrich vor. Ich weiß, wie wichtig es für dich ist.«

Otto nickte. Er war schon ganz aufgeregt, wenn er an die bevorstehende Hochzeit von Mathilde und Ezzo dachte. Theophanu lächelte. »Es war deine erste selbstständige Entscheidung. Du hast deine Sache gut gemacht.«

Gäste aus allen Teilen des Reiches wurden zur Vermählung der Tochter des Kaisers erwartet. Otto würde auch gerne frühzeitig dort eintreffen, um sie zu begrüßen. »Na schön«, lenkte er ein. »Wir reiten vor und erwarten dich dann dort.«

Theophanu nickte diesmal nur ganz leicht, um die Kopfschmerzen erträglich zu halten. »Warte, ich habe noch etwas, was du Mathilde mitnehmen kannst. Siehst du meine Emaillekette da auf dem Schränkchen?«

Sie deutete zur Wand. »Die soll sie zur Hochzeit tragen.«

Otto nahm die Kette in die Hand, Theophanu lächelte. »Sie wird wunderschön auf ihrer hellen Haut aussehen. Und sag ihr, sie soll die Farbe des Kleides nicht zu grell wählen. Das macht sie blass.«

Otto nickte gehorsam und gab seiner Mutter einen Kuss, um sich dann zur Tür zu wenden. Theophanu hielt ihn auf. »Und sie soll nicht so dicke Schmuckärmel wählen. Ihre schlanken Arme kommen dann nicht zur Geltung.«

»In Ordnung, Mutter«, antwortete Otto und ging schnell hinaus, bevor der Kaiserin noch etwas einfiel, von dem er sicher war, dass er es ohnehin vergessen würde. Was interessierten ihn Schmuckärmel?

Er trat hinaus auf den Hof der Pfalz in Nimwegen und eilte zu den Ställen. Heinrich ging schon unruhig auf und ab. »Wo bleibst du denn?«

»Mutter hat mir noch tausend Ratschläge für Mathilde mit auf den Weg gegeben. Als ob sie sie nicht mehr rechtzeitig sehen würde.«

Er hielt inne und blickte zum Fenster hoch. »Merkwürdig, sonst winkt sie mir jedes Mal nach.«

Heinrich und er sahen sich an. Fast gleichzeitig liefen sie los.

Sie kamen keinen Moment zu früh. Theophanu war auf den Boden gestürzt. »Mutter, was ist passiert?«, rief Otto erschrocken aus.

»Nichts, nichts, ich bin nur ausgerutscht.«

Theophanu versuchte sich aufzustützen, aber die Arme knickten ihr sofort wieder weg. Heinrich und Otto stützten sie und brachten sie zum Bett, auf dem sie sich ausstreckte. »Wieso sagst du nicht, wie schlecht es dir geht?«, fragte Heinrich fast schon ungehalten.

»Um Otto das Fest zu verderben? Ich brauche nur ein bisschen Ruhe, dann komme ich ganz schnell wieder auf die Beine.«

Heinrich ging auf den Flur und rief nach dem Arzt. Kurze Zeit später trat der Medicus ein.

»Warum behandelt Ihr sie nicht?«, herrschte Heinrich ihn an. »Seht Ihr nicht, wie krank sie ist?«

Der Arzt nickte. Natürlich, jetzt konnte es sogar ein Blinder sehen. Aber bis dahin hatte es die Kaiserin gut verborgen. Sie war wirklich keine einfache Patientin. Entweder sie täuschte Krankheit vor oder sie verheimlichte ihr Leiden. Da mochte sich noch einer auskennen! Er strich sich über seine Warzen, die vor Aufregung zu jucken begannen, und legte dann die Hand auf Theophanus Stirn. Sie glühte. Das Fieber musste sich rasch ausgebreitet haben. »Ich werde sofort kühlende Umschläge machen«, erklärte er hastig, um sogleich loszulaufen und seine Utensilien zu holen. Es war Eile geboten.

Adelheid wich Heinrich nicht von der Seite. »Seit wann ist sie denn krank?«

»Bitte, Adelheid, Ihr seht doch, dass ich zu tun habe.«

Er ging mit einem Tablett verschiedenster Pülverchen in Richtung von Theophanus Kemenate.

»Ich kann Euch helfen«, beteuerte Adelheid.

»Nein, Eure Anwesenheit würde sie nur aufregen. Das kann ich in ihrem Zustand nicht verantworten.«

»Dann ist es so ernst, wie die Leute sagen.«

Heinrich nickte. »Es sieht nicht gut aus. Sie hat eine schwere Erkältung verschleppt.«

»Aber ich muss sie sprechen!«

Heinrich schüttelte den Kopf.

»Ihr wagt es, einer Kaiserin zu widersprechen?« Adelheid blitzte ihn an. »Euer Vater hätte gewusst, wie man sich benimmt.«

Sie stolzierte, ohne ihn weiter zu beachten, zu der angelehnten Tür und stieß sie auf. Sie blickte weder auf den Arzt noch auf Otto, die zu beiden Seiten des Bettes saßen, sondern hatte nur Augen für die Frau unter der Decke. Doch was sie sah, ließ Adelheids Züge erstarren. Das ohnehin zarte Gesicht war eingefallen und bleich, die vom Fieber glänzenden Augen traten übergroß hervor. Adelheid versuchte möglichst unbefangen zu klingen. »Theophanu! Man hört so viel, ich wollte mich nur persönlich nach dir erkundigen.«

Die beiden Frauen sahen sich an. Der Arzt trat zu Adelheid. »Bitte, sie braucht Ruhe«, flüsterte er.

»Sie bleibt«, befahl Theophanu mit überraschend klarer Stimme. »Lasst uns allein«, bat Theophanu Otto, Heinrich und den Arzt.

Denen blieb nichts anderes übrig, als zu gehorchen. Adelheid schloss die Tür und ging zurück zu Theophanus Bett. Es fiel ihr schwer zu offenbaren, was ihr auf dem Herzen lag. Dann gab sie sich einen Ruck. »Deine Krankheit … hast du sie, seitdem wir zusammen auf dem Turm standen? An dem Abend, als uns dieser eiskalte Wind um die Ohren pfiff?«

Theophanu nickte. »Da fing es an.«

Adelheid riss die Augen auf, sie versuchte, mit den Händen Halt zu finden, doch sie griffen ins Leere. Die alte Kaiserin sank auf ihre Knie und begann zu weinen. Immer lauter wurde ihr Schluchzen.

»Adelheid! Adelheid, so beruhige dich doch!«

Theophanu stützte sich mühsam in ihren Kissen auf.

Aber Adelheid schüttelte nur den Kopf. »Nicht schon wieder, nicht noch einmal. Das ertrage ich nicht.«

»Was nicht schon wieder? Was quält dich?«, drang Theophanu in sie.

Doch Adelheid schlug die Hände vor das Gesicht. »Ich habe es nicht gewollt. Und doch bin ich schuld. Wie soll ich damit leben?«

»Aber Adelheid, du bist nicht schuld. Ich habe dich auf den Turm getrieben.«

»Ich brauche dein Mitleid nicht«, gab Adelheid hart zurück.

Theophanu ließ sich in ihre Kissen sinken, als Adelheid leise fortfuhr. »Ich lebe schon so lange mit Schuld, ohne dass mir einer die Bürde abnehmen konnte.«

Sie sah hoch. »Ich habe den einzigen Mann, den ich jemals geliebt habe, getötet. Ich habe Heinrich so schwer verletzt, dass er an den Folgen gestorben ist.«

Adelheid wunderte sich selber, dass ihr diese Worte über die Lippen gekommen waren. Theophanu sah sie verblüfft an. Heinrich? Adelheid hatte den Vater ihres Heinrich geliebt? Nur langsam konnte sie die Worte in ihrem ganzen Ausmaß begreifen. Auch die alte Kaiserin litt an einer unerfüllten Liebe, noch dazu an einer mit einem grausamen Ende.

Doch das, was Theophanu am meisten erstaunte, war, dass Adelheid sich ausgerechnet ihr offenbarte. Der Frau, die Adelheid unbarmherzig weggeschickt hatte, als sie ihre Schuldigkeit getan hatte und die in Eiseskälte ausharrte, nur um ihrer Schwiegermutter ihren ganzen Hass entgegenzuschleudern. »Ich habe dich verflucht, nicht nur an diesem Abend auf dem Turm, sondern ungezählte Male in meinen Gedanken.«

Theophanu lachte auf. »Dabei sind wir uns so ähnlich.«

Adelheid sah sie erstaunt an, aber Theophanus Lachen war echt.

»In unseren Sehnsüchten und in unseren Abgründen«, fuhr die junge Kaiserin fort. »Warum habe ich das nicht schon früher erkannt?«

Theophanu versuchte sich aufzusetzen, aber sie schaffte es nicht. »Hilf mir«, wandte sie sich an Adelheid, die sie daraufhin abstützte.

»Bring mir ein Messer«, forderte sie die Ältere auf.

Dann zog sie sich mit aller Kraft ihr Gewand über den Kopf und ließ den schön bestickten Stoff achtlos zu Boden gleiten. Sie trug jetzt lediglich ein schlichtes Untergewand. Theophanu sah, dass Adelheid mit einem Messer zu ihr trat. »Und jetzt schneide mir die Haare«, befahl sie.

Adelheid sah sie fragend an. »Die Haare? Ja, aber wie?«

»So kurz wie möglich. Und zieh mir meinen Schmuck aus. Das alles werde ich da, wo ich hingehe, nicht mehr brauchen.«

Adelheid zögerte, doch dann öffnete sie Theophanus Ketten und streifte ihr die Ringe ab. Schließlich griff sie zum Messer und nahm Strähne für Strähne von Theophanus feinem Haar, um es dicht an der Kopfhaut abzuschneiden.

»Hole die anderen«, bat die junge Kaiserin, als all ihr Haar auf dem Boden lag.

Sie saß aufrecht, als Otto und Heinrich eintraten. Sie sah ihre betretenen Gesichter. Ottos Mundwinkel verzogen sich. »Mutter!«

Sie winkte ihn zu sich heran. »Komm her, mein Schatz!«

Otto setzte sich zu ihr aufs Bett. Sie streichelte ihm über die Wange. Der gerade erst Elfjährige war ein wirkliches Wunder, ein Geschenk, genau wie ihre anderen drei Kinder. Sie sah die glückliche Mathilde bei ihrer Hochzeit, wie sie von Ezzo zum Altar geführt wurde, die fromme kleine Adelheid, deren Stimme fest und klar in den Gesang einfallen würde, und die stolze Sophie, die sich vor lauter Übermut sogar gegen die eigene Mutter auflehnen musste. Ihre gütige Schwägerin Mathilde würde sicher ein Auge auf sie haben. Denn Gerberga und Hadwig wären wieder zu sehr damit beschäftigt, einander in den Haaren zu liegen. Jannis würde die Feierlichkeiten mit seinem mit den Jahren milder gewordenen Spott begleiten und Willigis schließlich würde dem Paar seinen Segen erteilen. All die treuen oder auch manchmal aufmüpfigen Fürsten würden Mathilde und Ezzo ihre Aufwartung machen. Es gab so viele Menschen, die sie in all den Jahren lieb gewonnen oder doch zumindest schätzen gelernt hatte.

Und dann waren da noch die, die diese Welt bereits vor ihr verlassen hatten. Otto, ihr geliebter Mann, hätte seine Freude an dem prunkvollen Fest gehabt, genau wie sein Vater, Otto der Große. Und sie beide wären stolz auf ihr gefestigtes Reich gewesen, und vielleicht auch ein kleines bisschen auf sie, die vor so vielen Jahren als die falsche Braut aus Konstantinopel gekommen war.

Theophanu sah, dass ihrem Sohn Tränen die Wangen hinunter liefen. »Du brauchst nicht zu weinen. Ich kann jetzt beruhigt gehen.«

Sie wandte sich auch an die anderen beiden. »Lange habe ich meine Krankheit nicht wahrhaben wollen. Aus Sorge, was aus Otto wird. Ob erneut um die Macht gekämpft würde.«

Heinrich blickte zu Boden, doch dann sah er Theophanu in die Augen. »Von mir wird kein Streit mehr ausgehen.«

»Ich weiß«, lächelte Theophanu. »Du willst nur das Beste für ihn. Genau wie Adelheid.«

Die sah sie erstaunt an.

»Ja, du hast richtig gehört. Du liebst den Jungen, das weiß ich jetzt. Und die Liebe ist so etwas Schönes und Wertvolles, dass wir sie pflegen sollen, wo immer wir sie finden.«

Sie winkte Adelheid näher, die sich nun ebenfalls auf ihr Bett setzte. »Wir haben beide sehr geliebt, und doch mussten wir andere immer wieder enttäuschen.«

Ihr Blick streifte kurz Heinrich, bevor sie sich wieder an Adelheid wandte. »Doch jetzt habe ich keine Zeit mehr zu zweifeln oder zu taktieren.«

Sie hielt kurz inne, bevor sie fortfuhr. »Ich verfüge hiermit, dass Adelheid die Regentschaft für Otto führen wird, bis er selber dazu in der Lage ist.«

Alle waren sichtlich erstaunt. »Ich?«, fragte Adelheid.

»Ja, genau du und keine andere. Es ist an der Zeit, dass wir einander vertrauen.«

Adelheid konnte nichts sagen, sie kämpfte mit den Tränen. Doch dann ließ sie ihnen freien Lauf. Theophanu strich ihr über die Wange, fuhr den Falten um Mund und Augenwinkel nach. Für einen Moment wünschte sie, dass auch sie noch so lange leben könnte, bis erste Spuren des Alters ihr Gesicht prägen würden. Aber dann beschloss sie, nicht undankbar zu sein. Ihr letzter Blick, nachdem der hinzu gerufene Bischof ihr die Beichte abgenommen hatte, galt den drei wichtigsten Menschen in ihrem Leben. Otto, Adelheid und Heinrich waren an ihrer Seite, als sie aus dem Leben schied.

Es war der 12. Juni im Jahre 991. Theophanu war erst 32 Jahre, als sie starb.

Nachwort

Das 10. Jahrhundert, die Zeit vor der ersten Jahrtausendwende, brachte einige einflussreiche Frauen hervor. Die beiden bedeutendsten sind zweifellos Theophanu und Adelheid.

Das Verhältnis der beiden Kaiserinnen war nicht spannungsfrei. Anhand der Nennung ihrer Namen in Urkunden ist nachzuweisen, dass sie abwechselnd am Hof dominierten. Auch die zeitgenössischen Chronisten wissen über Familienstreit im Hause der Ottonen zu berichten.

Aber Fakt ist, dass sich Schwiegermutter und Schwiegertochter immer dann verbündeten, wenn es für die Sicherung der Regentschaft unabdingbar war. So hat diese sonst so kriegerische Zeit ihnen mehr als ein Jahrzehnt Frieden zu verdanken, in dem sie für den noch unmündigen Otto III. herrschten, eine Leistung, die man auch heute noch zu würdigen weiß.

Für beide Frauen war es nicht einfach, an die Macht zu gelangen. Adelheid musste erst aus ihrem Verlies befreit werden, übrigens tatsächlich von Heinrich, bevor sie Otto I. heiraten konnte. Theophanu kam als die falsche Braut aus Konstantinopel, aber ließ sich keineswegs wieder zurückschicken, sondern wurde die Frau von Otto II.

Der Norden musste ein Kulturschock gewesen sein, doch das noch junge Mädchen schaffte es schnell, sich einzugewöhnen. Sie lernte die Mitglieder der Familie kennen, vor allem die aufmüpfige Bayernlinie. »Ihr« Heinrich wird in späteren Jahrhunderten »der Zänker« genannt, was auf seinen Charakter hindeutet.

Aber die Ottonen kämpften nicht nur gegen Intrigen und Aufstände innerhalb der Verwandtschaft, sie mussten auch gegen zahlreiche äußere Feinde bestehen: Slawen, Magyaren, Wikinger und Sarazenen setzten ihnen zu. Besonders berühmt ist die Schlacht auf dem Lechfeld und der Kampf gegen die Araber in Süditalien, wenn auch letzterer kein ruhmreiches Ende nahm.

Bis auf Otto I. sind die Männer der Familie früh gestorben. Theophanus Mann, Otto II., verschied mit 28 Jahren, da er voller Ungeduld ein Leiden mit einer Überdosis Aloe kurieren wollte.

Und auch ihr Sohn, Otto III., starb zu früh, was Theophanu zum Glück nicht mehr erlebte. Denn dieser Junge, den die Zeitgenossen »*mirabilia mundi* – die Wunder der Welt« nannten, war sicher ihr ganzer Stolz.

Aber auch ihre Töchter wuchsen zu bedeutenden Frauen heran. Adelheid wurde Äbtissin in Quedlinburg, eine Schlüsselstellung im Reich. Sophie, die sich tatsächlich schon bei ihrer Einkleidung als sehr eigenwillig erwies, war als Äbtissin von Gandersheim eine wertvolle Stütze ihres Bruders, eben »*dilectissima soror*«. Mathilde schließlich heiratete den Pfalzgrafen Ezzo und gebar zehn Kinder. Sechs von Theophanus Enkelinnen wurden stolze Reichsäbtissinnen.

Theophanu erstaunte ihre Zeitgenossen mit einigen außergewöhnlichen Entscheidungen. Sie veranstaltete ein *colloquium dominarum*, eine Konferenz der Frauen, um Heinrich, der den kleinen Otto entführt hatte, wieder auf den ihm zustehenden Platz zu verweisen. Die Kaiserin zog ohne Heeresgeleit nach Rom, was vor ihr noch keiner gewagt hatte. Und sie setzte nach einem nicht gerade ruhmreichen Feldzug gegen die Slawen verstärkt auf Diplomatie.

Auch Theophanu starb früh. Sie verschied, nur knapp über dreißig Jahre zählend, in Nimwegen an unbekannter Ursache. Ihrem Wunsch entsprechend, ruht sie in der Kirche St. Pantaleon in Köln.

Die Liste der Überlieferungen ließe sich noch lange fortsetzen. Zum Beispiel war der Apfeltest bei Gericht ein beliebtes

Mittel, um die Schuldfähigkeit festzustellen. Es gab auch bereits Vorläufer neuzeitlicher Fabriken, in denen bis zu 200 Frauen unter miserablen Bedingungen arbeiten mussten.

Noch erwähnt werden sollte die prächtige Urkunde, die Theophanu zu ihrer Hochzeit geschenkt wurde und die heute noch im Original erhalten ist (im Niedersächsischen Staatsarchiv, Wolfenbüttel). Theophanu hat das darin in sie gesetzte Vertrauen mehr als erfüllt, wenn sie am Ende ihres Lebens mit »*divina gratia imperatrix augusta* – Theophanu von Gottes Gnaden Kaiserin« urkundete.

Personenverzeichnis

Adelheid	Kaiserin, Gattin von Otto I., Tochter des Königs von Burgund
Adelheid	Tochter von Otto II. und Theophanu
Adalbert	Sohn von Willa und Berengar, Neffe Adelheids
Berengar	Markgraf von Ivrea, Gatte von Willa
Berta	Königin von Burgund, Mutter von Adelheid
Branka	Slawin am Hofe Ottos I.
Dietrich	Bischof von Metz
Domasch	Sohn des Abodritenfürsten Mistvoj
Gerberga	Äbtissin des Stifts Gandersheim, Schwester von Heinrich dem Zänker, Herzog von Bayern
Gisela	Herzogin von Bayern, Ehefrau von Heinrich dem Zänker, Nichte Adelheids
Gunda	Dienerin von Gisela und Heinrich dem Zänker
Hadwig	Schwester von Heinrich dem Zänker, Ehefrau von Burchard von Schwaben
Hallgerd	Wikingerin
Heinrich	Herzog von Bayern, jüngerer Bruder von Otto dem Großen
Heinrich	genannt »der Zänker«, Herzog von Bayern, Sohn von Heinrich von Bayern, Cousin von Otto II.
Hugo	König von Italien, heiratet Adelheids Mutter Berta von Burgund
Ida	Ehefrau von Liudolf, dem Sohn Ottos I. mit Editha; Mutter von Otto von Schwaben

Jannis	Theophanus Lehrer und Vertrauter aus Konstantinopel
Konrad	König von Burgund, Bruder Adelheids
Lothar	König von Westfranken, erhebt Anspruch auf das Fürstentum Lotharingien
Martin	Pater, Lehrer Adelheids
Mathilde	Äbtissin von Quedlinburg, Tochter von Otto I. und Adelheid
Mathilde	Tochter von Otto II. und Theophanu
Mistvoj	Fürst der Abodriten (Slawen)
Otto I.	deutscher Kaiser
Otto II.	deutscher Kaiser, Sohn von Otto I. und Adelheid
Otto III.	deutscher Kaiser, Sohn von Otto II. und Theophanu
Otto	Herzog von Schwaben, Neffe Ottos II.
Oda	Tochter von Markgraf Thiedrich
Sophie	Tochter von Otto II. und Theophanu
Theophanu	Kaiserin, Gattin Otto II., Nichte des oströmischen Kaisers
Thiedrich	Markgraf der Nordmark
Willa	Markgräfin von Ivrea, Nichte von König Hugo
Willigis	Kanzler unter Otto I. und Otto II., später Erzbischof von Mainz

Sabine Weigand
Die Markgräfin
Band 15935

Mit zehn ist sie verheiratet. Mit zwölf Witwe. Mit fünfzehn heiratet sie den König von Böhmen. So steht es in den Chroniken. Als sie endlich ihr eigenes Leben führen will, sperren ihre Brüder sie auf der Plassenburg in Franken ein. Ihre Spur verliert sich 1542. Bis in unseren Tagen ein geheimnisvoller Fund das Schicksal der Markgräfin Barbara von Ansbach enthüllt. Die Markgräfin hat es wirklich gegeben. Dies ist ihre Geschichte. Ein mitreißendes Historienepos aus Deutschland im Umbruch vom Mittelalter zur Neuzeit.

»Ungemein spannend.«
3sat

»Eine Geschichte von Machtgier, Intrigen,
Liebe und Verrat – die Geschichte einer Frau,
die tatsächlich gelebt hat:
fesselnd bis zur letzten Seite.«
Gong

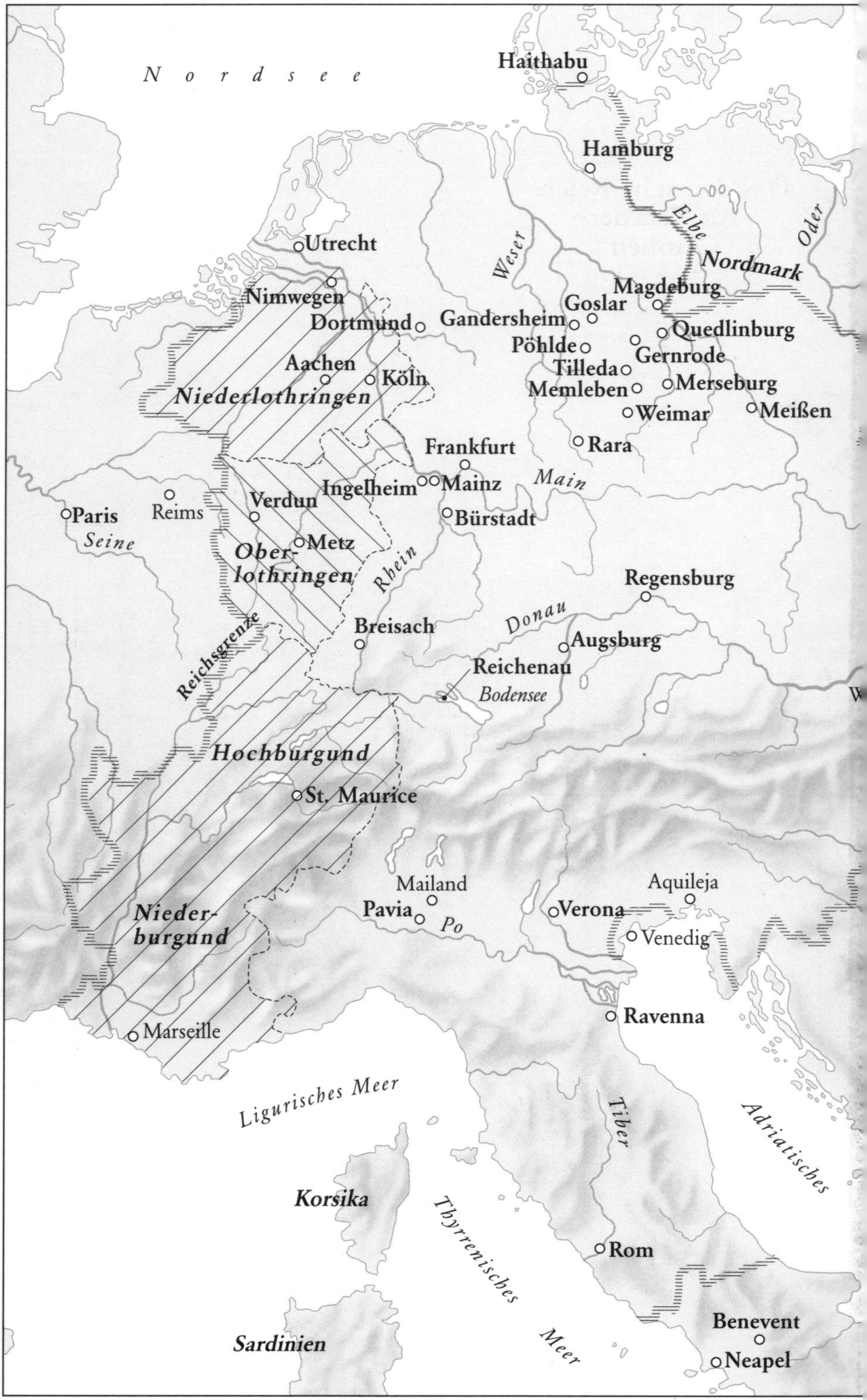
Nordsee
Haithabu
Hamburg
Elbe
Oder
Nordmark
Utrecht
Weser
Nimwegen
Magdeburg
Goslar
Dortmund
Gandersheim
Quedlinburg
Pöhlde
Gernrode
Aachen
Tilleda
Köln
Memleben
Merseburg
Niederlothringen
Weimar
Meißen
Rara
Frankfurt
Main
Ingelheim
Mainz
Verdun
Paris
Reims
Bürstadt
Seine
Metz
Ober-
lothringen
Rhein
Regensburg
Donau
Breisach
Augsburg
Reichsgrenze
Reichenau
Bodensee
Hochburgund
St. Maurice
Mailand
Aquileja
Pavia
Verona
Po
Venedig
Nieder-
burgund
Ravenna
Marseille
Ligurisches Meer
Tiber
Adriatisches
Korsika
Thyrrenisches Meer
Rom
Benevent
Sardinien
Neapel